本書爲

全國高校古委會古籍整理研究項目

廈門大學古籍整理研究所古籍整理研究項目

安徽師範大學中國詩學研究中心學術叢書

本書出版　得到國家古籍整理出版專項經費資助

中國古典文學基本叢書

# 韓偓集繫年校注

上册

〔唐〕韓　偓撰
吴在慶　校注

中華書局

**圖書在版編目(CIP)數據**

韓偓集繫年校注:典藏本/(唐)韓偓撰;吴在慶校注. —北京:中華書局,2015.8(2022.11 重印)
(中國古典文學基本叢書)
ISBN 978-7-101-11064-7

Ⅰ.韓… Ⅱ.①韓…②吴… Ⅲ.①唐詩-詩集②古典散文-散文集-中國-唐代 Ⅳ.I214.242

中國版本圖書館 CIP 數據核字(2015)第 149065 號

封面題簽:劉 豫
責任編輯:李天飛
責任印製:管 斌

中國古典文學基本叢書
**韓偓集繫年校注(典藏本)**
(全三册)
〔唐〕韓 偓 撰
吴在慶 校注
*
中 華 書 局 出 版 發 行
(北京市豐臺區太平橋西里 38 號 100073)
http://www.zhbc.com.cn
E-mail:zhbc@zhbc.com.cn
三河市宏達印刷有限公司印刷
*
850×1168 毫米 1/32 · 51¾印張 · 6 插頁 · 1400 千字
2015 年 8 月第 1 版 2022 年 11 月第 3 次印刷
印數:2001-2900 册 定價:238.00 元

ISBN 978-7-101-11064-7

# 目録

## 韓偓集繫年校注卷二

## 韓偓集繫年校注卷三

韓偓集繫年校注卷四

## 韓偓集繫年校注卷五

韓偓集繫年校注卷七

韓偓集繫年校注卷八

# 前言

## 一

《韓偓集繫年校注》是晚唐著名詩人、唐昭宗朝重臣韓偓的集子。這部集子是目前收集韓偓詩文作品最爲完整、校勘注釋最爲詳悉，所收集的有關研究資料也最爲完備的一部集子。我之所以如此不遺餘力地爲韓偓整理這一部集子，其中一個重要原因在於欽佩韓偓的氣節與人品。韓偓，字致堯（另有致光、致元之説）。每當提及他的字「致堯」，我即聯想起杜甫的「致君堯舜上，再使風俗淳」的詩句，想來他的命字之意，大概也取資於杜工部的這一人生理想。遺憾的是由於時運使然，如杜甫一樣，他們的理想最終同樣是「此意竟蕭條」，獨臂難於支撑大廈之傾倒，但他們的理想氣節與人品卻贏得了歷代人的欽敬與贊歎。《四庫全書總目・提要》如此介紹與推許韓偓之人品氣節，謂偓「世爲京兆萬年人。父瞻，與李商隱同登開成四年進士第，又同爲王茂元壻。商隱集中所謂『留贈畏之同年』者，即瞻之字。偓十歲即能詩，商隱集中所謂『韓冬郎即席得句，有老成之風』者，即偓也。偓亦登龍紀元年進士第，昭宗時官至兵部侍郎、翰林學士承旨。忤朱全忠，貶濮州司馬，再貶榮懿尉，徙鄧州司馬。天祐二年，復故官。偓惡全忠逆節，不肯入朝，避地入閩，依王審知以卒。偓爲學士時，内預秘謀，外爭國是，屢觸逆臣之鋒。死生患難，百折不渝。晚節亦管寧之流亞，實爲唐末完人。其詩雖局於風氣，渾厚不及前人，而忠憤之氣時時溢於語外。性情既摯，風骨自遒，慷慨激昂，迥異當時靡靡之響。其在晚唐，亦可謂文筆之鳴鳳矣」。這一評述應該説是頗爲準確的。且讓我們從史籍摘取若干記載，回顧其昭宗朝的生平大節吧。

唐昭宗光化三年（公元九〇〇年）末，天復元年（公元九〇一年）初間，宦官劉季述等人廢掉并囚禁唐昭宗，不久在宰相崔胤等人的策劃下，平定了這一場叛亂，昭宗反正。當時韓偓即參與了這次平叛與反正，《新唐書·韓偓傳》載：「王溥薦爲翰林學士，遷中書舍人。偓嘗與胤定策誅劉季述，昭宗反正，爲功臣。」時昭宗「疾宦人驕横，欲盡去之。偓曰：『陛下誅季述時，餘皆赦不問，今又誅之，誰不懼死？含垢隱忍，須後可也。天子威柄，今散在方面，若上下同心，攝領權綱，猶冀天下可治。宦人忠厚可任者，假以恩倖，使自翦其黨，蔑有不濟。今食度支者乃八千人，公私牽屬不減二萬，雖誅六七巨魁，未見有益，適固其逆心耳。』帝前膝曰：『此一事終始屬卿。』」韓偓的忠懇，深獲昭宗信任恩寵，故國家大事常聽取韓偓意見。天復元年十一月，昭宗爲宦官韓全誨勾結强藩李茂貞挾持幸岐下，「偓夜追及鄠，見帝慟哭。至鳳翔，遷兵部侍郎，進承旨」。翌年四月，另一强藩朱全忠興兵來爭奪昭宗。其時「回鶻遣使入貢，請發兵赴難，上命翰林學士承旨韓偓答書許之。乙巳，偓上言：『戎狄獸心，不可倚信。彼見國家人物華靡，而城邑荒殘，甲兵雕弊，必有輕中國之心，啟其貪婪。且自會昌以來，回鶻爲中國所破，恐其乘危復怨。所賜可汗書，宜諭以小小寇竊，不須赴難，虚愧其意，實沮其謀。』從之」（司馬光《資治通鑑》卷二六三）。

又，天復二年，宰相韋貽範「多受人賂，許以官；既而以母喪罷去，日爲債家所譟。親吏劉延美，所負尤多，故汲汲於起復，日遣人詣兩中尉、樞密及李茂貞求之」（《資治通鑑》卷二六三）。其時，帝「詔還位，偓當草制，上言：『貽範處喪未數月，遽使視事，傷孝子心。今中書事，一相可辦。陛下誠惜貽範才，俟變縗而召可也。何必使出峨冠廟堂，入泣血柩側，毁瘠則廢務，勤恪則忘哀，此非人情可處也。』學士使馬從皓逼偓求草，偓曰：『腕可斷，麻不可草！』從皓曰：『君求死邪？』偓曰：『吾職内署，可默默乎？』明日，百官至，而麻不出，宦侍合噪。茂貞入見帝曰：『命宰相而學士不草麻，非反邪？』艴然出。姚洎聞曰：『使我當直，亦繼以死。』既而帝畏茂貞，卒詔貽範還相，洎代草麻。自是宦黨怒偓甚」（《新唐書·韓偓傳》）。當時朱全忠和崔胤實際上已把持着朝中大權，唐昭宗已處於被脅迫的處境。韓偓在這一嚴酷的局勢下，仍然一身正氣，以自己的忠心耿耿與剛正不阿對抗着朱全忠之流的邪惡殘暴勢力，以至遭到迫害，貶出朝廷。《新唐書·韓偓傳》有如下的記載：「帝反正，勵精政事，偓處可機密，率與帝意合，欲相者三四，讓不敢當。蘇檢復引同輔政，遂固辭。初，偓侍宴，與京兆鄭元規、威遠使陳班並席，辭曰：『學士不與外班接。』主席者固請，乃坐。既元規、班至，終絶席。全忠、胤臨陛宣事，坐者皆去席，偓不動，曰：『侍宴無輒立，二公將以我爲知禮。』全忠怒偓薄己，悻然出。有譖偓喜侵侮有位，胤亦與偓貳。會逐王溥、陸扆，帝以王贊、趙崇爲相，胤執贊、崇非宰相器，帝不得已而罷。贊、崇皆偓所薦爲宰相者。全忠見帝，斥偓罪，帝數顧胤，胤不爲解。全忠至中書，欲召偓殺之。鄭元規曰：『偓位侍郎、學士承旨，公無遽。』全忠乃止，貶濮州司馬。帝執其手流涕曰：『我左右無人矣。』再貶榮懿尉，徙鄧州司馬。」韓偓就這樣因盡忠於唐昭宗而遭朱全忠、權姦的嫉恨，被貶到荒遠之地。不久朱全忠殺害唐昭宗，又殺唐哀帝，篡奪李唐政權，改唐爲梁。韓偓哀痛李唐之亡，從此決心走向流寓隱逸之路，最後寓居於閩南南安至卒。

值得再提的是韓偓既是一位想爲國爲民有所作爲的士人，也是一位絶不貪圖富貴，眷戀權位之徒。他曾在《朝退書懷》一詩中抒發志向謂「孜孜莫患勞心力，富國安民理道長」。又曾多次婉拒入相，《新唐書·韓偓傳》載：「中書舍人令狐涣任機巧，帝嘗欲以當國，俄又悔曰：『涣作宰相或誤國，朕當先用卿。』辭曰：『涣再世宰相，練故事，陛下業已許之。若許涣可改，許臣獨不可移乎？』」後來他被朱全忠貶出朝廷，流寓各地。天祐二年，他在遭貶流寓途中，朱全忠爲了收買人心，也曾召韓偓復官。然而韓偓早已看穿了朱全忠之流的狼子野心，不願與他們同流合污，故堅不從命，寧肯隱退江湖。他不僅自己不入朝復官，也規勸他人不入朝爲僞官。他賦《余寓汀州沙縣病中聞前鄭左丞璘隨外鎮舉薦赴洛兼云繼有急徵旋見脂轄因作七言四韻戲以贈之或冀其感悟也》詩云：「莫恨當年入用遲，通材何處不逢知。桑田變後新舟檝，華表歸來舊路岐。公幹寂寥甘坐廢，子牟歡抃促行期。移都已改侯王第，惆悵沙堤別築基。」後梁乾化二年（公元九一二年），詩人隱居閩南南安，其時有南來的郎官以「迂古」譏笑詩人潛隱深村，詩人遂作《余卧疾深村聞一二郎官今稱繼使閩越笑余迂古潛於異鄉聞之因成此篇》詩以明志，并回擊譏諷云：「枕流方采北山薇，驛騎交迎市道兒。霧豹祗憂無石室，泥鰌唯要有洿池。不羞莽卓黄金印，卻笑羲皇白接䍦。莫負美名書信史，清風掃地更無遺。」唐爲朱梁所篡後，詩人依然心懷唐室，不用後梁年號，宋劉克莊《跋韓致光帖》云：「致光自癸亥去國，至甲戌悼亡，十有二年，流落久矣，而乃心唐室，始終不衰，其自書《裴郡君祭文》首書『甲戌歲』，銜書『前翰林學士承旨、銀青光禄大夫、行尚書户部侍郎、知制誥、昌黎縣開國男、食邑三百户韓某』，是歲朱氏篡唐已八年，爲乾化四年，猶書唐故官而不用梁年號，賢於楊風子輩遠矣。」他的這一堅定氣節贏得了歷代士人的交口讚譽，清人熊文舉在《雪堂先生文集》卷二十《書司空圖韓偓集》稱賞云：「晚唐詩人，二公所遇皆滄海横流之時。韓脱身虎口，司空大隱於條山，較然不欺其志，蓋詩人之有骨氣者。」凡此種種均可見詩人真是一位「内預秘謀，外爭國是，屢觸逆臣之鋒。死生患難，百折不渝」之高風亮節的唐末忠臣。

## 二

韓偓既是唐末的堅貞忠臣，又是頗有建樹與影響的重要詩人。他在詩歌上的聲譽，首先在於被宋代頗有影響的著名詩評家嚴羽在《滄浪詩話・詩體》中稱爲「香奩體」的《香奩集》詩歌。雖然這些詩歌大體皆是「裾裙脂粉之語」，但因其大多數詩篇具有真摯深情之情感，温婉秀逸含蓄之表達方式，故頗獲得歷代文人的喜愛與模仿。據他在《香奩集序》中所説，他青、中年時「所著歌詩，不啻千首。其間以綺麗得意者，亦數百篇，往往在士大夫口，或樂工配入聲律。粉牆椒壁，斜行小字，竊詠者不可勝紀」。可見這些「綺麗」的詩歌在當時的傳播與影響，實在可以與白居易、元稹的「流於民間，疏於屏壁」（杜牧《唐故平盧軍節度巡官隴西李府君墓誌銘》）、流傳於江湖上的艷體詩歌媲美。而且在我看來，韓偓的這些詩歌更爲情真意切，真摯感人。故詩人晚年在抄録這些詩歌時頗爲動情而淒然淚下，賦《思録舊詩於卷上淒然有感因成一章》詩云：「緝綴小詩鈔卷裏，尋思閒事到心頭。自吟自泣無人會，腸斷蓬山第一流。」我們且再吟詠《香奩集》中的幾首詩作，深入體味蘊含其中的情味吧。

蹋青會散欲歸時，金車久立頻催上。收裙整髻故遲遲，兩點深心各惆悵。（《蹋青》）

見時濃日午，别處暮鐘殘。景色疑春盡，襟懷似酒闌。兩情含眷戀，一餉致辛酸。夜靜長廊下，難尋屐齒看。（《薦福寺講筵偶見又别》）

濃煙隔簾香漏泄，斜燈映竹光參差。繞廊倚柱堪惆悵，細雨輕寒花落時。（《繞廊》）

兩重門裏玉堂前，寒食花枝月午天。想得那人垂手立，嬌羞不肯上鞦韆。（《想得》）

倚醉無端尋舊約，卻令惆悵轉難勝。靜中樓閣深春雨，遠處簾櫳半夜燈。抱柱立時風細細，繞廊行處思騰騰。分明窗下聞裁翦，敲徧闌干喚不譍。（《倚醉》）

往年同在鸞橋上，見倚朱闌詠柳綿。今日獨來香徑裏，更無人跡有苔錢。傷心闊别三千里，屈指思量四五年。料得他鄉遇佳節，亦應懷抱暗淒然。（《寒食日重遊李氏園亭有懷》）

身情長在暗相隨，生魄隨君君豈知。被頭不煖空霑淚，釵股欲分猶半疑。朗月清風

難愜意，詞人絶色多傷離。何如飲酒連千醉，席地幕天無所知。（《惆悵》）

現存《香奩集》詩歌凡一百餘首，這些作品大多是韓偓在黄巢之亂前所作，而少數則是後來乃至詩人晚年時所吟詠。這些詩作古今人見仁見智，對其褒貶不一，貶之者如元代方回在其《瀛奎律髓》中謂：「致光筆端甚高，唐之將亡，與吴融詩律皆不全似晚唐。善用事，極忠憤，惟《香奩》之作，詞工格卑，豈非世事已不可救，始流連荒亡以紓其憂乎？」又謂：「《香奩》之作，爲韓偓無疑也。或以爲和凝之作，嫁名於韓，劉潛夫誤信之。考諸同時《吴融集》，有依韻倡和者，何可掩哉。誨淫之言不以爲恥，非唐之衰而然乎。」（方回《瀛奎律髓》卷七）褒之者則如清丁紹儀所云：「韓致堯遭唐末造，力不能揮戈挽日，一腔忠憤，無所於泄，不得已託之閨房兒女，世徒以香奩目之，蓋未深究厥旨耳。」（《聽秋聲館詞話》卷一《韓偓詞》）又如清雷瑨，其《香奩集發微・跋》謂韓偓「見忌權姦，洊遭離亂，於是憤逆臣之竊命，慨唐室之不興，乃本詩人忠厚之旨，爲屈子幽憂之辭，託諸美人，著爲篇什，以抒忠愛，此《香奩集》之所爲作也」。而震鈞更是推崇備至，其《香奩集發微序》云：「韓致堯有唐之屈均也，《香奩集》有唐之《離騷》、《九歌》也。自後人不善讀，而古人之命意晦。自後人不能尚論古人，而古人扶植綱常之詞，且變爲得罪名教之作矣，不亦重可惜哉！致堯官翰林承旨，見怒於朱温，被忌於柳璨，斥逐海嶠，使天子有失股肱之痛，唐季名臣未有或之先者。似此大節彪炳，即使其小作艷語如廣平之賦梅花，亦何貶於致堯！迺夷考其辭，無一非忠君愛國之忱，纏綿於無窮者。然則靈均《九歌》所云『滿堂兮美人，忽獨與余兮目成』，信爲名教罪人乎！《香奩》之作，亦猶是也。……後人但以艷體詩待之矣，其奈後人依然不解也。至此《香奩集》真可付之劫火，沉之濁流矣。然而彼蒼降鑒，竟使之流傳至今，是天知之矣。」

上舉兩種評價迥然不同，然均非平允客觀之語。其實，《香奩集》中除個別詩篇稍涉浮艷，難免色情之譏外，絶大多數詩篇儘管有的也情辭綺麗，乃至香艷，但其用語情感卻絶非浮艷淫靡之「誨淫之言」。從上舉的數首詩中，我們感受到的是青年男女真純深摯的愛戀相思之情，清麗而純潔的戀情之語，而絶無「得罪名教」之辭。震鈞、雷瑨等人是以香草美人之喻意解讀《香奩集》的，故「迺夷考其辭，無一非忠君愛國之忱，纏綿於無窮者」。但這一解讀《香奩集》，卻是不符詩作原本意旨，過爲牽强附會的。《香奩集》中詩歌，其實並無震鈞等人所謂的香草美人的政治寓託内涵。陳寅恪《唐代政治史述論稿》中述及韓偓《香奩集》時云：「韓偓以忠節著聞，其平生著述中《香奩》一集，浮艷之詞，亦大抵應進士舉時所作。」陳先生此言雖不盡然，然《香奩集》中的大部分詩歌確實是創作於其年輕時，包括「應進士舉時」的，只是多非爲應進士舉而作，且只有《代小玉家爲蕃騎所虜後寄故集賢裴公相國》、《無題》、《寄遠》、《裹娜》、《多情》、《思録舊詩於卷上淒然有感因成一章》等等不到十首詩爲入仕後以及貶官寓居福建時所詠。而這些作於入仕後的詩歌卻也是與政治寓託了不相關的。在我看來，《香奩集》中的大部分詩作多是表現男女戀情的詩歌，而其中的一部分很可能與詩人早年的一段刻骨銘心而終「一生贏得是淒涼」的未果愛情經歷有關。黄世中先生在《韓偓其人及「香奩詩」本事考索》中認爲：「韓偓『香奩詩』所抒發的是一種純真誠摯的愛情，是對一位李姓女子的摯著的追求。……韓偓《香奩集》愛情詩的抒情主人公，就是一個對愛情摯著追求，貞情操守的形象。詩人把純真專一的愛情奉獻給自己所傾心依戀的女子，其熱切愛戀，雖經數十年而不衰，甚而更顯其深沉摯至。《香奩集》中的『寒食詩』透露了這一消息。」又謂「《香奩集》中的『寒食詩』、『三月詩』、『鞦韆詩』、『偶見詩』、『繞廊詩』、『五更詩』、『上頭詩』等數十首（以上各類共四十九首，已佔《香奩集》之半，此外如《青春》、《春恨》、《中春憶贈》、《舊館》、《有憶》、《兩處》……等皆是），所詠實同一情事，其所懷皆爲李氏女一人」。黄先生這一考索是頗具詩歌解讀與學術探究眼光的，值得重視並進一步探究其真確性。這樣的《香奩集》詩歌，即使除卻强加在《香奩集》詩歌上的政治寓託光環，除了個別首外，在今人的道德規範與審美視域中也是值得肯定的，何況其不少詩歌也具有不容忽視的藝術價值以及蘊含着的由詩漸變爲詞曲的元素。此誠如許學夷所評：「韓偓《香奩集》皆裙裾脂粉之詩。高秀實云：『元氏豔詩麗而有骨，韓偓《香奩集》麗而無骨。』愚按：詩名《香奩》，奚必求骨？但韓詩淺俗者多，而豔麗者少，較之温、李，相去甚遠。……五言古如『侍女動妝奩，故故驚人睡。那知本未眠，背面偷垂淚』。七言古如『嬌嬈意緒不勝羞，願倚郎肩永相著』，『直教筆底有文星，亦應難狀分明苦』。七言律如『小迭紅箋書恨字，與奴方便送卿卿』。七言絶如『想得那人垂手立，嬌羞不肯上秋千』等句，則詩餘變爲曲調矣。上源于李商隱、温庭筠七言古，詩餘之變止此。至七言律如『仙樹有花難問種，御香聞氣不知名』、『靜中樓閣深春雨，遠處簾櫳半夜燈』，亦頗有致。又『分明窗下聞裁剪，敲遍欄干喚不應』，則曲盡豔情。」（《詩源辯體》卷三十二）又，陸時雍《唐詩鏡》卷五十四亦稱「此三詩（指《倚醉》、《見花》、《有憶》）是開詞曲法門」。劉拜山、富壽春在其選注的《千首唐人絶句》中評韓偓《偶見》詩云：「此詩活畫打罷鞦韆，見客走避之少女形象，生動傳神，嬌癡如見。」沈祖棻先生賞析此詩時也説：「韓偓像一個高明的攝影師，他善於捕捉少女們生活中一些稍縱即逝的鏡頭，即時地將其形神兼備地拍攝下來，如其《偶見》一首，也是可以和《新上頭》比美的。」（《唐人七絶詩淺釋》）屈復《唐詩成法》評韓偓《幽窗》詩「刺繡非無暇，幽窗自鬯歡。手香江橘嫩，齒軟越梅酸。密約臨行怯，私書欲報難。無憑諳鵲語，猶得暫心寬」詩云：「寫美人從虚處比擬，不落熟徑。臨行轉怯，欲報又難，寫盡低迴一寸心也。」鍾惺在《唐詩歸》卷三十六評《幽窗》云：「細而慧，所以艷。」又云：「無聊妙想。」韓偓的《聞雨》：

「香侵蔽膝夜寒輕，聞雨傷春夢不成。羅帳四垂紅燭背，玉釵敲著枕函聲。」詩也贏得詩評家的稱讚，稱其「寫意而不及情，艷詩佳手」（陸次云輯《五朝詩善鳴集》）；也有評其「極艷，極泠」（《王闓運手批唐詩選》）的；俞陛雲《詩境淺説續編》欣賞此詩云：「聞雨由閨思着筆，帳垂燭背，幽寂無聲，惟聞玉釵敲枕。但寫景物，而深宵聽雨，傷春懷人之意，自在其中。句殊妍婉。」

從上述諸家之評可以見到前人對韓偓《香奩集》詩也不無稱許，給予好評的。

而現代的學者評價《香奩集》詩也更趨客觀平允，如著名詩評家陳伯海先生在《韓偓生平及其詩作簡論》中既指出「『香奩詩』中確有一定數量作品反映士大夫的狹邪生活，感情浮薄，作風輕靡。像『小雁斜侵眉柳去，媚霞横接眼波來。鬟垂香頸雲遮藕，粉著蘭胸雪壓梅』（《席上有贈》）之類詩句，用精麗的辭藻描繪女子的姿容，只有狎玩之意，别無真摯之情，顯示了封建文人思想中腐朽的一面。……它們上承六朝宫體，下啟晚明王彦泓、清代袁樹諸人的浮艷詩派，形成文學史上的一股逆流」的缺陷弊病，同時也指出「『香奩詩』中也不乏較爲清新沉摯之作。且看這首《繞廊》：『濃煙隔簾香漏泄，斜燈映竹光參差。繞廊倚柱堪惆悵，細雨輕寒花落時。』寫一簾阻隔、兩地相思之情，純從室外人的感受、動作和周圍的環境景物來烘托那種『咫尺有如天涯』的惆悵心理，分外見得婉約而情深。再如七絶《聞雨》：『香侵蔽膝夜寒輕，聞雨傷春夢不成。羅帳四垂紅燭背，玉釵敲著枕函聲。』寫女子夜深不寐的情懷，用玉釵觸枕，琤琮有聲這一細節，反映輾轉反側的神態意緒，真切而有餘味。《香奩集》裏像這類題詠男女歡愛相思，寫得情濃意摯的篇章，亦不在少數。如『正是落花寒食雨，夜深無伴倚南樓』（《寒食夜》）的期待，『古來幽怨皆銷骨，休向長門背雨窗』（《詠燈》）的悵恨，『何處山村孤館裏，向燈彎盡一雙眉』的展想，『光景旋消惆悵在，一生贏得是淒涼』（《五更》）的追思，以及『縱得相逢處，非無欲去時。恨深書不盡，寵極意多疑』（《欲去》）的内心矛盾和『此生終獨宿，到死誓相尋』（《别緒》）的摯著自誓，都稱得上情至之語，應給予一定的估價」。又云「『香奩詩』在技巧上也有可取之處。除了長於抒寫人的情思外，一些作品還從外觀上塑造了年輕婦女在愛情生活中的生動形象，楚楚動人。如：『學梳蟬鬢試新裙，消息佳期在此春。爲愛好多心轉惑，偏將宜稱問傍人。』（《新上頭》）『鞦韆打困解羅裙，指點醍醐索一尊。見客入來和笑走，手搓梅子映中門。』（《鞦韆》）前者描寫剛成年的姑娘學梳頭樣、試穿新裙等候婚期的天真神情，後者刻畫閨中少女打鞦韆時見客進門、帶笑走避的嬌憨意態，都有呼之欲出的效果。餘如《半睡》寫少婦深夜等待丈夫不歸而無心安睡，《鬆髻》寫女子卸妝時觸動愁思背人墜淚，《忍笑》寫婦女曉起梳妝時的愛美情態，也都細緻傳神」。陳先生又從藝術表現技巧上歸納「香奩詩」的成就，云：「善于借助環境景物來傳達人的情思，是『香奩詩』藝術表現上的又一特徵。有的作品甚至完全把人的情感隱藏在景物畫面的背後，筆意含蓄，耐人尋味。像這首歷來傳誦的小詩《已涼》：『碧闌干外綉簾垂，猩色屏風畫折枝。八尺龍鬚方錦褥，已涼天氣未寒時。』展現在我們眼前的，是一間華麗的卧室。鏡頭由室外逐漸移向室内，經過簾幕、欄干、屏風一道道曲障，投影在那張陳設精緻的八尺大床上，顯示出是一位貴家少婦的深閨。主人公并没有出現在鏡頭裏，她在做什麽、想什麽也不得而知。但猩紅屏風上畫着的折枝圖，卻不免使人生發起『花開堪折直須折，莫待無花空折枝』（無名氏《金縷衣》）的意念。配上床席、錦褥以及季節轉换的展示，主人公在深閨寂寞中渴望愛情生活的情思也就隱約可見了。全詩没有一個字涉及情，可仍然是在言情。像這樣命意屈折、用筆委婉的情詩，唐代詩人中李商隱以外還是不多見的。《深院》、《日高》、《春恨》諸篇機杼略同，而皆不及本篇有韻致。『香奩詩』裏還有一些篇章，色調明麗，富於民歌風味。如《南浦》：『月若半環雲若吐，高樓簾卷當南浦。應是石城艇子來，兩槳咿啞過花塢。正值連宵酒未醒，不宜此際兼微雨。直教筆底有文星，亦應難狀分明苦。』詩寫候人不來的心情。先借半明半暗的月色、若吞若吐的雲影，渲染出迷離不定的氣氛；又通過槳聲咿啞、艇子虚過的細節，點明候人的焦灼心理；再加上醉酒、微雨的烘托，把此時此刻相思之苦形容得曲盡其妙。與上引《已涼》相比，筆調婉約是一致的，而構思并不過於深曲，語言樸素，風姿天然，音節柔曼，情韻悠長，更接近於《子夜》、《西洲》之類南朝樂府。吸取民歌的精華，這也是『香奩詩』不容一筆抹煞的理由。」陳先生的這些評述是頗爲中肯公允的，故我用較多的篇幅稱引上述之評説。

《香奩集》外，韓偓還有收於《全唐詩》卷六八〇至六八二的三卷詩歌。這三卷詩歌扣除《大慶堂賜宴元璫而有詩呈吴越王》、《又和》、《再和》、《重和》、《大酺樂》、《思歸樂》、《御製春遊長句》等七首他人之作外，約有二百二十六首。除了少數入仕前之作外，絶大多數是詩人登第入仕後直至寓居福建南安時的作品。其中那些入内廷爲翰林學士、翰林學士承旨、兵部侍郎，直至遭貶、流寓於河南、湖北、湖南、江西、福建等地的詩什，尤能展現詩人嫉恨讒邪，抗禦强暴，「死生患難，百折不渝」，忠於唐室的高風亮節，同時也記録了唐末政局動亂乃至唐亡的歷史，具有珍貴的歷史文獻價值。

天復元年十一月，唐昭宗爲宦官韓全誨勾結鳳翔節帥李茂貞挾持至鳳翔，時詩人隨駕前往，賦《辛酉歲冬十一月隨駕幸岐下作》詩，中云：「曳裾談笑殿西頭，忽聽征鐃從冕旒。鳳蓋行時移紫氣，鸞旗駐處認皇州。曉題御服頒群吏，夜發宫嬪詔列侯。雨露涵濡三百載，不知誰擬殺身酬。」末句實是表露詩人以身報國之意，而全詩則概述了當時唐昭宗被韓全誨等人挾持往鳳翔的史實。《資治通鑑》天復元年十一月即記載此事云：「韓全誨等以李繼昭不與之同，遏絶不令見上。時崔胤居第在開化坊，繼昭帥所部六十餘人及關東諸道兵在京師者共守衛之；百官及士民避亂者，皆往依之。庚戌，上遣供奉官張紹孫召百官，崔胤等皆表辭不至。壬子，韓全誨等陳兵殿前，言於上曰：『全忠以大兵逼京師，欲劫天子幸洛陽，求傳禪；臣等請奉陛下幸鳳翔，收兵拒之。』上不許，杖劍登乞巧樓。全誨等逼上下樓，上行纔及壽春殿，李彦弼已於御院縱火。是日冬至，上獨坐思政殿，翹一足，一足蹋闌干，庭無群臣，旁無侍者。頃之，不得已，與皇后、妃嬪、諸王百餘人皆上馬，慟哭聲不絶，出門，回顧禁中，火已赫然。是夕，宿鄠縣。」唐昭宗此次被逼出幸後一年，即天復二年十一月冬至，詩人仍伴隨唐昭宗被困於鳳翔，時有《冬至夜作》詩，詩人在詩末寫道「陰冰莫向河源塞，陽氣今從地底回。不道慘舒無定分，卻憂蚊響又成雷」。方回闡釋末二句謂：「是時朱全忠圍岐甚急，李茂貞有連合之意，偓之孤忠處此，殆知其必一反一覆，終無定在歟？此關時事，不但詠至節也。」（《瀛奎律髓彙評》卷十六節序類）吴汝綸評「陰冰」以下四句云：「是時昭宗幸鳳翔，朱全忠自河中率兵圍鳳翔，奉表迎駕，所謂『陰冰莫向河源塞』也。『陽氣今從地底回』者，謂李茂勳救鳳翔，王師範討朱全忠，詐爲貢獻，包束兵仗入汴西，至陝華也。末句恐勤王之師又將尾大不掉爾。」所釋頗得詩人心曲。天祐元年八月，唐昭宗被朱全忠殺害。是年寒冬，詩人被貶後流寓於湖南，他痛恨朱全忠之兇殘，嫉恨宰相柳璨之姦邪，故詠兩首梅花詩以明此意，并寓寄自己不畏强暴，不與他們同流合污之心志。其《梅花》詩云：

梅花不肯傍春光，自向深冬著豔陽。龍笛遠吹胡地月，燕釵初試漢宫妝。風雖强暴翻添思，雪欲侵凌更助香。應笑暫時桃李樹，盗天和氣作年芳。

《湖南梅花一冬再發偶題於花援》詩云：

湘浦梅花兩度開，直應天意别栽培。玉爲通體依稀見，香號返魂容易迴。寒氣與君霜裹退，陽和爲爾臘前來。夭桃莫倚東風勢，調鼎何曾用不材。

天祐二年九月，韓偓有《乙丑歲九月在蕭灘鎮駐泊兩月忽得商馬楊迢員外書賀余復除戎曹依舊承旨還緘後因書四十字》詩：「旅寓在江郊，秋風正寂寥。紫泥虚寵獎，白髮已漁樵。事往淒涼在，時危志氣銷。若爲將朽質，猶擬杖於朝。」又有《病中初聞復官二首》：

抽毫連夜侍明光，執靮三年從省方。燒玉謾勞曾歷試，鑠金寧爲欠周防。也知恩澤招讒口，還痛神祇誤直腸。聞道復官翻涕泗，屬車何在水茫茫。

又挂朝衣一自驚，始知天意重推誠。青雲有路通還去，白髮無私健亦生。曾避暖池將浴鳳，卻同寒谷乍遷鶯。宦途巇嶮終難測，穩泊漁舟隱姓名。

這三首詩均是詩人聞知朝廷召他復故官時所詠。其時，朝廷已經完全被朱全忠所控制，唐哀帝不過是捏在朱全忠手中的傀儡。韓偓明知這一政局，故在詩中回憶他在朝廷時所遭遇的來自朱全忠等權姦的迫害，洞悉「宦途巇嶮終難測」的局勢，決心「穩泊漁舟隱姓名」，不與邪惡勢力同朝爲官。這些頗爲沉鬱深婉而時而不無憤激悲愴之氣的詩歌，真可體現詩人「富貴不能淫，威武不能屈」的高尚節操。

值得再介紹的是在這部分詩歌中，尚有一些表現詩人痛悼被弒的唐昭宗以及裴樞、王溥、趙崇、趙贊等三十幾位被殺於白馬驛、投入黄河的忠耿大臣，指斥崔胤、朱全忠、李振、蔣玄暉之流之負恩背主篡國的詩作，如《八月六日作四首》、《感舊》，哀傷故都長安之荒廢的《故都》，以及紀述唐昭宗朝興亡歷程的《感事三十四韻》詩。這些激楚悲涼、沉鬱蒼茫的詩作極爲鮮明地表現了詩人的愛憎之情，體現了他對李唐王朝、唐昭宗以及朝中忠耿重臣的深摯情感。而《感事三十四韻》、《八月六日作四首》亦可謂以詩歌的形式記載下唐末一段重要的政治歷史。從這意義上説，這五首詩實際上可以作爲活生生的具體信史來讀，而且無論在詩歌内容上或是藝術風格上均具有可稱道的價值。我們且以兩首詩作來領會其詩史之意藴。

《八月六日作四首》之一云：「日離黄道十年昏，敏手重開造化門。火帝動爐銷劍戟，風師吹雨洗乾坤。左牽犬馬誠難測，右袒簪纓最負恩。丹筆不知誰定罪，莫留遺跡怨神孫。」此詩之意旨，陳寅恪先生謂：「韓公意在推崇昭宗，謂自僖宗幸蜀後，王室昏亂，至昭宗繼立，重開造化，滌蕩乾坤。雖不免有過美之詞，然是冬郎故君之思也。此詩上四句頌美昭宗堪爲中興之君，無奈其臣皆亡國叛逆之臣也。」又釋後二句云：「韓公意謂朱友恭、氏叔琮等之被朱全忠所誅，誠難測，但其右袒朱梁則真負恩矣。『丹筆定罪』，莫怨哀帝，『神孫』目哀帝，蓋天祐元年十月甲午誅李彦威、氏叔琮也。」（陳寅恪《讀書札記二集·韓翰林集之部》）鄧小軍在其《韓偓〈八月六日作四首〉詩箋證》中所釋則較爲詳細，謂：「詩言自廣明元年至光啟四年，近十年間，天子蒙塵，王室昏亂，至昭宗繼位，始重開天地（一二句）。如火帝、風師，能以武止亂，洗滌乾坤，昭宗能撥亂反正（三四句）。如秦相李斯被趙高所殺，臨刑回顧昔日牽犬逐兔之樂，豈知今日殺身之禍，唐相崔胤援引朱全忠，豈知後來身死朱全忠之手，是誠難測也；唐朝諸大臣，在朱全忠弑君之後、篡唐之際，依附朱梁，是最負舊恩（五六句）。昭宗被弑，昭儀李漸榮、河東夫人裴貞一爲捍衛昭宗而死，不知是誰矯昭宗遺詔誣陷定罪李漸榮、裴貞一弑昭宗。此等矯詔歪曲事實真相，莫要留與天下後世，使昭宗英魂爲之怨恨（七八句）。」上兩釋詩之説雖有同異，但均可見此詩所藴含的唐末昭宗朝的某些史實。

又如《感事三十四韻》詩後半首云：「上相思懲惡，中人詎省愆。鹿窮唯觝觸，兔急且獝狖。本是謀賒死，因之致劫遷。氛霾言下合，日月暗中懸。恭顯誠甘罪，韋平亦恃權。畏聞巢幕險，寧寤積薪然。諒直尋鉗口，奸纖益比肩。晉讒終不解，魯瘠竟難痊。祇擬誅黄皓，何曾識霸先。嗾獒翻醜正，養虎欲求全。萬乘煙塵裏，千官劍戟邊。斗魁當北坼，地軸向西偏。袁董非徒爾，師昭豈偶然。中原成劫火，東海遂桑田。濺血慚嵇紹，遲行笑褚淵。四夷同效順，一命敢虚捐。山岳還青聳，穹蒼舊碧鮮。獨夫長啜泣，多士已忘筌。鬱鬱空狂叫，微微幾病癲。丹梯倚寥廓，終去問青天。」清人吴汝綸於「恭顯誠甘罪，韋平亦恃權」句後評注云：「上相、韋平，皆謂崔胤等中人。恭顯謂韓全晦等。」又於「祇擬誅黄皓，何曾識霸先」句後評注云：「黄皓謂宦官，霸先謂朱全忠。崔胤召朱全忠以誅宦官，此四句詠其事。」其他詩句之意旨，我們以爲如「上相思懲惡」句，乃指宰相崔胤欲盡除宦官事。《資治通鑑》卷二六二天復元年載：「劉季述、王仲先既死，崔胤、陸扆上言：『禍亂之興，皆由中官典兵。乞令胤主左軍，扆主右軍，則諸侯不敢侵陵，王室尊矣。』」又記「胤志欲盡除之（按，指宦官）」。又詩中「本是謀賒死，因之致劫遷」二句乃謂昭宗反正後，因没有盡除宦官，而宦官韓全誨等人知道宰相崔胤存心欲盡除掉他們，故導致宦官密結强藩李茂貞劫持昭宗以自保。《舊唐書·崔胤傳》即記這一史實云：「明年夏，朱全忠攻陷河中晉、絳，進兵至同、華。中尉韓全誨以胤交結全忠，慮汴軍逼京師，請罷知政事，落使務。其年冬，全誨挾帝幸鳳翔。……初，天復反正之後，宦官尤畏胤，事無大小，咸禀之。每内殿奏對，夜則繼之以燭。常説昭宗請盡誅内官，但以宫人掌内司事。中尉韓全誨、張弘彦、袁易簡等伺知之，於帝前求哀請命。乃詔胤密事進囊封，勿更口奏。宦官無由知其謀，乃求知書美婦人進内以偵陰事，由是胤謀頗洩。宦官每相聚流涕，愈不自安。故全誨等爲劫幸之謀，由胤忌嫉之太過也。」又詩中「祗擬誅黄皓，何曾識霸先」句，黄皓喻指宦官韓全誨等人。韓全誨曾劫持唐昭宗至鳳翔，後被誅殺。霸先，即陳霸先，此處用以喻朱全忠。以上二句意爲崔胤只是爲了誅殺韓全誨等宦官，故借助朱全忠勢力以對付韓全誨以及韓全誨所勾結的强藩李茂貞，引其入京，但又何能識辨朱全忠擁兵自重，陷害忠良，篡權滅國的野心呢！詩中所言是符合史實的。據《資治通鑑》卷二六二天復元年閏六月載：「崔胤請上盡誅宦官，但以宫人掌内諸司事；宦官屬耳，頗聞之，韓全誨等涕泣求哀於上，上乃令胤『有事封疏以聞，勿口奏』。宦官求美女知書者數人，内之宫中，陰令詗察其事，盡得胤密謀，上不之覺也。全誨等大懼，每宴聚，流涕相訣别，日夜謀所以去胤之術。胤時領三司使，全誨等教禁軍對上諠譟，訴胤減損冬衣；上不得已，解胤鹽鐵使。時朱全忠、李茂貞各有挾天子令諸侯之意，全忠欲上幸東都，茂貞欲上幸鳳翔。胤知謀泄，事急，遺朱全忠書，稱被密詔，令全忠以兵迎車駕，且言：『昨者返正，皆令公良圖，而鳳翔先入朝抄取其功。今不速來，必成罪人，豈惟功爲他人所有，且見征討矣！』全忠得書，秋七月甲寅，遽歸大梁發兵。……冬十月戊戌，朱全忠大舉兵發大梁。」從這篇韓偓最長的詩歌可見，詩歌歷叙詩人所親歷唐末昭宗一朝自己入翰林受寵、器重，昭宗勵精圖治之盛況。後又描述朝政由盛轉衰，政局險惡，宦官藩鎮相互勾結，宰相崔胤引入朱全忠借以誅殺宦官，從而導致朱全忠專横跋扈，戰亂交織，昭宗播遷，百官慘遭貶殺，以致昭宗被弑，朱温篡權，李唐覆没等等重要史實。洵乃一篇唐季興衰史之紀實詩，頗富史料價值。誦讀此詩，頗如紀昀所稱韓偓：「忠義之氣，發乎情而見乎詞，遂能風骨内生，聲光外溢。」（《紀文達公遺集》卷十一《書韓致堯翰林集後二則》）且可深感「偓爲學士時，内預秘謀，外争國是，屢觸逆臣之鋒，死生患難，百折不渝，晚節亦管寧之流亞，實爲唐末完人。其詩雖局於風氣，渾厚不及前人，而忠憤之氣，時時溢於語外。性情既摯，風骨自遒，慷慨激昂，迥異當時靡靡之響。其在晚唐，亦可謂文筆之鳴鳳矣」（《四庫全書總目》卷一百五十一《韓内翰别集提要》）。

當然，除上所述外，這部分詩歌中尚有不少作品記述了韓偓貶官後流寓各地，乃至寓居於福建南安的生活歷程以及思想情感，同時也描述了所經地方的地理風光景色，風物與節候特色等，如《小隱》：「借得茅齋岳麓西，擬將身世老鋤犂。清晨向市煙含郭，寒夜歸村月照溪。爐爲窗明僧偶坐，松因雪折鳥驚啼。靈椿朝菌由來事，卻笑莊生始欲齊。」《雪中過重湖信筆偶題》詩云：「道方時險擬如何，謫去甘心隱薜蘿。青草湖將天暗合，白頭浪與雪相和。旗亭臘酎踰年熟，水國春帆向晚多。處困不忙仍不怨，醉來唯是欲傞傞。」《寄湖南從事》云：「索寞襟懷酒半醒，無人一爲解餘酲。岸頭柳色春將盡，船背雨聲天欲明。去國正悲同旅雁，隔江何忍更啼鶯。蓮花幕下風流客，試與温存譴逐情。」《贈湖南李思齊處士》云：「兩板船頭濁酒壺，七絲琴畔白髭鬚。三春日日黄梅雨，孤客年年青草湖。燕俠冰霜難狎近，楚狂鋒刃觸凡愚。知余絶粒窺仙事，許到名山看藥鑪。」上述四首詩均流寓湖南時作。而賦於江西的詩作也有不少，如《丙寅二月二十二日撫州如歸館雨中有懷諸朝客》詩：「悽悽惻惻又微嚬，欲話羈愁憶故人。薄酒旋醒寒徹夜，好花虚謝雨藏春。萍蓬已恨爲逋客，江嶺那知見侍臣。未必交情繫貧富，柴門自古少車塵。」又如《三月二十七日自撫州往南城縣舟行見拂水薔薇因有是作》詩：「江中春雨波浪肥，石上野花枝葉瘦。枝低波高如有情，浪去枝留如力鬬。緑刺紅房戰裹時，吴娃越豔醺酣後。且將濁酒伴清吟，酒逸吟狂輕宇宙。」詩人入今福建後所作詩歌更多，如《荔枝三首》、《登南神光寺塔院》、《訪明公大德》、《寒食日沙縣雨中看薔薇》、《余寓汀州沙縣病中聞前鄭左丞璘隨外鎮舉薦赴洛兼云繼有急徵旋見脂轄因作七言四韻戲以贈之或冀其感悟也》、《桃林場客舍之前有池半畝木槿櫛比閼水遮山因命僕夫運斤梳沐豁然清朗復覩太虚因作五言八韻以記之》、《江岸閒步》、《余卧疾深村聞一二郎官今稱繼使閩越笑余迂古潛於異鄉聞之因成此篇》、《殘春旅舍》、《驛步》、《南安寓止》、《安貧》等等。其中《登南神光寺塔院》詩云：「無奈離腸日九迴，强攄懷抱立高臺。中華地向城邊盡，外國雲從島上來。四序有花長見雨，一冬無雪卻聞雷。日宫紫氣生冠冕，試望扶桑病眼開。」再如《江岸閒步》：「一手攜書一杖筇，出門何處覓情通。立談禪客傳心印，坐睡漁師著背蓬。青布旗誇千日酒，白頭浪吼半江風。淮陰市裏人相見，盡道途窮未必窮。」又如《南安寓止》：「此地三年偶寄家，枳籬茅廠共桑麻。蝶矜翅暖徐窺草，蜂倚身輕凝看花。天近函關屯瑞氣，水侵吴甸浸晴霞。豈知卜肆嚴夫子，潛指星機認海槎。」還有《安貧》詩云：「手風慵展八行書，眼暗休尋九局圖。窗裏日光飛野馬，案頭筠管長蒲盧。謀身拙爲安蛇足，報國危曾捋虎鬚。舉世可能無默識，未知誰擬試齊竽。」這些詩作爲我們瞭解詩人貶官後的生活情感，乃至所經之處特别是福建地區的社會風貌、地理環境提供了豐富具體的寶貴資料，也同樣值得我們重視與研究。

除了上述所述外，這三卷詩歌爲我們瞭解韓偓貶官前後的生活、思想心態變化，詩歌藝術表現手法與風格的前後變異提供了珍貴的資料。

我們知道韓偓入仕後至天復三年二月被貶前一直在朝爲官，而貶官後至後梁龍德三年（公元九二三年）卒於南安的二十年間均過着流寓各地，以至隱居閩南的貶謫生涯。對於大多數被貶謫的古代官員來説，特别是忠而見讒，位尊而遠斥的貶黜，不僅政治地位、生活狀況會産生巨大的變化，其思想情感、心理心態也必然會發生震盪與裂變，這在感觸靈敏、情感細膩的文士尤爲明顯。何況對韓偓來説，他不僅位尊望重、忠而見黜，而且他的被貶是在頗受昭宗寵重，可昭宗又爲權姦挾制，愛莫能救的這一極爲特殊的情勢下發生的。那麽韓偓貶後的生活、情感、心態的複雜多樣及其變異也就很自然了。從韓偓的這些詩歌中我們就可以看到這種種情形。概而言之，有以下數點。

其一，對朝廷和往昔朝中生活的深情懷念。詩人受到昭宗的倚重與優禮，自己也盡到一位重臣的「處可機密，率與帝意合」的作用。對這一君臣際會經歷的追念，確實成了韓偓貶後心中不斷泛起的一股既神聖而又不免悵惘的情感。他流寓天涯至死猶珍藏的燒殘龍鳳燭與金縷紅巾，即是這一情感心態的見證。而且，這也見諸其詩作中。在湖南他見到含桃而「感事傷懷」，所賦詩有「金鑾歲歲長宣賜，忍淚看天憶帝都」句，並注云：「每歲初進之後，先宣賜學士。」（《湖南絶少含桃偶有人以新摘者見惠感事傷懷因成四韻》）從長沙往醴陵途中，忽見到村籬畔的紫薇花，他遂觸景生情而賦，詩題中謂「因思玉堂及西掖廳前皆植是花遂賦詩四韻」。此詩首四句云：「職在内庭宫闕下，廳前皆種紫薇花。眼明忽傍漁家見，魂斷方驚魏闕賒。」（《甲子歲夏五月自長沙抵醴陵……賦詩四韻聊寄知心》）這一懷想甚至形之於夢中，其《夢中作》再現了往日朝中景象：「紫宸初啟列鴛鸞，直向龍墀對揖班。……扇合卻循黄道退，廟堂談笑百司閒。」其懷念朝廷及往昔生活之深情於此可見。當然，這種情感是基於他忠於唐室，感恩依戀昭宗的心態之上的。以此從貶謫至唐亡後，他「詩文只稱唐朝官職，與淵明稱晉甲子異世同符」（劉克莊《後村詩話·前集》卷四），決不稱臣於後梁。他常回憶起「紫殿承恩久，金鑾入直年」（《感事三十四韻》）的蒙恩歲月，爲此而「心爲感恩長慘慼」（《秋郊閑望有感》）。

其二，對誤國篡權的權姦的痛恨蔑視，以及堅貞抗暴的不屈撓心態。詩人被貶後，朝廷很快地就被朱全忠、崔胤所控制，昭宗被逼遷都洛陽并被殺。哀帝立後不久，何皇后又遇害。柳璨、李振等群小也大肆迫害殺戮朝士。在李振的慫恿下，「時全忠聚（裴）樞等及朝士貶官三十餘人於白馬驛，一夕盡殺之，投屍於河。……振每自汴至洛，朝廷必有竄逐者，時人謂之鴟梟」（《資治通鑑》卷二六五天祐二年六月載）。天祐四年，朱全忠乾脆逼哀帝遜位禪讓，自己登帝位，改唐爲梁。韓偓遭迫害後，又在貶中聞知這一殘暴血腥的政變，作爲李唐皇室的忠耿臣子，他自然對這些權姦們充滿了憎惡嫉恨，屢屢將此心態情感流瀉於詩中。上文已引述的《感事三十四韻》即記下了唐將亡時這一權姦誤國篡權，讒害忠良的鬼魅横行的政局。他對權姦們既痛恨，又充滿了蔑視的譏笑與詛咒，既以「應笑暫時桃李樹，盜天和氣作年芳」（《梅花》）以譏乘時竊位之輩，又借「夭桃莫倚東風勢，調鼎何曾用不材」（《湖南梅花一冬再發偶題於花援》）之句以寓詛咒仗勢恣威，迫害忠良的柳璨、李振之流。這一對權姦們的誤國篡權、殘暴奸佞的痛恨，最集中地表現在朱全忠被其子所殺後，詩人感此而作的《八月六日作四首》中，其中「左牽犬馬誠難測，右袒簪纓最負恩」、「金虎挺災不復論，構成狂猘犯車塵」、「圖霸未能知盜道，飾非唯欲害仁人」、「簪裾皆是漢公卿，盡作鋒鋩劍血腥。顯負舊恩歸亂主，難教新國用輕刑」等等詩句猶如鋼鞭，一鞭鞭地鞭撻着這些歷史的罪人們，顯示了詩人正義的歷史批判。

其三，遠禍避害，寧肯隱居的心態。朱全忠等人所控制的唐末朝廷，由於對朝士迫害貶戮不斷，「時士大夫避亂，多不入朝」，如「禮部員外郎知制誥司空圖棄官居虞鄉王官谷，昭宗屢徵之，不起」。後柳璨召之，「圖懼，詣洛陽入見，陽爲衰野，墜笏失儀」（《資治通鑑》卷二六五天祐二年八月載），終於避免入任而放還山中。韓偓在這種政局下，又身遭迫害放逐，也自然難免遠禍避害的心理。他有過太多的「燒玉謾勞曾歷試，鑠金寧爲欠周防。也知恩澤招讒口，還痛神祇誤直腸」（《病中初聞復官二首》之一）的遭遇，以此在貶逐流寓中時刻警惕設防，以免遭害。曾賦詩自謂「咋舌吞聲過十年」（《即目二首》之二），又曾頗寄深意地提醒水禽「勸君細認漁翁意，莫遣組羅誤穩棲」（《玩水禽》），勸告翠碧鳥「挾彈小兒多害物，勸君莫近市朝飛」（《翠碧鳥》）。他的一再不肯應召回朝，固然有不願屈附朱全忠之意，也與這種遠禍避害的心態相關。以此他詩中常有這一心聲的流露：「宦途巇嶮終難測，穩泊漁舟隱姓名」（《病中初聞復官二首》之二），「道方時險擬如何，謫去甘心隱薜蘿」（《雪中過重湖信筆偶題》），「宦途棄擲須甘分，回避紅塵是所長」(《即目二首》之一)。既然認定宦途險惡，心存遠禍避害之意，則詩人所求也只能是隱逸一途了。他詩中不斷地流露出這一心態：「屏跡還應減是非……世亂豈容長愜意，景清還覺易忘機。世間華美無心問，藜藿充腸苧作衣」(《卜隱》)；「紫泥虛寵獎，白髮已漁樵。……若爲將朽質，猶擬杖於朝」(《乙丑歲九月在蕭灘鎮駐泊兩月忽得商馬楊迢員外書賀余復除戎曹依舊承旨還緘後因書四十字》)。在這種心態下，他貶謫以至入閩後，不斷有隱逸生活與情感的詩篇，如《小隱》、《卜隱》、《閒居》、《南安寓止》、《幽獨》、《秋村》、《息慮》等，而且也堅定地走向隱居之路。隨着時間的推移，唐室的覆亡，自己的老邁病殘，其隱逸的心理更趨於平静，並將身心融入隱居生活中，從中體驗到「景寂有玄味，韻高無俗情。……忙人常擾擾，安得心和平」(《閒興》)的情趣，最後終老於南安鄉村中。

其四，傷悼故國，欲報國而不能的悵恨。貶官以來，特别是唐亡梁立之後，韓偓心中彌漫着一種濃厚沉重的哀傷痛悼故國的情緒。此時他有如被放逐行吟澤畔的屈子，爲故國的頽敗淪亡而神傷心哀，不時地發出黯然憤鬱的歌吟，「悽悽惻惻又微嚬，欲話羈愁憶故人。……萍蓬已恨爲逋客，江嶺那知見侍臣」(《丙寅二月二十二日撫州如歸館雨中有懷諸朝客》)，這是唐亡前一年的悽惻之音。而作於唐甫亡時的《故都》一詩，則是一首極爲感愴人心的哀悼故國的悲歌，那「故都遥想草萋萋……宫鴉猶戀女牆啼。天涯烈士空垂涕，地下强魂必噬臍」之句，浸染着亡國後天涯舊臣的悲哀鬱憤之情。《感事三十四韻》詩回首自己受寵信的朝中往事以及國家亂起，逐漸淪亡的重大事件與變亂，最後感時傷世，悲極而歌：「鬱鬱空狂叫，微微幾病癲。丹梯倚寥廓，終去問青天。」爲傷故國而幾近狂癲，世事無情而只能叩問蒼天，詩人的哀悼故國，終與貶中屈子同一心態。此後在詩人的有生之年，他總不能解脱這種心態。「秦苑已荒空逝水，楚天無限更斜陽」（《感舊》），傷悼無奈之情伴隨着詩人度過了人生黄昏歲月。不過，也應看到詩人在這期間仍存報國濟世之心，《有矚》詩中之「安石本懷經濟意，何妨一起爲蒼生」；《疏雨》詩中「但欲進賢求上賞，唯將拯溺作良媒。戎衣一挂清天下，傅野非無濟世才」；《感事三十四韻》更明確抒發「四夷同效順，一命敢虚捐」的以死報國之情。然而詩人貶官南荒，後又遭遇新朝篡立，他真感到「掩鼻計成終不覺，馮諼無路效鳴雞」（《故都》）的徒有報國之志而又報國無門的悵恨。

我們説作家的生活、思想心理心態是會影響到其文學創作的。在韓偓這三卷詩歌中，詩人詩歌藝術表現手法與風格的前後變異也是很明顯的。且讓我們着重介紹其貶官後的心態對其詩歌創作的立意、表現手法以及風格方面的影響。

首先，在詩歌立意上，詩人因貶後心態的作用，常喜借用各種事物來表達貶後的各種感受與心境。其《失鶴》詩云：「正憐標格出華亭，況是昂藏入相經。碧落順風初得志，故巢因雨卻聞腥。幾時翔集來華表，每日沉吟看畫屏。爲報雞群虚嫉妒，紅塵向上有青冥。」這首詩實際上是借失鶴詠其心態，既有自己「標格」、志向的自白，又有自己「初得志」不久即遭遇故朝(巢)毀於血腥之中的哀痛；在對故國的哀思與期盼中，同時抒發了對讒毁嫉忌他的群小們的蔑視。值得玩味的是詩人前後有三首詠柳之作。寫於入仕前見於《香奩集》的有《詠柳》：「裛雨拖風不自持，全身無力向人垂。玉纖折得遥相贈，便似觀音手裏時。」作於入仕後在翰苑時又有《宫柳》詩：「莫道秋來芳意違，宫娃猶似妬蛾眉。幸當玉輦經過處，不怕金風浩蕩時。草色長承垂地葉，日華先動映樓枝。澗松亦有凌雲分，爭似移根太液池。」而《柳》詩「一籠金線拂彎橋，幾被兒童損細腰。無奈靈和標格在，春來依舊裛長條」，則乃貶後所詠。這三首成於不同時期的詠柳之作，其立意不同。第一首乃一般的詠柳詩，第二首則以宫柳比擬自己優渥受寵的際遇，而第三首的立意則受其貶後心態影響，乃着意表現詩人雖遭殘害被貶出宫，但猶如舊宫芳林苑中靈和殿前的宫柳，他的「靈和標格」依然故我，不因貶逐而變節失態。由於詩人深受權姦的迫害，目睹新貴小人的擅作威福，貶戮朝士，出於對他們的憎惡蔑視心態，遂使其詩也時有立意於此者。如《觀鬬雞偶作》：「何曾解報稻粱恩，金距花冠氣遏雲。白日梟鳴無意問，唯將芥羽害同群。」顯然立意在譏刺柳璨、李振之流。又如《火蛾》中寫其「非無惜死心，奈有滅明（一作趨炎）意」，意在指斥那些趨炎附勢投靠朱全忠新朝而爲非做歹之徒。詩人對「鬚穿粉焰焦，翅撲蘭膏沸」的「火蛾」們，既傷且恨：「爲爾一傷嗟，自棄非天棄！」

這類在貶謫心態影響下，以立意爲重要特色的詩作，其立意内容除上所言外還有多種，譬如《浄興寺杜鵑一枝繁豔無比》詩之「蜀魄未歸長滴血，只應偏滴此叢多」句，意在抒發哀傷故國之情；《玩水禽》、《翠碧鳥》，借勸誡水鳥而寓以遠禍避害自警；《鵲》詩則以「偏承雨露潤毛衣，黑白分明衆所知」等句寫自己在朝際遇與品格，又以「莫怪天涯棲不穩，託身須是萬年枝」句狀貶後心態；《雷公》詩又有「必若有蘇天下意，何如驚起武侯龍」句，立意於希冀天下賢豪起而拯世濟民等等。通觀韓偓詩，這種重在抒發貶後感受與心境，别具立意之巧的詩作，在貶後大量出現，是其貶後詩歌創作的一大特色，故胡震亨《唐音癸籤》卷八云：「致堯閩南逋客，完節改玉之秋。讀其詩，當知其意中别有一事在。」

其次，與上述特色直接相關，在貶官後的涉及政治局勢和與此有關的一己情志的詩歌創作中，其表現手法也有值得注意之處。其一，在抒情寫志叙事上，在朝時多採用直抒胸臆，據事鋪寫的方法，如《與吴子華侍郎同年玉堂同直懷恩叙懇因成長句四韻兼呈諸同年》、《雨後月中玉堂閒坐》、《從獵三首》、《錫宴日作》等均是；而貶官後上述手法呈現逐漸弱化趨向，轉向更多地採用含蓄婉轉的表現方法，如上舉《火蛾》、《觀鬬雞偶作》、《失鶴》等作皆如此。其二，更多地應用比喻寓託的手法。任官在朝時，他極少有比喻寓託而成的詩篇，但貶官後則大量採用此法。這不僅是個别詩句，而且多有通首如此者。他作於湖南的兩首詠梅之作，即以梅花自喻，以夭桃喻朝中得勢權姦；《鵲》、《柳》等詠物之作，實際上均是寓託之什；《翠碧鳥》之「挾彈小兒」、《玩水禽》之「依倚雕梁」的「社燕」、「抑揚金距」的「晨雞」，也均有所喻指。其三，典故的應用較貶前增多。貶官之前韓偓較少用典故，而貶謫流寓中，尤其在涉及政局、時事人物以及抒發自己情志的詩篇中，詩人卻較多應用典故。比如《感事三十四韻》、《八月六日作四首》、《有感》、《余卧疾深村聞一二郎官今稱繼使閩越笑余迂古潛於異鄉聞之因成此篇》、《余寓汀州沙縣病中聞前鄭左丞璘隨外鎮舉薦赴洛……冀其感悟也》等作皆運用大量典故。且以後詩而言，「桑田變後新舟楫，華表歸來舊路岐。公幹寂寥甘坐廢，子牟歡忭促行期」等句均含典實。更值得一提的是其詩中多有舊典寓含「今典」之處，也就是説以前朝典故人物寓指當世實有人物與事件。如《感事三十四韻》詩中的「恭顯誠甘罪，韋平亦恃權。……晉讒終不解，魯瘠竟難痊。只擬誅黄皓，何曾識霸先。嗾獒翻醜正，養虎欲求全」；《八月六日作四首》中的「左牽犬馬誠難測，右袒簪纓最負恩」、「金虎挺災不復論，構成狂猘犯車塵。御衣空惜侍中血，國璽幾危皇后身」、「袁安墜睫尋憂漢，賈誼濡毫但過秦」等句中的典故，均有其時現實的人物與事件與之對應，而詩人之意乃在於用舊典喻指比附現實人物與事件之今典。這些表現手法的採用，均與詩人貶後已變化了的特殊的心態直接相關。

最後，貶後的心態也影響及其詩歌風格。這種影響主要表現在三方面。其一，詩人目睹權姦當道、兵連禍結，經歷忠而遭貶，唐室衰亡的滄桑巨變，在此「國家不幸詩人幸」之際，他的心態情感遽然頓改，變得忠憤悲鬱、黯然沉摯。此時已罕有早年那風流輕靡、詞致婉麗的香奩之作，也有異於在朝時的温婉和麗的主流詩風。其不少涉及政治與個人遭遇的詩作如《故都》、《安貧》、《感舊》、《八月六日作四首》等，誠如紀昀《四庫全書總目·韓内翰别集提要》所評：「渾厚不及前人，而忠憤之氣時時溢於言外。性情既摯，風骨自遒，慷慨激昂，迥異當時靡靡之響。」《全唐詩録》謂其「後遭故遠遁，出語依於節義，得詩人之正焉」，指的也是這類風概的詩作。因此，我們説這種悲憤沉鬱、風骨凛然詩風的出現，正是貶後遭遇與心態影響所致。其二，由於唐亡前後政局混亂殘酷，詩人又慘遭讒毁貶斥，在易代换朝之際，拒不稱臣於新朝，現實已逼得他改换舊心腸，懷有避難遠禍唯恐不及之心理。在這種心理的作用下，當忠憤之氣沖激得他情不自禁賦詩抒發情志時，他也就有意識地採用曲筆，或用比喻寓託，或借典實暗指，或委婉立意，將詩作寫得意藴深藏，若顯若晦。有時有的詩則詩旨迷離，甚至有點晦澀難解。如《天鑒》：「何勞諂笑學趨時，務實清修勝用機。猛虎十年摇尾立，蒼鷹一旦醒心飛。神依正道終潛衛，天鑒衷腸競不違。事歷艱難人始重，九層成後喜從微。」又如《再思》：「暴殄猶來是片時，無人向此略遲疑。流金鑠石玉長潤，敗柳凋花松不知。但保行藏天是證，莫矜纖巧鬼難欺。近來更得窮經力，好事臨行亦再思。」再如《八月六日作四首》的個別詩句亦如此。因此也就形成了他部分詩作含蓄委曲的風格特色。這種特色在他仕於朝時是不太多見的。其三，韓偓貶官入閩，最後寓止南安村居至卒。其間村居生活的平淡閒靜，自然環境的幽美，甘於隱逸不仕的心態，讓詩人欣賞熱愛這一生活與環境，他的心態情趣與之逐漸諧調融合，以此在描述村居生活與景色的不少詩篇中，呈現出前所少見的自然沖淡且不乏韻致的特色。這種風格韻致的詩作頗讓前人稱賞，羅大經云：「農圃家風，漁樵樂事，唐人絶句模寫精矣。余摘十首題壁間，每菜羹豆飯飽後，啜苦茗一杯，偃卧松窗竹榻間，令兒童吟誦數過，自謂勝如吹竹彈絲。」其所摘即有韓偓的「閩説經旬不啟關，藥窗誰伴醉開顔。夜來雪壓村前竹，賸看溪南幾尺山」、「萬里清江萬里天，一村桑柘一村煙。漁翁醉著無人喚，過午醒來雪滿船」詩（《鶴林玉露》甲編卷之二《農圃漁樵》）。這類詩作尚有不少，如《深院》、《野塘》、《即目》、《蜻蜓》、《清興》、《晨興》、《山院避暑》等，而「樹頭蜂抱花鬚落，池面魚吹柳絮行」（《殘春旅舍》）、「細水浮花歸別澗，斷雲含雨入孤村」（《春盡》）、「斷年不出僧嫌癖，逐日無機鶴伴閑」（《睡起》）諸詩句亦頗能見此詩風。

## 三

上面我們介紹了韓偓《香奩集》和此集外的其他韓偓詩歌的内容和藝術表現手法風格，并借助這些詩歌展現韓偓在其貶官前後思想情感、詩歌風格特色及其變異情況。這些都是以《全唐詩·韓偓集》中絶大多數詩確實都是韓偓之作，而非贋作立論的。但這些詩歌是否全是韓偓之作，這從宋代以來至今卻是有爭議的。即是《香奩集》的作者，除了韓偓外，主要尚有和凝所作而託名韓偓之説；也有個别以爲是韓熙載或馮延巳之作。因此有必要簡要介紹人們在此問題上的不同觀點，以及學術界較爲普遍的看法。

韓偓《香奩集》的正式著録起於北宋，歐陽修等人的《新唐書·藝文志》、晁公武《郡齋讀書志》均謂「《香奩集》一卷」。南宋陳振孫《直齋書録解題》則記「《香奩集》二卷」。《郡齋讀書志》在著録《香奩集》後又謂：「《香奩集》，或曰和凝既貴，惡其側艷，故詭稱偓著云。」所謂「或曰」云云乃指宋人沈括《夢溪筆談》所説。是書卷十六云：「和魯公有艷詞一編，名《香奩集》。凝後貴，乃嫁其名爲韓偓，今世傳韓偓《香奩集》乃凝所爲也。凝生平著述分爲《演綸》、《遊藝》、《孝悌》、《疑獄》、《香奩》、《籝金》六集。自爲《遊藝集序》云：『予有《香奩》、《籝金》

二集，不行于世。』凝在政府，避議論，諱其名，又欲後人知，故於《遊藝集序》述之，此凝之意也。予在秀州，其曾孫和惇家藏諸書，皆魯公舊物，未有印記甚完。」此説一出，後人頗有贊同是説者，如宋《全唐詩話》，江少虞所撰的《宋朝類苑》，明胡應麟的《四部正譌》，清錢遵王的《讀書敏求記》等等。《全唐詩話》卷五云：「《香奩集》和魯公之詞也，惟其艷麗，故貴後嫁其名於偓。」胡應麟《四部正譌》亦謂：「《香奩集》，沈存中、尤延之並以爲和凝作。凝少日爲此詩，後貴盛，故嫁名韓偓；又不欲自没，故於他文中見之。今其詞與韓不類，蓋或然也。方氏《律髓》以偓同時吴融有此題爲證，不知此正凝假託之故。不然，胡弗託之温、韋諸子而託之偓？葉少藴以爲韓熙載，則姓與事皆近之。總之，俱五代耳。葉以不當見《唐志》爲疑，此不然，《唐志》如羅隱、韋莊、劉昭禹輩皆五代人也。」今人高文顯甚至特撰《香奩集辨僞》以辨《香奩集》非韓偓所作；本世紀以來尚有學者撰文考訂《香奩集》非韓偓所作。

與支持沈括之説相反，歷代更多的學者則或力駁沈氏之説，或主張《香奩集》確是韓偓之作。宋人葛立方在《韻語陽秋》卷五云：「韓偓《香奩集》百篇，皆艷詞也。沈存中《筆談》云：『乃和凝所作，凝後貴，悔其少作，故嫁名於韓偓爾。』今觀《香奩集》有《無題詩序》云：『余辛酉年，戲作《無題》詩十四韻，故奉常王公、内翰吴融、舍人令狐涣相次屬和。是歲十月末，一旦兵起，隨駕西狩，文稿咸棄。丙寅歲，在福建，有蘇暐以稿見授，得《無題》詩，因追味舊時（慶按，「舊時」韓偓原文作「舊作」。此處「舊時」，疑是「舊詩」之音誤），闕忘甚多。』予按《唐書·韓偓傳》：偓嘗與崔胤定策誅劉季述，昭宗反正爲功臣，與令狐渙同爲中書舍人。其後韓全誨等劫帝西幸，偓夜追及鄠，見帝慟哭。至鳳翔，遷兵部侍郎。天祐二年，挈其族依王審知而卒。以《紀運圖》考之，辛酉乃昭宗天復元年，丙寅乃哀帝天祐二年（慶按，應是天祐三年），其序所謂丙寅歲在福建，有蘇暐授其稿，則正依王審知之時也。稽之於傳與序，無一不合者。則此集韓偓所作無疑，而《筆談》以爲和凝嫁名於偓，特未考其詳爾。《筆談》云：『偓又有詩百篇，在其四世孫奕處見之。』豈非所謂舊詩之闕忘者乎？」宋胡仔在《苕溪漁隱叢話前集》卷二十三引宋人陳正敏《遯齋閑覽》云：「《筆談》謂《香奩集》乃和凝所爲，後人嫁其名於韓偓，誤矣。唐吴融詩集中有和韓致元侍郎《無題》二首，與《香奩集》中《無題》韻正同。偓叙中亦具載其事。又嘗見偓親書詩一卷，其《裊娜》、《多情》、《春盡》等詩多在卷中。偓詞致婉麗，非凝言『余有《香奩集》不行於世』。凝好爲小詞，洎作相，專令人收拾焚毁。然凝之《香奩集》乃浮艷小詞，所謂不行於世，欲自掩耳。安得便以今《香奩集》爲凝作也？」宋葉石林亦曰：「世傳《香奩集》，江南韓熙載所爲，誤。沈存中《筆談》又謂漢相和凝所爲，後貴，惡其側艷，嫁名於偓，亦非也。余家有唐吴融詩一集，其中有和韓致堯《無題》三首，與《香奩集》中《無題》韻正同，而偓序中亦具載其事。又余曾在温陵於偓裔孫垌處，見偓親書所作詩一卷，雖紙墨昏淡而字畫宛然，其《裊娜》、《多情》、《春盡》等詩多在卷中，此可驗矣。偓富于才情，詞致婉麗，能道人意外事，固非凝所及。據《北夢瑣言》云：『凝少年好爲小詞，令布於汴洛。洎作相，專令人收拾焚毀。契丹入寇，號爲曲子相公。』然則凝雖有集名《香奩》與偓同，仍浮艷小詞耳，安得便以今世所行《香奩集》爲凝作耶？」（見清杭世駿《訂訛類編》卷四引）《永樂大典》九〇六諸家詩目二也引葉石林曰：「偓在閩所爲詩，皆手自寫成卷，嘉祐間裔孫出其數卷示人，龐穎公爲漕，取奏之，因得官。時文氣格不甚高，吾家僅有其詩百餘篇。世傳别本有名《香奩集》，《新唐書·藝文志》亦載其辭，皆閨房不雅馴，或謂江南韓熙載所爲，誤以爲偓，若然何爲録於《唐志》乎。熙載固當爲之，然吾所藏偓詩中，亦有一二篇絶相類，豈其流落亡聊中，姑以爲戲，然不可以爲訓矣。」整理並出版過韓偓集的明末清初學者毛晉也説：「沈夢溪云：『和魯公凝有艷詞一編，名《香奩集》。凝後貴，乃嫁其名爲韓偓。今世傳韓偓《香奩集》乃凝所爲也。』此説惟劉潛夫信之，石林、遁齋、虛谷諸公俱以爲誤，引吴融和韓侍郎《無題》詩三首及致光親書《裊娜》、《多情》等詩爲證，則斯編是致光作無疑矣。如凝之《香奩》，乃浮艷小詞，集名偶同耳。況凝自謂『不行于世』，後人又何必借韓侍郎行本以實之耶？」（《五唐人詩集》本《香奩集》末跋語）類似上述之主張《香奩集》爲韓偓作者，自宋至今多有之。如近人閻簡弼在《香奩集跟韓偓》一文中即力辨《香奩集》爲韓偓所作，今人陳敦貞在其《唐韓學士偓年譜》一書中特地附上《香奩集辨真》一文。

儘管主張《香奩集》爲韓偓作之説佔主流，但歷代對此種主張之某些證據也提出一些反駁意見，如杭世駿即説：「二説未知孰是。竊意《無題》及《裊娜》、《多情》、《春盡》等作實係偓詩，和凝欲嫁名於偓，特以偓詩錯雜其間，故令真贋莫辨，亦未可知。致光功業心術，卓然不群，『如今冷笑』云云，非泛然作鄙夷語也。」（杭世駿《訂訛類編》卷四《香奩集》）又如今人高文顯在其《韓偓·香奩集辨僞》中力駁主張《香奩集》爲韓偓作的三方面證據，云：「（一）葉石林及葛常之的以《無題》詩，及《無題詩序》爲證明，充其量也不過是證實了《無題》詩是韓偓所作的而已。所以我們姑且承認《無題》詩是韓偓所作的吧；但是以一《無題》詩就可以證明《香奩集》全部是韓偓所作的嗎？有心作僞的人，難道不會將韓偓的隨便什麽詩選了幾首風格稍爲相近的，拉入以充證據嗎？不然憑空揑造了一部書，與被假託者毫無發生關係，怎能夠教人家相信呢？這是作僞書的人，應有僞造證據的可能，明眼的人決不致被其所誤吧！（二）石林於偓裔孫駉處所見的詩，是不是韓偓的真跡，還是一個問題。因爲據《泉州府志》所説，已經是於慶曆中被其孫奕進呈韓氏的著作多種了，那麽爲什麽還有他的真跡遺留着呢？我想石林所看到的總有幾分僞而不真。再者假如《裊娜》、《多情》、《春盡》等詩都在卷中，這或者就是石林前所説的有一二首絶相類的吧？但是假如我們姑且承認這幾首詩是韓偓所作的吧，那也正是因爲詩格稍爲相近的緣故，被他人採入以充證據的啊。這種説法如果不通的話，爲什麽《香奩集》中的詩如《初赴期集》一首、《荔枝》三首、《南浦》、《已涼》……等詩，於正集中也都有呢。這顯然地可以斷定是僞託者採用韓詩的鐵證；不然，既於正集中有了，難道於《香奩集》裏面又重見，韓偓難道故意要重複嗎？僞作者的心裏，於此又可以揭穿了。（三）據《北夢瑣言》所載的，只不過説和凝少年時好爲小詞而已，並没有提到他的《香奩集》是詞集啊。石林爲什麽説《香奩集》是詞集呢？可見是杜撰的，毫無根據的了。假如他這種説法可以成立的話，我們何嘗不可以同樣地説和凝所作的《宫詞》百首，也是詞而不是詩嗎？那末這也可以證明《宫詞》百首不是和凝所作的了。可是未免太簡單而且説不通啊。以上所説的，不過略爲申辯而已，可見他們反對的理由很簡單，又不近情理；所以我們不敢贊成他們的説法。而且不只我一個人不贊成，辨别僞書的大家明胡應麟於《四部正譌》中，也駁斥得很清楚道：……觀了上面所討論的，可見《香奩集》無疑地是一部僞書了。」

徐復觀《韓偓詩與香奩集論考》也指出「《香奩集》到底是否出於韓偓，迄今是文學史中的一個懸案」。他經過考察論析認爲：「綜上所述，我現在可以先作如下的三點結論：一、韓偓在福建時自編而且手寫的詩，只有《唐書·藝文志》著録的『《韓偓詩》一卷』，但他自己並不曾定下名稱。這是今日流行的《韓翰林集》的底子。但今時所流行的《翰林集》裏面，則由後人補入了社會上所流傳的韓偓的詩，並滲入了非韓偓的作品。二、在上述的韓偓自編集裏，收了一部份較爲綺麗的詩；但並未另編一集。現行《香奩集》中雖然有他的詩，但《香奩集》的本身，非韓偓自己所曾與知的。三、沈括親自看到和凝《遊藝集序》中自稱『余有《香奩集》』的話，是可信的。但這句話並非一定說明集裏所收的詩都是和凝自己的。前面提到和凝的《孝悌》、《疑獄》兩集，是由編集而成。……則和凝選集韓偓一部分較爲綺麗之詩，再加上自己的一些少作，以成《香奩集》，這從當時選詩的風氣看，從和凝個人著作的體例看，從現有《香奩集》的內容（見後）看，是相當合理的。在這種情形下，他無嫁名於韓偓的必要。更不必僞造這樣一篇不夠水準的序。……不過，和凝因爲當時自己的政治地位很高，對於自己少年的風懷詩，不好意思寫上自己的名字；而韓偓的詩名，在當時已很大；當《香奩集》漸漸行世以後，他人看到其中有韓偓的詩，便認定此集是全屬於韓偓的；和凝及其後人，也不好出來加以否認。至於有人認爲是韓熙載的，是因爲其中收有韓熙載的詩，或類似韓熙載的詩，而引起的猜測。但自有人僞造出一篇韓偓的自序後，《香奩集》與韓偓便結下了不解之緣；漸至自南宋起，一般人以《香奩集》來代表韓偓的詩，這真是千古的冤案。」除認爲《香奩集》爲僞書外，徐先生在《〈翰林集〉中的僞詩》一節中認爲《香奩集》外的許多韓偓詩爲僞作。認爲韓偓「未曾至江南」，「則各本所共有的《江南送別》、《過臨淮故里》、《吳郡懷古》、《遊江南水陸院》這一類的詩，可斷言其非出於韓偓」，「此外《夏課成感懷》中有『未到潘年有二毛』之句。……則此詩是三十二歲以前所作的。但起首兩句『别離終日思忉忉，五湖煙波歸夢勞』，這決非籍居萬年（長安）人的口氣，則這首詩也不是韓偓的。《秋江閑望》詩有『碧雲秋色滿吴鄉』之句，閩不可以稱『吴鄉』。又有『可憐廣武山前語，楚漢虚教作戰場』，這是當時江浙一帶群雄鬥爭的形勢，所以此詩也不是韓偓的。《南浦》詩有『應是石城艇子來』之句，與韓偓情況不合，而詩的氣體較粗，極似韓熙載。《早起探春》及《閨怨》，雜在韓偓的居閩各詩中，與偓心境不合，故《閨怨》詩雖好，亦有問題。大抵將偓詩分爲三卷，其第三卷中除極少數外，我認爲多屬可疑。若細加搜討體會，《翰林集》中必尚可辨出與韓偓無關之作」。

上述諸家乃至學術界已有的對《香奩集》以及《翰林集》中某些詩的辨僞，在我整理韓偓集時是給予相當重視的，其中對幾首詩的辨僞成果，我也採納而適當加以編輯。然而徐先生對於《翰林集》中詩的懷疑辨僞，除了少數其他學者也曾辨僞爲我採納外，其他的辨僞或因没有充分證據，或有乖於事實，或理解有誤等等，以致令人難於信服，故我未予採納，並在本書中時而加以説明辨析。至於《香奩集》及其《序》之真僞，我覺得以爲僞者所提出的證據與論析，尚不足證明其確實爲贋品（其理由歷來不少學者已辨析，有些則因篇幅與體例的關係，容我不在這裏闡述），而我是認同絶大多數韓偓研究者的肯定意見的。本世紀出版的《中國古代文學要籍簡介·詩文别集》也肯定《香奩集》爲韓偓作，謂韓偓「《香奩集》專寫男女之情，風格纖巧。對此歷來評價不一。舊傳本題爲五代時和凝作。和凝顯貴後，因集中多豔詞，託名韓偓著。此説前人已辯其非」。以此我仍將《香奩集》及其《序》，作爲韓偓詩文而輯入此書中。

# 四

歷代各種主要書録均對韓偓的詩文多有著録，如宋王堯臣《崇文總目》記：《金鑾密記》一卷、《韓偓詩》一卷。宋歐陽修、宋祁《新唐書》記：韓偓《金鑾密記》五卷、《韓偓詩》一卷、《香奩集》一卷。宋晁公武《郡齋讀書志》記：《金鑾密記》一卷、《韓偓詩》二卷、《香奩集》一卷。宋陳振孫《直齋書録解題》記：《金鑾密記》三卷、《香奩集》二卷、《入内廷後詩集》一卷、《别集》三卷。宋鄭樵《通志略·藝文略》記：《韓偓詩》一卷，又《香奩集》一卷、《金鑾密記》一卷。至清代，丁丙《善本書室藏書志》記：《韓偓詩》二卷、《香奩集》一卷、《韓翰林集》一卷。丁仁《八千卷樓書目》記：《韓内翰别集》一卷，《韓翰林集》四卷，《香奩集》三卷，附録一卷。錢曾《錢遵王述古堂藏書目録》著録：韓偓《翰林詩集》一卷，韓偓《香奩集》三卷。儘管所記書名以及卷數有所異同，但韓偓的主要著作可以歸納爲如《新唐書·藝文志》或《郡齋讀書志》所著録的《金鑾密記》、《韓偓詩》、《香奩集》三種。其中《金鑾密記》大約在宋以後即已佚，僅不多的條目爲宋司馬光《資治通鑑》胡注、曾慥《類説》、元陶宗儀《説郛》等所引用收録。

歷代所流行的《韓偓詩》、《香奩集》、《金鑾密記》的版本甚多，其各種版本的編集、所收詩文狀況、特點與優劣、源流系統、流傳存佚情況等等，在先師周祖譔先生的《關於韓偓集的幾個問題》和鄧小軍教授的《韓偓集版本》二文中均有較爲詳細的叙述介紹。下面我們即借助他們的研究成果，將有關韓集版本狀況擇要加以介紹。

如祖譔師文分「從一卷本到三卷本」、「現存各本的基本情況」、「與《香奩集》重出問題」三節加以説明介紹；鄧教授文的記叙更爲具體詳盡，他以「韓詩編集及宋代傳本」、「今存韓集宋本明清傳刻本、抄本及其源流與分系」、「今存韓集其他明清刻本、抄本及其源流與分系」、「韓偓筆記《金鑾密記》及散文」四節加以詳盡的記述，而且在前三節中又介紹了多種版本的具體狀況。其中還具體叙述了「韓集宋本明清傳刻及抄本的源流與分系」之詳況。祖譔師文對於一卷本到三卷本的韓偓集有如下看法：「《韓偓詩》，《崇文總目》著録爲一卷；《新唐書・藝文志》同，並著録《香奩集》一卷；晁公武《郡齋讀書志》則作《韓偓詩》二卷、《香奩集》不分卷；鄭樵《通志略・藝文志》亦謂《韓偓詩》一卷，又《香奩集》一卷；尤袤《遂初堂書目》著録《韓偓集》未言卷數；陳振孫《直齋書録解題》著録《香奩集》二卷，《入内廷詩集》一卷，《别集》三卷。由以上所言情況可以看出，在南宋早期以前，書名都直稱《韓偓詩》，多數著録爲一卷，《香奩集》也是一卷，或不分卷。衹有《郡齋讀書志》著録《韓偓詩》爲二卷。但這二卷本決不意味着所收韓偓詩較之一卷本有成倍的增加，更大的可能是將原一卷本析爲兩卷。」又指出：「南宋中葉以後有人把韓偓詩重新編集。這就是陳振孫《直齋書録解題》著録的《别集》三卷。韓偓《别集》三卷本久已失傳，但我判斷，它是現存各本韓偓詩的祖本。」祖譔師又論述道：「我見到的韓偓集有汲古閣本、《唐音統籤》本、《四部叢刊》影印本、臺灣「中央圖書館」藏舊抄本一種、《全唐詩》本、文淵閣《四庫全書》本、嘉慶時王氏麟後山房抄本、《關中叢書》所收的吴汝綸評注本。我把這八種本子對勘了一下，得出的結論是諸本同出一源。」

鄧教授文在「韓詩編集及宋代傳本」一節中先記叙宋代之前有關韓集編集情況的文獻記載，如載録韓偓《玉山樵人香奩集序》謂：「北宋沈括《夢溪筆談》卷十七：『唐韓偓爲詩極清麗，有手寫詩百篇，在其四世孫奕處。偓天復中避地泉州之南安縣，子孫遂家焉。慶曆中，余過南安，見奕，出其手集，字極淳勁可愛。後數年，奕詣闕獻之，以忠臣之後得司士參軍，終於殿中丞。又予在京師見《送瞾光上人》詩，亦墨蹟也，與此無異。』南宋葉夢得曰：『偓在閩所爲詩，皆手自寫成卷。嘉祐間，裔孫奕出其數卷示人，龐潁公爲漕，取奏之，因得官。詩文氣骨不甚高。吾家僅有其詩百餘篇。世傳别本有名《香奩集》者，《唐書·藝文志》亦載。』又曰：

『吾家所藏偓詩，雖不多，然自貶後，皆以甲子歷歷自記其所在。』」此後又叙録從王堯臣《崇文總目》到《宋史·藝文志》各書録對韓集的著録情况，最后據上述文獻得出以下結論：「第一，韓偓入閩後，先將陸續收得之早年綺麗詩作編爲《香奩集》。第二，偓晚年又將入仕、入閩詩，手寫成集，並作自注，記時地事（葉夢得「以甲子歷歷自記其所在」）。此是偓詩《别集》祖本。《别集》原名爲何？《直齋書録解題》、《宋史·藝文志》著録爲《别集》，當爲省稱；瞿鏞《鐵琴銅劍樓藏書目録》卷十九著録影寫宋刻本『《翰林集》一卷、《香奩集》一卷』，又云『此從宋刻本影寫，不名《内翰别集》』，則《别集》原名當爲《翰林集》，或《韓翰林别集》。第三，北宋陳從易、沈括從偓裔孫韓奕處所見偓手寫詩《别集》，爲『百二十篇』、『百篇』，南宋葉夢得家藏偓詩集，亦爲『百餘篇』，當爲同一本子。此百篇本，並非偓《别集》全帙，但在宋代爲偓《别集》最早傳世之本。第四，葉夢得所述『偓在閩所爲詩，皆手自寫成卷，嘉祐間，裔孫奕出其數卷示人，龐潁公爲漕，取奏之，因得官』，此『數卷』當指《别集》或《别集》與《香奩集》，非僅指《香奩集》。偓《别集》此『數卷』本篇數明顯多於百篇本。『數卷』本既出，遂逐漸取代百篇本，成爲後來傳世偓《别集》之祖本。自宋以後，傳世偓《别集》爲二百餘篇，其祖本即此『數卷』本。第五，偓《别集》『數卷』本出於嘉祐年間（一〇五六—一〇六三）；《崇文總目》編成進上於慶曆元年（一〇四一），是在『數卷』本傳世之前；《新唐書》成書於嘉祐五年（一〇六〇），與『數卷』本傳世大約同時。可知《崇文總目》及《新唐書・藝文志》所著録之『韓偓詩一卷』，當爲百篇本，『數卷』本則未及著録之。第六，《郡齋讀書志》所著録『韓偓詩二卷』，《直齋書録解題》所著録『《入内廷後詩集》一卷、《别集》三卷』，顯然爲偓《别集》『數卷』本。此表示，嘉祐以後，南宋以前，偓《别集》『數卷』本即二百餘篇本，已取代百篇本傳世。《唐音統籤・戊籤》卷七十五韓偓詩卷首按語云：『按：偓《集》，《唐藝文志》一卷，《香奩集》一卷。《宋志》又有《入翰林集》一卷，《别集》三卷。偓在閩，所爲詩皆手自寫成帙。宋嘉祐間，龐潁公爲漕，從裔孫奕取奏之，奕因得官。故較《唐志》爲多。《入翰林集》不滿二十篇，《别集》自出官迄寓閩詩具在，而及第前後諸作亦附焉。若《香奩集》，大概未登第前詩也。』胡氏所言，大體不誤，唯未能確切指出《别集》先有百篇本行世，《新唐書・藝文志》所著録爲此本，後有『數卷』本即二百餘篇本行世，『故較《唐志》爲多』。」

鄧教授文（下簡稱「鄧文」）尚研究韓偓集各主要版本之源流與分系情況，今即選其中與本書所用底本、對校本有關的幾種主要韓偓集版本的研究結果節録如下：

鄧文介紹明末毛氏汲古閣刻《五唐人詩集》本《香奩集》一卷云：「毛刻本《香奩集》詩題編次，起自《幽窗》（五律）、《江樓二首》（七絶），終於《荔枝三首》（七絶）。卷末增補《無題并序》詩四首，《浣溪沙》詞二首，《黄蜀葵賦》、《紅芭蕉賦》二首。此本是不分體本，當爲大體編年本。《香奩集》不分體本當爲大體編年本，依據如下：第一，集内多數作品是寫愛情，大抵是作者青年時所作。第二，集内此等青年時作品皆編次在前面。第三，集内個别中晚年時作品如《寄遠》（自注：在岐日作）、《多情》（自注：庚午年在桃林場作），編次靠後。毛刻本《香奩集》應爲宋本之傳刻。」又謂明毛晉編、清初毛氏汲古閣刻《唐人六集》本《韓内翰别集》一卷云：「此本詩題編次，起自《雨後月中玉堂閑坐》（七律），終於《已涼》（七絶）。此本是編年本。《韓翰林詩别集》作爲編年本，不是指全集從頭到尾依次編年，而是指大體編年，尤其主要作品是依次編年（參下文《全唐詩》本條）。此本衆多詩篇皆有題下或句下小字自注，以記時地事。卷後附録《補遺》，增補《寄禪師》、《日高》、《夕陽》、《舊館》、《中春憶贈》五首。書末附毛晉跋語：『余梓《香奩》已十餘年矣。兹吴匏庵叢書堂鈔《别集》，皆天復元年辛酉入内庭後詩也。……第乙卯、丙辰未入翰苑，不知何人混入，惜未得慶曆間温陵所刻致光手書詩帖一訂正耳。』毛刻本《韓内翰别集》應爲宋本之傳刻。」又介紹南洲草堂徐氏藏宋刻本《香奩集》一卷云：「此本今藏北京大學圖書館。據國家圖書館藏毛刻本《香奩集》傅增湘手寫跋所述，南洲草堂徐氏藏宋刻本《香奩集》有屈大均題識，後爲粤東倫氏收藏。傅增湘以毛刻本對校，校記書於毛刻本《香奩集》，校記内容包括徐藏宋刻本《香奩集》詩題次第、序數、異文等，書末録屈大均題識，並自作題跋於後。……據傅增湘校記，徐藏宋刻本《香奩集》詩題編次，起自『四言古』《春晝》（傅氏校記：次第『一』），終於『七言絶』《屐子》（傅氏校記：次第『七十九』）。無《浣溪沙》詞二首，《黄蜀葵賦》、《紅芭蕉賦》二首。此本是分體本。」又記《四部叢刊》影印上海涵芬樓藏舊抄本《玉山樵人集》一卷，附《玉山樵人香奩集》一卷，云：「商務印書館一九二六年影印出版。上海書店一九八九年重印。卷首牌記：『上海涵芬樓影印舊抄本。原書高營造尺五寸九分，寬三寸八分。』……《四部叢刊初編書録》云：『此本不分卷，每體自爲起訖。』《玉山樵人集》按五言古、七言古、五律、五言排律、七言律、七言排律、五言絶、七言絶分體編次。此本無題下句下小字自注。《玉山樵人香奩集》按四言古、五言古、七言古、長短句、五言律、七言律、六言律、五言排律、七言排律、五言絶句、七言絶句分體編次。《四部叢刊》影舊抄本《玉山樵人香奩集》詩題編次，起自四言古《春晝》，終於七言絶《屐子》。無《浣溪沙》詞二首，《黄蜀葵賦》、《紅芭蕉賦》二首。此本亦是分體本。」又記清康熙彭定求等編《全唐詩》本韓偓詩云：「《全唐詩》卷六百八十至卷六百八十三，爲韓偓詩。中華書局排印本，一九七九年。《全唐詩》韓偓小傳云：『《翰林集》一卷，《香奩集》三卷，今合編四卷。』實則其前三卷爲《翰林集》，後一卷爲《香奩集》。……《全唐詩》分卷本《翰林集》詩題編次，基本同於毛刻本不分卷《韓内翰别集》。僅卷三後面少數詩題編次有所不同。今以《全唐詩》本爲例，説明韓偓《翰林集》編年情況。卷一，自卷首《雨後月中玉堂閑坐》，至《恩賜櫻桃分寄朝士》，爲光化三年

（九〇〇）充翰林學士『入内廷後詩』。自《恩賜櫻桃分寄朝士》之次題《出官經硤石縣》，至卷末《贈吴顛尊師》，爲自天復三年（九〇三）貶濮州司馬、天祐元年（九〇四）棄官南下湖南、乙丑天祐二年至丙寅天祐三年經江西抵福州詩。卷二，自卷首丁卯年（九〇七）《感事三十四韻》，至癸酉年（九一三）《南安寓止》，直至《春盡》（有「地迴難招自古魂」句），此卷多數作品爲流寓閩中歷年詩。其中《初赴期集》一首則爲中年詩。接近卷末之《江行》至卷末《贈湖南李思齊處士》，則多爲棄官南下湖南詩，其中並雜有幾首早年詩。但此僅是個别錯簡。卷三，起自《亂後卻至近甸有感》，終於《御製春遊長句》。此卷編次較亂。包括中年爲官時詩、棄官經湖南江西詩、青年時期詩等。前二卷編次最依年次，作品亦最重要，當是作者晚年首先編定者。卷三作品編次較亂，作品亦較次要，當是作者或其後人所補編。《全唐詩》本《翰林集》自注同於毛刻本《韓内翰别集》。《全唐詩》本《香奩集》詩目編次，起自《幽窗》，終於《春恨》，是不分體本。增補《鞦韆》等三首及斷句一聯。基本上同於毛刻本《香奩集》。」又介紹清抄本《翰林集》一卷、《翰林香奩集》一卷，陳揆校本云：「國家圖書館藏。……此本編次基本同於毛刻本《韓内翰别集》。《翰林香奩集》……此本詩題編次基本同於毛刻本《香奩集》。」又記叙清康熙二十三年刻明末胡震亨編《唐音統籤》本韓偓詩四卷、《香奩集》二卷云：「《唐音統籤》卷七百九至七百十四，《戊籤·七十五·韓偓詩》之一至之四爲《别集》，《戊籤·七十五·韓偓詩》之五至之六爲《香奩集》。韓偓詩即《入翰林集》、《别集》，編次爲：五言古詩、七言古詩、五言律詩、五言排律、七言律詩、六言排律、五言絶句。《香奩集》編次爲：四言古詩、五言古詩、七言古詩、長短句、五言律詩、七言律詩、五言排律、七言排律、六言排律、五言絶句、七言絶句。此本是分體本。胡震亨《唐音戊籤》韓集卷首按語云：『按：偓《集》，《唐藝文志》一卷，《香奩集》一卷。《宋志》又有《入翰林集》一卷，《别集》三卷。偓在閩，所爲詩皆手自寫成帙。宋嘉祐間，龐潁公爲漕，從裔孫奕取奏之，奕因得官。故較《唐志》爲多。《入翰林集》不滿二十篇，《别集》自出官迄寓閩詩具在，而及第前後諸作亦附焉。若《香奩集》，大概未登第前詩也。兹匯《翰林集》、《别集》，編年爲四卷，《香奩集》合《别集》中一二豔詞爲二卷，附末。而略譜其年於左，俾讀者晰其出處之概云。』可見胡震亨《唐音戊籤》本《别集》所據底本爲編年本，而改編爲分體本。又，胡震亨所謂『兹匯《翰林集》、《别集》，編年爲四卷』，是指兩集分體後各體内大體按年編次，並不是指兩集不分體按年編次。……《唐音戊籤》所據《香奩集》原本未必是分體本。……《香奩集》之分體本《四部叢刊》影舊抄本、明姜道生刻本、《唐音戊籤》本，三本編次各不盡相同，此説明《香奩集》本來並無分體本，各分體本是各自改編原本而成。《唐音戊籤》本韓集雖打破編年，但仍保存原本自注。」

鄧文總結韓集宋本明清傳刻及抄本的源流與分系有以下九點結論：「第一，毛刻本《韓内翰别集》、《香奩集》，與鐵琴銅劍樓藏影寫宋刻本《翰林集》、《香奩集》版本相同，毛刻本底本應爲宋本。……毛氏牌記所記『汲古閣毛晉據宋本考較』，當是指以宋本爲底本，參校他本。第二，鐵琴銅劍樓藏影寫宋刻本《翰林集》、《香奩集》，毛刻本《韓内翰别集》、《香奩集》，皆爲編年本。……鐵琴銅劍樓藏影寫宋刻本《翰林集》與毛刻本《韓内翰别集》屬同一版本系統，編年、自注情況當亦相同。第三，《四部叢刊》影印上海涵芬樓藏舊抄本《玉山樵人香奩集》與南洲草堂徐氏藏宋刻本《香奩集》版本相同，《四部叢刊》影舊抄本《玉山樵人集》、《玉山樵人香奩集》之底本當爲宋本。……第四，《四部叢刊》影舊抄本《玉山樵人集》、《玉山樵人香奩集》，南洲草堂徐氏藏宋刻本《香奩集》，皆爲分體本。《四部叢刊》影舊抄本《玉山樵人集》、《玉山樵人香奩集》之特點，一是分體，不編年；二是無有記時地事之自注。第五，由上所述可知，自宋代起，韓偓詩《别集》、《香奩集》傳世本，可分爲兩個系統。一爲編年本系統，一爲分體本系統。第六，韓集先有編年本，後有分體本。編年本接近韓集原貌，分體本係打破原本編年，删去原本自注，改編而成，已非韓集原貌。……第七，韓集宋代分體本出現之原因，當是由於宋代書商受當時分體編詩風氣之影響，爲適應讀者需求，遂將韓偓詩《别集》、《香奩集》改編爲分體本，並將《别集》改名爲《玉山樵人集》（無論韓偓或宋人文獻，絶無韓偓詩《别集》又名《玉山樵人集》之記載）。第八，韓集分體本删去原本自注，打破原本編年，故其文獻價值與學術價值遠不及編年本。第九，今存韓集宋本明清傳刻及抄本，以毛刻本《韓内翰别集》、《香奩集》爲最有價值。」

## 五

現存的韓偓詩集、《香奩集》尚有多種版本，今人也有《韓偓詩集箋注》和《韓偓詩注》等。然而至今尚未有一部盡可能完整地輯集現存韓偓所有詩文的《韓偓集》，這未免令人遺憾，更不要説對這樣的一部《韓偓集》進行盡可能審慎詳盡的校勘、注釋、繫年，以及彙集歷代相關的韓偓生平事跡記述、詩文評論等等研究資料的著作了。這一缺失的遺憾，也是我決心撰著這一部《韓偓集繫年校注》的主要原因之一。

下面即對這部集子的主要内容和主要整理研究工作進行具體説明。

這部集子共有八卷，前五卷爲詩，第六卷至第八卷爲文；書後附有兩個附録。

具體來説，前四卷乃依據現存韓偓詩最爲完整，保留韓詩最早編排次序與詩題下、詩中原有小注的《全唐詩・韓偓集》爲底本加以校勘收録。所依據的《全唐詩》本，爲中華書局一九六〇年根據揚州書局刻本校點出版者。這一底本前三卷爲《香奩集》外的韓偓詩，第四卷爲

《香奩集》。此集第五卷乃將《全唐詩·韓偓集》末所收的斷句、句聯移入，又收入原收於《全唐詩》卷八九一「詞三」的兩首韓偓的《浣溪沙》，並從有關典籍輯録《全唐詩》未收的《松洋洞》以及新擬的題爲《即席送李義山丈》詩的韓偓詩殘句。此外尚有兩個附録：附録一爲據今人陳香《晚唐詩人韓偓》一書據焦琴《蕉陰詩話》所記的六首據説是韓偓晚年在閩所作而未見其他典籍收録的詩歌。這六首詩爲：《啅雀》、《記夢》、《有懷舊事》、《欲寄》、《坐待鄰翁返》、《良辰》。附録二則爲原收於《全唐詩·韓偓集》的《大慶堂賜宴元璫而有詩呈吴越王》、《又和》、《再和》、《重和》、《大酺樂》、《思歸樂》、《御製春遊長句》、《長信宫二首》等九首已經甄辨的非韓偓詩。另有題爲《雜明》的斷句，原作爲韓偓詩斷句收録於《全唐詩補編》中，今重檢有關典籍，辨爲非韓偓詩句。又有《刺桐》詩，宋《輿地紀勝》記爲韓偓詩，今人亦有認爲韓偓所作者，今録而加以辨僞。附録一中六首詩，因未見到《蕉陰詩話》原書，未能知道其所依據并加以辨别真僞；附録二中詩，則雖已辨僞，然爲了保留底本原貌及有關典籍所記，則一併以附録形式收録。《韓偓集繫年校注》卷六所收爲韓偓文，所據除《裴郡君祭文》（文佚）不見於《全唐文》卷八二九韓偓文外，其他《紅芭蕉賦》、《黄蜀葵賦》、《諫奪制還位疏》、《論宦官不必盡誅》、《御試繳狀》、《香奩集序》、《手簡十一帖》諸文均見於《全唐文》（上海古籍出版社一九九〇年縮印版）。此次整理此卷韓偓文，除《香奩集序》一文因《全唐文》本文不全而改據吴汝綸《韓翰林集》而收録外，其他則均據《全唐文》本録入。是集卷七爲《金鑾密記》輯佚，從各種典籍中輯得十八則。此外於附録一中收有未能確定是否爲《金鑾密記》文的四則以爲《備考》；附録二中則録有辨誤五則。是集第八卷爲《韓偓對話録》十八則。此卷韓偓對話録，乃從五代與宋代若干記載韓偓之奏對與應答言辭之史籍文獻中選擇迻録，今擬其名爲《韓偓對話録》。其中所載韓偓對話言語，有些應是史家根據具有實録性質之文獻典籍所載而得，有些可能是各文獻典籍作者根據有關韓偓之記載，而以自己之言語表述者。這些韓偓之語録，雖非嚴格意義上之韓偓文，然不妨作爲準韓偓文對待，雖未必具有文章學意義上之文的重要價值，但卻是研究韓偓與唐末史的寶貴文獻資料，故特選擇某些較爲可靠之記載作爲準韓偓之文，以供研究之用。

今存韓偓集版本較多，各種版本所收韓偓詩雖在分卷、排列次序以及所收詩歌數量上不盡相同，但從分類上説大致可分爲大體編年和分詩體編排兩類。大體編年者如明毛晉編、清初毛氏汲古閣刻《唐人六集》本《韓内翰别集》一卷（下簡稱「汲古閣本」）；明末毛氏汲古閣刻《五唐人詩集》本《香奩集》一卷（下簡稱「汲古閣《香奩集》本」）；《全唐詩》本《韓偓集》（下簡稱《全唐詩》本）等等。分詩體者如《四部叢刊》影印上海涵芬樓藏舊鈔本《玉山樵人集》一卷（下簡稱「玉山樵人本」）、附《玉山樵人香奩集》一卷；清康熙二十三年刻明末胡震亨編《唐音統籤》本韓偓詩四卷（下簡稱「統籤本」）、《香奩集》一卷等等。此次校勘韓偓詩集，即以《全唐詩·韓偓集》爲底本，用以下諸本爲對校本：玉山樵人本、統籤本、汲古閣本、臺灣「中央圖書館」所藏舊鈔本《韓翰林詩集》（後附《香奩集》，下簡稱「韓集舊鈔本」）、北京大學圖書館藏屈大均手抄本《香奩集》（下簡稱「屈抄本」）、中國科學院圖書館藏清嘉慶十五年王遐春麟後山房刻本《翰林集》（下簡稱「麟後山房刻本」）、關中叢書本清吴汝綸《吴評韓翰林集》（下簡稱「吴校本」）、民國三年掃葉山房石印震鈞《香奩集發微》所用之《香奩集》本（下簡稱「石印本」，此本所用《香奩集》底本爲毛氏汲古閣《香奩集》本）。此外，王安石《唐百家詩選》、明嘉靖刻本洪邁《萬首唐人絶句》亦選有韓偓詩，今亦取以校勘。部分韓偓詩亦參校以唐韋縠《才調集》、宋郭茂倩《樂府詩集》、宋計有功《唐詩紀事》、金元好問《唐詩鼓吹》、元楊維楨《復古詩集》、明宋緒《元詩體要》、明曹學佺《石倉歷代詩選》、清汪灝《佩文齋廣群芳譜》等等諸典籍。韓偓文《手簡十一帖》則以《四庫全書》本明汪砢玉《珊瑚網》、清卞永玉《式古堂彙考·書畫彙考》、清倪濤撰《六藝之一録》以及吴校本所録對校；《黄蜀葵賦》、《紅芭蕉賦》以韓集舊鈔本、吴校本、石印本以及清陳元龍《歷代賦彙》對校；《香奩集序》則校以韓集舊鈔本、玉山樵人本、統籤本、石印本。無論詩、文之校勘，凡是文字不同者一般均出校，然異文可通者一般不作是非判斷，以留待讀者自己斷定，以免鹵莽滅裂之虞；凡是有所判斷或改動底本之處，一般均在校記中加以説明改動之依據或理由。

本書對韓偓之詩文，不强求繫年，然凡是可以確定或可大致推定其創作年代者均加以繫年，並説明繫年之根據；所繫年有與他人所繫不同者，則簡要説明他人繫年之非與新繫年之根據或理由，務求審慎與準確。凡可繫年者，均在每篇詩或文之注釋〔一〕中加以繫年。在詩文注釋上，特别是詩歌之注釋，考慮到更方便於一般讀者，故語詞盡可能詳以出注。注釋力求精確，對於原無特别寓意與用事典之語詞，一般不追求其辭源，更注意以唐人甚或宋以後作者之用例爲義例。如此或可更清晰見到韓偓詩語之因襲借鑒與影響。對於他人注釋之誤，本書不一一指正，僅擇其尤誤者加以辨析解釋。

本書設有「集評」一目，既彙集前人對某詩、文之解讀評論，又加「按」語説明本人之解讀評析見解，間或對於前人之解讀評論之誤加以辨析説明。爲了研究者與讀者的需要與方便，本書還根據自己研究所得，並參考學界已有的成果，特地編撰了兩種附録資料，即《韓偓生平詩文繫年簡譜》和《韓偓研究資料選編》。後一種包括（一）生平傳記資料，（二）歷代著録，（三）歷代序、跋、提要，（四）歷代贈酬題詠詩文，（五）歷代評述，（六）集句擬仿與影響，（七）近現代評述與年譜資料選等七部分。最後以「主要引用書目」殿本書之後。

行文至此，有必要再説明本書爲何選擇《全唐詩·韓偓集》本爲工作底本。據鄧文研究，

「今存韓集宋本明清傳刻及抄本，以毛刻本《韓内翰别集》、《香奩集》爲最有價值」。那麽我們爲何不用毛刻汲古閣本而用《全唐詩》本爲工作底本呢？原因在於經過我細緻的比較這兩個版本，我認爲《全唐詩》本較汲古閣本更適宜取爲工作底本。上述祖譔師文經過考察認爲：「汲古閣本、《唐音統籤》本……《全唐詩》本……諸本同出一源。」鄧文亦認爲「諸編年本有一共同祖本，本來爲同一系統」。又指出「《全唐詩》本編次基本同於毛刻本《韓内翰别集》，但不盡相同，自注同於毛刻本」；《全唐詩》本所收韓偓詩「較毛刻本多出幾首。有底本原有者，有新輯録者」；「《全唐詩》本内容及編次基本同於毛刻本《韓内翰别集》，少數詩題編次則有所不同，並較毛刻本多出幾首。此表明，《全唐詩》本與毛刻本雖爲同一版本系統，但版本不盡相同。换言之，《全唐詩》韓集不是出自毛刻本」。因此鄧文經過考察後認爲「今存韓集其他明清傳刻本及抄本，即其底本不能確定爲宋本者，以《全唐詩》本爲最有價值」。據上述二文研究可知，韓偓詩汲古閣本和《全唐詩》本乃現存韓偓集最有價值的兩種版本，而《全唐詩》本在收詩數量上較汲古閣本爲全，汲古閣本有所缺漏。

除上述之外，經我細緻比較這兩個版本韓偓集，我發現《全唐詩》本尚有優於汲古閣本之處。其一，毛刻本有些詩的編排次序明顯與諸本不同（其中也包含幾首香奩詩），也明顯有誤，誠如祖譔師所云「恐怕是雜亂無章地插在原一卷本之後。這就顯得更雜亂無章」了。其二，毛刻本與《全唐詩》本在文字上可以説基本相同，但兩種版本在文字上也時有不同。我比較相異處，覺得《全唐詩》本似更符合原意，相較而言汲古閣本較多錯訛。此類情況頗爲不少，如《全唐詩》本《浄興寺杜鵑一枝繁艷無比》詩中「自蒂連梢簇蒨羅」句中「蒨」字，汲古閣本作「舊」，下校：「一作蒨。」今按，作「蒨」是。汲古閣本作「舊」，恐因「蒨」而形誤。又《全唐詩》本《荔枝三首》之三「結成冰入蒨羅囊」句中「蒨」、「囊」字，汲古閣本作「舊」、「裳」字。今按，作「舊」作「裳」均非是。又《贈僧》詩「三接舊承前席遇」句中「遇」字，汲古閣本作「過」，亦非，乃「遇」字之形誤。又《雨村》詩：「雁行斜拂雨村樓，簾下三重幕一鉤。倚柱不知身半濕，黄昏獨自未迴頭。」此詩「簾下三重」之「重」字，嘉靖洪邁本、汲古閣本均作「更」，而《全唐詩》、吴校本均作「重」，並均校：「一作更。」今按，諸本多作「三重」，且詩有「黄昏」句，則作「三更」實誤。又《全唐詩》本《驛步》詩「物近劉輿招垢膩」之「劉輿」，儘管玉山樵人本、韓集舊鈔本、統籤本、汲古閣本、麟後山房刻本均作「劉璵」，但據《晉書》卷六十二《劉琨傳》附《劉輿傳》，劉輿之「輿」不作「璵」，作「劉璵」誤。其三，《全唐詩》本之校勘明顯較汲古閣本爲多。如《全唐詩》本《浄興寺杜鵑一枝繁艷無比》詩「自地連梢簇蒨羅」句之「地」，統籤本、《全唐詩》、吴校本均校「一作蒂」，而汲古閣本缺校。此處作「蒂」爲是，今即據統籤本等所校改。又《翠碧鳥》詩「天長水遠網羅稀」句之「遠」字，《全唐詩》、吴校本均校「一作闊」，「保得重重翠碧衣」句之「碧」字，統籤本、《全唐詩》、吴校本均校「一作羽」，而汲古閣本則均缺校。又《乙丑歲九月在蕭灘鎮駐泊兩月忽得商馬楊迢員外書賀余復除戎曹依舊承旨還緘後因書四十字》詩題中「商馬」二字，《全唐詩》、吴校本均於「商馬」後校「一本無此二字」，而汲古閣本亦缺校語。又如《登南神光寺塔院》詩、《中秋寄楊學士》詩，《全唐詩》本在兩詩題下分别有「一本題作登南臺僧寺」、「一作中秋永夕奉寄楊學士兄弟」校語，而汲古閣本兩詩題下均無校語。就從極少差别的題下原小注來説，《全唐詩》本在《欲明》詩題下雖無汲古閣本「在醴陵」的一處小注，但汲古閣本則有兩處小注缺失，即《全唐詩》本《秋雨内宴》詩題下有「乙卯年作」小注，《寒食日沙縣雨中看薔薇》詩題下有「己巳」小注，而汲古閣本兩詩題下均缺此原小注。根據上述比較，儘管韓偓集毛刻本不失爲校勘的較好底本之一，但綜合比較起來，採用《全唐詩·韓偓集》爲工作底本似更爲適宜。

## 六

回首此書撰著緣起與過程，尚有值得緬思者。約上世紀八十年代中，我因參加編撰《中國文學家大辭典·唐五代卷》、《唐才子傳校箋·韓偓傳箋》和稍後的《唐五代文學編年史》的關係，對韓偓生平及其詩文有所研究，後來也寫出幾篇文章發表。上世紀九十年代初，業師周祖譔教授因研究生教學的需要，也曾對韓偓的生平仕歷和《韓偓集》的版本問題有所研究，並寫出兩篇文章發表。是時，時任中華書局總編輯的傅璇琮先生遂邀約周先生校注《韓偓集》，將來交中華書局出版。此後，周先生亦曾留心於《韓偓集》版本收集，并有在鼓浪嶼召開小型韓偓研究會議的計劃。一九九四年夏，我赴西安參加由西北大學主辦的唐代文學國際學術會議的籌備會議，先生遂託我將此舉辦韓偓研究會議計劃告知有關學者，並預爲邀約。没料到的是不久後由於先生年事漸高、退休與興趣轉移，校注《韓偓集》和召開會議的事遂均未能付諸實行。延至約二〇〇五年左右，周先生已年八十。一日，我趨周先生府上看望他和師母，先生遂將他收集的統籤本、汲古閣本《韓内翰別集》和託臺灣大學阮廷瑜教授複印的舊鈔本《韓翰林詩集》、吴汝綸評注的《韓翰林集》以及高文顯著的《韓偓》一書等交付給我。其時，我心中不禁有酸楚之感。先生雖未多言囑託事，然而我明白其中薪火相傳的意藴。因忙於教學和其他研究工作，校注《韓偓集》的事一直到我也已經退休三年，再返聘繼續指導博士研究生的二〇〇八年底才着手進行。現在《韓偓集繫年校注》已完稿了，遺憾的是周先生已於二〇一〇年忽歸道山，未能目睹。

此書撰著中，兩家素與我保持友好關係的著名出版社聞知，熱誠邀約將書稿交付他們出版，有的甚至多次表示願以高稿酬精裝出版此書。他們的熱誠邀約與期盼，確實令我動容感激。然而爲了踐行傅璇琮先生二十年前的邀約和實現先師的意願，考慮再三，還是決定將此書稿交付中華書局出版。後來，傅璇琮先生得知我已完成《韓偓集繫年校注》，並交中華書局出版，十分欣慰。行文至此，也謹向上述兩家出版社致以誠摯的歉意與理解我心的謝忱。

同樣值得感謝的是，在此書的《韓偓集》版本、研究資料的收集過程中，我的學生劉萬川、亢巧霞、高瑋、林宜青、李芊、曾曉雲、陳瑶等博士均給以熱情幫助；王鷺鵬君還費心爲字庫中缺少的字造字，史遇春君則幫我打出一篇附録中的文章。特别令我感動的是陳瑶博士爲了幫我抄録藏於北京大學圖書館的屈大均手抄本《香奩集》，不辭勞苦繁瑣地於盛夏三赴北大圖書館抄録、校對，有次竟是在她生病發高燒中。此外，在此書校對修改中，責任編輯李天飛先生對書稿的進一步修改完善，也提出了一些有益的具體意見，讓我深切感受到他作爲責任編輯的精益求精的學術責任心。這種學術上的斟酌切磋之樂，是頗讓人受益愉悦、令人懷想的。

吴在慶　二〇一二年七月十五日初稿，二〇一四年十二月十八日改定三校稿於廈門龍虎山路家中

# 韓偓集繫年校注卷一

## 雨後月中玉堂閒坐〔一〕

銀臺直北金鑾外〔二〕，暑雨初晴皓月中。唯對松篁聽刻漏①〔三〕，更無塵土翳虚空〔四〕。緑香熨齒冰盤果〔五〕，清冷侵肌水殿風〔六〕。夜久忽聞鈴索動〔七〕，玉堂西畔響丁東〔八〕。禁署嚴密〔九〕，非本院人〔一〇〕，雖有公事，不敢遽入。至於内夫人宣事，亦先引鈴。每有文書，即内臣立於門外〔一一〕，鈴聲動，本院小判官出受〔一二〕。受訖，授院使，院使授學士〔一三〕。

【校　記】

①「刻漏」，《全唐詩》、吴校本均校：「一作漏刻。」按，「刻漏」亦稱「漏刻」。

【注　釋】

〔一〕《唐音統籤》本《六月十七日召對自辰及申方歸本院》詩題下小注云：「以下天復元年入翰林後

作。」慶按，所謂「以下」詩即指是詩後之《中秋禁直》、《雨後月中玉堂閒坐》、《苑中》、《與吴子華侍郎同年玉堂同直懷恩叙懇因成長句四韻兼呈諸同年》、《宫柳》、《冬十一月駕幸岐下作》等六詩。故此詩《唐音統籤》本以爲乃「天復元年入翰林後作」。又汲古閣本於「入内庭後詩（天復元年辛酉五月後）後」亦列有以上詩作。吴汝綸評注此詩謂：「韓公爲翰林學士在昭宗天復元年，先是昭宗爲中尉劉季述所幽，及反正，韓公與謀，故擢學士。」（據陝西通志館所印關中叢書本《吴評韓翰林集》，下文所引吴汝綸評注均依據此本，不具注）據此，韓偓此詩乃作於天復元年（公元九〇一年）夏。繆荃孫《韓翰林詩譜略》、陳敦貞《唐韓學士偓年譜》、孫克寬《韓偓簡譜》、陳繼龍《韓偓詩注》等亦繫於是年。《韓偓年譜》繫於光化三年（公元九〇〇年），誤，不取。玉堂：官署名。漢侍中有玉堂署，後翰林院亦稱玉堂。韓偓時任翰林學士，故其所在翰林院亦稱玉堂。《漢書·李尋傳》：「過隨衆賢待詔，食太官，衣御府，久污玉堂之署。」顏師古注：「玉堂殿在未央宫。」王先謙補注引何焯曰：「漢時待詔於玉堂殿，唐時待詔於翰林院，至宋以後，翰林遂並蒙玉堂之號。」李肇《翰林志》：「時以居翰林皆謂凌玉清、溯紫霄，豈止於登瀛洲哉！亦曰玉署、玉堂。」王維《奉和聖制重陽節宰臣及群官上壽應制詩》：「玉堂開右廳，天樂動宫懸。」鄭畋《初秋寓直詩》：「玉堂分照無人後，消盡金盆一碗冰。」

〔二〕銀臺句：銀臺，即指銀臺門，唐長安宫門名，亦省稱銀臺。唐時翰林院、學士院都在銀臺門附近，後因以銀臺門指代翰林院。《舊唐書·職官志二》：「翰林院，天子在大明宫，其院在右銀臺門内。」唐李白《贈從弟南平太守之遥》詩之一：「承恩初入銀臺門，著書獨在金鑾殿。」宋陳師道《次韻答少章》：「出入銀臺門，爲米不爲醴。」宋陸游《後園閒步》詩：「人生要是便疏豁，金馬銀臺莫問津。」直北，即正北面。《史記·封禪書》：「漢文帝出長安門，若見五人於道北，遂因其直北立五帝壇，祠以五牢具。」唐杜甫《小寒食舟中作》詩：「雲白山青萬餘里，愁看直北是長安。」金鑾，此處指金鑾殿，唐朝宫殿名，文人學士待詔之所。《兩京記》：「大明宫紫宸殿北曰蓬萊殿。西龍首山支隴起平地，上有殿名金鑾殿，殿旁坡名金鑾坡，與翰林院相對。」宋沈括《夢溪筆談·故事一》：「唐翰林院在禁中，乃人主燕居之所，玉堂、承明、金鑾殿皆在其間。」李商隱《巴江柳詩》：「好向金鑾殿，移陰入綺窗。」

〔三〕「松篁」句：松篁，松與竹。北魏酈道元《水經注·洱水二》：「池中起釣臺，池北亭，鬱墓所在也，列植松篁於池側。」唐張九齡《祠紫蓋山經玉泉山寺詩》：「稍稍松篁入，泠泠磵谷深。」唐韋表微《翰林學士院新樓記》：「卉木騈植，松竹交蔭。」刻漏，古計時器。以銅爲壺，底穿孔，壺中立一有刻度之箭形浮標，壺中水滴漏漸少，箭上度數即漸次顯露，視之可知時刻。古時刻漏有九十六刻、百刻、百零八刻、百二十刻之不同，唐時則盛行百刻制。漢荀悦《漢紀·哀帝紀上》：「刻漏以一百二十爲度。」按，《漢書·哀帝紀》作「漏刻以百二十爲度」。顔師古注：「舊漏晝夜共百刻，今增其二十。」《説文·水部》：「漏，以銅受水，刻節，晝夜百刻。」《唐六典》卷十：「挈壺正司辰，掌知漏刻。孔壺爲漏，浮箭爲刻，以考中星昏明之候焉。」下注：「箭有四十八，晝夜共百刻。冬夏之間有長短，冬……晝漏四十刻，夜漏六十刻。夏……晝漏六十刻，夜漏四十刻。」杜甫《冬末以事之東都湖城東因爲醉歌》：「豈知驅車復同軌，可惜刻漏隨更箭。」

〔四〕「更無」句：翳：遮蔽；隱藏；隱没。《楚辭·離騷》：「百神翳其備降兮，九疑繽其並迎。」王逸注：「翳，蔽也。」《漢書·揚雄傳上》：「於是乘輿乃登夫鳳凰兮翳華芝。」顔師古注：「翳，蔽也。以華芝爲蔽也。」

〔五〕「緑香」句：緑香，此謂水果又緑又香。熨齒，使牙齒感到涼爽或寒冷。宋梅堯臣《和正月六日沈文通學士遺温柑》：「誦句擘露囊，香甘冷熨齒。」宋陸游《入蜀記》卷一：「井在道旁觀音寺，名列水品，色類牛乳，甘冷熨齒。」冰盤，盤内放置碎冰，上面擺列藕菱瓜果等食品，叫做冰盤。夏季用以解渴消暑。《迷樓記》：隋煬帝煩熱，醫丞莫君錫「仍乞置冰盤於前，俾帝日夕朝望之，亦治煩躁之一術也。自兹諸院美人各市冰爲盤，以望行幸。京師冰爲之踴貴，藏冰之家皆獲千金」。唐韓愈《李花》詩之一：「冰盤夏薦碧實脆，斥去不御慚其花。」明何大復《苦熱行》之一：「美人冰盤薦朱李，道上行人多渴死。」

〔六〕水殿：臨水的殿堂。宫中有水殿，天子納涼之處也。隋煬帝《望江南詞》：「水殿春寒幽冷艷，玉軒晴照暖添華。」唐李白《口號吴王美人半醉》：「風動荷花水殿香，姑蘇臺上宴吴王。」唐王昌齡《西宫秋怨詩》：「芙蓉不及美人妝，水殿風來珠翠香。」

〔七〕鈴索：繫於鈴以便扯響之繩索。

〔八〕丁東：亦作丁冬，象聲詞。此指鈴聲。唐韋莊《擣練篇》：「臨風縹緲疊秋雪，月下丁冬擣寒玉。」唐温庭筠《織錦詞》：「丁東細漏侵瓊瑟，影轉高梧月初出。」

〔九〕禁署：宫中近侍官署。唐黄滔《漢宫人誦洞簫賦賦》：「如鸞人人，卻以詞鋒而勵吻；雕龍字字，爰於禁署而飛聲。」《舊唐書·路巖傳》：「數年之間，出入禁署，累遷中書舍人、户部侍郎。」

〔一〇〕本院：此指翰林學士院。孫逢吉《職官分紀》卷十五：「唐韋執誼《翰林故事》：翰林院者在右銀臺門内，麟德殿西重廊之後。蓋天下以藝能伎術見召者之所處也。學士院者，開元二十六年之所置，在翰林院之南。」又「開元二十六年始以翰林供奉改稱學士，由是遂别建學士院，俾專内命」。

〔一一〕内臣：此指翰林院内之小宦官。

〔一二〕本院小判官：此爲翰林學士院内屬官，掌判翰林院内事。參本詩注釋〔一三〕。

〔一三〕「院使授學士」句：院使，唐翰林院使。「有高品使二人知院事。每日曉暮執事於思政殿，退而傳旨。小使衣緑黄青者逮至十人，更番守曹」。事詳見孫逢吉《職官分紀》卷十五。學士，即翰林學士。唐置，專掌内命，亦草詔敕等事。《職官分紀》卷十五云：「學士之職，本以文學言語被顧問，出入侍從，因得參謀議納諫諍，其禮尤寵。」又云：「有唐學士院深嚴，非本院人不可遽入，雖中使宣事，及有文書，必先動鈴索立於門外。俟本院小判官出授，授訖，授院使，院使授學士。」

【集評】

《太子納涼》：唐宫中有水殿，太子納涼處也。韓偓禁中詩「清泠浸肌水殿風」即此。（彭大翼《山堂肆考》卷一百七十宫室）

李德裕云：「翰林院有懸鈴，以備警急。……以代傳呼也。」唐制，禁署嚴密，非本院人雖有公事，不敢遽入。於内夫人宣事，亦先引鈴。每有文書，即内臣立於門外。鈴聲達本院，小判官出受訖，授院使，院使授學士。鄭綮詩「條鈴無響閟珠宫」，韓偓詩「坐久忽聞鈴索動，玉堂西畔響丁東」。（楊慎《升菴集》卷五十《鈴索》）

此詩乃致堯正爲學士時所作。一言銀臺門北，金鑾殿外，此是學士上直之處也。二言時雨洗暑，涼月在空，此是學士下直之時也。三言更無閑事，承一也。四言更無餘暑，承二也。五言金盤何器，而果熨臣齒。六言水殿何處，而風侵臣衣。一時反復尋求，久之不能自得。而忽聞懸鈴聲動，始悟微臣僅僅只以三寸柔翰，辱此九重厚恩也。（金聖歎《貫華堂選批唐才子詩》）

吴汝綸評注此詩謂「韓公爲翰林學士在昭宗天復元年，先是昭宗爲中尉劉季述所幽，及反正，韓公與謀，故擢學士」。（據陝西通志館所印關中叢書本《吴評韓翰林集》，下文所引吴汝綸評注均依據此本，不具注）

【按】此詩詠詩人於翰林院值夜閑坐之情景，以此顯示翰林學士處境之優渥。「夜久忽聞鈴索動，玉堂西畔響丁東」二句，乃寫值夜中聞鈴而承接宫中事務，以此「始悟微臣僅僅只以三寸柔翰，辱此九重厚恩也」。尋味此詩所詠，詩人身處翰林院之恬静舒暢心情不禁流露於筆端。

## 六月十七日召對自辰及申方歸本院①〔一〕

清暑簾開散異香②〔二〕，恩深咫尺對龍章〔三〕。花應洞裏尋常發③〔四〕，日向壺中特地長〔五〕。坐久忽疑槎犯斗④〔六〕，歸來兼恐海生桑〔七〕。如今冷笑東方朔，唯用詼諧侍漢皇〔八〕。

【校記】

①統籤本詩題下小注云：「以下天復元年入翰林後作。」慶按，所謂「以下」詩即指此詩後之《中秋禁直》、《雨後月中玉堂閒坐》、《苑中》、《與吴子華侍郎同年玉堂同直懷恩叙懇因成長句四韻兼呈諸同年》、《宫柳》、《冬十一月駕幸岐下作》等六詩。

②「署」，《唐百家詩選》本作「暑」。玉山樵人本、統籤本均作「水」。按，作「水」誤。

③「尋常」，《唐百家詩選》本、韓集舊鈔本、玉山樵人本、統籤本、汲古閣本、麟後山房刻本、吴校本均作「常時」，《全唐詩》校「一作常時」，吴校本校：「一作尋常。」

④「疑」，韓集舊鈔本、統籤本、汲古閣本、《全唐詩》、麟後山房刻本、吴校本均校：「一作驚。」「槎」，韓集舊鈔本、汲古閣本、麟後山房刻本均作「查」。按，此處「查」意同「槎」，後不出校。

【注　釋】

〔一〕《資治通鑑》卷二六二昭宗天復元年六月癸亥載：「上之返正也，中書舍人令狐涣、給事中韓偓皆預其謀，故擢爲翰林學士，數召對，訪以機密。涣，綯之子也。時上悉以軍國事委崔胤，每奏事，上與之從容，或至然燭。宦官畏之側目，事無大小，皆咨胤而後行。胤志欲盡除之，韓偓屢諫曰：『事禁太甚。此輩亦不可全無，恐其黨迫切，更生他變。』胤不從。丁卯，上獨召偓，問曰：『敕使中爲惡者如林，何以處之？』對曰：『東内之變，敕使誰非同惡！處之當在正旦，今已失其時矣。』上曰：『當是時，卿何不爲崔胤言之？』對曰：『臣見陛下詔書云：「自劉季述等四家之外，其餘一無所問。」夫人主所重，莫大於信，既下此詔，則守之宜堅；若復戮一人，則人人懼死矣。然後來所去者已爲不少，此其所以恟恟不安也。陛下不若擇其尤無良者數人，明示其罪，置之於法，然後撫諭其餘曰：「吾恐爾曹謂吾心有所貯，自今可無疑矣。」乃擇其忠厚者使爲之長。其徒有善則獎之，有罪則懲之，咸自安矣。今此曹在公私者以萬數，豈可盡誅邪！夫帝王之道，當以重厚鎮之，公正御之，至於瑣細機巧，此機生則彼機應矣，終不能成大功，所謂理絲而棼之者也。況今朝廷之權，散在四方，苟能先收此權，則事無不可爲者矣。』上深以爲然，曰：『此事終以屬卿。』」按，韓偓此詩所詠即在此次被召見密議之後。天復元年（公元九〇一年）六月丁卯即是年六月十七日，故此詩乃作於此時後。陳寅恪《讀書札記二集·韓翰林集之部》謂：「天復元年六月辛亥朔，是月十七日爲丁卯。《通鑑》天復元年六月丁卯，『上獨問偓』云云，即是其事也。」《韓翰林詩譜略》、《唐韓學士偓年譜》、《韓偓簡譜》、《韓偓詩注》等亦繫是詩於是時。

六月十七日：此指天復元年六月十七日。據《資治通鑑》所載，本年六月丁卯韓偓爲唐昭宗所單獨召見。六月丁卯即六月十七日，說詳上文本詩繫年。

〔二〕清署：清要之官署。此指韓偓所在之翰林學士院。蓋翰林學士乃清要之職，故以清署稱其翰林學士院。宋梅堯臣《次韻和韓子華内翰於李右丞家移紅薇子種學士院》：「丞相舊園移帶土，侍臣清署看臨除。」

〔三〕「恩深」句：恩深，此指韓偓所蒙受唐昭宗之深恩。咫尺，形容距離近。《左傳·僖公九年》：「天威不違顏咫尺。」《淮南子·道應訓》：「終日行不離咫尺，而自以爲遠，豈不悲哉！」龍章，畫或繡龍之服，乃天子之所服。此借指唐昭宗。《禮記·明堂位》：「有虞氏服韍，夏后氏山，殷火，周龍章。」《後漢書·鄧禹傳論》：「及其威損栒邑，兵散宜陽，褫龍章於終朝，就侯服以卒歲。」李賢注：「龍章，袞龍之服也。」唐駱賓王《晚憩田家》詩：「龍章徒表越，閩俗本非華。」

〔四〕「花應」句：洞裏，此處洞猶謂洞天，乃指道家所居之仙境。道家以爲世間有三十六洞天，乃神仙所居。任昉《述異記》卷下：「人間三十六洞天，知名者十耳，餘二十六天出《九微志》，不行於世也。」此處用以指唐昭宗召見詩人之所。唐陳子昂《送中岳二三真人序》：「楊仙翁玄默洞天，賈上士幽棲牝谷。」此句謂詩人爲昭宗所召見，其召見處所之勝景，自感乃如仙境一般。唐劉長卿《懷許道士詩》：「桃花洞裏居人滿，桂樹山中住日長。」唐曹唐《仙子洞中有懷劉阮》：「洞裏有天春寂寂，人間無路月茫茫。」

〔五〕「日向」句：壺中，比喻仙境。《後漢書》卷八十二《方術列傳》：「費長房者，汝南人也。曾爲市掾。市中有老翁賣藥，懸一壺於肆頭，及市罷，輒跳入壺中。市人莫之見，唯長房於樓上睹之，異焉，因往再拜奉酒脯。翁知長房之意其神也，謂之曰：『子明日可更來。』長房旦日復詣翁，翁乃與俱入壺中。唯見玉堂嚴麗，旨酒甘肴，盈衍其中，共飲畢而出。翁約不聽與人言之。後乃就樓上候長房曰：『我神仙之人，以過見責，今事畢當去，子寧能相隨乎？樓下有少酒，與卿爲別。』長房使人取之，不能勝，又令十人扛之，猶不舉。翁聞，笑而下樓，以一指提之而上。視器如一升許，而二人飲之終日不盡。」此句意爲昭宗召見韓偓商議國事時間之長。

〔六〕槎犯斗：槎，亦作查，木筏。北周庾信《楊柳歌》：「流槎一去上天池，織女支機當見隨。」前蜀貫休《書倪氏屋壁》詩之三：「水嬌草媚掩山路，睡槎鴛鴦如畫作。」《北齊書·文苑傳·樊遜》：「乘查至於河漢，唯覩牽牛；假寐遊於上玄，止逢翟犬。」張華《博物志》卷十《雜説》下：「舊説云，天河與海通。近世有人居海渚者，年年八月有浮槎，去來不失期。人有奇志，立飛閣于槎上，多齎糧，乘槎而去。十餘日中，猶觀星月日辰，自後茫茫忽忽，亦不覺晝夜。去十餘日，奄至一處，有城郭狀，屋舍甚嚴。遥望宫中多織婦，見一丈夫牽牛渚次飲之。牽牛人乃驚問曰：『何由至此？』此人具説來意，並問此是何處。答曰：『君還至蜀郡，訪嚴君平則知之。』竟不上岸，因還如期。後至蜀問君平，曰：『某年月日，有客星犯牽牛宿。』計年月，正是此人到天河時也。」

〔七〕海生桑：滄海變爲桑田，比喻世事變遷之大。葛洪《神仙傳》：「麻姑自説：『接待以來，已見東海三爲桑田。向到蓬萊，水又淺於往昔，會時略半也，豈將復還爲陵陸乎。』方平笑曰：『聖人皆言，海中行復揚塵也。』」

〔八〕東方朔：平原厭次（今山東惠民）人，字曼倩，漢武帝之文學侍從，常以詼諧滑稽之語諷諫武帝，官至太中大夫。《漢書》卷六十五《東方朔傳》載：「而朔嘗至太中大夫，後常爲郎，與枚皋、郭舍人俱在左右，詼啁而已。久之，朔上書陳農戰强國之計，因自訟獨不得大官，欲求試用。其言專商鞅、韓非之語也，指意放蕩，頗復詼諧，辭數萬言，終不見用。朔因著論，設客難己，用位卑以自慰諭。」又稱其「朔雖詼笑，然時觀察顔色，直言切諫，上常用之。自公卿在位，朔皆敖弄，無所爲屈」。又：「贊曰：劉向言少時數問長老賢人通于事及朔時者，皆曰朔口諧倡辯，不能持論，喜爲庸人誦説，故令後世多傳聞者。而楊雄亦以爲朔言不純師，行不純德，其流風遺書蔑如也。然朔名過實者，以其詼達多端，不名一行，應諧似優，不窮似智，正諫似直，穢德似隱。……其滑稽之雄乎！朔之詼諧，逢占射覆，其事浮淺，行於衆庶，童兒牧豎莫不眩耀。」詼諧，談吐幽默風趣。《漢書·東方朔傳》：「其言專商鞅、韓非之語也，指意放蕩，頗復詼諧。」唐杜甫《社日》詩之一：「尚想東方朔，詼諧割肉歸。」

【集評】

李商隱《賈誼》詩云：「可憐夜半虚前席，不問蒼生問鬼神。」韓偓云：「如今冷笑東方朔，唯用詼諧侍漢皇。」又「長卿秪爲長門賦，未識君臣際會難」，皆反其事而言之。是時韓在翰林，故出此語，視李爲切。（范晞文《對床夜語》卷四）

三四真有仙家之意，五六用事變陳爲新，末句詆東方朔尤有味。（方回《瀛奎律髓》卷二朝省類）

韓偓《落花》詩曰……此傷朱温將篡唐而作。次聯言君民之東遷，諸王之見害也。三聯望李克用之勤王，痛韓建之逆主也。結末沉痛，意更顯然。偓集又有《宫柳》詩云……此詩以宫柳自比，而憂全忠之見妒，末則言草野尚有賢者，恨不能薦之於朝，以爲己助也。其他如《重遊曲江》之「避客野鷗如有感，損花微雪似無情」，《夏日召對》云「坐久忽疑槎犯斗，歸來兼恐海生桑」，《中秋禁直》云「長卿祇爲長門賦，未識君臣際會難」，皆與《落花》、《宫柳》詩同旨。晚唐詩惟偓足以嗣響義山。（陳沆《詩比興箋》卷四）

此詩題下吴汝綸評注謂：「是時崔胤爲相，欲盡誅宦官。昭宗獨召韓公問計，公請擇數人置之於法，撫諭其餘，使咸自安。此時召對是其事也。」

吴汝綸曰：「三四記宫禁之景，明外人所不得見。五句自喻親幸，六句憂亂之怡，收借東方生以明己之密籌大計也。」（高步瀛《唐宋詩舉要》本詩下注評引）

【按】詩乃叙寫詩人爲昭宗所召對之情景，與受寵若驚之感受。首二句言在翰林院異香芬馥之處所，詩人獨能獲咫尺面對昭宗之恩寵。三四寫召對處所有如洞中仙境，且召對時間之長，即詩題所説之「自辰及申」，以見恩寵之優渥也。「海生桑」句喻召對時間之久。尾聯則以冷笑東方朔之詼諧侍漢皇，以「明己之密籌大計」，以此爲昭宗所倚重也。

## 與吳子華侍郎同年玉堂同直懷恩叙懇因成長句四韻兼呈諸同年①〔一〕

往年鶯谷接清塵〔二〕，今日鼇山作侍臣〔三〕。二紀計偕勞筆研〔四〕，余與子華，俱久困名場②。一朝宣入掌絲綸〔五〕。聲名烜赫文章士〔六〕，金紫雍容富貴身〔七〕。絳帳恩深無路報③〔八〕，語餘相顧却酸辛。

【校　記】

①「同直」，《唐詩紀事》卷六十五作「伴直」。「恩」，《全唐詩》、吴校本均校：「一作昔。」按，《唐詩紀事》卷六十五作「昔」。

②「偕」，汲古閣本校：「一作諧。」按，《唐詩紀事》卷六十五作「諧」。「研」，韓集舊鈔本、玉山樵人本、統籤本均作「硯」。按，此處「研」通「硯」，下文遇「研」作「硯」不再出校。「困」，統籤本作「同」，誤。

③「路報」，韓集舊鈔本、玉山樵人本、統籤本、麟後山房刻本、吴校本均作「報路」，《全唐詩》校「一作報路」，吴校本校：「一作路報。」

【注　釋】

〔一〕《唐音統籤》本《六月十七日召對自辰及申方歸本院》詩題下小注云：「以下天復元年入翰林後作。」慶按，所謂「以下」詩即指是詩後之《中秋禁直》、《雨後月中玉堂閒坐》、《苑中》、《與吴子華侍郎同年玉堂同直懷恩叙懇因成長句四韻兼呈諸同年》、《宫柳》、《冬十一月駕幸岐下作》等六詩。故此詩《唐音統籤》本以爲乃「天復元年入翰林後作」。又題稱吴融爲侍郎，據《新唐書·吴融傳》：「昭宗反正，御南闕，群臣稱賀，融最先至。於時左右歡駭，帝有指授，疊十許稿，融跪作詔，少選成，語當意詳，帝咨賞良厚。進户部侍郎。」則吴融爲户部侍郎在昭宗反正後，亦即天復元年（公元九〇一年）。韓偓詩即作於此年。

吴子華侍郎：即吴融，字子華，越州山陰（今浙江紹興）人。龍紀元年與韓偓同登進士第。韋昭度討蜀，任掌書記。後坐累去官，流浪荆南。召爲左補闕，以禮部郎中爲翰林學士，拜中書舍人。天復元年昭宗反正後，其所撰詔書爲昭宗所賞，擢爲户部侍郎。天復三年，復入爲翰林學士，遷翰林學士承旨。傳見《新唐書》卷二〇三。同年，古代科舉考試同科中式者之互稱。唐代同榜進士稱「同年」，明清鄉試、會試同榜登科者皆稱「同年」。唐李肇《唐國史補》卷下：「進士爲時所尚，俱捷謂之同年。」諸同年，指與韓偓、吴融同年登進士第者。據孟二冬《登科記考補正》，唐昭宗龍紀元年與韓偓同登進士科者有李翰、温憲、唐備、崔遠、李冉、程忠等人。是年知貢舉爲禮部侍郎趙崇。

〔二〕鶯谷：亦作鸎谷，即鶯處幽谷。此處爲出鶯谷之意，即謂登進士科第。《詩·小雅·伐木》：「伐木丁丁，鳥鳴嚶嚶。出自幽谷，遷於喬木。」羅隱《贈先輩令狐補闕》：「花迎彩服離鶯谷，柳傍東風觸馬鞭。」唐裴庭裕《東觀奏記》卷上：「後宣宗索科名記，顥表曰：『自武德已後，便有進士諸科。出鶯谷而飛鳴，聲華雖茂；經鳳池而閱視，史策不書。』」李遠《送從兄南仲登科後歸汝州舊居序》：「古昔務居遠大，鶯出幽谷，鵬擊南溟。」清塵，此處爲車後揚起的塵埃。亦用作對尊貴者的敬稱。清，敬詞。《漢書·司馬相如傳下》：「犯屬車之清塵。」顔師古注：「塵，謂行而起塵也。言清者，尊貴之意也。」三國魏繁欽《定情》詩：「我出東門遊，邂逅承清塵。」南唐陳陶《寄兵部任畹郎中》詩：「常思劍浦別清塵，荳蔻花紅十二春。」此處清塵代指吴融。

〔三〕鼇山：《列子·湯問》謂東海有五仙山：「常隨潮波上下往還，不得暫峙焉。仙聖毒之，訴之於帝。帝恐流於西極，失群仙聖之居，乃命禺强使巨鼇十五舉首而戴之。迭爲三番，六萬歲一交焉。五山始峙而不動。」詩中鼇山意指鼇頭上之蓬萊、瀛洲等仙山，用以代指宫廷中之翰林院。故唐宋時翰林學士、承旨等官朝見皇帝時立于鐫有巨鼇的殿陛石正中，因稱入翰林院爲上鼇頭。唐姚合《和盧給事酬裴員外》：「鴛鷺簪裾上龍尾，蓬萊宫殿壓鼇頭。」五代李瀚《留題座主和凝舊閣》：「座主登庸歸鳳闕，門生批詔立鼇頭。」宋江休復《江鄰幾雜誌》：「劉子儀侍郎三入翰林，意望入兩府，頗不懌。詩云：『蟠桃三竊成何事，上盡鼇頭跡轉孤。』稱疾不出。」侍臣，侍奉帝王的廷臣。《儀禮·燕禮》：「凡公所酬既拜，請旅侍臣。」唐李商隱《漢宫詞》：「侍臣最有相如渴，不賜金莖露一杯。」

〔四〕「二紀計偕」句：二紀，二十四年。一紀爲十二年。計偕，《史記·儒林列傳序》：「郡國縣道邑有好文學、敬長上、肅政教、順鄉里、出入不悖所聞者。……當與計偕，詣太常，得受業如弟子。」司馬貞索隱：「計，計吏也。偕，俱也。謂令與計吏俱詣太常也。」《漢書·武帝紀》：「徵吏民明當世之務、習先聖之術者，縣次續食，令與計偕。」顔師古注：「計者，上計簿吏也。郡國每歲遣詣京師上之，令所徵之人與上計俱來。」後遂用「計偕」稱舉人赴京會試。唐柳宗元《宜城縣開國伯柳公行狀》：「開元中，舉汝州進士，計偕百數，公爲之冠。禮部侍郎韋陟異而目之，一舉上第。」此句意爲詩人經歷二紀之科舉考試後方登科，即其自注所謂「余與子華俱久困名場」。

〔五〕掌絲綸：意謂在朝中爲皇帝代草詔書。《禮記·緇衣》：「王言如絲，其出如綸。」孔穎達疏：「王言初出，微細如絲，及其出行於外，言更漸大，如似綸也。」後因稱帝王詔書爲「絲綸」。南朝梁劉勰《文心雕龍·詔策》：「《記》稱絲綸，所以應接群后。」唐楊炯《爲劉少傅謝敕書慰勞表》：「虔奉絲綸，躬親政事。」唐韓愈《上李相公詩》：「濁水污泥清路塵，還曾同制掌絲綸。」

〔六〕烜赫：此謂聲名盛大。《爾雅·釋訓三》：「赫兮烜兮，威儀也。」唐李白《俠客行》：「千秋二壯士，烜赫大梁城。」唐顔真卿《贈裴將軍》：「戰馬若龍虎，騰淩何壯哉。將軍臨八荒，烜赫耀英材。」

〔七〕「金紫雍容」句：金紫，金魚袋和紫衣，唐時爲一定品級的官員所穿戴。《新唐書·李泌傳》：「衆指曰：『著黄者聖人，著白者山人。』帝聞，因賜金紫。」《新唐書·車服志》：「自是百官賞緋、紫，必兼魚袋，謂之章服。當時服朱紫，佩魚者衆矣。」雍容，形容儀態温文大方，從容不迫。《漢書·薛宣傳》：「宣爲人好威儀，進止雍容，甚可觀也。」《新唐書·于志寧等傳贊》：「季輔、行成數進諫，然雍容有禮，皆長厚君子也。」又《文選·班固〈兩都賦〉序》：「雍容揄揚，著於後嗣。」吕向注：「雍，和；容，緩。」

〔八〕「絳帳」句：絳帳，《後漢書·馬融傳》：「融才高博洽，爲世通儒，教養諸生，常有千數……居宇器服，多存侈飾。常坐高堂，施絳紗帳，前授生徒，後列女樂，弟子以次相傳，鮮有入其室者。」後因以「絳帳」爲師門、講席之敬稱。唐劉禹錫《送前進士蔡京赴學究科》：「朱門達者誰能識，絳帳諸生盡不如。」唐李商隱《過故崔兗海宅與崔明秀才話舊》詩：「絳帳恩如昨，烏衣事莫尋。」恩深無路報，此指詩人難於報答座主趙崇之深恩。《唐摭言》卷六載韓偓奏昭宗云：「臣座主右僕射趙崇。」孫光憲《北夢瑣言》卷五：「吴融侍郎，乃趙崇大夫門生。」則所謂「絳帳恩深」乃指趙崇之深恩。

【按】此詩爲詩人與同年吴融同值時，感念座主趙崇拔擢自己進士及第，方才有如今之聲名煊赫與雍容富貴，然而卻自感難於回報恩人，故賦此詩以抒懷。首聯回顧昔年與吴融同時及第，有如鶯出幽谷，故今日得以在翰林院任顯職。頷聯回首當年讀書覓第，久困舉場之艱難辛苦，而所幸終於及第入仕，如今得以入翰林院爲皇上撰寫詔書。腹聯詠唱自己與吴融今日已是聲名赫赫之文士，雍容華貴之朝臣，不禁流露春風得意之色。尾聯實爲反念及今日之榮寵，乃來源於座主趙崇恩師之提攜，用以回扣詩題之「懷恩」。而又深愧難於回報師恩，故與同年吴融相顧而辛酸，悵悵不已。

## 和吴子華侍郎令狐昭化舍人歎白菊衰謝之絶次用本韻〔一〕

正憐香雪披千片①〔二〕，忽訝殘霞覆一叢〔三〕。此花將謝，卻有紅色。還似妖姬長年後〔四〕，酒酣雙臉卻微紅。

【校　記】

①「披」，統籤本、《全唐詩》、吴校本均校：「一作飛。」按，應作披，蓋此句乃詠白菊尚未凋謝之狀態，而非

飛落之情景。

**【注　釋】**

〔一〕此詩稱吴子華爲侍郎，子華任户部侍郎乃在天復元年昭宗反正後。據《新唐書·吴融傳》：「昭宗反正，御南闕，群臣稱賀，融最先至。于時左右歡駭，帝有指授，疊十許稿，融跪作詔，少選成，語當意詳，帝諮賞良厚。進户部侍郎。鳳翔刼遷，融不克從，去客閿鄉。俄召還翰林，遷承旨，卒官。」按，昭宗反正在天復元年，是年十一月即遭遇「鳳翔刼遷」。故韓偓此詩必作於天復元年。又詩詠白菊衰謝，則詩當約作於天復元年（公元九〇一年）秋末時。

吴子華侍郎：即户部侍郎吴融，其生平詳見《新唐書》卷二〇三本傳及本書《與吴子華侍郎同年玉堂同直懷恩叙懇因成長句四韻兼呈諸同年》詩注〔一〕。令狐昭化舍人，即中書舍人令狐涣。據《舊唐書》卷一七二《令狐楚傳》，楚子令狐綯，綯「子滈、涣、渢」，「涣、渢俱登進士第。涣位至中書舍人」。《新唐書·韓偓傳》：「中書舍人令狐涣任機巧，帝嘗欲以當國，俄又悔曰：『涣作宰相或誤國，朕當先用卿。』辭曰：『涣再世宰相，練故事，陛下業已許之。若許涣可改，許臣獨不可移乎？』」此詩題下吴汝綸評注謂「昭化令狐涣也」。令狐涣，字昭化。舍人，即中書舍人，《新唐書·百官志》：中書「舍人六人，正五品上，掌侍進奏參議表章，凡詔旨制敕璽書册命，皆起草進畫」。次韻，依次用所和詩中的韻作詩。也稱步韻。

〔二〕香雪：此指白菊花瓣。唐温庭筠《春江花月夜歌》：「千里涵空澄水魂，萬枝破鼻團香雪。」披，紛披，覆蓋。

〔三〕殘霞：此處用以形容將凋謝時呈現紅色的如殘霞般的白菊花。

〔四〕妖姬：美女。多指妖豔的侍女、婢妾。三國魏阮籍《詠懷》之五十一：「念我平居時，鬱然思妖姬。」南朝陳後主《玉樹後庭花》詩：「妖姬臉似花含露，玉樹流光照後庭。」唐韓愈《齪齪》詩：「妖姬坐左右，柔指發哀彈。」長年，指老年人。《淮南子·説山訓》：「故桑葉落而長年悲也。」漢劉向《説苑·貴德》：「景公遊於壽宫，覩長年負薪而有饑色，公悲之。」唐韋莊《長年》：「長年方悟少年非，人道新詩勝舊詩。」

## 【集評】

愚齋云：唐宋詩人詠菊，罕有以女色爲比，其理當然。或有以爲比者，惟韓偓歎白菊云：「正憐香雪披千片，忽訝殘霞覆一叢。還似妖姬長年後，酒酣雙臉卻微紅。」此唐人詩也。（史鑄《百菊集譜》卷三）

（愚齋）又云：唐宋詩人詠菊，罕有以女色爲比者，惟唐韓偓嘆白菊云：「正憐香雪披千片，忽訝殘霞覆一叢。還似妖姬年長後，酒酣雙臉卻微紅。」又宋魏野有菊一絶云：「正當搖落獨芳妍，向曉

吟看露泫然。還似六宫人競怨，幾多珠淚濕金鈿。」（陸廷燦《藝菊志・詩話》）

【按】此作乃酬和吴融、令狐涣歎白菊衰謝絶句之次韻詩。吴融、令狐涣原作今未見。後兩句以年長妖姬酒後雙頰之暈紅，比況此將謝之白菊。此詩之獨特處，正如愚齋所云以女色比喻白菊，更具風情韻致，令人垂憐。

## 中秋禁直〔一〕

星斗疏明禁漏殘〔二〕，紫泥封後獨凭闌①〔三〕。露和玉屑金盤冷〔四〕，月射珠光貝闕寒〔五〕。天襯樓臺籠苑外〔六〕，風吹歌管下雲端〔七〕。長卿祗爲長門賦〔八〕，未識君臣際會難〔九〕。

【校記】

①「後」，麟後山房刻本作「内」。

【注釋】

〔一〕《唐音統籤》本《六月十七日召對自辰及申方歸本院》詩題下小注云：「以下天復元年入翰林後

作。」慶按，所謂「以下」詩即指是詩後之《中秋禁直》、《雨後月中玉堂閒坐》、《苑中》、《與吴子華侍郎同年玉堂同直懷恩叙懇因成長句四韻兼呈諸同年》、《宫柳》、《冬十一月駕幸岐下作》等六詩。故此詩《唐音統籤》本以爲乃「天復元年入翰林後作」。則此詩乃作於天復元年（公元九〇一年）中秋。

禁直：在宫廷官署中值班。《開元天寶遺事·撤去燈燭》：「蘇頲與李乂對掌文誥，玄宗顧念之深也，八月十五夜於禁中直宿，諸學士翫月，備文酒之宴，時長天無雲，月色如晝，蘇曰：『清光可愛，何用燈燭？』遂使撤去。」禁，帝王宫殿。漢陳琳《爲袁紹檄豫州》：「及臻吕后季年，産、禄專政……決事省禁，下淩上替，海内寒心。」《文選·謝莊〈宋孝武宣貴妃誄〉》：「掩綵瑶光，收華紫禁。」李善注：「王者之宫，以象紫微，故謂宫中爲紫禁。」《宋書·百官志上》：「漢世，與中官俱止禁中，武帝時侍中莽何羅挾刃謀逆，由是侍中出禁外。」唐常袞《早秋望華清宫樹因以成詠》：「可憐雲木叢，滿禁碧濛濛。」

〔二〕疏明：指疏淡的光輝。宋朱淑真《閒步》詩：「乍得好涼宜散步，朦朧新月弄疏明。」禁漏，宫中計時漏刻。南唐馮延巳《采桑子》詞：「畫堂鐙煖簾櫳捲，禁漏丁丁。雨罷寒生，一夜西窗夢不成。」禁漏殘，謂夜深將盡時。

〔三〕紫泥：古人以泥封書信，泥上蓋印。皇帝詔書則用紫泥。《後漢書·光武帝紀上》「奉高皇帝璽綬」，李賢注引漢蔡邕《獨斷》：「皇帝六璽，皆玉螭虎紐……皆以武都紫泥封之。」唐楊炯《崇文館宴集詩序》：「封紫泥於璽禁，傳墨令於銀書。」宋趙彦衛《雲麓漫鈔》卷十二：「古印文作白字，蓋用以印泥，紫泥封詔是也。」後即以指詔書。南朝梁沈約《爲始興王讓儀同表》：「徒塵翠渥，方降紫泥，以兹上令，用隔下情。」

〔四〕「露和玉屑」句：《史記·孝武本紀》：「又作柏梁、銅柱、承露仙人掌之屬矣。」司馬貞《索隱》引《三輔故事》云：「建章宫承露盤高二十丈，大七圍，以銅爲之。上有仙人掌承露，和玉屑飲之。」《三輔黄圖》卷五引《漢武故事》：通天臺「上有承露盤、仙人掌，擎玉杯以承雲表之露」。玉屑，玉的碎末。《周禮·天官·玉府》「王齊則共食玉」，漢鄭玄注：「玉是陽精之純者，食之以禦水氣。鄭司農云：『王齊當食玉屑。』」《三國志·魏志·衛覬傳》：「昔漢武信求神仙之道，謂當得雲表之露以餐玉屑，故立仙掌以承高露。」宋謝翱《後桂花引》：「修月仙人飯玉屑，瑶鴨騰騰何處爇。」

〔五〕「月射珠光」句：珠光，珍珠的光華。漢王充《論衡·自紀》：「玉色剖於石心，珠光出於魚腹。」此處指明潔耀眼的光芒。唐太宗《賦簾》詩：「珠光摇素月，竹影亂清風。」宋謝翱《遊石洞聯句夜坐記》：「是夜將分，有影射西巖，初如珠光走盤，浸大如席，須臾光遍樹石，閃閃飛動。」貝闕，以紫貝爲飾的宫闕。本指河伯所居的龍宫水府，後用以形容壯麗的宫室。語出《楚辭·九歌·河伯》：「魚鱗屋兮龍堂，紫貝闕兮朱宮。」王逸注：「言河伯所居，以魚鱗蓋屋，堂畫蛟龍之文，紫貝作闕，朱丹其宮，形容異制，甚鮮好也。」南朝齊謝朓《祀敬亭山廟》詩：「貝闕眠阿宮，薜帷陰網户。」唐李商隱《利州江潭作》詩：「河伯軒窗通貝闕，水宮帷箔卷冰綃。」

〔六〕天襯樓臺：謂天空襯托著高聳的樓臺。襯，襯託。唐元稹《八月十四日夜玩月》：「猶欠一宵輪未滿，紫霞紅襯碧雲端。」唐韋莊《中渡晚眺》：「千重碧樹籠春苑，萬縷紅霞襯碧天。」

〔七〕歌管：謂唱歌奏樂。南朝宋鮑照《送别王宣城》詩：「舉爵自惆悵，歌管爲誰清？」唐杜審言《晦日宴遊詩》：「歌管風輕度，池臺日半斜。」

〔八〕「長卿」句：長卿，即司馬相如，漢代著名辭賦家。《文選》司馬長卿《長門賦序》曰：「孝武皇帝陳皇后時得幸，頗妒，别在長門宮，愁悶悲思，聞蜀郡成都司馬相如天下工爲文，奉黄金百斤爲相如、文君取酒，因于解悲愁之辭。而相如爲文以悟主上，陳皇后復得親幸。」傳見《史記》卷一一七、《漢書》卷五十七。

〔九〕際會：機遇，時機，遇合。《漢書·王莽傳上》：「安漢公莽輔政三世，比遭際會，安光漢室。」《舊唐書·馬懷素傳論》：「馬懷素、褚無量好古嗜學，博識多聞，遇好文之君，隆師資之禮，儒者之榮，可謂際會矣。」

【集　評】

李商隱《賈誼》詩云：「可憐夜半虚前席，不問蒼生問鬼神。」韓偓云：「如今冷笑東方朔，唯用詼諧侍漢皇。」又云：「長卿秪爲《長門賦》，未識君臣際會難。」皆反其事而言之。是時韓在翰林，故出此語，視李爲切。（范晞文《對床夜語》卷四）

韓偓字致堯，别集一卷，實本集也。以其有《香奩集》，故反名别集。然其語多淺俗，入録者甚少。七言律如「無奈離腸」、「長日居閒」、「惜春連日」三篇，氣韻亦勝。「星斗疏明」一篇，聲亦宣朗。他如「缾添澗水盛將月，衲挂松枝惹得雲」、「樹頭蜂抱花鬚落，池面魚吹柳絮行。禪伏詩魔歸静域，酒衝愁陣出奇兵」等句，乃晚唐巧句也。至若「爐爲窗明僧偶坐」、「雨連鶯曉落殘梅」，則奇僻不可爲法矣。（許學夷《詩源辯體》卷三十二）

《唐詩鼓吹》云：韓偓《中秋禁直》詩結聯云：「長卿只爲長門賦，未識君臣際會難。」只「君臣際會難」五字，是通篇主意。起云「星斗疎明禁漏殘，紫泥封後獨憑欄」，言當禁漏初殘，星斗疎明之際，何地何時僅以三寸柔翰，出入殿庭，凴欄獨望，此何等際會也！三、四「露和玉屑金盤冷，月射珠光貝闕寒」二句，寫禁中秋景也。五、六「天襯樓臺歸苑外，風吹歌管下雲端」二句，寫禁中入直之所見所聞也。當此君臣際會，自有一段忠君愛國念頭，一番忠君愛國事業。托長卿正以自勉耳。讀是詩，可悟立意之式。（蔡鈞《詩法指南》卷四）

方回：以上二詩（慶按，指《雨後月中玉堂閑坐》與本詩），俱端重有體。（《瀛奎律髓彙評》卷二朝省類）

無名氏（乙）：前詩不僅如所評。（《瀛奎律髓彙評》卷二朝省類）

陸貽典：中四句是中秋禁中，挪移不得。（《瀛奎律髓彙評》卷二朝省類）

何義門：陳后廢，以相如一賦復得召幸。昭宗幽於東内，身爲内相，不能建復辟之績，豈不負此際會乎？當於言外求之。（《瀛奎律髓彙評》卷二朝省類）

紀昀：致堯詩或纖或俚，此獨深穩。第五句「襯」字鍊得穩，以新巧論之，則勝下句，而下句卻以天然勝。○勝前篇處，在結句深摯。（《瀛奎律髓彙評》卷二朝省類）

無名氏（乙）：最渾成。（《瀛奎律髓彙評》卷二朝省類）

工麗。（《網師園唐詩箋》評「露和玉屑」一聯）

韓致堯《中秋禁直》，望宫闕於九霄，聽弦歌於五夜，欲使主上親賢遠佞而不可得，展轉不寐，隱約可念。（薛雪《一瓢詩話》）

韓偓《落花》詩曰……此傷朱温將篡唐而作。次聯言君民之東遷，諸王之見害也。三聯望李克用之勤王，痛韓建之逆主也。結末沉痛，意更顯然。偓集又有《宫柳》詩云：……此詩以宫柳自比，而憂全忠之見妒，末則言草野尚有賢者，恨不能薦之於朝，以爲己助也。其他如《重遊曲江》之「避客野鷗如有感，損花微雪似無情」；《夏日召對》云「坐久忽疑槎犯斗，歸來兼恐海生桑」；《中秋禁直》

云「長卿祇爲長門賦，未識君臣際會難」，皆與《落花》、《宫柳》詩同旨。晚唐詩惟偓足以嗣響義山。（陳沆《詩比興箋》卷四）

記幼時先祖鐵庵公每於花間小酌，輒呼壽昌至前，口授唐詩數首。一日，誦「星斗疏明禁漏殘，紫泥封後獨憑欄……」，誦至前六句，忽覺無限晶光異彩，陸離於眉睫之間，一片金石清音，琳琅於檐隙之際。此蓋有自然之神韻，溢乎楮墨之外，初非人力所能與也。（王壽昌《小清華園詩談》）

秋谷曰：「襯」字新穩。（復旦大學圖書館藏《唐音統籤》本此詩眉批）

紀曰：「結句深摯。」（高步瀛《唐宋詩舉要》本詩下注評引）

吴汝綸曰：「此奏封事後作，前六句皆自幸遭際，故末句云云。言爲《長門賦》者徒知淪落可憐，未知遭際後之彌不易也。蓋公與昭宗有魚水之契，而事勢至亟，故歎其不易，此其忠悃勃鬱處，詞意至爲深沉。」（高步瀛《唐宋詩舉要》本詩下注評引）

【按】此詩詩後吴汝綸評注謂「舊説此爲朱全忠之毁，非也。昭宗待韓公始終不衰，并不以全忠之毁而異。此詩當是未播遷時入直禁中之作」。按，吴説是。此詩亦正如前引《唐詩鼓吹》所云：「當此君臣際會，自有一段忠君愛國念頭，一番忠君愛國事業。托長卿正以自勉耳！讀是詩，可悟立意之式。」（見蔡鈞《詩法指南》卷四引）然詩末「長卿」二句，似謂司馬相如祇是以《長門賦》之文才爲漢皇所賞而已，而做夢也未能體會到如我般的君臣在國家大事上的際會遇合之難。至於薛雪《一瓢詩話》所説則不確，蓋此處全無「欲使主上親賢遠佞而不可得」之意。

## 侍宴①

鼇黄蝶粉兩依依〔一〕，狎宴臨春日正遲〔二〕。密旨不教江令醉〔三〕，麗華微笑認皇慈②〔四〕。

【校記】

① 統籤本詩題下有小注云：「天復元年翰苑作，時用宫嬪傳命，故云。」

② 「麗華」，韓集舊鈔本、麟後山房刻本、吴校本、《全唐詩》均校：「一作貴妃。」

【注釋】

〔一〕統籤本此詩題下小注云：「天復元年翰苑作。」則詩作於天復元年（公元九〇一年）昭宗反正後之春日。

「鼇黄蝶粉」句：鼇同蜂。鼇黄，也稱花黄、額黄。蝶粉，亦作「蜨粉」，蝶翅上的天生粉屑。均是唐時宫妝。唐李商隱《酬崔八早梅有贈兼示之作》詩：「何處拂胸資蜨粉，幾時塗額藉蜂黄。」宋周邦彦《滿江紅》詞：「臨寶鑑緑雲撩亂，未忺妝束。蝶粉蜂黄都褪了，枕痕一線紅生玉。」此處遙黄蝶粉用以代指侍宴之宫嬪。依依，輕柔披拂貌。《詩·小雅·采薇》：「昔我往矣，楊柳依依；今我來思，雨雪霏霏。」唐李商隱《離亭賦得折楊柳》詩：「含煙惹霧每依依，萬緒千條拂落暉。」此處亦似形容侍宴宫嬪之婀娜嬌弱之態。

〔二〕「狎宴」句：狎，接近；親近。《書·太甲上》：「予弗狎于弗順，營于桐宫。」孔傳：「狎，近也。」《左傳·襄公六年》：「宋華弱與樂轡少相狎。」杜預注：「狎，親習也。」狎宴，親昵、不拘禮節的飲宴。五代王定保《唐摭言·矛盾》：「令狐趙公鎮維揚，處士張祜嘗與狎讌。」臨春，閣名。南朝陳後主時建。《陳書·皇后傳·張貴妃》：「至德二年，乃於光照殿前起臨春、結綺、望仙三閣。閣高數丈，竝數十間，其窗牖、壁帶、懸楣、欄檻之類，竝以沈檀香木爲之，又飾以金玉，間以珠翠，外施珠簾，内有寶牀、寶帳，其服玩之屬，瑰奇珍麗，近古所未有。」唐劉禹錫《臺城》詩：「臺城六代競豪華，結綺臨春事最奢。」此處用臨春代指當時侍宴所在之殿閣。日正遲，指陽光温暖、光線充足狀。《詩·豳風·七月》：「春日遲遲，采蘩祁祁。」朱熹集傳：「遲遲，日長而暄也。」《西京雜記》卷四引漢枚乘《柳賦》：「階草漠漠，白日遲遲。」

〔三〕江令：即江總。字總持，濟陽考城人。其先後仕南朝梁、陳及隋三朝，陳時官至尚書令，故稱江令。傳見《陳書》卷二十七，《南史》卷三十六。《陳書》載「後主之世，總當權宰，不持政務，但日與後主遊宴後庭，共陳暄、孔範、王瑳等十餘人，當時謂之狎客」。

〔四〕麗華：即張麗華，南朝陳後主之寵妃。傳見《陳書》卷七。傳載其「性聰惠，甚被寵遇。後主每引貴妃與賓客遊宴，貴妃薦諸宮女預焉，後宮等咸德之，競言貴妃之善，由是愛傾後宮。……及隋軍陷臺城，妃與後主俱入于井，隋軍出之，晉王廣命斬貴妃，榜於青溪中橋」。

【集評】

詔按，小注：「時用宮嬪傳命，故云。」……麗華狎宴臨春，直比昭宗於後主，不可解也。（杜詔《唐詩叩彈集》卷十二）

【按】此詩寫侍宴之情景。首二句描述宴會時春日和暖，陽光明媚，又有盛裝之婀娜風流之宮嬪陪侍，可見宴會時親昵融洽之態。後二句以「不教江令醉」、「麗華微笑認皇慈」狀昭宗之仁愛慈惠。然此未免清人杜詔以「麗華狎宴臨春，直比昭宗於後主，不可解也」之惑。今尋思其意，詩人乃意在於以江總與陳後主之親密關係比況自己侍宴之情狀，而全未有以昭宗比況沉酣荒淫中之後主之意也。故清賀裳《載酒園詩話》卷一云：「蓋總以寫倖臣狎客之態，惟在得其神情，原不拘於醉不醉，真所謂淡妝濃抹總相宜也，無容膠執耳。」

## 錫宴日作

是歲大稔〔一〕，内出金幣賜百官充觀稼宴〔二〕，學士院别賜越綾百匹〔三〕，委京兆府勾當〔四〕。後，宰相一日宴於興化亭①

玉銜花馬蹋香街②〔五〕，詔遣追歡綺席開〔六〕。中使押從天上去〔七〕，是日，在外四學士排門齊入，同進狀辭赴宴所，奉宣差學士院使二人押去③。外人知自日邊來〔八〕。臣心淨比漪漣水〔九〕，聖澤深於瀲灩杯〔一〇〕。纔有異恩頒稷契〔一一〕，已將優禮及鄒枚〔一二〕。清商適向梨園降④〔一三〕，妙妓新行峽雨迴〔一四〕。不敢通宵離禁直〔一五〕，晚乘殘醉入銀臺〔一六〕。當直學士二人，至晚，學士院使二人卻押入直，餘四人在外，可以卜夜。内臣去外，知熟閆丞郎給舍多來突宴。余是日當直，故有是句⑤〔一七〕。

【校　記】

①汲古閣本在詩題下小注云：「一本在《中秋禁直》後。」按，此詩韓集舊鈔本即在《中秋禁直》詩後。「日」，黄永年、陳楓校點《王荆公唐百家詩選》校云：「『日』，分類本無。」（慶按，「分類本」指《王荆公唐百家詩選》之宋刻分類殘本，下同，不具注）「金幣」，唐百家詩選本作「金帛」。「越」，黄永年、陳楓校點《王荆公唐百家詩選》校云：「『越』，分類本『大』。」「京兆府」，原作「京局」，《唐百家詩選》本作

「京尹」，韓集舊鈔本作「京兆府」。又統籤本題下小注有所不同，爲：「『是歲大稔，内出金幣賜百官充觀稼宴，學士院别賜越綾百匹，委京兆府公（慶按，「公」當爲「句」之誤）當。後一日宴宰相於興化亭。』天復元年辛酉也。」今即據韓集舊鈔本等改。

② 「香」，玉山樵人本作「金」，《全唐詩》、吴校本均校：「一作天。」

③ 「宣」，黄永年、陳楓校點《王荆公唐百家詩選》校云：「『宣』，本無，據分類本補。」

④ 「適」，統籤本、《全唐詩》、吴校本均校：「一作迴。」按，《唐詩紀事》卷六十五作「迴」。

⑤ 《唐百家詩選》本無此段小注。

【注釋】

〔一〕胡震亨《唐音統籤》本此詩小注以爲此詩作年爲「天復元年辛酉也」。此詩原有小注謂「是歲大稔」，則詩乃約天復元年（公元九〇一年）秋冬間之作。

大稔：稔，莊稼成熟。《國語・吴語》：「吴王夫差既殺申胥，不稔於歲，乃起師北伐。」韋昭注：「稔，熟也。」《韓詩外傳》卷一：「於是歲大稔，民給家足。」大稔，大豐收。《後漢書・方術傳上・許楊》：「百姓得其便，累歲大稔。」《資治通鑑・唐太宗貞觀四年》：「是歲，天下大稔，流離者咸歸鄉里。」

〔二〕内：蓋指朝廷之内庫，即皇宫之府庫。觀稼，觀看莊稼。《周禮・地官・司稼》：「巡野觀稼，以年之上下出斂灋。」《宋史·禮志十六》：「五月二日，（太宗）出南薰門觀稼，召從官列坐田中，令民刈麥，咸賜以錢帛。」觀稼宴，此處指皇帝組織百官觀稼時所舉行的宴會。

〔三〕學士院：即指韓偓當時所在之翰林院。越綾，越地出産的絲織品。

〔四〕京兆：漢代京畿的行政區域，爲三輔之一。在今陝西西安以東至華縣之間，下轄十二縣。後因以稱京都。唐時京兆府所轄亦即京城長安及京畿地區。勾當，辦理，掌管。唐李德裕《洺州事宜狀》：「伏望速降使賜宏敬詔，看彼事宜，如王釗出彼未得，且令勾當，待盧鈞到後，令赴闕不遲。」《新唐書·第五琦傳》：「帝悦，拜監察御史，勾當江淮租庸使。」

〔五〕「玉銜」句：玉銜，指玉飾的馬嚼子。唐杜牧《長安雜題長句》詩之五：「草妒佳人鈿朵色，風迴公子玉銜聲。」宋孫光憲《風流子》詞：「金絡玉銜嘶馬，繫向緑楊陰下。」花馬，或即指五花馬。唐人喜將駿馬鬃毛修剪成瓣以爲飾，分成五瓣者，稱「五花馬」，亦稱「五花」。唐杜甫《高都護驄馬行》：「五花散作雲滿身，萬里方看汗流血。」仇兆鼇注引郭若虚曰：「五花者，剪鬃爲瓣，或三花，或五花。」唐無名氏《白雪歌》：「五花馬踏白雲衢，七香車碾瑶墀月。」唐李白《將進酒》：「五花馬，千金裘，呼兒將出换美酒。」香街，指繁華的街道。此處同天街，指京城長安街道。唐岑參《衛節度赤驃馬歌》：「香街紫陌鳳城内，滿城見者誰不愛。」唐劉禹錫《令狐相公自天平移鎮太原以詩申賀》：「北都留守將天兵，出入香街宿禁扃。」

〔六〕追歡：猶尋歡。唐谷神子《博異志·許漢陽》：「客中止一宵，亦有少酒，願追歡。」唐韋嗣立《奉和初春幸太平公主南莊應制》：「已陪沁水追歡日，行奉茅山訪道朝。」唐崔尚《奉和聖制同二相已下群臣樂遊園宴》：「合錢承罷宴，賜帛復追歡。」

〔七〕「中使」句：中使，宮中派出的使者。多指宦官。《後漢書·宦者傳·張讓》：「凡詔所徵求，皆令西園騶密約敕，號曰『中使』。」《文選·沈約〈齊故安陸昭王碑文〉》：「勉膳禁哭，中使相望。」張銑注：「天子私使曰中使。」此處中使指當時宦官韓全晦置於翰林院之院使。《資治通鑑》卷二六三天復二年載：「甲辰，上使趙國夫人詗學士院，二使皆不在，亟召韓偓、姚洎，竊見於土門外。」胡注：「二使，二中使之直學士院者。韓全晦等置之，以防上密召對學士。」押，監領、護送。《新唐書》卷一六〇：「十四年正月，上令中使杜英奇押宮人三十人，持香花赴臨皋驛迎佛骨。」又，《石林燕語》：「吕寶臣爲樞密使，神宗欲用晦叔爲中丞，不以爲嫌，乃召蘇子容就曾魯公第草制。……晦叔既辭，上命中使押赴台。禮上，公弼亦辭位，不從。」天上，與下文「日邊」意同，均指皇帝所在之宫廷。

〔八〕日邊：原指太陽的旁邊。猶言天邊，指極遠的地方。南朝劉義慶《世説新語·夙惠》：「晉明帝數歲，坐元帝膝上。有人從長安來，元帝問洛下消息，潸然流涕。明帝問何以致泣，具以東渡意告之。因問明帝：『汝意謂長安何如日遠？』答曰：『日遠。不聞人從日邊來，居然可知。』

元帝異之。明日集群臣宴會，告以此意，更重問之。乃答曰：『日近。』元帝失色，曰：『爾何故異昨日之言耶？』答曰：『舉目見日，不見長安。』」此處比喻宫廷或帝王左右。唐趙嘏《送裴延翰下第歸覲滁州》詩：「江上詩書懸素業，日邊門户倚丹梯。」唐高蟾《下第後獻高侍郎》詩：「天上碧桃和露種，日邊紅杏倚雲栽。」

〔九〕漪漣：微波。《詩·魏風·伐檀》：「河水清且漣漪。」毛亨傳：「風行水成文曰漣。」《初學記·總載水》：「水波如錦文曰漪。」《晉書·衛恒傳》：「遠而望之，若翔風厲水，清波漪漣。」南朝宋謝靈運《發歸瀨三瀑布望兩溪》詩：「沫江免風濤，涉清弄漪漣。」

〔一〇〕「聖澤」句：聖澤，帝王的恩澤。三國魏曹植《求自試表》：「今臣蒙國重恩，三世於今矣。正值陛下升平之際，沐浴聖澤，潛潤德教，可謂厚幸矣。」南朝梁沈約《枳園寺刹下石記》：「徒欲盡能竭慮，知無不爲，下被民和，上宣聖澤，而自以力弱途遠，終慚短効。」瀲灩，水波蕩漾貌。《文選·木華〈海賦〉》：「淞湙瀲灩，浮天無岸。」李善注：「瀲灩，相連之貌。」唐温庭筠《郭處士擊甌歌》：「佶栗金虬石潭古，勺陂瀲灩幽修語。」唐方干《題應天寺上方兼呈謙上人》詩：「勢横緑野蒼茫外，影落平湖瀲灩間。」又，水滿貌，泛指盈溢。唐劉禹錫《唐故衡州刺史吕君集紀》：「其色瀲灩於顔間，其聲發而爲文章。」宋范成大《續長恨歌》：「金杯瀲灩曉粧寒，國色天香勝牡丹。」此處兩者均可通。

〔二〕「異恩」句：異恩，特殊之恩遇。此指其自注所謂「内出金幣賜百官充觀稼宴」。《詩緝》卷三十：「中伯以異姓受賜，亦異恩也。」宋曾鞏《曲珍四廂都指揮使絳州防禦使制》：「尚有異恩，待爾來效。」稷契，稷和契之並稱。兩人是唐虞時代賢臣。漢王逸《九思·守志》：「配稷契兮恢唐功，嗟英俊兮未爲雙。」漢蔡邕《再讓高陽侯印綬符策表》：「臣聞稷契之儔，以德受命，功德靡堪。」此處以稷契喻當時之宰相。

〔三〕「優禮」句：優禮，優待禮遇。《漢書·劉向傳》：「上以我先帝舊臣，每進見常加優禮，吾而不言，孰當言者？」《陳書·儒林傳·王元規》：「簡文之在東宫，引爲賓客，每令講論，甚見優禮。」鄒枚，漢代鄒陽、枚乘的並稱。兩人均爲漢梁孝王所寵倖，相隨宴遊戲樂之文臣辯士。生平見《史記》卷八十三《魯仲連鄒陽列傳》、《漢書》卷五十一《枚乘傳》。北魏酈道元《水經注·睢水》：「梁王與鄒、枚、司馬相如之徒極遊於其上。」兩人皆以才辯著名當時。後因以「鄒枚」借指富於才辯之士。唐王維《奉和聖制賜史供奉曲江宴應制》：「侍從有鄒枚，瓊筵就水開。」此處用以喻包括自己在内的翰林學士。此句所謂「優禮及鄒枚」，即指其自注所謂「學士院別賜越綾百匹」并賜宴事。

〔三〕「清商」句：清商，商聲，古代五音之一。古謂其調淒清悲涼，故稱。《韓非子·十過》：「公曰：『清商固最悲乎？』師曠曰：『不如清徵。』」晉葛洪《抱朴子·暢玄》：「夫五聲八音，清商流徵，損聽者也。」唐杜甫《秋笛》詩：「清商欲盡奏，奏苦血霑衣。」梨園，唐玄宗時教練宫廷歌舞藝人的地方。《舊唐書》卷二十八《音樂志》：「玄宗又於聽政之暇，教太常樂工子弟三百人爲絲竹之戲，音響齊發，有一聲誤，玄宗必覺而正之。號爲皇帝弟子，又云梨園弟子，以置院近於禁苑之梨園。」降，停止；罷退。《左傳·昭公元年》：「先王之樂，所以節百事也，故有五節，遲速本末以相及，中聲以降，五降之後，不容彈矣。」杜預注：「降，罷退。」《莊子·外物》：「天之穿之，日夜無降。」成玄英疏：「降，止也。」此句謂清商之曲剛在梨園結束。

〔一四〕「妙妓」句：妙妓，容顔美麗、技藝精妙的歌妓。三國魏曹植《七啟》：「亦將有才人妙妓，遺世越俗，揚《北里》之流聲，紹《陽阿》之妙曲。」晉張華《輕薄篇》：「新聲踰《激楚》，妙妓絶《陽阿》。」峽雨，此暗用巫山雲雨之典。意爲此妙妓乃如行巫山雲雨之美妙多情的神女。宋玉《高唐賦》序：「昔者先王嘗遊高唐，怠而晝寢。夢見一婦人，曰：『妾巫山之女也，爲高唐之客。聞君遊高唐，願薦枕席。』王因幸之。去而辭曰：『妾在巫山之陽，高丘之阻。旦爲朝雲，暮爲行雨。朝朝暮暮，陽臺之下。』旦朝視之，如言，故爲之立廟，號曰朝雲。」

〔一五〕禁直：在宫禁中值班。此指值班之所，即翰林院。

〔一六〕「殘醉」句：殘醉，酒後殘存的醉意。唐白居易《湖亭晚歸》詩：「起因殘醉醒，坐待晚涼歸。」銀臺，即銀臺門，宫門名。唐時翰林院、學士院都在銀臺門附近，後因以銀臺門指代翰林院。此處即指翰林院。唐李白《贈從弟南平太守之遥》詩之一：「承恩初入銀臺門，著書獨在金鑾殿。」

〔一七〕卜夜：即卜晝卜夜之意。春秋時齊陳敬仲爲工正，請桓公飲酒，桓公高興，命舉火繼飲，敬仲辭謝説：「臣卜其晝，未卜其夜，不敢。」見《左傳·莊公二十二年》。《晏子春秋·雜上》、漢劉向《説苑·反質》以爲此爲齊景公與晏子事。後稱盡情歡樂，晝夜不止爲「卜晝卜夜」。知熟，即互相熟知者。丞郎，唐尚書省的左右丞和六部侍郎的總稱。尚書在左右丞之上，也稱丞郎。唐白居易《大官乏人策》：「臣伏見國家公卿將相之具，選於丞郎、給舍之材。」《舊唐書·劉棲楚傳》：「（楚）俄又宣授刑部侍郎。丞郎宣授，未之有也。」宋陸游《老學庵筆記》卷八：「唐所謂丞郎，謂左右丞、六曹侍郎也。尚書雖序左右丞上，然亦通謂之丞郎，猶今言侍從官也。」給舍，給事中及中書舍人的並稱。突宴，闖宴。此處意爲本不請丞郎給舍與宴，而因是熟識者，故來參與宴會。

【集　評】

「妙妓新行峽雨迴」，何焯批注云：「暗度『晚』字。」何焯於全詩末句批注云：「『結與『在外四學士』注又有照應。」（見《王荆公唐百家詩選》此詩小注）

【按】此詩《全唐詩》本小注有「委京局句當」。此處「京局」，《唐百家詩選》本作「京尹」，韓集舊鈔本、統籤本均作「京兆府」。《漢語大詞典》注「京局」云：「宋時指中央機構各部門，又稱百司。」又云「指清代鑄錢機構寶泉局及寶源局」。則「京局」似乃宋後出現之機構名，唐時恐無此稱。故此處之「京局」原當作「京兆府」爲宜。「清商適向梨園降，妙妓新行峽雨迴」二句，乃謂梨園歌妓停止演奏，妙妓們亦演罷回歸。此時已夜晚，故何焯於「妙妓」句下批注云：「暗度『晚』字。」亦即暗度至「晚乘殘醉入銀臺」。何焯於全詩末句批注云：「結與『在外四學士』注又有照應。」此即指與原注「余是日當直，故有是句」互相照應。以此可見韓偓是日雖當直，然亦離開翰林院出席宴會，至晚方「不敢通宵離禁直，晚乘殘醉入銀臺」。而其回入禁直，亦又由「學士院使二人卻押入直」，可見其時院使監管翰林學士之嚴緊也。

## 宮　柳①〔一〕

莫道秋來芳意違②〔二〕，宮娃猶似妬蛾眉〔三〕。幸當玉輦經過處〔四〕，不怕金風浩蕩時〔五〕。草色長承垂地葉〔六〕，日華先動映樓枝③〔七〕。澗松亦有淩雲分〔八〕，爭似移根太液池④〔九〕。

【校　記】

①《唐百家詩選》本詩題後有小注云：「此後二首在内庭作。」慶按，此處所謂後二首即指《宫柳》、《苑中》二詩。

②「違」，黄永年、陳楓校點《王荆公唐百家詩選》校云：「『違』，分類本『遲』。」

③「動」，《唐百家詩選》本作「照」。

④「移根」，《唐百家詩選》本作「盤根」。

【注　釋】

〔一〕《唐音統籤》本《六月十七日召對自辰及申方歸本院》詩題下小注云：「以下天復元年入翰林後作。」慶按，所謂「以下」詩即指是詩後之《中秋禁直》、《雨後月中玉堂閒坐》、《苑中》、《與吴子華侍郎同年玉堂同直懷恩叙懇因成長句四韻兼呈諸同年》、《宫柳》、《冬十一月駕幸岐下作》等六詩。故此詩《唐音統籤》本以爲乃「天復元年入翰林後作」。又《唐百家詩選》本詩題後有小注云：「此後二首在内庭作。」慶按，此處所謂後二首即指《宫柳》、《苑中》二詩。故此詩乃「天復元年入翰林後作」。詩有「莫道秋來芳意違」句，故詩乃作於天復元年（公元九〇一年）秋。

〔二〕芳意：指春意。唐徐彦伯《同韋舍人元旦早朝》詩：「相問韶光歇，彌憐芳意濃。」唐李德裕《牡丹賦》：「獨含芳意，幽怨殘春。」此處所謂「芳意違」，意謂柳因秋來而濃濃春意已衰颯。此詩句亦有寓託。

〔三〕「宫娃」句：宫娃，宫女。唐王維《從岐王夜宴衛家山池應教》詩：「座客香貂滿，宫娃綺帳張。」

〔四〕玉輦：天子所乘之車，以玉爲飾。應劭《漢官儀》：「光武封禪，乘玉輦以升山。」晉潘岳《籍田賦》：「天子乃御玉輦，蔭華蓋。」唐杜牧《洛陽長句》詩之二：「連昌繡嶺行宫在，玉輦何時父老迎？」

〔五〕金風：秋風。《文選·張協〈雜詩〉》：「金風扇素節，丹霞啟陰期。」李善注：「西方爲秋而主金，故秋風曰金風也。」

〔六〕「草色」句：承，承接。垂地葉，指下垂之柳葉。唐韓愈《庭楸》：「下葉各垂地，樹顛各雲連。」

〔七〕日華：太陽的光華，日光。南朝齊謝朓《和徐都曹》：「日華川上動，風光草際浮。」

〔八〕澗松：澗谷底部的松樹。多喻德才高而官位卑的人。晉左思《詠史》詩之二：「鬱鬱澗底松，離離山上苗。以彼徑寸莖，蔭此百尺條。世胄躡高位，英俊沈下僚。地勢使之然，由來非一朝。」亦省作「澗松」。唐陳陶《寄兵部任畹郎中》詩：「崑玉已成廊廟器，澗松猶是薜蘿身。」宋陸游《澗松》詩：「澗松鬱鬱何勞歎，卻是人間奈廢興。」

〔九〕太液池：古池名。唐太液池，在大明宫中含涼殿後，中有太液亭。唐李白《宫中行樂詞》之八：「鶯歌聞太液，鳳吹遶瀛洲。」

【集 評】

此詩以宫柳自比，而憂全忠之見妒，末則言草野尚有賢者，恨不能薦之於朝，以爲己助也。（陳沆《詩比興箋》卷四）

【按】此詩清人陳沆以爲乃「以宫柳自比，而憂全忠之見妒」云云已揭櫫詩人寓託之用心。王達津先生即釋此詩以柳自比之意云：「表面上詠宫苑柳樹，實際是用柳樹比喻朝中堅持對抗宦官軍閥的人。詩第一聯比喻他們在政治上受人嫉妒排擠。第二聯寫有昭宗的支持，不怕金風浩蕩。第三聯寫下有同情柳的芳草，上有日光照耀它的勁枝。第四聯則希望澗松那樣的在野人物，移根宫苑共救危亡。」（王達津《〈宫柳〉詩和韓偓的生卒年》）然陳沆以「宫娃」爲朱全忠則未確。蓋此詩作於天復元年秋，時朱全忠未在宫内，且其嫉恨韓偓乃在此後。據《資治通鑑》卷二六二天復元年閏六月載：「崔胤請上盡誅宦官，但以宫人掌内諸事；宦官屬耳，頗聞之，韓全誨等涕泣求哀於上，上乃令胤：『有事封疏以聞，勿口奏。』宦官求美女知書者數人，内之宫中，陰令詗察其事，盡得胤密謀，上不之覺也。」又《新唐書·韓偓傳》載：「李彦弼見帝倨甚，帝不平，偓請逐之，赦其黨許自新。……彦弼譖偓及（令狐）涣漏禁省語，不可與圖政，帝怒曰：『卿有官屬，日夕議事，奈何不欲我見學士邪？』」此事《資治通鑑》記於天復元年八、九月，亦與此詩作於秋時符合。則詩中「妒蛾眉」之「宫娃」，或即指李彦弼輩以及「美女知書者」之指使者如宦官韓全誨之流歟？

## 苑　中①

上苑離宮處處迷〔一〕，相風高與露盤齊〔二〕。金階鑄出狻猊立〔三〕，玉柱雕成狒狖啼②〔四〕。外使調鷹初得按〔五〕，五坊外按使③〔六〕，以鷹隼初調習，始能擒獲，謂之「得按」。中官過馬不教嘶〔七〕。上每乘馬，必閹官馭以進，謂之「過馬」。既乘之，而後蹀躞嘶鳴④〔八〕。笙歌錦繡雲霄裏⑤〔九〕，獨許詞臣醉似泥〔一〇〕。

【校　記】

①汲古閣本題下小注云：「一本在《宫柳》後。」按，《唐百家詩選》本此詩即緊接在《宫柳》詩後，並於《宫柳》詩下小注云：「此後二首在内庭作。」

②「玉柱」，原作「玉樹」，《唐百家詩選》、韓集舊鈔本、玉山樵人本、《唐詩紀事》卷六十五、統籤本、汲古閣本、麟後山房刻本、吴校本均作「玉柱」。按，「玉柱」爲是。「玉柱」與上「金階」對，均是宫殿建築，今據改。「狒狖」，《唐百家詩選》本、韓集舊鈔本、汲古閣本、麟後山房刻本均作「狒秝」，玉山樵人本、統籤本均作「拂秝」，吴校本作「佛秝」，統籤本、《全唐詩》、吴校本均校：「一作秝狒。又作翡翠。」按，

③《唐詩紀事》卷六十五作「翡翠」，然應以狒狖爲是。

④「坊」，原作「方」，《唐百家詩選》本作「坊」，今據改。

⑤《唐百家詩選》本於「嘶鳴」後有「也」字。

「錦繡」，《唐百家詩選》本作「繡錦」。

【注　釋】

〔一〕《唐音統籤》本《六月十七日召對自辰及申方歸本院》詩題下小注云：「以下天復元年入翰林後作。」慶按，所謂「以下」詩即指是詩後之《中秋禁直》、《雨後月中玉堂閒坐》、《苑中》、《與吴子華侍郎同年玉堂同直懷恩叙懇因成長句四韻兼呈諸同年》、《宫柳》、《冬十一月駕幸岐下作》等六詩。故此詩《唐音統籤》本以爲乃「天復元年入翰林後作」，今從之，即繫於天復元年（公元九〇一年）。

「上苑」句：上苑，皇家的園林。原爲漢武帝所建。《三輔黄圖·苑囿》：「武帝建元三年，開上林苑……周袤三百里。」南朝梁徐君倩《落日看還》詩：「妖姬競早春，上苑逐名辰。」庾肩吾《九日侍宴樂遊苑應令詩》：「獻壽重陽節，回鑾上苑中。」離宫，古代皇帝於正式宫殿之外别築宫室，以便隨時遊處，謂之離宫，言與正式宫殿分離。司馬相如《長林賦》：「離宫别館，彌山跨谷。」《史記·李斯列傳》：秦始皇「治離宫别館，周遍天下」。

〔二〕「相風」句：相風，即相烏，古代觀測風向的儀器。北周庾信《周宗廟歌》之十二：「鼓移行漏，風轉相烏。」《太平御覽・天部九》引《述征記》：「長安宮南有靈臺，上有相風銅烏，或云此烏遇千里風乃動。」晉潘岳《相風賦》：「立成器以相風，棲靈烏於帝庭。」露盤，即承露盤。《史記・孝武本紀》：「又作柏梁、銅柱、承露仙人掌之屬矣。」司馬貞《索隱》引《三輔故事》云：「建章宮承露盤高二十丈，大七圍，以銅爲之。上有仙人掌承露，和玉屑飲之。」《三輔黄圖》卷五引《漢武故事》：通天臺「上有承露盤、仙人掌，擎玉杯以承雲表之露」。

〔三〕「金階」句：金階，指帝王宫殿的臺階。曹操《氣出唱》：「金階玉爲堂，芝草生殿旁。」唐王涯《宫詞》之二：「欲得君王一回顧，爭扶玉輦下金階。」狻猊，獸名。獅子。《爾雅・釋獸》：「狻麑如虦貓，食虎豹。」郭璞注：「即師子也，出西域。」《釋文》曰：「麑字又作猊。」郭璞注《穆天子傳》卷一「狻猊」云：「狻猊，師子，亦食虎豹。」唐杜甫《天狗賦》：「夫何天狗嶙峋兮，氣獨神秀，色似狻猊，小如猿狖。」

〔四〕狒狨：均爲獸名。狒即狒狒，哺乳動物。身體像猴，頭部像狗，毛色灰褐，四肢粗，尾細長。群居，雜食。多産在非洲。我國古代傳説中亦有類似之獸。《爾雅・釋獸》：「狒狒如人，被髮迅走，食人。」郭璞注：「梟羊也。《山海經》曰：『其狀如人，面長脣黑，身有毛，反踵，見人則笑。交廣及南康郡山中亦有此物。大者長丈許。俗呼之曰山都。』」唐段成式《酉陽雜俎・毛篇》：

「狒狒……力負千觔，笑輒上吻掩額，狀如獼猴。」宋羅願《爾雅翼》十九《釋獸》：「狒狒……一名梟羊、嘄羊……俗稱之山都，北方謂之土螻。周成王時州靡國嘗獻之。」《廣韻》：「狨，獸名。」唐林寬《曲江詩》：「瓊鐫狒狨繞觥舞，金蹙辟邪拏撥鳴。」唐歐陽炯《題景焕畫應天寺壁天王歌》：「綵仗時驅狒狨裝，金鞭頻策麒麟馬。」此句言宮中雕刻狒狒形象。按《緯略》卷七「狒狒」條引《物類相感志》：「狒狒出西南蠻，宋建武中，安昌縣進雌雄二頭，帝曰：『吾聞狒狒能負千斤，既力若此，何能致之？』對曰：『狒狒見人輒笑，笑則下唇掩其額，故可以釘之。髮可爲朱纓，血可染衣，似獼猴，人面而紅，作人言鳥聲，善知人生死。飲其血使人見鬼。』帝命工圖之。」按此當是狒狒之圖形入宮中之始。

〔五〕「外使」句：外使，即外按使。外按，冬日以鷹犬出近畿演習狩獵。唐韓愈《唐正議大夫尚書左丞孔公墓誌銘》：「下邽令笞外按小兒。」朱熹考異：「《唐會要》：每歲冬，以鷹犬出近畿習狩，謂之外按。」外按使，蓋即負責此項外按事之使者。唐王建《外按》詩：「夾城門向野田開，白鹿非時出洞來。日暮秦陵塵土起，從東外按使初回。」

〔六〕五坊：唐代爲皇帝飼養獵鷹獵犬的官署。至宋初始廢。《新唐書·百官志二》：「閑廄使押五坊，以供時狩。一曰鵰坊，二曰鶻坊，三曰鷂坊，四曰鷹坊，五曰狗坊。」《續資治通鑑·宋仁宗慶曆五年》：「自真宗封禪之後，不復校獵，廢五坊之職。」

〔七〕中官：此處爲宦官，即下文所謂的閹官。《漢書·高后紀》：「諸中官、宦者令丞，皆賜爵關内侯，食邑。」顔師古注：「諸中官，凡閹人給事於中者皆是也。」《後漢書·朱穆傳》：「當今中官近習，竊持國柄。」

〔八〕躞蹀：小步行走貌。《樂府詩集》卷一《相馬辭》：「躞蹀宛駒齒未齊，摐金噴玉向風嘶。」梁吴均《戰城南》：「躞蹀青驪馬，往戰城南畿。」

〔九〕錦繡：此處用以比喻「笙歌」之美妙動聽。

〔一〇〕詞臣：指文學侍從之臣，如翰林學士之類。唐劉禹錫《江令宅》詩：「南朝詞臣北朝客，歸來唯見秦淮碧。」劉禹錫《荆門道懷古》：「徒使詞臣庾開府，咸陽終日苦思歸。」

【集評】

北都使宅，舊有過馬廳。按韓偓詩云：「外使調鷹初得按，中官過馬不教嘶。」注云：「乘馬必中官馭以進，謂之過馬。既乘之，然後蹀躞嘶鳴也。」蓋唐時方鎮亦傚之，因而名廳事也。（司馬光《温公詩話》）

《東皋雜録》云：「北門舊有過馬廳，韓魏公爲留守，更新之，榜曰雅集，賦詩云：『過馬傳聞事莫詳，我嚴賓席在更張。不資金石升堂樂，務接芝蘭入室香。農穫大田歌滯穗，訟消群枉闃甘棠。時聞雅集延諸彦，病守心間興亦長。』」（胡仔《苕溪漁隱叢話後集》卷十五）

吴汝綸曰：「句句矜練，不作一尋常語。」（高步瀛《唐宋詩舉要》本詩前四句下注評引）

吴汝綸曰：「極道宮苑之盛，以自慶幸。文人無論所處崇庳，例多怨望，公仕危朝，而其詞雍容和樂如此，彌見忠悃勃鬱也。」（高步瀛《唐宋詩舉要》本詩後四句下注評引）

闓生案：此在亂之中而陳述恩幸，故其詞沉鬱，特有深旨。以上諸詩皆有此意。（吴汝綸《吴評韓翰林集》本詩下吴闓生評注）

【按】詩極寫宮苑金碧輝煌，盛麗宏大，文士歌舞沉醉之優容氣象，可見詩人爲翰林學士爲昭宗器重禮待，亦有甚感榮寵、雍容和樂之時。故於歌詠中頗可見其「忠悃勃鬱」之感恩情態。末句「笙歌錦繡雲霄裏，獨許詞臣醉似泥」，其蒙恩優容自得之快慰自矜，真乃洋溢於字裏行間矣。

## 從獵三首①

一

獵犬諳斜路，宮嬪識認旗②〔一〕。馬前雙兔走③，宣爾羽林兒④〔二〕。

【校　記】

①統籤本題下小注云：「天復元年翰苑作。」

②「認」，《全唐詩》、吴校本均校：「一作晝。」按，《萬首唐人絶句》卷十九作「晝」。

③「走」，原作「起」，汲古閣本作「走」，並校「一作起」，《全唐詩》、吴校本均校「一作走」，今據改。

④「爾」，玉山樵人本、韓集舊鈔本、統籤本、汲古閣本、麟後山房刻本、吴校本均作「示」，《全唐詩》校「一作示」，吴校本校「一作爾」。

【注　釋】

〔一〕此詩統籤本題下小注云：「天復元年翰苑作。」今從之，詩即作於天復元年（公元九〇一年）。

宫嬪：帝王的侍妾。唐薛調《無雙傳》：「我聞宫嬪選在掖庭，多是衣冠子女。」五代王定保《唐摭言·敏捷》：「上（唐武宗）常怒一宫嬪久之，既而復召。」

〔二〕「宣爾」句：爾，代詞。你們；你。羽林兒，禁衛軍健兒。漢武帝時選隴西、天水、安定、北地、上郡、西河等六郡良家子宿衛建章宫，稱建章營騎。後改名羽林騎，取爲國羽翼，如林之盛之意；隋以左右屯衛所領兵爲羽林。唐置左右羽林軍。唐王建《羽林行》：「出來依舊屬羽林，立在殿前射飛禽。」唐張籍《少年行》：「少年從獵出長楊，禁中新拜羽林郎。」

二

小鐙狹鞦鞘①〔一〕，鞍輕妓細腰。有時齊走馬，也學唱交交〔二〕。

【校　記】

①「鞦」，玉山樵人本、統籤本均作「鞭」，《全唐詩》校：「一作鞭。」

【注　釋】

〔一〕「小鐙」句：鐙，掛在鞍子兩旁的腳踏。多用鐵製成。鞦鞘，拴在馬股後的細皮條。鞦，指絡在牲口股後尾間的絆帶。南朝宋劉義慶《世説新語·政事》：「閣東有大牛，和嶠鞅，裴楷鞦，王濟剔嬲不得休。」唐寒山《詩》之二二五：「黄蘗作驢鞦，始知苦在後。」

〔二〕交交：「交交」乃是軍中口號，如今之「一二一」之亞。《武經總要》前集卷二：「入唱護護，退唱何何，救唱交交，倒槍旗唱殺，立槍旗唱於。」又：「鼓三聲，便長打鼓，皆作何何聲。左右廂並進，至中央出此河立定，大叫交交。」

三

蹀躞巴陵駿①〔一〕，毰毸碧野雞〔二〕。忽聞仙樂動，賜酒玉偏提〔三〕。

【校　記】

①「陵」，韓集舊鈔本、麟後山房刻本、吴校本均作「駙」，《全唐詩》校「一作駰」，吴校本校「一作陵」。

【注　釋】

〔一〕巴陵駿：即巴陵産的駿馬。巴陵，郡名。南朝宋元嘉十六年置。治所在巴陵（今湖南岳陽）。隋開皇九年廢。唐天寶元年復置。乾元元年改稱岳州。李吉甫《元和郡縣圖志》卷二十七：「昔羿屠巴蛇於洞庭，其骨若陵，故曰巴陵。」

〔二〕毰毸：羽毛張開貌。唐儲光羲《射雉詞》：「蒙羃疏籬下，毰毸深麥裹。」唐劉禹錫《琴曲歌辭·飛鳶操》：「朴樕危巢向暮時，毰毸飽腹蹲枯枝。」

〔三〕玉偏提：玉質的酒壺。偏提，酒壺。唐李匡乂《資暇集》卷下：「元和初，酌酒猶用樽杓……居無何，稍用注子，其形若罃，而蓋、觜、柄皆具。大和九年後，中貴人惡其名同鄭注，乃去柄安系，若茗瓶而小異，目之曰偏提。」宋林逋《寄太白李山人》詩：「身上只衣麁直掇，馬前長帶古偏提。」宋林洪《山家清事·酒具》：「舊有偏提，猶今酒鼈。長可尺五而匾，容斗餘。」

【按】詩寫隨從宫中狩獵場景，將狩獵場面寫得健美英武，全無肅殺血腥氣氛。特别是第二首展現隨獵宫妓「鞍輕細腰」之輕盈窈窕，「齊走馬」而「唱交交」之健美與英武，益加生動展現其時狩獵之場面，詩人隨獵之心情。末句之「忽聞仙樂動，賜酒玉偏提」，則將蒙恩之榮寵感受洋溢於詩句中。

## 辛酉歲冬十一月隨駕幸岐下作①〔一〕

曳裾談笑殿西頭〔二〕，忽聽征鐃從冕旒〔三〕。鳳蓋行時移紫氣〔四〕，鸞旗駐處認皇州〔五〕。曉題御服頒群吏〔六〕，夜發宮嬪詔列侯〔七〕。雨露涵濡三百載〔八〕，不知誰擬殺身酬。

【校記】

① 此詩詩題《唐百家詩選》本作「辛酉冬隨駕日作今方追憶全篇因附於此」。何焯校云：「天復元年。」玉山樵人本、統籤本均作「冬十一月駕幸岐下作」。

【注釋】

〔一〕《唐音統籤》本《六月十七日召對自辰及申方歸本院》詩題下小注云：「以下天復元年入翰林後作。」慶按，所謂「以下」詩即指是詩後之《中秋禁直》、《雨後月中玉堂閒坐》、《苑中》、《與吳子華侍郎同年玉堂同直懷恩叙懇因成長句四韻兼呈諸同年》、《宮柳》、《冬十一月駕幸岐下作》等六詩。故此詩《唐音統籤》本以爲乃「天復元年入翰林後作」。汲古閣本詩題下小注云：「是年爲昭宗天復元年，韓全晦劫帝幸鳳翔。」又詩題已明謂「辛酉歲」，則本詩乃天復元年（公元九〇一年）十一月作。

辛酉歲：辛酉歲即指昭宗天復元年（公元九〇一年）。岐下，岐山下，此即指鳳翔，岐山在唐鳳翔府轄境。岐山上古稱「岐」。《詩·大雅·緜》：「率西水滸，至于岐下。」《文選·張衡〈西京賦〉》：「岐、梁、汧、雍。」薛綜注引《説文》：「岐山在長安西美陽縣界，山有兩岐，因以名焉。」

〔二〕曳裾：拖著長襟。此謂作爲皇帝的侍從之臣。《漢書·鄒陽傳》引鄒陽上吴王書云：「今臣盡智畢議，易精極慮，則無國不可奸；飾固陋之心，則何王之門不可曳長裾乎？」唐李白《行路難》之二：「彈劍作歌奏苦聲，曳裾王門不稱情。」

〔三〕征鐃：出行所敲打之鐃。鐃，古代軍中用以止鼓退軍的樂器。青銅製，體短而闊，有中空的短柄，插入木柄後可執。原無舌，以槌擊之而鳴。三個或五個一組，大小相次，盛行於商代。《周禮·地官·鼓人》：「以金鐃止鼓。」鄭玄注：「鐃，如鈴，無舌，有秉，執而鳴之，以止擊鼓。」賈公彦疏：「進軍之時擊鼓，退軍之時鳴鐃。」又《夏官·大司馬》：「鳴鐃且卻，及表乃止。」鄭玄注：「鐃所以止鼓，軍退，卒長鳴鐃以和衆鼓人，爲止之也。」此處所謂「征鐃」，實際上乃指唐昭宗爲宦官韓全誨劫幸鳳翔事。冕旒，古代大夫以上的禮冠。頂有延，前有旒，故曰「冕旒」。天子之冕十二旒，諸侯九，上大夫七，下大夫五。見《周禮·夏官·弁師》。此處指皇冠，借指唐昭宗。南朝梁沈約《勸農訪民所疾苦詔》：「冕旒屬念，無忘夙興。」此句實謂唐昭宗忽爲韓全誨劫持，故隨昭宗出幸鳳翔。

〔四〕鳳蓋：皇帝儀仗的一種。飾有鳳凰圖案的傘蓋。《文選·班固〈西都賦〉》：「張鳳蓋，建華旗。」李善注：「桓子《新論》曰：乘車，玉爪、華芝及鳳凰三蓋之屬。」唐張籍《楚宫行》：「霓旌鳳蓋到雙闕，臺上重重歌吹發。」紫氣，紫色雲氣。古代以爲祥瑞之氣。附會爲帝王、聖賢等出現的預兆。《史記·老子韓非列傳》「莫知其所終」司馬貞《索隱》引漢劉向《列仙傳》：「老子西遊，關令尹喜望見有紫氣浮關，而老子果乘青牛而過也。」《南史·后妃傳下·梁武帝丁貴嬪》：「貴嬪生於樊城，初産有神光之異，紫氣滿室。」

〔五〕鸞旗：天子儀仗中的旗子。上繡鸞鳥，故稱。《漢書·賈捐之傳》：「鸞旗在前，屬車在後。」顔師古注：「鸞旗，編以羽毛，列繫橦旁，載於車上，大駕出，則陳於道而先行。」南唐馮延巳《壽山曲》詞：「鴛瓦數行曉日，鸞旗百尺春風。侍臣舞蹈重拜，聖壽南山永同。」皇州，帝都；京城。南朝宋鮑照《侍宴覆舟山》詩之二：「繁霜飛玉闥，愛景麗皇州。」唐岑參《和賈舍人早朝大明宫》：「雞鳴紫陌曙光寒，鶯囀皇州春色闌。」

〔六〕御服：帝王所用的衣服。《漢書·外戚傳下·孝成許皇后》：「椒房儀法，御服輿駕，所發諸官署，及所造作，遺賜外家群臣妾。」

〔七〕宮嬪：帝王的侍妾。唐薛調《無雙傳》：「我聞宮嬪選在掖庭，多是衣冠子女。」五代王定保《唐摭言·敏捷》：「上（唐武宗）常怒一宮嬪久之，既而復召。」列侯，泛指諸侯。三國魏曹操《奏定制度》：「三公列侯，門施内外塾，方三十畝。」此處指朝中各重臣。

〔八〕雨露：比喻恩澤。唐高適《送李少府貶峽中王少府貶長沙》詩：「聖代即今多雨露，暫時分手莫躊躇。」唐張説《踏歌詞》：「花蕚樓前雨露新，長安城裏太平人。」涵濡，滋潤；沉浸。唐元結《大唐中興頌》：「蠲除祆災，瑞慶大來，凶徒逆儔，涵濡天休。」《樂府詩集》卷九十六《雲門》：「玄雲溟溟兮，垂雨濛濛，類我聖澤兮，涵濡不窮。」三百載，指唐有天下約三百載。唐李洞《贈徐山人》：「知歎有唐三百載，光陰未抵一先棊。」

【集評】

此詩詩題後吴汝綸評注云：「辛酉，即天復元年。十一月，韓全誨劫昭宗幸鳳翔依李茂貞。《無題·詩序》所云『十一月末，余在内直，一旦兵起，隨駕西狩』是其事也。當時事起倉卒，故有『曉題』、『夜發』一聯。是日開延英議政，全誨已密遣人送諸宮人先之鳳翔矣。」

【按】此詩所涉及「隨駕幸岐下」事，史籍亦有所記。《新唐書·韓偓傳》云：「及（崔）胤召朱全忠討全誨，汴兵將至，偓勸胤督茂貞還衛卒。又勸表暴内臣罪，因誅（韓）全誨等；若（李）茂貞不如詔，即許（朱）全忠入朝。未及用，而全誨等已劫帝西幸。偓夜追及鄠，見帝慟哭。至鳳翔，遷兵部侍郎，進承旨。」又《資治通鑑》卷二六二天復元年十一月亦載此事（詳下文）。又詩中「曉題御服頒群吏，夜發宫嬪詔列侯」句，吴汝綸謂「當時事起倉卒，故有『曉題』、『夜發』一聯。是日開延英議政，全誨已密遣人送諸宫人先之鳳翔矣」。按，以「全誨已密遣人送諸宫人先之鳳翔矣」事釋「夜發宫嬪」句恐有未安。所謂「詔」，當指昭宗而言，則此事當是昭宗所爲之事，而非韓全誨遣人密送者。且韓全誨事據《資治通鑑》所記乃在天復元年十月丁未，非是年十一月出幸前後事。《資治通鑑》天復元年十一月載：「韓全誨等以李繼昭不與之同，遏絶不令見上。時崔胤居第在開化坊，繼昭帥所部六十餘人及關東諸道兵在京師者共守衛之；百官及士民避亂者，皆往依之。庚戌，上遣供奉官張紹孫召百官，崔胤等皆表辭不至。壬子，韓全誨等陳兵殿前，言於上曰：『全忠以大兵逼京師，欲劫天子幸洛陽，求傳禪；臣等請奉陛下幸鳳翔，收兵拒之。』上不許，杖劍登乞巧樓。全誨等逼上下樓，上行纔及壽春殿，李彦弼已於御院縱火。是日冬至，上獨坐思政殿，翹一足，一足蹋闌干，庭無群臣，旁無侍者。頃之，不得已，與皇后、妃嬪、諸王百餘人皆上馬，慟哭聲不絶，出門，回顧禁中，火已赫然。是夕，宿鄠縣。」據此，則「夜發宫嬪」句當即謂此。故末聯遂有「雨露」、「不知」之慨歎，乃慨歎「崔胤等皆表辭不至」，百官不知殺身酬報皇恩也。

# 冬至夜作 天復二年壬戌隨駕在鳳翔府①〔一〕

中宵忽見動葭灰〔二〕，料得南枝有早梅〔三〕。四野便應枯草緑，九重先覺凍雲開〔四〕。陰冰莫向河源塞〔五〕，陽氣今從地底迴〔六〕。不道慘舒無定分〔七〕，卻憂蚊響又成雷〔八〕。

【校　記】

①「壬戌」，《唐百家詩選》本無此二字。統籤本題下小注爲「天復二年駕在岐下」。

【注　釋】

〔一〕此詩題下小注謂：「天復二年壬戌，隨駕在鳳翔府。」汲古閣本在詩後注云：「是年爲翰林學士承旨，汴軍圍鳳翔。」則此詩乃作於天復二年（公元九〇二年）十一月冬至韓偓爲翰林學士承旨時。

鳳翔府，《舊唐書》卷三十八：「隋扶風郡，武德元年改爲岐州，領雍、陳倉、郿、虢、岐山、鳳泉等六縣。……至德二年……十月克復兩京，十二月置鳳翔府，號爲西京。與成都、京兆、河南、太原爲五京。」

〔二〕葭灰：葭莩之灰。古人燒葦膜成灰，置於律管中，放密室内，以占氣候。某一節候到，某律管中葭灰即飛出，示該節候已到。動葭灰，即謂節氣正在改變。《後漢書·律曆志上》：「候氣之法，爲室三重，户閉，塗釁必周，密佈緹縵。室中以木爲案，每律各一，内庳外高，從其方位，加律其上，以葭莩灰抑其内端，案曆而候之。氣至者灰動。」唐楊炯《和騫右丞省中暮望》：「玄律葭灰變，青陽斗柄臨。」唐李商隱《池邊》：「玉管葭灰細細吹，流鶯上下燕參差。」

〔三〕南枝：朝南的樹枝。南朝梁簡文帝《雙燕》詩：「銜花落北户，逐蝶上南枝。」唐李白《山鷓鴣詞》：「苦竹嶺頭秋月輝，苦竹南枝鷓鴣飛。」

〔四〕九重：即九重天。此指天门；天。《樂府詩集·漢郊祀歌一》：「九重開，靈之斿，垂惠恩，鴻祐休。」唐李白《西嶽雲臺歌送丹丘子》：「九重出入生光輝，東來蓬萊復西歸。」凍雲，嚴冬的陰雲。唐方干《冬日》詩：「凍雲愁暮色，寒日淡斜暉。」宋陸游《好事近》詞：「扶杖凍雲深處，探溪梅消息。」

〔五〕陰冰：陰冷之冰。南朝宋鮑照《登廬山詩》：「陰冰實夏結，炎樹信冬榮。」河源，河流的源頭。古代特指黄河的源頭。《山海經·北山經》：「敦薨之山……出於昆侖之東北隅，實惟河原。」《漢書·西域傳上·于闐國》：「于闐之西，水皆西流，注西海；其東，水東流，注鹽澤，河原出焉。」唐楊炯《唐昭武校尉曹君神道碑》：「一舉而清海外，再戰而滌河源。」

〔六〕陽氣：暖氣，生長之氣。《管子·形勢解》：「春者，陽氣始上，故萬物生。」《史記·封禪書》：「夜明者，陽氣之動者，春夏則發，秋冬則藏。」《春秋繁露》：「陽氣出於東北，入於西北，發於孟春，畢於孟冬。」清徐卓《節序日考》卷一《冬至節》：「大雪後十五日，斗指子爲冬至。十一月中，陰極而陽始至，日南至，漸長至也。」

〔七〕慘舒：謂陰陽，此處意指局勢。張衡《西京賦》：「夫人在陽時則舒，在陰時則慘，此牽乎天者也。」南朝梁劉峻《廣絶交論》：「陽舒陰慘，生民大情。」定分，宿命論謂人事均由命運前定，人力難以改變，稱爲「定分」。晉歐陽建《臨終詩》：「窮達有定分，慷慨復何難！」《宋書·顧覬之傳》：「覬之常謂命有定分，非智力所移。」

〔八〕蚊響又成雷：即聚蚊成雷。《漢書·中山靖王劉勝傳》：「夫衆煦漂山，聚蟁成靁，朋黨執虎，十夫橈椎，是以文王拘於牖里，孔子阨於陳蔡，此乃烝庶之成風，增積之生害也。」顔師古注：「蟁，古蚊字。靁，古雷字。言衆蚊飛聲若有雷也。」因用以喻衆口詆毁，積小可以成大。《梁書·武陵王紀傳》：「季月煩暑，流金鑠石；聚蚊成雷，封狐千里。」唐劉知幾《史通·叙事》：「夫聚蚊成雷，群輕折軸。」

【集　評】

隋蕭慤詩：「天宫初動磬，緹室已飛灰。」韓偓詩：「中宵忽見動葭灰，料得南枝已有梅。」皆佳句也。夏英公詩：「玉琯飛灰新氣應，璇霄合璧瑞華凝。」此又用李賀「天官玉琯灰剩飛」也。（高似孫《緯略》卷九）

方回：是時朱全忠圍岐甚急，李茂貞有連合之意，偓之孤忠處此，殆知其必一反一覆，終無定在歟？此關時事，不但詠至節也。（《瀛奎律髓彙評》卷十六節序類）

紀昀：此評是。（《瀛奎律髓彙評》卷十六節序類）

紀昀：極有寓意，只措語淺耳。此則風氣爲之，作者不能自主。（《瀛奎律髓彙評》卷十六節序類）

韓致堯天復二年隨駕鳳翔，《冬至夜作》：「不道慘舒無定分，卻憂蚊響又成雷。」……此關時事，不但詠至節也。（《五代詩話》引《瀛奎律髓》）

【按】細讀此詩可知此詩前半四句詠冬至節候，後半四句則借詠冬至節候有所寓託發揮。此誠如此詩詩題後吴汝綸評注云：「是時昭宗幸鳳翔，朱全忠自河中率兵圍鳳翔，奉表迎駕，所謂『陰冰莫向河源塞』也。『陽氣今從地底回』者，謂李茂勳救鳳翔，王師範討朱全忠，詐爲貢獻，包束兵仗入汴西，至陝華也。末句恐勤王之師又將尾大不掉爾。」然所説末句之意尚有可説者。蓋此句「又成雷」之「又」，乃分明暗示前此已有「成雷」之事矣。據《資治通鑑》與兩《唐書》所載，天復元年冬至三年初間，唐昭宗爲李茂貞、韓全誨所劫出幸鳳翔，而强藩朱全忠亦欲挾持昭宗往洛陽，以此李、朱等軍爲爭奪昭宗而混戰（參上首《辛酉歲冬十一月隨駕幸岐下作》「集評」按語引《資治通鑑》天復元年十一月事）。據此知天復元年冬至，唐昭宗爲韓全誨等人所劫幸鳳翔，至天復二年冬至已周年，故詩人撫今思昔，借冬至爲題，深慨而成詠。故此詩末兩句乃鑒往憂今。「慘舒無定分」，其意即指時局變化莫測，結局難以預料。故以「卻憂蚊響又成雷」深寓憂患之思。又檢《通鑑》、兩《唐書》所載，天復二年冬，諸强藩爲爭奪控制昭宗之權，互相惡鬥。後局勢惡化，昭宗只能默許並勸諸藩議和，朱全忠亦「遣幕僚司馬鄴奉表入城；甲申，又遣使獻熊白；自是獻食物、繒帛相繼。上皆先以示李茂貞，使啟視之，茂貞亦不敢啟。丙戌，復遣使請與茂貞議連和……丁亥，全忠表請修宫闕及迎車駕」。昭宗此時有意借助朱全忠，而韓偓亦知此内情，「再拜哭曰：『崔胤甚健，全忠軍必濟。』帝喜」。此事《通鑑》記在天復二年十一月甲辰（初二），即在是年冬至韓偓賦詩稍前。故「卻憂蚊響又成雷」句之意，乃在於擔心借助朱全忠等强藩後，雖然可以解一時之圍，但朱全忠更爲强項難制，昭宗將會更深地陷進他的挾制之中而難於自拔，此猶如文王之拘牖里，蚊響成雷，「增積之生害」。詩人審時度勢，慮患於未然，借典實以寓意抒憂之情於此可見。

## 秋霖夜憶家　隨駕在鳳翔府①〔一〕

垂老何時見弟兄〔二〕，背燈愁泣到天明②。不知短髮能多少〔三〕，一滴秋霖白一莖。

【校　記】

①統籤本詩題下小注作「天復二年，隨駕鳳翔」。

②「愁」，《唐百家詩選》本作「悲」，《全唐詩》、吴校本均校：「一作悲。」

【注　釋】

〔一〕韓偓隨駕在鳳翔府之時間自天復元年十一月至三年二月其被貶濮州司馬時。其在鳳翔「秋霖夜憶家」，只能在天復二年秋。故統籤本詩題下小注云「天復二年，隨駕鳳翔」。則此詩确乃作於天復二年（公元九〇二年）秋。

秋霖：秋日的淫雨。《左傳·隱公九年》：「凡雨，自三日以往爲霖。」《管子·度地》：「冬作土功，發地藏，則夏多暴雨，秋霖不止。」北周庾信《周大將軍司馬裔碑》：「北風吹旐，秋霖泣軍。」

〔二〕弟兄：蓋指韓偓兄韓儀。儀字羽光，時任翰林學士、御史中丞。天祐元年七月，被朱全忠貶爲棣州司馬。《新唐書·韓偓傳》記：「兄儀，字羽光，亦以翰林學士爲御史中丞。偓貶之明年，帝宴文思毬場，全忠入，百官坐廡下。全忠怒，貶儀棣州司馬，侍御史歸藹登州司户參軍。」

〔三〕短髮：稀少的頭髮，指老年。與詩中「垂老」相應。唐杜甫《九日藍田崔氏莊》：「羞將短髮還吹帽，笑倩旁人爲正冠。」唐鄭谷《府署自詠詩》：「推卻簿書搔短髮，落花飛絮正紛紛。」

【集評】

韓偓在唐末粗有可取者……其《秋夜憶家》絶句云：「垂老何時見弟兄，背燈悲泣到天明。不知短髮能多少，一滴秋霖白一莖。」悽楚可悲，亦善於詞者。（范晞文《對床夜語》卷四）

【按】此時昭宗爲韓全誨劫持至鳳翔已多時，韓偓離家隨昭宗出幸亦久睽兄弟，時逢秋霖滴瀝，更添離家念親之愁思。況戰亂未已，年已老大，回京與兄弟相聚又不知何日，正是國難家愁交加，故背燈愁泣，以至天明。「一滴秋霖白一莖」，其兄弟情深從可知矣。末二句亦以夸張之句，極言其憂愁之深重，誠如范晞文所評「悽楚可悲，亦善於詞者」。

## 恩賜櫻桃分寄朝士　在岐下①〔一〕

未許鶯偷出漢宮〔二〕，上林初進半金籠〔三〕。蔗漿自透銀杯冷〔四〕，朱實相輝玉椀紅〔五〕。俱有亂離終日恨，貴將滋味片時同。霜威食檗應難近②〔六〕，宜在紗窗繡户中。

【校　記】

① 統籤本題下無小注。

② 「檗」，韓集舊鈔本、汲古閣本、麟後山房刻本、吴校本均作「蘗」。按，「檗」同「蘗」。

【注　釋】

〔一〕此詩題下小注謂「在岐下」，亦即在鳳翔行在。韓偓隨昭宗出幸鳳翔在天復元年十一月至三年二月被貶濮州司馬時。櫻桃夏季熟，則昭宗分賜櫻桃給朝士，韓偓感而詠此詩，當在天復二年（公元九〇二年）夏。

櫻桃：果實名。核果多爲紅色，味甜或帶酸。核可入藥。故又稱含桃、鶯桃。高誘《淮南子》注：「含桃，鶯桃，以其爲鶯所含食，故又名含桃。」《史記·司馬相如列傳》：「楟棗楊梅，櫻桃蒲陶。」司馬貞索隱：「張揖曰：『一名含桃。』《呂氏春秋》：『爲鶯鳥所含，故曰含桃。』《爾雅》云爲荆桃也。」唐王維《敕賜百官櫻桃》：「芙蓉闕下會千官，紫禁朱櫻出上闌。」唐劉禹錫《和樂天宴李美周中丞宅賞櫻桃花》：「櫻桃千萬枝，照耀如雪天。」朝士，朝廷之士。泛稱中央官員。漢陸賈《新語·懷慮》：「戰士不耕，朝士不商。」宋劉義慶《世説新語·言語》：「陶公疾篤，都無獻替之言，朝士以爲恨。」

〔二〕漢宮：漢代宮殿。此處借指唐宮殿。

〔三〕上林：即上林苑，原爲漢代宮苑。此處借指唐代宮苑。

〔四〕蔗漿：甘蔗汁。此以蔗漿比喻櫻桃之甜美。

〔五〕朱實：指櫻桃。櫻桃爲紅色，故稱。玉椀，亦作「玉盌」。玉製的食具，亦泛指精美的碗。三國魏嵇康《答難養生論》：「李少君識桓公玉椀。」晉葛洪《抱朴子·廣譬》：「無當之玉盌，不如全用之埏埴。」

〔六〕霜威食檗：霜威，嚴霜之威寒。檗，同「蘗」，木名，即黄檗，也稱黄柏，味苦，可入藥。唐薛逢《與崔况秀才書》：「飲冰勵節，食檗苦心。」唐皮日休《七愛詩·元魯山》：「一室冰蘗苦，四遠聲光飛。」此處霜威食檗喻指危難艱苦。

【集評】

韓愈《和張水部敕賜櫻桃詩》（宣政殿賜百官）：「漢家舊種明光殿，炎帝還書本草經。豈似滿朝承雨露，共看傳賜出青冥。香隨翠籠擎初重，色映銀盤寫未停。食罷自知無所報，空然慚汗仰皇扃。」詩話常評此詩，謂雖工，不及老杜氣魄，然「色映銀盤」之句亦佳。陳後山答魏衍送朱櫻有云：「傾籃的皪沾朝露，出袖熒煌得寶珠。會薦瑛盤驚一座，莧腸藜口未良圖。」末句赤瑛盤事，乃魏明帝以此盤賜群臣櫻桃，群臣月下視之，疑爲空盤也。以此事味昌黎「色映銀盤」語豈不益奇。王維集中有《敕賜百官櫻桃》詩，亦以青絲籠對赤玉盤，甚妙。尾句云：「飽食不須愁内熱，大官還有蔗漿寒。」崔興宗和尾句云：「聞道今人好顏色，神農本草自應知。」蓋難題也。張籍、韓偓、白樂天集皆有賜櫻桃詩，皆不及此。（方回《瀛奎律髓》卷二十七着題類）

【按】此詩因昭宗分賜櫻桃寄予朝士，詩人遂感恩成詠。上半首着重詠櫻桃之珍貴甜美，以見皇恩之深。後半首則寄寓感恩報國之情。五句乃謂其時昭宗被劫至岐下，諸朝士亦均處於亂離中，終日共懷家國亂離之恨。六句借諸臣一時食櫻桃而所感相同滋味，藉以謂共感如櫻桃般甜美之皇恩。末聯蓋謂有此深厚之皇恩，則儘管處於危難艱苦之中，而臣子們卻置之度外，不覺危難之迫近；此時反而如處於紗窗繡户之幽雅温馨之境界中矣。

## 出官經硤石縣　天復三年二月二十二日①〔一〕

謫宦過東畿〔二〕，所抵州名濮〔三〕。是月十一日貶濮州司馬②〔四〕。故里欲清明〔五〕，臨風堪慟哭。溪長柳似帷〔六〕，山暖花如醭〔七〕。逆旅訝簪裾〔八〕，南路以久無儒服經過〔九〕，皆相聚悲喜③。野老悲陵谷〔一〇〕。暝鳥影連翩④〔一一〕，驚狐尾纛遬⑤〔一二〕。尚得佐方州〔一三〕，信是皇恩沐。

【校　記】

①「二月」，《唐百家詩選》本作「三月」。慶按，《資治通鑑》卷二六四記韓偓之貶濮州司馬在天復三年二月，又據本詩「所抵州名濮」句下自注「是月十一日貶濮州司馬」，則「是月」即指出官與「經硤石縣」之月，亦即同在天復三年二月。作「三月」誤，不取。「二十二日」，汲古閣本作「二十一日」。

②《唐百家詩選》本、韓集舊鈔本無此小注。

③「悲喜」，《唐百家詩選》本作「覩」。

④「連翩」，《唐百家詩選》本作「聯翩」。

⑤「遨」，原作「籔」，《唐百家詩選》本、玉山樵人本、統籤本均作「遨」，《全唐詩》、吴校本均校：「一作遨。」今據改。

【注　釋】

〔一〕此詩據詩題下自注「天復三年二月二十二日」，知即作於天復三年（公元九〇三年）。

出官：即貶官。硤石縣，縣名。漢爲陝縣地，屬弘農郡。唐貞觀十四年移崤縣於此，屬陝州。以地有硤石塢，因名硤石縣。治所在今河南陝縣東南五十二里硤石鄉。

〔二〕東畿：指東都洛陽。唐代以洛陽爲東都，以其在西京長安之東，故稱。畿，京畿，此指洛陽及其附近地區。

〔三〕濮：即濮州。隋開皇十六年改濮陽郡置，治所在鄄城縣。大業初廢。唐武德四年復置。轄境相當於今山東鄄城及河南濮陽地區。天寶初改爲濮陽郡，乾元初復爲濮州。

〔四〕司馬：州佐官名。唐制，節度使屬僚有行軍司馬。又于每州置司馬，常安排貶謫或閒散之人爲之。如柳宗元被貶爲永州司馬，劉禹錫貶爲朗州司馬。此處爲州司馬。據《舊唐書·職官志三》，上州置司馬一人，從五品下。濮州爲上州。白居易《琵琶行》：「座中泣下誰最多，江州司馬青衫濕。」

〔五〕故里：故鄉。此指詩人家鄉京兆萬年縣，即今陝西西安。

〔六〕柳似帷：柳樹連綿像帷帳。帷，帷帳。《周禮·天官·幕人》：「掌帷、幕、幄、帟、綬之事。」鄭玄注：「在旁曰帷，在上曰幕；……帷、幕皆以布爲之。四合象宫室曰幄，王所居之帷也。」

〔七〕醭：酒、醬、醋等因敗壞而生的白霉。亦泛指一切東西受潮而表面出現霉斑。北魏賈思勰《齊民要術·作酢法》：「下釀……三日便發；發時數攪，不攪則生白醭。」宋梅堯臣《梅雨》詩：「濕菌生枯籬，潤氣醭素裳。」花如醭，謂山花白茫茫。

〔八〕逆旅：客舍，旅館。《左傳·僖公二年》：「今號爲不道，保於逆旅。」杜預注：「逆旅，客舍也。」《莊子·山木》：「陽子之宋，宿於逆旅。」唐劉長卿《早春贈别趙居士還江左時長卿下第歸嵩陽舊居》詩：「逆旅鄉夢頻，春風客心醉。」簪裾，顯貴之服飾。此處借指朝中顯貴。簪，古人用來綰定髮髻或冠的長針。裾，衣服前後襟。也指衣服寬大。《南史·陸倕傳》：「及昉爲中丞，簪裾輔輳。」唐裴守真《奉和太子納妃太平公主出降三首》之二：「絲竹揚帝熏，簪裾奉宸慶。」

〔九〕南路：硤石縣在唐河南道，故稱。儒服，古代儒者的服飾。《禮記·儒行》：「魯哀公問於孔子曰：『夫子之服，其儒服與？』」《史記·仲尼弟子列傳》：「子路後儒服委質，因門人請爲弟子。」此借指士人。

〔一〇〕野老：村野老人。梁丘遲《旦發漁浦潭》詩：「村童忽相聚，野老時一望。」唐杜甫《哀江頭》詩：「少陵野老吞聲哭，春日潛行曲江曲。」陵谷，比喻自然界或世事巨變。《詩·十月之交》：「高岸爲谷，深谷爲陵。」北周庾信《周大將軍司馬裔神道碑》：「是以勒此豐碑，懼從陵谷，植之松柏，不忍凋枯。」

〔一一〕暝鳥：暮色中之鳥。唐儲光羲《薔薇》：「蒲萄架上朝光滿，楊柳園中暝鳥飛。」唐曹松《夏雲詩》：「冥鳥飛不到，野風吹得開。」

〔一二〕纛遨：毛密而蓬鬆貌。《爾雅·釋言》：「纛，翳也。」郭璞注：「舞者所以自蔽翳。」《廣雅·釋詁》：「遨，張也。」

〔一三〕佐方州：指任濮州司馬。《舊唐書·職官志三》：「司馬掌貳府州之事。」佐，輔佐。方州，指州郡長官。《資治通鑑·宋順帝昇平元年》：「訴以其私用人爲方州。」胡三省：「古者八州八伯，謂之方伯，後世遂以州刺史爲方州。」《晉書·殷仲堪傳》：「爲荆州刺史，每語子弟云：『人見我授任方州，謂我豁平昔意。』」

【集評】

此詩詩題後吴汝綸評注云：「崔胤與朱全忠皆惡韓，貶爲濮州司馬。昭宗執手流涕曰：我左右無人矣。」

【按】詩人詠此詩乃在於其「出官」、「謫宦」時。其被貶之事《新唐書·韓偓傳》記：「初，偓侍宴，與京兆鄭元規、威遠使陳班並席，辭曰：『學士不與外班接。』主席者固請，乃坐。既元規、班至，終絶席。全忠、胤臨陛宣事，坐者皆去席，偓不動，曰：『侍宴無輒立，二公將以我爲知禮。』全忠怒偓薄己，悻然出。有譖偓喜侵侮有位，胤亦與偓貳。會逐王溥、陸扆，帝以王贊、趙崇爲相，胤執贊、崇非宰相器，帝不得已而罷。贊、崇皆偓所薦爲宰相者。全忠見帝，斥偓罪，帝數顧胤，胤不爲解。全忠至中書，欲召偓殺之。鄭元規曰：『偓位侍郎、學士承旨，公無遽。』全忠乃止，貶濮州司馬。帝執其手流涕曰：『我左右無人矣。』」此詩描述其初貶濮州司馬，途經硤石縣之情景及悲慟心境。五六句描寫途中山水花柳春景，意欲顯示在此春光明媚之春日，本應在故里京城與親友或踏青賞春，或拜祭先人墳墓，而今卻貶官孤身在外，令人難免悲哀。此乃以樂景寫其悲哀，其哀之深從可知矣。末則一表感念皇恩之意，並與首二句相呼應。詩人謂「皇恩沐」，乃如其所説「信是」。蓋其時「全忠至中書，欲召偓殺之」，「上見全忠怒甚，不得已，癸未，貶偓濮州司馬。上密與偓泣別，偓曰：『是人非復前來之比，臣得遠貶及死乃幸耳，不忍見篡弒之辱。』」讀此史載，可見昭宗庇護韓偓之用心。

## 訪同年虞部李郎中　天復四年二月在湖南①〔一〕

策蹇相尋犯雪泥〔二〕，廚煙未動日平西。門庭野水褵褷鷺〔三〕，鄰里短牆咿喔雞〔四〕。未入慶霄君擇肉②〔五〕，畏逢華轂我吹齏〔六〕。地爐貰酒成狂醉〔七〕，更覺襟懷得喪齊〔八〕。

【校　記】

①詩題「訪同年虞部李郎中」，《唐百家詩選》本作「訪同年虞部二十五郎中」。小注「天復四年二月」，《唐百家詩選》本作「四年二月」。統籤本題下小注則作「甲子湖南作」。

②「霄」，玉山樵人本、統籤本均作「宵」。按，「霄」通「宵」，但此處「慶霄」應以「霄」爲是。

【注釋】

〔一〕此詩詩題下小注謂「天復四年二月在湖南」，則詩即作於天復四年（公元九〇四年）二月。據韓偓《出官經硤石縣》詩自注，韓偓於天復三年二月「十一日貶濮州司馬」，而一年後，即在湖南作此詩。

同年：古代科舉考試同科中式者之互稱。唐代同榜進士稱「同年」，明清鄉試、會試同榜登科者皆稱「同年」。唐李肇《唐國史補》卷下：「進士爲時所尚，俱捷謂之同年。」虞部李郎中，據徐松《登科記考》卷二十四所考，疑爲與韓偓同於龍紀元年登進士第之李冉。虞部郎中，唐工部屬官。據《舊唐書·職官二》，虞部郎中一員，從五品上。「郎中、員外郎之職，掌京城街巷種植，山澤苑囿，草木薪炭，供頓田獵之事」。天復四年，即唐昭宗天祐元年（公元九〇四年）。是年四月，改天復爲天祐。據詩下小注，詩作於此年二月，尚未改元天祐。

〔二〕策蹇：指乘著駑馬。策，用鞭棒驅趕騾馬役畜等。《論語·雍也》：「孟子反不伐，奔而殿，將入門，策其馬，曰：『非敢後也，馬不進也。』」《韓詩外傳》卷二：「馬力殫矣，然猶策之不已，所以知佚也。」晉葛洪《〈抱朴子〉内篇序》：「豈敢爲蒼蠅而慕沖天之舉，策跛鱉而追飛兔之軌。」蹇，劣馬或跛驢。《漢書·叙傳上》：「是故駑蹇之乘，不騁千里之塗。」唐孟浩然《寄楊使君詩》：「訪人留後信，策蹇赴前程。」犯，冒著、不顧（危險、惡劣環境等）。《易·大畜》：「象曰：『有厲利已。』不犯災也。」程頤傳：「有危則宜已，不可犯災危而行。」《呂氏春秋·禁塞》：「犯流矢，蹈白刃。」雪泥，雪後泥路。唐李商隱《西南行卻寄相送者》詩：「百里陰雲覆雪泥，行人只在雪雲西。」宋蘇轍《懷澠池寄子瞻兄》詩：「相攜話別鄭原上，共道長途怕雪泥。」

〔三〕褷褷：羽毛濡濕黏合貌。褷，通「離」。唐温庭筠《溪上行詩》：「雪初褷褷立倒影，金鱗撥刺跳晴空。」唐皮日休《奉和魯望白鷗》：「雪羽褷褷半惹泥，海雲深處舊巢迷。」

〔四〕短牆：矮牆。《左傳·襄公二十五年》：「吴子門焉，牛臣隱於短牆以射之，卒。」唐白居易《井底引銀瓶》詩：「妾弄青梅憑短牆，君騎白馬傍垂楊。」咿喔，象聲詞。禽鳥聲。唐儲光羲《射雉詞》：「遥聞咿喔聲，時見雙飛起。」

〔五〕慶霄：即慶雲。《文選·謝瞻〈張子房詩〉》：「明兩燭河陰，慶霄薄汾陽。」李善注：「慶霄，即慶雲也。」唐劉禹錫《唐故衡州刺史呂君集紀》：「天子之文章焕乎垂光，慶霄在上，萬物五色。」慶雲，此處喻尊顯之位。《楚辭·王褒〈九懷·思忠〉》：「貞枝抑兮枯槁，枉車登兮慶雲。」王逸注：「慶雲，喻尊顯也。」擇肉，本謂選取吞噬對象。漢張衡《東京賦》：「嬴氏搏翼，擇肉西邑。」司馬相如《上林賦》：「擇肉而後發，先中而命處。」金元好問《雁門道中書所見》詩：「食禾有百螣，擇肉非一虎。」此處「君擇肉」，意爲李郎中選擇食肉之途，即入朝做官。

〔六〕華轂：飾有文采的車轂。用以指華美的車。《史記·張耳陳餘列傳》：「令范陽令乘朱輪華轂，使驅馳燕趙郊。」《漢書·劉向傳》：「王氏一姓朱輪華轂者二十餘人。」此處代指顯貴者。吹齏，齏，原指用醬醃漬的細切的韭菜。《太平御覽》卷八五五引漢服虔《通俗文》：「淹韭曰齏。」吹齏，屈原《九章·惜誦》：「懲於羹者而吹齏兮，何不變此志也。」王逸注：「言人有歠而中熱。……見齏則恐而吹之。言易改移也。」《新唐書·傅奕傳》：傅奕上言云：「懲沸羹者吹冷齏，傷弓之鳥驚曲木。」韓偓詩此句意爲昔日在朝中已遭朱全忠等顯貴的迫害，如今如驚弓之鳥，畏見顯貴者。意即不願再入朝了。

〔七〕地爐：就地砌就的火爐。唐岑參《玉門關蓋將軍歌》：「軍中無事但歡娛，暖屋繡簾紅地爐。」唐白居易《初冬即事呈夢得》：「青氊帳暖喜微雪，紅地爐深宜早寒。」貰酒，賒酒。《史記·高祖本紀》：「常從王媪、武負貰酒。」裴駰集解引韋昭曰：「貰，賒也。」梁簡文帝《北渚》：「炊雕留上客，貰酒逐神仙。」宋郭彖《睽車志》卷一：「嘗從旗亭貰酒，久不歸直。」

〔八〕得喪：猶得失。指名利的得到與失去。《莊子·田子方》：「而況得喪禍福之所介乎。」《韓詩外傳》卷四：「天子不言多少，諸侯不言利害，大夫不言得喪，士不言通財貨，不賈於道。」宋梅堯臣《村墅閒居》詩：「古來得喪何須問，世上榮枯只等閒。」得喪齊，齊，相同。得喪齊，意謂將得與失等量齊觀，置之度外。

**【集評】**

丙戌之冬，余初病起，深居簡出，終日曝背晴簷，萬事不到，自以荆公所選《唐百家詩》反復熟味之，見其格力辭句，例皆相似，雖無豪放之氣，而有修整之功，高爲不及，卑復有餘，適中而已。荆公謂：「欲觀唐人詩，觀此足矣。」詎不然乎！集中佳句，世所稱道者不復録出；唯余别所喜者，命兒輩筆之以備遺忘。……七言六聯：韓偓《殘春》云：「樹頭蜂抱花鬚落，池面魚吹柳絮行。」又云：「細水浮花歸别澗，斷雲含雨入孤村。」又《訪王同年村居》云：「門庭野水褵褷鷺，鄰里斷牆咿喔雞。」（《苕溪漁隱叢話後集》卷十六）

紀昀：二首不宜入「旅況」。平妥而卑靡。（《瀛奎律髓彙評》卷二十九旅況類）

無名氏（甲）：未登卿相，尚要擇肉而食；怕見貴人，猶懲羹而吹齏。語出《楚辭》。（《瀛奎律髓彙評》卷二十九旅況類）

此詩詩題下吳汝綸評注云：「天復四年即天祐元年。蜀王建以天祐爲朱全忠所改，故衹稱天復年號。韓公殆與建同恉。」

陳寅恪：天復四年閏四月乙巳，改元天祐。韓公此詩既作於天復四年二月在湖南時，故無論如何不得署天祐年號也，摯甫先生説未諦。（陳寅恪《讀書札記二集·韓翰林集之部》）

【按】詩作描述其訪同年虞部李郎中之情景，以及遭迫害貶官後不將得喪縈繫於懷之態度。再觀詩人《同年前虞部李郎中自長沙赴行在余以紫石硯贈之賦詩代書》詩，則此李郎中蓋亦因朝廷動亂而至湖南者。「未入慶霄」句謂李郎中其時雖未顯貴，然而將有華貴之仕途。「畏逢華轂」句則云我因已經遭受朱全忠之流的迫害，如今已是嘗過苦頭，再也不願回朝廷與顯貴相處了。這猶如一朝遭熱湯所燙，現在因怕被燙，連冷食也要吹它幾口了。

## 贈漁者 在湖南①

箇儂居處近誅茅〔一〕，枳棘籬兼用荻梢〔二〕。盡日風扉從自掩，無人筒釣是誰抛〔三〕。城方四面牆陰直〔四〕，江闊中心水脈坳〔五〕。我亦好閒求老伴，莫嫌遷客且論交〔六〕。

【校記】

① 統籤本詩題下無「在湖南」小注。

【注釋】

〔一〕此詩題下小注「在湖南」。此詩排列在上一首《訪同年虞部李郎中天復四年二月在湖南》之下，上首詩作於天復四年二月在湖南時，而韓偓是年五月有《甲子歲夏五月自長沙抵醴陵》詩，則其是年五月已由長沙抵醴陵。故此詩即天祐元年（公元九〇四年，天復四年閏四月改元天祐）春夏間在湖南所作。

箇儂：猶渠儂。那個人或這個人。隋煬帝《嘲羅羅》詩：「箇儂無賴是横波，黛染隆顱簇小蛾。」宋范成大《餘杭初出陸》詩：「霜毛瘦骨猶千騎，少見行人似箇儂。」箇，指示代詞。這；那。唐白居易《自詠》：「咄哉箇丈夫，心性任墮頑。」宋劉克莊《沁園春》詞：「閤啟上賓，儂觀諸老，箇主人公喜挽推。」儂，人。泛指一般人。《樂府詩集·子夜四時歌夏歌十六》：「赫赫盛陽月，無儂不握扇。」唐韓愈《瀧吏》詩：「比聞此州囚，亦有生還儂。」誅茅，芟除茅草。梁沈約《郊居賦》：「或誅茅而剪棘，或既西而復東。」杜甫《楠樹爲風雨所拔歎》詩：「誅茅卜居總爲此，五月髣髴聞寒蟬。」

〔二〕枳棘：枳木與棘木，有刺。《韓非子·外儲説左下》：「夫樹橘柚者，食之則甘，嗅之則香；樹枳棘者，成而刺人，故君子慎所樹。」《楚辭·劉向〈九歎·湣命〉》：「折芳枝與瓊華兮，樹枳棘與薪柴。」晉左思《詠史》：「出門無通路，枳棘塞中塗。」荻梢，荻草之末梢。荻，多年生草本植物，與蘆同類。生長在水邊。根莖都有節似竹，葉抱莖生，秋天生紫色或白色、草黄色花穗，莖可以編席箔。《韓非子·十過》：「公宫之垣，皆以荻蒿楛楚牆之。」《南史·蕭正德傳》：「及景至，正德潛運空舫，詐稱迎荻，以濟景焉。」

〔三〕筒釣：一種捕魚的用具。唐殷文圭《江南秋日》詩：「青笠漁兒筒釣没，蒨衣菱女畫橈輕。」宋戴復古《江濱曉步津頭》：「求魚看下連筒釣，乞火聽敲鄰舍門。」

〔四〕牆陰：牆的陰影處，牆的陰暗處。隋盧思道《孤鴻賦》序：「鎩翮牆陰，偶影獨立。」唐岑參《題山寺僧房》詩：「窗影摇群木，牆陰載一峰。」宋陸游《枕上偶賦》：「孤螢入窗罅，斜月下牆陰。」

〔五〕水脈：猶水痕。唐盧照鄰《巫山高》：「驚濤亂水脈。」宋黄庭堅《和答梅子明王揚休點密雲龍》：「五除試湯飲墨客，泛甌銀粟無水脈。」坳，原指地面窪下處。《莊子·逍遥遊》：「覆杯水於坳堂之上，則芥爲之舟，置杯焉則膠，水淺而舟大也。」唐韓愈《詠雪贈張籍》：「坳中初蓋底，垤處遂成堆。」此處蓋指水波凹下，即水激而成漩渦。

〔六〕遷客：指遭貶斥放逐之人。梁江淹《恨賦》：「或有孤臣危涕，孽子墜心，遷客海上，流戍隴陰。」唐劉長卿《聽笛歌别鄭協律》：「舊遊憐我長沙謫，載酒沙頭送遷客。」論交，結交；交朋友。唐高適《送前衛縣李寀少府》詩：「怨别自驚千里外，論交卻憶十年時。」唐杜甫《徒步歸行》：「人生交契無老少，論交何必先同調。」

## 【集評】

五六所謂六字常語，一字難者也。（吴汝綸《吴評韓翰林集》）

【按】詩歌前六句均是寫漁者之居所與魚釣生活，謂漁者居在離茅草開闢不遠處的城外，籬笆乃用枳棘和荻草編造而成。屋扉任憑江風吹動，終日掩閉不開；筒釣也抛在水中，無人看管。近旁有擋着陽光的城牆的陰影，而江面開闊，江心江水奔湧起伏，漩渦處處。這真是一幅荒野中閑散自適的漁人生活景象。後二句則爲此詩結穴處，表明詩人如今已愛好閑放的生活，祈求漁者莫要嫌棄我這個遭人排擠的貶謫者，自己是多麽願意與漁人結友爲伴，過着悠閑的隱居生活。據此詩看來，再觀其約作於稍前之《雪中過重湖信筆偶題》詩之「道方時險擬如何，謫去甘心隱薜蘿」，此後之《病中初聞復官二首》之「宦途巇嶮終難測，穩泊漁舟隱姓名」詩，則韓公貶謫經年後，已然下定了去官隱逸之決心。

## 春陰獨酌寄同年虞部李郎中　在湖南①〔一〕

春陰漠漠土脈潤〔二〕，春寒微微風意和②〔三〕。閑嗤入甲奔競態〔四〕，醉唱落調漁樵歌〔五〕。詩道揣量疑可進〔六〕，宦情刓缺轉無多〔七〕。酒酣狂興依然在〔八〕，其奈千莖鬢雪何③。

【校　記】

① 《唐百家詩選》本題無「虞部」二字。《唐百家詩選》本、統籤本題下均無小注。

② 「春寒」，《唐百家詩選》本作「寒氣」。「意」，《全唐詩》、吴校本均校：「一作氣。」

③ 「其奈」，《唐百家詩選》本作「無奈」。

【注　釋】

〔一〕據此詩題下「在湖南」小注，知乃作於詩人天復四年（即天祐元年）初春到湖南後，至是年五月移居醴陵間。詩有「春陰」和「春寒微微」句，則此詩當作於天復四年（公元九〇四年）春。

同年虞部李郎中：疑爲李冉。詳見前《訪同年虞部李郎中》詩注〔一〕。

〔二〕春陰：春季天陰時空中的陰氣。南朝梁簡文帝《侍遊新亭應令詩》：「沙文浪中積，春陰江上來。」唐杜甫《歸雁二首》之二：「塞北春陰暮，江南日色曛。」漠漠，迷濛貌。漢王逸《九思·疾世》：「時咄咄兮旦旦，塵漠漠兮未晞。」唐杜甫《茅屋爲秋風所破歌》：「俄頃風定雲墨色，秋天漠漠向昏黑。」土脈，語出《國語·周語上》：「農祥晨正，日月底於天廟，土乃脈發。」韋昭注：「脈，理也。」此謂土壤開凍鬆化，生氣勃發，如人身脈動。後以「土脈」泛指土壤。唐韓愈《苦寒》詩：「雪霜頓銷釋，土脈膏且黏。」宋曾鞏《諸寺觀祈雨文》：「春氣已中，農功方急，而膏澤未洽，土脈尚乾。」潤，潤澤。

〔三〕風意和：風意，猶風氣，謂氣候。漢孔安國《尚書序》：「言九州所有，土地所生，風氣所宜聚皆聚此書也。」《後漢書·宋均傳》附宋意上疏：「風氣平調，道路夷近。」風意和，風氣暖和。唐劉禹錫《秋中暑退贈樂天》：「暑服宜秋著，清琴入夜彈。人情皆向菊，風意欲摧蘭。」

〔四〕閒嗤：暗地裏嘲笑。閒，私下、暗地里。《韓非子·外儲説右上》：「惠王愛公孫衍，與之閒有所言。」《史記·廉頗藺相如列傳》：「故令人持璧歸，閒至趙矣。」《三國志·蜀志·先主傳》：「下邳守將曹豹反，閒迎布。」嗤，譏笑，嘲笑。《尹文子·大道上》：「則智不能得誇愚，好不能得嗤醜。」漢王符《潛夫論·德化》：「見人謙讓，因而嗤之；見人恭敬，因而傲之。」入甲，謂科舉考試進入甲第。《新唐書·選舉志》：「凡進士，試時務策五道，帖一大經，經策全通爲甲第。」唐黄滔《二月二日宴中貽同年封先輩渭》詩：「垂名入甲成龍去，列姓如丁作鶴來。」奔競，奔走趨競。多指對名利的追求。晉干寶《晉紀總論》：「悠悠風塵，皆奔競之士；列官千百，無讓賢之舉。」唐盧照鄰《五悲雜言》：「適足誇耀時俗，奔競功名。」

〔五〕落調：流落失意之調。落，流落；淪落。唐韓愈《祭河南張員外文》：「我落陽山，以尹鼯猱。君飄臨武，山林之牢。」宋周煇《清波別志》卷下：「亦有秩滿落南不得歸者。」漁樵歌，漁夫樵人所唱之歌。此處意謂山野俗人所唱之歌。宋劉敞《自屯田歸望山別墅》：「林間雞黍具，日暮漁樵歌。」

〔六〕詩道：謂作詩之事。此處謂詩藝。宋孫光憲《北夢瑣言》卷六：「薛許州能，以詩道爲己任。」元劉詵《作詩能窮人》詩：「窮通信有命，詩道未可薄。」

〔七〕宦情：做官的志趣、意願。《晉書・劉元海載記》：「吾本無宦情，惟足下明之。恐死洛陽，永與子别。」刓缺，減損。宋岳珂《桯史・燕山先見》：「若沿邊諸郡，士不練習，武備刓缺，則置而不講。」

〔八〕酒酣：謂酒喝得盡興，暢快。《吕氏春秋・長攻》：「代君至，酒酣，反斗而擊之，一成腦塗地。」《史記・高祖本紀》：「酒酣，高祖擊筑，自爲歌詩。」裴駰集解引應劭曰：「不醒不醉曰酣。一曰酣，洽也。」晉左思《詠史》之六：「荆軻飲燕市，酒酣氣益振。」

【集評】

方回：昇平之旅，猶或以窮而悲，亂離之旅，窮且特甚，烏得不深悲乎？致堯此二詩，尚能自擇。（《瀛奎律髓彙評》卷二十九旅況類）

紀昀：亦淺率。（《瀛奎律髓彙評》卷二十九旅況類）

【按】詩乃春寒獨飲，酒酣之際，感懷身世落拓，賦詩寄予同年，發抒感慨之作。首二句描述春陰冥冥漠漠，大地土膏已見春潤，春風雖已透出一絲暖意，然而仍然是春寒細細。如此着筆鋪墊，故引出下文獨飲遣懷之舉。頸聯回想當年爲科舉功名登第入仕，而一味奔競於名利之途的熱切情態，於今想來，不禁暗地裏自我嘲笑這又爲甚來！如今遭遇貶謫，流落江湖，只能醉唱落拓低沉的漁樵之歌了。上句回首當年之入世豪氣，下句追昔後而撫今，兩相對照，更顯今日落魄之淒哀。

## 奉和峽州孫舍人肇荆南重圍中寄諸朝士二篇時李常侍洵嚴諫議龜李起居殷衡李郎中冉皆有繼和余久有是債今至湖南方暇牽課〔一〕

一

敏手何妨誤汰金，敢懷私忿斅羊斟〔二〕。直應宣室還三接，未必豐城便陸沈〔三〕。熾炭一爐真玉性，濃霜千澗老松心〔四〕。私恩尚有捐軀誓，況是君恩萬倍深〔五〕。

【注　釋】

〔一〕此詩題末云「今至湖南方暇牽課」。韓公入湖南約在天復四年初春，同年天祐元年五月則移往湖南醴陵，時有《甲子歲夏五月自長沙抵醴陵貴就深僻以便疏慵……》詩。又此詩第二首有

「黄篋舫中梅雨裏」句。梅雨約在初夏時，則此二首詩乃作於天復四年（即天祐元年，公元九〇四年。天復四年閏四月改元天祐）初夏。

峽州孫舍人肇：即中書舍人孫肇。峽州，即硤州。北周改拓州置，治所在夷陵縣（今湖北宜昌市西北）。隋大業初改爲夷陵郡。唐初復爲峽州。貞觀九年移治步闡壘（今宜昌市）。天寶元年改爲夷陵郡。乾元元年復爲硤州。轄境相當今湖北宜昌、枝城、長陽、遠安等市縣地。北宋改爲峽州。荆南重圍中，《資治通鑑》卷二六四天復三年五月載：「成汭行未至鄂州，馬殷遣大將許德勳將舟師萬餘人，雷彦威遣其將歐陽思將舟師三千餘人會於荆江口，乘虚襲江陵，庚戌，陷之，盡掠其人及貨財而去。將士亡其家，皆無鬭志。」此事此詩題下吴汝綸評注云：「是時淮南將李神福擊鄂州節度使杜洪，朱全忠令荆南節度使成汭及湖南馬殷救鄂。汭兵東下，殷乘虚襲陷江陵，大掠而去。汭將士以家亡無鬭志，爲神福所敗，雷彦威遂襲據荆南。趙匡凝又令其弟匡明擊走彦威，取荆南地。」李常侍洵，即李洵，時任常侍。《舊唐書·職官二》：門下省「左散騎常侍二人。常侍掌侍奉規諷，備顧問應對。從三品」。中書省「右散騎常侍二員，從三品。……掌事同左省」。按，黄滔有《祭右省李常侍（洵）文》，則李洵官至右散騎常侍。《新唐書·顧彦暉傳》：「（乾寧）四年，（王建將）華洪率衆五萬攻彦暉……帝仍遣左諫議大夫李洵諭止。」《舊唐書·李蔚傳》：「子洵至福建觀察使。」據此，李洵曾爲左諫議大夫、福建觀察使、右散騎常侍。嚴諫議龜，即諫議大夫嚴龜。諫議大夫亦分爲左、右諫議大夫。左諫議大夫隸屬門下省，右諫議大夫隸屬中書省。《舊唐書·職官二》：門下省「諫議大夫四員。諫議大夫掌侍從贊相，規諫諷諭。凡諫有五：一曰諷諫，二曰順諫，三曰規諫，四曰致諫，五曰直諫」。左、右諫議大夫，正四品下。《新唐書·藝文志三》：「嚴龜《食法》十卷，震之後，鎮西軍節度使嚴撰子也。昭宗時宣慰汴寨。」《新唐書·昭宗紀》：「（天復二年正月）丙子，給事中嚴龜爲汴、岐和協使。」則嚴龜又曾任上述職務。李起居殷衡，即起居郎李殷衡。《舊唐書·職官二》：「起居郎二員。……起居郎掌起居注，録天子之言動法度，以修記事之史。凡記事之制，以事繫日，以日繫月，以月繫時，以時繫年。必書其朔日甲乙，以紀曆數，典禮文物，以考制度，遷拜旌賞以勸善，誅伐黜免以懲惡。季終則授之國史焉。」又《新唐書·宰相世系二上》趙郡李氏西祖房：「殷衡，右補闕。」乃李德裕孫，李燁子。李郎中冉，據《新唐書·宰相世系二上》李氏姑臧大房：「冉，右司郎中。」《舊唐書·職官二》尚書都省：「左右司郎中各一員，左司郎中，副左丞所管諸司事，省署鈔目，勘稽失，知省内宿直之事。若右司郎中闕，則併行之。……左右司郎中、員外郎各掌副十有二司之事，以舉正稽違，省署符目焉。」並從五品上。牽課，猶勉强；强作。南朝梁劉勰《文心雕龍·養氣》：「三代、春秋，雖沿世彌縟，並適分胸臆，非牽課才外也。」《南史》卷六十：「兼吾年時朽暮，心力稍單，牽課奉公，略不克舉。」宋歐陽修《與程文簡公書》：「所要碑文，今已牽課，衰病無悰，言無倫理，不足以揚先烈，愧汗而已。」

〔二〕「敏手」二句：敏手，快手，猶能手。指能幹的人。明葉盛《水東日記·奏止議事官入朝》：「侍郎于公巡撫河南、山西，妙年敏手，下視無人。」誤汰金，謂失誤而未選取金子。汰，選取，挑揀。《新唐書·楊綰傳》：「宦者魚朝恩判國子監，既誅，因是建言太學當得天下名儒汰其選，即拜綰國子祭酒。」清趙翼《陔餘叢考·〈新唐書〉文筆》：「懿宗女衛國公主卒，許群臣祭以金貝，火之，民取煨以汰寶。」斆羊斟，效法羊斟。斆，效法，模仿。《史記·張釋之馮唐列傳》：「釋之曰：『夫絳侯、東陽侯稱爲長者，此兩人言事曾不能出口，豈斆此嗇夫諜諜利口捷給哉！』」北齊顔之推《顔氏家訓·序致》：「魏晉以來所著諸子，理重事複，遞相模斆，猶屋下架屋，牀上施牀耳。」羊斟，春秋時宋國的御夫。杜預、鄭玄皆以爲羊斟即叔牂。《左傳·宣公二年》：「鄭公子歸生，受命于楚伐宋，宋華元、樂吕禦之。……將戰，華元殺羊食士，其御羊斟不與。及戰，曰：『疇昔之羊子爲政，今日之事我爲政。』與入鄭師，故敗。君子謂羊斟『非人也，以其私憾，敗國殄民』。」

〔三〕「直應宣室」二句：宣室，古代宮殿名。指漢代未央宫中之宣室殿。此處指漢代賈誼爲孝文帝徵見於宣室事。《史記·屈原賈生列傳》：「後歲餘，賈生徵見，孝文帝方受釐，坐宣室。上因感鬼神事，而問鬼神之本。賈生因具道所以然之狀。至夜半，文帝前席。既罷，曰：『吾久不見賈生，自以爲過之，今不及也。』居頃之，拜賈生爲梁懷王大傅。」裴駰集解引蘇林曰：「未央前正室。」司馬貞索隱引《三輔故事》云：「宣室在未央殿北。」南朝宋劉孝標《重答劉秣稜沼書》：「若使墨翟之言無爽，宣室之談有徵，冀東平之樹，望咸陽而西靡。」三接，《周易》：「晉康侯用錫馬蕃庶，晝日三接。」孔穎達疏：「晝日三接者，言非惟蒙賜蕃多，又被親寵頻數，一晝之間三度接見也。」豐城，即豐城縣。西晉太康元年以富城縣改名，屬豫章郡。治所在今江西豐城市南四十一里豐水榮塘。此處用晉雷焕發現豐城寶劍故事。《晉書·張華傳》：「初吴之未滅也，斗牛之間常有紫氣。道術者皆以吴方彊盛，未可圖也，惟華以爲不然。及吴平之後，紫氣愈明。華聞豫章人雷焕妙達緯象，乃要焕宿。……因登樓仰觀，焕曰：『僕察之久矣，惟斗牛之間頗有異氣。』華曰：『是何祥也？』焕曰：『寶劍之精，上徹於天耳。』華曰：『君言得之。吾少時，有相者言吾出六十位登三事，當得寶劍佩之。斯言豈效與？』因問曰：『在何郡？』焕曰：『在豫章豐城。』華曰：『欲屈君爲宰，密共尋之，可乎？』焕許之，華大喜，即補焕爲豐城令。焕到縣掘獄屋基，入地四丈餘，得一石函，光氣非常，中有雙劍並刻題，一曰龍泉，一曰太阿。其夕斗牛間氣不復見焉。焕以南昌西山北巖下土以拭劍，光芒艷發。大盆盛水，置劍其上，視之者精芒炫目。遣使送一劍並土與華，留一自佩。」陸沈，比喻埋没，不爲人知。唐王維《送從弟蕃遊淮南》詩：「高義難自隱，明時寧陸沉。」宋周密《齊東野語・范公石湖》：「吴臺、越壘，距門纔十里，而陸沉於荒煙野草者千七百年。」

〔四〕「熾炭一爐」二句：熾炭，熾熱之炭。按，《淮南子・俶真訓》：「譬若鍾山崑崙之玉，炊以爐炭，三日三夜而色澤不變，則至德天地之精也。」唐韋應物《易言》：「洪爐熾炭燎一毛，大鼎炊湯沃殘雪。」唐韓愈《苦寒詩》：「侵爐不覺暖，熾炭屢已添。」濃霜，此處用以比喻所遭受之迫害。

〔五〕「私恩尚有」二句：捐軀誓，爲國家爲正義而死之誓言。漢袁康《越絶書・外傳紀策考》：「子胥至直，不同邪曲，捐軀切諫，虧命爲邦。」唐劉知幾《史通・品藻》：「借如陽瓚效節邊城，捐軀死敵，當有宋之代，抑劉卜之徒歟？」此詩詩後吴汝綸評注云：「私恩謂孫於荆南帥也，君恩謂己於昭宗。」

【按】此詩全從自己寫起，叙述自己被貶之遭際，相信仍有召回之機會；表明自己依然銘記昭宗寵信之深恩，誓爲報答君恩而捐軀。由此詩可見詩人遭貶一年後，仍然不忘報國效忠昭宗之心，亦尚未完全泯滅回朝報國之念。

二

征途安敢更遷延〔一〕，冒入重圍勢使然〔二〕。衆果卻應存苦李①〔三〕，五鉼惟恐竭甘泉〔四〕。

多端莫撼三珠樹〔五〕，密策尋遺七寶鞭〔六〕。黄篾舫中梅雨裏〔七〕，野人無事日高眠〔八〕。

【校記】

①「應」，麟後山房刻本作「因」。

【注釋】

〔一〕遷延：拖延。多指時間上的耽誤。唐李商隱《行次西郊作一百韻》：「臨門送節制，以錫通天班。破者以族滅，存者尚遷延。」

〔二〕重圍：指當時「荆南重圍」。勢使然，謂當時荆南重圍的緊急情勢使得不得不如此。

〔三〕苦李：《晉書·王戎傳》：「王戎字濬沖，琅邪臨沂人也。……戎幼而穎悟，神彩秀徹，視日不眩。……嘗與群兒戲於道側，見李樹多實，等輩競趣之，戎獨不往。或問其故，戎曰：『樹在道邊而多子，必苦李也。』取之信然。」此句意爲圍城中糧食當已盡而仰靠野果，而恐怕連苦澀的李子也不多了。唐孫逖《立秋日題安昌寺北山亭》：「果林餘苦李，萍水覆甘焦。」唐杜甫《彭衙行》：「小兒强解事，故索苦李餐。」

〔四〕五鉼：《太平御覽》卷一八六：「魯連子曰：『一井五鉼，洩可立待。一竈五突，烹飪十倍，分烟者衆。』」《太平御覽》卷七五八：「曾子曰：『一井五鉼，泄之可待，監流者衆也。』」此句意爲圍城中人多井少，耽心久圍而城中飲水用盡。甘泉，甜美的泉水。此指一般的飲用水。《荀子·堯問》：「其猶土也，深扣之而得甘泉焉。」唐駱賓王《靈泉頌》：「冥契動天，甘泉湧地。泠泠無極，烝烝不匱。」

〔五〕三珠樹：《山海經·海外南經》：「三株樹在厭火北，生赤水上，其爲樹如柏，葉皆爲珠。」《藝文類聚》卷八十一：「梁吴筠《採藥大布山》詩曰：『安得崑崙山，偃蹇三珠樹。三珠始結荄，絳葉凌朱臺。』」《新唐書·王勃傳》：「初，（王）勔、（王）琚、（王）勃皆著才名，故杜易簡稱爲三珠樹。」此處三珠樹用以稱許孫肇。

〔六〕密策：指孫肇將會想出突破圍城脱身的周密辦法。七寶鞭，《晉書·明帝紀》：「六月，（王）敦將舉兵内向，帝密知之，乃乘巴滇駿馬微行，至于湖，陰察敦營壘而出。有軍士疑帝非常人。又敦正晝寢，夢日環其城，驚起曰：『此必黄鬚鮮卑奴來也！』帝母荀氏燕代人，帝狀類外氏鬚黄，敦故謂帝云。於是使五騎物色追帝，帝亦馳去。馬有遺糞，輒以水灌之。見逆旅賣食嫗，以七寶鞭與之曰：『後有騎來，可以此示也。』俄而追者至，問嫗，嫗曰：『去已遠矣。』因以鞭示之。五騎傳玩，稽留遂久。又見馬糞冷，以爲信遠而止不追。帝僅而獲免。」唐温庭筠《奉天西佛寺》：「宗臣欲舞千金劍，追騎猶觀七寶鞭。」

〔七〕黄篾舫：用黄色薄竹片編成船篷的船。此指詩人現今所乘之篷船。梅雨，指初夏産生在江淮流域持續較長的陰雨天氣。因時值梅子黃熟，故亦稱黄梅天。此季節空氣長期潮濕，器物易霉，故又稱霉雨。《太平御覽》卷九七〇引漢應劭《風俗通》：「五月有落梅風，江淮以爲信風。又有霜霔，號爲梅雨，沾衣服皆敗黦。」明李時珍《本草綱目·水一·雨水》：「梅雨或作霉雨，言其沾衣及物，皆生黑霉也。芒種後逢壬爲入梅，小暑後逢壬爲出梅。又以三月爲迎梅雨，五月爲送梅雨。」

〔八〕野人：泛指村野之人；農夫。三國魏嵇康《與山巨源絶交書》：「野人有快炙背而美芹子者，欲獻之至尊，雖有區區之意，亦已疏矣。」此處乃詩人自謂。時韓偓因貶官流落於湖南，故稱。

【集　評】

此詩詩後吴汝綸評注云：「後一首已與孫合寫，承前首，收二句。兩首相聯爲章法。」

【按】第二首上半首先寫孫舍人之勇武突入圍城，以及自己耽心圍城中缺糧斷水之困境。三四兩句借用典故準確描述圍城中之艱困境況。「卻應」、「惟恐」，亦微妙地流露詩人對圍城中友人與兵衆之忡忡憂心。「三珠樹」、「遺七寶鞭」兩故實之應用，可謂善於用典。末兩句可謂有志報國而未能，其慨歎之深沉從可知矣。「梅雨裏」三字妙甚，一指季節，一謂愁緒如紛紛不斷之梅雨也。既是寫景，亦是以景抒情，詩家之高妙如此。

# 雪中過重湖信筆偶題①〔一〕

道方時險擬如何〔二〕，謫去甘心隱薜蘿〔三〕。青草湖將天暗合〔四〕，白頭浪與雪相和。旗亭臘酎踰年熟〔五〕，水國春帆向晚多②〔六〕。處困不忙仍不怨〔七〕，醉來唯是欲傞傞〔八〕。

【校記】

①「題」，《唐百家詩選》本作「成」，《全唐詩》、吴校本均校：「一作成。」

②「帆」，原作「寒」，《唐百家詩選》本亦作「寒」，然玉山樵人本、統籤本均作「帆」，《全唐詩》、吴校本均校：「一作帆。」按，「臘酎」與「春帆」較「春寒」爲的對，且「春帆」句意較順暢，今即據玉山樵人本、統籤本等改。

【注釋】

〔一〕韓偓於天復三年二月外貶，其《出官經硤石縣》詩題下自注：「天復三年二月二十二日。」此後往赴濮州貶所，復貶榮懿，再徙鄧州。雖其未必通往上述諸地，但其由漢水入長江，泛洞庭湖當已早過天復三年春時。又據其《訪同年虞部李郎中》詩題下自注：「天復四年二月，在湖南。」

據本詩「雪中過重湖」、「青草湖」、「白頭浪與雪相合」以及「水國春帆（一作寒）」等語，知詩乃天復四年（公元九〇四年）初春所作。

重湖：即洞庭湖的別稱。湖南洞庭湖南與青草湖相通，故稱。據詩中「青草湖」句，此處重湖謂青草湖。唐錢珝《江行無題一百首》：「君山寒樹緑，曾過洞庭湖。光闊重湖水，低斜遠雁行。」清文廷式《過洞庭湖》詩：「借取重湖八百里，肆吾十萬水犀軍。」青草湖，乃古五湖之一。亦名巴丘湖，在今湖南省岳陽市西南，和洞庭湖相連。因青草山而得名。一説湖中多青草，冬春水涸，青草彌望，故名。唐宋時湖週二百六十五里，北有沙洲與洞庭湖相隔，水漲時則與洞庭相連，詩文中多與洞庭並稱。唐杜甫《寄薛三郎中璩》詩：「青草洞庭湖，東浮滄海漘。」宋張孝祥《念奴嬌·過洞庭》詞：「洞庭青草，近中秋、更無一點風色。」

〔二〕道方時險：道，指政治主張、思想或爲人之道。《論語·衛靈公》：「道不同，不相爲謀。」唐劉禹錫《學阮公體》詩之一：「少年負志氣，信道不從時。」方，方正、正派。《管子·霸言》：「夫王者之心，方而不最。」尹知章注：「心雖方直，未爲其最。」時險，其時方鎮謀叛，昭宗爲朱全忠之流所裹挾，朝政日非，諸大臣時遭殘殺貶謫，故詩人有「時險」之感。

〔三〕隱薜蘿：意爲隱居山野。薜蘿，指薜茘和女蘿。兩者皆野生植物，常攀緣于山野林木或屋壁之上。《楚辭·九歌·山鬼》：「若有人兮山之阿，被薜茘兮帶女蘿。」王逸注：「女蘿，兔絲也。

言山鬼彷彿若人，見於山之阿，被薜荔之衣，以兔絲爲帶也。」後藉以指隱者或高士的衣服。此處乃借指隱者或高士的住所。南朝梁吳均《與顧章書》：「僕去月謝病，還覓薜蘿。」唐劉長卿《使回次楊柳渡過元八所居》：「薜蘿誠可戀，婚嫁復如何。」

〔四〕「青草湖」句：將，與、和。唐白居易《和裴侍中尚園靜興見示》：「靜將鶴爲伴，閑與雲相似。」此句謂青草湖湖水廣闊迷茫，遠與天接，水天一色。

〔五〕旗亭：酒樓。懸旗爲酒招，故稱。唐劉禹錫《武陵觀火》詩：「花縣與琴焦，旗亭無酒濡。」唐杜牧《郡齋獨酌》：「旗亭雪中過，敢問當壚娘。」臘酎，臘月所釀之醇酒。臘，臘月，農曆十二月稱臘月。酎，反復多次釀成的醇酒。《禮記・月令》：「（孟夏之月）天子飲酎。」鄭玄注：「酎之言醇也。謂重釀之酒也。」《史記・孝文本紀》「高廟酎」裴駰集解引張晏曰：「正月旦作酒，八月成，名曰酎。酎之言純也。」唐岑參《送張獻心充副使歸河西雜句》：「玉瓶素蟻臘酒香，金鞍白馬紫遊韁。」唐杜牧《惜春》：「即此醉殘花，便同嘗臘酒。」踰年熟，指酒跨年而釀熟。

〔六〕水國：水鄉。此指詩中所言之「重湖」。南朝宋顏延之《始安郡還都與張湘州登巴陵城樓作》詩：「水國周地險，河山信重複。」

〔七〕處困：生活在困境或困苦之中。其時韓偓正遭朱全忠忌恨，貶謫流落於湖南江湖間，故謂處困。唐李紳《肥河維舟阻凍祇待敕命》詩：「食蘗苦心甘處困，飲冰持操敢辭寒。」唐許渾《送林處士》詩：「處困道難固，乘時恩易酬。」

〔八〕傞傞：不止或醉舞失態貌。《詩·小雅·賓之初筵》：「側弁之俄，屢舞傞傞。」毛傳：「傞傞，不止也。」《晏子春秋·雜上》：「晏子飲景公酒，日暮，公呼具火。晏子辭曰：『《詩》云「側弁之俄」，言失德也。「屢舞傞傞」，言失容也。』」宋梅堯臣《送周仲章都官通判湖州》詩：「風流百年餘，所歷才彦多。我嘗居其下，醉舞或傞傞。」

【集評】

馮班：致堯詩句，胸中流出，不是尋思捏就。（《瀛奎律髓彙評》卷三十四川泉類）

紀昀：六句佳，結不成語。（《瀛奎律髓彙評》卷三十四川泉類）

【按】此詩乃作於天復四年初春。天復三年二月，韓偓因力爭國是，敢於「報國危曾捋虎鬚」，而爲朱全忠所忌恨貶濮州司馬。詩人賦此詩時則已經流落入湖南。稍前之天復三年中，藩鎮間多爭權混戰，而朱全忠實際上已控制朝廷，挾天子以令諸侯，官吏生殺予奪之權乃聽命於朱全忠。《舊唐書·昭宗紀》即記天復三年十一月，「王師範以青州降楊師厚，全忠復令師範知青州事。邠州、鳳翔兵士逼京畿。汴軍屯河中。青州牙將劉鄩以兗州降葛從周，禀師範命也。全忠嘉之，署爲元帥府都押衙，權知鄜州留後事。十二月丁卯朔。辛巳，制以禮部尚書獨孤損爲兵部侍郎、同平章事。丙申，制守司徒、侍中、太清宫使、弘文館大學士、延資庫使、判六軍十二衞事、諸道鹽鐵轉運使、判度支、上柱國、魏國公、食邑四千五百户崔胤責授太子賓客，守刑部尚書、兼京兆尹、六軍諸衞副使鄭元規責授循州司户。是日，汴州扈駕指揮使朱友諒殺胤及元規、皇城使王建勳、飛龍使陳班、閤門使王建襲、客省使王建乂、前左僕射上柱國河間郡公張濬。全忠將逼車駕幸洛陽，懼胤、濬立異也」。此即此詩首句所謂之「道方時險」。故此詩首二句乃全詩之主腦，表明於「道方時險」之處境下，詩人唯有「甘心隱薜蘿」之一途矣。「青草」、「白頭浪」一聯，乃以實景扣詩題「雪中過重湖」，并以景寓時局之危亂險惡。

## 寄湖南從事〔一〕

索寞襟懷酒半醒〔二〕，無人一爲解餘酲〔三〕。岸頭柳色春將盡，船背雨聲天欲明〔四〕。去國正悲同旅雁〔五〕，隔江何忍更啼鶯①〔六〕。蓮花幕下風流客〔七〕，試與温存譴逐情〔八〕。

【校　記】

①「何」，玉山樵人本、統籤本均作「可」。

【注釋】

〔一〕此詩之作年，《評注唐詩鼓吹》謂「此因朱全忠之陷出貶濮州司馬而作也」。然此詩詩後吴汝綸評注云：「舊説出貶濮州作，非是。集云時在湖南。」按，吴汝綸之駁是。蓋此詩有「岸頭柳色春將盡，船背雨聲天欲明」句，則乃作於春末船上。又《全唐詩·韓偓集》此詩編在至湖南所作詩中，詩題又謂「寄湖南從事」，且詩有「去國正悲同旅雁，隔江何忍更啼鶯」句，則詩人顯然在湖南江上。詩人天復四年初已經在湖南，則此詩乃作於天復四年（公元九〇四年）春末。

湖南：指湖南節度使幕府。其駐地在湖南長沙。據吴廷燮《唐方鎮年表》卷六，天復四年前後之節度使爲馬殷，故此詩詩題後吴汝綸評注云：「湖南帥馬殷也。」從事，官名。漢以後三公及州郡長官皆自辟僚屬，多以從事爲稱。《漢書·丙吉傳》：「坐法失官，歸爲州從事。」唐代州郡屬官亦有各種名目之從事以佐州事務。

〔二〕索寞：亦作索莫。寂寞無聊，失意消沉。宋鮑照《擬行路難》之九：「今日見我顔色衰，意中索莫與先異。」唐孟浩然《留别王侍御維》：「秪應守索寞，還掩故園扉。」襟懷，胸懷。唐錢起《朝元閣賦》：「襟懷動植，指掌寰瀛。」唐杜牧《題池州弄水亭》：「光潔疑可攬，欲以襟懷貯。」

〔三〕餘酲：猶宿醉。酲，病酒。酒醉後神志不清。《詩·小雅·節南山》：「憂心如酲，誰秉國成。」毛傳：「病酒曰酲。」《漢書·禮樂志》：「泰尊柘漿析朝酲。」顔師古注引應劭曰：「酲，病酒也。析，解也。言柘漿可以解朝酲也。」唐劉禹錫《和牛相公題姑蘇所寄太湖石兼寄李蘇州》：「煩熱近還散，餘酲見便醒。」

〔四〕船背雨聲：指雨滴打在船篷上的聲音。船背，指船上用竹、葦等物編成的船篷。唐白居易《舟中夜雨》：「夜雨滴船背，風浪打船頭。」

〔五〕去國：指離開首都長安。國，國都。《左傳·隱公元年》：「先王之制，大都不過參國之一。」《史記·樂毅列傳》：「濟上之軍受命擊齊，大敗齊人。輕卒鋭兵，長驅至國。齊王遁而走莒，僅以身免。」旅雁，指南飛或北歸的雁群。南朝宋謝靈運《九日從宋公戲馬台集送孔令》詩：「季秋邊朔苦，旅雁違霜雪。」南朝梁沈約《詠湖中雁》：「白水滿春塘，旅雁每迴翔。」唐張籍《横吹曲辭·望行人》：「秋風窗下起，旅雁向南飛。」詩人此處以旅雁比擬自己受朱全忠排擠，被貶離開長安而流落江湖間。

〔六〕啼鶯：此處表面謂鶯啼，然實際上恐指歌妓之樂聲。

〔七〕蓮花幕：即蓮幕，古時用以稱幕府。《南史·庾杲之傳》：「庾杲之，字景行。……杲之爲衛將軍（王儉）長史。安陸侯蕭緬與儉書曰：『盛府元僚，實難其選，庾景行泛渌水，依芙蓉，何其麗也。』時人以入儉府爲蓮花池，故緬書美之。」風流客，此指此詩詩題之「湖南從事」，蓋爲韓偓友人。風流，灑脱放逸；風雅瀟灑。《後漢書·方術傳論》：「漢世之所謂名士者，其風流可知矣。」唐牟融《送友人》詩：「衣冠重文物，詩酒足風流。」

〔八〕温存：憐惜，撫慰，體貼。唐韓愈《雨中寄孟刑部幾道聯句》：「温存感深惠，琢切奉明誡。」宋李之儀《臨江仙》：「坐來誰爲温存，落花流水不堪論。」譴逐，貶謫放逐。唐韓愈《順宗實録二》：「以微過忤旨譴逐者，一去皆不復叙用。」

## 【集評】

或問：「船背雨聲天欲明」，如何是寫索寞神理？大凡酒落快暢，一卧直到天明，今有日高丈五而睡興正濃者。偏是失意之人，未到半夜，酒醒夢回，左思右想……正所謂「酒無通夜力，事滿五更心」，令我悽然淚下矣。（元好問編，郝天挺注《唐詩鼓吹箋注》）

此因朱全忠之陷出貶濮州司馬而作也。首言襟懷蕭索而當半醒，無復有知己者解我之餘酲也。解醒乃解愁，此借喻之詞；且岸頭柳色，正春將盡之時；船背雨聲，又天欲曉之際。斯時也，雁向南而背北，有同去國之悲；鶯唤友以啼春，益動懷人之情，此吾之所以愁思不絶也。（錢牧齋、何義門《評注唐詩鼓吹》卷二）

此時此景難爲情（「岸頭柳色」句下）。（周詠棠輯《唐賢小三昧集》）

韓致堯《中秋禁直》，望宫闕於九霄，聽絃歌於五夜，欲使主上親賢遠佞而不可得，展轉不寐，隱約可念。《寄湖南從事》詩中情境，竟可與屈大夫把臂。（薛雪《一瓢詩話》）

韓偓《暴雨》詩「雷尾燒黑雲，雨腳飛銀線」，奇句也。余所最愛者「四時最好是三月，一去不回惟少年」，尋常意人卻未道。至「岸頭柳色春將盡，船背雨聲天欲明」、「窗裏日光飛野馬，案頭筠管長蒲蘆」，皆有寄托，不得以常語目之。（彭端淑《雪夜詩談》卷中）

秋谷曰：致堯詩清婉有意致，故擅勝場。（復旦大學圖書館藏《唐音統籤》本此詩眉批）

此詩詩題後吴汝綸評注云：「湖南帥馬殷也。」

此詩詩後吴汝綸評注云：「舊説出貶濮州作，非是。集云時在湖南。」

【按】此詩乃詩人於被讒逐而索寞之際，寄湖南幕中友人以發抒蕭索襟懷，以冀友人温存慰籍之作。「無人解餘酲」，正爲末句祈盼友人「試與温存」作伏筆，即首尾相呼應也。前人解「去國」、「隔江」二句云：「斯時也，雁向南而背北，有同去國之悲；鶯喚友以啼春，益動懷人之情，此吾之所以愁思不絶也。」此解未必是。時節乃春末，雁乃北歸，而非「雁向南而背北」。「啼鶯」，聯繫下句之「風流客」，蓋乃喻指蓮花幕下歌妓之歌樂，以喚起下句之「風流客」。故此句乃謂於我正懷去國悲情之際，何忍更聽隔江歌妓之歌吹？而非「嚶其鳴矣，求其友聲」之「鶯喚友」之意。

## 玩水禽　在湖南醴陵縣作①〔一〕

兩兩珍禽渺渺溪，翠衿紅掌淨無泥②〔二〕。向陽眠處莎成毯〔三〕，蹋水飛時浪作梯〔四〕。依倚雕梁輕社燕〔五〕，抑揚金距笑晨雞〔六〕。勸君細認漁翁意，莫遣組羅誤穩棲〔七〕。

【校記】

①「在湖南醴陵縣作」，此小注原作「在古南醴陵縣作」。《唐百家詩選》本、統籤本詩題後均無此小注。《唐百家詩選》本詩題後有「此後七首醴陵縣作」。其此後七首即指《玩水禽》、《早雪玩梅有懷親友》、《小隱》、《曛黑》、《醉著》、《早起三韻》、《即目》。汲古閣本、吴校本詩題後小注均爲「在湖南醴陵縣作」，韓集舊鈔本、麟後山房刻本則爲「在湖南醴陵」。清王太岳《四庫全書考證》卷九十八曾校云：「韓偓《翫水禽》注『在湖南醴陵縣作』，刊本『湖』訛『古』，據《翰林集》改。」今即據改。

②「衿」，玉山樵人本、統籤本、汲古閣本均作「襟」。按，「衿」通「襟」。

【注釋】

〔一〕據韓偓《甲子歲夏五月自長沙抵醴陵貴就深僻以便疏慵由道林之南步步勝絶……》詩，知天祐元年（即甲子歲）五月詩人已由長沙抵醴陵，本詩小注謂「在湖南醴陵縣作」，則此詩乃作於天祐元年（公元九〇四年）五月後。

醴陵：縣名。屬湖南省。漢臨湘縣地東漢置醴陵縣，屬長沙郡。隋省入長沙。唐武德四年復置。《太平寰宇記·醴陵縣》：「縣北有陵，陵上有井，湧泉如醴，因以名縣。」

〔二〕翠衿：翠绿色的頭頸。衿，古代衣服的交領或前幅。此處用以比喻禽鳥的頷下部分。《詩·鄭風·子衿》：「青青子衿，悠悠我心。」毛傳：「青衿，青領也。學子之所服。」北齊顔之推《顔氏家訓·書證》：「按，古者，斜領下連於衿，故謂領爲衿。」三國禰衡《鸚鵡賦》：「紺趾丹觜，绿衣翠衿。」唐杜甫《鸚鵡詩》：「翠衿渾短盡，紅觜漫多知。」又衿通襟。襟，古代指衣的交領。《爾雅·釋器》：「衣眥謂之襟。」邢昺疏：「謂交領也。」《詩·鄭風·子衿》「青青子衿」。孔穎達疏引三國魏孫炎曰：「襟，交領也。」唐李白《白鳩辭》：「白鳩之白誰與鄰，霜衣雪襟誠可珍。」唐閻朝隱《鸚鵡貓兒篇》：「彼何爲兮，隱隱振振？此何爲兮，绿衣翠襟。」紅掌，《本草集解》引陸璣《詩疏》：鳧「狀如鴨而小，短喙長尾，卑腳紅掌」。唐駱賓王《詠鵝》：「白毛浮绿水，紅掌撥清波。」

〔三〕莎：草名。即莎草。多年生草本植物。多生於潮濕地區或河邊沙地。莖直立，三棱形。葉細長，深绿色，質硬有光澤。夏季開穗狀小花，赤褐色。地下有細長的匍匐莖，並有褐色膨大塊莖。塊莖稱「香附子」，可供藥用。唐李白《憶舊遊寄譙郡元參軍》詩：「浮舟弄水簫鼓鳴，微波龍鱗莎草绿。」南唐李中《安福縣秋吟寄陳鋭秘書》詩：「卧聽寒蛩莎砌月，行衝落葉水村風。」

〔四〕蹋水：即踏水。此指水禽掠着浪峰飛翔。浪作梯，以波浪爲梯子。此處指水禽在浪峰上飛翔，好似將波浪做爲登高的梯子似的。

〔五〕社燕：燕子春社時來，秋社時去，故有「社燕」之稱。春社，古時於春耕前（周用甲日，後多於立春後第五個戊日）祭祀土神，以祈豐收，謂之春社。秋社，古代秋季祭祀土神的日子。宋陳元靚《歲時廣記·二社日》：「《統天萬年曆》曰：立春後五戊爲春社，立秋後五戊爲秋社。」唐羊士諤《郡樓晴望》詩：「地遠秦人望，天晴社燕飛。」

〔六〕抑揚：按下與上舉。漢賈誼《新書·容經》：「手有抑揚，各尊其紀。」蔡邕《琴賦》：「左手抑揚，右手徘徊。」金距，裝在鬬雞距上的金屬假距。《左傳·昭公二十五年》：「季郈之雞。季氏介其雞，郈氏爲之金距。」楊伯峻注：「《説文》：『距，雞距也。』……即雞跗蹠骨後方所生之尖突起部，中有硬骨質之髓，外被角質鞘，故可爲戰鬬之用。郈氏蓋於雞腳爪又加以薄金屬所爲假距。」唐李白《答王十二寒夜獨酌有懷》詩：「君不能狸膏金距學鬬雞。」王琦注引高誘曰：「金距，施金芒於距也。」宋周去非《嶺外代答·鬬雞》：「其金距也，薄刃如爪，鑿枘於雞距，奮擊之，始一揮距，或至斷頭。」

〔七〕組羅：組爲粗繩索，羅爲網羅。此處組羅謂羅網。

## 【集評】

此以水禽比高尚清幽之士，末則致其諄囑之詞。（錢牧齋、何義門《評注唐詩鼓吹》）

「抑揚金距笑晨雞」詩下庭珠按：「《左傳》：季郈之雞鬭郈氏，爲之金距。」（杜詔《唐詩叩彈集》卷十二）

秋谷曰：慮患深矣。（復旦大學圖書館藏《唐音統籤》本此詩眉批）

【按】此詩作於韓偓貶官一年多後，流寓於湖南醴陵時。此時因身遭朱全忠之流迫害流貶，故詩人時有戒惕之心。故此詩詠水禽遊戲於溪流上，不忘連及譏諷社燕、晨雞，并藉水禽以自警警人，提醒應時時提防設置羅網之陷害者。詩前半首乃詠水禽，故寫雙雙成對之珍禽安棲於溪水邊、自在地飛翔於水上。謂其「翠衿紅掌浄無泥」，正顯示其爲清麗純潔之「珍禽」也。「向陽眠處」、「蹋水飛時」兩句，寫其自在祥和與矯健自得也。水禽確是「比高尚清幽之士」，亦實有自比之意。五、六句則稍轉筆借水禽而抒發寓託之情感。輕蔑倚彫梁之社燕，實乃詩人借輕社燕，以譏諷那些投靠依傍朱全忠勢力之官員；又借恥笑抑揚金距之晨雞，以斥責那般爲虎作倀、趾高氣揚地殘害本是同儕士人的幫凶。末兩句之「勸君」，既是勸水禽，亦更是自勸自警。「漁翁」實比喻那些不懷好意，企圖捕殺陷害忠良之居心險惡者。「莫遺」句則提醒應時時懷戒惕之心，莫將險惡者所設置之「絙羅」，誤認作可安棲之地，以免遭受陷害也。以此可見詩人此時洞察險惡時局，處處如履薄冰，具有高度戒惕之心之清醒意識。

## 早玩雪梅有懷親屬①〔一〕

北陸候纔變〔二〕，南枝花已開〔三〕。無人同悵望，把酒獨裴回〔四〕。凍白雪爲伴〔五〕，寒香風是媒〔六〕。何因逢越使〔七〕，腸斷謫仙才②〔八〕。

【校　記】

① 統籤本題下有小注：「甲子醴陵作。」

② 「才」，《唐百家詩選》本作「材」。黄永年、陳楓校點《王荆公唐百家詩選》校云：「『材』，分類本同，何校『才』。」按，「才」通「材」。

【注　釋】

〔一〕《唐百家詩選》本《玩水禽》詩題後有「此後七首醴陵縣作」小注，其此後七首即包括《早玩雪梅有懷親屬》詩。統籤本此詩題下小注亦云：「甲子醴陵作。」此處甲子年即天復四年（閏四月改元天祐）。詩云「北陸候纔變」，又題有「早玩雪梅」，故本詩乃作於天祐元年（公元九〇四年）冬十二月，時詩人在湖南醴陵。

雪梅：梅花色白，故稱。唐孫逖《宴越府陳法曹西亭》詩：「雪梅初度臘，煙竹稍迎曛。」唐杜牧《代人作》詩：「鬬草憐香蕙，簪花間雪梅。」

〔二〕北陸：星名，即虚宿。也稱玄枵，又叫顓頊之墟。位在北方，爲二十八宿之一。《爾雅·釋天》：「玄枵，虚也；顓頊之虚，虚也。北陸，虚也。」郭璞注：「虚星之名凡四。」《左傳·昭公四年》：「古者日在北陸而藏冰。」孔穎達疏：「日在北陸，爲夏之十二月也。十二月，日在玄枵之次……於是之時，寒極冰厚，故取而藏之也。」《漢書·律曆志下》：「是故日行北陸謂之冬。」候纔變，時令纔改變。候，節候、時令。

〔三〕南枝：指朝南的樹枝。南朝梁簡文帝《雙燕》詩：「銜花落北户，逐蝶上南枝。」唐李白《山鷓鴣詞》：「苦竹嶺頭秋月輝，苦竹南枝鷓鴣飛。」

〔四〕裴回：亦作「裵回」、「徘徊」。《荀子·禮論》：「過故鄉，則必徘徊焉。」漢司馬相如《子虚賦》：「彌節裴回，翱翔容與。」

〔五〕涷白：指嚴寒中呈雪白色的梅花。雪爲伴，謂梅花迎雪開放。

〔六〕寒香：清冽的香氣。此處形容梅花的香氣。唐杜牧《早春寄岳州李使君》：「返照三聲角，寒香一樹梅。」唐羅隱《梅花》詩：「愁憐粉艷飄歌席，靜愛寒香撲酒罇。」風是媒，此處意爲風乃傳送梅花幽香之媒介。

〔七〕越使：盛弘之《荆州記》：「陸凱與范曄相善，自江南寄梅一枝，詣長安與曄，并贈花詩曰：『折花逢驛使，寄與隴頭人。江南無所有，聊贈一枝春。』」又劉向《説苑·奉使》：「越使諸發執一枝梅遺梁王，梁王之臣曰韓子，顧謂左右曰：『惡有以一枝梅乃遺列國之君者乎？請爲二三子慚之。』出謂諸發曰：『大王有命：客冠，則以禮見；不冠，則否。』諸發曰：『彼越亦天子之封也：不得冀、兖之州，乃處海垂之際，屏外蕃以爲居，而蛟龍又與我争焉，是以剪髮文身，爛然成章，以像龍子者，將避水神也。今大國其命，冠則見以禮，不冠則否。假令大國之使，時過敝邑，敝邑之君，亦有命矣，曰：「客必翦髮文身，然後見之。」於大國何如？意而安之，願假冠以見；意如不安，願無變國俗。』梁王聞之，披衣出以見諸發，令逐韓子。」按，此詩「越使」句蓋綰合以上二典實，主要取贈梅予人事，而復用《説苑》「越使」之字面。

〔八〕腸斷：形容極度悲痛。晉干寶《搜神記》：「臨川東興，有人入山，得猿子，便將歸。猿母自後逐至家。此人縛猿子於庭中樹上，以示之。其母便搏頰向人，欲乞哀狀，直謂口不能言耳。此人既不能放，竟擊殺之，猿母悲唤，自擲而死。此人破腸視之，寸寸斷裂。」唐白居易《長恨歌》：「行宫見月傷心色，夜雨聞鈴腸斷聲。」唐温庭筠《望江南》：「過盡千帆皆不是，斜暉脈脈水悠悠，腸斷白蘋洲。」謫仙人，孟棨《本事詩》：「李太白初自蜀至京師，舍於逆旅。賀監知章聞其名，首訪之。既奇其姿，復請所爲文。出《蜀道難》以示之。讀未竟，稱歎者數四，號爲『謫仙』，解金龜换酒，與傾盡醉。期不間日，由是稱譽光赫。」《新唐書·李白傳》：「（白）往見賀知章，知章見其文，歎曰：『子，謫仙人也！』」此處詩人因亦在貶中，故用謫仙人李白自比。

【集評】

方回：全篇有味，五、六洒落。（《瀛奎律髓彙評》卷二十梅花類）

紀昀：不失格韻。（《瀛奎律髓彙評》卷二十梅花類）

【按】此詩因賞玩雪梅，不禁以梅自喻。詩人頗感孤身貶謫而無人共同觀賞，故獨自悵望，把酒徘徊。無奈之下，更起懷親之想。首二句以節候方變而南枝梅花已開，乃寫一「早」字。三、四句以飲酒而獨徘徊悵望於梅花旁，寫其「玩」賞雪梅之神態。謂「無人同」而「獨」，不僅寫其孤獨無偶，亦暗起「有懷親屬」之思，故有末聯「何因」、「腸斷」之吟。

## 欲明①

欲明籬被風吹倒〔一〕，過午門因客到開。忍苦可能遭鬼笑〔二〕，息機應免致鷗猜〔三〕。岳僧互乞新詩去〔四〕，酒保頻徵舊債來〔五〕。唯有狂吟與沈飲〔六〕，時時猶自觸靈臺〔七〕。

【校　記】

①韓集舊鈔本、汲古閣本、麟後山房刻本、吴校本詩題下均有小注云：「在醴陵。」統籤本詩題下小注云：「以下在醴陵作。」慶按，此處所謂以下詩爲《小隱》、《即日》（按，即爲「萬古離懷」之《即日》詩）、《避地》、《息兵》、《有感》等五首。

【注　釋】

〔一〕此詩韓集舊鈔本、汲古閣本、麟後山房刻本、吴校本詩題下均有小注云：「在醴陵。」統籤本詩題下小注云：「以下在醴陵作。」則此詩乃在醴陵所作。據韓偓《甲子歲夏五月自長沙抵醴陵貴就深僻以便疏慵……》詩，知韓偓天祐元年五月後方至醴陵。故此詩乃天祐元年（公元九〇四年）五月後作。

〔二〕遭鬼笑：《南史·劉粹傳》：「有劉伯龍者，少而貧薄。及長，歷位尚書左丞、少府、武陵太守，貧窶尤甚。常在家慨然，召左右將營十一之方，忽見一鬼在傍撫掌大笑。伯龍歎曰：『貧窮固有命，乃復爲鬼所笑也！』遂止。」

〔三〕息機：息滅機心。《楞嚴經》卷六：「息機歸寂然，諸幻成無性。」唐杜甫《將赴成都草堂途中有作先寄嚴鄭公》詩之五：「側身天地更懷古，回首風塵甘息機。」唐李白《送賀監歸四明應制》：「久辭榮禄遂初衣，曾向長生説息機。」鷗猜，《列子·黄帝》：「海上之人有好漚（慶按，漚即鷗）

鳥者，每日之海上從漚鳥遊，漚鳥之至者百住而不止。其父曰：『吾聞漚鳥皆從汝遊，汝取來吾玩之。』明日之海上，漚鳥舞而不下。」唐陳陶《題贈高閑上人》：「獼猴深愛月，鷗鳥不猜人。」宋江少虞《事實類苑·蘇子美》：「蘇子美謫居吳中，欲遊丹陽，潘師旦深不欲其來，宣言於人欲拒之。子美作《水調歌頭》，有『擬借寒潭垂釣，又恐鷗猜鷺忌，不肯傍青綸』之句。蓋爲是也。」

〔四〕岳僧：即山僧，居住山間之僧人。唐李咸用《友生攜修睦上人詩見訪》：「雪中敲竹户，袖出岳僧詩。」張喬《題湖上友人居》：「遠無朝客信，閑寄岳僧書。」

〔五〕酒保：貨酒者，酒店的夥計。《鶡冠子·天則》：「酒保先貴食者。」陸佃解：「酒保，貨酒者也。」《史記·季布欒布列傳》：「欒布者，梁人也。……窮困賃傭於齊，爲酒人保。」裴駰《集解》引《漢書音義》：「酒家作保傭也，可保信，故謂之保。」舊債，此處謂賒欠許久之酒債。

〔六〕狂吟：縱情吟詠。唐白居易《洪州逢熊孺登》詩：「靖安院裏辛夷下，醉笑狂吟氣最粗。」沈飲：亦作「沉飲」。謂大量喝酒。南朝宋顏延之《五君詠·劉參軍》：「韜精日沈飲，誰知非荒宴。」《新唐書·文藝傳中·李白》：「更客任城，與孔巢父、韓準、裴政、張叔明、陶沔居徂徠山，日沈飲。」

〔七〕靈臺：指心。《莊子·庚桑楚》：「不可内於靈臺。」郭象注：「靈臺者，心也。」《文選·劉孝標〈廣絶交論〉》：「寄通靈臺之下，遺跡江湖之上。」李善注：「寄通神於心府之下，遺跡相忘於江湖之上也。」

【按】詩題《欲明》，乃取首句「欲明籬被風吹倒」首二字而成，猶如李商隱之《無題》也。詩之主旨恐難於詩題顯明，故取首句二字以爲題。然詩題「欲明」二字，亦非與詩之主旨無關，實乃借此以顯示潛藏於詩人深心中之真正意藴，作者雖想明示而難於明白表出，故只能出之以朦朧隱晦，欲明而未明之「欲明」二字也。以此反味詩題「欲明」之意，或意味著欲明而未能明之心曲，正如拂曉時天欲明而未明之朦朧也。以此意讀全詩，也確實能體味如此情味。此詩多前後關聯綰合之句，針腳細密，相互勾連。詩先寫天將拂曉而籬笆爲風吹倒，以見屋居之簡陋也，又爲以下「忍苦」句、酒保「徵舊債」先點一筆，前後呼應。第二句謂午後門方爲來客開，可見閑來無事而疏慵也。而門開，亦起岳僧乞詩、酒保徵債之事。而酒保徵債，既與遭鬼笑之忍受貧苦前後綰合，又聯下句之「沈飲」，説明所以欠債之由。「息機」一句乃此詩最逗露詩人處境心事之句，以此可見其時詩人因局勢處境之險惡，儘管已經閑居疏散，然猶需韜光養晦，以避猜疑迫害，此亦其「忍苦」之一斑也。末兩句之狂吟沉飲，雖亦是韜光養晦之息機之舉，然其心中之苦楚卻也是欲罷而不能，常借此狂吟痛飲以發泄耳。謂「狂吟」，又反轉與岳僧之「乞新詩」相呼應；謂「沉飲」，亦與「酒保徵債」前後互綰合也。

## 梅花

梅花不肯傍春光〔一〕，自向深冬著豔陽①〔二〕。龍笛遠吹胡地月〔三〕，燕釵初試漢宮妝〔四〕。風雖强暴翻添思〔五〕，雪欲侵凌更助香〔六〕。應笑暫時桃李樹〔七〕，盗天和氣作年芳〔八〕。

**【校記】**

①「著」，玉山樵人本、韓集舊鈔本、統籤本、汲古閣本、麟後山房刻本均作「有」，《全唐詩》、吴校本均校：「一作有。」按，作「著」是。

**【注釋】**

〔一〕此詩在《全唐詩》列於在湖南醴陵作的《玩水禽》之後，亦即在天祐元年五月之後。本詩有「自向深冬」、「雪欲侵凌」語，而明年春夏間韓偓已經入江西，則詩乃作於天祐元年（公元九〇四年）深冬。

傍春光：依傍春光。傍，依傍、依附、依托。此處春光爲比喻之言，蓋指當時控制朝廷大權，煊赫一時的朱全忠之流。唐王翰《立春日有感》詩：「堤邊楊柳開青眼，肯傍梅花共歲寒。」

〔二〕深冬：即嚴冬。此處亦有比喻當時嚴酷時局之意。著豔陽，朝向閃耀的太陽。著：向，朝。表示動作行爲的方向。宋袁去華《安公子》詞：「庾信愁如許，爲誰都著眉端聚。」宋陳亮《最高樓·詠梅》詞：「花不向沉香亭上看，樹不著唐昌宫裏觀。」按，此處「著豔陽」亦有比喻之意，意爲詩人如梅花朝向閃亮的太陽一樣，亦心向唐昭宗皇帝，以示忠於李唐王朝。

〔三〕龍笛：指笛。據説其聲似水中龍鳴，故稱。語本漢馬融《長笛賦》：「龍鳴水中不見已，截竹吹之聲相似。」後則多指管首爲龍形的笛。《律吕正義後編》卷六十四：「龍笛制如笛，七孔横吹之管。首制龍頭，銜同心結帶。」《元史·禮樂志五》：「龍笛，制如笛，七孔，横吹之，管首制龍頭，銜同心結帶。」按，「龍笛遠吹胡地月」，亦用笛曲「梅花三弄」、「落梅花」以詠梅之典故。梅花三弄乃古曲名。據明朱權《神奇秘譜》稱，此曲係由晉桓伊所作的笛曲改編而成，内容寫傲霜鬥雪的梅花，全曲主調出現三次，故稱。如唐李白《與史郎中欽聽黄鶴樓上吹笛》：「一爲遷客去長沙，西望長安不見家。黄鶴樓中吹玉笛，江城五月落梅花。」宋姜夔《卜算子·吏部梅花八詠》詞：「象筆帶香題，龍笛吟春咽。」胡地：古代泛稱北方和西方各族居住的地方。舊題漢李陵《答蘇武書》：「胡地玄冰，邊土慘裂。」唐顧朝陽《昭君怨》：「影銷胡地月，衣盡漢宫香。」唐皇甫冉《出塞》：「吹角出塞門，前瞻即胡地。」

〔四〕燕釵：舊時婦女別在髮髻上的一種燕子形的釵。漢郭憲《洞冥記》卷二：「神女留玉釵以贈帝，帝以賜趙婕妤。至昭帝元鳳中，宮人猶見此釵。黄諃欲之。明日示之，既發匣，有白燕飛昇天。後宮人學作此釵，因名玉燕釵。言吉祥也。」唐李賀《湖中曲》：「燕釵玉股照青渠，越王嬌郎小字書。」唐殷堯藩《漢宮詩》：「可憐玉貌花前死，惟有君恩白燕釵。」漢宮妝：原爲漢代宮女額上塗黄粉，因稱漢宮妝。明代張萱《疑耀》卷三云：「余按《墨子》，禹作粉。張華《博物志》，紂燒鉛作粉，謂之胡粉。或曰周文王時婦人已傅粉矣，未知然否。但婦人傅粉，斷非始於秦也。周静帝時禁天下婦人不得用粉黛，令宮人皆黄眉黑粧。黑粧即黛。……一説黑粧亦以飾眉，漢給宮人螺子黛，故云黛眉。……額上塗黄，亦漢宮妝。……虞世南《袁寶兒詩》『學畫鴉黄半未成』，是黛色或以點額，或以施眉。黄色或塗額上，或安眉角，古人媚粧隨意皆可。」又《佩文齋廣群芳譜》卷二十二引《金陵志》：「宋武帝女壽陽公主，人日卧于含章殿簷下，梅花落於額上，成五出花，拂之不去，號梅花妝。宮人皆效之。」《淵鑑類函》卷十七《人日》二亦有此説：「《金陵志》曰：『宋武帝女壽陽公主，人日卧含章殿檐下，梅花落額上，成五出花，拂之不去。後人效之，號梅花妝。』」後代常用漢宮妝和壽陽公主梅花妝之故典以詠梅。如宋韓駒《次韻吉父曾園梅花》：「路入君家百步香，隔簾初識漢宮粧。只疑夢到昭陽殿，一簇輕紅繞淡黄。」宋張孝祥《蠟梅》：「滿面宮妝淡淡黄，絳紗封蠟貯幽香。」故韓偓此詩之「漢宮妝」句，或亦綰合上述諸事以詠梅。

〔五〕翻：即反，副詞，反而。北周庾信《卧疾窮愁》詩：「有菊翻無酒，無弦則有琴。」隋江總《并州羊腸阪》詩：「本畏車輪折，翻嗟馬骨傷。」思：心緒，情思。漢揚雄《甘泉賦》：「惟夫所以澄心清魂，儲精垂思，感動天地。」唐柳宗元《登柳州城樓寄漳汀封連四州》：「城上高樓接大荒，海天愁思正茫茫。」

〔六〕侵淩：亦作「侵淩」、「侵陵」。侵犯欺淩。《墨子·天志下》：「今天下之諸侯，將猶皆侵淩攻伐兼併，此爲殺一不辜人者，數千萬矣。」

〔七〕暫時桃李樹：原指桃李樹芬芳之時間極爲短暫。暫時，一時，短時間。南朝梁費昶《秋夜涼風起》詩：「紅顔本暫時，君還詎相及。」唐劉言史《長門怨》：「獨坐爐邊結夜愁，暫時恩去亦難留。」唐賀蘭進明《行路難》：「君不見門前柳，榮曜暫時蕭索久。」按，此處之「暫時桃李樹」，蓋喻指唐末投靠依附朱全忠勢力的奸臣柳璨之流。

〔八〕盜天：竊取自然生長之物。《列子·天瑞》：「夫禾稼、土木、禽獸、魚鼈，皆天之所生，豈吾之所有？然吾盜天而亡殃。」漢王符《潛夫論·遏利》：「盜人必誅，況乃盜天乎！」清顧炎武《與潘次耕書》：「列子盜天之説，謂取之造物而無爭於人。」和氣：古人認爲天地間陰氣與陽氣交合而成之氣。萬物由此「和氣」而生。《老子》：「萬物負陰而抱陽，沖氣以爲和。」《韓非子·

解老》：「孔竅虚，則和氣日入。」唐劉商《金井歌》：「文明化合天地清，和氣氤氲孕至靈。」年芳：指美好的春色。南朝梁沈約《三月三日率爾成篇》詩：「麗日屬元巳，年芳具在斯。開花已匝樹，流嚶復滿枝。」唐白居易《石榴樹》：「見説上林無此樹，只教桃柳占年芳。」按，此處以「年芳」比喻柳璨之流之得勢而煊赫一時。

【集評】

方回：五、六善評梅心事者，併起句豈自喻耶！（《瀛奎律髓彙評》卷二十梅花類）

馮班：全自喻也。（《瀛奎律髓彙評》卷二十梅花類）

紀昀：五、六粗野特甚。（《瀛奎律髓彙評》卷二十梅花類）

馮舒：此託喻，非詠梅也。（《瀛奎律髓彙評》卷二十梅花類）

馮班：有諷刺。（《瀛奎律髓彙評》卷二十梅花類）

查慎行：末句有諷刺。（《瀛奎律髓彙評》卷二十梅花類）

紀昀：極有意而著語未佳。三、四俗格，結亦套。「盜天」本《莊子》，然不雅。（《瀛奎律髓彙評》卷二十梅花類）

【按】此詩既是詠梅，然更是借詠梅而多有託喻譏刺之作。故前人謂「全自喻也」；「善評梅心事者，併起句豈自喻耶」；「有諷刺」；「此託喻，非詠梅也」。從詠梅言，此詩前六句均是詠梅之句，而尤以「龍笛」、「燕釵」二句更多採用詠梅常用事典。此二句乃綰合多種事典，將梅花比喻爲風韻獨具之風姿綽約之古代美女。「龍笛遠吹胡地月」，以在悠揚飄逸之梅花三弄笛聲中，以寫梅花之清迥風韻，冷艷風姿。「燕釵初試漢宫妝」，蓋乃將梅花比喻爲剛以漢皇所賜之燕釵妝扮罷之矜持美艷飄逸之趙飛燕。此詩詠梅善於刻畫梅花所處之嚴寒時令，梅花之神態風韻，以及凌寒禦暴，鬥雪愈芳之品格。然此詩之主旨，則非純爲詠梅，實乃借梅自喻，且寓比喻譏刺之意。如首句乃謂自身不肯依傍朱全忠之流之强權勢力也。第二句則表明於嚴冬般殘酷之局勢下，仍心向唐室，忠於唐皇也。五、六二句雖爲人批評爲「粗野特甚」，然乃借「風雖强暴」、「雪欲侵凌」以顯梅花之不畏强暴，淩寒而愈香，從而實際上寓託自己不屈服於朱全忠之流之殘暴邪惡勢力，以此顯示詩人之政治品格。末二句則如查慎行所説「有諷刺」。「暫時桃李樹」，乃譏刺「盜天和氣」，投靠依附朱全忠之流，竭力殘害忠臣士人，一時暴貴爲宰相之奸臣柳璨之徒。所謂「暫時」，乃極輕巇之言，言粗鄙兇殘之柳璨，其夤緣得勢，所盜取之宰相之職，勢必不久耳！詩人所言果真應驗，《資治通鑑》天祐二年十二月記：「初，璨陷害朝士過多，全忠亦惡之。璨與蔣玄暉、張廷範朝夕宴聚，深相結，爲全忠謀禪代事。」後終於還是爲朱全忠所厭惡，並誅殺之。

## 小隱〔一〕

借得茅齋岳麓西〔二〕，擬將身世老鋤犂〔三〕。清晨向市煙含郭①〔四〕，寒夜歸村月照溪。爐爲窗明僧偶坐，松因雪折鳥驚啼。靈椿朝菌由來事〔五〕，卻笑莊生始欲齊〔六〕。

【校記】

①「含」，《唐百家詩選》本作「涵」。

【注釋】

〔一〕《唐音統籤》本在《欲明》詩題下有小注云：「以下在醴陵作。」所謂以下詩爲《小隱》、《即日》（按，又題爲《即目》）、《避地》、《息兵》、《有感》等五首。又《唐百家詩選》本《玩水禽》詩題後有「此後七首醴陵縣作」。其此後七首即指《玩水禽》、《早玩雪梅有懷親友》、《小隱》、《曛黑》、《醉著》、《早起三韻》、《即目》。則前兩書均以爲此詩作於醴陵。按，此説有誤。韓偓天祐元年五月由長沙移居醴陵，而此詩有「借得茅齋岳麓西」句，知偓時尚居岳麓山西。岳麓山在長沙，則偓此時尚未移居醴陵，詩非於醴陵時作，《唐音統籤》等小注有誤。此詩有「寒夜歸村」、「松因雪折」語，則乃天復四年（公元九〇四年）春寒時所作。

小隱：指隱居於山林。晉王康琚《反招隱詩》：「小隱隱林藪，大隱隱朝市。」

〔二〕岳麓：即岳麓山，又名麓山。在今湖南長沙市西。《元和郡縣圖志》卷二十九《江南道五·潭州·長沙》：「岳麓山，在縣西南，隔湘水六里，蓋衡山之足也，故以麓爲名。」

〔三〕老鋤犂：謂終老於農家生活。亦即指終老於隱居不仕之生活。

〔四〕向市：前往市廛。唐杜甫《病後遇王倚飲贈歌》：「遣人向市賒香粳，唤婦出房親自饌。」

〔五〕靈椿朝菌：靈椿，古代傳説中的長壽之樹。比喻長壽者。朝菌，某些朝生暮死的菌類植物。借喻極短的生命。典出《莊子・逍遥遊》：「小知不及大知，小年不及大年。奚以知其然也？朝菌不知晦朔，蟪蛄不知春秋，此小年也。楚之南有冥靈者，以五百歲爲春，五百歲爲秋。上古有大椿者，以八千歲爲春，八千歲爲秋。而彭祖乃今以久特聞，衆人匹之，不亦悲乎？」晉葛洪《抱朴子・嘉遯》：「無朝菌之榮，望大椿之壽。」

〔六〕始欲齊：莊子著有《齊物論》，鼓吹齊是非、齊彼此、齊物我、齊夭壽等。如謂：「物無非彼，物無非是。自彼則不見，自知則知之。故曰：彼出於是，是亦因彼。……雖然方生方死，方死方生。方可方不可，方不可方可。因是因非，因非因是。……是亦彼也，彼亦是也。彼亦一是非，此亦一是非。果且有彼是乎哉？果且無彼是乎哉？」

## 【集　評】

韓偓字致堯，别集一卷，實本集也。以其有《香奩集》，故反名别集。然其語多淺俗，入録者甚少。七言律如「無奈離腸」、「長日居閒」、「惜春連日」三篇，氣韻亦勝。「星斗疏明」一篇，聲亦宣朗。

他如「缾添澗水盛將月，衲挂松枝惹得雲」、「樹頭蜂抱花鬚落，池面魚吹柳絮行。禪伏詩魔歸靜域，酒衝愁陣出奇兵」等句，乃晚唐巧句也。至若「爐爲窗明僧偶坐」、「雨連鶯曉落殘梅」，則奇僻不可爲法矣。（許學夷《詩源辯體》卷三十二）

【按】由詩題《小隱》以及首二句所言，韓偓此時已有隱居不回朝之想。故此詩中間四句即寫其村居環境與生活，亦頗見閑散悠然也。而山僧來坐，亦表明詩人與僧人有所交往，此不特乃其隱逸生活之寫照，其思想亦或受僧人之濡染矣。末二句則表明詩人不以莊生之齊等萬物爲然，認爲「靈椿」、「朝菌」本即不同，正不必等同之。此一認識，顯示詩人儘管在遭貶謫打擊而萌生隱逸之念後，仍然具有體認事務之清醒認識，而未泯滅是非之不同。

## 曛　黑①〔一〕

古木侵天日已沈②，露華涼冷潤衣襟〔二〕。江城曛黑人行絶③，唯有啼烏伴夜碪〔三〕。

【校　記】

① 統籤本題下有小注云：「甲子醴陵作。」

②「天」，何焯校「黑」。「沈」，何焯校「曛」。慶按，何焯校指何焯批注《王荆公唐百家詩選》。下同，不具注。

③「人行」，《全唐詩》、吴校本均校：「一作行人。」

【注釋】

〔一〕此詩統籤本題下有小注云：「甲子醴陵作。」甲子即天祐元年。又《唐百家詩選》本《玩水禽》詩題後有「此後七首醴陵縣作」。其此後七首即指《玩水禽》、《早玩雪梅有懷親友》、《小隱》、《曛黑》、《醉著》、《早起三韻》、《即目》。又此詩有「露華涼冷」、「啼烏伴夜碪」語，蓋乃天祐元年（公元九〇四年）秋作於醴陵。

曛黑：日暮天黑。南朝宋謝靈運《擬魏太子鄴中集詩·陳琳》：「夜聽極星闌，朝遊窮曛黑。」唐杜甫《彭衙行》：「延客已曛黑，張燈啟重門。」唐皇甫湜《答李生書一》：「辱書，適曛黑，使者立復，不果一一。」

〔二〕露華：露水。《趙飛燕外傳》：「婕妤浴豆蔻湯，傅露華百英粉。」唐李白《清平調詞》之一：「雲想衣裳花想容，春風拂檻露華濃。」

〔三〕夜碪：碪，即砧，擣衣石。夜碪，此指夜間擣衣聲。漢班婕妤《擣素賦》：「於是投香杵，扣玟砧，擇鸞聲，爭鳳音。」唐方干《桐廬江閣》：「白雲野寺淩晨磬，江樹孤村遥夜砧。」

【按】詩寫初入夜時所見所聞與感受，抒發客寓者之思鄉念親之情。時古木參天，日已西沉。江城已是夜幕籠罩，行人斷絶。此乃點染題面「曛黑」二字。露水潤衣襟而身涼，週遭沉沉寂寂，更令人起異鄉孤旅之情。此際啼烏伴隨着搗衣聲一聲聲傳來，叩擊着客寓他鄉之流貶者那顆思鄉念親的寂寞之心，此情此景正何以堪！

## 曉　日〔一〕

天際霞光入水中，水中天際一時紅。直須日觀三更後①〔二〕日觀峰半夜見日②，首送金烏上碧空。

【校　記】

①「須」，玉山樵人本、韓集舊鈔本、統籤本、麟後山房刻本均作「從」，吴校本校：「一作從。」

②統籤本在「日觀峰」三字前有「自注」二字。

【注　釋】

〔一〕此詩繆荃孫《韓翰林詩譜略》編於天祐元年（公元九〇四年），今從之。此詩在《全唐詩・韓偓集》中編於天祐元年所作詩中，故謂天祐元年作較可信。

〔二〕直須：應當，應。唐韓愈《月臺》：「南館城陰濶，東湖水氣多。直須臺上看，始奈月明何！」唐杜秋娘《金縷衣》詩：「花開堪折直須折，莫待無花空折枝。」宋歐陽修《朝中措》詞：「行樂直須年少，尊前看取衰翁。」日觀，即小注之日觀峰。《水經注》卷二十四《汶水》：「應劭《漢官儀》云：泰山東南山頂名曰日觀。日觀者，雞一鳴時，見日始欲出，長三丈許，故以名焉。」《山東通志》卷六：「日觀峰，頂在嶽頂東，每於雞鳴時觀海上日出。今建有觀海亭。」三更，古人將一夜分爲五更，一更兩個時辰。三更指半夜十一時至翌晨一時。《樂府詩集·清商曲辭二·子夜變歌一》：「三更開門去，始知子夜變。」

【按】首二句描寫天初曉之際，霞光映入水中，水中天邊瞬間一派紅色霞光上下輝映的綺麗景象。此乃詩人所親身目睹，故將拂曉時霎那間之美景直展現出來。「一時紅」，乃詩人所特地拈出，景色之奇，需憑此三字加以領會耳。後二句乃觀看曉日後之揣想，並非詩人此時即在日觀峰觀日，故以「直須」表之。其意謂想要更早看到曉日景象，應該於半夜後，在泰山頂日觀峰上觀賞，其時你即是首位將曉日送上青天之人了。

## 醉著〔一〕

萬里清江萬里天〔二〕，一村桑柘一村煙①〔三〕。漁翁醉著無人喚，過午醒來雪滿船。

【校記】

①「桑柘」，統籤本、《全唐詩》、吴校本均校：「一作花柳。」按，《全閩詩話》卷一、《五代詩話》卷六均作「花柳」。

【注釋】

〔一〕此詩《全唐詩·韓偓集》編於《家書後批二十八字》詩後，《翠碧鳥》之前。前詩下小注云：「在醴陵。時聞家在登州。」後詩下小注云：「以上並在醴陵作。」又《唐百家詩選》本在《玩水禽》詩題後有「此後七首醴陵縣作」。其此後七首即指《玩水禽》、《早玩雪梅有懷親友》、《小隱》、《曛黑》、《醉著》、《早起三韻》、《即目》。則此詩蓋作於醴陵時。韓偓自天祐元年五月移居醴陵，至天祐二年春夏間離開醴陵至袁州。本詩下一首《柳》有「春來依舊裊長條」句，而此詩有

「過午醒來雪滿船」句，則約作於深冬，時蓋爲天祐元年(公元九〇四年)隆冬。

〔二〕清江：此江當指渌江。陳寅恪《讀書札記二集·韓翰林集卷三》解釋韓偓《甲子歲夏五月自長沙抵醴陵……去渌口分東入南小江山水益秀……遂賦詩四韻聊寄知心》詩謂：「嘉慶《清一統志》三五四《湖南省長沙府山川門》『渌江』條引醴陵縣舊志，渌江發源有二：一借萍鄉縣麻山水，西北至醴陵縣東五十里，名萍水。一出瀏陽縣界白沙溪，西南至雙江口，會流經醴陵縣南前渌水池，名渌口，又西流，合姜嶺水，由渌江入湘。」並案：「然則此詩爲韓由長沙嶽麓山至醴陵渌口途中作也。」

〔三〕桑柘：桑木與柘木。柘，木名。桑科。落葉灌木或小喬木，葉子卵形或橢圓形，頭狀花序，果實球形。葉可喂蠶，木質密緻堅韌，是貴重的木料，木汁能染赤黄色。《詩·大雅·皇矣》：「攘之剔之，其檿其柘。」《禮記·月令》：「(季春之月)命野虞無伐桑柘，鳴鳩拂其羽，戴勝降於桑。」

【集　評】

農圃家風，漁樵樂事，唐人絶句模寫精矣。余摘十首題壁間，每菜羹豆飯後，啜苦茗一杯，偃卧松窗竹榻間，令兒童吟誦數過，自謂勝如吹竹彈絲，今記於此。韓偓云：「聞説經旬不啟關，藥窗誰伴醉開顔。夜來雪壓前村竹，剩看溪南幾尺山。」又云：「萬里清江萬里天，一村桑柘一村煙。漁翁醉著無人喚，過午醒來雪滿船。」（《鶴林玉露》甲編卷之二《農圃漁樵》）

苕溪漁隱曰：「致堯《醉著》絶句云：『萬里清江萬里天，一村桑柘一村煙。漁翁醉著無人喚，過午醒來雪滿船。』葛亞卿集句云：『萬里清江萬里天，一村桑柘一村煙。漁翁醉睡醒又睡，高唱夕陽孤島邊。』前輩集句詩，每一句取一家詩，今亞卿全用致堯前兩句，極爲無工。又後兩句不是好詩，不稱前兩句，豈若致堯之渾成也？杜荀鶴亦有《溪興》絶句云：『山雨溪風捲釣絲，瓦甌篷底獨斟時。醉來睡著無人喚，流下前溪也不知。』語句俱弱，亦不若致堯之雅健也。」（胡仔《苕溪漁隱叢話後集》卷十五。何汶《竹莊詩話》卷十三《醉著絶句》略同）

山谷《清江引》云：「全家醉著篷底眠，家在寒沙夜潮落。」「醉著」二字出韓偓詩：「漁翁醉著無人喚，過午醒來雪滿船。」（曾季貍《艇齋詩話》）

一日，因論詩，珪粹中曰魯直《清江引》：「渾家醉着篷底眠，舟在寒沙夜潮落。」説盡漁父快活。公曰：「『醉著』二字，是用韓偓『漁翁醉著無人喚』。」（魏慶之《詩人玉屑》卷八《相襲》引《室中語》）

致元《醉著》絶句云：「萬里清江萬里天……」杜荀鶴亦有《溪興》絶句云：「山雨溪風卷釣絲，瓦甌篷底獨斟時。醉來睡著無人喚，流下前溪也不知。」語句俱弱，不若致元之雅健也。（魏慶之《詩人玉屑》卷十六《絶句》引《漁隱》）

韓偓「萬里晴江萬里天，一村桑柘一村烟。漁翁醉著無人喚，過午醒來雪滿船」。杜荀鶴「山雨溪風捲釣絲，瓦甌蓬底獨斟時。醉來睡著無人喚，流下前灘也不知」。司空曙「釣罷歸來不繫船，江村月落正堪眠。縱然一夜風吹去，只在蘆花淺水邊」。陸龜蒙「雨後沙虛古岸崩，魚梁携入亂雲層。歸時月墜汀洲暗，認得妻兒結網燈」。四作寫江湖漁隱，境界如畫，自是一家語也。（徐𤇍《筆精》卷四《詩談·江湖漁隱》）

【按】此詩誠如《鶴林玉露》所言模寫「農圃家風，漁樵樂事」極爲精妙。全詩四句乃模寫鄉村江上景致，而「一村桑柘一村煙」尤將廣闊之農圃風光如詩如畫展示眼前。「漁翁」、「過午」兩句既是漁舟雪景，亦將漁翁之陶然醉態與了無牽掛之悠然水上生涯一併摹寫而出。詩人遭遇貶謫，此時唐昭宗已被弒，朱全忠之流把持朝政，韓偓已斷回朝之想，而堅隱逸之念，故寫農家漁樵悠然生活情景，蓋亦以是寄其情致歟？此詩頗具畫意，設色疏淡，宛如一幅山水圖畫。

## 柳①〔一〕

一籠金線拂彎橋〔二〕，幾被兒童損細腰〔三〕。無奈靈和標格在〔四〕，春來依舊裹長條〔五〕。

【校記】

①此首與「裊雨拖風」首石印本《香奩集》均收，題爲《詠柳》，吴校本《香奩集》亦收，題爲《詠柳二首》，此

首均爲第二首。統籤本在詩題下注：「元在《香奩集》《詠柳》第二首。」慶按，統籤本《香奩集》未收此首，而收《詠柳》「裊雨拖風不自持」首入《香奩集》。

**【注　釋】**

〔一〕此詩石印本、吴校本均收在《香奩集》中，然《全唐詩》則未收入《香奩集》，且編於題下有「以上並在醴陵作」之《翠碧鳥》詩前。則此詩蓋乃作於醴陵。韓偓在醴陵時間爲天祐元年五月至天祐二年春夏間，此詩有「春來依舊裹長條」句，則蓋乃天祐二年（公元九〇五年）春之作。

〔二〕金線：指柳條。春來柳條嫩緑微黄，故以金線比喻之。唐施肩吾《新柳》：「萬條金線帶春煙，深染青絲不值錢。」唐温庭筠《題城南杜邠公林亭》：「卓氏壚前金線柳，隋家堤畔錦帆風。」

〔三〕兒童：原謂小兒。此處兒童蓋指喻殘害詩人以及朝中士人的朱全忠、柳璨、李振之流。細腰，纖細的腰身，原用以代指窈窕美人。此處因春柳細柔婀娜，故以細腰比喻之。《墨子·兼愛中》：「昔者，楚靈王好士細要，故靈王之臣皆以一飯爲節。」

〔四〕靈和標格：靈和，指靈和殿。南朝齊武帝時所建殿名。又《南史·張裕傳》附《張緒傳》：「緒字思曼。……少知名，清簡寡慾，從伯敷及叔父鏡、從叔暢並貴異之。……暢言於孝武帝，用爲尚書倉部郎。……宋明帝每見緒，輒歎其清淡。……緒吐納風流，聽者皆忘飢疲，見者肅然如在宗廟。雖終日與居，莫能測焉。劉悛之爲益州，獻蜀柳數株，枝條甚長，狀若絲縷。時舊宮芳林苑始成，武帝以植於太昌靈和殿前，常賞玩咨嗟，曰：『此楊柳風流可愛，似張緒當年時。』其見賞愛如此。……緒口不言利，有財輒散之。清談端坐，或竟日無食。」五代孫魴《楊柳枝》：「靈和風暖太昌春，舞線摇絲向昔人。」五代李存勖《歌頭》詞：「靈和殿，禁柳千行，斜金絲絡。」又，靈和又有柔和恬淡，清心寡欲之修養義。《文選·郭璞〈江賦〉》：「保不虧而永固，稟元氣於靈和。」李善注：「《春秋元命包》曰：『水者，五行始焉，元氣之湊液也。』」劉良注：「水柔弱，淡然無欲，利育於物，故保道不虧而長堅固，此乃靈和之氣所以爲也。靈和，和之氣也。」標格，風範，風度。《藝文類聚》卷七十七引北魏温子昇《寒陵山寺碑序》：「大丞相渤海王，命世作宰，惟機成務。標格千仞，崖岸萬里。」唐楊敬之《贈項斯》詩：「幾度見詩詩總好，及觀標格過於詩。」按，此處靈和標格既用以詠柳，亦詩人用以自謂。

〔五〕裊長條：裊，同褭。柔弱摇曳貌。南朝梁沈約《十詠·領邊繡》：「不聲如動吹，無風自褭枝。」南朝陳江總《遊棲霞寺》：「披徑憐深沉，攀條惜杳裊。」長條，此指柳絲。唐沈佺期《折楊柳》：「拭淚攀楊柳，長條踠地垂。」唐温庭筠《楊柳枝》：「宜春苑外最長條，閒嫋春風伴舞腰。」

**【集評】**

「幾被兒童損細腰」，幾遭白馬驛之禍也。「依舊裊長條」，倔强猶昔也。（震鈞《香奩集發微》此詩下評）

【按】此詩爲詠柳，然更以柳自寓寄意。「幾被兒童」句，震鈞以爲「幾遭白馬驛之禍也」，所説過於坐實。據《資治通鑑》卷六二五記：「六月，戊子朔，敕裴樞、獨孤損、崔遠、陸扆、王溥、趙崇、王贊等並所在賜自盡。時全忠聚樞等及朝士貶官者三十餘人於白馬驛，一夕盡殺之，投尸于河。初李振屢舉進士，竟不中第。故深疾搢紳之士，言於全忠曰：『此輩常自謂清流，宜投之黄河，使爲濁流。』全忠笑而從之。」則白馬驛之禍乃在天祐二年六月，韓偓賦《柳》時尚未發生。故「幾被兒童損細腰」非謂白馬驛之禍，乃指韓偓在朝時屢遭朱全忠、柳璨、李彦弼、馬從皓之流所迫害事。後二句亦以靈和殿柳自喻。「靈和標格」，蓋謂詩人之如張緒般「清簡寡慾」，柔和恬淡之品格。

## 病中初聞復官二首①〔一〕

一

抽毫連夜侍明光〔二〕，執靮三年從省方〔三〕。燒玉謾勞曾歷試〔四〕，鑠金寧爲欠周防〔五〕。也知恩澤招讒口〔六〕，還痛神祇誤直腸〔七〕。聞道復官翻涕泗〔八〕，屬車何在水茫茫〔九〕。

【校　記】

①此詩詩題玉山樵人本、統籤本均作「病中聞復官二首」。統籤本詩題下小注云：「此詩編入甲子歲，爲天祐之元年。詳詩意尚是昭宗遷洛未弑時語。云甲子非謬也，乃史稱召命在天祐二年乙丑。豈復官先在甲子，而徵命則在乙丑歲歟？」

【注　釋】

〔一〕統籤本詩題下小注云：「此詩編入甲子歲，爲天祐之元年。詳詩意尚是昭宗遷洛未弑時語。」而吴汝綸評注云：「天祐元年八月朱全忠弑昭帝，此昭帝被弑後作。」陳寅恪《讀書札記二集·韓翰林集之部》則謂「繆譜謂詳詩意爲昭宗未弑前作，然『屬車何在』句亦可依吴解」。按，此詩如吴汝綸所説乃作於昭帝被弑後。據《新唐書·韓偓傳》：「天祐二年，復召爲學士，還故官。偓不敢入朝，挈其族南依王審知而卒。」又，韓偓有《乙丑歲九月在蕭灘鎮駐泊兩月忽得商馬楊迢員外書賀余復除戎曹依舊承旨還緘後因書四十字》詩。據此詩，韓偓「初聞復官」蓋約在乙丑歲九月，亦即天祐二年（公元九〇五年）九月。此詩即作於此時，時詩人在江西蕭灘鎮駐泊。

〔二〕抽毫：抽筆出套。亦借指寫作。唐吴融《壬戌歲閿鄉卜居》詩：「六載抽毫侍禁闈，不堪多病決然歸。」明光，即明光宫，漢宫名。《三輔黄圖·甘泉宫》：「武帝求仙，起明光宫，發燕趙美女二千人充之。」《漢書·元后傳》：「成都侯商嘗病，欲避暑，從上借明光宫。」後亦用以代指宫殿。唐高適《塞下曲》：「畫圖麒麟閣，入朝明光宫。」唐武元衡《出塞作》詩：「要須灑掃龍沙淨，歸謁明光一報恩。」「抽毫連夜侍明光」，謂詩人曾在朝中爲翰林學士、中書舍人，爲昭宗起草詔敕。《新唐書・韓偓傳》：「王溥薦爲翰林學士，遷中書舍人。偓嘗與胤定策誅劉季述，昭宗反正，爲功臣。」

〔三〕「執靮三年」句：靮，馬韁繩。《禮記・少儀》：「牛則執紖，馬則執靮。」鄭玄注：「紖、靮，皆所以繫制之者。」孔穎達疏：「紖、靮，俱牽牛馬之物。」唐韓愈《畫記》：「執羈靮立者二人。」執靮，握馬韁。借指騎馬。宋王安石《祭馬龍圖文》：「始逢君之執靮，屢顧我而回鑣。」三年，謂詩人「嘗與（崔）胤定策誅劉季述，昭宗反正，爲功臣」而入侍唐昭宗之天復元年，至天復三年被貶濮州司馬，凡三年。省方，巡視四方。《易・觀》：「先王以省方觀民設教。」孔穎達疏：「省視萬方，觀看民之風俗。」漢班固《東都賦》：「乃動大輅，遵皇衢，省方巡狩。」唐楊炯《送徐録事》詩序：「聖人以叶時同律，義在於省方；皇儲以守器承祧，任隆於監國。」從省方，詩人謂隨從唐昭宗巡視各地。實際上乃指隨昭宗出幸避難等事。據《舊唐書・昭宗紀》，天復元年十月「全忠引四鎮之師七萬赴河中，京師聞之大恐，豪民皆亡竄山谷」。十一月，昭宗即出幸鳳翔，時韓偓隨駕。至天復三年正月，韓偓方隨昭宗回京。

〔四〕燒玉：《淮南子・俶真訓》：「譬若鍾山之玉，炊以爐炭，三日三夜而色澤不變。則至德天地之精也。」唐白居易《放言》之三：「試玉要燒三日滿，辨材須待七年期。」謾勞，徒勞。謾，通「漫」。歷試，多次煉試。

〔五〕鑠金：即衆口鑠金，謂讒言傷人。《國語·周語下》：「故諺曰：衆心成城，衆口鑠金。」《楚辭·九章》：「故衆口其鑠金兮，初若是而逢殆。」王逸注：「言衆口所論，萬人所言，金性堅剛，尚爲銷鑠，以喻讒言多，使君亂惑也。」唐司空圖《狂題》詩之三：「交疏自古戒言深，肝膽徒傾致鑠金。」寧爲，哪爲，豈爲。周防，謹密防患。唐杜甫《遺悶奉呈嚴公二十韻》：「周防期稍稍，太簡遂怱怱。」唐柳宗元《上西川武元衡相公謝撫問啟》：「某愚陋狂簡，不知周防，失於夷途，陷在大罪。」

〔六〕「也知恩澤」句：此句自謂因蒙受昭宗的器重信任而招致倖臣讒毁。《新唐書·韓偓傳》：「帝反正，勵精政事，偓處可機密，率與帝意合，欲相者三四，讓不敢當。……全忠怒偓薄己，悻然出。有譖偓喜侵侮有位，胤亦與偓貳。會逐王溥、陸扆，帝以王贊、趙崇爲相，胤執贊、崇非宰相器，帝不得已而罷。贊、崇皆偓所薦爲宰相者。全忠見帝，斥偓罪，帝數顧胤，胤不爲解。全忠至中書，欲召偓殺之。鄭元規曰：『偓位侍郎、學士承旨，公無遽。』全忠乃止，貶濮州司馬。帝執其手流涕曰：『我左右無人矣。』」

〔七〕神祇：天地之神。《書·微子》：「今殷民，乃攘竊神祇之犧牷牲，用以容，將食無災。」《釋文》：「天曰神，地曰祇。」《禮記・祭法》：「山林川谷丘陵，能出雲爲風雨，見怪物，皆曰神。」孔穎達疏：「風雨雲露並益於人，故皆曰神而得祭也。」直腸，比喻直性，直心眼。亦指心地直爽的人。誤直腸，此謂貽誤了詩人剛正不阿，公忠爲國之心。據《新唐書・韓偓傳》，偓在朝中「處可機密，率與帝意合，欲相者三四」。然因不阿附朱全忠、崔胤、韋貽範、李彦弼等人而遭迫害貶謫。

〔八〕復官：指天祐二年受詔回朝復任兵部侍郎、翰林學士承旨。涕泗，眼淚和鼻涕。三國魏阮籍《詠懷》之六十二：「齊景升丘山，涕泗紛交流。」《南史・蕭鈞傳》：「（蕭鈞）年七歲，出繼衡陽元王，見高帝，未拜，便涕泗横流。」

〔九〕屬車：帝王出行時的侍從車。秦漢以來，皇帝大駕屬車八十一乘，法駕屬車三十六乘，分左中右三列行進。《漢書・賈捐之傳》：「鸞旗在前，屬車在後。」顔師古注：「屬車，相連屬而陳於後也。」《文選・張衡〈東京賦〉》：「屬車九九，乘軒並轂。」薛綜注：「副車曰屬。」《後漢書・輿服志》：「屬車，尚書御史所載。」宋高承《事物紀原・輿駕羽衛・屬車》：「周末諸侯有貳車九乘，貳車即屬車也，亦周制所有。秦滅九國，兼其車服，故八十一乘。」又屬車亦借指帝王。《漢書・張敞傳》：「孝昭皇帝蚤崩無嗣，大臣憂懼，選賢聖承宗廟，東迎之日，唯恐屬車之行遲。」顔師古注：「不欲斥乘輿，故但言屬車耳。」按，此處屬車乃代指唐昭宗。

【集　評】

山林日月老潛夫，骨入窮泉未擬枯。幽澗有冰含太古，無人和玉試洪鑪。（小注：「玉鑪」，韓偓《和孫舍人詩》：「熾炭一爐真玉性，濃霜千澗老松心。」又《此翁》詩：「金勁任從千口鑠，玉寒曾試幾爐烘。」又《聞復官》詩：「燒玉漫勞曾歷試，鑠金定爲欠周防。」）（施國祁《元遺山詩集箋注》卷十一《自題寫真二首》之一）

此詩詩後吴汝綸評注云：「天祐元年八月朱全忠弑昭帝，此昭帝被弑後作。」繆譜謂詳詩意爲昭宗未弑前作，然「屬車何在」句亦可依吴解。（陳寅恪《讀書札記二集·韓翰林集之部》）

偓由醴陵至袁州，以兵部侍郎、翰林院承旨召，不赴。故《病中初聞復官》詩有「宦塗巇嶮終難測」句，蓋指白馬驛事也。詩又云「屬車何在水茫茫」，指昭宗被弑也。（震鈞《韓承旨年譜》）

【按】此詩寫於初聞復官消息時，不禁回憶當年在朝中的種種經歷，抒發其感慨悲痛之情。首聯回憶其任中書舍人、翰林學士等職之三年中勤勉忠懇於職務，及隨從昭宗避難出幸鳳翔等地，侍奉皇上之情景。「燒玉」句乃謂在朝中多次經歷錯綜複雜之激烈鬥爭與政治傾軋。末兩句言如今聽到招我回朝復官的消息，一時間百感交集，淚流滿面，此時對著眼前水茫茫的山川，又不禁想到對自己恩重如山的唐昭宗，如今皇上又在哪裏呢！其感慨蒼涼，悲傷扼腕之情態宛然可見矣。

二

又挂朝衣一自驚〔一〕，始知天意重推誠〔二〕。青雲有路通還去〔三〕，白髮無私健亦生。曾避暖池將浴鳳①〔四〕，卻同寒谷乍遷鶯〔五〕。宦途巇嶮終難測〔六〕，穩泊漁舟隱姓名〔七〕。

【校記】

① 統籤本此句下小注云：「偓嘗辭入相也。」

【注釋】

〔一〕又挂朝衣：又披掛朝衣。即謂前已去官，今又復官爲兵部侍郎翰林學士承旨。

〔二〕天意：上天之意。此指唐哀帝李柷。

〔三〕青雲：此處喻高官顯爵。《史記·范雎蔡澤列傳》：「須賈頓首言死罪，曰：『賈不意君能自致於青雲之上。』」漢揚雄《解嘲》：「當途者升青雲，失路者委溝渠。」

〔四〕「曾避暖池」句：暖池，指鳳凰池，禁苑中池沼。魏晉南北朝時設中書省於禁苑，掌管機要，接近皇帝，故稱中書省爲「鳳凰池」。《晉書·荀勖傳》：「勖久在中書，專管機事。及失之，甚罔罔悵悵。或有賀之者，勖曰：『奪我鳳凰池，諸君賀我邪！』」南朝梁范雲《古意贈王中書》詩：「攝官青瑣闥，遙望鳳凰池。」又，唐代宰相稱同中書門下平章事，故多以「鳳凰池」指宰相職位。唐劉禹錫《湖南觀察使故相國袁公挽歌》：「五驅龍虎節，一入鳳凰池。」《冷廬雜識·進士歸班》引宋危稹《婦歎》詩：「記得蕭郎登第時，謂言即入鳳凰池。」韓偓曾爲中書舍人，又曾獲昭宗器重，「偓處可機密，率與帝意合，欲相者三四，讓不敢當」（《新唐書·韓偓傳》），故有此句。

〔五〕「寒谷乍遷鶯」句：《詩·小雅·伐木》：「伐木丁丁，鳥鳴嚶嚶。出自幽谷，遷於喬木。」此句意爲詩人於被貶後忽聞復官，時有如同「寒谷乍遷鶯」之感。

〔六〕巇嶮：艱險；險惡。唐陸龜蒙《彼農》詩：「世路巇嶮，淳風蕩除。」宋司馬光《涑水記聞》卷二：「昌言操意巇嶮，誣陷大臣。」

〔七〕「穩泊漁舟」句：此句意爲將埋没姓名，隱居於江湖間。《史記·貨殖列傳》：「范蠡既雪會稽之恥……乃乘扁舟浮於江湖，變名易姓，適齊爲鴟夷子皮。」

【按】此篇謂今日聞復官消息，始知上蒼又再次推誠相待，心中不免感慨自驚。如今入朝復官之路已經通暢，自可回朝任官去。然而，年已老大，無情白髮又已茁生。回想昔日曾辭避皇上欲任用自己爲宰相之經歷，而今日得到復官之命，則有如鶯自寒谷忽然高遷一般，自然令人喜悦。然而轉念沉思，宦途畢竟艱難險惡，前景難於預測。如今還不如隱姓埋名，隱居江湖，了此一生罷了。全篇百感交集，情思變幻，自是性情中人之語。然而，亦不乏冷眼觀世，沉穩持重，自是百經歷練之人矣！「白髮無私健亦生」，此與杜牧「公道世間惟白髮，貴人頭上不曾饒」同一意趣。

## 早起五言三韻①〔一〕

萬樹緑楊垂，千般黄鳥語〔二〕。庭花風雨餘，岑寂如村塢〔三〕。依依官渡頭〔四〕，晴陽照行旅。

【校　記】

①《唐百家詩選》本題作「早起三韻」。統籤本題下有小注：「自注：甲子醴陵作。」

【注　釋】

〔一〕此詩統籤本題下小注云：「自注：甲子醴陵作。」按，韓偓天祐元年五月自湖南移居醴陵。又據此詩「萬樹緑楊垂」、「庭花風雨餘」、「晴陽照行旅」句，則詩蓋作於天祐元年（公元九〇四年）夏五月間。

〔二〕黄鳥：鳥名。有兩説。《爾雅·釋鳥》：「皇，黄鳥。」郭璞注：「俗呼黄離留，亦名摶黍。」黄離留，即黄鶯。郝懿行義疏：「按此即今之黄雀，其形如雀而黄，故名黄鳥，又名摶黍，非黄離留也。」《詩·周南·葛覃》：「黄鳥于飛，集於灌木，其鳴喈喈。」三國魏曹植《三良》詩：「黄鳥爲悲鳴，哀哉傷肺肝。」

〔三〕岑寂：寂靜。《文選·鮑照〈舞鶴賦〉》：「去帝鄉之岑寂，歸人寰之喧卑。」李善注：「岑寂，猶高靜也。」唐杜甫《樹間》詩：「岑寂雙柑樹，婆娑一院香。」村塢，村莊。多指山村。北周庾信《杏花》詩：「依稀映村塢，爛熳開山城。」唐白居易《過鄭處士》詩：「聞道移居村塢間，竹林多處獨開關。」

〔四〕依依：依稀貌，隱約貌。晉陶潛《歸園田居》詩之一：「曖曖遠人村，依依墟里煙。」宋張先《菩薩蠻·七夕》詞：「斜漢曉依依，暗蛩還促機。」官渡，官設的渡口。唐韓愈《木芙蓉》詩：「採江官渡晚，搴木古祠空。」前蜀韋莊《建昌渡暝吟》：「月照臨官渡，鄉情獨浩然。」

【按】此首五言三韻詩寫早起所見景色。時正夏日，一眼望去，無數翠綠色的楊柳籠罩低垂，耳邊黄鳥婉囀千般，悦耳動聽。風雨過後，庭院中的花朵更顯得嬌艷欲滴，嫵媚可人。此時院落寂寂，有如寂靜的山村。遠望依稀的官渡口，夏日晴陽初照。隱約間，幾許影影綽綽的行人，正在渡口等待着渡船。此詩以寂靜幽美顯其特色，全詩除第二句外，均是岑寂之景。而「千般黄鳥語」，雖是鳥語婉囀，然更可顯出週遭之岑寂也。此正有「鳥鳴山更幽」之效。

# 家書後批二十八字 在醴陵，時聞家在登州①〔一〕

四序風光總是愁〔二〕，鬢毛衰颯涕横流②〔三〕。此書未到心先到，想在孤城海岸頭③〔四〕。

【校　記】

① 統籤本題下小注作「時聞長在登州」。

② 「横」，汲古閣本作「還」，下校「一作横」，《全唐詩》校：「一作還。」

③ 「在」，玉山樵人本、統籤本、汲古閣本均作「見」，《全唐詩》、吴校本均校：「一作見。」

【注　釋】

〔一〕此詩詩題下有「在醴陵，時聞家在登州」小注。據此小注，知詩乃韓偓在醴陵時賦。韓偓天祐元年五月即自長沙至醴陵。又此詩《全唐詩》排列在《早起五言三韻》與《湖南梅花一冬再發偶題於花援》詩中間。前一詩據上考乃作於天祐元年五月，而後一詩則天祐元年寒冬賦（詳下考），則此詩當作於天祐元年（公元九〇四年）五月後至寒冬間。

批：即批反，批示答覆。宋沈括《夢溪補筆談·雜誌》：「前世風俗：卑者致書於所尊，尊者但批紙尾答之，曰『反』，故人謂之『批反』。如官司批狀、詔書批答之類。故紙尾多作『敬空』字，自謂不敢抗敵，但空紙尾以待批反耳。」登州，唐州名。唐武則天如意元年置，屬河南道。治所在牟平縣（今山東煙臺市東南寧海鎮）。神龍三年移治蓬萊縣（今山東蓬萊市）。天寶元年改東牟郡，乾元元年復曰登州。其時轄境相當於今山東龍口、棲霞、乳山以東地。

〔二〕四序：指春、夏、秋、冬四季。《魏書·律曆志上》：「然四序遷流，五行變易。」唐王勃《守歲序》：「春、秋、冬、夏，錯四序之涼炎。」唐張説《先天應令》：「三陽麗景早芳辰，四序嘉園物候新。」

〔三〕衰颯：猶衰老。唐李益《罷鏡》詩：「衰颯一如此，清光難復持。」

〔四〕孤城海岸頭：孤城，指登州。據李吉甫《元和郡縣圖志》卷十一《河南道七》登州：「北至海三里，西至海四里……正北微東至大海北岸都里鎮五百二十里。東至文登縣大海四百九十里。東南至大海四百六十里。南至萊州昌陽縣二百里。南至大海六十里。」據此看來，登州之地理方位確實乃「孤城海岸頭」。其時韓偓家屬在登州，故有「孤城海岸頭」之句。

【按】此詩乃詩人於貶謫流離中，接家書感而書於家書後詩。時韓偓遭貶已一年半左右，已歷四季風光矣。故首二句謂一年四季總是愁，實即謂貶中歲月日日皆在愁中矣。況是年已老大，鬢毛衰頽，更易思家戀親，而涕泗横流矣。其思戀親屬之愁腸百結，自在不言之中。「此書未到心先到」句，則恨書信之遲緩，而心神早已飛馳至海邊孤城之親人身邊矣。此詩小注謂「時聞家在登州」。其家究竟如何至登州，此「家」指韓偓家小，或包括其兄韓儀一家在内。學人有不同之理解。岑仲勉《韓偓南依記》云：「按偓自濮州再貶榮懿，榮懿屬江南道溱州，又徙山南道鄧州，是否通履三任，無可確考。偓在湖南賦《早翫雪梅有懷親屬》詩，又《家書後批二十八字》詩注，『在醴陵，時聞家在登州』，偓原籍京兆萬年，則似家屬隨至濮州，故得東徙海岸。唐末朝命不行，且偓之貶，出於權姦排擠，爲保身計，意偓以泝江之便，遂轉入湖南，未嘗至榮懿也。」繆荃孫《韓翰林詩譜略》則謂「偓兄儀先貶棣州司馬，偓家因隨之至海上也」。陳敦貞《唐韓學士偓年譜》亦云：「韓公京兆萬年人，聞家在登州，必因其兄儀今年七月以不禮朱全忠，被貶爲棣州司馬（今惠民縣），舉家偕行。又因棣州北臨河北，時爲燕汴爭戰要地，無法到達，或於道上聞昭宗被弑，乃與同時被貶爲登州司户之侍御史歸藹流亡到登州。」究竟其家屬如何到登州有上述二説之不同，何者爲是，疑不能明。然此詩題謂「家書後批」，一「批」字，則明謂家書非其兄韓儀之所寄，乃其家小之書也。

## 湖南梅花一冬再發偶題於花援①〔一〕

湘浦梅花兩度開〔二〕，直應天意别栽培②〔三〕。玉爲通體依稀見〔四〕，香號返魂容易迴〔五〕。

寒氣與君霜裹退〔六〕，陽和爲爾臘前來〔七〕。夭桃莫倚東風勢〔八〕，調鼎何曾用不材③〔九〕。

【校　記】

①「援」，玉山樵人本、統籤本、汲古閣本均作「楥」。按「花援」又作「花楥」。

②此句玉山樵人本作「别應天意作栽培」。

③「曾」，玉山樵人本作「須」。

【注　釋】

〔一〕考此詩排列於《全唐詩·韓偓集》《家書後批二十八字》後，《即目二首》之前。前一首乃作於醴陵，時在天祐元年五月後。後一首有「廢城沃土肥春草，野渡空船蕩夕陽」句，乃作於天祐二年春。故本詩蓋即作於其前後兩詩之間。詩有「寒氣與君霜裹退，陽和爲爾臘前來」，又詩題謂「梅花一冬再發」，則詩最遲當作於天祐元年（公元九〇四年）臘月。

再發：指梅花兩度開放。花援，即花楥。護花的籬笆。楥，籬笆。南朝梁庾肩吾《暮遊山水應令賦得磧字》：「細藤初上楥，新流漸涵磧。」唐韓愈《守戒》：「今人有宅於山者，知猛獸之爲害，則必高其柴楥，而外施窞穽以待之。」一説爲籬笆的支柱。五代徐鍇《説文繫傳》：「又籬楥多作援……楥即籬落之柱也，所以助籬，故謂之援。」援，以樹木組成的園林衛護物；籬笆。

南朝宋鮑照《在江陵歎年傷老》詩："池瀆亂蘋萍，園援美花草。"唐李商隱《杏花》詩："援少風多力，牆高月有痕。"

〔二〕湘浦：湘江水邊。浦，水邊，河岸。《詩·大雅·常武》："率彼淮浦，省此徐土。"毛傳："浦，涯也。"《漢書·司馬相如傳上》："出乎椒丘之闕，行乎州淤之浦。"顔師古注："浦，水涯也。"兩度開，即"再發"，謂梅花一年中兩次開放。

〔三〕直應：應該，該當。唐白居易《羅子》："直應頭似雪，始得見成人。"唐陸龜蒙《和襲美送孫發百篇遊天台》："直應天授與詩情，百詠唯消一日成。"

〔四〕玉爲通體：此謂梅花全身如玉之潔白。梅花色白，故有此喻。通體，全身；渾身。

〔五〕"香號返魂"句：《海内十洲記》："聚窟洲在西海中申未之地，地方三千里。……洲上有大山。……山多大樹，與楓木相類，而花葉香聞數百里，名爲反魂樹。……伐其木根心，於玉釜中煮取汁，更微火煎，如黑餳狀，令可丸之，名曰驚精香。或名之爲震靈丸，或名之爲反生香，或名之爲震檀香，或名之爲人鳥精，或名之爲卻死香，一種六名。斯靈物也，香氣聞數百里，死者在地，聞香氣乃卻活，不復亡也。以香薰死人，更加神驗。"此詩即以返魂香以謂梅花一年再發，猶如梅花之魂重新回返，再度綻開。容易迴，即易於返魂之謂。

〔六〕寒氣：《禮記·月令》："季冬之月，以送寒氣。"唐柳宗元《晉問》："仲冬既至，寒氣凝成。"

〔七〕陽和：春天的暖氣。《史記·秦始皇本紀》：「維二十九年，時在中春，陽和方起。」唐顧況《奉和韓晉公晦日呈諸判官》：「不是風光催柳色，欲緣威令動陽和。」宋李昴英《瑞鶴仙》詞：「想陽和早遍南州，暖得柳嬌桃冶。」爾，你，此處指梅花。

〔八〕夭桃：《詩·周南·桃夭》：「桃之夭夭，灼灼其華。」後以「夭桃」稱豔麗的桃花。唐沈佺期《芳樹》：「夭桃色若綬，穠李光如練。」唐莊南傑《傷歌行》：「王母夭桃一度開，玉樓紅粉千回變。」東風，原指春風。此處蓋以東風借以喻指朝中權貴朱全忠之流。

〔九〕調鼎：此處以調鼎喻任宰相治理國家。《韓詩外傳》：「伊尹，故有莘氏僮也，負鼎操俎調五味，而立爲相，其遇湯也。」《尚書·説命下》：「若作和羹，爾惟鹽梅。」殷高宗任傅説爲相，希望其治國如以鹽、梅等調鼎和羹。後即以調鼎比喻宰相治理國家。唐孟浩然《都下送辛大之鄂》詩：「未逢調鼎用，徒有濟川心。」不材，無用之材。《莊子·山木》：「莊子行於山中，見大木枝葉盛茂，伐木者止其旁而不取也。問其故，曰：『無所可用。』莊子曰：『此木以不材得終其天年。』夫子出於山，舍於故人之家。故人喜，命豎子殺雁而烹之。豎子請曰：『其一能鳴，其一不能鳴，請奚殺？』主人曰：『殺不能鳴者。』明日弟子問於莊子曰：『昨日山中之木，以不材得終其天年。今主人之雁，以不材死。先生將何處？』莊子笑曰：『周將處夫材與不材之間。』」此處不材，乃用以喻指柳璨之流。

【集評】

一僧問王茂公云:「凡花皆經歲復開,東坡何爲獨于梅花言返魂香?」茂公云:「以梅花清絶能醒人,非餘花可比故耳。」遂引蘇德哥及聚窟洲返魂香事爲證。僧來從余借二書驗之,皆與梅花了不相關,遂憾茂公之欺。余爲言其事見韓偓《金鑾密記》、《出内廷詩》有「玉爲通體尋常見,香號返魂容易回」之語。其題云:「嶺南梅花一歲再發,故作此詩題于花下。」東坡云「返魂香入嶺頭梅」,僧遂釋然。(吴聿《觀林詩話》)

此詩詩後吴汝綸評注云:「結句似指崔遠、柳璨輩。是時崔胤已死矣。」

【按】此贊詠梅花之冰清玉潔,淩寒綻放,以幽香迎來春温,且借詠梅花以斥責夭桃也。此梅花亦有自勉自寓之意。詩中諷刺斥責「夭桃」之意,乃此詩之最緊要關鍵者。故「夭桃莫倚東風勢,調鼎何曾用不材」二句何所指喻,乃本詩不可不明白者。「東風勢」乃「夭桃」之所依仗者,究之當時朝中情勢,此「東風」乃借以比喻其時掌控朝中政權之朱全忠權勢勢力。「夭桃」即是「不材」,乃指投靠依仗朱全忠勢力之權貴者。此即吴汝綸謂「結句似指崔遠、柳璨輩」。然考之當時情勢與崔遠、柳璨之行跡,其中柳璨確是「夭桃」、「不材」之流,而崔遠則非韓偓所欲指斥者。據詩中所言,其所欲指斥者乃「調鼎」者,亦即當時爲宰相者。據《新唐書·宰相表》,天祐元年臘月前後,柳璨、崔遠均爲宰相。然《舊唐書·崔遠傳》謂「天祐初,從昭宗東遷洛陽。罷相,守右僕射。二年,爲柳璨希朱全忠旨，累貶白州長史。行至滑州，被害於白馬驛。遠文才清麗，風神峻整，人皆慕其爲人，當時目爲『釘座梨』，言席上之珍也。」《新唐書》本傳亦稱其「有文而風致整峻，世慕其爲，目曰『飣座梨』，言座所珍也」。則崔遠如此之人品聲望，當非詩人所斥之「倚東風勢」者。惟柳璨則由拾遺而驟任宰相，且《新唐書·柳璨傳》記其「同列裴樞、獨孤損、崔遠皆宿素名德，遽與璨同列，意微輕之，璨深蓄怨。昭宗遷洛，諸司内使、宿衛將佐，皆朱全忠腹心也，璨皆將迎，接之以恩，厚相交結，故當時權任皆歸之」。據此可見，柳璨確乃詩中所欲指斥之依仗東風勢之夭桃、不材者。

## 即目二首①

### 一

萬古離懷憎物色〔一〕，幾生愁緒溺風光②〔二〕。廢城沃土肥春草〔三〕，野渡空船蕩夕陽〔四〕。倚道向人多脈脈〔五〕，爲情因酒易倀倀〔六〕。宦途棄擲須甘分〔七〕，迴避紅塵是所長〔八〕。

【校　記】

①「目」，玉山樵人本、統籤本均作「日」，《全唐詩》、吴校本均校：「一作日。」又玉山樵人本、韓集舊鈔

本、統籤本、汲古閣本、麟後山房刻本、吴校本詩題均無「二首」二字，且此處均爲「萬古離懷憎物色」一首，無此下「動非求進静非禪」首。「動非求進静非禪」首，玉山樵人本、韓集舊鈔本、統籤本卷七百十一、汲古閣本、麟後山房刻本、吴校本均作爲另一首，題爲《即目》。據上述版本情況，以及此同題二首詩作年不同（詳下），頗疑此詩第二首原另爲一首，題爲《即目》，第一首原題目或爲《即日》。蓋韓偓天復三年二月十一日自朝中貶濮州司馬，而此詩作於天祐二年春（或恰爲二月十一日），距初貶已兩年整。故詩人於此日特爲感慨，即以《即日》爲題成詠。如此説不誤，則或後人編韓偓集時滅裂，誤將二首合爲一題，而以《即目二首》爲題歟？此疑未敢必，今仍其舊，記以俟考。

②「生」，《唐百家詩選》本作「年」。

【注　釋】

〔一〕《唐音統籤》本在《欲明》詩題下有小注云：「以下在醴陵作。」所謂以下詩爲：《小隱》、《即日》（按，即爲此《即目》）、《避地》、《息兵》、《有感》等五首。且《全唐詩·韓偓集》此詩後第五首《翠碧鳥》下小注謂「以上並在醴陵作」，則此詩乃作於醴陵時。考此詩《全唐詩·韓偓集》排列於作於天祐元年冬之《湖南梅花一冬再發偶題於花援》詩後第一首，後第二首爲《浄興寺杜鵑一枝繁艷無比》詩。後第一首有「廢城沃土肥春草，野渡空船蕩夕陽」句，下一首有「一園紅艷醉坡陀，自地連梢簇蒨羅」句，均是寫春日景象。韓偓天祐元年五月自長沙移居醴陵，至次年春夏間方離開醴陵至江西袁州。故其春日作於醴陵之詩，只能作於天祐二年（公元九〇五）春時。故此詩乃作於天祐二年。

萬古：極言時間之漫長悠遠。猶萬代，萬世。《北齊書·文宣帝紀》：「（高洋）詔曰：『朕以虚寡，嗣弘王業，思所以贊揚盛績，播之萬古。』」唐杜甫《戲爲六絶句》之二：「爾曹身與名俱滅，不廢江河萬古流。」離懷，離别之情懷。此處並非僅指一般離懷别緒，當更指被貶謫後離開國都與家園親友之離愁别恨。物色，景色；景象。南朝宋鮑照《秋日示休上人》詩：「物色延暮思，霜露逼朝榮。」唐李百藥《雨後》：「晚來風景麗，晴初物色華。」

〔二〕幾生：猶幾輩子。此處乃極言時間之長久。溺風光，沉湎於風光景物中。溺，沉湎，無節制。《禮記·樂記》：「今夫新樂，進俯退俯，姦聲以濫，溺而不止。」《史記·商君列傳》：「常人安於故俗，學者溺於所聞。」

〔三〕廢城：荒廢之城。按，此處廢城似有兼指長安故都之意。天祐元年四月，朱全忠即逼迫昭宗遷都至洛陽，同年八月昭宗被弑。且此年正月，長安即因朱全忠之逼迫遷都、毁都城，長安已丘墟矣。《資治通鑑》天祐元年正月即記：「己酉，全忠引兵屯河中。……請上遷都洛陽，……戊午，驅徙士民，號哭滿路，罵曰：『賊臣崔胤召朱温來傾覆社稷，使我曹流離至此！』……壬戌，車駕發長安，全忠以其將張廷範爲御營使，毁長安宫室百司及民間廬舍，取其材，浮渭沿河而下，長安自此遂丘墟矣。」故賦此詩時，長安已成廢都。此情形猶如晉宋時鮑照所詠之《蕪城賦》之廣陵蕪城。西漢時吴王劉濞建都於廣陵城。南朝宋竟陵王劉誕據廣陵反，兵敗死焉，城遂荒蕪。鮑照作《蕪城賦》以諷之。後之文士多有詠及蕪城者。如唐李商隱《隋宫》云：「紫泉宫殿鎖煙霞，欲取蕪城作帝家。」宋蘇軾《和陶飲酒》之十八：「蕪城閲興廢，雷塘幾開塞。」韓偓或即就眼前所見之廢城，聯想及蕪城、長安故都歟？肥春草，意爲使春草長得茂盛。此處實有荒草茂盛之意，亦即與杜甫《春望》詩之「國破山河在，城春草木深」同一旨趣。

〔四〕「野渡空船」句：此句謂野渡上之空船在夕陽中隨波漂蕩着。

〔五〕倚道：效法憑藉爲人之仁性人道。倚，取法，效法。唐王維《送梓州李使君》詩：「文翁翻教授，不敢倚先賢。」

〔六〕倀倀：無所適從貌。《禮記·仲尼燕居》：「治國而無禮，譬猶瞽之無相與，倀倀乎其何之。」《荀子·修身》：「人無法則倀倀然。」楊倞注：「倀倀，無所適貌，言不知所措履。」唐柳宗元《答貢士元公瑾論仕進書》：「退乃倀倀於下列，呫呫於末位，偃仰驕矜，道人短長，不亦冒先聖之誅乎？」

〔七〕宦途棄擲：指去官。韓偓因遭朱全忠等權勢迫害而貶謫，已自感無力挽救李唐政權，且不願與朝中權勢同流合汙，故去官而隱逸江湖。甘分，甘願，甘心。唐張鷟《朝野僉載》卷五：「有寡婦告其子不孝，其子不能自理，但云：『得罪於母，死所甘分。』」唐白居易《病後喜過劉家》：「忽憶前年初病後，此生甘分不銜杯。」

〔八〕迴避紅塵：迴避世俗世界。佛教、道教等稱人世爲「紅塵」。此處意爲避開仕宦生涯。是所長，此處意爲是最好的選擇。

【按】此詩乃詩人流寓醴陵時，面對斜陽下之廢城春草，野渡空船，不禁對景傷情，感懷身世，一抒哀唐亦自哀之牢愁。

二①

動非求進靜非禪〔一〕，咋舌吞聲過十年〔二〕。溪漲浪花如積石，雨晴雲葉似連錢〔三〕。干戈歲久諳戎事〔四〕，枕簟秋涼減夜眠②〔五〕。攻苦慣來無不可〔六〕，寸心如水但澄鮮〔七〕。

【校記】

①此詩吴校本題爲《即目》。

②「涼」，汲古閣本、麟後山房刻本、吴校本均作「深」。

【注　釋】

〔一〕此詩之作年諸家所言不一，然吴汝綸於此詩詩後評注云：「此爲梁乾化二年壬申作。自貶濮州至此凡十年也。」今考其「咋舌吞聲過十年」，當自被貶之天復三年算起，歷十年，即後梁乾化二年。故今從吴汝綸之説，時韓偓隱居於福建南安。詩有「枕簟秋涼減夜眠」句，則詩乃是年秋所作。

「動非求進」句：此句意爲如今有所舉動，並非爲干求進取；而静下來隱居，也並非追求禪定生活。

〔二〕咋舌：咬住舌頭。謂因害怕而不敢説話。《後漢書·馬援傳》：「豈有知其無成，而但萎腇咋舌，叉手從族乎？」唐劉禹錫《劉君遺愛碑》：「訴者覆得罪，由是咋舌不敢言。」吞聲，不出聲；不説話。漢馬融《長笛賦》：「於時也，緜駒吞聲，伯牙毁絃。」

〔三〕雲葉：猶雲片，雲朵。南朝陳張正見《初春賦得池應教》：「春光落雲葉，花影發晴枝。」唐杜甫《夏夜李尚書筵送宇文石首赴縣聯句》：「雨稀雲葉斷，夜久燭花偏。」連錢，花紋、形狀似相連的銅錢。《南史·梁紀下·簡文帝》：「項毛左旋，連錢入背。」

〔四〕干戈歲久：此處干戈代指戰爭。此句指唐末以來之連年軍閥戰亂。諳戎事，諳，熟悉；知道。戎事，即戰事。《後漢書·虞延傳》：「延進止從容，占拜可觀，其陵樹株蘖，皆諳其數，俎豆犧牲，頗曉其禮。」唐韓愈《黄家賊事宜狀》：「比者所發諸道南討兵馬，例皆不諳山川，不伏水土。」

〔五〕枕簟：即枕席。《禮記·内則》：「斂枕簟，灑掃室堂及庭，布席，各從其事。」《吕氏春秋·順民》：「身不安枕蓆，口不甘厚味。」

〔六〕攻苦：猶刻苦，謂過艱苦的生活。此處亦即「攻苦食淡」（亦作「攻苦食啖」）之縮語。《史記·劉敬叔孫通列傳》：「吕后與陛下攻苦食啖，其可背哉。」裴駰集解：「徐廣曰：『攻猶今人言擊也。啖，一作淡。』如淳曰：『食無菜茹爲啖。』」唐王維《與魏居士書》：「攻苦食淡，流汗霡霂，爲之馳驅。」

〔七〕「寸心如水」句：寸心，指心。舊時認爲心的大小在方寸之間，故名。晉陸機《文賦》：「函綿邈於尺素，吐滂沛乎寸心。」唐杜甫《偶題》詩：「文章千古事，得失寸心知。」澄鮮，澄淨明澈。南朝宋謝靈運《登江中孤嶼》詩：「雲日相輝映，空水共澄鮮。」唐白居易《池上月境》：「晴空新月落池塘，澄鮮净緑表裏光。」此句意爲此心已澹泊如水，澄淨明澈，無所欲求。

【集　評】

紀昀：此等皆淒苦之音，不得入之「消遣類」。　五、六自好，餘無可采。（《瀛奎律髓彙評》卷三十九消遣類）

【按】詩乃詩人晚年隱居福建南安時即景抒情之作。三、四句爲即目所見之景，乃鄉村雨後平淡景色。首二句則回顧貶後十年來既無進取之意，也無禪釋求靜之意，只是過着默默隱居生活。「干戈歲久」二句，乃係心經久不息之戰亂，以致秋涼之夜亦未能安眠，其一片憂愁國事民生之心亦從可見矣。

## 浄興寺杜鵑一枝繁艷無比①〔一〕

一園紅艷醉坡陀〔二〕，自蒂連梢簇蒨羅②〔三〕。蜀魄未歸長滴血〔四〕，祇應偏滴此叢多③。

【校　記】

①「一枝」，韓集舊鈔本作「一株」。

②「蒂」，原作「地」，統籤本、《全唐詩》、吴校本均校：「一作蒂。」按，此處作「蒂」爲是，今據統籤本等所校改。「蒨」，汲古閣本作「舊」，下校：「一作蒨。」按，作「蒨」是。汲古閣本作「舊」，恐因「蒨」而形誤，不可取。

③「應」，玉山樵人本作「因」。

【注　釋】

〔一〕《全唐詩·韓偓集》排列此詩在《翠碧鳥》之前第四首，此詩前一首即《即目二首》。《翠碧鳥》詩題下小注謂「以上並在醴陵作」。則此詩乃作於醴陵時。考此詩《全唐詩·韓偓集》排列於作於天祐二年春之《即目二首》第一首後一首，詩又有「一園紅艷醉坡陀，自蒂連梢簇蒨羅」句，均是寫春日景象。且韓偓天祐元年五月自長沙移居醴陵，至次年春夏間又離開醴陵至江西袁州。故其春日作於醴陵之此詩，只能作於天祐二年（公元九〇五）春時。

淨興寺：寺廟名。按，陳寅恪《讀書札記二集·韓翰林集之部》引嘉慶《清一統志》卷三五六湖南省長沙府寺觀門云：「靖興寺（原注：在醴陵縣西，唐建）。靖興寺或即淨興寺。」

〔二〕一園紅艷：此處意即滿園殷紅艷麗的杜鵑花。醉坡陀，醉，因杜鵑花紅艷，故用以形容杜鵑花猶如醉酒般。坡陀，亦作「坡陁」，原爲山勢起伏貌。唐杜甫《北征》詩：「坡陀望鄜時，巖谷互出没。」宋蘇軾《次前韻答馬忠玉》：「坡陀巨麓起連峰，積累當年慶自鍾。」此處醉坡陀意爲杜鵑花猶如醉了酒一般，紅艷艷地開遍起伏的園地。

〔三〕簇：叢集或堆集，成團。南朝陳沈炯《爲百官勸進陳武表》：「豐露呈甘，卿雲舒蔟。」。唐黄滔《江州夜宴獻陳員外》詩：「多少歡娱簇眼前，潯陽江上夜開筵。」前蜀韋莊《聽趙秀才彈琴》詩：「蜂簇野花吟細韻，蟬移高柳迸殘聲。」蒨羅，蒨，指絳色。蒨羅，紅色的羅裙。唐杜牧《村行》詩：「蓑唱牧牛兒，籬窺蒨裙女。」宋蘇軾《浣溪沙》詞：「旋抹紅妝看使君，三三五五棘籬門，相挨踏破蒨羅裙。」此處以蒨羅比喻紅艷艷之杜鵑花。

〔四〕「蜀魄未歸」句：蜀魄即謂杜宇、子規鳥。《太平寰宇記》卷七十二記：蜀「其後有王曰杜宇，已稱帝，號望帝。……時有荆人鼈泠死，其屍隨水上，荆人求之不得。鼈泠至汶山下忽復生，見望帝，立以爲相。時巫山雍江，蜀地洪水，望帝使鼈泠鑿巫山，蜀得陸處。望帝自以德不相同，禪位于鼈泠，號開明，遂自亡去，化爲子鵑鳥。故蜀人聞子鵑鳴，曰：『是我望帝也。』……或云杜宇死，子規鳴」。又《太平御覽》卷一六六引《十三州志》略同。子規又稱杜鵑鳥，故李白《宣城見杜鵑花》云：「蜀國曾聞子規鳥，宣城還見杜鵑花。」又劉敬叔《異苑》卷三：「杜鵑始陽相催而鳴，先鳴者吐血死。」故據説杜鵑鳥啼叫而滴血，白居易《琵琶行》即云「杜鵑啼血猿哀鳴」。此處即以杜鵑啼血，以喻杜鵑花之紅艷。

【按】此詩乃詩人於避地醴陵浄興寺，見杜鵑花有感而詠也。詩非僅詠杜鵑花，乃借杜鵑花聯想及杜鵑鳥、望帝杜宇之傳説，進而念及爲朱全忠弒殺之唐昭宗，感而借杜鵑花抒發哀悼昭宗之悲情。此哀悼之情尤於「蜀魄未歸長滴血，祇應偏滴此叢多」二句見之。故陳敦貞《唐韓學士偓年譜》謂「韓公詠之，淚血隨之」。據此可見韓公於昭宗之被弒，深爲哀惋悲慟，久蓄心頭不釋也。

## 花時與錢尊師同醉因成二十字①〔一〕

橋下淺深水，竹間紅白花〔二〕。酒仙同避世〔三〕，何用厭長沙〔四〕。

【校　記】

①統籤本題下有小注云：「甲子醴陵作。」

【注　釋】

〔一〕此詩統籤本題下有小注云「甲子醴陵作」，《韓翰林詩譜略》即據此注繫此詩爲「甲子醴陵作」詩。甲子爲天祐元年。然《唐韓學士偓年譜》、《增訂注釋全唐詩》則認爲作於天祐二年流寓醴陵時。按，韓偓天祐元年五月前在湖南長沙，五月後移居醴陵。此詩題謂「花時」，當指春日。如此倘是天祐元年春日作，則是時乃在長沙，非醴陵。如作於醴陵春時，則乃在天祐二年。考此詩《全唐詩·韓偓集》編於《浄興寺杜鵑一枝繁艷無比》詩後一首，題下有「以上並在醴陵作」小注之《翠碧鳥》詩前三首。據前考，《浄興寺杜鵑一枝繁艷無比》作於天祐二年春，則此詩當同作於天祐二年（公元九〇五年）春，時詩人尚在醴陵（是年春夏間，韓偓又移居江西袁州）。

《韓偓詩集箋注》因爲詩中有「長沙」句，誤以爲「時偓避地于此」，即長沙，實誤。

尊師：對道士的敬稱。唐張説《河上公》：「尊師厭塵去，精魄知何明。」唐王昌齡《武陵開元觀黄煉師院》詩：「松間白髮黄尊師，童子燒香禹步時。」《雲笈七籤》卷一一六：「少頃，南溟夫人與玉虚尊師約，子可求而請之也。」

〔二〕紅白花：指桃花、杏花。亦泛稱紅色與白色的花朵。唐韓愈《寒食出遊》：「邇來又見桃與李，交開紅白如爭競。」唐杜牧《念昔遊》：「半醒半醉遊三日，紅白花開山雨中。」

〔三〕酒仙：多用於對酷愛飲酒者的美稱。唐杜甫《飲中八仙歌》：「天子呼來不上船，自稱臣是酒中仙。」唐白居易《對酒》詩之三：「賴有酒仙相煖熱，松喬醉即到前頭。」避世，逃避塵世；逃避亂世。《莊子·刻意》：「此江海之士，避世之人，閒暇者之所好也。」《後漢書·儒林傳上·窪丹》：「王莽時，常避世教授，專志不仕，徒衆數百人。」唐李頎《漁父歌》：「避世長不仕，釣魚清江濱。」

〔四〕厭長沙：此用漢代賈誼貶長沙，久而厭之故事。《史記·屈原賈生列傳》：「於是天子議以爲賈生任公卿之位。絳、灌、東陽侯、馮敬之屬盡害之，乃短賈生曰：『雒陽之人，年少初學，專欲擅權，紛亂諸事。』於是天子後亦疏之，不用其議，乃以賈生爲長沙王太傅。賈生既辭往行，聞長沙卑濕，自以壽不得長，又以適去，意不自得。及渡湘水，爲賦以弔屈原。……賈生爲長沙王太傅三年，有鵩飛入賈生舍，止于坐隅。楚人命鵩曰『服』。賈生既以適居長沙，長沙卑濕，自以爲壽不得長，傷悼之，乃爲賦以自廣。」厭，嫌棄；憎惡；厭煩。《論語·憲問》：「夫子時然後言，人不厭其言；樂然後笑，人不厭其笑。」《北史·周紀上》：「天厭我魏邦，垂變以告，惟爾罔弗知。」

【按】詩人於流貶之地醴陵，當翠緑修竹，紅白花爛漫而開之春日，與錢尊師暢飲而醺醉，遂感而賦詩抒懷。「酒仙同避世，何用厭長沙」二句，乃其所感懷者，亦是此詩最緊要之句。對此二句中「厭」、「長沙」二字辭之解讀，乃理解詩意之關鍵。《韓偓詩注》釋云：「厭，原義滿足，這裏引申爲服膺、效法。長沙，指漢代賈誼。因他曾被貶爲長沙王太傅，故簡稱『長沙』。」今按，或釋厭爲服膺、效法，謂長沙指漢代賈誼者，此説實誤。此處「厭」字應釋爲嫌棄、憎惡、厭煩。「厭長沙」，固應用賈誼貶長沙王太傅典故，但此處「長沙」即指湖南長沙，而非代指賈誼。故「厭長沙」並非服膺、效法賈誼之意。「酒仙」二句乃表示，只要成爲沉溺於酒的酒仙，雖然身處於貶謫荒寒卑濕之地，也會有如同有意避世一般的感覺，不會因被貶謫而厭恨了。如此，又何用像賈誼似的厭煩被貶長沙呢？然此話乃自我解嘲寬慰之辭，内中實含感慨爲權姦所迫害遭貶之不平深意。

## 避　地〔一〕

西山爽氣生襟袖〔二〕，南浦離愁入夢魂〔三〕。人泊孤舟青草岸〔四〕，鳥鳴高樹夕陽村。偷生亦似符天意〔五〕，未死深疑負國恩①〔六〕。白面兒郎猶巧宦〔七〕，不知誰與正乾坤。

【校　記】

①「深」，玉山樵人本作「身」。按，作「身」字恐爲「深」之音誤。

【注　釋】

〔一〕《唐音統籤》本在《欲明》詩題下有小注云：「以下在醴陵作。」所謂以下詩爲：《小隱》、《即日》（按，即爲《即目》）、《避地》、《息兵》、《有感》等五首。故此詩《唐音統籤》本以爲作於醴陵時。又此詩《全唐詩·韓偓集》排列於有「以上並在醴陵作」小注之《翠碧鳥》詩前第二首，作於天祐二年春之《花時與錢尊師同醉因成二十字》詩之後一首。則此詩當作於天祐二年（公元九〇五年）春夏間於醴陵時。

避地：謂遷地以避災禍。《漢書·叙傳上》：「始皇之末，班壹避墜於樓煩，致馬牛羊數千群。」《漢書·叙傳上》：「（班彪）知隗囂終不寤，乃避墜河西。」顔師古注：「墜，古地字。」《後漢書·東夷傳·濊》：「漢初大亂，燕、齊、趙人往避地者數萬口。」

〔二〕西山爽氣：意謂明朗开豁的清爽之氣。《世説新語·簡傲》：「王子猷作桓車騎參軍，桓謂王曰：『卿在府久，比當相料理。』初不答，直高視，以手版拄頰云：『西山朝來，致有爽氣。』」《晉書·王徽之傳》略同。唐柳宗元《邕州馬退山茅亭記》：「手揮絲桐，目送還雲，西山爽氣，在我襟袖。」

〔三〕南浦：原指南面的水邊。後常用稱送别之地。《楚辭·九歌·河伯》：「子交手兮東行，送美人兮南浦。」王逸注：「願河伯送己南至江之涯。」南朝梁江淹《别賦》：「春草碧色，春水渌波，送君南浦，傷如之何。」唐李賀《黄頭郎》詩：「黄頭郎，撈攏去不歸。南浦芙蓉影，愁紅獨自垂。」王琦注引曾益曰：「南浦，送别之地。」

〔四〕青草岸：此指長着青草的河岸邊。《韓偓詩集箋注》釋「青草岸，謂青草湖岸，與洞庭湖相連，因青草山得名」。按，此「青草」非指青草湖。蓋青草湖在湖南東北方，而此時韓偓在湖南中東部與今江西萍鄉比鄰之醴陵，與青草湖相距甚遠。且詩爲實寫眼前避地景色，故所寫「青草岸」乃醴陵之青草岸也。

〔五〕符天意：符合上天的意旨。《墨子·天志上》：「順天意者，兼相愛，交相利，必得賞；反天意者，別相惡，交相賊，必得罰。」《漢書·禮樂志》：「王者承天意以從事，故務德教而省刑罰。」此句詩人意爲自己身在避地，未能除奸報國，似爲偷生苟活，但似乎也符合上蒼之意。

〔六〕負國恩：此指辜負唐昭宗對詩人寵遇之恩。

〔七〕白面兒郎：即白面郎。原指粗疏無才，狂傲橫行之紈袴子弟。唐杜甫《少年行》：「馬上誰家白面郎，臨堦下馬坐人牀。不通姓字麤豪甚，指點銀瓶索酒嘗。」唐白居易《采地黄者》詩：「凌晨荷鋤去，薄暮不盈筐。攜來朱門家，賣與白面郎。」此處白面兒郎當指柳璨之流。《資治通鑑》卷二六五天祐二年三月於「以門下侍郎、同平章事裴樞爲左僕射，崔遠爲右僕射，並罷政事」下又載：「初，柳璨及第，不四年爲宰相，性傾巧輕佻。時天子左右皆朱全忠腹心，璨曲意事之。同列裴樞、崔遠、獨孤損皆朝廷宿望，意輕之，璨以爲憾。和王傅張廷範，本優人，有寵於全忠，奏以爲太常卿。樞曰：『廷範勳臣，幸有方鎮，何藉樂卿！恐非元帥之旨。』持之不下。全忠聞之，謂賓佐曰：『吾常以裴十四器識真純，不入浮薄之黨；觀此議論，本態露矣。』璨因此並遠、損譖於全忠，故三人皆罷。」柳璨所爲多類此，故詩人鄙之以白面兒郎。巧宦，善於鑽營諂媚的官吏。晉潘岳《閒居賦》：「岳嘗讀《汲黯傳》，至司馬安四至九卿，而良史書之，題以巧宦之目，未嘗不慨然廢書而嘆。」唐陳子昂《題祀山烽樹贈喬十二侍御》詩：「漢庭榮巧宦，雲閣薄邊功。」按，此處巧宦意爲善於鑽營諂媚。

## 【集　評】

「四時最好是三月，一去不迴唯少年」、「一夜雨聲三月盡，萬般人事五更頭」、「故人每憶心先見，新酒偷嘗手自開」、「人泊孤舟青草岸，鳥鳴高樹夕陽村」，爲致堯集中佳句。（余成教《石園詩話》）

【按】此詩人於湖南醴陵避地詠景抒懷之作。首二句言雖有爽氣吹拂襟袖，風景清佳，然而人在避地，則未免濃鬱之南浦離愁進入夢境耳。「人泊孤舟」、「鳥鳴高樹」，點染與親友離别，孤身於避地，似有「嚶其鳴矣，求其友聲」之意，以此回應「南浦離愁」句。下半首則感慨抒懷，乃見詩人繫心國事，忠心於唐昭宗之耿耿情懷。其時昭宗已被弒，詩人未能以死報答昭宗寵重之恩，故深疑有負君恩耳。然而轉念而思，今之未死，亦似符合在天君王之意。蓋此時白面兒郎柳璨等奸巧鑽營諂媚之徒，尚在朝中爲非作歹，我等忠耿老臣當負除奸匡國之責耳，故不必匆遽一死了之。所歎者乃不知與何人共當此任，以整頓朝綱山河耳。《韓偓年譜》解此詩「偷生亦似符天意，未死深疑負國恩」句云：「此詩表達昭宗被弒，自己未得殺身報國之痛苦心情。自屈原以後，罕有此等詩句。近人陳曾壽《蒼虬閣詩》卷三《秋夜對瓶荷一枝雨聲淙淙偶題冬郎小像二首》，其一起云『爲愛冬郎絶妙詞，平生不薄晚唐詩』，其二結云『憔悴如斯終不死，書生留命亦符天』。陳寅恪《王觀堂先生挽詞》云：『曾訪梅真拜地仙，更期韓偓符天意。』又《立秋前數日有陣雨炎暑稍解喜賦一詩》：『韓偓偷生天莫問，范文祈死願偏違。』皆由偓此詩而來。」

## 息兵〔一〕

漸覺人心望息兵，老儒希覬見澄清〔二〕。正當困辱殊輕死〔三〕，已過艱危卻戀生。多難始應彰勁節〔四〕，至公安肯爲虚名〔五〕。暫時胯下何須恥〔六〕，自有蒼蒼鑒赤誠〔七〕。

【注釋】

〔一〕《唐音統籤》本在《欲明》詩題下有小注云：「以下在醴陵作。」所謂以下詩爲《小隱》、《即日》（按，即爲《即目》）、《避地》、《息兵》、《有感》等五首。故此詩《唐音統籤》本以爲作於醴陵時。又此詩《全唐詩·韓偓集》排列於有「以上並在醴陵作」小注之《翠碧鳥》詩前第一首，作於天祐二年春之《避地》詩之後一首。則此詩當作於天祐二年（公元九〇五年）春夏間於醴陵時。

〔二〕老儒：詩人自謂。時韓偓年六十四，故自稱如此。希覬，原意爲妄想，此處釋爲希望；企圖。《晉書·劉曜載記》：「安敢欲希覬非分！」《金史·孝友傳序》：「孝義之人，素行已備，雖有希顗，猶不失爲行善。」澄清，謂肅清混亂局面。《世説新語·德行》：「陳仲舉（蕃）言爲士則，行爲世範，登車攬轡，有澄清天下之志。」

〔三〕正當困辱：困辱，困窘和侮辱。此指韓偓在朝中受朱全忠、李茂貞等權姦逼迫打擊之艱難處境。如《新唐書·韓偓傳》載：「宰相韋貽範母喪，詔還位，偓當草制，上言：『貽範處喪未數月，遽使視事，傷孝子心。……此非人情可處也。』學士使馬從皓逼偓求草，偓曰：『腕可斷，麻不可草！』從皓曰：『君求死邪？』偓曰：『吾職内署，可默默乎？』明日，百官至，而麻不出，宦侍合噪。茂貞入見帝曰：『命宰相而學士不草麻，非反邪？』艴然出。……自是宦黨怒偓甚。從皓讓偓曰：『南司輕北司甚，君乃崔胤、王溥所薦，今日北司雖殺之可也。兩軍樞密，以君周歲無奉入，吾等議救接，君知之乎？』偓不敢對。」又載：「全忠、胤臨陛宣事，坐者皆去席，偓不動，曰：『侍宴無輒立，二公將以我爲知禮。』全忠怒偓薄己，悻然出。有譖偓喜侵侮有位，胤亦與偓貳。會逐王溥、陸扆，帝以王贊、趙崇爲相，胤執贊、崇非宰相器，帝不得已而罷。贊、崇皆偓所薦爲宰相者。全忠見帝，斥偓罪，帝數顧胤，胤不爲解。全忠至中書，欲召偓殺之。鄭元規曰：『偓位侍郎、學士承旨，公無遽。』全忠乃止，貶濮州司馬。」

〔四〕彰勁節：彰，顯揚；彰顯。《孟子·告子下》：「尊賢育才，以彰有德。」《史記·孟嘗君列傳》：「上則爲君好利不愛士民，下則有離上抵負之名，非所以厲士民彰君聲也。」勁節，謂堅貞的節操。南朝梁范雲《詠寒松》：「凌風知勁節，負雪見貞心。」李嶠《松》：「歲寒終不改，勁節幸多知。」

〔五〕「至公」句：至公，最公正，毫無偏私之意。《管子・形勢解》：「風雨至公而無私，所行無常鄉。」《後漢書・荀彧傳》：「秉至公以服天下，大略也。」虚名，空名。此句或指詩人辭讓爲相而推薦趙崇事。《新唐書・韓偓傳》：「中書舍人令狐涣任機巧，帝嘗欲以當國，俄又悔曰：『涣作宰相或誤國，朕當先用卿。』辭曰：『涣再世宰相，練故事，陛下業已許之。若許涣可改，許臣獨不可移乎？』帝曰：『我未嘗面命，亦何憚？』偓因薦御史大夫趙崇勁正雅重，可以準繩中外。帝知偓，崇門生也，歎其能讓。」又載：「帝反正，勵精政事，偓處可機密，率與帝意合，欲相者三四，讓不敢當。蘇檢復引同輔政，遂固辭。」

〔六〕「暫時胯下」句：指漢韓信受辱胯下之事。《史記・淮陰侯列傳》：「淮陰屠中少年有侮信者，曰：『若雖長大，好帶刀劍，中情怯耳。』衆辱之曰：『信能死，刺我；不能死，出我袴下。』於是信孰視之，俛出袴下，蒲伏。一市皆笑信，以爲怯。」

〔七〕蒼蒼：指天。漢蔡琰《胡笳十八拍》：「泣血仰頭兮訴蒼蒼，胡爲生兮獨罹此殃。」唐李白《酬殷明佐見贈五雲裘歌》：「爲君持此凌蒼蒼，上朝三十六玉皇。」鑒，照察，審辨。《後漢書・郭太傳》：「其奬拔士人，皆如所鑒。」唐韓愈《進順宗皇帝實録表狀》：「聖明所鑒，毫髮無遺。」

【按】孫克寬《韓偓簡譜》謂：「集中《息兵》詩前半曰：『漸覺人心望息兵，老儒希覬見澄清。正當困辱殊輕死，已過艱危卻戀生。』殆望南方諸鎮保境休息也。」慶按，後半首則以己在朝中多難處境下臨危不懼，處辱忍辱，威武不屈，不求虚名之舉，張揚應爲至公而彰顯堅貞之節操。此與詩人所賦《安貧》詩「謀身拙爲安蛇足，報國危曾捋虎鬚」同一意趣，誠如《四庫全書總目提要》所稱「偓爲學士時，内預秘謀，外争國是，屢觸逆臣之鋒，死生患難，百折不渝，晚節亦管寧之流亞，實爲唐末完人」。而此等詩句，亦可謂「忠憤之氣，時時溢於語外，性情既摯，風骨自遒，慷慨激昂，迥異當時靡靡之響」矣。

## 翠碧鳥　以上並在醴陵作①〔一〕

天長水遠網羅稀②，保得重重翠碧衣③。挾彈小兒多害物④〔二〕，勸君莫近市朝飛⑤〔三〕。

【校　記】

①《唐百家詩選》本、統籤本詩題下無「以上並在醴陵作」小注，韓集舊鈔本則有此小注。

②「水遠」，統籤本校：「一作地久。」「遠」，《全唐詩》、吴校本均校：「一作闊。」按，清高士奇《高士奇集·歸田集》卷二作「闊」。

③「碧」，統籤本、《全唐詩》、吴校本均校：「一作羽。」

④「小兒」，《唐百家詩選》本作「少年」。

⑤「市朝」，《唐百家詩選》本作「五陵」，統籤本、汲古閣本、《全唐詩》、吴校本均校：「一作五陵。」

【注　釋】

〔一〕此詩題下有「以上並在醴陵作」小注，説明此時詩人尚在湖南醴陵。此詩前一首《息兵》詩，據前考乃天祐二年春夏間作於醴陵。又此詩後一首《贈孫仁本尊師》，下有「在袁州」小注，袁州地在江西。又此詩下第二首爲《乙丑歲九月在蕭灘鎮駐泊兩月忽得商馬楊迢員外書賀余復除戎曹依舊承旨還緘後因書四十字》詩。據此詩題可知韓偓天祐二年（即乙丑歲）九月已經在江西蕭灘鎮駐泊兩月，則其初自醴陵移至蕭灘鎮，蓋約在天祐二年七月左右。如此其《翠碧鳥》詩之作，約在天祐二年（公元九〇五年）夏季。

翠碧鳥：蓋是生活於江湖水邊，毛羽翠色之鳥。一説乃百舌鳥之别稱。宋宋祁《益部方物略記・百舌鳥》：「百舌鳥出中蜀山谷間，毛采翠碧。蜀人多畜之。一云翠碧鳥，善效他禽語，凡數十種。」《韓偓詩注》以爲：「俗稱『釣魚郎』，羽毛以蒼翠爲主，常棲息於水邊，伺魚游近水面，突然啄去。」可備一説。

〔二〕「挾彈小兒」句：挾彈，挾着彈弓。《戰國策・楚策》：「不知乎公子王孫，左挾彈，右攝丸，將加已乎十仞之上。」唐劉長卿《小鳥篇上裴尹》：「少年挾彈遥相猜，遂使驚飛往復回。」小兒，原指爲皇家或軍隊服役的人。唐陳鴻《東城老父傳》：「及即位，治雞坊於兩宫間……選六軍小兒五百人，使馴擾教飼。」《資治通鑑·唐肅宗至德元載》：「潼關大軍雖盛，而後無繼，萬一失利，京師可憂，請選監牧小兒三千於苑中訓練。」胡三省注：「時監牧、五坊、禁苑之卒，率謂之小兒。」《資治通鑒·唐順宗永貞元年》：「貞元之末政事爲人患者，如宫市、五坊小兒之類，悉罷之。」胡三省注：「唐時給役者多呼爲小兒。」此詩挾彈小兒蓋藉以指朱全忠手下之幫凶、爪牙。害物，殘害生物。陳子昂《麈尾賦》：「不害物以利己，每營道而同方。」唐徐夤《鷹》：「害物傷生性豈馴，且宜籠罩待知人。」

〔三〕君：指翠碧鳥。此處當借翠碧鳥指代可能遭朱全忠之流所迫害的人。市朝，市場和朝廷。《周禮·考工記·匠人》：「面朝後市，市朝一夫。」戴震《考工記圖》引徐昭慶曰：「朝者官吏所會，市者商旅所聚，必須有一夫百畝之地，然後足以容之。」《禮記·檀弓下》：「君之臣不免於罪，則將肆諸市朝而妻妾執。」鄭玄注：「肆，陳屍也。大夫以上於朝，士以下於市。」本詩此處偏指「朝」，謂朝廷，官府。晉陶潛《歲暮和張常侍》詩：「市朝悽舊人，驟驥感悲泉。」《舊唐書·隱逸傳贊》：「結廬泉石，投紱市朝。」

【集評】

韓偓在唐末粗有可取者……若「挾彈少年多害物，勸君莫近五陵飛」。又「蕭艾轉肥蘭蕙瘦，可能天亦妬馨香」，是直訕耳，詩人比興掃地矣。（范晞文《對床夜語》卷四）

【按】詩雖爲詠翠碧鳥，然實借翠碧鳥之詠而有所寓託。首二句言翠碧鳥之所以能保有層層翠緑色羽毛，蓋在處於天高水遠，網羅較稀少之山野間。此雖爲詠翠碧鳥之句，然實寄寓切身之感。詩人時在避地醴陵，此亦天長水遠，「挾彈小兒」所布「網羅」較希少之處，故得以躲避迫害自保也。後二句即順前意而下，既自警戒亦勸告他人。「挾彈小兒」，實指投靠朱全忠等權貴，仗勢迫害士人的爪牙之流。「莫近市朝」句，乃勸誡莫回朝廷以免迫害也。蓋朝廷中不僅難免朱全忠等人之迫害，且「挾彈小兒」更多也。此詩寓意深刻，可見詩人受迫害之深，對朱全忠政權體認之精深，詩人遠避禍害而隱居之意決矣。

# 贈孫仁本尊師　在袁州〔一〕

齒如冰雪髮如黳〔二〕，幾百年來醉似泥。不共世人爭得失，卧牀前有上天梯〔三〕。

【注　釋】

〔一〕此詩前一首《翠碧鳥》詩，據前考乃約作於天祐二年夏間在醴陵時。又此詩後一首爲《乙丑歲九月在蕭灘鎮駐泊兩月忽得商馬楊迢員外書賀余復除戎曹依舊承旨還緘後因書四十字》詩。據此詩題可知韓偓天祐二年（即乙丑歲）九月已經在江西蕭灘鎮駐泊兩月，則其初至蕭灘鎮，蓋約在天祐二年七月左右。據本詩小注知詩人時在江西袁州。蕭灘鎮則在自袁州東往江西撫州路上。則本詩乃作於詩人駐泊蕭灘鎮之前，即約在天祐二年（九〇五年）夏秋間。

袁州：隋開皇十一年置，治所即今江西宜春市。《元和郡縣圖志》卷二十八謂「因袁山爲名」。轄境相當今江西萍鄉市和新餘市以西的袁水流域。

〔二〕齒如冰雪：謂齒如冰雪潔白。髮如鷖，鷖爲黑色玉石。《漢書・郊祀志下》：「隕石二，黑如鷖。」前蜀貫休《義士行》：「黄昏雨雹空似鷖，別我不知何處去。」此謂頭髮如黑色玉石之烏黑。

〔三〕上天梯：登天的梯子。比喻達到某種目的的途徑或方法。元關漢卿《陳母教子》楔子：「憑著你萬言策詩書奪第一，八韻賦文章誰似你，五言詩作上天梯。」元鄭光祖《王粲登樓》第三折：「有路在青霄内，又被那浮雲塞閉。老兄也，百忙裏尋不見上天梯。」此處借指成仙之途徑。

【按】此篇詠道士而贊其不爭得失，超脱世俗也。首二句謂其百年來沉醉如泥，不與世事，故能齒白髮黑，猶如美少年也。後二句則更謂其所以能如此醉似泥，乃在於無爭競得失之世俗心，故其雖醉卧於床，然自有得道成仙之天梯耳。詩人此時已決絶於入仕僞朝之路，決意避世隱居，故稱許孫尊師如此。

## 乙丑歲九月在蕭灘鎮駐泊兩月忽得商馬楊迢員外書賀余復除戎曹依舊承旨還緘後因書四十字①〔一〕

旅寓在江郊，秋風正寂寥。紫泥虚寵奬〔二〕，白髮已漁樵。事往淒涼在，時危志氣銷。若爲將朽質，猶擬杖於朝〔三〕。

【校記】

①《唐百家詩選》本題作「乙丑歲九月蕭灘鎮忽得楊迢員外書賀余除戎曹仍舊承旨還緘後因書四十字」。《全唐詩》、吴校本均於「商馬」後校：「一本無此二字。」慶按，「商馬」兩字疑有誤或衍文，今仍舊，俟考。玉山樵人本、統籤本題首均無「乙丑」二字，且題中「因書」皆作「因批」（韓集舊鈔本、汲古閣本、麟後山房刻本、吴校本亦均作「因批」），然統籤本在題後有「乙丑」小注，汲古閣本於詩末注：「是年爲昭宣帝天祐二年，初復承旨。」

## 【注　釋】

〔一〕據詩題「乙丑歲九月在蕭灘鎮駐泊兩月」云云，知此詩作於天祐二年（公元九〇五年）乙丑九月，時在江西蕭灘鎮。

蕭灘鎮，在江西清江縣西蕭水邊。《方輿紀要》卷八十七臨江府清江縣記：蕭水，「在府（治今臨江鎮）四五十里。源出棲梧山及府西之烏塘，合流而爲蕭水，繞城西北復東北流，經清江鎮而入大江。中有蕭灘，亦曰蕭洲。今城西四里有蕭洲橋城，東有蕭灘驛，皆以此水名也」。宋祝穆《方輿勝覽》卷二十一：「蕭洲，舊志名蕭灘鎮。韓文云自袁州還京，孟簡乘舸邀我於蕭洲。」駐泊，停留；居留。《古尊宿語録》卷十三：「是時迎師權在近院駐泊。獲時選地建造禪宫。」前蜀杜光庭《録異記·鬼神》：「大王自來，且暫駐泊。」楊迢員外，楊迢，人名。《新唐書·宰相世系表一下》楊氏越公房有楊迢，僅謂「迢字文通」。乃同州刺史楊敬之孫，江西觀察使楊戴之子。又《十國春秋》卷九本傳記「楊迢，唐敬之之孫也，仕烈祖高祖，至駕部員外郎。武義元年，遷給事中，終於其職」。員外，唐員外郎之簡稱。唐時尚書省下有吏部、禮部等六部，六部之下置二十四司，每司均有郎中、員外郎，如吏部郎中、吏部員外郎等。員外郎爲從六品上階官員。復除戎曹依舊承旨，戎曹，指兵部。承旨，指翰林學士承旨。此句謂依舊任命爲兵部侍郎、翰林學士承旨。還緘，即回信。緘，書函。唐白居易《初與元九別後忽夢見之》詩：「開緘見手札，一紙十三行。」

〔二〕紫泥：古人以泥封書信，泥上蓋印。皇帝詔書則用紫泥。此處紫泥指詔書。唐李商隱《鸞鳳》：「王子調清管，天人降紫泥。」寵獎，恩寵褒獎。

〔三〕杖於朝：扶杖於朝廷。意爲年衰而猶官於朝廷。

【集　評】

此詩詩題後吴汝綸評注云：「乙丑，天祐二年，昭宣帝立已踰年，年號不改。韓公不稱年號，但紀甲子，此陶公舊例。」

【按】此詩乃詩人被貶兩年半後，得人賀其復官書信，有感抒懷之作。首聯乃謂自己正在避地江郊，時秋風蕭瑟冷落。此聯既是寫景，亦是寫己之淒寂冷落之處境耳。紫泥句似應理解爲就現狀而抒發感慨之言。意爲如今詔書以復官寵獎我，然而對我而言乃是虚有而已。蓋如下句所言，我如今已經年老，早已決意過着隱居的漁樵生活了，其辭不復官之意已然可見。「事往」二句，撫今思昔也。所謂「事往」，乃指詩人前此在朝中任兵部侍郎、翰林學士承旨時曾經歷過之諸多往事，而如今事往而惟留悽涼痛楚而已，故綴以「悽涼在」三字。「時危」，乃謂朱全忠把持下之險惡政局國事。末句則一表決然不復官，不與是時權要同流合汙之態度。蓋此時如吴汝綸所説「韓公不稱年號，但紀甲子，此陶公舊例」，詩人對新朝惟有怨憤，已不屑杖於宵小專横之新朝矣。其辭氣凜然於此可見。

## 丙寅二月二十二日撫州如歸館雨中有懷諸朝客①〔一〕

悽悽惻惻又微嚬〔二〕，欲話羈愁憶故人②。薄酒旋醒寒徹夜，好花虚謝雨藏春〔三〕。萍蓬已恨爲逋客③〔四〕，江嶺那知見侍臣④〔五〕。未必交情繫貧富〔六〕，柴門自古少車塵⑤。

**【校記】**

① 「懷」，《全唐詩》、吴校本均校：「一作簡。」按，本詩又見於宋眉山蒲積中編《歲時雜詠》卷四十三，全詩如下：「《二月二十二日撫州如歸館雨中有懷簡諸朝客》：悽悽惻惻又微嚬，欲話羈遊憶故人。薄酒旋醒寒徹夜，好花虚謝雨藏春。自憐海上爲逋客，猶喜天涯寄侍臣。未必交情繫貧富，蓬門自古少車塵。」本詩《全唐詩》、吴校本均校「一作」某字，均見於《歲時雜詠》所録此詩。

② 「愁」，《全唐詩》、吴校本均校：「一作遊。」

③ 「萍蓬已恨」，《全唐詩》、吴校本均校：「一作自憐海上。」

④ 「江嶺那知見」，《全唐詩》、吴校本均校：「一作猶喜天涯寄。」

⑤ 「柴」，《全唐詩》、吴校本均校：「一作蓬。」

【注　釋】

〔一〕據此詩詩題知此詩作於丙寅二月二十二日，即天祐三年（公元九〇六年）二月，時詩人已經自袁州移寓江西撫州。

撫州：唐州名，治所在臨川縣，即今江西臨川市西。唐武德七年後，轄境相當今江西臨川以南撫河流域，五代後又有縮減。如歸館，唐時江西撫州一驛館名。古時他地亦有同名之館舍。如宋《淳熙三山志》卷五《城中》有「如歸館」，小注云：「威武軍門外西。治平圖修造務，自迎仙館廢，始爲如歸館。後嘗爲醋庫令司户廳。」宋《雲麓漫鈔》卷八載：「……三十里至義和館，五十里至如歸館，四十里至信州彰信館，七十里至勝州來德館。」《景定嚴州續志》卷一《館驛》載：「前志有新定驛，有公館如歸館、定川館、東館、西館。」宋李彌遜《筠谿集》卷十八《遊梅坡席上雜酬·六》：「得路山方盡，如歸館暫投。春風供笑傲，一醉豈人謀。」簡，寄送書簡。唐杜甫《同元使君春陵行》序：「不意復見比興體制微婉頓挫之詞，感而有詩，增諸卷軸，簡知我者，不必寄元。」朝客，指朝中官員。唐鄭棨《開天傳信記》：「法善居玄真觀，嘗有朝客數十人詣之，解帶淹留，滿座思酒。」前蜀韋莊《不寐》詩：「馬嘶朝客過，知是禁門開。」

〔二〕嚬：同「顰」。皺眉。《韓非子·内儲説上》：「吾聞明主之愛一嚬一笑，嚬有爲嚬，而笑有爲笑。」南朝宋顔延之《庭誥》：「悦彼之可，而忘我不可，學嚬之敝。」

〔三〕虚謝：徒然凋謝。雨藏春，意爲春色爲風雨所掩。唐方干《湖上言事寄長城俞明府》：「滿湖風撼月，半日雨藏春。」

〔四〕萍蓬：即浮萍、飛蓬。萍浮而蓬飄，此處用以比喻行蹤轉徙無定。唐杜甫《將别巫峽贈南卿兄瀼西果園四十畝》詩：「苔竹素所好，萍蓬無定居。」逋客，避世之人；隱士。南朝宋孔稚圭《北山移文》：「請回俗士駕，爲君謝逋客。」唐司空圖《光啟丁未别山》詩：「此去不緣名利去，若逢逋客莫相嘲。」

〔五〕江嶺：此指南方偏僻之處。南方多山脈江流，故稱。

〔六〕繫貧富：涉及關係到貧富。繫，涉及；關係。漢張衡《西京賦》：「處沃土則逸，處瘠土則勞，此繫乎地者也。」晉陸機《五等論》：「夫盛衰隆弊，理所固有，教之興廢，繫乎其人。」唐王昌齡《獨遊》詩：「神超物無違，豈繫名與宦？」

【集　評】

五六「舞蝶殷勤」、「佳人惆悵」，是寫牡丹爲雨所敗，花時風雨作祟。雨過花事已闌，正韓偓所謂「好花虚謝雨藏春」也。（李商隱撰、清陸崑曾解《李義山詩解·回中牡丹爲雨所敗二首》）

【按】詩乃寫詩人於客舍雨中懷念昔日朝中故舊。「薄酒」二句，補寫何以憶念故人之緣由情景，蓋乃酒醒夜寒，淫雨花謝，更起思舊懷人之情也。此二句乃具寫詩題「雨中有懷」。末兩句自嘆儘管交情未必決定於貧富，然而自古以來，貧賤之家即少有來訪之客。雖是自我寬慰排遣之言，然其盼望故人來見，「柴門今始爲君開」之情可從中領會。

## 三月二十七日自撫州往南城縣舟行見拂水薔薇因有是作①〔一〕

江中春雨波浪肥〔二〕，石上野花枝葉瘦。枝低波高如有情，浪去枝留如力鬬〔三〕。緑刺紅房戰裛時〔四〕，吴娃越豔醺酣後〔五〕。且將濁酒伴清吟〔六〕，酒逸吟狂輕宇宙〔七〕。

【校記】

① 統籤本題頭無「三月二十七日」數字，然於題後有小注：「丙寅三月二十七日。」

【注釋】

〔一〕此詩詩題中謂「三月二十七日自撫州往南城縣舟行」，此「三月二十七日」當在丙寅年。蓋據前《丙寅二月二十二日撫州如歸館雨中有懷諸朝客》詩知，詩人丙寅年二月二十二日在撫州。又本詩下一首《荔枝三首》題下有「丙寅年秋到福州。自此後並福州作」小注。江西南城乃自撫州至福建福州所經之縣城，故韓偓在南城當在丙寅年。以此統籤本於題後有「丙寅三月二十七日」小注，亦繫此詩作於天祐三年（丙寅，公元九〇六年）三月二十七日。

南城縣：西漢高帝六年（前二〇一年）置，屬豫章郡。治所在石下（今江西南城縣東南洪門水庫内）。至唐時屬撫州，乾符時移治今南城縣治。五代時南唐於此置建武軍。薔薇，植物名。落葉灌木，莖細長，蔓生，花白色或淡紅色，有芳香。花可供觀賞，果實可以入藥。亦指此種植物之花。南朝梁江洪《詠薔薇》：「當户種薔薇，枝葉太葳蕤。」唐韓愈《題于賓客莊》詩：「榆莢車前蓋地皮，薔薇蘸水筍穿籬。」

〔二〕江中：此江指盱水，或作盱水，亦稱盱江。即今江西臨川市之撫河及南城縣南之盱水。《漢書·地理志》豫章郡南城縣記載：「盱水西北至南昌入湖漢。」《水經·贛水注》：「盱水出南城縣，西北流徑南昌縣南，西注贛水。」波浪肥，謂波浪大。蓋因春雨多而江水湧漲，波浪洶湧而顯得壯大。《廣雅·釋詁二》：「肥，盛也。」按，肥亦有茁壯，粗大義。北魏賈思勰《齊民要術·種葵》：「人足踐踏之乃佳。踐者菜肥。」唐韓愈《山石》詩：「升堂坐階新雨足，芭蕉葉大支子肥。」

〔三〕如力鬬：謂低垂的薔薇花枝爲激浪所衝擊，猶如經過苦鬬。

〔四〕緑刺：指薔薇花枝上的刺。唐杜審言《都尉山亭》：「紫藤縈葛藟，緑刺冒薔薇。」唐儲光羲《薔薇》：「高處紅鬚欲就手，低邊緑刺已牽衣。」紅房，此指薔薇紅色花房。花房即花冠，花瓣的總稱。唐白居易《畫木蓮花圖寄元郎中》詩：「花房膩似紅蓮朵，艷色鮮如紫牡丹。」戰褭，搖曳；顫動。南朝梁沈約《十詠・領邊繡》：「不聲如動吹，無風自褭枝。」

〔五〕吴娃越豔：吴、越國的美女。娃，美女。《漢書・揚雄傳上》：「資娵娃之珍髢兮，鬻九戎而索賴。」顔師古注：「娵、娃皆美女也。」《文選・左思〈吴都賦〉》：「幸乎館娃之宫，張女樂而娱群臣。」李善注：「吴俗謂好女爲娃。」越豔，古代美女西施出自越國，故以「越豔」泛指越地美貌女子。唐王勃《採蓮賦》：「吴娃越豔，鄭婉秦妍。」唐李白《經亂離後天恩流夜郎憶舊遊》詩：「吴娃與越豔，窈窕誇鉛紅。」醺酣：酣醉貌。唐杜牧《郡齋獨酌》：「醺酣更唱太平曲，仁聖天子壽無疆。」唐陸龜蒙《京口與友生話别》：「風雲勞夢想，天地入醺酣。」

〔六〕濁酒：用糯米、黄米等所釀的酒，較混濁。三國魏嵇康《與山巨源絶交書》：「時與親舊叙闊，陳説平生，濁酒一杯，彈琴一曲，志願畢矣。」晉陶潛《己酉歲九月九日》：「何以稱我情，濁酒且自陶。」清吟，清美的吟哦；清雅地吟誦。唐白居易《與夢得沽酒且約後期》詩：「閒徵雅令窮經史，醉聽清吟勝管弦。」宋曾鞏《芍藥廳》詩：「何如蕭灑山城守，淺酌清吟濟水邊。」

〔七〕酒逸：指飲酒時安閒自在的情態。宋歐陽修《新營小齋鑿地爐輒成五言三十七韻》：「面壁成僧禪，倒冠聊酒逸。」宋周行己《和任昌叔寄終南之什》：「詩工酒逸覺有神，此理浪傳嗤俗子。」

吟狂，即狂吟，指縱情吟詠。唐劉商《姑蘇懷古送秀才下第歸江南》：「君懷逸氣還東吳，吟狂日日遊姑蘇。」唐白居易《洪州逢熊孺登》詩：「靖安院裏辛夷下，醉笑狂吟氣最粗。」宋辛棄疾《沁園春·答楊世長》詞：「我醉狂吟，君作新聲，倚歌和之。」

**【集評】**

此仄韻律詩。（吳汝綸《吳評韓翰林集》）

【按】此詩乃舟行途中詠岸邊薔薇之作。首句述江行春雨中波浪洶湧之景色，而此句後五句則均詠薔薇也。「吳娃越豔醺酣後」一句，乃以醺酣後之吳娃越豔比喻在水波中戰裊之薔薇，末二句則抒發詩人此時之清逸狂放之感受。

## 荔枝三首 丙寅年秋到福州，自此後並福州作①〔一〕

一

遐方不許貢珍奇〔二〕，密詔唯教進荔枝〔三〕。漢武碧桃爭比得〔四〕，枉令方朔號偷兒。

【校　記】

①此詩三首又見於韓集舊鈔本、吴校本、石印本《香奩集》中，吴校本《香奩集》係重收，故其於第三首詩後注「重見」。韓集舊鈔本、吴校本《香奩集》題下均注：「福州作。」統籤本此詩題下小注則作「丙寅年福州」，然其與玉山樵人本、屈鈔本之《香奩集》均未收此詩。又汲古閣本、麟後山房刻本、吴校本等本題下小注均謂「丙寅年秋到福州，自此後並福州作」，而至《感事三十四韻》詩，下注：「丁卯已後。」據其説，則此詩及其後之《寄上兄長》、《寶劍》、《登南神光寺塔院》、《兩賢》、《再思》、《有矚》、《秋深閑興》、《故都》、《夢仙》、《贈吴顛尊師》、《送人棄官入道》等十二首詩均丙寅年秋到福州後作。

【注　釋】

〔一〕此詩題下小注云：「丙寅年秋到福州，自此後並福州作。」吴校本題下吴汝綸注云：「到福州依王審知也。」據此本詩三首乃天祐三年（丙午，公元九〇六年）秋至福州後作。

〔二〕遐方：猶遠方。此處指福州。漢揚雄《長楊賦》：「是以遐方疏俗，殊鄰絶黨之域……請獻厥珍。」唐白居易《題郡中荔枝詩》：「已教生暑月，又使阻遐方。」

〔三〕「密詔唯教進荔枝」句：進貢荔枝事漢代起即有之，《資治通鑑》卷四十八載：漢永元十五年，「嶺南舊貢生龍眼、荔枝，十里一置，五里一候，晝夜傳送。」唐李肇《唐國史補》卷上：「楊貴妃生於蜀，好食荔枝。南海所生，尤勝蜀者，故每歲飛馳以進。然方暑而熟，經宿則敗，後人皆不知之。」《新唐書·禮樂志》：「帝幸驪山，楊貴妃生日，命小部張樂長生殿。因奏新曲，未有名，會南方進荔枝，因名曰荔枝香。」故詩人杜牧《過華清宮絶句三首》之一即有「一騎紅塵妃子笑，無人知是荔枝來」詩。詩人此句蓋詠唐玄宗時事。

〔四〕「漢武碧桃」二句：碧桃，桃實的一種。古詩文中多特指傳説中西王母給漢武帝的仙桃。唐許渾《故洛城》詩：「可憐緱嶺登仙子，猶自吹笙醉碧桃。」明董斯張撰《廣博物志》卷五：「崑崙山者，天之中嶽也。在八海之間，形如偃蓋，日月黄赤二道交會其上。上有瓊華之闕，光碧之堂，瑶池翠水，即西王母統衆仙居焉。絶頂之上有金臺五所，玉樓十二，金城千里，瓊柯瑶林，紫雀翠鸞，碧桃白李。」韓偓此二句詩用漢武帝見西王母，帝食西王母所種桃，以及東方朔盜桃故事。張華《博物志》卷八：「漢武帝好仙道，祭祀名山大澤以求神仙之道。時西王母遣使乘白鹿告帝當來，乃供帳九華殿以待之。七月七日夜漏七刻，王母乘紫雲車而至于殿西，南面東向，頭上戴玉勝，青氣鬱鬱如雲。有三青鳥，如烏大，立侍母旁。時設九微燈。帝東面西向，王母索七桃，大如彈丸，以五枚與帝，母食二枚。帝食桃輒以核著膝前，母曰：『取此核將何爲？』帝曰：『此桃甘美，欲種之。』母笑曰：『此桃三千年一生實。』唯帝與母對坐，其從者皆不得進。時東方朔竊從殿南廂朱鳥牖中窺母，母顧之，謂帝曰：『此窺牖小兒，嘗三來盜吾此桃。』帝乃大怪之。由此世人謂方朔神仙也。」唐柳宗元《摘櫻桃贈元居士時在望仙亭》：「蓬萊仙客如相訪，不是偷桃一小兒。」東方朔，字曼倩，平原厭次人。漢武帝之文學侍從，常以詼諧滑稽之語諷諫武帝，官至太中大夫。傳見《漢書》卷六十五本傳。

【集評】

震鈞《香奩集發微》此詩下評云：「此是正集詩誤入，然亦可見此集之作於到福州以後，而非早年也。」

【按】此詩乃詠荔枝之作，稱贊荔枝乃極珍貴之佳果。首二句以密詔準許遠方惟貢荔枝，而突出荔枝實乃爲皇宫所好之珍品。又，此處亦以唐玄宗之楊貴妃嗜荔枝，故南方遣驛騎貢荔枝至驪山事以詠荔枝。

二

封開玉籠雞冠澀①〔一〕，葉襯金盤鶴頂鮮〔二〕。想得佳人微啟齒②〔三〕，翠釵先取一雙懸③〔四〕。

【校記】

①「澀」，原作「濕」，玉山樵人本、韓集舊鈔本、統籤本、汲古閣本、麟後山房刻本、吴校本均作「澀」，《全

唐詩》校「一作澀」，吴校本校「一作濕」，今據玉山樵人本、韓集舊鈔等諸本改。蓋此乃以「澀」狀荔枝皮之粗澀。「濕」乃因「澀」而形誤。

②「啟」，《全唐詩》、吴校本均校：「一作露。」吴校本《香奩集》作「露」，下校：「一作啟。」

③「雙」，玉山樵人本、統籤本、汲古閣本均作「枝」，《全唐詩》、吴校本均校：「一作枝。」

【注釋】

〔一〕封開玉籠：將盛荔枝之籠子啟封打開。玉籠，此指盛裝荔枝之籠子。玉，乃謂籠之精美，非真玉。唐崔國輔《古意》：「玉籠薰繡裳。」唐劉禹錫《傷秦娥行》：「侍兒掩泣收銀甲，鸚鵡不言愁玉籠。」雞冠澀，形容荔枝之表皮如雞冠之色紅而粗澀。澀，粗澀，不光滑，不滑潤。北魏賈思勰《齊民要術·種紅藍花及梔子》「手痛挼勿住」原注：「痛挼則滑美，不挼則澀惡。」唐王建《當窗織》詩：「水寒手澀絲脆斷，續來續去心腸爛。」

〔二〕葉：指荔枝葉。摘荔枝時，連枝葉一起摘下，更能保持荔枝之新鮮。金盤，指盛荔枝之盤子。金，乃修飾盤子之精美。唐杜甫《野人送櫻桃》：「金盤玉箸無消息，此日嘗新任轉蓬。」唐徐寅《詠荔枝》：「蠻山躡曉和煙摘，拜奉金盤獻越王。」鶴頂鮮，鶴頂色紅，此處用鶴頂鮮形容荔枝之鮮紅。

〔三〕微啟齒：即微笑。啟齒，發笑。因笑必露齒，故云。《莊子·徐無鬼》：「奉事而大有功者不可爲數，而吾君未嘗啟齒。」王先謙集解：「笑也。」郭璞《遊仙詩》：「靈妃顧我笑，粲然啟玉齒。」唐元稹《春》詩：「啟齒呈編貝，彈絲動削葱。」

〔四〕翠釵：翡翠釵。南朝梁劉孝綽《淇上戲蕩子婦》詩：「翠釵掛已落，羅衣拂更香。」《容齋隨筆·莆田荔枝》：「或似龍牙，或似鳳爪，釵頭紅之可簪，緑珠子之旁綴，非人力所能加也。」

【集評】

【按】此首狀寫荔枝之鮮美，想像必獲佳人之喜愛也。雞冠澀，形容荔枝之鮮紅也。澀，乃謂荔枝表皮之粗澀。此非僅言其表皮之原態，且皮粗澀，乃謂初摘荔枝之新鮮也。鶴頂鮮與雞冠，均狀荔枝之鮮紅色。荔枝鮮紅，故鮮美。若摘久而色變，則不鮮而味敗矣。此誠如《舊唐書·白居易傳》引白居易《木蓮荔枝圖》所云：荔枝「若離本枝一日而色變，二日而香變，三日而味變，四五日外色香味盡去矣」。「想得佳人」句，乃暗用杜牧「一騎紅塵妃子笑，無人知是荔枝來」詩意。

三

巧裁霞片裹神漿①〔一〕，崖蜜天然有異香〔二〕。應是仙人金掌露〔三〕，結成冰入蒨羅囊②〔四〕。

【校記】

①「霞」，韓集舊鈔本作「絳」，《全唐詩》、吴校本均校：「一作絳。」

②「蒨」，玉山樵人本、韓集舊鈔本、統籤本均作「茜」，汲古閣本作「舊」，下校：「一作蒨。」按，「茜」通「蒨」；作「舊」非是。「囊」，汲古閣本作「裳」，下校：「一作囊。」按，作「囊」是。

【注釋】

〔一〕霞片：荔枝殼殷紅，故此處以霞片喻之。神漿，荔枝肉凝白，故以神漿比喻之。神漿即謂甘露。隋盧思道《爲百官賀甘露表》：「神漿可挹，流味九户之前；天酒自零，凝照三階之下。」

〔二〕崖蜜：山崖間野蜂所釀之蜜。又稱石蜜、巖蜜。色青，味微酸。《本草綱目・蟲一・蜂蜜》（集解）引南朝梁陶弘景曰：「石蜜即崖蜜也。在高山巖石間作之，色青，味小酸。」唐杜甫《發秦州》詩：「充腸多薯蕷，崖蜜亦易求。」此處用崖蜜比喻荔枝之味道。

〔三〕仙人金掌露：金銅仙人掌上所承接的露水。《史記・孝武本紀》：「又作柏梁、銅柱、承露仙人掌之屬。」裴駰《集解》引蘇林曰：「仙人以手掌擎盤承甘露也。」司馬貞《索隱》引《三輔故事》：「建章宫承露盤高三十丈，大七圍，以銅爲之。上有仙人掌承露，和玉屑飲之。」

〔四〕結成冰：荔枝瓤厚而瑩，凝如水精，故此處謂其如仙人掌上露水所凝結成之冰。蒨羅囊，絳紅色的絲囊袋。荔枝殼如紅繒，故此處用蒨羅囊以比喻之。蒨，指絳色。唐杜牧《村行》：「蓑唱牧牛兒，籬窺蒨裙女。」宋蘇軾《浣溪沙》：「旋抹紅妝看使君，三三五五棘籬門，相挨踏破蒨羅裙。」

【集　評】

泉郡荔枝雖鬱爲林麓，然不若福、興兩郡之盛，絳囊翠葉，明秀可愛。蔡端明所謂殼薄而平，瓤厚而瑩。膜如桃花紅，核如丁香母。剥之凝如水精，食之消如絳雪，誠哉！《荔譜》（四十二種）垂五百餘年，品目雖存，漫不可據。今惟五月熟者曰火山，肉薄而酸。六月熟者曰早紅，曰桂林，曰白蜜，曰狀元紅，曰金鍾，俱稱佳品。七月熟者味甘酸，曰山荔枝，蠲渴補髓，多啖無傷。韓偓《荔枝》詩云：「封開玉籠雞冠濕，葉襯金盤鶴頂鮮。想得佳人微啟齒，翠釵先取一雙懸。」又：「巧裁霞片裹神漿，崖蜜天然有異香。應是仙人金掌露，結成冰液蒨羅囊。」可謂形容之妙矣。（陳懋仁《泉南雜志》卷上）

鶴頂鮮，韓偓詩：「葉襯金盤鶴頂鮮。」按，鶴頂鮮，謂荔枝也。（厲荃《事物異名録》卷三十四果蓏部）

此是正集詩誤入，然亦可見此集之作於到福州以後，而非早年也。（震鈞《香奩集發微》此詩下注）

【按】宋人蔡襄贊美荔枝謂「香氣清遠，色澤鮮紫，殼薄而平，瓤厚而瑩，膜如桃花紅，核如丁香母。剥之凝如水精，食之消如絳雪。其味之至，不可得而狀也」。此第三首即詠贊荔枝乃瓤厚而瑩，凝如水精，食之消如絳雪之佳品。其讚美荔枝色香味之佳美，可謂極致無比矣。

## 寄上兄長〔一〕

兩地支離路八千〔二〕，襟懷悽愴鬢蒼然〔三〕。亂來未必長團會①〔四〕，其奈而今更長年〔五〕。

【校　記】

①「會」，《全唐詩》、吴校本均校：「一作聚。」

【注　釋】

〔一〕此詩乃約作於丙寅即天祐三年（公元九〇六年）秋後，時在福州。説詳卷一《荔枝三首》第一首校記。

兄長：指韓偓之兄韓儀。統籤本此詩題下小注云：「《唐書》，偓兄儀官御史中丞，偓貶之明年亦貶棣州。」《新唐書・韓偓傳》：「兄儀，字羽光，亦以翰林學士爲御史中丞。偓貶之明年，帝宴文思毬場，全忠入，百官坐廡下，全忠怒，貶儀棣州司馬，侍御史歸藹登州司户參軍。」

〔二〕「兩地支離」句：岑仲勉《唐集質疑・韓偓南依記》：「《寰宇記》一百：福州至長安七千二百九

十五里。路八千豈指其原居京兆歟？」《韓偓年譜》案云：「偓兄儀已於前年以忤朱全忠貶棣州司馬，兩地非指福州、長安，故岑説未必符合詩意。今據《元和郡縣圖志》卷二十九：『福州，西北至上都五千二百九十里。』（《通典》卷一百八十二州郡二長樂郡：『福州去西京五千七百三十里。』略同）《元和郡縣圖志》卷十七河北道：『棣州，西南至上都二千二百九十里。』然則棣州、福州去長安相加約八千里，『兩地支離路八千』，殆指棣州、福州兩地支離於長安故居共八千里歟？」按，兩地指詩人與其兄分别所在地福州、棣州。八千里，或概言福州至棣州之距離。

〔三〕支離，分散。《文選·王延壽〈魯靈光殿賦〉》：「捷獵鱗集，支離分赴。」李善注：「支離，分散貌。」唐元稹《蠻子朝》詩：「部落支離君長賤，比諸夷狄爲幽冗。」

〔四〕襟懷：胸懷；懷抱。晉張華《情》詩之三：「襟懷擁虚景，輕衾覆空牀。」宋晏殊《破陣子》詞：「多少襟懷言不盡，寫向蠻牋曲調中，此情千萬重。」

〔五〕團會：即團聚。

長年：年長，年齡較大。《韓非子·奸劫弑臣》：「人主無法術以禦其臣，雖長年而美材，大臣猶將得勢，擅事主斷，而各爲其私急。」唐姚合《送陸暢侍御歸揚州》：「歸去知何日，相逢各長年。」

【按】此貶後流離中傷兄弟睽離難團聚也。首二句言兄弟分隔，路途遼遠，老來更感悽愴。後二句傷一自亂後即難得長相聚，更何況而今更隔千山萬水。且年已老大，相見更不知在何時矣。此用層遞手法狀傷痛之情也。「鬢蒼然」，起「更長年」，前後呼應，傷痛之情更增一倍也。「路八千」，極言相隔之遼遠，此可傷痛者一也；「鬢蒼然」，可傷痛者二也；「亂來未必長團會」，可傷痛者三也；「更長年」，更可傷痛者四也。總之，四句句寫傷痛之情，層層添加，以致催出「其奈」之情，其傷痛無奈之情從可見矣。

## 寶　劍〔一〕

困極還應有甚通①〔二〕，難將糞壤掩神蹤②〔三〕。斗間紫氣分明後，擘地成川看化龍〔四〕③。

【校　記】

①「甚」，嘉靖洪邁本作「日」，《全唐詩》、吴校本均校：「一作日。」

②「壤」，嘉靖洪邁本作「土」，汲古閣本校：「一作土。」「糞壤」，《全唐詩》、吴校本均校：「一作塵土。」

③此詩後兩句嘉靖洪邁本作「但教出得豐城後，不是延津亦化龍」，《全唐詩》校：「一作但教出得豐城後，不是延津亦化龍。」末句韓集舊鈔本、麟後山房刻本、吴校本均作「不是延津亦化龍」，前二者並下

校「一作擘地成川看化龍」，汲古閣本校「一作不是延津亦化龍」，吴校本校「一作擘地成川看化龍，又作但教出得豐城後，不是延津亦化龍」。

## 【注　釋】

〔一〕此詩乃作於丙寅即天祐三年（公元九〇六年）秋後。説詳卷一《荔枝三首》第一首校記。

〔二〕困：阻礙。《易·困》：「困于石，據於蒺藜。」晉棗據《雜詩》：「僕夫罷遠涉，車馬困山岡。」宋曾鞏《路中對月》詩：「山川困遊人，而不斷歸夢。」通，暢達；順暢。《易·繫辭》：「困窮而通。」

〔三〕糞壤：穢土，糞土。《楚辭·離騷》：「蘇糞壤以充幃兮，謂申椒其不芳。」三國魏曹丕《與吴質書》：「追思昔遊，猶在心目，而此諸子化爲糞壤，可復道哉！」神蹤，神奇靈異之物之蹤跡。此指寶劍。《晉書·張華傳》記雷焕稱寶劍爲「靈異之物」，張華亦稱寶劍爲「天生神物」，詩人故有此稱。

〔四〕「斗間紫氣」二句：此處用晉雷焕發現豐城寶劍故事。參見卷一《奉和峽州孫舍人肇……》「豐城」條注。擘，分開；剖開。《禮記·内則》：「炮之，塗皆乾，擘之。」《史記·刺客列傳》：「既至王前，專諸擘魚，因以匕首刺王僚，王僚立死。」

【按】詩乃詠張華、雷焕所發現之干將、龍泉寶劍之作，後二句尤是詠此典實之句。然全詩尤其前二句，則似可領會詩人乃借詠寶劍而寄意之用心也。詩人爲朱全忠所貶，流寓輾轉入福建偏僻之隅，此時可謂「困極」也。「糞壤」，喻朱全忠之流而鄙視之也。此解如可通，則可見一者詩人憤恨朱全忠之流，至今大恨未銷也；二者可知詩人之不屈於迫害壓制，猶寄希望於將來也。

## 登南神光寺塔院①〔一〕

無奈離腸日九迴②〔二〕，强攄懷抱立高臺③〔三〕。中華地向城邊盡〔四〕，外國雲從島上來〔五〕。四序有花長見雨④〔六〕，一冬無雪卻聞雷。日宫紫氣生冠冕⑤〔七〕，試望扶桑病眼開〔八〕。

【校　記】

①《唐百家詩選》本詩題作「登南臺僧寺」。《全唐詩》校：「一本題作登南臺僧寺。」統籤本題下有小注云：「丙寅福州。」

②「日」，玉山樵人本、統籤本均作「易」，《全唐詩》、吴校本均校：「一作易。」

③「懷抱」，原作「離抱」，《唐百家詩選》本、玉山樵人本均作「懷抱」。且此詩前有「無奈離腸」句，此「離抱」之「離」犯重，故今據《唐百家詩選》等本改。

④「序」，玉山樵人本作「叙」。按，「序」通「叙」。

⑤「日」，《全唐詩》、吴校本均校：「一作南。」「冕」，《全唐詩》、吴校本均校：「一作蓋。」

## 【注釋】

〔一〕作於丙寅即天祐三年（公元九〇六年）冬末。説詳卷一《荔枝三首》第一首校記。

南神光寺：唐時寺在離福州城南九里南臺山。宋梁克家《（淳熙）三山志》卷三十三《寺觀類》一云：「釣龍臺山，南州九里臨江，舊記昔越王餘善於此釣得白龍，以爲瑞，遂於所坐之處築爲壇臺。」又據清魯曾煜《（乾隆）福州府志》卷十四載：「南臺山，去福州城九里，崇阜屹立，俯瞰閩江，舊名釣臺山。東越王餘善曾釣於此，築臺曰釣龍。後曰越王臺，曰南臺山。今則盡忘其故，直呼之曰南臺矣。」

〔二〕日九迴：謂每日愁思縈迴。司馬遷《報任安書》：「腸一日而九回。」梁簡文帝《應令詩》：「望邦畿兮千里曠，悲遥夜兮九迴腸。」

〔三〕高臺：即指南神光寺塔院之南臺。

〔四〕「中華地向」句：福州乃唐時中華東邊的邊隅城市，故此處有此之謂。

〔五〕「外國雲從」句：福州面臨東海，海上多有島嶼。此處外國指唐時海外的琉球島。

〔六〕四序：指春、夏、秋、冬四季。《魏書·律曆志上》：「然四序遷流，五行變易。」唐王勃《守歲序》：「春、秋、冬、夏，錯四序之凉炎。」

〔七〕日宫：指太陽。唐高宗《謁大慈恩寺》詩：「日宫開萬仞，月殿聳千尋。」唐周利用《奉和九月九日登慈恩寺浮圖應制》：「山豫乘金節，飛文焕日宫。」紫氣，紫色雲氣。古代以爲祥瑞之氣。附會爲帝王、聖賢等出現的預兆。《史記・老子韓非列傳》「莫知其所終」，司馬貞索隱引漢劉向《列仙傳》：「老子西遊，關令尹喜望見有紫氣浮關，而老子果乘青牛而過也。」冠冕，古代帝王、官員所戴的帽子。《左傳・昭公九年》：「我在伯父，猶衣服之有冠冕。」《後漢書・明帝紀》：「宗祀光武皇帝於明堂，帝及公卿列侯始服冠冕、衣裳、玉佩、絇履以行事。」

〔八〕扶桑：本指神話中樹名。《山海經・海外東經》：「湯谷上有扶桑，十日所浴，在黑齒北。」郭璞注：「扶桑，木也。」《海内十洲記・帶洲》：「多生林木，葉如桑。又有椹，樹長者二千丈，大二千餘圍。樹兩兩同根偶生，更相依倚，是以名爲扶桑也。」又，傳説日出於扶桑之下，拂其樹杪而升，因謂爲日出處。亦代指太陽。《楚辭・九歌・東君》：「暾將出兮東方，照吾檻兮扶桑。」王逸注：「日出，下浴於湯谷，上拂其扶桑，爰始而登，照曜四方。」此處蓋指東方日出之處。

## 【集評】

釣龍臺山，南州九里臨江，舊記昔越王餘善於此釣得白龍，以爲瑞，遂於所坐之處築爲壇臺。黄蕚詩有「釣沉新月落，龍起暮江寒」之句。其序云：「臺高四丈，周回三十六步。唐翰林承旨韓偓詩云云（文略）。」（梁克家《（淳熙）三山志》卷三十三《寺觀類》一）

《續注》曰：塗山寺在皇甫村神禾原之東南。……又在其西自董村西行幾十里，曰豐德寺，豐德長老所居，今其寺猶有僧焉。南五臺者，曰觀音，曰靈應，曰文殊，曰普賢，曰現身，皆山峰卓立，故名五臺。圓光寺，《王建集》爲靈應臺寺，陸長源《辯疑志》爲慧光寺，《韓偓集》爲神光寺，今謂之圓光寺。（張禮《遊城南記》）

釣臺山在府城南九里臨江，昔越王餘善，于此釣得白龍，因名。唐韓偓詩云云（文略）。（李賢《明一統志》卷七十四）

韓偓字致堯，别集一卷，實本集也。以其有《香奩集》，故反名别集。然其語多淺俗，入録者甚少。七言律如「無奈離腸」、「長日居閒」、「惜春連日」三篇，氣韻亦勝。「星斗疏明」一篇，聲亦宣朗。他如「鉼添澗水盛將月，衲挂松枝惹得雲」、「樹頭蜂抱花鬚落，池面魚吹柳絮行。禪伏詩魔歸静域，酒衝愁陣出奇兵」等句，乃晚唐巧句也。至若「爐爲窗明僧偶坐」、「雨連鶯曉落殘梅」，則奇僻不可爲法矣。（許學夷《詩源辯體》卷三十二）

韓偓流寓閩中，所作詩僅傳《南臺懷古》一首，云（文略）。偓卒於閩。其子寅亮與鄭文寶言：「偓捐館日，温陵帥聞其家藏箱笥頗多，而緘鐍甚固。發觀，得燒殘龍鳳燭、金縷紅巾百餘條，蠟淚尚新，巾香猶鬱。乃偓爲學士日，視草金鑾，夜還翰苑。當時皆宮人秉燭以送，悉藏之。又，文寶少時，於延平見一老尼，亦説斯事。尼乃偓之妾耳，第未考偓葬於何所也。（徐𤊹《筆精》卷五《詩談·韓致堯卒於閩中》）

釣龍臺上有磐石，越王餘善釣白龍處也，又名越王臺。韓偓流寓閩中，題詩云（文略）。（徐熥《竹窗雜録》）

方回：此乃閩中依王審知時詩，謂近海迫南風土如此。（《瀛奎律髓彙評》卷四十七釋梵類）

馮班：不言風土。（《瀛奎律髓彙評》卷四十七釋梵類）

馮舒：平平八句，意態無盡，蓋此中有作詩人性情在，非僅述風土也。（《瀛奎律髓彙評》卷四十七釋梵類）

馮班：頷聯妙，哀而不傷。（《瀛奎律髓彙評》卷四十七釋梵類）

紀昀：格弱是晚唐通病，此尚有健氣。（《瀛奎律髓彙評》卷四十七釋梵類）

詩題下注：丙寅，福州。日冠如半暈，在上有兩珥，尤吉。（杜詔、杜庭珠輯《中晚唐詩叩彈集》此詩末兩句下注）

石下有臺，以其在二洞之南，故名南臺。臺之兩旁樓閣，自山下視之，如在空中；登其上，則山川相映，景狀萬千。……唐韓偓有詩。（乾隆《晉江縣志》卷一《輿地·山川》南臺巖條。乾隆《泉州府志》卷六並引）

【按】末句「試望扶桑病眼開」之「扶桑」，《韓偓詩集箋注》謂「指古代日本」，並引《梁書·諸夷扶桑國傳》「扶桑在大漢國東二萬餘里，地在中國之東，其土多扶桑木，故以爲名」爲證。《韓偓詩注》則以爲「日出之處」，且謂「此處則似有更進一步的意思，即以扶桑喻指朝廷。詩人雖已身處閩地，但心繫朝廷，故以『病眼』試望扶桑（朝廷）」。《增訂注釋全唐詩·韓偓集》亦以爲「神話中木名，爲日出之處」。上述之說當以後兩説爲是，然是否「以扶桑喻指朝廷」，則聊備一説可矣。

## 兩　賢〔一〕

賣卜嚴將賣餅孫〔二〕，兩賢高趣恐難倫〔三〕。而今若有逃名者〔四〕，應被品流呼差人①〔五〕。

### 【校　記】

①「差」，韓集舊鈔本、明代趙宧光《萬首唐人絶句》本、麟後山房刻本、吴校本均作「俗」，吴校本下校「又作差」，《全唐詩》校「一作俗」。按，統籤本注：「差，千個切，與蹉同，足趺也，又過也。言其人之可怪也。近本《萬首絶句》改爲『俗』字，誤。」

【注　釋】

〔一〕此詩乃作於丙寅即天祐三年（公元九〇六年）秋後。説詳卷一《荔枝三首》第一首校記。

〔二〕賣卜嚴將賣餅孫：即詩題所謂的「兩賢」。指漢代隱士嚴遵和趙岐。將，與。皇甫謐《高士傳·嚴遵》：「嚴遵，字君平，蜀人也，隱居不仕。常賣卜於成都市，日得百錢以自給。卜訖，則閉肆下簾，以著書爲事。揚雄少從之遊，屢稱其德。」《後漢書·趙岐傳》：「趙岐字邠卿，京兆長陵人也。……岐少明經，有才蓺，娶扶風馬融兄女。融外戚豪家，岐常鄙之，不與融相見。仕州郡，以廉直疾惡見憚。年三十餘，有重疾，卧蓐七年，自慮奄忽，乃爲遺令敕兄子曰：『大丈夫生世，遯無箕山之操，仕無伊、吕之勳，天不我與，復何言哉！可立一員石於吾墓前，刻之曰：「漢有逸人，姓趙名嘉。有志無時，命也奈何！」』其後疾瘳。……岐遂逃難四方，江、淮、海、岱，靡所不歷。自匿姓名，賣餅北海市中。時安丘孫嵩年二十餘，遊市見岐，察非常人，停車呼與共載。岐懼失色，嵩乃下帷，令騎屏行人。密問岐曰：『視子非賣餅者，又相問而色動，不有重怨，即亡命乎？我北海孫賓石，闔門百口，埶能相濟。』岐素聞嵩名，即以實告之，遂以俱歸。」

〔三〕難倫：難於比類。倫，輩，類。《禮記·曲禮下》：「儗人必於其倫。」鄭玄注：「倫，猶類也。」《史記·儒林列傳》：「如田子方、段干木、吴起、禽滑釐之屬，皆受業於子夏之倫，爲王者師。」

唐韓愈《進學解》：「絶類離倫，優入聖域。」

〔四〕逃名：逃避聲名而不居。《後漢書·逸民傳·法真》：「法真名可得聞，身難得而見。逃名而名我隨，避名而名我追，可謂百世之師者矣。」唐司空圖《歸王官次年作》詩：「酣歌自適逃名久，不必門多長者車。」

〔五〕品流：品類，流别。唐鄭谷《鷓鴣》詩：「煖戲煙蕪錦翼齊，品流應得近山雞。」唐李群玉《東陽潭鸂鶒》：「俊味品流知第一，更勞霜橘助芳鮮。」差人，奇異的人。《梁書·劉顯傳》：「約（沈約）爲丹陽尹，命駕造焉。於坐策顯經史十事，顯對其九……顯問其五，約對其二。陸倕聞之，歎曰：『劉郎可謂差人，雖吾家平原詣張壯武，王粲謁伯喈，必無此對。』其爲名流推賞如此。」

【按】此詩蓋有感而作也。前二句謂嚴遵、趙岐之逃名隱逸，如今恐難於倫比矣。言下之意乃感歎如今之世已少有如此「自匿姓名」者。後二句亦歎今世之難有「逃名者」。前二句側重於昔時，後二句則側重於今日。相形之下，今大不如昔之意顯然。蓋世道人心丕變，此詩人之所以慨歎也。而詩人因何具體事而有如此之作？今難究明。然考《十國春秋·韓偓傳》記：「天祐三年，復有前命，偓又辭，爲詩曰：『豈獨鴟夷解歸去，五湖漁艇且餔糟。』」疑或亦因之而有感焉。又，其時朝廷召韓偓等人復官，或即有應召復官入朝以仕朱全忠把持之朝者，以此偓有感而作也。

## 再思〔一〕

暴殄猶來是片時〔二〕，無人向此略遲疑。流金鑠石玉長潤〔三〕，敗柳凋花松不知。但保行藏天是證〔四〕，莫矜纖巧鬼難欺〔五〕。近來更得窮經力〔六〕，好事臨行亦再思。

【注釋】

〔一〕此詩乃作於丙寅即天祐三年（公元九〇六年）秋後。説詳卷一《荔枝三首》之一校記。

〔二〕暴殄：任意浪費、糟蹋。《書·武成》「暴殄天物」僞孔安國傳：「暴絶天物，言逆天也。」唐杜甫《又觀打魚》：「暴殄天物聖所哀。」猶來，即由來、從來。猶，通「由」。

〔三〕流金鑠石：謂高温熔化金石。形容天氣酷熱。《楚辭·招魂》：「十日代出，流金鑠石些。」王逸注：「鑠，銷也；言東方有扶桑之木，十日並在其上，以次更行，其熱酷烈，金石堅剛，皆爲銷釋也。」玉潤，潤，指玉潤澤。《禮記·聘義》：「君子比德於玉焉，温潤而澤，仁也。」後因以「玉潤」比喻美德。漢班固《東京賦》：「（百姓）莫不優遊而自得，玉潤而金聲。」

〔四〕行藏：指出處或行止。語本《論語·述而》：「用之則行，舍之則藏。」晉潘岳《西征賦》：「孔隨時以行藏，蘧與國而舒卷。」唐岑參《武威送劉單判官赴安西行營便呈高開府》詩：「功業須及時，立身有行藏。」證，驗證；證實。《楚辭·九章·惜誦》：「故相臣莫若君兮，所以證之不遠。」王逸注：「證，驗也。」

〔五〕矜：自誇；自恃。《書·大禹謨》：「汝惟不矜，天下莫與汝爭能；汝惟不伐，天下莫與汝爭功。」孔傳：「自賢曰矜，自功曰伐。」孔穎達疏：「矜與伐俱是誇義。」《管子·宙合》：「功大而不伐，業明而不矜。」纖巧，形容工於心計。《舊五代史·晉書·孟承誨傳》：「及少帝嗣位，以植性纖巧，善於希旨，復與權臣宦官密相表裏，凡朝廷恩澤美使，必承誨爲之。」

〔六〕窮經：謂深入鑽研經籍。梁武帝《會三教》：「少時學周孔，弱冠窮六經。」

【按】此詩與前一首《兩賢》乃有所感而詠，然其所感者何，有以爲指復召仍不赴，或謂即指王審知欲用偓爲官。

## 有　矚①〔一〕

晚涼閒步向江亭，默默看書旋旋行〔二〕。風轉滯帆狂得勢〔三〕，潮來渚水寂無聲②。誰將覆轍詢長策〔四〕，願把棼絲屬老成〔五〕。安石本懷經濟意〔六〕，何妨一起爲蒼生〔七〕。

【校記】

①「矚」，黄永年、陳楓校點《王荆公唐百家詩選》校云：「『矚』，分類本『屬』。」

②「渚」，原作「諸」，據玉山樵人本、統籤本改。

【注釋】

〔一〕此詩乃作於丙寅即天祐三年（公元九〇六年）秋後。説詳卷一《荔枝三首》第一首校記。

有矚：有所矚目。矚，注視。《隋書·外戚傳·蕭巋》：「巋被服端麗，進退閑雅，天子矚目，百僚傾慕。」《南史·張暢傳》：「音姿容止，莫不矚目，見者皆願爲盡命。」

〔二〕旋旋：漸漸，緩慢。唐皮日休《網》：「閑來發其機，旋旋沉平絲。」元薩都剌《遊西湖》詩之二：「少年豪飲醉忘歸，不覺湖船旋旋移。」

〔三〕滯帆：此處指靜止不動的帆船。滯，靜止；停止。《淮南子·原道訓》：「是故能天運地滯，輪轉而無廢。」晉張華《鷦鷯賦》：「棲無所滯，遊無所盤。」

〔四〕覆轍：翻車的軌跡。比喻招致失敗的教訓。語出《後漢書·范升傳》：「今動與時戾，事與道反，馳騖覆車之轍，探湯敗事之後，後出益可怪，晚發愈可懼耳。」長策，猶良計。《史記·平津侯主父列傳》：「靡弊中國，快心匈奴，非長策也。」《北齊書・王琳傳》：「吴兵甚鋭，宜長策制之，慎勿輕鬭。」

〔五〕棼絲：亂絲。語本《左傳・隱公四年》：「臣聞以德和民，不聞以亂。以亂，猶治絲而棼之也。」晉葛洪《抱朴子・審舉》：「立之朝廷，則亂劇於棼絲。」此處喻指紛亂之國事。屬老成，屬，委託；囑咐。《左傳・隱公三年》：「宋穆公疾，召大司馬孔父而屬殤公焉。」三國魏曹操《與荀彧書追傷郭嘉》：「以其通達……欲以後事屬之。」老成，年高有德。《詩・大雅・蕩》：「雖無老成人，尚有典型。」《疏》：「今時雖無年老德成之人，若伊陟之類。」也泛指有聲望精明練達之人。晉潘尼《贈陸機出爲吴王即中令》：「愧無老成，厠彼日新。」唐李商隱《有感》：「古有清君側，今非乏老成。」

〔六〕「安石本懷」句：安石即東晉名將謝安。《晉書・謝安傳》：「謝安字安石，尚從弟也。……時苻堅强盛，疆場多虞，諸將敗退相繼。安遣弟石及兄子玄等應機征討，所在克捷。拜衛將軍，開府儀同三司，封建昌縣公。」經濟，經世濟民。《晉書・殷浩傳》：「足下沈識淹長，思綜通練，起而明之，足以經濟。」

〔七〕「何妨一起」句：《晉書・謝安傳》：初，隱居東山，累召不起，後「安始有仕進志，時年已四十餘矣。征西大將軍桓温請爲司馬，將發新亭，朝士咸送。中丞高崧戲之曰：『卿累違朝旨，高卧東山，諸人每相與言：安石不肯出，將如蒼生何！蒼生今亦將如卿何！』安甚有愧色」。

【按】此詩乃睹景生情起念之作也。詩人於江邊閑步看書，忽見潮起風勁，猛然轉動停滯於江中帆船之景象，忽起憂時念亂，願爲蒼生一起振救國難民艱之心。「風轉滯帆」二句，寫所見眼前江中潮來風起，帆船狂得勢而轉之景象。然詩人由此自然之變動景象而有所體悟。其所體悟者或爲：只要潮來風起，滯帆即可猛然轉動。則欲改變亂亡沉淪之國勢，亦猶如眼前所見一般，所缺者乃須風起潮來耳。如此則振起後四句，一抒願如謝安石爲蒼生而起之念頭。

## 秋深閒興〔一〕

此心兼笑野雲忙〔二〕，甘得貧閒味甚長〔三〕。病起乍嘗新橘柚，秋深初換熟衣裳①〔四〕。晴來喜鵲無窮語，雨後寒花特地香。把釣覆棋兼舉白〔五〕，不離名教可顛狂〔六〕。

【校記】

①「熟衣裳」，原作「舊衣裳」，韓集舊鈔本、麟後山房刻本、唐詩叩彈集本均作「熟衣裳」，今據改。又清人馮班認爲：「『舊衣』當作『熟衣』，夏時所著謂之生衣，故秋來换者曰『熟』，方君不知，而改作『舊』，誤

矣。」（見方回選評，李慶甲集評校點《瀛奎律髓彙評》卷二十三閑適類）又詳見本詩注釋④。

【注釋】

〔一〕此詩詩題謂「秋深」，故此詩乃作於丙寅即天祐三年（公元九〇六年）秋深時。說詳卷一《荔枝三首》第一首校記。

〔二〕野雲忙：此指野雲飄動快。唐韋莊《山墅閑題》：「靜極卻嫌流水鬧，閑多翻笑野雲忙。」

〔三〕貧閒：清貧而多空閒。唐白居易《昭國閒居》詩：「貧閒日高起，門巷晝寂寂。」白居易《洛下閒居寄山南令狐相公》：「不鍛嵇康彌懶静，無金疏傅更貧閒。」味甚長，指因貧閒而得到的情趣更深長。唐白居易《池上逐涼》：「簪纓怪我情何薄，泉石諳君味甚長。」

〔四〕熟衣：煮煉過的絲織品製成的衣服。唐白居易《西風》：「西風來幾日，一葉已先飛。新霽乘輕屐，初涼換熟衣。」又《感秋詠意》：「炎涼遷次速如飛，又脱生衣著熟衣。」唐方干《秋晚林中寄賓幕》：「八月蕭條九月時，沙蟬海燕各分飛。杯盂未稱嘗生酒，砧杵先催試熟衣。」按，此處熟衣爲秋衣，夏衣則謂生衣。唐王建《秋日後》詩：「立秋日後無多熱，漸覺生衣不著身。」宋陸游《晨起獨行緑陰間》詩：「不恨過時嘗煮酒，且欣平旦著生衣。」

〔五〕覆棋：又作覆局。《三國志·魏志·王粲傳》：「（王粲）觀人圍棋，局壞，粲爲覆之。棋者不信，以帊蓋局，使更以他局爲之。用相比較，不失一道。」後謂棋局亂後，重行布棋如舊爲「覆局」。《北齊書·河南王孝瑜傳》：「（孝瑜）讀書敏速，十行俱下，覆棋不失一道。」詩中此處指下棋。唐盧綸《送潘述應宏詞下第歸江南》：「雨裏行青草，山前望白波。江樓覆棋好，誰引仲宣過。」唐許渾《郊居春日有懷府中諸公並柬王兵曹》詩：「僧舍覆棋消白日，市樓賒酒過青春。」舉白，原指罰酒。白，大白，用以罰酒的杯子。漢劉向《説苑·善説》：「文侯飲而不盡釂，公乘不仁舉白浮君。」《文選·左思〈吴都賦〉》：「里讌巷飲，飛觴舉白。」劉良注：「大白，杯名。有犯令者，舉而罰之。」《漢書·叙傳》：「設宴飲之會，及趙、李諸侍中皆引滿舉白，談笑大噱。」顏師古注引服虔曰：「舉滿杯，有餘白瀝者，罰之也。」孟康曰：「舉白，見驗飲酒盡不也。」此處泛指飲酒。

〔六〕名教：指以正名定分爲主的封建禮教。晉袁宏《後漢紀·獻帝紀》：「夫君臣父子，名教之本也。」三國魏嵇康《釋私論》：「矜尚不存乎心，故能越名教而任自然。」

【集評】

馮班：四句「舊衣」當作「熟衣」，夏時所著謂之生衣，故秋來换者曰「熟」，方君不知，而改作「舊」，誤矣。（《瀛奎律髓彙評》卷二十三閑適類）

紀昀：語亦淺薄，尚未似秦、伍二詩之瑣纖。次句淺率。（《瀛奎律髓彙評》卷二十三閑適類）

【按】此詩寫詩人深秋時節病後之閒散生活與體會。首句笑野雲之匆忙，次句即釋所以笑野雲忙之緣故，乃在於因貧而閒，方能體會其中情味之深長也。中四句具寫其秋來閒散有味之生活。「嘗新橘柚」、「换熟衣裳」，雖是平常生活瑣事，然於「病起乍嘗」、「秋深初换」，則頗有一番欣喜味長之感受也。此既體現「味甚長」之句，同時扣緊詩題之「秋深」二字。「晴來」、「雨後」二句，寫所見所聞之自然景象也。鵲鳴之「無窮語」、寒花之「特地香」，亦是體現「味甚長」之句。「把釣」句，即是「不離名教可顛狂」之所指，亦即扣詩題之「閒興」。八句緊扣詩題，將「秋深閒興」四字做足。

## 故　都①〔一〕

故都遥想草萋萋②〔二〕，上帝深疑亦自迷〔三〕。塞雁已侵池籞宿〔四〕，宫鴉猶戀女牆啼〔五〕。天涯烈士空垂涕〔六〕，地下强魂必噬臍〔七〕。掩鼻計成終不覺〔八〕，馮驩無路斅鳴雞〔九〕。

【校　記】

①「故都」，《唐百家詩選》本題作「憶故都」。

②「都」，黄永年、陳楓校點《王荆公唐百家詩選》校云：「『都』，分類本『鄉』。」按，當作「都」爲是。蓋詩題已明題「故都」，全詩乃詠故都事，與「故鄉」無涉。

【注釋】

〔一〕説詳卷一《荔枝三首》第一首校記。此詩有「塞雁已侵池籞宿」句，「塞雁」亦顯明節候之詞。故此詩乃作於丙寅即天祐三年（公元九〇六年）秋深時。

〔二〕故都：此謂長安。天祐元年朱全忠逼唐昭宗遷都洛陽，並於同年八月弑昭宗，另立新帝。本詩天祐三年作，時詩人避難於福州，故稱長安爲故都。草萋萋，萋萋爲草木茂盛貌。《詩·周南·葛覃》：「葛之覃兮，施于中谷，維葉萋萋。」毛傳：「萋萋，茂盛貌。」《楚辭·招隱士》：「春草生兮萋萋，王孫遊兮不歸。」此處草萋萋指荒草茂盛貌。

〔三〕上帝句：上帝，君主，帝王。此謂唐昭宗。《詩·大雅·蕩》：「蕩蕩上帝，下民之辟。」毛傳：「上帝，以託君王也。」孔穎達疏：「王稱天稱帝，《詩》之通義。」《後漢書·黨錮傳·李膺》：「頃聞上帝震怒，貶黜鼎臣。」李賢注：「上帝謂天子。」此上帝乃指一般帝王，即唐昭宗，而非天帝。此句謂遷都洛陽後，故都長安已荒廢太甚，連本熟諳長安風貌之昭宗，亦疑而迷惑，幾乎未能認出長安矣。

〔四〕池籞：指帝王的園林。漢桓寬《鹽鐵論·園池》：「先帝之開苑囿池籞，可賦歸之於民，縣官租税而已。」《漢書・宣帝紀》：「池籞未御幸者，假與貧民。」顔師古注：「蘇林曰：『折竹以繩，緜連禁禦，使人不得往來，律名爲籞。』應劭曰：『池者，陂池也；籞者，禁苑也。』」

〔五〕宫鴉：宫殿中烏鴉。此處用以自喻。女牆，城牆上呈凹凸形的小牆。《釋名・釋宫室》：「城上垣，曰睥睨……亦曰女牆，言其卑小，比之於城。」《宋書・南平穆王鑠傳》：「憲督厲將士，固女牆而戰，賊之死者，屍與城等。」

〔六〕天涯烈士：此詩人自謂。天涯，猶天邊。指極遠的地方。語出《古詩十九首・行行重行行》：「相去萬餘里，各在天一涯。」烈士，有節氣有壯志的人。《韓非子・詭使》：「而好名義不仕進者，世謂之烈士。」三國魏曹操《步出夏門行》：「老驥伏櫪，志在千里；烈士暮年，壯心不已。」詩人乃忠於李唐之志士，此時遠離長安，避難福州，故自謂如此。高步瀛《唐宋詩舉要》本詩注評引《新五代史・唐六臣傳》曰：「左僕射裴樞、獨孤損，右僕射崔遠，守太保致仕趙崇，兵部侍郎王贊，工部尚書王溥，吏部尚書陸扆皆以無罪貶，同日賜死於白馬驛。凡搢紳之士與唐而不與梁者，皆誣以朋黨，坐貶死者數百人，而朝廷爲之一空。」所説恐未諦。蓋所舉諸人皆已在天祐二年六月賜死，故此時「空垂淚」者必非上舉諸人，乃詩人也。

〔七〕「地下强魂」句：地下强魂指崔胤。噬臍，自齧腹臍。喻後悔不及。《左傳・莊公六年》：「亡鄧國者，必此人也。若不早圖，後君噬齊。」杜預注：「若齧腹齊，喻不可及也。」漢揚雄《太玄賦》：「豈恃寵以冒災兮，將噬臍之不及。」案：齊，臍之通借字。崔胤時爲宰相，爲鏟除宫中宦官，引强藩朱全忠入朝，後又被朱全忠所殺。《新唐書·崔胤傳》：胤「自鳳翔還，揣全忠將篡奪，顧己宰相，恐一日及禍，欲握兵自固，謬謂全忠曰：『京師迫茂貞，不可無備，須募軍以守。今左右龍武、羽林、神策，播幸之餘，無見兵。請軍置四步將，將二百五十；一騎將，將百人。使番休遞侍。』以京兆尹鄭元規爲六軍諸衛副使，陳班爲威遠軍使，募卒於市。全忠知其意，陽相然許。胤乃毁浮圖，取銅鐵爲兵仗。全忠陰令汴人數百應募，以其子友倫入宿衛。會爲毬戲，墜馬死，全忠疑胤陰計，大怒。時傳胤將挾帝幸荆、襄，而全忠方謀脇乘輿都洛，懼其異議，密表胤專權亂國，請誅之。即罷爲太子少傅。全忠令其子友諒以兵圍開化坊第，殺胤，汴士皆突出，市人争投瓦礫擊其尸，年五十一。元規、陳班等皆死，實天復四年正月。胤罷凡三日死。死十日，全忠脇帝遷洛」。

〔八〕掩鼻計成：掩鼻，捂住鼻子。表示對骯髒、發臭之物的厭惡。《孟子·離婁下》：「西子蒙不潔，則人皆掩鼻而過之。」掩鼻計成乃用《韓非子·内儲説下》典：「魏王遺荆王美人，荆王甚悦之。夫人鄭袖知王悦愛之也……因爲（謂）新人曰：『王甚悦愛子，然惡子之鼻。子見王，常掩鼻，則王長幸子矣。』於是新人從之。每見王，常掩鼻。王謂夫人曰：『新人見寡人常掩鼻，何也？』對曰：『不知也。』王强問之，對曰：『頃嘗言惡聞王臭。』王怒曰：『劓之。』」此句高步瀛

《唐宋詩舉要》本詩下注評謂「掩鼻句，蓋譏朱梁以狐媚取天下也」。而陳寅恪以爲掩鼻計即鄭元規之謀及傳胤欲挾帝幸荆襄之説於全忠之類（陳寅恪《讀書札記二集·韓翰林集之部》）。

〔九〕「馮驩無路」句：馮驩，即馮諼，戰國齊孟嘗君門客，事見《戰國策·齊策四》。鳴雞，孟嘗君使於秦，秦昭王欲殺之。孟嘗君逃至函谷關，雞未鳴，不得出，門客學雞鳴，始得開關出。事見《史記·孟嘗君列傳》。此句詩人以馮驩自況，慨歎未能如孟嘗君之門客敩雞鳴而救君王。

## 【集評】

方回：此爲昭宗作，第六句佳。（《瀛奎律髓彙評》卷三懷古類）

馮班：三、四有比興。（《瀛奎律髓彙評》卷三懷古類）

何義門：次聯妙極。第四自比，第六指崔昌遐。（《瀛奎律髓彙評》卷三懷古類）

紀昀：此真所謂鬼詩，劉後村《老吏》詩從此生出而又加甚焉。（《瀛奎律髓彙評》卷三懷古類）

無名氏（甲）：故都，指西安。昭宗本都長安，被朱温劫遷，而長安遂墟，乃稱「故都」云。（《瀛奎律髓彙評》卷三懷古類）

天涯烈士，公自謂；地下强魂，蓋指當時貶死諸人。（吴汝綸《吴評韓翰林集》）

「上帝」二句，即庾子山《哀江南賦》「翦鶉首而賜秦，天胡爲而此醉」之意。（高步瀛《唐宋詩舉要》本詩下注評）

吴汝綸曰：「一句開。」（高步瀛《唐宋詩舉要》本詩「上帝」句下注評引）

吴汝綸曰：「再接。」（高步瀛《唐宋詩舉要》本詩「塞雁」句下注評引）

吴汝綸曰：「提筆挺起作大頓挫，凡小家作感憤詩，後半每不能撑起，大家氣魄所爭在此。」（高步瀛《唐宋詩舉要》本詩「地下强魂」句下注評引）

吴汝綸曰：「此國亡後作，忼慨欲報之意，情見乎詞，至意旨之悲哀抑鬱，與《離騷》、《招魂》異曲同工矣。」（高步瀛《唐宋詩舉要》本詩詩末注評引）

掩鼻句蓋譏朱梁以狐媚取天下也。（高步瀛《唐宋詩舉要》本詩注評）

詳見《舊唐書》一百七十七《崔慎由》附胤傳，及《新唐書·姦臣列傳》第一百四十八下《崔胤傳》。胤本與朱全忠表裏相結，卒傾唐室，而胤亦爲全忠所殺，韓公曾爲胤賓僚，故以馮驩自況。新傳云：時傳胤將挾帝幸荆襄，而全忠方謀脇乘輿都洛，懼其異議，密表胤專權亂國，請誅之。全忠令其子友諒以兵圍開化坊第，殺胤。寅恪案：「掩鼻計」者，即鄭元規之謀及傳胤欲挾帝幸荆襄之説於全忠之類是也。（陳寅恪《讀書札記二集·韓翰林集之部》）

【按】《韓偓年譜》謂：「詩題《故都》，實哀唐之亡。前半想像長安毁棄之荒涼，極天荒地老之悲。『天涯烈士』自謂，『地下强魂』指崔胤，胤召全忠勤王鳳翔，致引狼入室，速唐之亡，且胤亦身死其手，故地下魂魄必悔恨莫及。『掩鼻計成』句，謂胤召全忠勤王，反中全忠奸計，而胤始終不悟。結句悲慨自己無力以救昭宗，悲徊無已。全詩機杼略同杜甫《春望》，而悲慟過之。」「塞雁已侵池籞宿，宮鴉猶戀女牆啼」一聯確爲「妙極」，蓋其既爲景物實寫，又寓比興深意，真乃妥帖神妙也。

## 夢　仙〔一〕

紫霄宮闕五雲芝〔二〕，九級壇前再拜時〔三〕。鶴舞鹿眠春草遠，山高水闊夕陽遲①。每嗟阮肇歸何速〔四〕，深羨張騫去不疑〔五〕。澡練純陽功力在〔六〕，此心唯有玉皇知〔七〕。

【校　記】

①「闊」，玉山樵人本、統籤本均作「潤」。按，當以「闊」爲是。

【注　釋】

〔一〕此詩丙寅年即天祐三年（公元九〇六年）秋到福州後作。說詳卷一《荔枝三首》之一校記。

〔二〕紫霄宮闕：即天上仙宮。紫霄，高空。晉曹毗《馬射賦》：「狀若騰虯而登紫霄，目似晨景之駭扶木。」南朝宋鮑照《登大雷岸與妹書》：「左右青靄，表裏紫霄。」唐李翶《贈毛仙翁》：「紫霄仙客下三山，因救生靈到世間。」五雲芝，芝，靈芝。道教裏面有「五芝」之説，即「五芝者，有石芝，有木芝，有草芝，有肉芝，有菌芝，各有百許種也」（葛洪《抱朴子·仙藥》）。此處五雲芝蓋指仙宫中之仙藥。《雲笈七籤》卷八十《神仙導引圖·真氣頌》：「鬱鬱五雲芝，玄輝吐玉光。」唐僧皎然《送褚道士》：「聞説洞庭無上路，春遊亂踏五雲芝。」

〔三〕九級壇：即九層壇、九重壇。此指仙宫中高臺。

〔四〕「阮肇」句：劉義慶《幽明録》：「漢明帝永平五年，剡縣劉晨、阮肇共入天台山取穀皮，迷不得返，經十三日，糧食乏盡，饑餒殆死。遥望山上有一桃樹，大有子實，而絶巖邃澗，永無登路。攀援藤葛，乃得至上。各啖數枚，而饑止體充。復下山，持杯取水，欲盥漱，見蕪菁葉從山腹流出，甚鮮新，復一杯流出，有胡麻飯糝，相謂曰：『此知去人徑不遠。』便共没水，逆流二三里，得度山出一大溪，溪邊有二女子，姿質妙絶，見二人持杯出，便笑曰：『劉、阮二郎，捉向所失流杯來。』晨、肇既不識之，緣二女便呼其姓，如似有舊，乃相見忻喜。問：『來何晚邪？』因邀還家。其家筒瓦屋，南壁及東壁下各有一大床，皆施絳羅帳，帳角懸鈴，金銀交錯。床頭各有十侍婢，敕云：『劉、阮二郎，經涉山岨，向雖得瓊實，猶尚虚弊，可速作食。』食胡麻飯、山羊脯、牛肉甚甘美。食畢行酒，有一群女來，各持五三桃子，笑而言：『賀汝婿來。』酒酣作樂，劉、阮忻怖交並。至暮，令各就一帳宿，女往就之，言聲清婉，令人忘憂。十日後，欲求還去，女云：『君已來是，宿福所牽，何復欲還邪？』遂停半年。氣候草木是春時，百鳥啼鳴，更懷悲思，求歸甚苦。女曰：『罪牽君，當可如何？』遂呼前來女子有三四十人，集會奏樂，共送劉、阮，指示還路。既出，親舊零落，邑屋改異，無復相識。問訊得七世孫，傳聞上世入山，迷不得歸。至晉太元八年，忽復去，不知何所。」

〔五〕「張騫」句：張騫爲西漢武帝時人，曾出使西域。從驃騎將軍衛青有功，封爲博望侯。傳見《史記·衛將軍驃騎傳》附《張騫》、《漢書·張騫傳》。後人小説乃謂張騫乘槎窮河源，至天上得牛女支機石以還。參卷一《六月十七日召對自辰及中方歸本院》「槎犯斗」條注。宋《癸辛雜識·前集·乘槎》云：「乘槎之事，自唐諸詩人以來，皆以爲張騫，雖老杜用事不苟，亦不免有『乘槎消息近，無處問張騫』之句。……張華《博物志》云：舊説天河與海通，有人賫糧乘槎而去……然亦未嘗指爲張騫也。及梁宗懍作《荆楚歲時記》乃言武帝使張騫，使大夏，尋河源，乘槎見所謂織女牽牛，不知懍何所據而云。」慶按，今本《荆楚歲時記》未見此條記載。

〔六〕澡練：猶修煉。晉束晳《讀書賦》：「耽道先生，澹泊閒居。澡練精神，呼吸清虚。」《初學記》卷二十三《佛第五·叙事》：「漸積勝業，陶冶麤鄙。經無數形，澡練神明，乃致無生而得佛道也。」純陽，純一的陽氣。古代以爲陰陽二氣合成宇宙萬物。《北堂書鈔》卷一四九引漢蔡邕

《月令章句》：「天有純陽積剛，運轉無窮。」《易・乾》「元、亨、利、貞」唐孔穎達疏：「言此卦之德，有純陽之性。」《書・洪範》「炎上作苦」唐孔穎達疏：「火是純陽，故炎上趣陽。」

〔七〕玉皇：亦即玉帝。道教稱天帝曰玉皇大帝，簡稱玉帝、玉皇。南朝梁陶弘景《真靈位業圖》：「玉帝居玉清三元宮第一中位。」唐李白《贈別舍人臺卿之江南》詩：「入洞過天地，登真朝玉皇。」唐劉禹錫《尋汪道士不遇》：「受籙金華洞，焚香玉帝宮。」

【按】詩題作《夢仙》，自然乃是詩人心境祈向之反映，亦是其遭貶隱居時精神變化之流露。前半首寫夢中身處天宮仙境情景。三四句狀仙境氣象，只見仙鶴翩翩起舞，仙鹿眠卧於遼闊的芊綿緑草中；仙境群山高峻而湖水廣闊，夕陽燦燦遲遲而未落，好是一派仙鄉祥瑞高遠景象。下半首「每嗟」、「深羨」二句，一反一正，均用古人遇仙之事一表艷羨嚮往之情。末兩句則直接向玉皇大帝表達欲澡練精神，培蓄純陽之氣，皈依道家仙境之心。由此詩可見詩人此時之精神境界與貶後心態之變化。

## 贈吴顛尊師　丙寅年作①〔一〕

飲酒經何代，休糧度此生〔二〕。跡應常自逸〔三〕，顛亦强爲名〔四〕。道若千鈞重〔五〕，身如一羽輕。毫釐分象緯〔六〕，祖跣揖公卿②〔七〕。狗竇號光逸〔八〕，漁陽裸禰衡〔九〕。笑雷冬蟄震〔一〇〕，巖電夜珠明〔一一〕。月魄侵簪冷③〔一二〕，江光逼屐清④〔一三〕。半酣思救世，一手擬扶傾〔一四〕。擊地嗟衰俗，看天貯不平。自緣懷氣義，可是計烹亨⑤〔一五〕。議論通三教〔一六〕，年顏稱五更〔一七〕。老狂人不厭，密行鬼應驚〔一八〕。未識心相許，開襟語便誠。伊余常仗義〔一九〕，願拜十年兄〔二〇〕。

**【校　記】**

① 「丙寅年作」，統籤本作「丙寅年福州作」。

② 「揖」，《全唐詩》校：「一作謁。」

③ 「魄」，玉山樵人本、韓集舊鈔本、統籤本均作「滑」，《全唐詩》校：「一作滑。」「簪」，《全唐詩》校：「一作簷。」按，「侵簪」對「逼屐」，作「簪」是。

④ 「逼」，《全唐詩》校：「一作映。」

⑤ 「是」，玉山樵人本作「自」。按，作「自」非是。

**【注　釋】**

〔一〕據此詩「丙寅年作」，統籤本「丙寅年福州作」小注，知詩作於丙寅年即天祐三年（公元九〇六年)秋詩人到福州後。

尊師：對道士的敬稱。

〔二〕休糧：即辟穀。謂不食五穀。道教的一種修煉術。辟穀時，仍食藥物，並須兼做導引等工夫。晉葛洪《抱朴子·仙藥》：「朮餌，令人肥健，可以負重涉險，但不及黄精甘美易食，凶年可以與老小休糧，人不能別之，謂爲米脯也。」唐賈島《山中道士》詩：「頭髪梳千下，休糧帶瘦容。」《史記·留侯世家》：「乃學辟穀，道引輕身。」《南史·隱逸傳下·陶弘景》：「弘景善辟穀導引之法，自隱處四十許年，年逾八十而有壯容。」宋陳鵠《耆舊續聞》卷七：「偶遇真人，授丹砂，辟穀有年，身輕於羽。」

〔三〕自浼：浼，沾汙；玷污。《孟子·公孫丑上》：「雖袒裼裸裎於我側，爾焉能浼我哉？」《舊五代史·蘇楷傳》：「蘇楷、盧賡等四人……曾無學業，敢竊科名，浼我至公，難從濫進。」自浼，此謂不拘形跡。

〔四〕强爲名：勉强叫個名。老子《道德經》：「吾不知其名，字之曰道，强爲之名曰大。」

〔五〕道：指道家之道，仙術，方術。《漢書·張良傳》：「乃學道，欲輕舉。」顔師古注：「道，謂仙道。」唐谷神子《博異志·許建宗》：「還古意建宗得道者，遂求之。」千鈞，形容極重。鈞，古代三十斤爲一鈞。張衡《西京賦》：「洪鐘萬鈞。」薛綜注：「三十斤曰鈞。」

〔六〕「毫釐」句：象緯，象數讖緯。亦指星象經緯，謂日月五星。晉王嘉《拾遺記·殷湯》：「師延者，殷之樂人也。設樂以來，世遵此職。至師延，精述陰陽，曉明象緯，莫測其爲人。」齊治平注：「象緯，象數讖緯。象數謂龜筮之類；讖緯謂讖録圖緯、占驗術數之書。」唐杜甫《遊龍門奉先寺》詩：「天闕象緯逼，雲卧衣裳冷。」仇兆鼇注：「象緯，星象經緯也。」此句謂吴顛尊師精究天文，能精細分辨星象經緯。

〔七〕「祖跣」句：祖，去衣露上身。《禮·曲禮上》：「冠毋免，勞毋祖，暑毋褰裳。」跣，光着脚。《書·説命上》：「若跣弗視地，厥足用傷。」《國語·晉七》：「公跣而出。」祖跣，祖胸赤足。唐白居易《不出門》詩：「披衣腰不帶，散髮頭不巾。祖跣北窗下，葛天之遺民。」揖，拱手行禮。《書·康王之誥》：「太保暨芮伯咸進相揖，皆再拜稽首。」北齊顔之推《顔氏家訓·風操》：「南人賓至不迎，相見捧手而不揖，送客下席而已。」宋陸游《老學庵筆記》卷八：「古所謂揖，但舉手而已。」此句謂吴顛尊師對公卿大臣頗爲倨傲，毫無諂媚巴結之意。

〔八〕「狗竇」句：狗竇，狗洞。《晉書·光逸傳》：「光逸字孟祖，樂安人也。初爲博昌小吏。……尋以世難，避亂渡江，復依輔之。初至，屬輔之與謝鯤、阮放、畢卓、羊曼、桓彝、阮孚散髮裸裎，閉室酣飲已累日。逸將排户入，守者不聽。逸便於户外脱衣露頭，於狗竇中窺之而大叫。輔之驚曰：『他人決不能爾，必我孟祖也。』遽呼入，遂與飲，不捨晝夜。」

〔九〕「漁陽」句：漁陽，指漁陽摻撾。鼓曲名。《後漢書·禰衡傳》載：「禰衡字正平，平原般人也。少有才辯而氣尚剛傲，好矯時慢物。興平中避難荆州，建安初來遊許下。……（孔）融既愛衡才，數稱述於曹操。操欲見之，而衡素相輕疾，自稱狂病不肯往，而數有恣言。操懷忿而以其才名不欲殺之。聞衡善擊鼓，乃召爲鼓史。因大會賓客，閲試音節。諸史過者，皆令脱其故衣，更著岑牟單絞之服。次至衡，衡方爲漁陽參撾，蹀躞而前。容態有異，聲節悲壯，聽者莫不慷慨。衡進至操前而止，吏訶之曰：『鼓史，何不改裝而輕敢進乎？』衡曰：『諾。』於是先解衵衣，次釋餘服，裸身而立。徐取岑牟單絞而著之，畢復參撾而去，顔色不怍。操笑曰：『本欲辱衡，衡反辱孤。』孔融退而數之曰：『正平大雅，固當爾邪？』因宣操區區之意，衡許往。」北周庾信《夜聽擣衣》詩：「聲煩《廣陵散》，杵急《漁陽摻》。」唐李頎《聽安萬善吹觱篥歌》：「忽然更作《漁陽摻》，黄雲蕭條白日暗。」

〔一〇〕笑雷：《易·震》：「震來虩虩，笑言啞啞。」孔穎達疏：「虩虩，恐懼之貌也；啞啞，笑語之聲也。震之爲用，天之威怒，所以肅整怠慢，故迅雷風烈，君子爲之變容。施之於人事，則是威嚴之教行於天下也。」又《説卦》：「震爲雷。」後因以謂笑語而施威嚴之教，如震雷之肅整怠慢。冬蟄，冬天蟄伏的動物。蟄，動物冬眠，潛伏起來不食不動。《易·繫辭下》：「龍蛇之蟄，以存身也。」虞翻注：「蟄，潛藏也。」晉干寶《搜神記》卷十二：「蟲土閉而蟄，魚淵潛而處。」震，震動。《詩·魯頌·閟宫》："不虧不崩，不震不騰。"毛傳："震，動也。"

〔二〕巖電：即巖下電，比喻目光炯炯有神。《晉書·王戎傳》："戎幼而穎悟，神采秀徹，視目不眩，裴楷見而目之曰：『戎眼爛爛，如巖下電。』"此句謂吴顛目光炯炯有神，有若夜明珠般明亮。

〔三〕月魄：泛指月亮，月光。《漢武帝内傳》："致日精得陽光之珠，求月魄獲黄水之華。"唐李商隱《街西池館》詩："疎簾留月魄，珍簟接煙波。"簪，古人用來綰定髮髻或冠的長針。後來專指婦女綰髻的首飾。《韓非子·内儲説上》："周主亡玉簪，令吏求之，三日不能得也。"唐杜甫《春望》詩："白頭搔更短，渾欲不勝簪。"

〔三〕屐：木製的鞋，底大多有二齒，以行泥地。也指一般的鞋子。《晉書·五行志上》："初作屐者，婦人頭圓，男子頭方，圓者順之義，所以别男女也。至太康初，婦人屐乃頭方，與男無别。"玄應《一切經音義》卷十四引南朝宋劉敬叔《異苑》："介之推抱樹燒死，晉文公伐以製屐。"唐李白《越女詞》之一："屐上足如霜，不著鴉頭襪。"

〔四〕扶傾：本指扶持傾危的建築物。此處喻挽救墮落的世風。《文選·揚雄〈甘泉賦〉》："炕浮柱之飛榱兮，神莫莫而扶傾。"李善注："言簷宇高峻，若神清浄而扶其傾危也。"《後漢書·隗囂傳》："將軍操執款款，扶傾救危。"

〔五〕"可是"句：可是，豈是。計烹亨，計，計慮，考慮。《管子·中匡》："計得地與寶，而不計失諸侯」，計得財委，而不計失百姓。」三國魏嵇康《釋私論》：「言不計乎得失而遇善。」亨，乃烹的古字。即烹飪。《易·鼎》：「以木巽火，亨飪也。聖人亨以享上帝，而大亨以養聖賢。」陸德明《釋文》：「亨，本又作亯，同普庚反，煮也。」《詩·豳風·七月》：「七月亨葵及菽。」《漢書·高帝紀上》：「羽亨周苛，並殺樅公。」顔師古注：「亨謂煮而殺之。」《正字通·亠部》：「亨與烹同。古惟亨字兼三義，加四點作烹。」故烹亨本相同，不必區分彼此。此句意爲豈是去考慮彼此之區分呢？

〔一六〕三教：佛教傳入我國後，稱儒、道、釋爲「三教」。《北史·周本紀下》：「十二月癸巳，集群官及沙門道士等，帝升高座，辨釋三教先後。以儒教爲先，道教次之，佛教爲後。」

〔一七〕「年顔」句：年顔，年紀容貌。唐白居易《途中感秋》：「節物行摇落，年顔坐變衰。」五更，古代鄉官名。用以安置年老致仕的官員。《魏書·尉元傳》：「卿以七十之齡，可充五更之選。」古代設三老五更之位，天子以父兄之禮養之。《禮記·文王世子》：「適東序，釋奠於先老，遂設三老、五更、群老之席位焉。」鄭玄注：「三老五更各一人也，皆年老更事致仕者也，天子以父兄養之，示天下之孝悌也。名以三五者，取象三辰五星，天所因以照明天下者。」《禮記·樂記》：「食三老五更於大學。」鄭玄注：「三老五更，互言之耳，皆老人更知三德五事者也。」孔穎達疏：「三德謂正直、剛、柔。五事謂貌、言、視、聽、思也。」《漢書·禮樂志》：「養三老五更於辟靡。」顔師古注引李奇曰：「王者父事三老，兄事五更。」《後漢書・明帝紀》：「三老五更皆以二千石禄養終厥身。」李賢注引《漢官儀》：「三老五更，皆取有首妻男女全具者。」此句謂吴顛之年歲容貌可稱得上具有三德五事品行，受人尊敬的年長者。

〔一八〕密行：佛教語。小乘指持戒嚴密的修行，大乘指藴善於内而不外著的修行。釋迦牟尼弟子羅睺羅以「密行第一」著稱。《法華經・授學無學人記品》：「羅睺羅密行，惟我能知之。」唐玄奘《大唐西域記・阿踰陀國》：「無著弟子佛陀僧訶者，密行莫測，高才有聞。」宋張商英《護法論》：「僧者，佛祖所自出也，有苦行者，有密行者。」

〔一九〕伊余：即自指，我。三國魏曹植《責躬詩》：「伊余小子，恃寵驕盈。」唐韓愈《陪杜侍御遊湘西兩寺》：「伊余夙所慕，陪賞亦去忝。」

〔二〇〕「願拜」句：此句意爲願結拜比自己年長十歲的吴顛爲兄長。

## 【集評】

韓偓《贈吴顛尊師》曰：「飲酒經何代，休糧度此生。跡應常自逸，顛亦强爲名。……伊余常服義，願拜十年兄。」《送人棄官入道》曰：「仙李濃陰潤，皇枝密葉敷。俊才輕折桂，捷徑取紆朱。……酒律應難忘，詩魔未肯徂。他年如拔宅，爲我指清都。」《贈隱逸》曰：「靜景須教靜者尋，清狂何必在山陰。……築金總得非名士，況是無人解築金。」「仙李」一首，蓋贈唐之宗室。三人名氏雖不可盡得，其憤時而去，非才不能用世，與甘心枯槁之流固又有加矣。（吴光耀《五代史記纂誤續補》卷三）

予嘗以歐陽公《唐書》歎天復天祐後無節義之臣，推原於白馬清流之禍，士氣喪盡有以致之。然恐當時尚有其人，特遭五閏喪亂失之耳！因追爲搜緝，補作《唐遺臣》一卷。其已見於史者曰司空侍郎圖、韓侍郎偓、羅隱、梁震輩。此外尚有，如孫郃、陳向之徒尚得十餘人。亦稍慰歐公之憾，然莫能盡也。韓侍郎丙寅在福州有《贈吴顛尊師》詩曰：「飲酒經何代？……願拜十年兄。」斯人非唐之貞士棄官隱於黄冠者乎？雖其名不可考，然當附之司空諸公之後。致光又有《送人棄官入道》詩云：「社稷俄如綴……回首笑吾徒。」是亦一吴顛也。然則其時之埋形晦跡，竟與草木同腐者，豈僅此哉，豈僅此哉！（全祖望《鮚埼亭集外編》卷三十三《題跋·跋韓侍郎致光贈吴顛尊師詩》）

【按】此詩叙寫吴顛道士之狂放倨傲而又「道若千鈞重」之高尚人品，故爲詩人稱許爲「議論通三教，年顔稱五更」，並希望拜其爲兄。尤可注意者乃吴顛雖爲道士，但卻是一位「半酣思救世，一手擬扶傾。擊地嗟衰俗，看天貯不平」之胸懷匡世救俗大志者。此種人物其實並非一心向道者，而是没落亂世中無力匡世正俗，憤而出世者。故清人全祖望認爲此人「非唐之貞士棄官隱於黄冠者乎？雖其名不可考，然當附之司空諸公之後」，並謂：「致光又有《送人棄官入道》詩云：『社稷俄如綴……回首笑吾徒。』是亦一吴顛也。然則其時之埋形晦跡，竟與草木同腐者，豈僅此哉！」其實，韓偓詩末云「伊余常仗義，願拜十年兄」，亦以吴顛爲同輩流，其寫吴顛，亦懷以吴顛自許自狀之意。

## 送人棄官入道〔一〕

仙李濃陰潤〔二〕，皇枝密葉敷〔三〕。俊才輕折桂〔四〕，捷徑取紆朱〔五〕。斷紲三清路〔六〕，揚鞭五達衢〔七〕。側身期破的〔八〕，縮手待呼盧〔九〕。社稷俄如綴〔一〇〕，雄豪詎守株〔一一〕。忸怩非壯志〔一二〕，擺脱是良圖〔一三〕。塵土留難住〔一四〕，纓緌棄若無〔一五〕。冥心歸大道〔一六〕，回首笑吾徒。酒律應難忘〔一七〕，詩魔未肯徂〔一八〕。他年如拔宅〔一九〕，爲我指清都〔二〇〕。

【注釋】

〔一〕本詩當丙寅年即天祐三年（公元九〇六年）秋到福州後作。説詳卷一《荔枝三首》之一校記。

棄官入道：指看破紅塵，自棄官職，入道觀爲道士。

〔二〕仙李：葛洪《神仙傳》卷一《老子》：「老子者，名重耳，字伯陽。……或云老子之母，適至李樹下而生。老子生而能言，指李樹曰：『以此爲我姓。』」故稱李樹爲仙樹。濃陰潤，本謂李樹枝繁葉茂，樹蔭濃密潤澤。此處用以比喻李姓子孫昌盛繁榮，用指此人即爲李姓後嗣。杜甫《冬日洛城北謁玄元皇帝廟》：「仙李盤根大，猗蘭奕葉光。」

〔三〕皇枝：此指皇帝的庶子或宗族。《陳書·始興王伯茂傳》：「言念皇支，尚懷悲戚。」《北史·樊子蓋傳》：「朕遣越王留守東都，示以皇枝盤石，社稷大事，終以委公。」《太平廣記》卷二三引唐戴孚《廣異記·張李二公》：「唐開元中，有張李二公，同志相與，於泰山學道。久之，李以皇枝，思任官，辭而歸。」密葉敷，敷，傳佈；散佈。此處密葉敷意爲李姓（唐朝皇姓）子孫如密葉繁布。

〔四〕折桂：《晉書·郤詵傳》：郤詵舉賢良對策，爲天下第一。「武帝於東堂會送，問詵曰：『卿自以爲何如？』詵對曰：『臣舉賢良對策，爲天下第一，猶桂林之一枝，崑山之片玉。』」後因以「折桂」謂科舉及第。

〔五〕「捷徑」句：捷徑，喻速成的方法或手段。按，唐代除通過科舉入仕外，尚有官蔭制度，如《新唐書·選舉志》云：「凡用蔭，一品子正七品上，二品子正七品下，三品子從七品上，從三品子從七品下，正四品子正八品上，從四品子正八品下……」韓偓詩此處所送入道者係李唐皇家子孫，則此處所謂捷徑，或即指通過官蔭入仕。取紆朱，紆朱，即紆朱拖紫之意，指取得達官顯職之意。唐制，五品以上服朱，三品以上服紫。紆，繫結；垂掛。《文選·張衡〈東京賦〉》：「紆皇組，要干將，負斧扆，次席紛純。」李善注：「紆，垂也。」前蜀韋莊《和薛先輩見寄初秋寓懷即事之作二十韻》：「慚聞紆緑綬，即候掛朝簪。」朱，紅色之物。此指紅色印綬。《後漢書·宦官傳論》：「若夫高冠長劍，紆朱懷金者，布滿宫闈。」李賢注引李軌曰：「朱，朱紱也。金，金印也。」

〔六〕紲：韁繩，繩索。《國語·晉四》：「從者爲羈紲之僕，居者爲社稷之守，何必罪居者？」《禮記·少儀》：「犬則執緤。」三清，道教指玉清、上清、太清爲三清境。《靈寶太乙經》：「四人天外曰三清境：玉清、太清、上清，亦名『三天』。」南朝梁沈約《桐柏山金庭館碑》：「此蓋棲靈五嶽，未篤夫三清者也。」

〔七〕五達衢：即五衢，通達五方的大路。《爾雅·釋宫》：「五達謂之康，六達謂之莊。」《管子·臣乘馬》：「今君立扶臺，五衢之衆皆作。」唐權德輿《放歌行》：「雙闕煙雲遥靄靄，五衢車馬亂紛紛。」《新唐書·獨孤及傳》：「堯設謗木於五達之衢。」

〔八〕的：箭靶子。《晉書·謝尚傳》：「（謝尚）嘗與（庾）翼共射，翼曰：『卿若破的，當以鼓吹相賞。』」唐杜甫《贈鄧諫議》：「破的由來事，先鋒孰敢爭。」

〔九〕呼盧：亦謂呼盧喝雉。謂賭博。古時博戲，用木製骰子五枚，每枚兩面，一面塗黑，畫牛犢；一面塗白，畫雉，一擲五子皆黑者爲盧，爲最勝采；五子四黑一白者爲雉，是次勝采。賭博時爲求勝采，往往且擲且喝，故稱賭博爲「呼盧喝雉」。唐李白《少年行》之三：「呼盧百萬終不惜，報鏴千里如咫尺。」

〔一〇〕社稷：原爲古代帝王、諸侯所祭的土神和穀神。本詩此處即指國家。如綴，即如綴旒。綴旒，比喻國勢垂危。《文選·潘勖〈册魏公九錫文〉》：「當此之時，若綴旒然。」張銑注：「旒，冠上垂珠，而綴於冠者，言帝室之危如旒之懸。然，辭也。」

〔一一〕守株：意即守株待兔。《韓非子·五蠹》：「宋人有耕田者，田中有株，兔走觸株，折頸而死，因釋其耒而守株，冀復得兔，兔不可復得，而身爲宋國笑。今欲以先王之政，治當世之民，皆守株之類也。」此句意爲在國家危急之秋，英雄豪傑豈能死守舊規，無所新作爲呢？

〔一二〕忸怩：猶躊躇，猶豫。《魏書·文苑傳·温子昇》：「文襄館客元僅曰：『諸人當賀。』推子昇合陳辭。子昇久忸怩，乃推陸操焉。」五代王定保《唐摭言·無官受黜》：「時中書舍人裴坦當制，忸怩含毫久之。」

〔一三〕擺脱：此處指擺脱官場的拘絆，意即棄官而去。

〔一四〕塵土：指塵世，俗世。唐沈亞之《送文穎上人遊天台》詩：「莫説人間事，崎嶇塵土中。」唐劉禹錫《題壽安甘棠館》：「塵土與煙霞，其間十餘步。」

〔一五〕纓緌：亦作「纓綏」。冠帶與冠飾。漢蔡邕《郭有道碑文》：「於時纓緌之徒，紳珮之士，望形表而影附，聆嘉聲而響和者，猶百川之歸巨海，鱗介之宗龜龍也。」晉張華《答何劭》詩之一：「吏道何其迫，窅然坐自拘。纓緌爲徽纆，文憲焉可踰。」唐李益《秋晚溪中寄懷大理齊司直》詩：「明質鶩高景，飄飖服纓綏。」此處借指官位。

〔一六〕冥心：泯滅俗念，使心境寧靜。《魏書·逸士傳序》：「冥心物表，介然離俗，望古獨適，求友千齡，亦異人矣。」唐修雅《聞誦法華經歌》：「合目冥心子細聽，醍醐滴入焦腸裏。」大道，此處謂成仙之道。唐韋渠牟《步虚詞》詩之十：「大道何年學，真符比日催。」元辛文房《唐才子傳·吕巖》：「巖既篤志大道，遊覽名山，至太華，遇雲房，知爲異人。」

〔一七〕酒律：行酒令的規章。唐羅隱《廣陵妖亂志》：「廣陵爲歌鐘之地，富商大賈，動逾百數。璜明敏善酒律，多與群商遊。」

〔一八〕「詩魔」句：詩魔，猶如入魔一般的强烈的詩興。唐白居易《醉吟》之二：「酒狂又引詩魔發，日午悲吟到日西。」南唐李中《贈東林白大師》詩：「虎溪久駐靈蹤，禪外詩魔尚濃。」徂，消逝。漢司馬相如《長門賦》：「懸明月以自照兮，徂清夜於洞房。」南朝梁劉勰《文心雕龍·徵聖》：「百齡影徂，千載心在。」此句意爲强烈的詩興不肯消逝。

〔一九〕拔宅：即拔宅上昇。《太平廣記》卷十四引《十二真君傳·許真君》：「真君以東晉孝武帝太康二年八月一日，於洪州西山，舉家四十二口，拔宅上昇而去。唯有石函、藥臼各一所，車轂一具，與真君所御錦帳，復自雲中墮於故宅。」後因以「拔宅上昇」指全家成仙。

〔三〇〕清都：神話傳説中天帝居住的宫闕。《楚辭·遠遊》：「集重陽入帝宫兮，造旬始而觀清都。」《列子·周穆王》：「清都、紫微、鈞天、廣樂，帝之所居。」

【集　評】

韓偓《贈吴顛尊師》曰：「飲酒經何代，休糧度此生。跡應常自浼，顛亦强爲名。……伊余常服義，願拜十年兄。」《送人棄官入道》曰：「仙李濃陰潤，皇枝密葉敷。俊才輕折桂，捷徑取紆朱。……酒律應難忘，詩魔未肯徂。他年如拔宅，爲我指清都。」《贈隱逸》曰：「静景須教静者尋，清狂何必在山陰。……築金總得非名士，况是無人解築金。」「仙李」一首，蓋贈唐之宗室。三人名氏雖不可盡得，其憤時而去，非才不能用世，與甘心枯槁之流固又有加矣。（吴光耀《五代史記纂誤續補》卷三）

致光又有《送人棄官入道》詩云：「社稷俄如綴，……回首笑吾徒。」是亦一吴顛也。然則其時之埋形晦跡，竟與草木同腐者，豈僅此哉！豈僅此哉！（全祖望《鮚埼亭集外編》卷三十三《跋韓侍郎致光贈吴顛尊師詩》）

此詩詩後吴汝綸評注云：「此必唐宗室，故發端云然。」

【按】此詩乃送宗室子弟棄官入道詩。前四句謂此人乃出自李唐皇家，富有俊才而以捷徑入仕。「斷紲三清路」以下四句，言其初仕頗爲如意，揚鞭奮發，視獲取功名如探囊取物之容易，故志在必得而豪雄自如也。「社稷」以下四句爲轉折，謂國運危淺，亂象四起，豪雄在此之際，應當擺脱官位之羈絆，棄官而去，尋求自新之路。「塵土」以下四句，贊頌此人看破紅塵，敝屣官職，冥心歸道，而回笑我輩尚未擺脱塵心俗念耳。後四句謂尚未忘懷飲酒行令，詩興亦未能消滅，只能希望他年你若得道成仙，再爲我指點前往清都之路。此詩頗可注意者，乃入道之人原是李唐皇族之後，且在仕途，而如今此種官員亦棄官入道，可見其時世運之危，國家將亡之亂象，已經使人灰心喪氣。故救國無力，只能遁入道門，如司空圖之以隱居表達憤世絶望之心了。

# 韓偓集繫年校注卷二

## 感事三十四韻　丁卯已後①〔一〕

紫殿承恩歲〔二〕，金鑾入直年〔三〕。人歸三島路〔四〕，日過八花磚〔五〕。鴛鷺皆迴席〔六〕，臯夔亦慕羶〔七〕。慶霄舒羽翼〔八〕，塵世有神仙〔九〕。雖遇河清聖〔一〇〕，慚非岳降賢〔一一〕。皇慈容散拙〔一二〕，公議逼陶甄〔一三〕。江總參文會〔一四〕，陳暄侍狎筵〔一五〕。腐儒親帝座〔一六〕，太史認星躔〔一七〕。側弁聆神算〔一八〕，濡毫俟密宣〔一九〕。宮司持玉研〔二〇〕，書省擘香箋〔二一〕。宮司，書省，皆宮人職名。唯理心無黨〔二二〕，憐才膝屢前〔二三〕。焦勞皆實録〔二四〕，宵旰豈虚傳〔二五〕。始議新堯曆〔二六〕，將期整舜弦〔二七〕。上自出東内幽辱〔二八〕，勵心庶政〔二九〕，延接丞相之暇，日與直學士詢以理道②〔三〇〕，將致升平。去梯言必盡〔三一〕，仄席意彌堅〔三二〕。上相思懲惡〔三三〕，中人詎省愆〔三四〕。鹿窮唯觝觸〔三五〕，兔急且獼猭〔三六〕。本是謀賒死〔三七〕，因之致劫遷〔三八〕。氛霾言下合〔三九〕，日月暗中懸〔四〇〕。恭顯誠甘罪〔四一〕，韋平亦恃權〔四二〕。畏聞巢幕險〔四三〕，寧寤積薪然〔四四〕。諒直尋鉗口〔四五〕，奸纖益比肩〔四六〕。晉讒終不解〔四七〕，魯瘠竟難痊〔四八〕。祇擬誅黄皓，何曾識霸先〔四九〕。

嗾獒翻醜正〔五〇〕，養虎欲求全〔五一〕。萬乘煙塵裏〔五二〕，千官劍戟邊〔五三〕。斗魁當北坼③〔五四〕，地軸向西偏〔五五〕。袁董非徒爾〔五六〕，師昭豈偶然〔五七〕。中原成劫火〔五八〕，東海遂桑田〔五九〕。濺血慚嵇紹〔六〇〕，遲行笑褚淵〔六一〕。四夷同效順〔六二〕，一命敢虛捐〔六三〕。山岳還青聳，穹蒼舊碧鮮〔六四〕。獨夫長啜泣〔六五〕，多士已忘筌〔六六〕。鬱鬱空狂叫〔六七〕，微微幾病癲〔六八〕。丹梯倚寥廓〔六九〕，終去問青天。

【校　記】

①統籤本題下小注爲：「丁卯作。是年唐亡，所云『東海遂桑田』也。『山岳還青聳』，似姑爲閫言之。」

②「與直學士」，原作「在直學士」，據統籤本改。

③「拆」，玉山樵人本、統籤本均作「坼」。按，「拆」通「坼」。

【注　釋】

〔一〕此詩題下小注云：「丁卯已後。」統籤本題下小注亦云：「丁卯作。是年唐亡，所云『東海遂桑田』也。」按，丁卯即唐哀帝天祐四年（公元九〇七年）。是年，唐哀帝禪讓帝位於朱温。四月，朱温即皇帝位，改元開平，唐亡。此詩當作於是年唐亡後，即開平元年（公元九〇七年）四月後。

〔二〕紫殿：帝王宫殿。《三輔黄圖·漢宫》：「武帝又起紫殿，雕文刻鏤黼黻，以玉飾之。」南朝齊謝朓《直中書省詩》：「紫殿肅陰陰，彤庭赫弘敞。」唐杜甫《贈蜀僧閭丘師兄》詩：「當時上紫殿，不獨卿相尊。」承恩，蒙受恩澤。唐岑參《送張獻心充副使歸河西雜句》：「前日承恩白虎殿，歸來見者誰不羨。」承恩歲，此指詩人任職朝中，受昭宗寵遇器重之時。

〔三〕「金鑾」句：金鑾，即金鑾殿。唐朝宫殿名，文人學士待詔之所。唐李白《贈從弟南平太守之遥》詩之一：「承恩初入銀臺門，著書獨在金鑾殿。」宋沈括《夢溪筆談·故事一》：「唐翰林院在禁中，乃人主燕居之所，玉堂、承明、金鑾殿皆在其間。」入直，亦作「入值」。謂官員入宫值班供職。《後漢書·何進傳》：「今當遠離宫殿，情懷戀戀，願復一入直，得暫奉望太后、陛下顔色。」唐杜甫《送顧八分適洪吉州》詩：「三人並入直，恩澤各不二。」入直年，此指韓偓入翰林院任職之年。《新唐書·韓偓傳》載偓「擢進士第，佐河中幕府。召拜左拾遺，以疾解。後遷累左諫議大夫。宰相崔胤判度支，表以自副。王溥薦爲翰林學士，遷中書舍人」。此句謂爲翰林學士入直金鑾殿。

〔四〕三島：指傳説中的蓬萊、方丈、瀛洲三座海上仙山。亦泛指仙境。《史記·封禪書》：「自威、宣、燕昭使人入海求蓬萊、方丈、瀛洲。此三神山者，其傳在渤海中，去人不遠。患且至，則船風引而去。蓋嘗有至者，諸仙人及不死之藥皆在焉。其物禽獸盡白，而黄金銀爲宫闕。」葛洪《神仙傳》：「海上有三神山，曰蓬萊、曰方丈、曰瀛洲，謂之三島。」此處將皇宫喻爲仙島仙境。

〔五〕花磚：亦作「花塼」。表面有花紋的磚。唐時内閣北廳前階有花磚道，冬季日至五磚，爲學士入值之候。唐白居易《白孔六帖》卷七十二《八塼學士》：「李程召爲翰林學士，入署常視日影爲候。程性懶，日過八塼乃至，時號『八塼學士』。」五代和凝《宫詞》之八十四：「金馬詞臣夜受宣，授毫交直八花磚。」此句意謂詩人入直於翰林學士院。

〔六〕鴛鷺：鴛、鷺皆水鳥，止有班，立有序，因以喻朝官班列。此處比喻朝臣。唐錢起《陪南省諸公宴殿中李監宅》詩：「壺觴開雅宴，鴛鷺眷相隨。」迴席，即避席之意。避席，古人席地而坐，離席起立，以示敬意。《吕氏春秋·慎大覽》：「武王避席再拜之，此非貴虜也，貴其言也。」《漢書·灌夫傳》：「已嬰爲壽，獨故人避席，餘半膝席。」此句意爲朝臣們對自己極表敬意。

〔七〕皋夔：皋陶和夔。皋陶，亦作「皋繇」，傳説虞舜時的司法官。《書·舜典》：「帝曰：『皋陶，蠻夷猾夏，寇賊姦宄，汝作士。』」《論語·顔淵》：「舜有天下，選於衆，舉皋陶，不仁者遠矣。」夔，人名。相傳舜時樂官。《禮記·樂記》：「昔者舜作五弦之琴，以歌《南風》。夔始制樂，以賞諸侯。」鄭玄注：「夔，舜時典樂者也。」此處皋夔代指朝中賢臣。唐韓愈《歸彭城》：「上言陳堯舜，下言引皋夔。」羶，亦作「膻」。指羊的氣味。《周禮·天官·内饔》：「羊，泠毛而毳，羶。」

慕羶，《莊子·徐無鬼》：「羊肉不慕蟻，蟻慕羊肉。羊肉，羶也。舜有羶行，百姓悦之。故三徙成都，至鄧之虚，而十有萬家。」後以「慕羶」喻因愛嗜而爭相附集。唐駱賓王《螢火賦》：「陋蟬蜩之習蜕，休螻蟻之慕膻。」唐元稹《獻滎陽公詩五十韻并序》：「抵滯渾成醉，徘徊轉慕膻。」此句意爲朝臣們也羨慕自己。

〔八〕「慶霄」句：慶霄，即慶雲。《文選·謝瞻〈張子房詩〉》：「明兩燭河陰，慶霄薄汾陽。」李善注：「慶霄，即慶雲也。」慶雲，五色雲。古人以爲喜慶、吉祥之氣。《列子·湯問》：「慶雲浮，甘露降。」《漢書·天文志》：「若煙非煙，若雲非雲，鬱鬱紛紛，蕭蕭輪囷，是謂慶雲。慶雲見，喜氣也。」詩人此句意爲自己得展淩雲之志，有如鴻鵠在吉祥的雲空中展翼飛翔。

〔九〕「塵世」句：此句意爲自己在塵世中有如神仙，過着快活自在的生活。

〔一〇〕河清聖：太平盛世的聖君。此處指唐昭宗。河清，黄河水濁，少有清時，古人以「河清」爲升平祥瑞的象徵。《文選·張衡〈歸田賦〉》：「徒臨川以羨魚，俟河清乎未期。」吕延濟注：「河清喻明時。」王嘉《拾遺記·高辛》：「丹丘千年一燒，黄河千年一清，至聖之君，以爲大瑞。」唐杜甫《洗兵馬》：「隱士休歌紫芝曲，詞人解撰河清頌。」

〔一一〕「嶃非」句：岳降賢，「岳」，又寫作「嶽」。《詩·大雅·崧高》：「崧高維嶽，駿極于天。維嶽降神，生甫及申。維申及甫，維周之翰。」毛亨傳：「宣王之舅申伯出封於謝，而尹吉甫作詩以送之。言嶽山高大，而降其神靈和氣，以生甫侯申伯，實能爲周之楨榦屏蔽，而宣其德澤於天下也。蓋申伯之先神農之後，爲唐虞四嶽總領。方嶽諸侯而奉嶽神之祭，能修其職，嶽神享之。故此詩推本申伯之所以生，以爲嶽降神而爲之也。」此句意爲慚愧自己並非甫侯、申伯似的賢臣。

〔二〕皇慈：此指慈愛的唐昭宗。散拙，謂稟性散漫粗疏。唐白居易《過李生》：「我爲郡司馬，散拙無所營。」唐方干《山中》：「散拙亦自遂，粗將猿鳥同。」

〔三〕陶甄：比喻陶冶、教化。《文選·張華〈女史箴〉》：「茫茫造化，二儀既分。散氣流形，既陶既甄。」李善注：「如淳曰：陶人作瓦器謂之甄。」此處指權位或掌握權位的人。此句意爲自己爲公議推舉爲權臣。《新唐書·韓偓傳》記偓「後遷累左諫議大夫。宰相崔胤判度支，表以自副。王溥薦爲翰林學士，遷中書舍人。偓嘗與胤定策誅劉季述，昭宗反正，爲功臣」。又記：「中書舍人令狐涣任機巧，帝嘗欲以當國，俄又悔曰：『涣作宰相或誤國，朕當先用卿。』辭曰：『涣再世宰相，練故事，陛下業已許之。若許涣可改，許臣獨不可移乎？』帝曰：『我未嘗面命，亦何憚？』偓因薦御史大夫趙崇勁正雅重，可以準繩中外。」又：「帝反正，勵精政事，偓處可機密，率與帝意合，欲相者三四，讓不敢當。蘇檢復引同輔政，遂固辭。」

〔四〕江總：南朝陳後主文學寵臣。傳見《陳書》卷二十七、《南史》卷三十六。《陳書·江總傳》：

「江總字總持，濟陽考城人也。……總七歲而孤，依于外氏。幼聰敏有至性。……及長篤學，有辭采。家傳賜書數千卷，總晝夜尋讀，未嘗輟手。……總篤行義，寬和溫裕。好學，能屬文，於五言七言尤善；然傷於浮豔，故爲後主所愛幸。多有側篇，好事者相傳諷翫，于今不絶。後主之世，總當權宰，不持政務，但日與後主遊宴後庭，共陳暄、孔範、王瑳等十餘人，當時謂之狎客。由是國政日頹，綱紀不立。」文會，文士飲酒賦詩或切磋學問的聚會。南朝梁劉勰《文心雕龍·時序》：「逮明帝秉哲，雅好文會。」

〔一五〕陳暄：南朝陳後主時朝臣，傳見《南史》卷六十一。其傳云：「學不師授，文才俊逸。尤嗜酒，無節操，遍歷王公門，沉湎諠譊，過差非度。……後主之在東宮，引爲學士。及即位，遷通直散騎常侍，與義陽王叔達、尚書孔範、度支尚書袁權、侍中王瑳、金紫光禄大夫陳褒、御史中丞沈瓘、散騎常侍王儀等恒入禁中陪侍遊宴，謂爲狎客。」狎筵，謂不拘禮法的宴飲。

〔一六〕「腐儒」二句：腐儒，迂腐之儒者。《荀子·非相》：「故《易》曰：『括囊，無咎無譽。』腐儒之謂也。」《史記·黥布列傳》：「上折隨何之功，謂何爲腐儒，爲天下安用腐儒。」此處詩人自謙爲腐儒。親帝座，此指詩人親近唐昭宗。《後漢書·嚴光傳》：「嚴光字子陵，一名遵，會稽餘姚人也。少有高名，與光武同遊學。及光武即位，光乃變名姓隱身不見。帝思其賢，乃令以物色訪之。……因共偃卧，光以足加帝腹上。明日，太史奏：『客星犯御座甚急。』帝笑曰：『朕故人嚴子陵共卧耳。』」太史，官名。西周、春秋時太史掌記載史事、編寫史書、起草文書，兼管國家典籍和天文曆法等。秦漢曰太史令，漢屬太常，掌天時星曆。魏晉以後，修史之職歸著作郎，太史專掌曆法。隋改稱太史監，唐改爲太史局，亦稱司天臺。《舊唐書·職官志二》：祕書省内設有司天臺，太史令「掌觀察天文，稽定曆數。凡日月星辰之變，風雲氣色之異，率其屬而占候之」。星躔，日月星辰運行的度次。南朝梁武帝《閶闔篇》：「長旗掃月窟，鳳跡輾星躔。」《舊唐書·文宗紀下》：「德有所未至，信有所未孚，災氣上騰，天文謫見，再週期月，重擾星躔。」按，太史句即用上述嚴光與漢光武帝故事。

〔一八〕側弁：弁，古代貴族的一種帽子，通常穿禮服時用之（吉禮之服用冕）。赤黑色的布做的叫爵弁，是文冠；白鹿皮做的叫皮弁，是武冠。《詩·小雅·頍弁》：「有頍者弁。」毛傳：「弁，皮弁也。」《禮記·雜記上》：「大夫冕而祭於公，弁而祭於己。」鄭玄注：「弁，爵弁也。」側弁，歪戴着帽子。《詩·小雅·賓之初筵》：「側弁之俄，屢舞傞傞。」鄭玄箋：「側，傾也。」漢荀悦《申鑒·雜言上》：「側弁垢顔，不鑒於明鏡也。」唐王維《晦日遊大理韋卿城南別業》詩之四：「紆組上春隄，側弁倚喬木。」

〔一九〕濡毫：濡筆。此謂蘸筆書寫。其時韓偓任翰林學士，故有爲昭宗草詔之事。密宣，指皇帝的秘密詔令。

〔二〇〕宫司：本詩句自注云：「宫司，書省，皆宫人職名。」即掌後宫中事宜的人。《新唐書・后妃傳上・文德長孫皇后》：「后嘗采古婦人事著《女則》十篇。……常戒守者：『吾以自檢，故書無條理，勿令至尊見之。』及崩，宫司以聞，帝爲之慟。」玉研，即玉硯。玉石製造的硯臺。《西京雜記》卷一：「以酒爲書滴，取其不冰；以玉爲硯，亦取其不冰。」此句意爲詩人草詔時，宫司爲其持硯研磨。

〔二一〕擘香箋：擘，分開；剖裂。《禮記・内則》：「炮之，塗皆乾，擘之。」《史記・刺客列傳》：「既至王前，專諸擘魚，因以匕首刺王僚，王僚立死。」香箋，有香味的精美小幅紙張。箋，同「牋」。精美的小幅紙張，供題詩、寫信等用。南朝陳徐陵《〈玉臺新詠〉序》：「五色花箋，河北膠東之紙。」此句意爲詩人草詔時，書省爲其分開香箋，以便書寫。

〔二二〕理：道理；事理。《易・坤》：「君子黄中通理。」孔穎達疏：「黄中通理者，以黄居中，兼四方之色，奉承臣職，是通曉物理也。」《宋書・王景文傳》：「（景文）美風姿，好言理，少與陳郡謝莊齊名。」無黨，不結黨，不徇私。《書・洪範》：「無偏無黨，王道蕩蕩；無黨無偏，王道平平。」《左傳・僖公九年》：「亡人無黨，有黨必有讎。」

〔二三〕膝屢前：《史記・商君列傳》：「衛鞅復見孝公，公與語，不自知膝之前於席也。語數日不厭。」以上二句意爲詩人公忠爲國，毫無私心偏黨，以此唐昭宗對詩人信任寵愛，言聽計從。如《新唐書·韓偓傳》即記：「偓嘗與胤定策誅劉季述，昭宗反正，爲功臣。帝疾宦人驕橫，欲盡去之。偓曰：『陛下誅季述時，餘皆赦不問，今又誅之，誰不懼死？含垢隱忍，須後可也。天子威柄，今散在方面，若上下同心，攝領權綱，猶冀天下可治。宦人忠厚可任者，假以恩倖，使自翦其黨，蔑有不濟。今食度支者乃八千人，公私牽屬不減二萬，雖誅六七巨魁，未見有益，適固其逆心耳。』帝前膝曰：『此一事終始屬卿。』」

〔一四〕焦勞：焦慮煩勞。漢焦贛《易林·恒之大壯》：「病在心腹，日以焦勞。」唐柳宗元《爲京畿父老上府尹乞奏復尊號狀》：「寤寐焦勞，不知所措。」實録，據實記録。《漢書·司馬遷傳贊》：「其文直，其事核，不虚美，不隱惡，故謂之實録。」唐韓愈《元和聖德詩序》：「指事實録，具載明天子文武神聖。」

〔一五〕宵旰：即宵衣旰食。意爲天不亮就穿衣起身，天黑了才吃飯。形容非常勤勞，多用以稱頌帝王勤於政事。唐杜甫《秋日夔州府詠懷一百韻》：「宵旰憂虞軫，黎元疾苦駢。」唐陸贄《論兩河及淮西利害狀》：「今師興三年，可謂久矣；税及百物，可謂繁矣，陛下爲之宵衣旰食，可謂憂勤矣。」以上二句贊唐昭宗日夜操勞國事。如《新唐書·韓偓傳》即謂「帝反正，勵精政事，偓處可機密，率與帝意合」。又《舊唐書·昭宗紀》載「帝攻書好文，尤重儒術，神氣雄俊，有會昌之遺風。以先朝威武不振，國命寖微，而尊禮大臣，詳延道術，意在恢張舊業，號令天下。即位之始，中外稱之」。

〔二六〕「始議」句：堯曆，堯執政時期所成的曆法。堯爲上古時期聖君。《史記·五帝本紀》：「帝堯者，放勳。其仁如天，其知如神，就之如日，望之如雲。富而不驕，貴而不舒。……以親九族，九族既睦。便章百姓，百姓昭明，合和萬國。乃命羲和，敬順昊天，數法日月星辰，敬授民時。」此句蓋喻指誅殺劉季述，唐昭宗於反正後改元天復事。《舊唐書·昭宗紀》：「天復元年春正月甲申朔，昭宗反正，登長樂門樓，受朝賀。班未退，孫德昭執劉季述至樓前，上方詰責，已爲亂棒擊死，乃尸之於市。……四月……甲戌，天子有事於宗廟。是日，御長樂門，大赦天下，改元天復。」

〔二七〕舜弦：《禮記·樂記》：「昔者舜作五弦之琴以歌南風，夔始制樂以賞諸侯。」漢鄭氏注：「夔欲舜與天下之君共此樂也。南風長養之風也，以言父母之長養己。」孔穎達疏云：「昔者舜作五弦之琴以歌南風者，五弦謂無文武二弦，唯宫商等之五弦也。南風，詩名，是孝子之詩。南風長養萬物，而孝子歌之。言己得父母生長，如萬物得南風生也。舜有孝行，故以此五弦之琴歌南風之詩，而教天下之孝也。」裴駰《史記集解》：「王肅曰：『《南風》，育養民之詩也。其詞曰：南風之薰兮，可以解吾民之愠兮。』」此句乃指唐昭宗反正後整頓朝政，致力於國泰民安，以期育養萬物百姓。也即此句後其小注所云：「上自出東内幽辱，勵心庶政，延接丞相之暇，日與直學士詢以理道，將致升平。」

〔二八〕「東内幽辱」句：《舊唐書·昭宗紀》記唐昭宗東内幽辱，以及反正之事始末云：光化三年：「十一月乙酉朔。庚寅，左右軍中尉劉季述、王仲先廢昭宗，幽於東内問安宫，請皇太子裕監國。時昭宗委崔胤以執政，胤恃全忠之助，稍抑宦官。而帝自華還宫後，頗以禽酒肆志，喜怒不常，自宋道弼等得罪，黄門尤懼。至是，上獵苑中，醉甚，是夜，手殺黄門、侍女數人。庚寅，日及辰巳，内門不開。劉季述詣中書謂宰相崔胤曰：『宫中必有不測之事，人臣安得坐觀？我等内臣也，可以便宜從事。』即以禁兵千人破關而入，問訊中人，具知其故。即出與宰臣謀曰：『主上所爲如此，非社稷之主也。廢昏立明，具有故事。國家大計，非逆亂也。』即召百官署狀，崔胤等不獲已署之。季述、仲先與汴州進奏官程巖等十三人請對，對訖，季述上殿待罪次。左右軍將士齊唱萬歲聲，遂突入宣化門，行至思政殿，便行殺戮，徑至乞巧樓下。帝遽見兵士，驚墮牀下，起而將去，季述、仲先掖而令坐。何皇后遽出拜曰：『軍容長官護官家，勿至驚恐，有事取容商量。』季述即出百官合同狀，曰：『陛下倦臨寶位，中外群情，願太子監國，請陛下頤養於東宫。』帝曰：『吾昨與卿等歡飲，不覺太過，何至此耶！』皇后曰：『聖人依他軍容語。』即於御前取國寶付季述，即時帝與皇后共一輦，并常所侍從十餘内人赴東宫。入後，季述手自扃鎖院門，日於窗中通食器。是日，迎皇太子監國，矯宣昭宗命稱上皇。甲午，宣上皇制，太子登皇帝位。……

十二月乙卯朔。癸未夜，護駕鹽州都將孫德昭、周承誨、董彦弼以兵攻劉季述、王仲先，殺仲先，攜其首詣東宫門，呼曰：『逆賊王仲先已斬首訖，請陛下出宫慰諭兵士。』宫人破鑰，帝與皇后方得出。」又記：「天復元年春正月甲申朔，昭宗反正，登長樂門樓，受朝賀。班未退，孫德昭執劉季述至樓前，上方詰責，已爲亂棒擊死，乃尸之於市。……庚寅……敕曰：『朕臨御已來，十有四載，常慕好生之德，固無樂殺之心。昨季述等幽辱朕躬，廹脅太子。李師虔是逆賊親厚，選來東内主持，動息之間，俾其偵伺。每有須索，皆不供承。要紙筆則恐作詔書，索錐刀則慮爲利器，凌辱萬狀，出入搜羅。朕所御之衣，晝服夜濯，凝冽之際，寒苦難勝。嬪嬙公主，衾裯皆闕。緡錢則貫百不入，繒帛則尺寸難求。六輩同其主張，五人權其威勢。若言狀罪，翰墨難窮，若許生全，是爲貸法，宜並處斬。』」

〔二九〕勵心：振奮心志。勵，振奮。《陳書·傅縡傳》：「呼吸顧望之客，脣吻縱横之士，奮鋒穎，勵羽翼。」唐韓愈《平淮西碑》：「自夏入秋，復屯相望，兵頓不勵，告功不時。」庶政，各種政務。《易·賁》：「山下有火，賁。君子以明庶政，無敢折獄。」《新唐書·高宗紀》：「太宗每視朝，皇太子常侍，觀決庶政。」

〔三〇〕直學士：官名。唐門下省弘文館、中書省集賢殿書院皆置學士，掌校理圖籍，六品以下稱直學士。以上小注所言，《新唐書·韓偓傳》有所記載：「帝反正，勵精政事，偓處可機密，率與帝意合。」《資治通鑑》卷二六二天復元年六月亦有所記：「上之返正也，中書舍人令狐涣、給事中韓偓皆預其謀，故擢爲翰林學士，數召對，訪以機密。……時上悉以軍國事委崔胤，每奏事，上與之從容，或至然燭。宦官畏之側目，皆咨胤而後行。」

〔三一〕「去梯」句：《後漢書·劉表傳》：東漢荆州牧劉表有之子劉琦受後母陷害，求計於諸葛亮，「乃共升高樓，因令去梯，謂亮曰：『今日上不至天，下不至地，言出子口，而入吾耳，可以言未？』亮曰：『君不見申生，在内而危，重耳居外而安乎？』琦意感悟，陰規出計。會表將江夏太守黄祖爲孫權所殺，琦遂求代其任」。此句謂昭宗誠心徵求韓偓等大臣的治國理政謀略，而詩人亦曾在秘密處境中向昭宗盡述己見。《資治通鑑》卷二六二天復元年六月即有類似記載，參卷一《六月十七日召對自辰及申方歸本院》注釋〔一〕。

〔三二〕仄席：不正坐。謂側坐以待賢良。古時形容帝王禮賢下士。《漢書·陳湯傳》：「湯曰：『臣聞楚有子玉得臣，文公爲之仄席而坐。』」唐羅隱《送進士臧濆下第後歸池州》詩：「天子愛才雖仄席，諸生多病又沾襟。」

〔三三〕「上相」句：上相，對宰相的尊稱。《史記·酈生陸賈列傳》：「足下位爲上相，食三萬户侯，可謂極富貴無欲矣。」此指宰相崔胤。此句指宰相崔胤欲盡除宦官事。如《資治通鑑》卷二六二天復元年載：「劉季述、王仲先既死，崔胤、陸扆上言：『禍亂之興，皆由中官典兵。乞令胤主左軍，扆主右軍，則諸侯不敢侵陵，王室尊矣。』」又「胤志欲盡除之（按，指宦官）」。

〔三四〕中人：宦官。《漢書・百官公卿表上》：「將行，秦官，景帝中六年更名大長秋，或用中人，或用士人。」顔師古注：「中人，奄人也。」唐司空曙《晚秋西省寄上李韓二舍人》詩：「賜膳中人送，餘香侍女收。」此處中人，主要指以神策軍中尉韓全誨爲首之宦官。詎，豈。省愆，亦作「省諐」。反省過失。宋岳珂《桯史・周益公降官》：「省諐田里，視桑蔭之幾何；托命乾坤，比櫟材而知免。」

〔三五〕「鹿窮」句：觝觸，觸碰；用角頂撞。《周禮・地官・封人》「設其福衡」，鄭玄注引杜子春曰：「福衡所以持牛，令其不得牴觸。」崔豹《古今注》：「鹿有角而不能觸。」《淮南子・説山訓》：「熊羆之動以攫搏，兕牛之動以觝觸。」此句之鹿用以比喻宦官韓全誨等人。上句與此句意爲宦官們豈能反省改過，他們處於困境，只能像困鹿一樣拼命牴觸反抗。

〔三六〕𤢺猭：獸疾走貌。左思《吴都賦》：「跇踰竹柏，𤢺猭杞楠。」李善《文選》注：「𤢺猭，逃也。」

〔三七〕「本是」句：賒死，緩死。唐杜牧《上李太尉論江賊書》：「縱賊不捉，事敗抵法，謂之賒死；與賊相拒，立見殺害，謂之就死。」宋陸游《長歌行》：「但願少賒死，得見平胡年。」此處謂寬容免於一死。此句意爲在唐昭宗反正後，對於如何處置宦官，崔胤主張盡除之。而韓偓認爲宦官亦不可全無，只要處理首惡者，其他人則免於追究。

〔三八〕「因之」句：昭宗反正後，因没有盡除宦官，而宦官韓全誨等人知道宰相崔胤存心欲盡除掉他們，故導致宦官密結强藩李茂貞劫持昭宗以自保。《舊唐書·崔胤傳》即記：「明年夏，朱全忠攻陷河中晉、絳，進兵至同、華。中尉韓全誨以胤交結全忠，慮汴軍逼京師，請罷知政事，落使務。其年冬，全誨挾帝幸鳳翔。……初，天復反正之後，宦官尤畏胤，事無大小，咸稟之。每内殿奏對，夜則繼之以燭。常説昭宗請盡誅内官，但以宫人掌内司事。中尉韓全誨、張弘彦、袁易簡等伺知之，於帝前求哀請命。乃詔胤密事進囊封，勿更口奏。宦官無由知其謀，乃求知書美婦人進内以偵陰事，由是胤謀頗洩。宦官每相聚流涕，愈不自安。故全誨等爲劫幸之謀，由胤忌嫉之太過也。」

〔三九〕氛霾：雲煙；陰霾。此處比喻當時劫持唐昭宗的宦官和李茂貞、朱全忠等强藩勢力。

〔四〇〕「日月」句：此句比喻被劫持的唐昭宗君臣處在險惡環境中。

〔四一〕恭顯：即漢元帝所寵倖的宦官弘恭、石顯。此處用以指韓全誨等宦官。《漢書·楚元王傳》附《劉向傳》：「四人同心輔政，患苦外戚許、史在位放縱，而中書宦官弘恭、石顯弄權，望之、堪、更生議，欲白罷退之。未白而語泄，遂爲許、史及恭、顯所譖愬。堪、更生下獄，及望之皆免官。」《後漢書·馮緄傳》：「焕欲自殺，緄疑詔文有異，止焕曰：『大人在州，志欲去惡，實無它故，必是凶人妄詐，規肆姦毒。願以事自上，甘罪無晚。』」

〔四二〕韋平：即漢代的韋氏與平氏。韋氏有韋賢、韋玄成，父子均爲宰相。傳見《史記》卷九十六、《漢書》卷七十三。平氏爲平當、平晏，父子亦皆爲宰相。傳見《漢書》卷七十一。恃權，依仗權勢。按，此句以韋平喻指崔胤。崔胤父崔慎由亦曾任宰相。此句上一句謂韓全誨等宦官劫持唐昭宗，固是其罪惡；而此句謂宦官之所以如此，亦因宰相崔胤恃權，志欲盡除宦官，勾結朱全忠入京，逼之過甚，故宦官狗急跳牆，鋌而走險，以致劫持昭宗以自保。

〔四三〕「畏聞巢幕」句：巢幕，築巢於帷幕之上。喻處境危險。語本《左傳·襄公二十九年》：「（季札）自衛如晉，將宿於戚，聞鐘聲焉，曰：『異哉！……夫子（孫文子）之在此也，猶燕之巢於幕上，君又在殯，而可以樂乎？』」楊伯峻注：「幕即帳幕，隨時可撤。燕巢於其上，至爲危險。」晉潘岳《西征賦》：「危素卵之累殼，甚玄燕之巢幕。」

〔四四〕「寧寤積薪」句：寧寤，哪裏醒悟。寤，醒悟；覺醒。《楚辭·離騷》：「閨中既以邃遠兮，哲王又不寤。」積薪，《漢書·賈誼傳》：「夫抱火厝之積薪之下而寢其上，火未及燃，因謂之安，方今之勢，何以異此！」後以「積薪」喻隱伏危機。《後漢書·黄瓊傳》：「前白馬令李雲，指言宦官罪穢宜誅，皆因衆人之心，以救積薪之敝。」然，即燃，燃燒。以上兩句比喻當時政局險惡，危機四伏，時時有爆發的危險，然而有的人卻未能體察醒悟。

〔四五〕諒直：諒，誠信；誠實。《禮記·内則》：「朝夕學幼儀，請肄簡諒。」鄭玄注：「諒，信也。」直，公正：正直。《書·舜典》：「夙夜惟寅，直哉惟清。」《韓非子·解老》：「所謂直者，義必公正，公心不偏黨也。」諒直，誠實正直。《楚辭·九辯》：「私自憐兮何極，心怦怦兮諒直。」唐白居易《祭李司徒文》：「惟公之生，樹名致節，忠貞諒直，天下所仰。」《論語·季氏》：「友直，友諒，友多聞，益矣。」鉗口，閉口。《淮南子·精神訓》：「靜耳而不以聽，鉗口而不以言。」

〔四六〕奸纖：奸佞邪惡的小人。《舊唐書·賈餗傳》：「餗中立，自持不能以身犯難，排斥奸纖。」《唐大詔令》卷五十八《崔胤工部尚書令》：「令狐涣姦纖有素，操守無堪，用作腹心，共張聲勢。」此處奸纖蓋指朝中宦官，如韓全誨等人。

〔四七〕晉讒：春秋時，晉獻公爲驪姬所惑，爲立其子奚齊，驪姬讒害太子申生，誣申生欲毒死獻公。獻公怒，申生懼怕出逃，被迫自縊。事見《左傳·襄公二十九年》。《詩·唐風·采苓序》：「《采苓》刺晉獻公也，獻公好聽讒焉。」此句蓋指韓偓受到權臣宵小之誹謗排擠。又參卷一《息兵》「正當困辱」條注。又《新唐書·韓偓傳》：「有譖偓喜侵侮有位，胤亦與偓貳。會逐王溥、陸扆，帝以王贊、趙崇爲相，胤執贊、崇非宰相器，帝不得已而罷。贊、崇皆偓所薦爲宰相者。全忠見帝，斥偓罪，帝數顧胤，胤不爲解。全忠至中書，欲召偓殺之。鄭元規曰：『偓位侍郎、學士承旨，公無遽。』全忠乃止，貶濮州司馬。」

〔四八〕「魯瘠」句：《左傳·襄公二十九年》，晉迫使魯國歸還所侵佔的杞國之田，晉叔侯曰：「魯之於晉也，職貢不乏，玩好時至。公卿大夫，相繼於朝，史不絕書，府無虛月，如是可矣。何必瘠魯以肥杞？」按，本詩此處上下句多言朝中險惡以及詩人遭讒狀況，故此句似指宦官危害侵逼之禍終難除去。故有此句下之「祇擬誅黄皓，何曾識霸先」之句。

〔四九〕「祇擬」二句：黄皓，三國蜀後主劉禪時宦官，善於逢迎，爲後主所寵信，擅權亂政。《三國志·蜀志》：「景耀元年，姜維還成都。史官言景星見，於是大赦改元。宦人黄皓始專政。」又：「姜維常征伐在外，宦人黄皓竊弄機柄。」按，此句之黄皓喻指宦官韓全誨等人。韓全誨曾劫持唐昭宗至鳳翔，後被誅殺。霸先，即陳霸先，南朝陳開國君王。初仕梁爲始興太守，後起兵與王僧辯討平侯景之亂，以功累遷爲相國，封陳王。後滅梁，稱帝，國號陳。《南史·陳武帝本紀》：「（太平二年）九月辛丑，梁帝進帝位相國，總百揆，封十郡爲陳公……位在諸侯王上。」又：「（十月）辛未，梁帝禪位於陳。」此處陳霸先用以喻朱全忠。以上二句意爲崔胤只是爲了誅殺韓全誨等宦官，故借助朱全忠勢力以對付韓全誨以及韓全誨所勾結的强藩李茂貞，引其入京，但又何能識辨朱全忠擁兵自重，陷害忠良，篡權滅國的野心呢！參卷一《宫柳》按語。

〔五〇〕「嗾獒」句：嗾獒，《左傳·宣公二年》：「晉侯飲趙盾酒，伏甲將攻之。其右提彌明知之，趨登曰：『侍君宴，過三爵，非禮也。』遂扶（趙盾）以下。公嗾夫獒焉，明搏而殺之。盾曰：『棄人用犬，雖猛何爲？』鬥且出。」杜預注：「獒，猛犬也。」嗾，指使狗時口中所發的聲音；口中發出聲音來指使狗。唐李賀《公無出門》詩：「嗾犬狺狺相索索，舐掌偏宜佩蘭客。」獒，高大兇猛的狗。《書·旅獒》：「西旅獻獒。」孔傳：「西戎遠國貢大犬。」唐舒元輿《坊州按獄》詩：「攫搏如猛虎，吞噬若狂獒。」醜正，謂嫉害正直的人。《左傳·昭公二十八年》：「叔敖曰：《鄭書》有之：『惡直醜正，實蕃有徒。』」楊伯峻注：「惡、醜同義，直、正同義，惡直即醜正，同義複語。」言嫉害正直者。」此句指宰相崔胤本想借助强藩朱全忠以鏟除宦官，没料到朱全忠反而謟害仇殺朝中忠良，謀奪國家政權。

〔五一〕「養虎」句：養虎，即養虎自遺患。比喻縱容敵人，自留後患。《史記·項羽本紀》：「項王已約，乃引兵解而東歸。漢欲西歸，張良、陳平説曰：『漢有天下太半，而諸侯皆附之。楚兵罷食盡，此天亡楚之時也，不如因其機而遂取之。今釋弗擊，此所謂「養虎自遺患」也。』漢王聽之。」此句亦批評崔胤引入朱全忠以自保，但有如姑息養奸，引狼入室，養虎反自害。

〔五二〕「萬乘」句：萬乘，周制，天子地方千里，能出兵車萬乘，因以「萬乘」指天子。《孟子·梁惠王上》：「萬乘之國，弒其君者，必千乘之家。」趙岐注：「萬乘，兵車萬乘，謂天子也。」此句指唐昭宗因宦官和强藩的劫持與爭奪，蒙塵離京出幸事。如《舊唐書·昭宗紀》天復元年載：「十月己卯朔。戊戌，全忠引四鎮之師七萬赴河中，京師聞之大恐，豪民皆亡竄山谷。十一月己酉朔。壬子，中尉韓全誨與鳳翔護駕都將李繼誨奉車駕出幸鳳翔。是日汴軍陷同州，執州將司馬鄴，華州節度使韓建遣判官李巨川送款。甲寅，汴軍駐靈口。乙卯，全忠知帝出幸，乃迴兵攻華州。大軍駐赤水，全忠以親兵駐西溪。」

〔五三〕「千官」句：千官，衆多的官員，百官。唐王維《敕賜百官櫻桃》：「芙蓉闕下會千官，紫禁朱櫻出上闌。」劍戟邊，此處指處在被殺戮的境地裏，或竟被殺害。《資治通鑑》卷二六三天復三年記「時鳳翔所誅宦官已七十二人，朱全忠又密令京兆搜捕致仕不從行者，誅九十人」。又「朱全忠以兵驅宦官第五可範等數百人於内侍省，盡殺之，寃號之聲，徹於内外」。又同上書卷二六四天祐元年閏四月記「上之在陜也，司天監奏：『星氣有變，期在今秋，不利東行。』故上欲以十月幸洛。至是，全忠令醫官許昭遠告醫官使閻祐之、司天監王墀、内都知韋周、晉國夫人可證等謀害元帥，悉收殺之」。又同上書卷二六五天祐二年六月載「戊子朔，敕裴樞、獨孤損、崔遠、陸扆、王溥、趙崇、王贊等並所在賜自盡。時全忠聚樞等及朝士貶官者三十餘人於白馬驛，一夕盡殺之，投尸于河。初，李振屢舉進士，竟不中第，故深疾搢紳之士，言於全忠曰：『此輩常自謂清流，宜投之黄河，使爲濁流。』全忠笑而從之。振每自汴至洛，朝廷必有竄逐者，時人謂之鴟梟。見朝士皆頤指氣使，旁若無人」。

〔五四〕斗魁：《史記·天官書》：「魁枕參首。」張守節《正義》：「魁斗，第一星也，言北方斗，斗衡直當北之魁，枕於參星之首。」《晉書·天文志》：「斗爲人君之象，號令之主也。一至四爲魁，五至七爲杓。」此處指北斗。坼，裂開；分裂。《淮南子·本經訓》：「天旱地坼。」唐杜甫《登岳陽樓》詩：「吴楚東南坼，乾坤日夜浮。」

〔五五〕「地軸」句：地軸，古代傳説中大地的軸。晉張華《博物志》卷一：「地下有四柱，四柱廣十萬里。地有三千六百軸，犬牙相舉。」以上兩句以天地翻覆，比喻李唐王朝因宦官與藩鎮勾結作亂，以及朱全忠謀奪政權而天翻地覆，摇摇欲墜。

〔五六〕袁董：指東漢末年的袁紹和董卓，兩人均爲誅殺宦官，挾天子以令諸侯的大軍閥。袁紹，傳見《後漢書》卷七十一、《三國志》卷六。董卓，傳見《後漢書》卷七十二、《三國志》卷六。《後漢書·袁紹傳》：「是時豪傑既多附紹，且感其家禍，人思爲報，州郡蜂起，莫不以袁氏爲名。韓馥見人情歸紹，忌其得衆，恐將圖己，常遣從事守紹門，不聽發兵。橋瑁乃詐作三公移書，傳驛州郡，説董卓罪惡，天子威逼，企望義兵，以釋國難。馥於是方聽紹舉兵。乃謀於衆曰：『助袁氏乎？助董氏乎？』治中劉惠勃然曰：『興兵爲國，安問袁、董？』」此處以兩人指軍閥李茂貞、王建等人。

〔五七〕師昭：指司馬師和司馬昭，兩人爲魏末司馬懿之子，均是謀篡帝位之權臣，後曹魏政權爲司馬氏所奪。司馬師，即晉景帝，事跡見《晉書》卷二。司馬昭，即晉明帝，事跡見《晉書》卷六、《魏書》卷九十六。此處師昭用以喻指篡奪李唐政權之朱全忠之流。

〔五八〕劫火：佛教語。謂壞劫之末所起的大火。劫，佛教語，佛教名詞。梵文 kalpa 的音譯，「劫波」（或「劫簸」）的略稱。意爲極久遠的時節。古印度傳説世界經歷若干萬年毁滅一次，重新再開始，這樣一個週期叫做一「劫」。「劫」的時間長短，佛經有各種不同的説法。一「劫」包括「成」、「住」、「壞」、「空」四個時期，叫做「四劫」。到「壞劫」時，有水、火、風三災出現，世界歸於毁滅。後人借指天災人禍。《敦煌變文集·温室講唱押座文》：「百年（千）萬劫作輪王，不樂王宫恩愛事。捨命捨身千萬劫，直至今身證菩提。」《仁王經》：「劫火洞然，大千俱壞。」

〔五九〕東海遂桑田：即滄海桑田。大海變成農田，農田變成大海。語本晉葛洪《神仙傳·王遠》：「麻姑自説『接待以來，已見東海三爲桑田』。」後以「滄海桑田」比喻世事變化巨大。唐儲光羲《獻八舅東歸》詩：「獨往不可群，滄海成桑田。」此句意指由於軍閥戰亂，舉目滄桑，山河巨變，世事動盪變幻。

〔六〇〕「濺血」句：嵇紹，字延祖，晉人，仕至侍中。傳見《晉書》卷八十九。《晉書·嵇紹傳》：「值王師敗績於蕩陰，百官及侍衛莫不散潰，唯紹儼然端冕，以身捍衛。兵交御輦，飛箭雨集，紹遂被害於帝側，血濺御服，天子深哀歎之。及事定，左右欲浣衣，帝曰：『此嵇侍中血，勿去。』」又《資治通鑑》卷二六五天祐元年記唐昭宗被殺情景云：「八月，壬寅，帝在椒殿，玄暉選龍武牙官史太等百人夜叩宫門，言軍前有急奏，欲面見帝。夫人裴貞一開門見兵，曰：『急奏何以兵爲？』史太殺之。玄暉問：『至尊安在？』昭儀李漸榮臨軒呼曰：『寧殺我曹，勿傷大家！』帝方醉，遽起，單衣繞柱走，史太追而弑之。漸榮以身蔽帝，太亦殺之。又欲殺何后，后求哀於玄暉，乃釋之。」此句意爲唐昭宗天祐元年八月被朱全忠殺害於洛陽時，其時詩人正流寓於湖南，未能像晉朝的嵇紹、本朝的昭儀李漸榮以身捍衛皇帝而死，故而深感慚愧。

〔六二〕「遲行」句：褚淵，南朝宋齊間大臣。字彦回，河南陽翟人。宋文帝婿。文帝時任著作佐郎、秘書、尚書吏部郎等職。明帝即位，擢升吏部尚書、尚書右僕射，並受遺詔爲中書令、護軍將軍，與袁粲共輔蒼梧王（後廢帝）。後又助蕭道成代宋建齊。南齊建立後，封南康郡公，任尚書令。因其助蕭道成代宋，故時人譏其無節操。傳見《南齊書》卷二十三、《南史》卷二十八。據《南齊書·褚淵傳》：「褚淵字彦回，河南陽翟人也。祖秀之，宋太常。父湛之，驃騎將軍，尚宋武帝女始安哀公主。淵少有世譽，復尚文帝女南郡獻公主，姑姪二世相繼。拜駙馬都尉……淵美儀貌，善容止，俯仰進退，咸有風則。每朝會，百僚遠國使莫不延首目送之。宋明帝嘗歎曰：『褚淵能遲行緩步，便持此得宰相矣。』尋加尚書令，本官如故。」《南史·褚淵傳》：「彦回善彈琵琶，齊武帝在東宫宴集，賜以金鏤柄銀柱琵琶。性和雅，有器度，不妄舉動。宅嘗失火，煙爓甚逼，左右驚擾，彦回神色怡然，索輿徐去。然世頗以名節譏之，于時百姓語曰：『可憐石頭城，寧爲袁粲死，不作彦回生。』」此句意爲詩人恥笑那些本爲昭宗所器重的朝臣，如今反而爲朱全忠效勞、稱臣者。

〔六二〕「四夷」句：四夷，古代華夏族對四方少數民族的統稱。《書·畢命》：「四夷左衽，罔不咸賴。」孔傳：「言東夷、西戎、南蠻、北狄，被髮左衽之人，無不皆恃賴三君之德。」《後漢書·東夷傳》：「凡蠻、夷、戎、狄總名四夷者，猶公、侯、伯、子、男皆號諸侯云。」效順，表示忠順，投誠。漢賈誼《新書·五美》：「細民鄉善，大臣效順。」此句謂當時還有少數民族軍隊如李克用效順李唐王朝，反抗朱全忠。《舊五代史》卷二十六《武皇紀》下記沙陀將領李克用（即後唐武皇帝）「天祐元年閏四月，汴帥迫天子遷都于洛陽。五月乙丑，天子制授武皇叶盟同力功臣，加食邑三千户，實封三百户。八月，汴帥遣朱友恭弒昭宗於洛陽宮，輝王即位。告哀使至晉陽，武皇南向慟哭，三軍縞素」。《新唐書》卷二一八《沙陀》記「帝東遷，詔至太原，克用泣謂其下曰：『乘輿不復西矣。』遣使者奔問行在，俄加號『協盟同力功臣』」。李茂貞、王建與邠州楊崇本遣使者來約義舉，克用顧藩鎮皆附汴，不可與共功，惟契丹阿保機尚可用，乃卑辭召之。保機身到雲中與克用會，約爲兄弟，留十日去，遺馬千匹、牛羊萬計，期冬大舉度河，會昭宗弒而止。四年，王建、李茂貞約克用大舉。……唐亡，建與淮南楊渥請克用自王一方，須賊平訪唐宗室立之。建請悉蜀工制乘輿御物。克用答曰：『自王，非吾志也。』建又勸茂貞王岐，茂貞孱褊，亦不敢當，但侈府第，僭宮禁而已。建、渥乃自王」。

〔六三〕「一命」句：此句意爲詩人尚存有報國之心，豈敢虚捐自己生命。

〔六四〕穹蒼：蒼天。《詩・大雅・桑柔》：「靡有旅力，以念穹蒼。」孔穎達疏：「穹蒼，蒼天，《釋天》云。李巡曰：『古時人質，仰視天形，穹隆而高，色蒼蒼然，故曰穹蒼。』是也。」

〔六五〕獨夫：指年老無妻者。《管子・問》：「獨夫寡婦孤寡疾病者，幾何人也？」此詩人自稱。

〔六六〕「多士」句：多士，古指衆多的賢士。也指百官。《詩・大雅・文王》：「濟濟多士，文王以寧。」晉盧諶《答魏子悌》詩：「多士成大業，群賢濟弘績。」忘筌，忘記了捕魚的筌。比喻目的達到後就忘記了原來的憑藉。語出《莊子・外物》：「荃者所以在魚，得魚而忘荃；蹄者所以在兔，得兔而忘蹄。」荃，通「筌」。晉何劭《贈張華》詩：「奚用遺形骸，忘筌在得魚。」此句意爲朝廷的百官們多有忘掉唐昭宗的恩惠而不圖報國者。

〔六七〕鬱鬱：憂傷、沉悶貌。《楚辭・九章・哀郢》：「慘鬱鬱而不通兮，蹇侘傺而含慼。」王逸注：「中心憂滿慮閉塞也。」唐王昌齡《贈宇文中丞》詩：「鬱鬱寡開顔，默默獨行李。」

〔六八〕病癲：精神錯亂。《太平御覽》卷七三九引《莊子》：「陽氣獨上，則爲癲病。」

〔六九〕丹梯：高入雲霄的山峰。《文選・謝朓〈敬亭山詩〉》：「要欲追奇趣，即此陵丹梯。」李善注：「丹梯，謂山也。」唐歐陽詹《送聞上人遊嵩山》詩：「丹梯石磴君先去，爲上青冥最上頭。」此處喻指上天之梯。寥廓，遼闊的天空。《漢書・司馬相如傳下》：「觀者未覩指，聽者未聞音，猶焦朋已翔乎寥廓，而羅者猶視乎藪澤，悲夫！」顔師古注：「寥廓，天上寬廣之處。」

【集評】

此詩詩題後吴汝綸評注云：「丁卯四月唐亡。」吴汝綸於「恭顯誠甘罪，韋平亦恃權」句後評注云：「上相、韋平，皆謂崔胤等中人。恭顯謂韓全晦等。」又於「祇擬誅黄皓，何曾識霸先」句後評注云：「黄皓謂宦官，霸先謂朱全忠。崔胤召朱全忠以誅宦官，此四句詠其事。」

《韓偓集二首》：燒殘宫燭淚條條，死戀君恩恨未消。《感事》一篇風義在，史家合恕玉山樵。堪笑高人王右丞，名汙猶靦竊聲稱。詩家若不論心跡，臣賊翩翩果擅能。（吴銘道《古雪山民詩後》卷三）

【按】此詩爲韓偓篇幅最長之詩作，於唐末詩歌實屬少見。詩歌歷叙詩人所親歷唐末昭宗一朝自己入翰林受寵、器重，昭宗勵精圖治之盛況。後又描述朝政由盛轉衰，政局險惡，宦官藩鎮相互勾結，宰相崔胤引入朱全忠借以誅殺宦官，從而導致昭宗播遷，戰亂交織，百官慘遭貶殺，以致昭宗被弑，朱温篡權，李唐覆没等等重要史實，洵乃一篇唐季興衰史之紀實詩，頗富史料價值。誦讀此詩，頗如紀昀所稱「忠義之氣，發乎情而見乎詞，遂能風骨内生，聲光外溢」（紀昀《紀文達公遺集》卷十一《書韓致堯翰林集後二則》）。

## 向　隅①〔一〕

守道得途遲〔二〕，中兼遇亂離②〔三〕。剛腸成繞指〔四〕，玄髮轉垂絲③〔五〕。客路少安處〔六〕，病牀無穩時〔七〕。弟兄消息絶〔八〕，獨斂向隅眉。

【校　記】

① 統籤本題下有小注：「丙寅秋至福州作。」

② 「兼」，玉山樵人本作「間」。

③ 「轉」，《唐百家詩選》本作「變」。

【注　釋】

〔一〕此詩《全唐詩》編排於作於「丁卯已後」之《感事三十四韻》詩後，據此，此詩似作於丁卯年，即後梁開平元年，詩人時在福州。

向隅：面對著屋子的一個角落。漢劉向《説苑·貴德》：「今有滿堂飲酒者，有一人獨索然向隅而泣，則一堂之人皆不樂矣。」後遂以比喻孤獨失意或不得機遇而失望。南朝梁徐悱《贈内》詩：「豈忘離憂者，向隅心獨傷。」

〔二〕守道：堅守某種道德規範。此指守儒家之道。《左傳·昭公二十年》：「守道不如守官，君子韙之。」北齊顔之推《顔氏家訓·省事》：「君子當守道崇德，蓄價待時。」得途遲，指詩人較遲登科入仕。據徐松《登科記考》，韓偓乃龍紀元年（公元八八九年）登科，且其《與吴子華侍郎同年玉堂同直懷恩叙懇因成長句四韻兼呈諸同年》詩自謂「二紀計偕勞筆研」，句下小注云：「余與子華俱久困名場。」則韓偓經二紀方登科，故其確實乃「得途遲」矣。

〔三〕遇亂離：此亂離指詩人登科入仕前所遭遇之廣明之亂以及入仕後因宦官、藩鎮之亂而隨昭宗播遷離京别親之遭遇。

〔四〕「剛腸」句：剛腸，指剛直的氣質。《文選·嵇康〈與山巨源絶交書〉》：「剛腸嫉惡，輕肆直言，遇事便發。」張銑注：「剛腸，謂彊志也。」繞指，即繞指柔。《文選·劉琨〈重贈盧諶〉詩》：「何意百煉剛，化爲繞指柔。」吕延濟注：「百煉之鐵堅剛，而今可繞指。自喻經破敗而至柔弱也。」後因以「繞指柔」比喻堅强者經過挫折而變得隨和軟弱。

〔五〕玄髪：黑髪。意指年輕。玄，黑。曹丕《答繁欽書》：「素顔玄髪，皓齒丹唇。」唐杜牧《題桐葉》：「葉落燕歸真可惜，東流玄髪且無期。」垂絲，白髪下垂。唐李紳《發壽陽分司敕到又遇新正感懷書事》詩：「休爲建隼臨淝守，轉作垂綸入洛人。」唐白居易《白鷺》詩：「人生四十未全衰，我爲愁多白髮垂。何故水邊雙白鷺，無愁頭上亦垂絲？」

〔六〕「客路少安」句：客路，此處實指貶中流寓之路。詩人自貶爲濮州司馬後，尚經由河南、湖北、湖南、江西入福建，可謂漂泊轉徙，難於安居，故有此句。

〔七〕「病牀無穩」句：詩人此時已年老多病，又因多年漂泊轉徙，難於安居，真可謂「病牀無穩時」。

〔八〕「弟兄」句：弟兄指韓偓之兄韓儀。《舊唐書·昭宗紀》天祐元年載：「七月癸亥朔，全忠率師討邠、鳳。甲子，自汴至洛陽，宴於文思毬場。全忠入，百官或坐於廊下，全忠怒，笞通引官何凝。丙寅，制金紫光禄大夫、行御史中丞、上柱國韓儀責授棣州司馬，侍御史歸藹責授登州司户，坐百官慠全忠也。」韓偓《寄上兄長》詩謂「兩地支離路八千，襟懷悽愴鬢蒼然」，其時乃去年天祐三年秋，似尚有音信。然至此時，則無消息，故有「消息絶」之句。

【集評】

方回：致堯遇朱全忠之亂，始謫濮州，尋客湖南，又入閩，依王審知而卒。其情懷可憐也。（《瀛奎律髓彙評》卷二十九旅況類）

馮班：真境至情，不在言語之工拙也。（《瀛奎律髓彙評》卷二十九旅況類）

紀昀：措語甚拙。馮以爲真境至情，不論語之工拙。然則宋人之詩，何以又論工拙乎？此種偏

論，最足疑誤後人。（《瀛奎律髓彙評》卷二十九旅況類）

何義門：致堯像贊。　落句直用劉繪詩。（《瀛奎律髓彙評》卷二十九旅況類）

無名氏（甲）：致堯惓懷宗國，指斥賊温，其詩絶有佳者，惜此集無能表彰之耳。（《瀛奎律髓彙評》卷二十九旅況類）

【按】此獨處一隅，老病念親，悲一生坎坷遭遇之詩也，故以「向隅」爲題。此詩雖用語樸質，然紀昀批評其「措語甚拙」，似爲過苛之言。此類詩以真境至情爲上，用語求工而不必求巧，如飾以巧語麗詞，反成累贅也。致堯此詩以真境至情感人，誠如何義門所謂「致堯像贊」，正不必飾以巧語以爲累也。

## 社　後〔一〕

社後重陽近，雲天澹薄間①〔二〕。目隨棋客静②，心共睡僧閑。歸鳥城銜日，殘虹雨在山。寂寥思晤語〔三〕，何夕款柴關。

【校　記】

①「澹」，玉山樵人本、韓集舊鈔本、統籤本、汲古閣本、麟後山房刻本均作「淡」。按，此處「澹」同「淡」。「澹薄」，汲古閣本作「淡泊」。按「澹薄」同「淡泊」、「淡薄」。

②「靜」，吴校本作「靖」。按，「靖」通「靜」，安靜。

【注　釋】

〔一〕此詩當作於後梁太祖開平元年（公元九〇七年）秋。本詩有「社後重陽近」句，故知此社指秋社，非春社。

社後：一年中有春社、秋社。此社後指秋社後。秋社，古代秋季祭祀土神的日子。梁宗懔《荆楚歲時記》：「社日，四鄰並結綜會社，牲醪，爲屋於樹下，先祭神，然後饗其胙。」宋陳元靚《歲時廣記·二社日》：「《統天萬年曆》曰：立春後五戊爲春社，立秋後五戊爲秋社。」唐元稹《有鳥二十章》詩之十一：「春風吹送廊廡間，秋社驅將嵌孔裏。」宋陸游《秋夜感遇》詩之二：「牲酒賽秋社，簫鼓迎新婚。」

〔二〕澹薄：指顔色淺淡或消褪。按，淡薄同淡泊。稀薄，清淡。唐杜甫《飛仙閣》詩：「寒日外淡泊，長風中怒號。」

〔三〕晤語：見面交談。《詩·陳風·東門之池》：「彼美淑姬，可與晤語。」唐韓愈《答張徹》詩：「勤來得晤語，勿憚宿寒廳。」

【按】詩寫秋社後詩人之寂寥落寞，思有友人共話以解清閑寂寞也。故詩中多有渲染此心境情地之句。雲天之淡薄，以天色寫心境也。三、四句目靜、心閑，眼目心境均閑靜也。五、六句以自然景色烘託摹寫寂寥也。曰「歸鳥」、曰「城銜日」，乃暮色蒼茫，寂寂向晚，天地即將沉寂也；雨後山頭雖有虹彩，然乃「殘虹」，亦即將隨落日而消退矣。當此暮色沉沉之時，更起思家念親之情。然詩人此時避地客寓東南邊鄙，歸返故土不得，向隅獨處，故逼出詩末「寂寥」、「何夕」兩句，以祈盼「款柴關」、「思晤語」，狀其難耐之寂寥。

## 息慮〔一〕

息慮狎群鷗〔二〕，行藏合自由〔三〕。春寒宜酒病〔四〕，夜雨入鄉愁。道向危時見〔五〕，官因亂世休①〔六〕。外人相待淺〔七〕，獨說濟川舟〔八〕。

【校記】

①「亂世」，玉山樵人本作「世亂」。

【注釋】

〔一〕此詩《韓翰林詩譜略》等均繫於後梁開平元年（公元九〇七年），今從之。詩有「春寒宜酒病」句，則乃是年春作。

息慮：消除擔憂雜念，靜心無爲。《孔叢子·答問》：「寡人之軍，先生無累也，請先生息慮也。」《雲笈七籤》：「遊心虛靜，息慮無爲。」

〔二〕狎群鷗：《列子·黃帝》：「海上之人有好漚鳥者，每旦之海上從漚鳥遊，漚鳥之至者百，住而不止。其父曰：『吾聞漚鳥皆從汝遊，汝取來吾玩之。』明日之海上，漚鳥舞而不下也。」梁江淹《擬孫廷尉綽雜述》：「物我俱忘懷，可以狎群鷗。」

〔三〕行藏：指出處或行止。語本《論語·述而》：「用之則行，舍之則藏。」

〔四〕酒病：即病酒。飲酒沉醉。《晏子春秋·諫上三》：「景公飲酒，酲，三日而後發。晏子見曰：『君病酒乎？』公曰：『然。』」《晉書》卷一百七《石季龍傳下》：「責曰：『燕王不在内邪？呼來！』左右言王病酒，不能入。」宋翁元龍《瑞龍吟》詞：「晝長病酒添新恨，煙冷斜陽暝。」

〔五〕「道向」句：道，此處指爲人之道，如道義、氣節、操守等。此句意爲一個人的道義氣節可以在危難時顯現出來。按此句實乃詩人自謂自評。參卷一《息兵》「正當困辱」條注。

〔六〕「官因」句：此句實亦詩人自謂。韓偓之貶官以及棄官不仕均是時危世亂，受朱全忠之流迫害所造成。參卷一《出官經硤石縣》「皇恩沐」條注。

〔七〕「外人」句：外人，他人；别人；没有親友關係的人。此指對自己瞭解不深之人。相待淺，相待，對待。《韓非子·六反》：「猶用計算之以相待也，而況無父子之澤乎？」此句意别人對自己瞭解不深。

〔八〕「獨説」句：濟川，語出《書·説命上》：「爰立作相，王置諸其左右。命之曰：『朝夕納誨，以輔台德。若金，用汝作礪；若濟巨川，用汝作舟楫；若歲大旱，用汝作霖雨。』」後多以「濟川」比喻輔佐帝王。唐獨孤及《庚子歲避地至玉山酬韓司馬所贈》詩：「已無濟川分，甘作乘桴人。」此處濟川舟意爲輔佐帝王之人。此句連上句意爲别人對自己瞭解不深，到如今還把我看作是心存輔佐帝王之人。

【按】此詩之要旨乃「息慮」，即如今已止息入世求功名之雜慮，以獲得出處行止之自由了。故首兩句即緊扣詩題，表明此主旨。中四句即以最簡略之情事表述自己入仕翰林院以及被貶、棄官經歷。末二句謂如今尚有人以輔佐國事相稱許，然而乃是不深知者之意，他哪裏知道我而今已是「息慮狎群鷗，行藏合自由」之人矣！既道目前之事，亦反扣息慮主題。可謂以「息慮」一以貫之。詩人本胸懷壯志，實具匡國濟時之才，且捲進昭宗朝激烈複雜之朝政鬥爭中。如今壯志消沉，息慮隱居，以親群鷗，求自由爲企盼，其間之思想巨變之緣由，應從「道向危時見，官因亂世休」二句中體悟。

## 早起探春①〔一〕

句芒一夜長精神〔二〕，臘後風頭已見春〔三〕。煙柳半眠藏利臉〔四〕，雪梅含笑綻香脣。漸因閒暇思量酒，必怨顛狂泥摸人〔五〕。若箇高情能似我〔六〕，且應欹枕睡清晨。

【校　記】

①統籤本題下有小注：「丁卯福州。」

【注　釋】

〔一〕此詩統籤本題下有「丁卯福州」小注，且從《全唐詩·韓偓集》排列秩序看，此詩在作於開平元年的《息慮》詩後一首，詩蓋作於丁卯，即開平元年。此詩題爲《早起探春》，詩中有「句芒一夜長精神，臘後風頭已見春」句。尋味句中所説，此時乃在臘後，且剛入春時。然此年入春乃在十二月臘後未新年時，故應仍是後梁開平元年（公元九〇七年）臘後之作，時詩人在福州。

〔二〕句芒：古代傳説中的主木之官。又爲木神名。《禮記·月令》：「（孟春之月）其帝大皞，其神句芒。」鄭玄注：「句芒，少皞氏之子曰重，爲木官。」《左傳·昭公二十九年》：「木正曰句芒。」

唐張碧《遊春引》：「句芒愛弄春風權，開萌發翠無黨偏。」

〔三〕臘：祭名。古代稱祭百神爲「蠟」，祭祖先爲「臘」；秦漢以後統稱「臘」。《禮記・月令》：「（孟冬之月）天子乃祈來年於天宗，大割祠於公社及門閭，臘先祖五祀，勞農以休息之。」孔穎達疏：「臘，獵也。謂獵取禽獸以祭先祖五祀也。」《左傳・僖公五年》：「宫之奇以其族行，曰：『虞不臘矣。』」杜預注：「臘，歲終祭衆神之名。」

〔四〕半眠：比喻柳樹在初春時尚未從冬眠中完全甦醒過來的樣子。利臉：此詞與上句「香唇」對，從詩意而言乃謂美麗之臉。然「利臉」似不詞，故疑乃「麗臉」之誤，惜無版本之依據，故疑而未能定。

〔五〕泥摸人：纏磨人。泥，軟求，軟纏。唐元稹《遣悲懷》詩之一：「顧我無衣搜藎篋，泥他沽酒拔金釵。」

〔六〕若箇：哪个。可指人，亦可指物。此處指人。唐東方虬《春雪》詩：「不知園裏樹，若箇是真梅？」宋楊萬里《和段季承左藏惠》之三：「阿誰不識珠將玉，若箇關渠風更騷？」

【按】徐復觀以爲此詩非韓偓詩，云：「《早起探春》及《閨怨》，雜在韓偓的居閩各詩中，與偓心境不合，故《閨怨》詩雖好，亦有問題。大抵將偓詩分爲三卷，其第三卷中除極少數外，我認爲多屬可疑。」徐氏所説的韓偓在閩心境，如他此文中另處所説：「從他暮年在閩所作的《安貧》、《味道》、《此翁》、《息慮》、《失鶴》、《卜隱》、《閒居》等詩看，他到閩以後的生活是非常寂寞，而且不斷受到猜嫌，所以他才入山惟恐不深的。」（《韓偓詩與香奩集論考》，見其《中國文學論集》）按，此説不可信。蓋人在某個時期之心情，雖總體上説較相同，但並非總是一致不變，無所不同。故難於以心情心境辨別詩之真僞。且從此詩看，其中所表現韓偓之心境，亦與徐氏所云韓偓在閩之心情無大異，並非絶無此種心境。特别是在早春，初睹萬物復甦之自然清麗景色，詩人受到感召而心情較爲輕鬆放曠，亦非不可想象之事。

## 味道〔一〕

如含瓦礫竟何功〔二〕，癡黠相兼似得中〔三〕。心繫是非徒悵望，事須光景旋虚空〔四〕。升沈不定都如夢，毀譽無恒卻要聾。弋者甚多應扼腕〔五〕，任他閒處指冥鴻〔六〕。

【注　釋】

〔一〕此詩之作年，《韓偓簡譜》繫於開平二年，而《韓翰林詩譜略》、《唐韓學士偓年譜》、《韓偓年譜》、《韓偓詩注》等均編排於開平元年。按，繫於開平二年似不可信，今姑從《韓翰林詩譜略》等繫於後梁開平元年（公元九〇七年）。

味道：此爲體味爲人處世之道之意。

〔二〕如含瓦礫：《南史·何尚之傳》附《何胤傳》：「初，胤侈於味，食必方丈，後稍欲去其甚者，猶食白魚、䱇脯，糖蟹，以爲非見生物。疑食蚶蠣，使門人議之。學生鍾岏曰：『䱇之就脯，驟於屈申，蟹之將糖，躁擾彌甚。仁人用意，深懷如怛。至於車螯蚶蠣，眉目内闕，慚渾沌之奇，獷殼外緘，非金人之慎。不悴不榮，曾草木之不若，無馨無臭，與瓦礫其何算。故宜長充庖厨，永爲口實。』竟陵王子良見岏議大怒。」

〔三〕癡黠相兼：《晉書·顧愷之傳》：「初，愷之在桓温府，常云：『愷之體中，癡黠各半。合而論之，正得平耳。』故俗傳愷之有三絶：才絶，畫絶，癡絶。」

〔四〕事須光景：意爲凡事如等待以後的時光。須，等待。《詩·邶風·匏有苦葉》：「人涉卬否，卬須我友。」毛傳：「人皆涉，我反未至，我獨待之而不涉。」南朝宋鮑照《代白紵舞歌辭》之二：「秦箏趙瑟挾笙竽，垂璫散佩盈玉除。停觴不御欲誰須？」光景，光陰；時光。南朝梁沈約《休沐寄懷》詩：「來往既云勸，光景爲誰留。」唐李白《相逢行》：「光景不待人，須臾成髮絲。」虚空，即虚。虚，空無所有。與「實」相對。《史記·老子韓非列傳》：「良賈深藏若虚，君子盛德容貌若愚。」司馬貞索隱：「深藏謂隱其寶貨，不令人見，故云『若虚』。」

〔五〕弋者：射鳥者。揚雄《法言·問明》：「鴻飛冥冥，弋人何篡焉？」唐張九齡《感遇》：「今我遊冥冥，弋者何所慕。」扼腕，亦作「扼捥」。用一隻手握住另一隻手腕，表示振奮、惋惜、憤慨等情緒。《戰國策・燕策三》：「樊於期偏袒扼腕而進曰：『此臣之日夜切齒腐心，乃今得聞教！』」此處意爲憤慨。

〔六〕他：指弋者。閒處，亦作「閑處」。僻靜的處所。《史記・張釋之馮唐列傳》：「上怒，起入禁中。良久，召唐讓曰：『公奈何衆辱我，獨無閒處乎？』」唐元稹《除夜》詩：「閑處低聲哭，空堂背月眠。」此意爲暗中之處。指冥鴻，意爲覬覦冥冥中的飛鴻。《後漢書・逸民傳序》李賢注引宋衷曰：「鴻高飛冥冥薄天，雖有弋人，何施巧而取也。喻賢者隱處，不離暴亂之害也。」

【按】此詩乃詩人歷經人生患難，流寓入閩後回顧人生，體味爲人處世之道之作。首句謂人生如不悴不榮，無馨無臭，如含瓦礫般又有何意思？第五句謂世事無常，皆如夢般變幻不定，有如《莊子・德充符》所謂「死生存亡、窮達貧富、賢與不肖、毁譽、饑渴、寒暑，是事之變，命之行也」。第六句乃葛洪《抱朴子・自叙》所謂「毁譽皆置於不聞」也。末兩句應看作詩人所面對之險惡處境與態度，意爲可悲歎者乃心存謀害捕殺的人實在太多了，然而只要如冥鴻般隱逸高飛，他又能奈我何呢！

## 秋郊閒望有感〔一〕

楓葉微紅近有霜，碧雲秋色滿吴鄉〔二〕。魚銜駭浪雪鱗健，鴉閃夕陽金背光①。心爲感恩長慘感②〔三〕，鬢緣經亂早蒼浪〔四〕。可憐廣武山前語③，楚漢虛教作戰場④〔五〕。

【校記】

①「夕」，《全唐詩》、吴校本均校：「一作殘。」按，《唐詩鼓吹》卷二、《全唐詩録》卷九十三等作「殘」。

②「恩」，玉山樵人本，韓集舊鈔本、統籤本、汲古閣本、麟後山房刻本、吴校本均作「知」，吴校本校：「一作恩。」

③「語」，《唐百家詩選》本作「事」。

④「虚」，原作「寧」，《唐百家詩選》本亦作「寧」，而玉山樵人本、韓集舊鈔本、統籤本、汲古閣本、麟後山房刻本、吴校本均作「虚」，《全唐詩》校「一作虚」，吴校本校「一作寧」。今據玉山樵人本、韓集舊鈔本等改。

【注釋】

〔一〕此詩《韓偓簡譜》繫於後梁開平二年，而《韓偓年譜》、《韓偓詩注》繫於開平元年。按，此詩據《全唐詩》所編，知作於福州，而作年難於確定，今姑依《韓偓年譜》繫於後梁開平元年（公元九〇七年）秋。又徐復觀以爲此詩非韓偓詩，云：「《秋江閑望》詩有『碧雲秋色滿吴鄉』之句，閩不可以稱『吴鄉』。又有『可憐廣武山前語，楚漢虛教作戰場』，這是當時江浙一帶群雄鬥爭的形勢，所以此詩也不是韓偓的。」（《韓偓詩與香奩集論考》，見其《中國文學論集》）慶按，吴鄉，「三國時福建地屬吴國（詳見本詩注釋②），故福建福州可稱爲吴鄉，不必皆指「江浙一帶」。又「可憐廣武山前語，楚漢虚教作戰場」，乃用典寓意，不可作實指楚、漢之地看。故徐氏之言缺乏確鑿證據，不可據信。

〔二〕吴鄉：吴，古國名。三國時三國之一。公元二二二年孫權稱吴王，都建業（今江蘇南京市）。公元二二九年稱帝，佔有今之長江中下游，南至福建、兩廣以及越南北部和中部。吴鄉，此處指福建福州一帶。

〔三〕感恩：此指詩人因曾獲得唐昭宗之寵愛器重，故對昭宗心懷感恩之情。

〔四〕蒼浪：花白。唐白居易《冬至夜》詩：「老去襟懷常濩落，病來鬚鬢轉蒼浪。」又《浩歌行》：「鬢髮蒼浪牙齒疎，不覺身年四十七。」

〔五〕「可憐廣武山前語」二句：廣武山，又名三皇山，地在今河南鄭州市西北。《元和郡縣圖志》卷八《河南道四·滎澤縣》：「廣武山，在縣西二十里，一名三皇山。」同上書卷五《河南道一·河陰縣》：「三皇山……上有三城，即劉、項相持處。」秦末，楚漢兩軍曾隔鴻溝對峙，項羽據東廣武稱楚王城，劉邦據西廣武稱爲漢王城。《晉書·阮籍傳》：「（阮籍）時率意獨駕，不由徑路，車迹所窮，輒慟哭而反。嘗登廣武，觀楚、漢戰處，歎曰：『時無英雄，使豎子成名。』」

【集 評】

據阮籍廣武山前之語，楚、漢兩無英雄，虚教爭戰，僱蓋薄視當日英雄也。（錢牧齋、何義門《評注唐詩鼓吹》卷二）

衝字，閃字，健字，光字，皆有氣力，有精神，奕奕生動。（陸次雲輯《五朝詩善鳴集》）

【按】此詩前半首乃寫秋郊景色，後半則詩題所謂「有感」也。其後半首乃此詩之側重處。五、六兩句言因感唐昭宗之恩惠而至今仍慘戚不已，而經歷一場場宫廷内亂與藩鎮間爲篡奪政權之激烈複雜之戰亂，自己也因百受磨難迫害而早就鬢髮蒼蒼，垂垂老矣。末二句則借阮籍登廣武山感歎楚漢相爭之語，長歎如今亦是時無英雄，遂使戰亂不休，世道陵替，豎子成名也。

# 李太舍池上玩紅薇醉題〔一〕

花低池小水泙泙〔二〕，花落池心片片輕。酩酊不能羞白鬢，顛狂猶自眷紅英〔三〕。乍爲旅客顔常厚〔四〕，每見同人眼暫明〔五〕。京洛園林歸未得①〔六〕，天涯相顧一含情〔七〕。

【校 記】

①「園林」，玉山樵人本、韓集舊鈔本、統籤本、汲古閣本、麟後山房刻本均作「林園」，《全唐詩》、吴校本均

校：「一作林園。」

【注釋】

〔一〕據此詩《全唐詩》所編位置，以及詩中「乍爲旅客顔常厚，每見同人眼暫明。京洛園林歸未得，天涯相顧一含情」句，知在福建所作，確年難考，今權繫於後梁開平元年（公元九〇七年）。

〔二〕李太舍：李太舍，其名未詳。太舍，太子舍人。官名。漢有此官，秩二百石，選良家子孫任職，輪番宿衛，似郎中。至煬帝改其名爲管記舍人，再減爲四人。掌文記，如管記之名。唐復其稱，屬右春坊（典書坊改名），秩正六品，仍掌行令書令旨及表啟之事。《舊唐書·職官志三》：「太子右春坊：……舍人四人，正六品上。……舍人掌行令書令旨及表啟之事。」紅薇，蓋指紅色薔薇。唐權德輿《從叔將軍宅薔薇花開太府韋卿有題壁長句因以和作》：「環列從容蹀躞歸，光風駘蕩發紅薇。」

〔三〕泙泙：水聲。唐柳宗元《晉問》：「湔泙洞踏者，彌數千里。」集注引童宗説曰：「泙，水鳴聲。」

〔三〕睠：同眷，反顧垂愛貌。《詩經·小雅·大東》：「睠言顧之，潸焉出涕。」宋孫光憲《生查子》詞：「眷方深，憐恰好，唯恐相逢少。」

〔四〕顔厚：臉皮厚。謂不知羞恥。《書·五子之歌》：「鬱陶乎予心，顔厚有忸怩。」孔傳：「顔厚，色愧。」《資治通鑑·唐德宗貞元元年》：「縱彼顔厚無慚，陛下每視朝，何心見之！」顔常厚，意爲因在外鄉爲客人，多有求人幫忙之處，故只得厚著臉皮。

〔五〕「每見」句：同人，志同道合的朋友。唐陳子昂《偶遇巴西姜主簿序》：「逢太平之化，寄當年之歡，同人在焉，而我何歎？」此指李太舍。李太舍蓋亦從洛陽寓居於閩者。眼暫明，眼睛暫時一亮。此句意爲在外鄉，每見到志同道合者，不覺頓時興奮起來。

〔六〕京洛園林：此處指詩人與李太舍分别在長安和洛陽的園林。歸未得，指詩人和李太舍均歸不了自己的園林。

〔七〕「天涯相顧」句：天涯，此指福州。因福州地在中華邊鄙，故稱。相顧，此指詩人與李太舍相顧。

## 【集評】

【按】詩乃於友人李太舍池上共賞紅薇抒情之什。首二句寫池上紅薇也。「片片輕」，狀紅薇飄落池心之態。三、四「酩酊」、「顛狂」皆醉態，扣詩題之「醉」。「不能羞白髮」，反襯酒酣也；「顛狂」而「猶自睠紅英」，可見顧念紅薇之深切，乃寫詩題之「玩」賞也。五、六兩句，實狀見到李太舍之欣悦，故有「眼暫明」之興奮，且一表打擾主人之意，故有「顔常厚」之説。「京洛園林」，乃謂在長安與洛陽兩人之園林也。「歸未得」，指兩人而言，故有下句「天涯相顧」之句，乃惺惺惜惺惺也。

## 余寓汀州沙縣病中聞前鄭左丞璘隨外鎮舉薦赴洛兼云繼有急徵旋見脂轄因作七言四韻戲以贈之或冀其感悟也　己巳年〔一〕

莫恨當年入用遲〔二〕，通材何處不逢知〔三〕。桑田變後新舟檝〔四〕，華表歸來舊路岐〔五〕。公幹寂寥甘坐廢〔六〕，子牟歡抃促行期①〔七〕。移都已改侯王第〔八〕，惆悵沙堤别築基〔九〕。

【校　記】

①「抃」，韓集舊鈔本作「忭」。按，「歡抃」義同「歡忭」。

【注　釋】

〔一〕據此詩詩題下「己巳年」小注，知詩乃作於己巳年，即後梁開平三年（公元九〇九年）。據詩題，知其時詩人乃在閩汀州沙縣。

汀州：唐開元二十四年分福州、撫州置。治所在長汀縣（今屬福建）。因長汀溪以爲名。

轄境相當於今福建武夷山脈以東，三明、永安、漳平、龍岩、永定等市縣以西地區。沙縣，隋開皇初改沙村縣置，屬建州。治所即今福建沙縣東古縣。唐大曆十二年改屬汀州。中和四年遷鳳林岡，即今治。《新唐書》卷三十一《地理志五》：「汀州臨汀郡，下。開元二十四年開福、撫二州山洞治，治新羅……皆長汀縣地。……縣三。長汀，寧化，沙。」鄭左丞璘，唐鄭州滎陽人，字華聖。鄭從讜子。昭宗大順中，以考功員外郎充史館修撰。乾寧中任翰林學士。累官尚書左丞。唐末亂，南入閩依泉州刺史王審邽。著有《視草亭記》，已佚。左丞，尚書左丞。唐屬尚書省，正四品上。《舊唐書·職官志二》：「左丞掌管轄諸司，糾正省内，勾吏部、户部、禮部十二司，通判都省事。若右丞闕，則併行之。……御史有糾劾不當，兼得彈之。」外鎮，京城外設長官督守的要鎮。亦指鎮撫地方的官員。《晉書·張華傳》：「華名重一世，衆所推服……而荀勖自以大族，恃帝恩深，憎疾之，每伺間隙，欲出華外鎮。」《宋史·自序傳》：「竊惟此既内藩，事殊外鎮，撫莅之宜，無繫早晚。」此指藩鎮。舉薦赴洛，指因外鎮舉薦赴洛陽任官。此時乃朱全忠之後梁，洛陽爲後梁西都，大梁爲東都。脂轄，脂車。多謂準備駕車遠行。《左傳·哀公三年》：「校人乘馬，巾車脂轄。」楊伯峻注：「轄爲車軸兩頭之鍵，塗之以脂。古無機油，以動物脂肪代之，使車行滑利也。」《晉書·張軌傳》：「欲遣主簿尉髦奉表詣闕，使速脂轄，將歸老宜陽。」

〔二〕當年：指李唐唐昭宗時。入用，指被李唐所録用，即入仕。

〔三〕通材：即通才，學識廣博兼備多種才能的人。《孔叢子·獨治》：「其人通材，足以幹天下。」

〔四〕「桑田」句：桑田，即滄海桑田。即大海變成農田，農田變成大海。語本晉葛洪《神仙傳·王遠》：「麻姑自説『接待以來，已見東海三爲桑田』。」後以「滄海桑田」比喻世事變化巨大。唐儲光羲《獻八舅東歸》詩：「獨往不可群，滄海成桑田。」此處「桑田變後」指朱全忠篡奪李唐政權，新建後梁之政局。新舟楫，此喻被後梁新政權所任用的治理政務的官員。

〔五〕「華表歸來」句：陶潛《搜神後記》卷一：「丁令威，本遼東人，學道於靈虛山。後化鶴歸遼，集城門華表柱。時有少年，舉弓欲射之。鶴乃飛，徘徊空中而言曰：『有鳥有鳥丁令威，去家千年今始歸。城郭如故人民非，何不學仙冢纍纍。』遂高上冲天。今遼東諸丁云其先世有升仙者，但不知名字耳。」此句以丁令威歸來城郭如故人民非典故，比喻現在已世道滄桑，已經不是李唐的天下了。

〔六〕「公幹寂寥」句：公幹，建安七子之一劉楨之字。《三國志·魏志·王粲傳》：「粲與……東平劉楨字公幹並見友善。」裴松之注引《先賢行狀》曰：「幹清玄體道，六行修備，聰識洽聞，操翰成章。輕官忽禄，不耽世榮。建安中，太祖特加旌命，以疾休息。後除上艾長，又以疾不行。」又同上書記「楨以不敬被刑，刑竟署吏」。裴松之引《典略》曰：「其後太子（指曹丕）嘗請諸文學，酒酣坐歡，命夫人甄氏出拜。坐中衆咸伏，而楨獨平視。太祖聞之，乃收楨，減死輸作。」此句詩人以劉楨甘心坐廢寂寥，用以諷勸鄭璘要輕官忽禄，不眈世榮，不爲朱全忠效勞。坐廢，因某事被認爲有罪而被廢去不用。《漢書·文三王傳》：「有司奏(劉)年淫亂，年坐廢爲庶人。」《漢書·外戚列傳》：「事發覺，太后大怒，下吏考問。謁等誅死，許后坐廢，處昭臺宫。」

〔七〕「子牟歡抃」句：《莊子·讓王》：「中山公子牟謂瞻子曰：『身在江海之上，心居乎魏闕之下，奈何？』瞻子曰：『重生，重生則利輕。』中山公子牟曰：『雖知之，未能勝也。』瞻子曰：『不能自勝則從，神無惡乎？不能自勝而强不從者，此之謂重傷，重傷之人無壽類矣。』魏牟，萬乘之公子也。其隱巖穴也，難爲於布衣之士。雖未至乎道，可謂有其意矣！」歡抃，抃，鼓掌；拍手表示歡欣。《吕氏春秋·古樂》：「帝嚳乃令人抃。」高誘注：「兩手相擊曰抃。」此句以子牟身在江海之上，心居乎魏闕之下，比喻鄭璘歡欣於爲外鎮舉薦，急急忙忙將趕赴洛陽，爲朱全忠效勞。

〔八〕「移都」句：此句謂現在都城已被朱全忠由長安東移，李唐皇朝已經變爲後梁政權，侯王宅第也變换了主人。

〔九〕沙堤：唐代專爲宰相通行車馬所鋪築的沙面大路。唐李肇《唐國史補》卷下：「凡拜相，禮絶班行，府縣載沙填路。自私第至於子城東街，名曰沙堤。」唐白居易《官牛》詩：「一石沙，幾斤重，朝載暮載將何用？載向五門官道西，緑槐陰下鋪沙堤。昨日新拜右丞相，恐怕泥塗汙馬蹄。」後用爲典實。指樞臣所行之路。别築基，此處意爲爲新宰相别築新沙堤。亦即謂現在李唐已淪替，新宰相已是後梁之人了。

【集評】

吴汝綸於詩題後評注云：「是時唐亡已三年矣，故詩欲感悟之。是年梁遷都洛。」

【按】題中之「脂轄」，與後題所「請爲申達」者（詳見下一首詩），非指梁朝使臣，據詩意當指「或冀其感悟」之「其」，即鄭璘也。且結聯乃謂如今已改朝换代，非復李唐王朝也。亦即吴汝綸所謂「是時唐亡已三年矣，故詩欲感悟之。是年梁遷都洛」之具體情勢。

## 又一絶請爲申達京洛親交知余病廢①〔一〕

鬢惹新霜耳舊聾〔二〕，眼昏腰曲四肢風〔三〕。交親若要知形候〔四〕，嵐嶂煙中折臂翁〔五〕。

【校記】

①玉山樵人本、統籤本詩題均作「鄭左丞入洛一絶請爲申達京洛親交知余病廢」，統籤本詩題後有小

注：「己巳。」

【注釋】

〔一〕此詩乃繼前一首之作，故詩題中謂「又一絶」。且據統籤本詩題後有「己巳」小注，知詩乃同前一首作於己巳年，即後梁開平三年（公元九〇九年）。

京洛：此指洛陽。因東周、東漢建都洛陽，故稱。

〔二〕惹：沾染；染上。南朝梁何遜《九日侍宴樂遊苑》詩：「晴軒連瑞氣，同惹御香芬。」唐薛濤《柳絮》詩：「二月楊花輕復微，春風摇蕩惹人衣。」新霜，指新長出來的白髮。霜色白，詩文中常借喻鬚髮之白。南朝梁范雲《送别》詩：「不愁書難寄，但恐鬢將霜。」唐李白《古風》之四：「徒霜鏡中髮，羞彼鶴上人。」

〔三〕四肢風：手脚風痹。風，《正字通·風部》：「風，四肢偏枯曰風。」中醫學謂人體的病因之一。亦所謂「六淫」之一，爲陽邪。外感風邪常致風寒、風熱、風濕等症。《素問·風論》：「風之傷人也，或爲寒熱，或爲熱中，或爲寒中，或爲癘風，或爲偏枯，或爲風也，其病各異，其名不同。」

〔四〕形候：形勢；情況。《宋書·劉劭傳》：「臣又以爲開立驛道，據守堅城，觀其形候，不似蹙弱。」唐張九齡《敕安西節度王斛斯書》：「今秋此賊形候如何？善須防之，勿使侵軼。」

〔五〕嵐嶂：霧氣繚繞的山峰。煙，此指山中的煙氣。折臂翁，詩人自謂。

【按】全詩除第三句外，均描繪題中之「病廢」情狀。偓之訴其「病廢」、「折臂翁」，除讓交親知曉自己病情外，恐亦有以此爲借口，拒絶梁朝之徵召意。

## 夢中作〔一〕

紫宸初啟列鴛鸞①〔二〕，直向龍墀對揖班〔三〕。九曜再新環北極〔四〕，萬方依舊祝南山〔五〕。禮容肅睦纓緌外〔六〕，和氣熏蒸劍履間〔七〕。扇合卻循黄道退〔八〕，廟堂談笑百司閒〔九〕。

【校　記】

①「啟」，汲古閣本作「起」。按，「起」猶「啟」。

【注　釋】

〔一〕《全唐詩》排列此詩於後梁開平三年作之《又一絶請爲申達京洛親交知余病廢》詩後一首，故此詩乃作於開平三年（公元九〇九年）。

〔二〕紫宸：宫殿名，天子所居。唐宋時爲接見群臣及外國使者朝見慶賀的内朝正殿，在大明宫内。程大昌《雍録》：「含光之北爲宣政，宣政之北爲紫宸。」唐杜甫《冬至》詩：「杖藜雪後臨丹壑，鳴玉朝來散紫宸。」唐白居易《待漏入閣》：「衙排宣政仗，門啟紫宸開。」鴛鸞，此喻上朝之百官。列鴛鸞，指百官排列於朝廷上。唐劉禹錫《奉和司空裴相公中書即事》：「佇聞戎馬息，入駕領鴛行。」

〔三〕龍墀：猶丹墀。也代指皇帝。唐劉禹錫《楊柳枝》詞之三：「鳳闕輕遮翡翠幃，龍墀遥望麴塵絲。」唐鄭谷《寄職方李員外》：「龍墀仗下天街暖，共看圭峰並馬行。」對揖班，指百官在朝堂上分班排列，拱手相對而立。

〔四〕九曜：指北斗七星及輔佐二星。《文子·九守》：「天有四時、五行、九曜、三百六十日；人有四支、五藏、九竅、三百六十節。」《素問·天元紀大論》：「九星懸朗，七曜周旋。」北極，即北極星。《爾雅·釋天》：「北極謂之北辰。」郭璞注：「北極，天之中，以正四時。」北斗七星環繞北極星旋轉，故古人用以喻帝王。唐張説《扈從温泉宫》：「騎仗聯聯環北極，鳴笳步步引南薰。」

〔五〕萬方：萬邦；各方諸侯。《書·湯誥》：「王歸自克夏，至於亳，誕告萬方。」亦引申指天下各地；全國各地。《漢書·張安世傳》：「聖王褒有德以懷萬方，顯有功以勸百寮，是以朝廷尊榮，天下鄉風。」唐杜甫《登樓》詩：「花近高樓傷客心，萬方多難此登臨。」祝南山，即祝壽。南山，原一指終南山，屬秦嶺山脈，在今陝西省西安市南。《詩·小雅·節南山》：「節彼南山，維石巖巖。」後有「壽比南山」語，用以祝壽。唐韋絢《劉賓客嘉話録》：「其《謝加金吾表》曰：想峨眉之碧峰，豫遊西蜀；追緑耳於玄圃，保壽南山。」

〔六〕禮容：禮制儀容。《史記·孔子世家》：「孔子爲兒嬉戲，常陳俎豆，設禮容。」《陳書·程文季傳》：「文季最有禮容，深爲高祖所賞。」纓緌，亦作「纓綏」。此處謂冠帶與冠飾。亦借指官位或有聲望的士大夫。《禮記·内則》：「冠緌纓。」孔穎達疏：「結纓頷下以固冠，結之餘者，散而下垂，謂之緌。」漢蔡邕《郭有道碑文》：「於時纓緌之徒，紳珮之士，望形表而影附，聆嘉聲而響和者，猶百川之歸巨海，鱗介之宗龜龍也。」

〔七〕和氣：祥和祥瑞之氣。劍履，即劍履上殿之縮語。古代經帝王特許，重臣上朝時可不解劍，不脱履，以示殊榮。《史記·蕭相國世家》：「於是乃令蕭何賜帶劍履上殿，入朝不趨。」唐錢起《陪郭常侍令公東亭宴集》詩：「盛業山河列，重名劍履榮。」

〔八〕扇合：此指皇帝退朝。扇，宫扇，皇帝的儀仗。合，此指宫扇合閉。《新唐書·儀衛志》：「皇帝步出西序門，索扇，扇合。皇帝升御座，扇開。」黄道，帝王出遊時所走的道路。唐李白《上之回》詩：「萬乘出黄道，千騎揚彩虹。」王琦注：「蕭士贇曰：《前漢·天文志》：日有中道。中道者，黄道也。日，君象，故天子所行之道亦曰黄道。」

〔九〕廟堂：朝廷。指人君接受朝見、議論政事的殿堂。《莊子·在宥》：「故賢者伏處大山嵁岩之下，而萬乘之君憂慄乎廟堂之上。」《淮南子·主術訓》：「君人者，不下廟堂之上而知四海之外者，因物以識物，因人以知人也。」百司，即百官。《書·立政》：「大都，小伯，藝人，表臣，百司。」

【集評】

「再新」、「依舊」一聯，希望唐室復興之意極顯，宜其以「夢中作」爲題也。（陳寅恪《讀書札記二集·韓翰林集之部》）

【按】此記夢中早朝肅穆祥和景象，乃詩人於唐亡之後企盼唐室再興願望之夢幻也。以此可見詩人追懷故國之思，企盼復興大唐之情，何其深切也。

## 己巳年正月十二日自沙縣抵邵武軍將謀撫信之行到纔一夕爲閩相急腳相召卻請赴沙縣郊外泊船偶成一篇〔一〕

訪戴船迴郊外泊〔二〕，故鄉何處望天涯。半明半暗山村日，自落自開江廟花。數醆緑醅桑落酒〔三〕，一甌香沫火前茶①〔四〕。

【校記】

① 統籤本此詩至此，下小注「闕」。汲古閣本注「失二句」，《全唐詩》、吴校本均校：「缺二句。」

【注釋】

〔一〕詩題有「己巳年正月十二日」等語，知此詩乃作於己巳年正月，亦即後梁開平三年（公元九〇九年）正月。

沙縣：隋開皇初改沙村縣置，屬建州。治所即今福建沙縣東古縣。唐大曆十二年改屬汀州。中和四年遷鳳林岡，即今治。邵武軍，邵武唐屬建州，爲縣，治所即今福建邵武市。邵武軍乃北宋太平興國五年以建州邵武縣升爲邵武軍，治所在邵武縣，即今福建邵武市。轄境相當今福建邵武、光澤、泰寧、建寧等市縣地。按，岑仲勉《唐人行第録・讀全唐詩札記》云：「按舊新地志，邵武屬建州，均無軍稱，《寰宇記》一零一邵武軍云，『皇朝太平興國五年，以户口繁會，路當要衝，於縣置邵武軍，從轉運司之奏請也』，豈宋人錯改邵武縣爲邵武軍歟，抑審知有此臨時設置歟？」謀撫信之行，指謀劃將從邵武到江西的撫州、信州。撫州，隋開皇九年以臨川郡改置，治所在臨川縣（今江西臨川市西）。唐寶應元年與縣同移治今臨川市。唐武德七年以後其轄境相當於今江西臨川以南撫河流域。信州，唐乾元元年析饒、衢、建、撫四州之地置，治所在上饒縣（今江西上饒市西北天津橋）。轄境相當今江西貴溪以東，懷玉山以南地區。閩相，指王審知。唐時，以他官加同中書門下平章事即爲宰相。其時王審知爲威武軍節度、福建觀察使、同中書門下平章事，故稱。王審知，傳見《舊五代史》卷一三四、《新五代史》卷六十八。急脚，唐時急速傳遞書信信息者。《舊五代史·錢鏐傳》：「臣元瓘等無任感激，祈恩戰懼，依投之至。謹遣急脚，間道奉絹表陳乞奏謝以聞。」《太平廣記》卷一五三引唐温畬《續定命録·崔樸》：「某出城時，妻病綿惙，聞某得罪，事情可知。欲奉煩爲申辭疾，請假一日，發一急脚附書，寬兩處相憂，以候其來耗，便當首路可乎。」

〔二〕訪戴：《世説新語·任誕》：「王子猷居山陰，夜大雪，眠覺，開室，命酌酒。四望皎然，因起彷徨，詠左思《招隱詩》。忽憶戴安道，時戴在剡，即便夜乘小船就之。經宿方至，造門不前而返。人問其故，王曰：『吾本乘興而行，興盡而返，何必見戴！』」此句用此典故謂自沙縣往邵武，卻即返回。

〔三〕緑醅：即酒。醅，未濾去糟的酒。亦泛指酒。緑醅，即酒面上浮有緑色泡沫的酒。北魏賈思勰《齊民要術·法酒》：「合醅飲者，不復封泥。」唐白居易《落花》：「勸人嘗緑醅，教人拾紅萼。」桑落酒，古代美酒名。北魏酈道元《水經注·河水四》：「（河東郡）民有姓劉名墮者，宿擅工釀，採挹河流，釀成芳酎，懸食同枯枝之年，排於桑落之辰，故酒得其名矣。」又，《淵鑒類函》卷三九二：「《霏雪録》曰：河東桑落坊有井，每至桑落時，取水釀酒甚美，故名桑落酒。」唐杜甫《九日楊奉先會白水崔明府》詩：「坐開桑落酒，來把菊花枝。」

〔四〕一甌香沫：一甌，一杯。香沫，指清香的茶水。因茶水清香，面上微泛泡沫，故稱。唐吕温《三月三日茶宴序》：「酌香沫，浮素杯，殷凝琥珀之色。」火前茶，指寒食前所焙製之茶。王觀國《學林·茶詩》：「茶之佳品，摘造在社前，其次則火前，謂寒食前也。」唐白居易《謝李六郎中寄新蜀茶》：「故情周匝向交親，新茗分張及病身。紅紙一封書後信，緑芽十片火前春。」

## 【集評】

偓抵邵武，閩相急腳相召，蓋即依審知時也。詩云（文略）。（周昂《十國春秋拾遺·閩》，見吴任臣《十國春秋》卷一一五《拾遺·閩》）

此詩詩題後吴汝綸評注云：「是時撫州刺史爲危全諷，信州爲危仔倡。是年淮南取撫、信地。閩相即王審知。」

【按】詩人詠此詩之背景已具見詩題，而詩句之意涵也應由詩題所明之背景加以細細品味，方能得其真味。

# 建谿灘波心目驚眩余平生溺奇境今則畏怯不暇因書二十八字①〔一〕

長貪山水羨漁樵，自笑揚鞭趁早朝。今日建谿驚恐後，李將軍畫也須燒〔二〕。

【校　記】

① 嘉靖洪邁本題作「過建溪」。統籤本詩題下有「是年至邵武」小注。

【注　釋】

〔一〕此詩之繫年，《韓翰林詩譜略》、《唐韓學士年譜》、《韓偓簡譜》、《韓偓年譜》、《韓偓詩注》等均繫於後梁開平三年（公元九〇九年）。《韓偓年譜》開平三年云：「年底，偓取水道自水溪（今沙溪，順東北流向）入建陽溪（即建溪，今閩江，順東南流向），經黯淡灘諸險，在今尤溪口向西轉入尤溪水，溯尤溪水至尤溪（今福建尤溪）。有《建溪灘波心目驚眩余平生溺奇境今則畏怯不暇因書二十八字》詩紀行。」又謂：「此詩編次，集中在《己巳年正月十二日自沙縣抵邵武軍將謀撫信之行到纔一夕爲閩相急腳相召卻請赴沙縣郊外泊船偶成一篇》之後，《自沙縣抵尤溪縣值泉州軍過後村落皆空因有一絶》（題下自注「此後庚午年」）之前。故定此行在本年底，並繫此詩於此。」則此詩乃開平三年底之作。

建谿灘：建谿，水名，爲閩江北源，在今福建建陽、南平一帶。建谿灘，建谿中諸灘之一，可能指黯淡灘。宋李綱《梁谿集》卷七《自建安陸行至南浦》詩：「聞道梁平黯淡灘，舟行至此慘愁顔。」明黄仲昭《八閩通志》卷九《地理・山川》南平府南平縣東溪諸灘：「曰汾、曰竹林後、曰高桐、曰鑿、曰黯淡。此下直至劍津，接西溪。其中黯淡一灘，古稱最險。」

〔二〕李將軍畫：唐代著名畫家李思訓的山水畫。朱景玄《唐朝名畫録・神品下》：「李思訓開元中除武衛將軍，與其子李昭道中舍俱得山水之妙，時人號大李、小李。思訓格品高奇，山水絶妙；鳥獸、草木，皆窮其態。昭道雖圖山水、鳥獸，甚多繁巧；智惠筆力不及思訓。天寶中明皇召思訓畫大同殿壁，兼掩障。異日因對，語思訓云：『卿所畫掩障，夜聞水聲。』通神之佳手也，國朝山水第一。故思訓神品，昭道妙上品也。」其生平事蹟亦見《新唐書・宗室傳》。

【集評】

《九言題章容谷建溪舟行畫扇用舟字》：山行五日别卻江郎石，滿身塵土待濯臨清流。方今河清屢書天吴伏，艨艟萬斛到處成飛浮。此溪特漁梁之一大壑，詎有大壑可以容拏舟。吾聞浦城界連芊源驛，陸程九宿直瞰榕城樓，秖因車徒轇轕較勞費，委舟于壑夜半從人偷。嗟乎錙銖能使冒不測，矧其大者肯憚風波不。或注而下一往箭脱筈，或引而上絶頂鷹盤秋。或以敗絮枯茅塞罅漏，或作手摇目懾懲喧啾。平生性不低眉憶鄉井，未免跂跂脉脉懷牢愁。揭來已公屋底召魂魄，經行千里無一堪回頭。怪底與君同時出此險，轉如得趣紈扇圖前遊。吾聞韓偓當兹欲燒畫，向來貪愛一筆都從勾。（偓詩云：「常貪山水羨漁樵，自笑揚鞭走早朝。今日建溪驚恐後，李將軍畫也應燒。」）何爲前賢所毁今更造？度量相越殊費吾推求。大抵遭時治亂非一轍，襟情舒蹙直視爲因由。人心之險何止若川谷，幸生平世進退無瑕尤。區區行路艱難所時有，豈若孤臣去國涕不收。君其是哉賤子則已淺，下床位我側聽風颼颼。（陳兆崙《紫竹山房詩文集》詩集卷一）

【按】詩詠建溪灘之湍急驚險，令人眩駭也。其「今日建谿驚恐後，李將軍畫也須燒」，乃着力凸顯建谿灘水驚險之句。李思訓所畫山水乃神品，極爲逼真，有若實境，爲唐玄宗譽爲「卿所畫掩障，夜聞水聲」。然詩人謂今若與建谿灘相較，則相形見絀，直應燒去之。於此可見，建谿灘之驚險駭目也若此之甚。

## 自沙縣抵尤溪縣值泉州軍過後村落皆空因有一絶 此後庚午年①〔一〕

水自潺湲日自斜〔二〕，盡無雞犬有鳴鴉。千村萬落如寒食②，不見人煙空見花。

【校　記】

①此詩題目《唐百家詩選》本作「襄漢旅道值鄰境軍新過村落皆空因有此感」，而嘉靖洪邁本簡化爲「尤溪道中」，歷代韓集乃至載録此詩之典籍如宋代謝維新《事類備要》續集卷四十五、祝穆《事文類聚》别集卷二十五、周弼《三體唐詩》卷一、《淵鑒類函》卷三〇六等所録此詩詩題均作《尤溪道中》，而未見《唐百家詩選》之詩題者。故《唐百家詩選》之詩題恐誤。此詩詩題「尤」，原作「龍」，玉山樵人本、韓集舊鈔本、統籤本、麟後山房刻本、吴校本均作「尤」，汲古閣本、《全唐詩》校「一作尤」，吴校本校：「一作龍。」詩題下小注統籤本作「庚午」，又校詩題云：「《唐音》作《襄陽旅道軍後有感》，誤。」又，岑仲勉《讀全唐詩札記》云：「按唐尤溪屬福州，龍溪屬漳州，龍字草寫略類尤，故兩本不同，但考當日偓自邵武還沙縣，其後又留居南安之桃林場，則自沙縣南下，必經尤溪，作龍者誤，偓斷非西南行至龍溪也。」今據韓集舊鈔本等版本以及岑仲勉之説改。

②「如」，《唐百家詩選》本作「似」。

【注　釋】

〔一〕據此詩題下「此後庚午年」小注，知詩乃庚午年，即後梁開平四年（公元九一〇）所作，時韓偓自沙縣往南安之桃林場途經尤溪。

尤溪縣：唐開元二十九年開山洞置，屬福州。州治即今福建尤溪縣。《太平寰宇記》卷一百載尤溪「其地與漳州龍岩縣、汀州沙縣及福州侯官縣三處交界，山洞幽深，溪灘嶮峻，向有千里。其諸境逃人，多投此洞。開元二十八年經略使唐修忠使以書招諭，其人高伏等一千餘户請書版籍，因爲縣，人皆胥悦。此源先號尤溪，因爲縣名，屬福州」。泉州，唐久視元年分泉州置武榮州，景雲二年改名泉州。治所即今福建泉州市。開元八年置晉江縣爲州治。轄境相當今福建晉江和木蘭溪兩流域、澎湖地區及廈門、同安、金門等市縣地。《太平寰宇記》卷一〇二《泉州》：泉山「在州北五里，泉州因此爲名」。泉州軍，指當時泉州刺史王延彬所統領之軍隊。

〔三〕潺湲：水流貌。唐王涣《惆悵》詩之十：「仙山目斷無尋處，流水潺湲日漸西。」

## 【集評】

韓偓《尤溪道中》：「水自潺湲日自斜，盡無鷄犬有鳴鴉。千村萬落如寒食，不見人烟空見花。」時泉州軍過後，人家盡空。致堯晚依王氏，見兵後之景如此。（周弼《三體唐詩》卷一）

閩中壤狹田少，山麓皆治爲隴畝，昔人所謂磳田也。喪亂以來，逃亡略盡，磳田蕪穢盡矣。予《寒食登邵武詩話樓》詩有「遺令不須仍禁火，四郊茅舍久無烟」之句。及觀唐韓偓過閩中有「千村冷落如寒食，不見人烟只見花」之句。明張式之撫閩，亦有「除夜不須燒爆竹，四山烽火照人紅」之句，千古有同悲也。式之名楷，慈溪人，永樂甲辰進士。以賦此詩，爲言者所劾而罷。（周亮工《閩小紀》卷一《磳田》）

《漳州雜詩十二首》之十二：殘冬休厭客程賒，一襲吴綿耐歲華。真箇千邨似寒食，家家開徧碧桃花（「千邨萬落如寒食，不見人煙只有花」，韓偓《龍谿道中》詩也。……）（沈學淵《桂留山房詩集》卷十）

此偓南依王審知於閩中時所作，二十八字中一片亂後荒蕪景象。如寒食者，無有舉火之人家也。（劉永濟《唐人絶句精華》）

此述殘破之景，不露圭角，止用數虚字略一挑撥，而景狀宛然。筆下真如鏡花水月，後人豈易及此。王元美謂「池塘生春草」是佳句，非佳境；予謂此詩非佳境，是佳句。參破此機，下筆自妙。（黄生等《唐詩評》卷四）

【按】詩寫大軍過後村落之蕭條荒寂也。首句謂流水、日光各自潺湲、自斜，「自」字妙，將村落之荒寂無人煙神妙襯出，與杜甫《遺懷》詩之「愁眼看霜露，寒城菊自花」，《憶弟》詩之「故園花自發，春日鳥還飛」，《日暮》詩之「風月自清夜，江山非故園」同一機抒。第二句一「盡無」，一「有」字，寫足「千村萬落如寒食」之「村落皆空」景象，亦與末句之「不見人煙」相呼應。

## 此翁　此後在桃林場①〔一〕

高閣群公莫忌儂〔二〕，儂心不在宦名中〔三〕。嚴光一唾垂緌紫〔四〕，何胤三遺大帶紅〔五〕。金勁任從千口鑠〔六〕，玉寒曾試幾爐烘〔七〕。唯應鬼眼兼天眼〔八〕，窺見行藏信此翁〔九〕。

【校記】

① 統籤本題下小注爲：「庚午桃林場作。」

【注釋】

〔一〕《全唐詩》此詩前一首詩題下小注「此後庚午年」，統籤本此詩題下小注謂「庚午桃林場作」，則此詩乃庚午年，即後梁開平四年（公元九一〇年）作於桃林場。

桃林場：唐長慶二年置，即今福建永春縣。岑仲勉《唐集質疑·韓偓南依記》：「《寰宇記》一零二……兩記桃林場之置年雖不同，但均是南安西界。今永春南之晉江上源，猶稱桃林溪，偓當日所居即其地。」《閩書》卷十二《方域志》永春縣：「東抵南安，西抵龍岩，南抵南安，北抵德化。本隋南安縣之桃林場。五代唐長興三年，王延鈞升爲縣；晉天福三年，王昶改縣曰永春。」

〔二〕高閣群公：此指閩王審知幕府中官吏。儂，我。《晉書·會稽王道子傳》：「道子頷曰：『儂知儂知。』」

〔三〕「儂心」句：此句謂我的心思完全不放在爲官做宦上。

〔四〕「嚴光」句：《後漢書·嚴光傳》：「嚴光字子陵，一名遵，會稽餘姚人也。少有高名，與光武同遊學。及光武即位，光乃變名姓，隱身不見。帝思其賢，乃令以物色訪之。後齊國上言：『有一男子，披羊裘釣澤中。』帝疑其光，乃備安車玄纁，遣使聘之，三反而後至。……帝笑曰：『狂奴故態也。』車駕即日幸其館，光卧不起，帝即其卧所，撫光腹曰：『咄咄子陵，不可相助爲理邪？』光又眠不應，良久乃張目熟視曰：『昔唐堯著德，巢父洗耳，士故有志，何至相迫乎？』帝曰：『子陵，我竟不能下汝邪？』於是升輿歎息而去。復引光入論道舊故，相對累日。帝從容問光曰：『朕何如昔時？』對曰：『陛下差增於往。』因共偃卧。……除爲諫議大夫，不屈，乃耕於富春山，後人名其釣處爲嚴陵瀨焉。」垂綏紫，謂爲朝中貴官。紫，指紫服，貴官朝服。唐元稹《有唐贈太子少保崔公墓誌銘》：「紫服、金魚之賜，其尚矣。」《新唐書·宦者傳上·魚朝恩》：「（魚朝恩）見帝曰：『臣之子位下，願得金紫，在班列上。』帝未答，有司已奉紫服於前，令徽拜謝。」

〔五〕「何胤」句：南朝齊何胤任中書令，常懷止足，曾辭官歸隱，後又兩次拒絶徵召，隱居而終。《南史·何尚之》附《何胤傳》：「胤字子季，出繼叔父曠，故更字胤。……及鬱林嗣位，胤爲后族，甚見親待。爲中書令，領臨海、巴陵王師。胤雖貴顯，常懷止足。建武初，已築室郊外，恒與學徒遊處其内。至是遂賣園宅欲入東。未及發，聞謝朏罷吴興郡不還，胤恐後之，乃拜表解職，不待報輒去。……胤以會稽山多靈異，往遊焉，居若邪山雲門寺。……永元中，徵爲太常、太子詹事，並不就。梁武帝霸朝建，引爲軍謀祭酒，並與書詔，不至。及帝踐阼，詔爲特進、光禄大夫，遣領軍司馬王杲之以手敕諭意，并徵謝朏。……及杲之從謝朏所還，問胤以出期。胤知朏已應召，答杲之曰：『吾年已五十七，月食四斗米不盡，何容復有宦情？』杲之失色不能答。」大帶紅，指古時高官所用紅色綬帶。

〔六〕「金勁」句：金勁，此處以金子之堅固、堅硬以喻人。勁，堅固、堅硬。《韓非子·十過》：「於是發而試之，其堅雖菌簵之勁弗能過也。」宋沈作喆《寓簡》卷十：「其堅實不變者，勁如金石，是爲沈水香。」千口鑠，即衆口鑠金之意。比喻衆口同聲可混淆視聽。《國語·周語下》：「衆口鑠金。」韋昭注：「鑠，消也，衆口所毁，雖金石猶可消也。」

〔七〕「玉寒」句：玉寒，玉之冰寒，此處用以比喻節操之清白堅貞。曾試幾爐烘，謂良玉曾歷經燒煉，用以比喻自己過去在朝中已歷經多次磨難錘煉。

〔八〕鬼眼：能窺見隱秘的鬼神之眼。常用以稱相士之眼。宋張舜民《畫墁録》卷一：「（神宗）翌日喻執政曰：『杜常第四人及第，卻一雙鬼眼，可提舉農田水利。』太祖常謂陶穀一雙鬼眼。」天眼，佛教所説五眼之一。又稱天趣眼，能透視六道、遠近、上下、前後、内外及未來等。《大智度論》卷五：「於眼，得色界四大造清浄色，是名天眼。天眼所見，自地及下地六道中衆生諸物，若近若遠，若粗若細，諸色無不能照。」南朝陳徐陵《東陽雙林寺傅大士碑》：「大士天眼所照，預覩未來。」唐王維《夏日過青龍寺謁操禪師》詩：「山河天眼裏，世界法身中。」

〔九〕此翁：詩人自謂。

【按】詩因詩人受閩王審知幕府官吏猜忌毀傷，爲表明心跡而作。《韓偓簡譜》謂「《此翁》七律詩有『高閣群公莫忌儂』句，殆王審知參佐有忌之者」。《韓偓年譜》亦説所謂「福州群公猜忌偓將仕閩，偓作《此翁》詩以表明不仕之志。……王審知嘗有意官偓，此其證也。不然，審知左右之群公，何必嫉偓入宦，以致千口鑠金耶？而偓雖寓閩，仍爲逸民，此詩亦其證也。去年王審知遣急腳相召，偓卻其請不赴福州，可與此詩參證」。故詩人首聯即表明無意仕宦，請群公莫相忌之態度。頷聯則以嚴光、何胤之遺棄官爵，樂意隱居以自喻。腹聯有如詩人《病中初聞復官二首》之一之「燒玉謾勞曾歷試，鑠金寧爲欠周防」之意，更以衆口鑠金、玉曾歷次燒煉，以表明自己已經百遭歷煉磨難，今任隨衆人之猜忌詆毁，於我已無妨害矣。

## 失　鶴〔一〕

正憐標格出華亭〔二〕，況是昂藏入相經〔三〕。碧落順風初得志〔四〕，故巢因雨卻聞腥〔五〕。幾時翔集來華表〔六〕，每日沈吟看畫屏〔七〕。爲報雞群虚嫉妬〔八〕，紅塵向上有青冥〔九〕。

【注　釋】

〔一〕《全唐詩》此詩編排在詩題下有「此後在桃林場」小注的《此翁》後一首，而韓偓至桃林場在開平四年，故此詩與《此翁》詩均爲開平四年（公元九一〇年）所作。時詩人在桃林場。

〔二〕標格：風範，風度。唐杜甫《贈李八丈》：「早年見標格，秀氣衝星斗。」唐楊敬之《贈項斯》詩：「幾度見詩詩總好，及觀標格過於詩。」華亭，此處指華亭鶴。《世説新語·尤悔》：「陸平原河橋敗，爲盧志所讒，被誅。臨刑歎曰：『欲聞華亭鶴唳，可復得乎！』」劉孝標注引《八王故事》：「華亭，吴由拳縣郊外墅也，有清泉茂林。吴平後，陸機兄弟共遊於此十餘年。」又引《語林》曰：「機爲河北都督，聞警角之聲，謂孫丞曰：『聞此不如華亭鶴唳。』故臨刑而有此嘆。」據此可見華亭鶴標格之特出。

〔三〕昂藏：氣概軒昂貌。唐白居易《病中對病鶴》：「但作悲吟和嘹唳，難將俗貌對昂藏。」相經，指《相鶴經》。《郡齋讀書志·後志》卷二：「《相鶴經》一卷。右題曰浮丘公撰。其傳云：浮丘公授于王子晉。後崔文子學道於子晉，得其文藏于嵩山之石室。淮南公採藥得之，乃傳于世。」

〔四〕碧落：道教語。天空，青天。唐楊炯《和輔先入昊天觀星瞻》：「碧落三乾外，黄圖四海中。」唐白居易《長恨歌》：「上窮碧落下黄泉，兩處茫茫皆不見。」

〔五〕「故巢」句：故巢，此處表面指華亭鶴之舊巢，實用以喻指唐朝廷。此句意爲唐王朝爲朱全忠之流所篡奪，因而處於腥風血雨之中。

〔六〕「幾時翔集」句：來華表，用丁令威典故。《搜神後記》卷一：「丁令威，本遼東人，學道於靈虚山。後化鶴歸遼，集城門華表柱。」此句以華亭鶴比喻自己，意爲自己何時才能回到故都。

〔七〕畫屏：指畫有華亭鶴之屏風。

〔八〕雞群：此處喻指嫉妒詩人者。取「鶴立雞群」之語。《晉書·嵇紹傳》：「如野鶴之在雞群。」唐韓愈《醉贈張秘書》：「張籍學古淡，軒鶴避雞群。」

〔九〕青冥：形容青蒼幽遠。指青天。《楚辭·九章·悲回風》：「據青冥而攄虹兮，遂儵忽而捫天。」王逸注：「上至玄冥，舒光耀也。所至高眇不可逮也。」《楚辭·九思》：「元鶴兮高飛，增逝兮青冥。」

【集評】

正憐標格出華亭。庭珠按，句用陸機華亭鶴唳語。况是昂藏入相經。庭珠按，淮南八公有《相鶴經》。碧落順風初得志，故巢因雨卻聞腥。幾時翔集來華表，庭珠按，鶴歸華表，見《搜神記》。每日沈吟看畫屏。爲報雞群虚嫉妒，紅塵向上有青冥。庭珠按，竹林七賢論嵇紹昂昂然野鶴之在雞群。（杜詔《唐詩叩彈集》卷十二）

《鶴銘》，壬辰歲得之華亭。……宋江淹詩：「華亭失侶鶴。」唐韓偓詩：「正憐標格出華亭。」皮日休亦云：「以錢半千，得華亭隻鶴。」按，鶴窠即今下沙也。（穆彰阿《（嘉慶）大清一統志》卷八十七《鶴》）

【按】此詩乃詩人受閩王審知幕僚猜忌有感而作。詩乃用寓托之法，失鶴即自喻自謂，以離開故巢之華亭鶴，抒發自己被迫離開朝廷後之處境與心志。首二句以華亭鶴表明自己原本出身不凡，氣宇軒昂，正不同於一般群類矣。頷聯回首身世經歷，謂原本在唐昭宗朝亦曾仕途通達得志，不料卻因朱全忠之竊取朝政，屠戮排擠朝臣，以致自己不得不離開故都。頸聯則抒發對昭宗朝之嚮往與懷念。「幾時」，表熱切之盼望也；「每日」，明無時不「看畫屏」，無時不爲思念往昔而「沉吟」也。尾聯則歸結至本詩原意，不無諷意地告訴猜忌者：我本有超脱紅塵之高遠志向，汝等正不必空嫉妒也。

## 卜　隱〔一〕

屏跡還應滅是非①〔二〕，卻憂藍玉又光輝〔三〕。桑梢出舍蠶初老，柳絮蓋溪魚正肥〔四〕。世亂豈容長愜意，景清還覺易忘機〔五〕。世間華美無心問，藜藿充腸苧作衣〔六〕。

## 【校記】

①「減」，《全唐詩》校：「一作識。」

## 【注釋】

〔一〕此詩《全唐詩》編排在作於庚午年的《此翁》詩後二首，《晨興》詩之前一首，《晨興》詩亦庚午年作於桃林場。故此詩當作於庚午年，即開平四年詩人在桃林場時。偓春至桃林場，則此詩乃開平四年（公元九一〇年）春末作。

卜隱：選擇隱居之地。卜，選擇。《吕氏春秋・舉難》：「卜相曰成（季成）璜（翟璜）孰可，此功之所以不及五伯也。」高誘注：「卜，擇也。」

〔二〕屏跡：避匿；斂跡。《魏書・鄭脩傳》：「少隱於岐南几谷中，依巖結宇，獨處淡然，屏跡人事，不交世俗。」《晉書・陸喜傳》：「進不能闢昏匡亂，退不能屏跡全身。」

〔三〕「卻憂」句：藍玉，藍田玉。藍田，山名，在今陝西藍田東南，以出產藍田玉著名。此句連同上句謂儘管自己斂跡避匿，不惹是非，但還是擔憂像藍田玉似的掩不了光芒。

〔四〕魚正肥：統籤本注「魚食楊花而肥」。

〔五〕忘機：消除機巧之心。常用以指甘於淡泊，與世無爭。《莊子・天地》：「子貢南遊於楚，反於晉，過漢陰，見一丈人方將爲圃畦，鑿隧而入井，抱甕而出灌，搰搰然用力甚多而見功寡。子貢曰：『有械於此，一日浸百畦，用力甚寡而見功多，夫子不欲乎？』爲圃者卬而視之曰：『奈何？』曰：『鑿木爲機，後重前輕，挈水若抽，數如泆湯，其名爲槔。』爲圃者忿然作色而笑曰：『吾聞之吾師，有機械者必有機事，有機事者必有機心。機心存於胸中，則純白不備。純白不備，則神生不定。神生不定者，道之所不載也。吾非不知，羞而不爲也。』子貢瞞然慚，俯而不對。」唐儲光羲《雜詩》：「達士志寥廓，所在能忘機。」

〔六〕藜藿：藜和藿。亦泛指粗劣的飯菜。《文選·曹植〈七啟〉》：「予甘藜藿，未暇此食也。」劉良注：「藜藿，賤菜，布衣之所食。」苧，植物名。苧麻。《古文苑·王褒〈僮約〉》：「十月收豆，多取蒲苧，益作繩索。」章樵注：「苧，皮麻屬也。」

【集評】

梅聖俞《河豚》詩云：「春岸飛楊花。」永叔謂：「河豚食楊花則肥。」韓偓詩：「柳絮覆溪魚正肥。」大抵魚食楊花則肥，不必河豚也。（阮閱《增修詩話總龜》卷二）

《詩史》云：歐陽永叔謂河豚食楊花則肥。韓偓詩云：「柳絮覆溪魚正肥。」大抵魚食楊花則肥，不必河豚。冶又以爲不然，魚未必食楊花而肥。蓋此時魚之所食之物皆豐美，故魚自肥也。今驗魚廣之處，當其盛時，莫不肥好，豈必其地悉有楊花耶？（李冶《敬齋古今黈》卷八）

【按】此詩「桑梢」、「柳絮」兩句，乃詩人描繪隱居之處之宜人景物環境，然全詩之主旨卻是提醒戒心，表明甘於隱逸，願過粗衣糲食生活之志。「世亂」、「景清」兩句最是瞭解詩人此時心態之句。其意乃謂處於此亂世之中，儘管僻居於如此景物清明優美之地，然而危機險惡仍然潛伏着，不容自己一任逍遥愜意。提醒自己處此「桑梢出舍蠶初老，柳絮蓋溪魚正肥」之如此宜人景色，是最易令人忘卻機心，加以時時警戒防範的。以此可察見詩人即使僻居於遠離政治中心的閩南鄉村，尚不能從政治迫害的惡夢中解脱出來，還猶如驚弓之鳥，時時忘不了所經歷的險惡迫害。

## 晨　興①〔一〕

曉景山河爽，閒居巷陌清。已能消滯念〔二〕，兼得散餘酲〔三〕。汲水人初起，迴燈燕暫驚〔四〕。放懷殊未足②，圓隙已塵生〔五〕。

【校　記】

①「興」，《全唐詩》校：「一作起。」統籤本題下有小注：「庚午桃林場。」

②「未」，《全唐詩》校：「一作不。」按，《瀛奎律髓》卷十四作「不」。

【注　釋】

〔一〕此詩統籤本題下有小注云：「庚午桃林場。」據此，此詩乃作於後梁開平四年（公元九一〇年），時詩人在桃林場。

〔二〕滯念：凝結在心中的思念。亦泛指牽掛。晉陸機《擬青青陵上柏》詩：「戚戚多滯念，置酒宴所歡。」南朝梁陶弘景《冥通記》卷二：「爾情無滯念，胸臆蕭豁。」

〔三〕散餘酲：謂昨夜醉酒，今朝已消退。餘酲，猶宿醉，餘醉。酲，醉酒。《詩·小雅·節南山》：「憂心如酲。」毛傳：「病酒曰酲。」唐劉禹錫《和牛相公題姑蘇所寄太湖石兼寄李蘇州》：「煩熱近還散，餘酲見便醒。」散餘酲，謂昨夜醉酒，今朝已消退。

〔四〕迴燈：重新掌燈。唐白居易《琵琶行》：「移船相近邀相見，添酒迴燈重開宴。」暫驚，突然被驚嚇。暫，突然。《史記·李將軍列傳》：「廣佯死，睨其旁有一胡兒騎善馬，廣暫騰而上胡兒馬。」

〔五〕圓隙：圓隙，門上小圓孔，用以從門內往外窺視。黄宗炎《周易象辭》卷六：「闚，閃也，從門，從規。規指門中圓隙，人以目就之，而外視或見或否，閃爍不定也。其義與窺相似。」唐王棨《麟角集·珠塵賦》：「丹海之濱，青珠似塵。蓋輕細以無滯，遂飛揚而有因。……又云來或鳥銜，積如山峙。半穿圓隙，影寒於雲母。」

【集評】

方回：「清」、「爽」一聯好，亦多能述晨興之味。（《瀛奎律髓彙評》卷十四晨朝類）

紀昀：六句不甚了了。結有寓意。（《瀛奎律髓彙評》卷十四晨朝類）

【按】詩寫因覺曉景之清爽而感發之興致。首二句即寫曉景之清之爽也。清爽既是山河景色、巷陌屋街之具像，亦是詩人之興致感受。「已能」、「兼得」下得妙，乃自然地表明連貫上下兩聯之意。「迴燈」而「燕暫驚」，乃寫巷陌之清靜也。紀昀謂「結有寓意」。此寓意謂何？「圓隙已塵生」，乃表明「放懷」時間之長久，然而詩人猶感未足盡興。故「放懷」二句，乃寓寄詩人處此曉景中，晨興之濃厚深長，表明其沉溺於清爽曉景之悠長興味也。

## 暴　雨①〔一〕

電尾燒黑雲〔二〕，雨腳飛銀線〔三〕。急點濺池心，微煙昏水面。氣涼氛祲消〔四〕，暑退松篁健。叢蓼亞赬茸〔五〕，擎荷翻緑扇〔六〕。風期誰與同〔七〕，逸趣余探徧。欲去更遲留，胸中久交戰〔八〕。

【校　記】

①統籤本題下有小注云：「庚午桃林場作。」

【注　釋】

〔一〕此詩統籤本題下有小注云：「庚午桃林場作。」故此詩乃作於後梁開平四年（公元九一〇年），時詩人在桃林場。又據「氣涼氛祲消，暑退松篁健」句，此詩蓋作於是年夏。

〔二〕電尾：閃電的光。其形如尾，故稱。

〔三〕雨腳：落地的雨點。唐杜甫《茅屋爲秋風所破歌》：「牀頭屋漏無乾處，雨腳如麻未斷絶。」唐杜牧《念昔遊》：「雲門寺外逢猛雨，林黑山高雨腳長。」

〔四〕氛祲：霧氣。南朝宋王僧達《七夕月下》詩：「遠山斂氛祲，廣庭揚月波。」唐杜甫《諸將》詩之四：「回首扶桑銅柱標，冥冥氛祲未全銷。」

〔五〕叢蓼：叢生的蓼草。蓼，植物名。爲一年生或多年生草本。有水蓼、紅蓼、刺蓼等。味辛，又名辛菜，可作調味用。《詩·周頌·良耜》：「以薅荼蓼。」毛傳：「蓼，水草也。」唐元稹《憶雲之》詩：「爲魚實愛泉，食辛寧避蓼。」亞，垂；低垂。唐杜甫《上巳日徐司録林園宴集》：「鬢毛垂白領，花蕊亞枝紅。」前蜀韋莊《對雪獻薛常侍》詩：「松裝粉穗臨窗亞，水結冰錐簇溜懸。」赬茸，此指紅色的細嫩蓼草。茸，草類初生細軟貌。唐韓愈孟郊《有所思聯句》：「臺鏡晦舊暉，庭草滋新茸。」

〔六〕「擎荷」句：此句意謂由於密集大雨點打在荷葉上，使得擎舉的荷葉翻動，好像一把把翻動的緑扇似的。

〔七〕風期：風光。唐李白《遊敬亭寄崔侍御》詩：「相去數百年，風期宛如昨。」

〔八〕交戰：此處指兩種不同的思想互相鬥爭。

**【集評】**

韓偓《暴雨》詩「雷尾燒黑雲，雨腳飛銀線」，奇句也。余所最愛者「四時最好是三月，一去不迴惟少年」，尋常意人卻未道。至「岸頭柳色春將盡，船背雨聲天欲明」、「牕裏日光飛野馬，案頭筠管長蒲蘆」，皆有寄托，不得以常語目之。（彭端淑《雪夜詩談》卷中）

【按】此摹寫夏日暴雨景象，筆致奇妙而細膩生動，將暴雨場面活靈活現描繪而出。其中「雷尾燒黑雲，雨腳飛銀線」，前人驚歎爲「奇句」也。首聯與「急點」、「微煙」兩句，頗描摹出暴雨時天地間電閃雷鳴、大雨傾盆而下之飛動蒼茫氣勢與景象。「叢蓼亞賴茸，擎荷翻緑扇」兩句，描寫風雨中叢蓼擎荷，頗具細膩生動氣韻，亦乃詩中寫物佳句。末二句乃見詩人對此景象欲去不得，流連不捨之情致，與其前二句相呼應。

# 山院避暑〔一〕

行樂江郊外，追涼山寺中。靜陰生晚緑，寂慮延清風〔二〕。運塞地維窄〔三〕，氣蘇天宇空〔四〕。何人識幽抱〔五〕，目送冥冥鴻①〔六〕。

**【校　記】**

①「目」，玉山樵人本作「日」。按，作「目」是。

**【注　釋】**

〔一〕此詩《全唐詩》乃編在同卷《此翁》詩後，而《此翁》詩題下原小注謂「此後在桃林場」。據前考韓偓於後梁開平四年初春到桃林場，而此詩後有《桃林場客舍之前有池半畝木槿櫛比……》詩，則此詩乃開平四年（公元九一〇年）在桃林場作。詩題謂「避暑」，則作於是年夏。

〔二〕寂慮：靜止不思慮。寂，安定不動；靜止。南朝宋鮑照《蕪城賦》：「直視千里外，唯見起黄埃，凝思寂聽，心傷已摧。」《雲笈七籤》卷二十一：「有無不同，動寂各異。」延清風，引來清風。

延，引導；引入；迎接。《禮記·曲禮上》：「主人延客祭，祭食，祭所先進。」鄭玄注：「延，導也。」

〔三〕運蹇：運氣不通。宋曾丰《愈遠緬焉懷思因成兩詩各書一通寄之》：「了卻酸辛殘事業，從教運蹇與時通。」地維，大地之四角，此謂大地。地維，本指維繫大地的繩子。古人以爲天圓地方，天有九柱支持，地有四維繫綴。故亦指地的四角。《列子·湯問》：「其後共工氏與顓頊爭爲帝，怒而觸不周之山，折天柱，絶地維。」南朝宋鮑照《喜雨》詩：「族雲飛泉室，震風沈羽鄉。升雰浹地維，傾潤瀉天潢。」

〔四〕氣蘇：空氣疏散流動。

〔五〕幽抱：幽獨的情懷。唐張九齡《洪州西山祈雨是日輒應因賦詩言事》：「我來不外適，幽抱自中來。」唐沈佺期《訪司馬子微》：「冷然委輕馭，復得散幽抱。」

〔六〕冥鴻：高飛的鴻雁。漢揚雄《法言·問明》：「鴻飛冥冥，弋人何篡焉。」李軌注：「君子潛神重玄之域，世網不能制禦之。」後因以「冥鴻」喻避世隱居之士。唐陸龜蒙《和寄題羅浮軒轅先生所居》詩：「暫應青詞爲穴鳳，卻思丹徼伴冥鴻。」按，此處冥鴻喻指避世隱逸之士，乃詩人自謂。

【按】詩乃借寫山院避暑感受，抒發避世隱逸情懷。首二句扣「山院避暑」詩題，「追涼」點「避暑」，「山寺」謂「山院」。「運塞」、「氣蘇」二句從三、四句詩意一轉，寫在山院避暑而得之人生感悟，而此感悟乃因上半首所記叙之經歷所致，爲詩中最含哲理之句。

## 閒 興〔一〕

景寂有玄味〔二〕，韻高無俗情。他山冰雪解，此水波瀾生。影重驗花密〔三〕，滴稀知酒清〔四〕。忙人常擾擾〔五〕，安得心和平。

【注 釋】

〔一〕此詩《全唐詩》編於《自沙縣抵尤溪縣值泉州軍過後村落皆空因有一絶》以及《此翁》詩後，前一詩詩題下注「此後庚午年」，後一詩題下注「此後在桃林場」。韓偓乾化元年（公元九一一年）已離開桃林場移居南安。據此，此詩乃作於庚午年，即後梁開平四年（公元九一〇年），時仍在桃林場。

〔二〕景寂：景色幽静空寂。玄味，深奥的旨趣，常指老莊之道。晉習鑿齒《與釋道安書》：「清風藻於中夏，鸞響厲乎入冥，玄味遠猷，何榮如之。」南朝宋劉義慶《世説新語·輕詆》：「孫長樂作王長史誄云：『余與夫子，交非勢利，心猶澄水，同此玄味。』」

〔三〕影重：此指花影重疊。唐杜荀鶴《春宫怨》：「風暖鳥聲碎，日高花影重。」驗，驗證；證，證實。《韓非子·南面》：「言無端末，辯無所驗者，此言之責也。」《史記·孟子荀卿列傳》：「其語閎大不經，必先驗小物，推而大之，至於無垠。」

〔四〕滴稀：指酒味不濃。滴，酒滴。稀，薄，不濃。宋蘇軾《次韻田國博部夫南京見寄》之二：「火冷餳稀杏粥稠，青裙縞袂餉田頭。」酒清，即清酒，清醇的酒。《詩·大雅·鳧鷖》：「爾酒既清，爾殽既馨。」唐杜甫《哭台州鄭司户蘇少監》詩：「情乖清酒送，望絶撫墳呼。」

〔五〕擾擾：紛亂貌；煩亂貌。《國語·晉語六》：「唯有諸侯，故擾擾焉。凡諸侯，難之本也。」唐武元衡《南徐别業早春有懷》詩：「生涯擾擾竟何成，自愛深居隱姓名。」

【集評】

劉後邨曰：「唐史謂致光挈族入閩依王氏。按，王氏據福唐，致光乃居南安，曷嘗遂依之乎？」後邨之言是也，而尚未盡。致光以丙寅至福唐主黄滔家，丁卯唐亡。戊辰尚寓福唐，己巳寓汀州之沙縣，庚午寓尤溪之桃林，辛未而後始至南安。則其在福唐亦三年，又二年而居南安耳。然致光之居南安，固不依王氏。即居福唐，亦非依王氏。何以知之？王氏固附梁者也，致光避梁而出，豈肯依附梁之人。故其嘆郎官之使閩者曰：「不羞莽卓黄金印，翻笑羲皇白接䍦。」《鵲》詩曰：「莫怪天涯棲不穩，託身須是萬年枝。」《驛步》詩曰：「物近劉輿招垢膩，風經庾亮污塵埃。」《喜涼》詩曰：「東南亦是中華分，蒸鬱相凌太不平。」《悽悽》詩曰：「嗜鹹凌魯濟，惡潔助涇泥。」《閑興》詩云：「他山冰雪解，此水波瀾生。」豈但於王氏無一毫之益，且危疑百端矣。讀詩論世，可以得其情狀也。（全祖望《鮚埼亭集外編》卷三十三《題跋·跋韓致光閩中詩》）

【按】此詩乃詩人隱逸避世，頗爲清閑時體味清閑生活之作。前六句均以具體例子闡明人間萬事萬物間之因果相關關係，如「景寂有玄味，韻高無俗情」，即説明景色幽寂，則令人能體味到玄遠之旨趣；風韻高邁，則使人脱離俗情。又如「他山冰雪解，此水波瀾生」，即説明此處江水波瀾興起，乃是他處山上冰雪融化之結果。以此得出此詩之要旨「忙人常擾擾，安得心和平」，也即詩題《閒興》之所感悟者。

## 漫作二首〔一〕

一

暑雨灑和氣〔二〕，香風吹日華〔三〕。瞬龍驚汗漫〔四〕，翥鳳綷雲霞〔五〕。懸圃珠爲樹①〔六〕，天池玉作砂〔七〕。丹霄能幾級，何必待乘槎〔八〕。

【校記】

①「懸圃」，玉山樵人本、韓集舊鈔本、統籤本均作「玄圃」。按，「懸圃」通「玄圃」、「縣圃」。

【注釋】

〔一〕《漫作二首》，《全唐詩》編於《自沙縣抵尤溪縣值泉州軍過後村落皆空因有一絶》以及《此翁》詩後，前一詩詩題下注「此後庚午年」，後一詩題下注「此後在桃林場」。考韓偓乾化元年（公元九一一年）已離開桃林場移居南安。據此，此詩乃作於庚午年，即後梁開平四年（公元九一〇年）夏（詩有「暑雨灑和氣」句，故知夏日作），時仍在桃林場。

〔二〕和氣：古人認爲天地間陰氣與陽氣交合而成之氣。萬物由此「和氣」而生。《老子》：「萬物負陰而抱陽，沖氣以爲和。」唐劉商《金井歌》：「文明化合天地清，和氣氤氳孕至靈。」

〔三〕日華：日光，太陽的光華。南朝齊謝朓《和徐都曹》：「日華川上動，風光草際浮。」南朝梁江淹《山中楚辭》：「日華粲於芳閣，月金披於翠樓。」

〔四〕瞬龍：瞬間出現的飛龍。汗漫，廣大，漫無邊際。《淮南子·俶真訓》：「至德之世，甘瞑於溷澖之域而徙倚於汗漫之宇。」張協《七命》：「過汗漫之所不遊，躡章亥之所未跡。」

〔五〕翥鳳：盤旋飛舉的鳳凰。翥，飛舉。張衡《西京賦》：「鳳騫翥於甍標，咸遡風而欲翔。」唐韓愈《石鼓歌》：「鸞翱鳳翥衆仙下，珊瑚碧樹交枝柯。」綷，五彩雜合。《史記·司馬相如列傳》：「屯余車其萬乘兮，綷雲蓋而樹華旗。」司馬貞索隱引如淳曰：「綷，合也。合五綵雲爲蓋也。」《文選·何晏〈景福殿賦〉》：「綴以萬年，綷以紫榛。」李善注：「綷，猶雜也。」

〔六〕懸圃：懸圃即玄圃，山名，相傳爲崑崙山頂。上有金臺五所，玉樓十二，爲神仙所居。《水經注·河水》：「崑崙之山三級：下曰樊桐，一名板桐。二曰玄圃，一名閬風；上曰層城，一名天庭；是爲太帝所居。」珠爲樹，意爲懸圃上儘是珍珠，可以連綴成樹。

〔七〕玉作砂：謂天池上玉如砂之衆多。

〔八〕乘槎：參卷一《六月十七日召對自辰及申方歸本院》「槎犯斗」條注。

## 二

黍谷純陽入〔一〕，鸞霄瑞彩生〔二〕。岳靈分正氣〔三〕，仙衛借神兵〔四〕。污俗迎風變，虛懷遇物傾〔五〕。千鈞將一羽〔六〕，輕重在平衡。

**【注釋】**

〔一〕黍谷：山谷名。在北京市密雲縣西南。又稱寒谷、燕谷山。《太平御覽》卷八四二引漢劉向

《别録》：「鄒衍在燕，有谷地美而寒，不生五穀。鄒子居之，吹律而温至生黍，到今名黍谷焉。」北周庾信《謝趙王賚絲布等啟》：「靈臺久客，從此數炊。黍谷長寒，於今更暖。」純陽，純一的陽氣。古代以爲陰陽二氣合成宇宙萬物。火爲純陽，水爲純陰。《北堂書鈔》卷一四九引漢蔡邕《月令章句》：「天有純陽積剛，運轉無窮。」又，陰陽家以農曆四月己巳日爲純陽。《協紀辨方書·義例二·純陽》：「《堪輿經》曰：『四月卦得乾，謂六爻皆陽，陰氣已盡，故以己配巳，爲純陽也。』」

〔二〕鸞霄：鸞乃鳳凰之類的神鳥。《説文》：「鸞，亦神靈之精也。赤色，五綵，雞形。鳴中五音。」鸞鳥多見於傳説中的仙界，故鸞霄指飛翔着鸞鳥的仙界天宇。

〔三〕岳靈：亦作「嶽靈」。山岳的靈氣、精氣。漢蔡邕《司空楊秉碑》：「於戲！公唯岳靈天挺，德翼精神。」南朝梁沈約《遊鐘山詩應西陽王教》：「靈山紀地德，地險資嶽靈。」

〔四〕仙衛：指護送皇帝或其靈車的儀衛。唐王翰《蛾眉怨》詩：「宫車晚出向南山，仙衛逶迤去不還。」

〔五〕「虚懷」句：傾：傾慕，欽佩。此句意謂遭遇萬物萬事，虚懷則能傾慕而容納之。

〔六〕「千鈞」二句：《孟子·梁惠王上》：「吾力足以舉百鈞，而不足以舉一羽。」漢王符《潛夫論·釋難》：「是故大鵬之動，非一羽之輕也；騏驥之速，非一足之力也。」按，此兩句意謂千鈞和一羽孰重孰輕，關鍵在於善於平衡。

【按】此詩二首題作《漫作》，雖乃以隨意而作爲名，表面似無主旨深意，然此類詩作，大抵多出於有所感觸而發，唯作者多隱約其辭，迷離其事，不願顯言之耳。以此，此二詩亦乃詩人有所感而不願顯言之之作，故借天界仙境景物以爲辭，而寓託其所感懷者。至其感懷者爲何，殊難確言之。然第一首之「丹霄能幾級，何必待乘槎」；第二首之「污俗迎風變，虚懷遇物傾。千鈞將一羽，輕重在平衡」諸句，乃解讀其真意之線索，頗值得深察玩味焉。余味此二詩，似有嚮慕企盼仙界之意在，至其是否確爲如此及其全部内涵，則尚俟高明。

## 騰騰①〔一〕

八年流落醉騰騰，點檢行藏喜不勝〔二〕。烏帽素餐兼施藥〔三〕，前生多恐是醫僧〔四〕②。

【校記】

① 統籤本詩題下有小注云：「庚午桃林場作。」

② 「生」，玉山樵人本、統籤本均作「身」，《全唐詩》校：「一作身。」

【注　釋】

〔一〕此詩有「八年流落」之語，自天復三年韓偓貶官南寓至後梁開平四年庚午凡八年。」故此詩乃後梁開平四年（公元九一〇年）作。

騰騰：蒙朧、迷糊貌。宋歐陽修《蝶戀花》詞：「半醉騰騰春睡重，緑鬟堆枕香雲擁。」宋楊萬里《迓使客夜歸》詩：「浄洗紅塵煩碧酒，倦來不覺睡騰騰。」

〔二〕點檢：反省；檢點。唐韓愈《贈劉師服詩》：「丈夫命存百無害，誰能點檢形骸外。」唐裴庭裕《東觀奏記》上：「吏部侍郎孔温宫業白執政求外任，丞相白敏中曰：『我輩亦須自點檢，孔吏部不肯居朝矣！』」金王若虚《〈論語〉辨惑一》：「昔有人自言一日三點檢。」

〔三〕烏帽：黑帽。古代貴者常服。隋唐後多爲庶民、隱者之帽。《宋書·明帝紀》：「於時，事起倉卒，上失履，跣至西堂，猶著烏帽。」唐白居易《池上閑吟》之二：「非道非僧非俗吏，褐裘烏帽閉門居。」此處指隱者之帽。素餐，即素食、蔬食，也指僧人齋食。

〔四〕醫僧：行醫之僧人。

【集　評】

鬢毛衰颯病凌兢，暫入紅塵倦不勝。學似玉山樵客了，八年流落醉騰騰（予痛飲至是八年，故用韓致堯此句。「八年」，韓偓「騰騰」詩句）。（施國祁《元遺山詩集箋注》卷十三《曉起》）

【按】此詩乃詩人檢點貶官後八年中之出處行止。讀此詩，應聯繫作者前此之朝中重臣之經歷，方能總體索解此詩真情。首句謂「流落」而「醉騰騰」，乃總括八年經歷之語，實含不足之意。然第二句一轉而自謂「喜不勝」，恐乃自爲解嘲寬慰之辭，亦有不足中猶堪自慰之意。而其差堪人意者，乃過着隱居素食施藥之生活，故疑前生乃醫僧，故能適應此種生活而喜不勝也。

## 寄隱者〔一〕

煙郭雲扃路不遥，懷賢猶恨太迢迢。長松夜落釵千股〔二〕，小港春添水半腰。已約病身抛印綬〔三〕，不嫌門巷似漁樵①。渭濱晦迹南陽卧〔四〕，若比吾徒更寂寥〔五〕。

【校　記】

①「似」玉山樵人本、統籤本均作「是」，《全唐詩》校：「一作是。」

【注　釋】

〔一〕此詩乃開平四年（公元九一〇年）春（詩有「小港春添水半腰」）之作，時在尤溪桃林場。説詳卷二《閒興》詩注釋〔一〕。

〔二〕「長松夜落」句：此句意爲月光照在松樹上，松葉的影子投映在地上，猶如千萬股頭釵掉在地上似的。

〔三〕抛印綬：謂自棄官職。印綬，印信和繫印信之絲帶。古人印信上繫有絲帶，佩帶在身。《史記·項羽本紀》：「項梁持守頭，佩其印綬。」《舊唐書·裴度傳》：「帶丞相之印綬，所以尊其名；賜諸侯之斧鉞，所以重其命。」此處乃借指官爵。

〔四〕渭濱晦迹：吕尚曾隱於渭水之濱垂釣，後爲周文王所用。《史記·齊太公世家》：「太公望吕尚者，東海上人。……吕尚蓋嘗窮困，年老矣，以魚釣奸周西伯。西伯將出獵，卜之，曰：『所獲非龍非彲，非虎非羆，所獲霸王之輔。』於是周西伯獵，果遇太公於渭之陽，與語大説，曰：『自吾先君太公曰「當有聖人適周，周以興」。子真是邪？吾太公望子久矣。』故號之曰『太公望』，載與俱歸，立爲師。」《史記·范雎蔡澤列傳》：「臣聞昔者吕尚之遇文王也，身爲漁父而釣於渭濱耳。」南陽卧，《三國志·蜀志·諸葛亮傳》：「諸葛亮字孔明，琅邪陽都人也。……亮躬耕隴畝，好爲《梁父吟》。身長八尺，每自比於管仲、樂毅，時人莫之許也。惟博陵崔州平、潁川徐庶元直與亮友善，謂爲信然。時先主屯新野，徐庶見先主，先主器之，謂先主曰：『諸葛孔明者，卧龍也，將軍豈願見之乎？』先主曰：『君與俱來。』庶曰：『此人可就見，不可屈致也。將軍宜枉駕顧之。』由是先主遂詣亮，凡三往，乃見。……先主曰：『善！』於是與亮情好日密。」又裴松之注引《漢晉春秋》曰：「亮家于南陽之鄧縣，在襄陽城西二十里，號曰隆中。」諸葛亮《出師表》：「臣本布衣，躬耕於南陽。」

〔五〕「若比吾徒」句：如果比起我輩來，他們更爲寂寞沉寂。吾徒，猶我輩。漢班固《答賓戲》：「孔終篇於西狩，聲盈塞於天淵，真吾徒之師表也。」

【集評】

《松江詩話》曰：「有松棚詩一聯曰：『採來猶帶煙霞氣，月明滿地金釵細。』以爲佳句，恨不見全篇。僕謂：月照松影，但見參差黑影耳，安知其爲金釵？松葉比之金釵者，謂架上月照映則可，不可謂地上之影也。不如曰『月明滿架金釵細』此語爲得。前輩謂韓退之聯句中『竹影金鎖碎』之語，所謂金鎖碎者，非直謂竹影也，謂竹間之日影耳。以此驗之，益信僕之説爲然。韓偓詩曰『長松夜落釵千股』，此語無病。李涉詩曰『疎林透明月，散亂金光滴』。此正退之『竹影金鎖碎』。」（王楙《野客叢書》卷二十三《松江詩話》）

韓致光詩：「長松夜落釵千股，小港春添水半腰。」自是晚唐手筆。（吴景旭《歷代詩話》卷四十九《松竹影》）

【按】此詩爲寄贈隱逸者以表明隱逸避世之志之作。首二句寫懷念隱者，雖每願相見，隱者亦居於不遠之煙郭雲扃中，然於抱病之我而言，仍是遥遠而難及。此兩句釋此詩「寄」之緣由。末兩句以姜太公、諸葛亮之隱居更爲寂寥爲比，進一步申明自己棄官隱居之志向。察此詩之意，詩人或有願與隱者比鄰之請歟？

## 閒居〔一〕

厭聞趨競喜閒居〔二〕，自種蕪菁亦自鋤〔三〕。麋鹿跳梁憂觸撥〔四〕，鷹鸇搏擊恐麤疏〔五〕。拙謀卻爲多循理〔六〕，所短深慚盡信書〔七〕。刀尺不虧繩墨在〔八〕，莫疑張翰戀鱸魚〔九〕。

【注釋】

〔一〕此詩乃開平四年（公元九一〇年）之作，時詩人在尤溪桃林場。説詳卷二《閒興》詩注釋〔一〕。

〔二〕趨競：奔走鑽營，爭名奪利。北齊顔之推《顔氏家訓·省事》：「須求趨競，不顧羞慙。」唐劉知幾《史通·史官建置》：「趨競之士，尤喜居於史職。」

〔三〕蕪菁：植物名。又名蔓菁。塊根肉質，花黄色。塊根可做蔬菜。俗稱大頭菜。《東觀漢記·桓帝紀》：「令所傷郡國，皆種蕪菁，以助民食。」唐韓愈《感春》詩之二：「黄黄蕪菁花，桃李事已退。」

〔四〕跳梁：猶跳躍。《莊子・逍遥遊》：「子獨不見狸狌乎？卑身而伏，以候敖者；東西跳梁，不辟高下。」成玄英疏：「跳梁，猶走擲也。」唐杜甫《七歌》：「黄蒿古城雲不開，白狐跳梁黄狐立。」觸撥，頂觸，碰撞。宋張耒《南征賦》：「豈舟人之肅洽兮，艇觸撥而欲倒。」

〔五〕鷹鸇：鷹與鸇。語出《左傳・文公十八年》：「見無禮於其君者，誅之，如鷹鸇之逐鳥雀也。」《後漢書・循吏傳・仇覽》：「主簿聞陳元之過，不罪而化之，得無少鷹鸇之志邪？」麤疏，亦作「麤踈」、「麄疏」、「麄踈」。意爲粗忽疏慢。《三國志・吴志・魯肅傳》：「張昭非肅謙下不足，頗訾毁之，云肅年少麤踈，未可用。」宋蘇轍《泝潮》詩之一：「天地尚遭人意料，乘時使氣定麄踈。」

〔六〕拙謀：笨拙的計謀。《書・盤庚上》：「予亦拙謀作乃逸。」《孔叢子・論勢》：「天下拙謀，無過此者。」

〔七〕盡信書：《孟子・盡心下》：「盡信書，則不如無書。」

〔八〕刀尺：本爲裁剪衣物的剪刀和尺子。此處喻品評進退人才的權力。《晉書・李含傳》：晉直臣李含遭到中正龐騰等人迫害，中丞傅咸「見含爲騰所侮，謹表以聞，乞朝廷以時博議，無令騰得妄弄刀尺」。晉葛洪《抱朴子・交際》：「如此之徒，雖能令壤蟲雲飛，斥鷃戾天，手捉刀尺，口爲禍福。」繩墨，本爲木工畫直線用的工具。《禮記·經解》：「故衡誠縣，不可欺以輕重；繩墨誠陳，不可欺以曲直；規矩誠設，不可欺以方圓。」《孟子·盡心上》：「大匠不爲拙工改廢繩墨。」此處用以喻法度、法律。《管子·法法》：「引之以繩墨，繩之以誅僇。」《後漢書·寇榮傳》：「尚書背繩墨，案空劾，不復質確其過。」李賢注：「繩墨，謂法律也。」

〔八〕張翰戀鱸魚：《晉書·張翰傳》：「張翰字季鷹，吴郡吴人也。……翰有清才，善屬文，而縱任不拘，時人號爲『江東步兵』。……齊王冏辟爲大司馬東曹掾。冏時執權，翰謂同郡顧榮曰：『天下紛紛，禍難未已。夫有四海之名者，求退良難。吾本山林間人，無望於時。子善以明防前，以智慮後。』榮執其手，愴然曰：『吾亦與子採南山蕨，飲三江水耳。』翰因見秋風起，乃思吴中菰菜、蓴羹、鱸魚膾，曰：『人生貴得適志，何能羈宦數千里以要名爵乎？』遂命駕而歸。」

## 【集評】

此詩詩後吴汝綸評注云：「鷹鸇搏擊，疑指晉王李存勖。不然，則唐未亡時作。」

【按】此詩乃詩人隱居於桃林場記叙其隱逸生活，回首所經歷往事，抒發隱逸之志之作。三、四句寫隱居山村所見所慮。此兩句是否有寓託，未能確認。吴汝綸謂「鷹鸇搏擊，疑指晉王李存勖。不然，則唐未亡時作」。按詩作於唐亡後之開平四年，非「唐未亡時」，則吴汝綸乃「疑指晉王李存勖」。據《舊五代史·莊宗紀》，作此詩時，唐莊宗李存勖正領軍擊朱全忠軍。韓偓此句是否指喻此事，疑恐未必，然不能確定也，俟再考。《韓偓簡譜》謂「此詩殆傷唐末士貪權勢，終遭白馬之厄也」。按，是説恐未必。蓋白馬之厄並非士人貪權勢所致，乃朱全忠、李振之流忌恨清流，殘殺朝中大臣，謀奪李唐政權之舉。且蒙白馬驛之厄者亦有韓偓所尊崇之恩人如太子太保趙崇、兵部侍郎王贊等人，故韓偓當不至於諷議遭白馬之厄之士人。

## 僧　影〔一〕

山色依然僧已亡，竹間疏磬隔殘陽〔二〕。智燈已滅餘空燼①〔三〕，猶自光明照十方〔四〕。

【校　記】

①「餘空」，玉山樵人本、韓集舊鈔本、統籤本與《全唐詩》均作「餘空」，而嘉靖洪邁本作「餘香」。

【注　釋】

〔一〕此詩作於開平四年（公元九一〇年），時詩人在尤溪桃林場。説詳卷二《閒興》詩注釋〔一〕。

僧影：此指亡僧的畫像。

〔二〕疏磬：稀疏的磬聲。磬，寺院中召集衆僧用的雲板形鳴器或誦經用的鉢形打擊樂器。唐常建《題破山寺後禪院》詩：「萬籟此都寂，但餘鐘磬音。」宋陸游《冬朝》詩：「聖賢雖遠詩書在，殊勝鄰翁擊磬聲。」自注：「釋氏謂銅鉢爲磬。」

〔三〕智燈已滅：智燈，佛教語。謂照破迷暗的智慧之光。南朝梁簡文帝《菩提樹頌》序：「法雨法水之潤，等世界於無邊；智燈智炬之光，同虛空于莫限。」唐王勃《益州綿竹縣武都山浄惠寺碑》：「揮覺劍而破邪山，揚智燈而照昏室。」智燈已滅，喻此僧人已亡。燼，此指燈燭燃燒後剩下的灰燼。《詩·大雅·桑柔》：「民靡有黎，具禍以燼。」朱熹集傳：「燼，灰燼也。」

〔四〕十方：佛教稱東南西北和東南、西南、東北、西北以及上下爲十方。《宋書·夷蠻傳·呵羅單國》：「身光明照，如水中月，如日初出，眉間白毫，普照十方。」南朝陳徐陵《爲貞陽侯重與王太尉書》：「菩薩之化行於十方，仁壽之功霑於萬國。」

【集　評】

【按】此詠亡僧遺像詩，字裏行間流露對亡僧之吊念與贊頌之情。謂「山色依然」，乃借景抒發悼僧之情。「疏磬」而「殘陽」，以景物之蕭疏落寞，映襯詩人悲悼之情懷。末二句則贊頌亡僧之靈智永留人間，光照十方而不息。

## 洞庭玩月〔一〕

洞庭湖上清秋月，月皎湖寬萬頃霜〔二〕。玉椀深沈潭底白〔三〕，金杯細碎浪頭光〔四〕。寒驚烏鵲離巢噪〔五〕，冷射蛟螭换窟藏。更憶瑶臺逢此夜〔六〕，水晶宫殿挹瓊漿〔七〕。

【注　釋】

〔一〕此詩之作年諸家所説不一。吴汝綸於詩題後評注謂「此在湖南時作，唐未亡也」，然未繫具體年月。諸家年譜亦多以爲作於天復三年或天祐元年韓偓在湖南時。按，作於天復三年和天祐元年兩説均值得懷疑。據此詩「洞庭湖上清秋月」句，知此詩作時乃秋季。今考韓偓天復三年二月貶官濮州後至天祐元年入湖南後經歷，未見其秋日在洞庭湖之行跡。又據韓偓《甲子歲夏五月自長沙抵醴陵貴就深僻以便疏慵……》詩，知天祐元年五月（即甲子歲夏五月）已經由長沙至醴陵。此後韓偓寓居醴陵久之，至天祐二年春夏間方至江西袁州。故自天復三年至天祐二年韓偓並無秋日在洞庭湖之經歷。且詩題謂「洞庭玩月」，其於初貶官不久，如果真經洞庭湖，亦恐無「玩月」之心情。可見此《洞庭玩月》詩恐非韓偓在天復三年或天祐元年所作。今考詩題之「洞庭」，或詩中之「洞庭湖」亦非必指湖南境内之洞庭湖，乃指在江蘇太湖之洞庭者。檢唐陸龜蒙、皮日休在蘇州均有詠及洞庭之作。如陸龜蒙《木蘭堂》「洞庭波浪渺無津」、《聖姑廟》「渺渺洞庭水，盈盈芳嶼神」等。皮日休《江南書情二十韻寄秘閣韋校書貽之商洛宋先輩垂文二同年》：「默坐看山困，清齋飲水嚴。藓生天竺屐，烟壞洞庭帆。」又考韓偓約咸通十三年曾遊江南，時有《夏課成感懷》詩，中有「五湖煙波歸夢勞。悽涼身世夏課畢，濩落生涯秋風高」句；又有《遊江南水陸院》詩，中有「關河見月空垂淚，風雨看花欲白頭」句；又有《江南送別》詩，中有「江南行止忽相逢，江館棠梨葉正紅」句；又有《吴郡懷古》詩等（諸詩之作年，請詳見各詩注釋〔一〕所考）。據此，韓偓此詩之「洞庭」、「洞庭湖」疑即其遊江南，秋遊洞庭之作，亦即約作於咸通十三年（公元八七二年）秋。其時詩人正壯年，尚在覓仕年代，其遊江南蘇州，遇見此湖光水色之美景，故有「洞庭玩月」之作。

〔二〕萬頃霜：謂在月光下，遼闊的洞庭湖水面一派光潔，猶如凝上一層霜。

〔三〕「玉椀」句：椀爲「碗」的古字。玉椀，亦作「玉盌」。玉製的食具，亦泛指精美的碗。三國魏嵇康《答難養生論》：「李少君識桓公玉椀。」晉葛洪《抱朴子·廣譬》：「無當之玉盌，不如全用之埏埴。」此處用以喻圓月。唐韓愈《晝月》詩：「玉盌不磨著泥土，青天孔出白石補。」此句意爲皎潔的月亮有如深浸湖里，使得潭底一片潔白。

〔四〕金杯細碎：喻浪頭上閃爍的點點月光，有如金杯的碎片似的。

〔五〕烏鵲：指喜鵲。古以鵲噪而行人至，因常以烏鵲預示遠人將歸。曹操《短歌行》：「月明星稀，烏鵲南飛。繞樹三匝，何枝可依？」唐杜甫《玩月呈漢中王》：「關山同一照，烏鵲自多驚。」

〔六〕瑶臺：指傳説中的神仙居處。晉王嘉《拾遺記·崑崙山》：「崑崙山……上有九層，第六層有五色玉樹，蔭翳三百里。夜至水上，其光如燭。……第九層山形漸小狹，下有芝田蕙圃，皆數百頃，群仙種耨焉。傍有瑶臺十二，各廣千步，皆五色玉爲臺基。」唐李商隱《無題》：「如何雪月交光夜，更在瑶臺十二層。」

〔七〕挹：酌，以瓢舀取。《詩·小雅·大東》：「維北有斗，不可以挹酒漿。」

【按】詩爲洞庭湖上賞月之什。五、六兩句以「烏鵲離巢噪」、「蛟龍换窟藏」以夸飾明月之皎潔冰清，乃側寫烘託。末二句則爲聯想之辭，以瓊樓玉宇挹酒漿之仙宫情景，以寫皎皎明月之美好。

## 贈隱逸〔一〕

静景須教静者尋〔二〕①，清狂何必在山陰〔三〕。蜂穿窗紙塵侵硯②，鳥鬬庭花露滴琴③。莫笑亂離方解印④〔四〕，猶勝顛蹶未抽簪〔五〕。築金所得非名士⑤〔六〕，況是無人解築金。

【校記】

①「景」，玉山樵人本、統籤本均作「隱」。「靜」，玉山樵人本、統籤本均作「隱」，《全唐詩》校：「一作隱。」

②「穿」，玉山樵人本、統籤本均作「彈」。

③「庭花」，玉山樵人本、統籤本均作「花庭」。

④「莫」，《全唐詩》校：「一作方。」「方」，韓集舊鈔本作「纔」，《全唐詩》校：「一作纔。」

⑤「所」，原作「總」，然韓集舊鈔本作「所」，玉山樵人本、統籤本則均作「誘」，《全唐詩》校：「一作所，一作誘。」今據韓集舊鈔本改爲「所」。

【注釋】

〔一〕此詩據《全唐詩》所排列位置，其前後詩多作於桃林場（如此詩後第二首即《桃林場客舍之前有池半畝木槿櫛比閟水遮山……》詩），故應爲開平四年（公元九一〇年）在桃林場所作爲是。説見卷二《閒興》詩注釋〔一〕。

〔二〕靜者：謂能清心靜慮者。此處指佛道隱逸者。靜，精神貫注專一。道家一種修養之術。《雲笈七籤》卷九十九：「修鍊之士當須入靜……大靜三百日，中靜二百日，小靜一百日。」

〔三〕「清狂」句：清狂，放逸不羈貌。晉左思《魏都賦》：「僕黨清狂，怵迫閩濮。」唐杜甫《壯遊》：「放蕩齊趙間，裘馬頗清狂。」山陰，即今浙江紹興市。春秋越王句踐之都。秦置縣，以邑在山之陰而名。隋廢，併入會稽縣，唐復置。此句用晉人王子猷事典。《世説新語·任誕》：「王子猷居山陰，夜大雪，眠覺，開室命酌酒，四望皎然，因起彷徨，詠左思《招隱詩》。忽憶戴安道，時戴在剡，即便夜乘小船就之。經宿方至，造門不前而返。人問其故，王曰：『吾本乘興而行，興盡而返，何必見戴？』」

〔四〕解印：即解印綬，謂辭免官職。《漢書·薛宣傳》：「遊（謝遊）得檄，亦解印綬去。」

〔五〕顛蹶：此處意爲覆亡；毀滅；失敗。《明史·曹文詔周遇吉等傳贊》：「曹文詔等秉驍猛之資，所向摧敗，皆所稱萬人敵也。大命既傾，良將顛蹶。」結合上句「莫笑亂離方解印」體味，此處「顛蹶」乃指唐王朝爲朱全忠所篡權而覆亡。未抽簪，謂棄官引退。古時作官的人須束髮整冠，用簪連冠於髮，故稱引退爲「抽簪」。《文選·沈約〈應詔樂遊苑餞吕僧珍詩〉》：「將陪告成禮，待此未抽簪。」李善注引鍾會《遺榮賦》：「散髮抽簪，永縱一壑。」

〔六〕築金：即築造黄金臺以禮聘賢士。《太平御覽·臺》引《史記》：「燕昭王置千金于臺上，以延天下士，謂之黄金臺。」名士，指名望高而不仕的人。《禮記·月令》：「（季春之月）勉諸侯，聘名士，禮賢者。」鄭玄注：「名士，不仕者。」孔穎達疏：「名士者，謂其德行貞絶，道術通明，王者不得臣，而隱居不在位者也。」

【集　評】

方回：三、四工。五、六有議論。尾句一斂，爲燕昭王金臺所致，便非名士，况又無燕昭王之爲人者乎！其説尤高矣。（《瀛奎律髓彙評》卷四十八仙逸類）

馮班：全不知致堯意。（《瀛奎律髓彙評》卷四十八仙逸類）

紀昀：體近武功，故爲虚谷所取，實非高格。（《瀛奎律髓彙評》卷四十八仙逸類）

紀昀：後四句筆仗沉着，晚唐所少。（《瀛奎律髓彙評》卷四十八仙逸類）

許印芳：「解」字複。（《瀛奎律髓彙評》卷四十八仙逸類）

蜂一層，窗一層，紙一層，塵一層，硯一層，蜂彈窗紙一層，蜂彈窗紙塵侵硯一層。七層出於七字，新之至，細之至，天然之至。學中、晚人構得如此心思，方能使優孟盛唐者不敢輕視。（陸次雲輯《五朝詩善鳴集》）

韓偓《贈吴顛尊師》曰：「飲酒經何代，休糧度此生。跡應常自浼，顛亦强爲名。……伊余常服義，願拜十年兄。」《送人棄官入道》曰：「仙李濃陰潤，皇枝密葉敷。俊才輕折桂，捷徑取紆朱。……酒律應難忘，詩魔未肯徂。他年如拔宅，爲我指清都。」《贈隱逸》曰：「靜景須教靜者尋，清狂何必在山陰。……築金總得非名士，況是無人解築金。」「仙李」一首，蓋贈唐之宗室。三人名氏雖不可盡得，其憤時而去，非才不能用世，與甘心枯槁之流固又有加矣。（吴光耀《五代史記纂誤續補》卷三）

【按】此詩借贈隱者而抒發感慨。「蜂穿窗紙」，「鳥鬬庭花」兩句乃具體細緻描述隱逸者所居之閑適幽靜生活，此亦可謂另一種「清狂」也。此二句方回稱「工」，亦即前人所謂「蜂一層，窗一層，紙一層，塵一層，硯一層，蜂彈窗紙一層，蜂彈窗紙塵侵硯一層。七層出於七字，新之至，細之至，天然之至」。所描述隱逸者生活環境與心境有若姚合筆下之荒僻山邑、山村野處之況味，故爲紀昀評爲「體近武功」。下半首確是「筆仗沉着」，詩人之感慨議論具在其中。「莫笑」、「猶勝」兩句，言下之意，其鄙夷指斥那些爲朱全忠所效力的李唐舊臣之意顯然可見。

## 南　浦①〔一〕

月若半環雲若土②〔二〕，高樓簾卷當南浦〔三〕。應是石城艇子來③〔四〕，兩槳咿啞過花塢〔五〕。正值連宵酒未醒，不宜此際兼微雨。直教筆底有文星〔六〕，亦應難狀分明苦〔七〕。

【校　記】

①此詩玉山樵人本、韓集舊鈔本、統籤本、屈鈔本、吴校本、石印本《香奩集》均收於《香奩集》中，吴校本詩後注「重見」，蓋其前卷二已收此詩。韓集舊鈔本（此本重收）、汲古閣本、麟後山房刻本、《全唐詩》則收入正集中。

②「土」，原作「吐」，韓集舊鈔本於「吐」字下校：「本作土。」今據改。

③「城」，《全唐詩》、吴校本均校：「一作磯。」

【注　釋】

〔一〕徐復觀以爲此詩非韓偓詩，謂「《南浦》詩有『應是石城艇子來』之句，與韓偓情況不合，而詩的氣體較粗，極似韓熙載」。此説未有確實憑證，難於證明詩非韓偓作，今不取。此詩玉山樵人本、韓集舊鈔本、統籤本、屈鈔本、吴校本、石印本均收於《香奩集》中，吴校本詩後注「重見」，蓋其前卷二已收此詩。而韓集舊鈔本（此本重收）、汲古閣本、麟後山房刻本、《全唐詩》則收入正集中。此詩爲何有的版本收在《香奩集》，有的則收於《香奩集》外韓偓集，有的又重收？今已難於辨明。從現存版本收此詩之情況以及其内容情趣看，頗疑此詩原屬《香奩集》詩。此詩之作年不可考。

南浦：南浦有數義，原有南面的水邊之義，後常用稱送别之地。據此詩所賦，似以此義爲妥。《楚辭·九歌·河伯》：「子交手兮東行，送美人兮南浦。」王逸注：「願河伯送己南至江之涯。」南朝梁江淹《别賦》：「春草碧色，春水渌波，送君南浦，傷如之何。」唐李賀《黄頭郎》詩：「黄頭郎，撈攏去不歸。南浦芙蓉影，愁紅獨自垂。」王琦注引曾益曰：「南浦，送别之地。」

〔二〕月若半環：謂月亮如半個圓環。環，璧的一種。圓圈形的玉器。《左傳·昭公十六年》：「宣子有環，其一在鄭商。」王國維《觀堂集林·説環玦》：「余讀《春秋左氏傳》『宣子有環，其一在鄭商』，知環非一玉所成。歲在己未，見上虞羅氏所藏古玉一，共三片，每片上侈下斂，合三而成規。片之兩邊各有一孔，古蓋以物繫之。余謂此即古之環也……後世日趨簡易，環與玦皆以一玉爲之，遂失其制。」

〔三〕當南浦：正對着南浦。當，對着；向着。《樂府詩集·横吹曲辭五·木蘭詩》：「當窗理雲鬢，對鏡帖花黄。」

〔四〕石城艇子來：《舊唐書·音樂志》：「《莫愁樂》，出於《石城樂》。石城有女子名莫愁，善歌謡，《石城樂》和中復有『莫愁』聲，故歌云：『莫愁在何處？莫愁石城西。艇子打兩槳，催送莫愁來。』」

〔五〕花塢：種植花木的地方。南朝梁武帝《子夜四時歌·春歌之四》：「花塢蝶雙飛，柳隄鳥百舌。」唐嚴維《酬劉員外見寄》：「柳塘春水漫，花塢夕陽遲。」

〔六〕文星，星名。即文昌星，又名文曲星。相傳文曲星主文才，後亦指有文才的人。唐元稹《獻滎陽公》詩：「詞海跳波湧，文星拂坐懸。」

〔七〕分明，明確；清楚。《韓非子·守道》：「法分明則賢不得奪不肖，强不得侵弱，衆不得暴寡。」漢董仲舒《春秋繁露·保位權》：「黑白分明，然後民知所去就。」

【集評】

韓偓《香奩集》，皆裙裾脂粉之詩。高秀實云：元氏豔詩麗而有骨，韓偓《香奩集》麗而無骨。愚按，詩名《香奩》，奚必求骨？但韓詩淺俗者多，而豔麗者少，較之温、李，相去甚遠。即予所録者，十之二三而亦不能佳也。五言古如「侍女動粧奩，故故驚人睡。那知本未眠，背面偷垂淚」。七言古如「嬌嬈意緒不勝羞，願倚郎肩永相著」，「直教筆底有文星，亦應難狀分明苦」。七言律如「小疊紅牋書恨字，與奴方便送卿卿」。七言絶如「想得那人垂手立，嬌羞不肯上鞦韆」等句，則詩餘變爲曲調矣。上源於李商隱、温庭筠七言古詩，餘之變止此。至七言律如「仙樹有花難問種，御香聞氣不知名」，「靜中樓閣深春雨，遠處簾櫳半夜燈」，亦頗有致。又「分明窗下聞裁剪，敲遍欄干故不應」，則曲盡豔情。（許學夷《詩源辯體》卷三十二）

梁開平三年，淮南遣張知遠修好於王審知。知遠醉後倨傲，審知斬之，表上其書於全忠。云「石城艇子來」，正詠此事。云「直是連宵酒未醒」，言謂知遠倨傲由於醉。致堯有舔糠及米之憂，故云「難狀分明苦」，真心搖搖如懸旌矣。（震鈞《香奩集發微》此詩下評）

【按】此詩之作年、地點各家所説不同，故所釋詩之意旨亦有異。如震鈞謂「致堯有舔糠及米之憂，故云『難狀分明苦』，真心搖搖如懸旌矣」云云，此説聊可備一説，然未必可信。蓋此詩恐屬《香奩集》中詩，乃韓偓早年之作，故以開平三年事解之，究不免有强作解人之嫌。故似宜就其詩句所提供之表面意象而解釋之，至於是否真有寓託，還待高明確解之。鄙意以爲，詩乃懷人而抒發思愁之作。首二句描寫懷人之環境處所，營造眷念伊人之氣氛。「月若半環」，言月未圓尚缺也，寓人未團圓而分離也。「雲若土」，雲烏黑也，襯托心情之黯淡也。「高樓簾卷」句，謂人正佇立高樓，捲簾面對分別之處也。「應是」、「兩槳」二句，想望之辭也，乃借古歌謡以抒發思念盼望伊人之情思。「應是」二字，最需注意。「正值」句，謂因思念者久盼未至而愁緒纏綿，故云「連宵酒未醒」。「不宜」句，謂正當此連宵憂愁之時，天又微雨濛濛，更增添絲絲愁緒也。末二句則謂此種閑愁思緒之苦楚，縱使有如花妙筆，亦難於描述分明也。

## 桃林場客舍之前有池半畝木槿櫛比闕水遮山因命僕夫運斤梳沐豁然清朗復覩太虛因作五言八韻以記之①〔一〕

插槿作藩籬〔二〕，叢生覆小池。爲能妨遠目，因遣去閒枝〔三〕。鄰叟偷來賞，棲禽欲下疑。

虛空無障處，蒙閉有開時〔四〕。葦鷺憐瀟灑〔五〕，泥鰌畏日曦②〔六〕。稍寬春水面，盡見晚山眉〔七〕。岸穩人偷釣③，階明日上基④〔八〕。世間多弊事⑤，事事要良醫。

【校　記】

①「以記之」，原無此三字，據玉山樵人本、統籤本補。《全唐詩》、吴校本均校：「一本題下有以記之三字。」又統籤本題下有小注「庚午」。「覩」，韓集舊鈔本、汲古閣本、麟後山房刻本、吴校本均作「視」，吴校本下校：「一作覩。」

②「日」，玉山樵人本、統籤本均作「赫」，《全唐詩》、吴校本均校：「一作赫。」

③「偷」，《全唐詩》、吴校本均校：「一作垂。」

④「基」，統籤本作「棋」。《全唐詩》、吴校本均校：「一作棋。」按，應作「基」爲是。

⑤「弊」，《全唐詩》、吴校本均校：「一作少。」

【注　釋】

〔一〕此詩統籤本題下有「庚午」小注，即謂作於庚午年（即開平四年）。詩有「稍寬春水面」句，則詩乃作於是年春。

桃林塲：地名，唐長慶二年置，在今福建永春縣。《閩書》卷十二《方域志》永春縣：「東抵南安，西抵龍岩，南抵南安，北抵德化。本隋南安縣之桃林場。五代唐長興三年，王延鈞升爲縣；晉天福三年，王昶改縣曰永春。」木槿，亦作「木堇」。落葉灌木或小喬木。葉卵形，互生；夏秋開花，花鐘形，單生，有白、紅、紫等色，朝開暮落。栽培供觀賞，兼作緑籬。樹皮和花可入藥，莖的纖維可造紙。《淮南子·時則訓》：「木堇榮。」高誘注：「木堇，朝榮莫落，樹高五六尺，其葉與安石榴相似也。」櫛比，像梳篦齒那樣密密地排列。語出《詩·周頌·良耜》：「其崇如墉，其比如櫛。」漢王褒《四子講德論》：「甘露滋液，嘉禾櫛比。」閼水，堵塞住流水。閼，遮壅、堵塞。蔡邕《樊惠渠歌》：「我有長流，莫或閼之。」《新唐書·姜師度傳》：「又派洛灌朝邑、河西二縣，閼河以灌通靈陂。」運斤，揮斧。斤，斧頭。《莊子·徐無鬼》：「匠石運斤成風。」梳沐，原指梳洗。《南史·劉穆之傳》：「妻復截髮市肴饌，爲其兄弟以餉穆之，自此不對穆之梳沐。」此處意爲清理周圍的叢雜草木。

〔二〕藩籬：指用竹木編成的籬笆或栅欄，爲房舍的外蔽。《國語·楚》下：「爲之關鑰藩籬而遠備閑之。」注：「藩籬，壁落。」唐崔興宗《青雀歌》：「微禽不應常在藩籬下，他日淩雲誰見心。」

〔三〕閑枝：指多餘的枝條。唐劉恂《嶺表録異》卷上：「波斯棗，廣州郭内見。其樹樹身無閑枝，直聳三四十尺。」

〔四〕「蒙閉」句：此句謂經過治理後，水池上原來被木槿蒙蔽遮掩的地方也有披開疏朗之處。

〔五〕瀟灑：幽雅、整潔。唐姚合《溪路》詩：「此路何瀟灑，永無公卿跡。日日多往來，藜杖與桑屐。」唐李德裕《題奇石》：「蘊玉抱清暉，閑庭日瀟灑。」

〔六〕日曦：日光。唐韓愈《南内朝賀歸呈同事》詩：「薄雲蔽秋曦，清雨不成泥。」元王惲《紫藤花歌》：「天孫夜擲紫霞被，滿意下覆須春曦。」

〔七〕晚山眉：如眉之晚山。謂傍晚時分，遠處煙靄中的山峰猶如彎眉似的。

〔八〕基：臺基。

【按】從詩題知悉，此詩乃是客居桃林場初，整治修葺客舍前水池環境後之作。「鄰叟偷來賞」句至「階明日上基」一段，乃記叙修葺後環境之豁然清朗，爽心悦目之情景。末二句「世間多弊事，事事要良醫」，則因修葺之事而興感發，最是此詩之要旨。據此兩句，其時詩人對弊病叢生之世道多懷不滿，盼望「良醫」有以革除之之意隱然可見。

## 中秋寄楊學士①〔一〕

鱗差甲子漸衰遲〔二〕，依舊年年困亂離。八月夜長鄉思切②，鬢邊添得幾莖絲。

【校　記】

①此詩詩題嘉靖洪邁本作「中秋永夕奉寄楊學士」，玉山樵人本、統籤本均作「中秋永夕奉寄楊學士兄弟」，《全唐詩》、吴校本均校：「一作中秋永夕奉寄楊學士兄弟。」

②「長」，麟後山房刻本作「來」。按，作「長」是。

【注　釋】

〔一〕此詩之作年諸家所記不同，《韓偓簡譜》記在開平二年，謂「吴注此唐末亡時詩，學士凝式也」。岑仲勉《唐人行第録·唐集質疑》於天祐七年（即後梁開平四年）亦記此詩。按，諸家所繫不同，多與楊學士爲誰看法有異所致。吴汝綸以爲楊學士爲楊凝式，然謂此楊學士爲楊凝式，誤。據《舊五代史》卷一二八《楊凝式傳》注引《凝式年譜》云：「唐咸通十四年癸巳，凝式是年生，故題識多自稱癸巳人。」按咸通十四年癸巳爲公元八七三年。又《舊五代史》本傳記其「唐昭宗朝，登進士第。……梁開平中，爲殿中侍御史、禮部員外郎，三川守、齊王張宗奭見而嘉之，請以本官充留守巡官。梁相趙光裔素重其才（陳尚君《舊五代史新輯會證·楊凝式傳》謂「『梁時趙光裔未嘗拜相，疑係趙光逢之誤』。所説是），奏爲集賢殿直學士，改爲考功員外郎。唐同光初，授比部郎中、知制誥」。據此所載凝式歷官，其爲集賢殿直學士蓋在後唐同光初（公元九二三年）前數年，亦即約在後梁末帝貞明（九一六至九二一年）中，約公元九一九年左右，總之乃在後梁時。是時，韓偓已經七十八歲左右，而楊凝式年四十七左右。韓偓素惡後梁政權，是時恐未必與身爲後梁朝官，且年齡小自己三十歲左右之楊凝式在閩中有來往。且以此詩「鱗差甲子漸衰遲」、「鬢邊添得幾莖絲」考之，謂「漸衰遲」等，亦與韓偓年已近八十之「衰遲」狀態不符。再，以此詩在《全唐詩》之位置，大致乃在開平四年其在桃林場時之作。則以楊學士爲楊凝式恐不可信。岑仲勉《唐人行第録・唐集質疑》於天祐七年（即後梁開平四年庚午）下謂韓偓「其《中秋寄楊學士》詩，一作《中秋永夕奉寄楊學士兄弟》，余謂楊學士贊圖也。新表，承休，楊堪之子，虞卿之孫，與贊圖爲從昆，故曰學士兄弟也」；《全唐文》八二九《手簡帖》『楊學士兄弟來此』，亦同」。陶敏《全唐詩人名彙考》亦謂「楊學士兄弟，謂楊贊圖、楊承休兄弟。《全唐文》卷八二五黄滔《丈六金身碑》：『我公粤天祐三年丙寅秋七月乙卯，鑄金銅像一丈有六尺之高。……其明年正月十有八日乙未，設二十萬人齋。……座客有右常侍隴西李公洵、翰林承旨制誥兵部侍郎昌黎韓公偓……刑部員外郎弘農楊公承休、弘文館直學士弘農楊公贊圖……皆……謂安莫安于閩越，誠莫誠于我公，依劉表，起襄漢，其地也，交轍及館。』楊贊圖乃楊知退子，承休乃楊堪子，均楊虞卿孫，見《新唐書・宰相世系表一下》楊氏越公房」。據上所考，謂楊學士兄弟爲楊贊圖兄弟可信。至於楊學士兄弟指楊贊禹、楊贊圖，或楊贊圖、楊承休，則以楊贊圖、楊承休爲較可信。據韓偓《手簡帖》「楊學士兄弟來此」，知此楊氏兄弟乃皆來閩者，而楊贊圖、楊承休兄弟於唐將亡時即來閩，並與韓偓一起出席天祐四年春閩之佛齋會。而楊贊禹是否來寓閩，未見文獻記載，故難於確定其是否來閩與韓偓往還。此詩之作年，據前所考，應繫於後梁開平四年（公元九一〇年）中秋爲是。

〔二〕鱗差：猶鱗次，指像魚鱗那樣依次排列。晉張華《勵志》：「四氣鱗次，寒暑環周。」晉潘岳《射雉賦》：「綠柏參差，文翮鱗次。」甲子，泛指歲月，光陰。唐杜甫《春歸》詩：「別來頻甲子，倏忽又春華。」衰遲，衰年遲暮。謂年老。唐鄭谷《中年》詩：「衰遲自喜添詩學，更把前題改數聯。」

【集　評】

吴汝綸於詩題後評注云：「楊學士當是楊凝式。此唐未亡時作。」

【按】此詩乃中秋時節傷身世，歎亂離，懷鄉念遠，寄詩給友人抒發情懷之作。首句感年光之匆匆，衰暮之年漸漸逼進。第二句感歎年年困於亂離之中，寓居他鄉爲客。後二句則以細筆具體描述自身狀況，既是上二句之具體化，亦起前後呼應之效。「鄉思切」，呼應「困亂離」；「添得幾莖絲」，謂「漸衰遲」。

## 寄禪師〔一〕

他心明與此心同〔二〕，妙用忘言理暗通〔三〕。氣運陰陽成世界〔四〕，水浮天地寄虚空〔五〕。劫灰聚散銖錙黑〔六〕，日御奔馳繭栗紅①〔七〕。萬物盡遭風鼓動〔八〕，唯應禪室静無風〔九〕。

【校　記】

①「繭」，汲古閣本作「璽」。按，「璽」同「繭」。

【注　釋】

〔一〕此詩在《全唐詩》中編排於詩題下有「此後在桃林場」小注的《此翁》詩後，又緊接在《桃林場客舍之前有池半畝木槿櫛比……》、《中秋寄楊學士》之後，而其下一首即《清興》詩。據前考，其前三詩均作於開平四年詩人在桃林場時。又統籤本《清興》詩題下有「辛未年，南安縣」小注。辛未年爲後梁開平五年，亦即乾化元年（公元九一一年）。《清興》詩有「摘索花枝料峭寒」句，乃作於早春時，則此時詩人剛從桃林場移居南安縣。據此，《寄禪師》詩乃作於開平元年詩人在桃林場時。

〔二〕「他心」句：他心，蓋指道家忘言之學説。此心，蓋謂佛家之禪理。

〔三〕忘言：謂心中領會其意，不須用言語來説明。語本《莊子·外物》：「言者所以在意，得意而忘言。」三國魏曹植《苦思行》：「中有耆年一隱士，鬚髮皆皓然，策杖從我遊，教我要忘言。」

〔四〕「氣運」句：氣，中國古代哲學概念。主觀唯心主義者用以指主觀精神。《孟子·公孫丑下》：

「我善養吾浩然之氣。」樸素唯物主義者則用以指形成宇宙萬物的最根本的物質實體。《易·繫辭上》：「精氣爲物，遊魂爲變。」孔穎達疏：「『精氣爲物』者，謂陰陽精靈之氣。」漢王充《論衡·自然》：「天地合氣，萬物自生。」運，運轉；轉，轉動。《莊子·天道》：「天道運而無所積，故萬物成。」成玄英疏：「運，動也，轉也。」陰陽，古代指天地間化生萬物的二氣。《易·繫辭上》：「陰陽不測之謂神。」《新唐書·宦者傳上·魚朝恩》：「陰陽不和，五穀踴貴。」世界，佛教語，猶言宇宙。世指時間，界指空間。《楞嚴經》卷四：「何名爲衆生世界？世爲遷流，界爲方位。汝今當知，東、西、南、北、東南、西南、東北、西北、上、下爲界，過去、未來、現在爲世。」南朝梁沈約《齊禪林寺尼淨秀行狀》：「忽自見大光明遍於世界，山河樹木，浩然無礙。」此句謂氣運轉陰陽二氣即形成世界。

〔五〕「水浮天地」句：此句意爲整個天地均由海水浮載着，而天地海水又寄托在虚空之中。

〔六〕劫灰：本謂劫火的餘灰。南朝梁慧皎《高僧傳·譯經上·竺法蘭》：「昔漢武穿昆明池底，得黑灰，問東方朔。朔云：『不知，可問西域胡人。』後法蘭既至，衆人追以問之，蘭云：『世界終盡，劫火洞燒，此灰是也。』」劫灰聚散，意爲劫灰或聚或散。銖錙，錙和銖。比喻微小的數量。錙，古代重量單位。其説不一，或謂六銖，或謂八銖，或謂六兩，或謂八兩。一般從《説文》，謂六銖，即一兩的四分之一。《禮記·儒行》「雖分國如錙銖」漢鄭玄注：「八兩曰錙。」《淮南子・説山訓》：「有千金之璧而無錙錘之礛諸。」漢高誘注：「六銖曰錙。」《淮南子・詮言訓》「雖割國之錙錘以事人」漢高誘注：「六兩曰錙。」銖，古代衡制中的重量單位。爲一兩的二十四分之一。銖錙黑，意爲微小的銖錙變黑。

〔七〕日御：古代神話中爲太陽駕車的神，名羲和。《楚辭・離騷》「吾令羲和弭節兮」漢王逸注：「羲和，日御也。」南朝梁沈約《梁甫吟》：「龍駕有馳策，日御不停陰。」此處代指太陽。隋江總《芳林園天淵池銘》：「曉川漾碧，如日御之在河宿；夜浪浮金，疑月輪之馳水府。」繭栗，原形容牛角初生之狀。言其形小如繭似栗。《禮記・王制》：「祭天地之牛，角繭栗；宗廟之牛，角握；賓客之牛，角尺。」《漢書・禮樂志》：「牲繭栗，粢盛香。」顔師古注：「言角之小，如繭及栗之形也。」此處指植物的幼芽或蓓蕾。宋黄庭堅《寄王定國》詩序：「往歲過廣陵，值早春，嘗作詩云：……紅藥梢頭初繭栗，揚州風物鬢成絲。」

〔八〕「唯應」句：禪室，猶禪房。佛徒習靜之所。南朝宋謝靈運《山居賦》：「傍危峰，立禪室。」唐王勃《梓州通泉縣惠普寺碑》：「禪室安閒。」此句連同上句意爲世間萬物皆被風所鼓動，唯有您的禪房平静無風。

【集　評】

《續高僧傳》十九《菩提達磨傳四行第二》：隨緣行云者，逆順風靜，冥順於法也。敦煌本《楞伽師資記》作：喜風不動，冥順於道。餘參考《治禪病秘要經》。（陳寅恪《讀書札記二集·韓翰林集之部》）

【按】此乃與禪師説道談理，並贊頌禪師修行高妙之什。首二句稱揚禪師擅長道家得意忘言之説，溝通禪道之理。中四句則爲説道談理之辭，可見詩人之哲學思想。如「劫灰聚散銖錙黑，日御奔馳繭栗紅」兩句，乃以爲世間萬物萬事自有其形成變化之規律，乃受風氣鼓動之結果。如劫灰之聚集或分散，銖錙之物之變黑；太陽不停之運行，植物幼芽、蓓蕾之轉變爲紅色，均是風氣鼓動之自然結果，自有其變化之規律。末二句則以「萬物盡遭風鼓動」，而唯禪師未受風波動，平靜寂然，以稱頌禪師精深之修行。

## 清　興①〔一〕

陰沉天氣連翩醉〔二〕，摘索花枝料峭寒②〔三〕。擁鼻繞廊吟看雨〔四〕，不知遺卻竹皮冠〔五〕。

【校記】

①統籤本詩題下有小注云：「辛未年，南安縣。」

②「料」，玉山樵人本、統籤本均作「撩」，統籤本並於「撩」字下注「去聲」。按，「料峭」又作「撩峭」。

【注釋】

〔一〕此詩統籤本詩題下有小注云：「辛未年，南安縣。」又《全唐詩》編次此詩在《中秋寄楊學士》詩和《火蛾》、《信筆》之間。據前考，《中秋寄楊學士》詩乃梁開平四年之作，而《火蛾》詩統籤本題下有「辛未南安縣作」。此詩蓋有所指」小注，《信筆》詩則有「春風狂似虎，春浪白於鵝」句。據此知《信筆》詩作於《中秋寄楊學士》詩之明年春，而據《清興》詩之「料峭寒」、「擁鼻繞廊吟看雨」句，知蓋亦春日詩。則《中秋寄楊學士》詩後之《清興》詩，當作於梁乾化元年辛未（公元九一一年）春，統籤本詩題下「辛未年，南安縣」小注可信，今即從之。

〔二〕連翩：連續不斷。三國魏曹植《名都篇》：「連翩擊鞠壤，巧捷惟萬端。」南朝梁何遜《學古》詩之一：「長安美少年，羽騎暮連翩。」連翩醉，即接連醉酒。

〔三〕摘索：猶言瑟縮。宋陳鵠《耆舊續聞》卷六：「又《題將臺詩》：『梅花摘索未全開，老倦無心上將臺。人在江南望江北，征鴻時送客愁來。』」宋林逋《又詠小梅》：「摘索又開三兩朵，團欒空繞百千迴。」料峭寒，形容微寒；亦形容風力寒冷、尖利。唐陸龜蒙《京口》詩：「東風料峭客帆遠，落葉夕陽天際明。」又《奉和襲美開元寺客省早景即事次韻》：「襹褷滿地貝多雪，料峭入樓于闐風。」

〔四〕擁鼻：即擁鼻吟。《晉書·謝安傳》：「安本能爲洛下書生詠，有鼻疾，故其音濁，名流愛其詠而弗能及，或手掩鼻以效之。」後以「擁鼻吟」指用雅音曼聲吟詠。唐唐彦謙《春陰》詩：「天涯已有銷魂別，樓上寧無擁鼻吟。」宋林逋《春夕閑詠》：「屐齒徧庭深，若爲擁鼻吟。」

〔五〕竹皮冠：秦末劉邦以竹皮所作之冠。《史記·高祖本紀》：「高祖爲亭長，乃以竹皮爲冠，令求盜之薛治之，時時冠之，及貴常冠，所謂『劉氏冠』乃是也。」裴駰集解引應劭曰：「以竹始生皮作冠，今鵲尾冠是也。」司馬貞索隱引應劭曰：「一名『長冠』。側竹皮裹以縱前，高七寸，廣三寸，如板。」

【按】詩乃寫春陰時之清興。首二句謂春陰連綿，料峭春寒中花枝瑟瑟，故詩人亦連續醉酒以度此春寒之日也。「擁鼻」、「不知」二句，即具寫其清興之狀，乃扣詩題最重要之句。「擁鼻繞廊」，一層清興也；「看雨」，二層清興也。「遺卻竹皮冠」而「不知」，亦專心入神之至，所謂清興正濃，不知其餘也，亦是三層之清興也。

## 深　院①〔一〕

鵝兒唼啑梔黄觜〔二〕，鳳子輕盈膩粉腰〔三〕。深院下簾人晝寢，紅薔薇架碧芭蕉②。

【校　記】

① 此詩又收於玉山樵人本、韓集舊鈔本、統籤本、屈鈔本、汲古閣本、吴校本之《香奩集》，石印本《香奩集》詩題下小注「辛未年在南安縣作」，吴校本於其詩末注：「重見。」

② 「架」，統籤本、石印本《香奩集》均作「映」，《全唐詩》、吴校本《香奩集》均校：「一作映。」

【注　釋】

〔一〕此詩之作年有歧説，《韓偓年譜》繫於梁乾化元年，謂「作《深院》詩，題下自注『辛未年在南安縣作』（汲古閣本《香奩集》）」，《韓翰林詩譜略》同。《唐韓學士偓年譜》等則皆繫於後梁太祖開平四年（公元九一〇年）。岑仲勉《韓偓南依記》謂：「天祐八年辛未在南安縣，有《深院》詩（見汲古閣本）。」天祐八年辛未，亦即梁乾化元年（公元九一一年）。石印本《香奩集》此詩題下小注：「辛未年在南安縣作。」按，此詩玉山樵人本、韓集舊鈔本、統籤本、屈鈔本、石印本、吴校本均收入《香奩集》，而除汲古閣本《香奩集》、石印本《香奩集》（按，此本底本即汲古閣本《香奩集》）外，諸本皆無題下小注，則此小注頗爲可疑。且結合此詩所寫情景韻致，頗疑乃韓偓早年所作《香奩集》詩，故石印本《香奩集》題下小注「辛未年在南安縣作」未可遽信，其作年應存疑俟考。

〔二〕唼啑：同唼喋。禽鳥吃食。《史記·司馬相如傳》載《上林賦》：「唼喋菁藻，咀嚼菱藕。」《西京雜記》卷一：「唼喋荷荇，出入蒹葭。」梔黄觜，此謂小鵝長着梔黄色的嘴巴。梔，即梔子，亦作「栀子」。木名。常緑灌木或小喬木。葉子對生，長橢圓形，有光澤。春夏開白花，香氣濃烈，可供觀賞。夏秋結果實，生青熟黄，可做黄色染料。也可入藥，性寒味苦，爲解熱消炎劑。唐杜甫《梔子》詩：「梔子比衆木，人間誠未多。」

〔三〕鳳子：大蛺蝶。晉崔豹《古今注·魚蟲》：「（蛺蝶）大如蝙蝠者，或黑色，或青斑，名爲鳳子。」統籤本此詩下注：「《文昌雜録》云『《古今注》：蛺蝶大者名鳳子』，偓詩用此。」膩粉，猶脂粉。唐白居易《戲題木蘭花》詩：「紫房日照燕脂拆，素豔風吹膩粉開。」南唐張泌《滿宫花》詞：「膩粉瓊粧透碧紗，雪休誇。」膩粉腰，謂大蛺蝶白粉色的腰。

【集　評】

李義山《偶題》云：「小亭閑眠微酒消，山榴海柏枝相交。」韓致堯云：「深院下簾人晝寢，紅薔薇映碧芭蕉。」皆微詞也。（吴聿《觀林詩話》）

韓偓詩：「鵝兒唼喋梔黄觜，鳳子輕盈膩粉腰。」不記鳳子定是何物。或問余，姑以蝶應之問者，依違而已。退念藏書數萬，不能貯心亦病也。徐悟乃崔豹《古今注》耳，謂「蛺蝶大者爲鳳子」。此非幽經僻説，尚爾不記。故知學者要當博讀古今，又能强記，始可言詩耳。（蔡絛《西清詩話》卷下）

《西清詩話》云：「韓偓詩『鵝兒唼喋梔黄嘴，鳳子輕盈膩粉腰』，事見崔豹《古今注》，云：『蛺蝶大者爲鳳子』。」（胡仔《苕溪漁隱叢話前集》卷二十三《韓致元》）

禮部王員外言崔豹《古今注》「蛺蝶大者名鳳子」，然辭人罕用。余讀唐韓偓詩有「鵝兒唼喋雌黄觜，鳳子輕盈膩粉腰」，正爲蝶也。（龐元英《文昌雜録》卷一）

《文昌雜録》云：《古今注》：蛺蝶大者名「鳳子」，偓詩用此。（胡震亨《唐音戊籤》）

鳳子：大蝶，一名鳳子，見韓偓詩。《異物志》：「昔有人渡海，見一物如蒲帆。將到舟，競以篙擊之，破碎墮地。視之，乃蝴蝶也。海人去其翅足，秤肉得八十斤。噉之，極肥美。」（張岱《夜航船》卷十七《四靈部》）

寫深閨晝寢，而以妍麗之風景映之，静境中有華貴氣。唐樹義詩：「行近小窗知睡穩，湘簾如水不聞聲。」雖極寫静境，而含情在言外，與韓詩略同。（俞陛雲《詩境淺説續編》二）

黄膩紅碧，春色紛呈，無非爲簾内人無聊晝寢襯托，在極喧鬧中見出極清泠，愈以知其心情之落寞。（劉拜山、富壽蓀選注《千首唐人絶句》）

【按】詩寫深院情景，突出深院之幽謐，與下簾晝寢人之華貴。首二句不僅描出「黄膩紅碧，春色紛呈」之「妍麗之風景」，而且「鵝兒唼喋」、「鳳子輕盈」二句亦以輕微之動景，襯出深院中之幽静恬美氛圍。末句又同首二句，以「紅薔薇」、「碧芭蕉」之「妍麗風景」，一併襯托出深院晝寢之人的華貴氣象。

## 凄凄①〔一〕

深將寵辱齊〔二〕，往往亦凄凄。白日知丹抱〔三〕，青雲有舊蹊②〔四〕。嗜鹹凌魯濟〔五〕，惡潔助涇泥〔六〕。風雨今如晦〔七〕，堪憐報曉雞〔八〕。

【校記】

①統籤本題下有小注：「辛未南安縣。」

②「蹊」，汲古閣本、麟後山房刻本均作「谿」。

【注釋】

〔一〕此詩之作年《唐韓學士偓年譜》繫於後梁乾化元年辛未（公元九一一年）。《唐韓學士偓年譜》且於此詩題下謂「吾鄉故老傳鈔本此後辛未年南安縣作」。按，統籤本題下有小注：「辛未南安縣。」此詩《全唐詩》編於作於辛未年之《清興》與《火蛾》詩之間（統籤本兩詩之下均有「辛未南安縣」作小注），據此，此詩當作於後梁乾化元年辛未（公元九一一年）。

〔二〕寵辱齊：將寵辱等量齊觀。齊，相同；一樣。《論語·里仁》：「見賢思齊焉。」朱熹集注：「思齊者，冀己亦有是善。」《荀子·富國》：「賢齊則其親者先貴，能齊則其故者先官。」

〔三〕丹抱：赤誠之心。《宋書·范曄傳》：「若使魂而有靈，結草無遠。然區區丹抱，不負夙心。」《册府元龜》卷一六六唐莊宗云：「今三鎮嚴師已及城下，敢假丹抱，仰達英聰。」

〔四〕青雲：此處喻高官顯爵。《史記·范雎蔡澤列傳》：「須賈頓首言死罪，曰：『賈不意君能自致於青雲之上。』」漢揚雄《解嘲》：「當途者升青雲，失路者委溝渠。」舊蹊，舊路。蹊，小路。亦泛指道路。《孟子·盡心下》：「山徑之蹊，間介然用之而成路。」《史記·李將軍列傳論》：「諺曰：『桃李不言，下自成蹊。』」

〔五〕「嗜鹹」句：嗜鹹，愛好、貪好鹹味。《管子·入國》：「問所欲，求所嗜。」《國語·楚下》：「吾聞國家將敗，必用姦人而嗜其疾味。」注：「嗜，貪也。」淩，渡過；逾越。《戰國策·燕策》：「胡與越人言語不相知，志意不相通，同舟而淩波，至其相救助如一也。」《吕氏春秋·論威》：「雖有江河之險則淩之。」高誘注：「淩，越也。」魯濟，魯國境内的濟水。濟，古水名。古四瀆之一。《周禮·夏官·職方氏》、《漢書·地理志》、《説文》作「泲」，他書作「濟」。包括黄河南北兩部分。《書·禹貢》：「導沇水，東流爲濟，入於河，溢爲滎，東出於陶丘北，又東至於菏，又東北會於汶，又北東入於海。」此句意爲貪好鹹味者，將渡過魯國的濟水而東至大海邊尋求鹹味。

〔六〕「惡潔」句：惡潔，厭惡潔净。涇泥，涇水之泥。《風俗通·山澤·渠》：「涇水一石，其泥數斗，且溉且糞，長我黍稷。」宋毛晃《禹貢指南》卷二：「涇水，渭清涇濁。漢《溝洫志》：涇水一石，其泥數斗。」此句意爲厭惡潔净者，則爲涇水之泥推波助瀾，使其更爲渾濁。

〔七〕「風雨」句：《詩·鄭風·風雨》：「風雨凄凄，雞鳴喈喈。……風雨如晦，雞鳴不已。」毛傳：「晦，昏也。」唐韓愈《洞庭湖阻風贈張十一署》詩：「霧雨晦争泄，波濤怒相投。」此句喻指世道之惡濁昏暗。

〔八〕報曉雞：此處喻指盼望結束亂世，迎來光明世界的志士。

## 【集評】

劉後邨曰：「唐史謂致光挈族入閩依王氏。按，王氏據福唐，致光乃居南安，曷嘗遂依之乎？」

後郇之言是也，而尚未盡。致光以丙寅至福唐主黄滔家，丁卯唐亡。戊辰尚寓福唐，己巳寓汀州之沙縣。庚午寓尤溪之桃林，辛未而後始至南安。則其在福唐亦三年，又二年而居南安耳。然致光之居南安，固不依王氏。即居福唐，亦非依王氏。何以知之？王氏固附梁者也，致光避梁而出，豈肯依附梁之人。故其嘆郎官之使閩者曰：「不羞莽卓黄金印，翻笑羲皇白接䍦。」《鵲》詩曰：「莫怪天涯棲不穩，託身須是萬年枝。」《驛步》詩曰：「物近劉輿招垢膩，風經庾亮污塵埃。」《喜涼》詩曰：「東南亦是中華分，蒸鬱相淩太不平。」《悽悽》詩曰：「嗜鹹凌魯濟，惡潔助涇泥。」《閑興》詩云：「他山冰雪解，此水波瀾生。」豈但於王氏無一毫之益，且危疑百端矣。讀詩論世，可以得其情狀也。（全祖望《鮚埼亭集外編》卷三十三《題跋·跋韓致光閩中詩》）

【按】詩乃抒發詩人淒淒之情，故以「淒淒」爲題。三、四兩句，乃謂此種淒淒之情，並非緣於一己之私心，蓋自己丹誠之心青天白日可知，自己也早經歷過青雲得意之時日矣。五、六兩句，則表明自己之所以心情淒淒之故，即在於如今尚有「嗜鹹凌魯濟，惡潔助涇泥」之人也，此種人猶如蒼蠅逐臭，助紂爲虐，令此世道越加惡濁昏暗，令人不堪也。以此故有「風雨如晦」兩句，再表詩人之既厭惡又哀憐之淒淒情感。此詩猶可深思探索者，乃「嗜鹹凌魯濟，惡潔助涇泥」二句。此二句當有所寓寄，然其所感慨寓寄者具體爲何，則尚值得深究。

## 火　蛾①〔一〕

陽光不照臨，積陰生此類〔二〕。非無惜死心，奈有滅明意②〔三〕。鬚穿紅焰焦③，翅撲蘭膏沸〔四〕。爲爾一傷嗟，自棄非天棄。

【校　記】

① 統籤本題下有小注：「辛未南安縣作。此詩蓋有所指。」

② 「滅明」，玉山樵人本、統籤本均作「賊明」，《全唐詩》、吴校本均校：「一作趨炎。」

③ 「鬚」，原作「妝」，玉山樵人本、統籤本均作「粉」，《全唐詩》、吴校本均校：「一作鬚。」今據《全唐詩》等校改爲「鬚」。「紅焰焦」，原作「粉焰焦」，玉山樵人本、統籤本均作「紅焰焦」，今據改。

【注　釋】

〔一〕此詩統籤本題下有小注：「辛未南安縣作。此詩蓋有所指。」又此詩《全唐詩》編於作於辛未年之《清興》、《深院》、《淒淒》詩之後（詳見上述諸詩編年），則此詩當作於開平四年後之梁乾化元年辛未（公元九一一年）。

火蛾：蛾有趨光的習性，喜明撲火，故稱火蛾。亦稱飛蛾。《梁書·到溉》：「如飛蛾之赴火，豈焚身之可吝。」晉崔豹《古今注·蟲魚》：「飛蛾善拂燈，一名火花，一名慕光。」晉張協《雜詩》之一：「蜻蛚吟階下，飛蛾拂明燭。」此處之火蛾，蓋用以喻指賣身投靠後梁政權者。

〔二〕積陰：謂陰氣聚集。《文子·上仁》：「積陰不生，積陽不化；陰陽交接，乃能成和。」《淮南子·天文訓》：「積陽之熱氣生火，火氣之精者爲日；積陰之寒氣爲水，水氣之精者爲月。」

〔三〕滅明：指火蛾撲向燈火，似欲撲滅火光。

〔四〕蘭膏：古代用澤蘭子煉製的油脂，可以點燈。《楚辭·招魂》：「蘭膏明燭，華容備些。」王逸注：「蘭膏，以蘭香煉膏也。」晉張華《雜詩》：「朱火青無光，蘭膏坐自凝。」

【按】此乃詠火蛾詩，然借詠飛蛾撲火，而寓諷意乃其主旨。此誠如統籤本題下小注所云：「此詩蓋有所指。」至於所譏諷對象，蓋乃指其時投靠朱全忠後梁政權之原李唐王朝臣子。前六句就飛蛾之生成、習性，以及撲火之下場詠寫之，大半借詠蛾以寓意。而「非無惜死心，奈有滅明意」兩句，則直接斥責其本性。詩末兩句，則一表詩人之鮮明態度：既爲其感傷嗟歎，又指出其滅亡乃自投羅網，自取其咎，怨天地不得。

## 信　筆〔一〕

春風狂似虎，春浪白於鵝。柳密藏煙易，松長見日多。石崖采芝叟①，鄉俗摘茶歌。道在無伊鬱，天將奈爾何〔二〕。

【校　記】

①「石崖」，玉山樵人本、統籤本均作「生涯」，《全唐詩》、吴校本均校：「一作生涯。」按，《全五代詩》卷七十五、《全唐詩録》卷九十三、《閩詩録》甲集卷五等作「生涯」。

【注　釋】

〔一〕此詩《全唐詩》編於作於辛未年之《清興》、《深院》、《淒淒》詩之後（詳見上述諸詩編年），其前一首《火蛾》詩題下統籤本有「辛未南安縣作」小注，則此詩當作於後梁乾化元年辛未（公元九一一年）。詩有「春風狂似虎，春浪白於鵝」等句，則乃是年春日作。

〔二〕「道在」二句：伊鬱，憂憤鬱結。班彪《北征賦》：「諒時運之所爲兮，永伊鬱其誰訴。」唐馬總

《意林·正論》：「疏遠之臣，言以賤廢。是以王綱縱弛于上，智士伊鬱於下。」此句意爲只要堅守天地間自然之道，即使受到猜忌誹謗等不平事，也没有甚麽可憂憤鬱結的。

【按】詩題爲《信筆》，故所寫乃隨所見所聞天地間自然景象而成。前六句即均是信筆所及，以切題意。然雖謂信筆，亦非漫無邊際之無意而爲，亦有其欲以表明「道在無伊鬱，天將奈爾何」之選擇在。故前六句之天地間自然景象，皆乃此末二句之體現也。

雷　公〔一〕

閒人倚柱笑雷公〔二〕，又向深山霹怪松。必若有蘇天下意〔三〕，何如驚起武侯龍〔四〕。

【注　釋】

〔一〕此詩《全唐詩》編於作於辛未年之《清興》、《深院》、《淒淒》詩之後（詳見上述諸詩編年），其前二首《火蛾》詩題下統籤本有「辛未南安縣作」小注，則此詩當作於後梁乾化元年辛未（公元九一一年）。

雷公：神話中管打雷之神。《楚辭·遠遊》：「左雨師使徑侍兮，右雷公以爲衛。」漢王充《論衡·雷虚》：「圖畫之工，圖雷之狀，纍纍如連鼓之形。又圖一人，若力士之容，謂之雷公，使之左手引連鼓，右手推椎，若擊之狀。」

〔二〕閒人：此閒人蓋詩人自指。倚柱，《世説新語》卷中之上《雅量第六》：「夏侯泰初嘗倚柱作書，時大雨霹靂，破所倚柱，衣服焦然，神色無變，書亦如故，賓客左右皆跌蕩不得住。」

〔三〕蘇：復蘇，拯救。唐裴鉶《傳奇·金剛仙》：「蛛懵然復蘇，舉首又吸之。」《資治通鑑》後周世宗顯德三年：「牙將館陶張瓊遽以身蔽之，矢中瓊髀，死而復蘇。」

〔四〕武侯龍：指諸葛亮。諸葛亮曾躬耕於南陽，時人稱爲「卧龍」。後輔佐劉備建蜀稱帝，封爲武鄉侯，謚忠武侯。《三國志·蜀書·諸葛亮傳》：「亮涕泣曰：『臣敢竭股肱之力，效忠貞之節，繼之以死。』先主又爲詔敕後主曰：『汝與丞相從事，事之如父。』建興元年，封亮武鄉侯，開府治事。頃之，又領益州牧。政事無巨細，咸決於亮。……今使使持節左中郎將杜瓊，贈君丞相武鄉侯印綬，謚君爲忠武侯。魂而有靈，嘉兹寵榮。」此以「武侯龍」借指能濟世救民之英才。

## 【集評】

《世説》云：「夏侯泰初倚柱作書，時霹靂破柱，衣服焦然，神色無變，書亦如故，賓客左右皆跌蕩不能住。」韓偓詩用「倚柱」二字，有來處。附朱喬年《冬乾》：「陌上冬乾泣老農，天留甘雨付春工。阿香急試雷霆手，莫放人間有卧龍。」愚謂朱先生此詩，大意亦與韓致堯詩意同。文公先生亦有《聞雷》詩，氣象宏大，今附於左。

附朱文公《聞雷有感》：「誰將神斧破頑陰，地裂山開鬼失林。我願君王法天造，早施雄斷答群心。」（蔡正孫《詩林廣記》前集卷九）

韓偓字致光，嘗作《雷公》詩云：「閒人倚柱笑雷公，又向深山霹怪松。必若有蘇天下意，何如驚起武侯龍。」《世説》云：「夏侯太初倚柱作書，時霹靂破柱，衣服焦然，神色不變，書亦如故，賓客左右皆跌蕩不能住。」故韓偓用「倚柱」二字有來處。朱喬年《冬乾》詩云：「陌上冬乾泣老農，天留甘雨付春工。阿香急試雷霆手，莫放人間有卧龍。」此詩亦與前詩意同。朱文公亦有《聞雷有感》詩云：「誰將神斧破頑陰，地裂山開鬼失林。我願君王法天造，早施雄斷答群心。」慈溪黄震曰「讀此詩令人感動」，豈爲龍大淵輩發耶？（單字《菊坡叢話》卷一引《詩林廣記》）

韓偓《雷公》詩，朱喬年《冬乾》詩，晦庵《壬子三月廿七日聞迅雷有感》詩，皆名世。大抵前二詩，有用世救民意；後一詩，有憤世疾邪之心焉。嘗記景泰中一日，諸公高會，友人湯公讓酒間颺言曰：「胤勣夜來燒燭，閲《事文類聚》，見《聞雷》三詩，意頗不愜。欲取韓致光前二句，晦翁後二句，意作一詩以洩。吾思又有二公在前，孰若合是四句，略援一字師故事趁韻，借乃翁一工字，易去心字，如何？」語已，即朗然成誦，作瞋目嚼齒態。一座動色。噫，公讓已矣！一時語雖類狂，意則可念也。因并志之。（葉盛《水東日記》卷三十六）

【按】此詩借詠雷公以議論抒慨，誠如前人所評「有用世救民意」。「閒人」句，乃用《世説》所記夏侯泰初之故實。然「閒人」亦乃韓偓自謂。第二句「又向深山霹怪松」，「又」字寓厭惡意，且乃暗指雷公已有「霹靂破柱」事。故前兩句乃譏笑斥責雷公之胡作非爲，所作非人所願。後二句乃作者對「雷公」之企盼，謂如你必有拯救天下之意，還不如驚醒起諸葛亮似的濟世救民之英才。

## 船　頭〔一〕

兩岸緑蕪齊似翦〔二〕，掩映雲山相向晚①。船頭獨立望長空，日豔波光逼人眼②〔三〕。

【校　記】

①「雲山」，嘉靖洪邁本作「靈山」。

②「日豔」，嘉靖洪邁本、汲古閣本作「日灩」。

【注釋】

〔一〕此詩《全唐詩》編於作於辛未年之《清興》、《深院》、《淒淒》詩之後（詳見上述諸詩編年），其前三首《火蛾》詩題下統籤本有「辛未南安縣作」小注，其後一首《喜涼》統籤本題下有小注云：「辛未南安縣。」則此詩當作於後梁乾化元年辛未（公元九一一年），時詩人仍在南安。

〔二〕緑蕪：叢生的緑色雜草。唐崔顥《維揚送友還蘇州》：「長安南下幾程途，得到邗溝吊緑蕪。」唐許渾《咸陽城東樓》詩：「鳥下緑蕪秦苑夕，蟬鳴黄葉漢宮秋。」

〔三〕日豔：太陽閃耀。豔，照耀；閃耀。三國魏何晏《景福殿賦》：「開建陽則朱炎豔，啟金光則清風臻。」唐李嶠《二月奉教作》詩：「日豔臨花影，霞翻入浪暉。」

【按】詩爲詩人獨立船頭，眺望山水景色之作。前兩句爲望中兩岸景色，一句寫眼平處兩岸緑蕪綿延景色，一句則抬眼望暮靄間雲山掩映相對之暮色。一上一下，舉目所望，天地遼闊而清麗幽美，誠令人心胸爲之一開也。後二句則點出人佇立船頭，瞭望長空與江水間之日光閃爍、波光粼粼之耀眼奪目景象。

## 喜涼①〔一〕

爐炭燒人百疾生②〔二〕，鳳狂龍躁減心情〔三〕。四山毒瘴乾坤濁〔四〕，一簟涼風世界清〔五〕。

楚調忽驚凄玉柱〔六〕，漢宮應已濕金莖〔七〕。豪强頓息蛙唇吻〔八〕，爽利重新鶻眼睛〔九〕。穩想海槎朝犯斗〔一〇〕，健思胡馬夜翻營〔一一〕。東南亦是中華分③〔一二〕，蒸鬱相凌太不平〔一三〕。

【校　記】

①統籤本題下有小注云：「辛未南安縣。」

②「爐」，吴校本作「爈」。按，作「爐」是，「爈」蓋爲「爐」之形訛。

③「華」，《全唐詩》、吴校本均校：「一作原。」按，《佩文韻府》卷九十四之二引作「原」。

【注　釋】

〔一〕《全唐詩》列此詩於《火蛾》後第四首，《江岸閒步》詩前二首。統籤本於《火蛾》詩題下有「辛未南安縣」小注，《全唐詩》於《江岸閒步》詩下小注云：「此後壬申年作，在南安縣。」據此，則《喜涼》詩當作南安縣，時爲辛未年，即後梁乾化元年（公元九一一年）。詩曰「喜涼」，又有「一簟涼風世界清。楚調忽驚凄玉柱，漢宮應已濕金莖」等句，應是作於是年初秋時。

〔二〕「爐炭燒人」句：此句意爲南方盛夏炎熱，如火爐烘人，使人易於百病叢生。

〔三〕鳳狂龍躁：意爲天氣炎熱，即使龍鳳也因之而狂躁。減心情，謂心情低沉不振。唐元稹《酬樂天歎窮愁》：「老去心情隨日減，遠來書信隔年聞。」

〔四〕四山：指作者於南安縣所居處四周之群山。毒瘴，指瘴氣。古人認爲是瘴癘的病源，故稱。唐杜甫《次空靈岸》詩：「毒瘴未足憂，兵革滿邊徼。」

〔五〕一簟：一領席子。簟，供坐卧鋪墊用之葦席或竹席。《詩·小雅·斯干》：「下莞上簟，乃安斯寢。」鄭玄箋：「竹葦曰簟。」

〔六〕楚調，楚地的曲調。據《樂府詩集·相和歌辭一·解題》，本爲漢房中之樂，「高帝樂楚聲，故房中樂皆楚聲也」。常與吴弦、燕歌對舉。後爲樂府相和調之一。唐陶翰《燕歌行》：「請君留楚調，聽我吟燕歌。」唐白居易《醉别程秀才》詩：「吴絃楚調瀟湘弄，爲我慇懃送一盃。」玉柱，玉製的弦柱。此處指代琴、瑟、箏等絃樂器。《文選·江淹〈别賦〉》：「掩金觴而誰御，横玉柱而霑軾。」李善注：「琴有柱，以玉爲之。」唐楊巨源《雪中聽箏》詩：「玉柱泠泠對寒雪，清商怨徵聲何切。」凄玉柱，意爲秋天時因空氣涼爽乾燥，琴絃因之而發出清脆凄清的聲音。

〔七〕「漢宫」句：《史記·孝武本紀》「承露仙人掌」司馬貞《索隱》：「《三輔故事》曰：『建章宫承露盤高三十丈，大七圍，以銅爲之。上有仙人掌承露，和玉屑飲之。』故張衡賦曰『立修莖之仙掌，承雲表之清露』是也。」金莖，用以擎承露盤的銅柱。《文選·班固〈西都賦〉》：「抗仙掌以承露，擢雙立之金莖。」李善注：「金莖，銅柱也。」唐杜甫《秋興》詩之五：「蓬萊高闕對南山，承露金莖霄漢間。」已濕金莖，秋天降露，故濕金莖。意爲秋天已經來臨。

〔八〕豪强：此處指豪爽的天氣。頓息蛙脣吻，青蛙遇悶熱天氣則鳴聲大，天涼則蛙聲頓息。

〔九〕爽利：指天氣爽快。重新鶻眼睛，使鶻鳥的眼睛更加明亮有神。鶻，鳥類的一科。翅膀窄而尖，嘴短而寬，上嘴彎曲並有齒狀突起。飛得很快，善於襲擊其他鳥類。也叫隼。唐杜甫《義鶻行》：「斯須領健鶻，痛憤寄所宣。」

〔一〇〕「穩想」句：穩想，説起安穩，就想到。海槎朝犯斗，事見張華《博物志》卷十，參卷一《六月十七日召對自辰及申方歸本院》「槎犯斗」條注。此句意爲説起安穩，就想起海槎犯斗牛之事。海槎犯斗牛之事乃在八月，亦即涼爽秋日。此處以此點明秋天，以詠「喜涼」題意。

〔一一〕「健思」句：健思，提起雄健，就想起。翻營，移動營地。唐戎昱《出軍》：「龍繞旌竿獸滿旗，翻營乍似雪山移。」劉禹錫《邊風行》：「將軍占氣候，出號夜翻營。」此處以此點明秋天，以扣「喜涼」題意。

〔一二〕東南：指中國的東南方，即代指閩。

〔一三〕「蒸鬱相凌」句：蒸鬱，謂熱氣鬱勃上升。唐柳宗元《非〈國語〉上·三川震》：「夫釜鬲而爨者，必涌溢蒸鬱以糜百物。」《埤雅·釋木》：「今江、湘、二浙，四五月之間，梅欲黄落，則水潤土溽，礎壁皆汗，蒸鬱成雨，其霏如霧，謂之梅雨。」相凌，相侵犯；相欺壓。凌，侵犯；欺壓。《楚辭·九歌·國殤》：「凌余陣兮躐余行。」王逸注：「凌，犯也。」

【集　評】

劉後邨曰：「唐史謂致光挈族入閩依王氏。按，王氏據福唐，致光乃居南安，曷嘗遂依之乎？」後邨之言是也，而尚未盡。致光以丙寅至福唐主黄滔家，丁卯唐亡。戊辰尚寓福唐，己巳寓汀州之沙縣。庚午寓尤溪之桃林，辛未而後始至南安。則其在福唐亦三年，又二年而居南安耳。然致光之居南安，固不依王氏。即居福唐，亦非依王氏。何以知之？王氏固附梁者也，致光避梁而出，豈肯依附梁之人。故其嘆郎官之使閩者曰：「不羞莽卓黄金印，翻笑羲皇白接䍦。」《鵲》詩曰：「莫怪天涯棲不穩，託身須是萬年枝。」《驛步》詩曰：「物近劉輿招垢膩，風經庾亮污塵埃。」《喜涼》詩曰：「東南亦是中華分，蒸鬱相凌太不平。」《悽悽》詩曰：「嗜鹹凌魯濟，惡潔助涇泥。」《閑興》詩云：「他山冰雪解，此水波瀾生。」豈但於王氏無一毫之益，且危疑百端矣。讀詩論世，可以得其情狀也。（全祖望《鮚埼亭集外編》卷三十三《題跋·跋韓致光閩中詩》）

【按】此詩題爲「喜涼」，則詩乃扣題而作，故大多詩句乃着意刻劃秋涼景象。首二句之所以寫酷暑炎熱之危害情景，乃意在襯托秋涼之令人喜愛。「四山毒瘴」句，與「一簟涼風」句上下相形，寫出酷暑與秋涼兩種絶然不同之天地；一「濁」一「清」，則一厭惡，一欣喜之情自在其中。「楚調忽驚」至「健思胡馬」六句，均以秋涼之具體景象以點明題意，乃扣題之主要詩句。詩末「東南亦是」兩句，顯然爲作者借題抒發感憤之句。至其所感憤者爲何，則頗存探究空間。清人全祖望謂「然致光之居南安，固不依王氏。即居福唐，亦非依王氏」。尋繹全氏所説，則此詩之後兩句乃針對閩王氏之「相凌」而言。

## 天鑒〔一〕

何勞諂笑學趨時〔二〕，務實清修勝用機〔三〕。猛虎十年摇尾立〔四〕，蒼鷹一旦醒心飛〔五〕。神依正道終潛衛〔六〕，天鑒衷腸競不違。事歷艱難人始重，九層成後喜從微〔七〕。

【注釋】

〔一〕此詩《全唐詩》編於《江岸閒步》詩前一首，《喜涼》詩後一首。《喜涼》詩下統籤本題下有「辛未南安縣」小注，《江岸閒步》詩下《全唐詩》小注云：「此後壬申年作，在南安縣。」又據前考，《喜涼》詩前如《船頭》、《雷公》、《信筆》、《火蛾》諸詩均爲辛未南安縣作，則《天鑒》詩當亦乾化元年辛未（公元九一一年）作於南安縣。

〔二〕諂笑：謂强笑以求媚。《孟子·滕文公下》：「脅肩諂笑，病于夏畦。」趙岐注：「諂笑，强笑也。」唐柳宗元《志從父弟宗直殯》：「見佞色諂笑者，不忍與坐語。」趨時，迎合潮流；迎合時尚。唐白居易《陳中師除太常少卿制》：「不背俗以矯逸，不趨時以沽名。」

〔三〕清修：謂操行潔美。《隸釋·漢酸棗令劉熊碑》：「清修勸慕，德惠潛流。」《後漢書·循吏傳·王涣》：「故洛陽令王涣，秉清修之節，蹈羔羊之義，盡心奉公。」用機，謂用盡機巧詐僞之心。

〔四〕「猛虎十年」句：漢司馬遷《報任少卿書》：「猛虎在深山，百獸震恐。及在檻穽之中，摇尾而求食，積威約之漸也。」按，此詩「猛虎」或喻指朱全忠。據《資治通鑑》卷二六三、卷二六四所記，天復二年十二月，唐昭宗「議與朱全忠和」。天復三年正月，「遣殿中侍御史崔構、供奉官郭遵誨詣朱全忠營」議和。「甲子，車駕出鳳翔，幸全忠營。全忠素服待罪；命客省使宣旨釋罪。……全忠見上，頓首流涕；上命韓偓扶起之。上亦泣，曰：『宗廟社稷，賴卿再安；朕與宗族，賴卿再生。』親解玉帶以賜之。……戊寅，賜朱全忠號回天再造竭忠守正功臣」。《舊唐書·昭宗紀》天復三年亦載：「二月壬申朔。甲戌，制賜全忠『回天再造竭忠守正功臣』名。己卯，制以輝王祚充諸道兵馬元帥。又制以回天再造竭忠守正功臣、宣武宣義天平護國等軍節度使、汴宋亳輝河中晉絳慈隰鄭滑潁鄆齊曹等州觀察處置等使、太清宫修葺宫闕制置度支解縣池場等使、開府儀同三司、檢校太師、守中書令、河中尹、汴滑鄆等州刺史、上柱國、梁王、食邑九千户、食實封六百户朱全忠可守太尉、中書令、充諸道兵馬副元帥，進邑三千户。」據此可知朱全忠已於天復二、三年間獲得昭宗寬赦，並任李唐王朝太尉、中書令、充諸道兵馬副元帥等顯要職務。從此朱全忠更是把持朝政，貶殺朝廷重臣，以致於天復三年二月貶韓偓爲濮州司馬，天祐元年更逼昭宗遷都洛陽，遂於八月弒昭宗帝。自天復二、三年至乾化元年（九〇二至九一一）約十年。「猛虎十年摇尾立」蓋即指此。

〔五〕「蒼鷹一旦」句：蒼鷹，此處或用以比喻自己，以及當時脱離朱全忠把持的朝廷的有志之士。醒心，神志清醒。唐杜甫《送梓州李使君之任》：「火雲揮汗日，山驛醒心泉。」唐韓愈《北湖》：「聞説遊湖棹，尋常到此迴。應留醒心處，準擬醉時來。」

〔六〕正道：正確的道理、準則。《管子・立政》：「正道捐棄，而邪事日長。」《禮記・燕義》：「上必明正道以道民，民道之而有功。」唐黄滔《答陳磻隱論詩書》：「援雅音而聽者懵，語正道而對者睡。」唐王縉《東京大敬愛寺大證禪寺碑》：「天龍潛衛於左右，豺狼仰瞻而讚嘆。」

〔七〕「九層」句：《老子道德經・守微》：「合抱之木，生於毫末。九層之臺，起於累土。千里之行，始於足下。爲者敗之，執者失之。」魏王弼注：「當以慎終除微，慎微除亂，而以施爲。治之形名，執之反生事原，巧辟滋作，故敗失也。」微，小；細；少。《易・繫辭下》：「幾者動之微。」孔穎達疏：「初動之時，其理未著，唯纖微而已。」

【按】此詩乃詩人經歷世事滄桑，自身遭受磨難後之省察體悟。

## 江岸閒步 此後壬申年作，在南安縣〔一〕

一手攜書一杖筇〔二〕，出門何處覓情通〔三〕。立談禪客傳心印〔四〕，坐睡漁師著背蓬〔五〕。青布旗誇千日酒〔六〕，白頭浪吼半江風。淮陰市裏人相見〔七〕，盡道途窮未必窮。

【注　釋】

〔一〕此詩《全唐詩》題下有「此後壬申年作，在南安縣」小注，據此知詩乃後梁乾化二年（公元九一二年）在南安縣作。《唐韓學士偓年譜》此詩下云：「此詩所謂江岸閑步，必指九日山下金溪江岸，編者兒時猶見渡頭三五酒肆，臨江飄着青布酒旗江村景色，古意盎然如昨也。」

〔二〕筇：竹名。可以作杖。晉戴凱之《竹譜》：「竹之堪杖，莫尚於筇，磥砢不凡，狀若人功。」筇竹宜於製杖，故亦用以泛稱手杖。唐李咸用《苔》詩：「每憶東行徑，移筇獨自還。」此處指手杖。

〔三〕情通：指感情相通的人。

〔四〕禪客：佛教語。禪家寺院，預擇辯才，應白衣請説法時，使與説法者相爲答問，謂之禪客。亦用以泛稱參禪之僧。此處即指參禪之僧。唐劉長卿《雲門寺訪靈一上人》詩：「禪客知何在，春山到處同。」唐薛能《聖崗》：「晝靜惟禪客，春來有女郎。」心印，佛教禪宗語。謂不用語言文字，而直接以心相印證，以期頓悟。《壇經·頓漸品》：「師曰：『吾傳佛心印，安敢違於佛經。』」唐劉禹錫《送宗密上人歸南山草堂寺因詣河南尹白侍郎》：「自從七祖傳心印，不要三乘入便門。」

〔五〕漁師：唐秦韜玉《題刑部李郎中山亭》：「不是主人多野興，肯開青眼重漁師。」背蓬，亦作「背篷」。捕魚人用來遮雨的斗篷。唐皮日休《添漁具詩》序：「江漢間時候率多雨，難以簑笠自庇，每伺魚必多俯，簑笠不能庇其上，由是織篷以障之，上抱而下仰，字之曰『背篷』。」

〔六〕青布旗：此爲青色布的酒旗。唐元稹《和樂天重題別東樓》：「換客潛揮遠紅袖，賣壚高掛小青旗。」唐白居易《杭州春望》：「紅袖織綾誇柿蒂，青旗沽酒趁梨花。」千日酒：《博物志》卷十：「昔劉玄石于中山酒家酤酒，酒家與千日酒，忘言其節度。歸至家當醉，而家人不知，以爲死也，權葬之。酒家計千日滿，乃憶玄石前來酤酒，醉向醒耳。往視之，云玄石亡來三年，已葬。于是開棺，醉始醒，俗云：『玄石飲酒，一醉千日。』」

〔七〕「淮陰市裏」二句：《史記·淮陰侯列傳》：「淮陰侯韓信者，淮陰人也。始爲布衣時，貧無行，不得推擇爲吏，又不能治生商賈，常從人寄食飲，人多厭之者。常數從其下鄉南昌亭長寄食，數月，亭長妻患之，乃晨炊蓐食。食時信往，不爲具食。信亦知其意，怒，竟絶去。信釣於城下，諸母漂，有一母見信飢，飯信，竟漂數十日。信喜，謂漂母曰：『吾必有以重報母。』母怒曰：『大丈夫不能自食，吾哀王孫而進食，豈望報乎！』淮陰屠中少年有侮信者，曰：『若雖長大，好帶刀劍，中情怯耳。』衆辱之曰：『信能死，刺我；不能死，出我袴下。』於是信孰視之，俛出袴下，蒲伏。一市人皆笑信，以爲怯。」後來，韓信爲劉邦所器重，拜爲上將軍、楚王，「漢五年正月，徙齊王信爲楚王，都下邳。信至國，召所從食漂母，賜千金。及下鄉南昌亭長，賜百錢，曰：『公，小人也，爲德不卒。』召辱己之少年令出胯下者以爲楚中尉。告諸將相曰：『此壯士也。方辱我時，我寧不能殺之邪？殺之無名，故忍而就於此。』」

【按】詩寫於南安縣江邊閑步情景，並抒發情懷。「立談禪客」以下四句，即寫可通情愫者，亦即其閑步所交往之禪客、漁師，與酒肆飲酒、觀賞江上之風浪景色。「淮陰市裏」二句，乃抒發雖處窮困，然不妄自菲薄之情志。

## 野　塘①

侵曉乘涼偶獨來，不因魚躍見萍開。卷荷忽被微風觸，瀉下清香露一杯。

【校　記】

①統籤本詩題下有小注：「壬申，南安。」

【注　釋】

〔一〕此詩統籤本詩題下有「壬申，南安」小注，《全唐詩》亦編於題下有「此後壬申年作，在南安縣」之《江岸閒步》之後一首。詩有「侵曉乘涼偶獨來」句，知時在夏日。故此詩當作於後梁乾化二年（公元九一二年）夏，時在南安縣。

【集　評】

謙曰：比興之意居多。（魁天紀《磧砂唐詩》）

【按】此詩寫拂曉時偶來野塘乘涼之所見。其妙處乃在於觀察細緻，從細微之處體現自然界之動態呼吸，别具幽美風味。第三、四句實乃妙手偶得之句，其「觸」字、「瀉」字，尤見詩人下字之用心工妙。

## 余臥疾深村聞一二郎官今稱繼使閩越笑余迂古潛於異鄉聞之因成此篇①〔一〕

枕流方采北山薇〔二〕，驛騎交迎市道兒〔三〕。霧豹祇憂無石室〔四〕，泥鰌唯要有洿池〔五〕。不羞莽卓黄金印〔六〕，卻笑羲皇白接羅〔七〕。莫負美名書信史〔八〕，清風掃地更無遺〔九〕。

【校　記】

①「稱」，吴校本作「相」，下校：「一作稱。」

【注　釋】

〔一〕此詩《全唐詩》編於題下有「此後壬申年作，在南安縣」之《江岸閒步》之後第二首。故此詩乃作於後梁乾化二年（公元九一二年），時在南安縣。

深村：指南安縣杏田鄉。郎官，謂侍郎、郎中等職。唐時六部郎官，郎中之外，更置員外郎。閩越，原爲古族名。古代越人的一支。秦漢時分佈在今福建北部、浙江南部的部分地區。

秦以其地爲閩中郡。其首領無諸相傳是越王勾踐的後裔，漢初受封爲閩越王。治東冶（今福州）。因以「閩越」指福建北部和浙江南部一帶。《文選·司馬相如〈喻巴蜀檄〉》：「移師東指，閩越相誅。」劉良注：「閩越，南夷國名也。相誅，謂自相誅殺而降也。」唐韓愈《歐陽生哀辭》：「歐陽詹世居閩越，自詹已上，皆爲閩越官，至州佐、縣令者，累累有焉。」此處指當時之閩國。迂古，指迂腐古板，不通世故人情。

〔二〕枕流：《世説新語·排調》：「孫子荆年少時欲隱，語王武子『當枕石漱流』，誤曰『漱石枕流』。王曰『流可枕，石可漱乎』？孫曰『所以枕流，欲洗其耳；所以漱石，欲礪其齒』。」亦即枕石漱流，喻指隱居山林的生活。采北山薇，《史記·伯夷列傳》載，周武王滅殷之後，孤竹國二公子「伯夷、叔齊恥之，義不食周粟，隱於首陽山，采薇而食之」。後因以「采薇」指歸隱或隱遁生活。又北山，原爲山名。即鍾山，又名紫金山。在今江蘇南京市東。《文選·孔稚圭〈北山移文〉》吕向題解：「鍾山在都北。其先周彦倫隱於此山，後應詔出爲海鹽縣令。今欲卻過此山，孔生乃假山靈之意移之，使不許得至，故云『北山移文』。」此處「北山」乃借其字面，「采北山薇」，即指隱居生活。

〔三〕驛騎：驛馬。《漢書·高帝紀下》「横懼，乘傳詣雒陽」唐顔師古注：「傳者，若今之驛。古者以車，謂之傳車，其後又單置馬，謂之驛騎。」此處指驛站之驛者。市道兒，即市井小人。此處指詩題中爲朱全忠所派遣的「一二郎官」。《史記・廉頗藺相如列傳》：「天下以市道交君。君有勢我則從君，君無勢則去，此固其理也。」

〔四〕「霧豹」句：《列女傳・陶答子妻》：「今夫子不然，貪富務大，不顧後害。妾聞南山有玄豹，霧雨七日而不下食，何也？欲以澤其毛而成文章也，故藏而遠害。犬彘不擇食以肥其身，坐而須死耳。」此處喻指隱居伏處，退藏避害的人。唐盧僎《奉和李令扈從温泉宫賜遊驪山韋侍郎别業》：「窺巖詳霧豹，過水略泉魚。」唐白居易《與元九書》：「時之不來也爲霧豹，爲冥鴻，寂兮寥兮，奉身而退，進退出處，何往而不自得哉。」石室，岩洞。此處指隱居之處。漢趙曄《吴越春秋・勾踐入臣外傳》：「吴王知范蠡不可得爲臣，謂曰：『子既不移其志，吾復置子於石室之中。』范蠡曰：『臣請如命。』」《晉書・嵇康傳》：「康又遇王烈，共入山……又於石室中見一卷素書，遽呼康往取，輒不復見。」

〔五〕泥鰌：亦作「泥鰍」。魚名。體圓柱形，尾端側扁，有黏液。黄褐色，有不規則黑色斑點。口小，嘴有鬚五對。常生活在河湖、池沼、水田等處，潛伏泥中。肉可供食用。此處爲自喻。洿池，水塘。《孟子・梁惠王上》：「數罟不入洿池，魚鼈不可勝食也。」《宋書・符瑞志中》：「麒麟者，仁獸也……不食不義，不飲洿池，不入坑穽，不行羅網。」

〔六〕「不羞莽卓」句：莽卓，指王莽和董卓。王莽篡西漢而自立爲帝，改國號曰新。東漢末，董卓廢少帝，立漢獻帝，專國政以亂天下。此處以兩人喻指篡唐之朱全忠。王莽，傳見《漢書》卷九十九。董卓，傳見《後漢書》卷七十二、《三國志》卷六。此句意謂此郎官不以投靠朱全忠政權，任其僞官爲羞恥。

〔七〕「卻笑」句：羲皇，原指伏羲。古代傳説中的三皇之一。風姓。相傳其始畫八卦，又教民漁獵，取犧牲以供庖廚，因稱庖犧。亦作「伏戲」、「伏犧」。《莊子·繕性》：「逮德下衰，及燧人、伏羲始爲天下，是故順而不一。」此處意爲羲皇上人。羲皇，指伏羲氏。古人想像羲皇之世其民皆恬靜閒適，故隱逸之士自稱羲皇上人。晉陶潛《與子儼等疏》：「常言：五六月中，北窗下卧，遇涼風暫至，自謂是羲皇上人。」此處詩人以羲皇上人自喻。白接羅，又作白接䍦。古代的一種白頭巾。以白鷺羽爲飾的帽子。南朝宋劉義慶《世説新語·任誕》：「山季倫爲荆州，時出酣暢，人爲之歌曰：『山公時一醉，徑造高陽池。日莫倒載歸，茗艼無所知。復能乘駿馬，倒著白接䍦。』」

〔八〕信史：紀事真實可信、無所諱飾的史籍。《公羊傳·昭公十二年》：「《春秋》之信史也，其序則齊桓、晉文，其會則主會者爲之也。」宋陸游《史院書事》詩：「信史新修稿滿牀，牙籤黄帊帶芸香。」

〔九〕清風：高潔的品格。南朝梁劉勰《文心雕龍·誄碑》：「標序盛德，必見清風之華。」

【集　評】

劉後邨曰：「唐史謂致光挈族入閩依王氏。按，王氏據福唐，致光乃居南安，曷嘗遂依之乎？」後邨之言是也，而尚未盡。致光以丙寅至福唐主黄滔家，丁卯唐亡。戊辰尚寓福唐，己巳寓汀州之沙縣。庚午寓尤溪之桃林，辛未而後始至南安。則其在福唐亦三年，又二年而居南安耳。然致光之居南安，固不依王氏。即居福唐，亦非依王氏。何以知之？王氏固附梁者也，致光避梁而出，豈肯依附梁之人。故其嘆郎官之使閩者曰：「不羞莽卓黄金印，翻笑羲皇白接羅。」《鵲》詩曰：「莫怪天涯棲不穩，託身須是萬年枝。」《驛步》詩曰：「物近劉輿招垢膩，風經庾亮污塵埃。」《喜涼》詩曰：「東南亦是中華分，蒸鬱相凌太不平。」《悽悽》詩曰：「嗜鹹凌魯濟，惡潔助涇泥。」《閑興》詩云：「他山冰雪解，此水波瀾生。」豈但於王氏無一毫之益，且危疑百端矣。讀詩論世，可以得其情狀也。（全祖望《鮚埼亭集外編》卷三十三《題跋・跋韓致光閩中詩》）

【按】《韓偓簡譜》謂「案《全唐詩》翁承贊詩小傳『梁開平四年復爲閩王冊禮副使』，所指殆其人也。翁天祐元年爲拾遺，故曰郎官」。《韓偓年譜》亦案云：「偓此詩題云『深村』，詩云『枕流方采北山薇』，顯非寓居招賢院。『采薇』、『霧豹』、『泥鰌』、『羲皇』，皆自道。『莽、卓』，指朱全忠。『黄金印』、『書信使』者，即題云『一二郎官繼使閩越』者也，是今已仕梁之原唐朝郎官。彼等既笑偓『迂古，潛於異鄉』，可見與偓爲舊相識。偓抗節不仕，彼等反以爲迂。詩中，自視之高、自信之堅，及痛斥當時士風之掃地，皆見得偓對於自己保全氣節之歷史文化意義，反思甚深。士風掃地，實五代之特徵。偓之所見，與後來宋儒略同。」所云皆可參考。唯謂「『書信使』者，即題云『一二郎官繼使閩越』者也，是今已仕梁之原唐朝郎官」，則似可再斟酌。「書信使」，原詩作「書信史」。

## 安貧〔一〕

手風慵展八行書①〔二〕，眼暗休尋九局圖②〔三〕。窗裏日光飛野馬③〔四〕，案頭筠管長蒲盧④〔五〕。謀身拙爲安蛇足〔六〕，報國危曾捋虎鬚〔七〕。舉世可能無默識⑤〔八〕，未知誰擬試齊竽〔九〕。

### 【校記】

①「慵」，《全唐詩》、吴校本均校：「一作難。」按，《瀛奎律髓》卷三十二作「難」。「八行」，原作「一行」，《唐摭言》卷六、《唐百家詩選》本、《瀛奎律髓》卷三十二、《唐詩鼓吹》卷二、《全唐詩録》卷九十三、吴校本均作「八行」，今據改。

②「尋」，《唐摭言》卷六、《詩話總龜》卷四十二、《詩人玉屑》卷十六均作「看」。

③「裏」，《全唐詩》、吴校本均校：「一作外。」按，《唐詩紀事》卷六十五作「外」。

④「頭」，《全唐詩》、吴校本均校：「一作前。」按，《唐摭言》卷六、《唐詩紀事》卷六十五作「前」。

⑤「舉」，《唐摭言》卷六、《唐百家詩選》本、韓集舊鈔本、《唐詩紀事》卷六十五、汲古閣本、麟後山房刻本、吴校本均作「滿」，吴校本校：「一作舉。」

【注釋】

〔一〕《全唐詩》編此詩於《江岸閑步》詩後第三首，《江岸閑步》詩下小注云：「此後壬申年作，在南安縣。」則此詩當作於後梁乾化二年壬申（公元九一二年）。

〔二〕手風：手風痹、麻木。風，中醫學謂人體的病因之一。外感風邪常致風寒、風熱、風濕等症。《素問·風論》：「風之傷人也，或爲寒熱，或爲熱中，或爲寒中，或爲癘風，或爲偏枯，或爲風也，其病各異，其名不同。」八行書，又稱「八行」。謂書信。《後漢書·竇章傳》「更相推薦」，李賢注引馬融《與竇伯向（章）書》曰：「孟陵奴來，賜書，見手跡，歡喜何量，見於面也。書雖兩紙，紙八行，行七字。」謂信紙一頁八行。後世信箋亦多每頁八行，因以稱書信。《文苑英華》卷二一四引北齊邢卲《齊韋道遜晚春宴》詩：「誰能千里外，獨寄八行書？」

〔三〕眼暗：眼昏花。《北史·韋敻傳》：「霜早梧楸，風先蒲柳，眼闇更劇，不見細書。」《舊唐書·令狐彰傳》：「又遭家艱，力微眼暗，行動須人，拜舞不能。」九局圖，有九局棋的棋譜。《新唐書·藝文志》：「王積薪《金谷園九局圖》一卷。」《唐詩鼓吹》卷二引《吴叢談記》：「棋圖有九局，唐王積薪夢青龍吐棋經九部授己，其藝頓精。後隨明皇西幸，宿山中孤姥之家。夜忽聞姑與婦棋，密記止三十六。忽聞姑云：『子北矣！吾勝七枰。』遲明，王具禮請問出局，盡生平之好。姑謂婦曰：『是子可教。』因指示殺奪救應之法，曰：『此已無敵矣。』」

〔四〕野馬：指野外蒸騰的水氣。《莊子·逍遥遊》：「野馬也，塵埃也。生物之以息相吹也。」郭象注：「野馬者，遊氣也。」成玄英疏：「此言青春之時，陽氣發動，遥望藪澤之中，猶如奔馬，故謂之野馬也。」南朝梁虞羲《贈何郎》詩「向夕秋風起，野馬雜塵埃」。

〔五〕筠管：原謂竹管。亦用以指筆管、毛筆。此處指毛筆。唐元稹《答胡靈之》詩：「題頭筠管縵，教射角弓騂。」宋邵雍《謝人惠筆》詩：「兔毫剛且健，筠管直而長。」蒲盧，即細腰蜂。《爾雅·釋蟲》：「果蠃，蒲盧。」郭璞注曰：「即細腰蜂也。」陸元恪《毛詩疏》曰：「蜾蠃，土蜂也，似蜂而小腰，取桑蟲負之於木空中，或筆筒中，七日而化爲其子。」

〔六〕安蛇足：《戰國策·齊策二》：「楚有祠者，賜其舍人卮酒。舍人相謂曰：『數人飲之不足，一人飲之有餘，請畫地爲蛇，先成者飲酒。』一人蛇先成，引酒且飲之，乃左手持卮，右手畫蛇曰：『吾能爲之足。』未成，一人之蛇成，奪其卮曰：『蛇固無足，子安能爲之足？』遂飲其酒。爲蛇足者，終亡其酒。」後以「畫蛇添足」比喻做多餘的事，反而有害無益。唐韓愈《感春》詩之四：「畫蛇著足無處用，兩鬢雪白趨埃塵。」

〔七〕「報國」句：捋虎鬚，《三國志·吴志·朱桓傳》「臣疾當自愈」，裴松之注引晉張勃《吴録》：「桓奉觴曰：『臣當遠去，願一捋陛下鬚，無所復恨。』權馮几前席，桓進前捋鬚曰：『臣今日真可謂捋虎鬚也。』權大笑。」後因以「捋虎鬚」喻撩撥强有力者，謂冒風險。《五燈會元·黄檗運禪師法嗣·睦州陳尊宿》：「師曰：『説甚待來，即今便打。』隨後便掌。檗曰：『這風顛漢來這裏捋虎鬚。』」按，此句當指詩人忤犯朱全忠兼及崔胤、李茂貞、李彦弼等權臣事。參卷一《出官經硤石縣》「皇恩沐」條注。偓尚忤崔胤、李茂貞、李彦弼等人事詳此後【按】語。

〔八〕可能：也許。唐羅隱《偶題》：「我未成名君未嫁，可能俱是不如人。」宋李清照《漁家傲》詞之二：「造化可能偏有意，故教明月玲瓏地。」默識，暗中記住。語出《論語·述而》：「默而識之。」《文選·孔融〈薦禰衡表〉》：「弘羊潛計，安世默識，以衡準之，誠不足怪。」李善注引《漢書》：「張安世，字少孺，爲郎。上行幸河東，嘗亡書三篋，詔問，莫能知，唯安世識之，具作其事。」唐裴鉶《傳奇·昆侖奴》：「姬躍下榻執生手曰：『知郎君穎悟，必能默識，所以手語耳。』」

〔九〕試齊竽：「齊竽」本有濫竽充數之意，典出於《韓非子·内儲説上》：「齊宣王使人吹竽，必三百人。南郭處士請爲王吹竽，宣王説之，廩食以數百人。宣王死，湣王立，好一一聽之，處士逃。」然此處「齊竽」用爲自謙之詞。唐權德輿《奉送韋起居老舅百日假滿歸嵩陽舊居》詩：「齊竽終自退，心寄嵩峰巔。」

## 【集評】

韓偓，天復初入翰林。其年冬，車駕出幸鳳翔，偓有扈從之功。返正初，上面許偓爲相。奏云：「陛下運契中興，當復用重德鎮風俗。臣座主右僕射趙崇可以副陛下是選，乞迴臣之命，授崇，天下幸甚。」上嘉歎。翌日，制用崇暨兵部侍郎王贊爲相。時梁太祖在京，素聞崇之輕佻，贊復有嫌釁，馳入請見，於上前具言二公長短。上曰：「趙崇是偓薦。」時偓在側，梁主叱之。偓奏曰：「臣不敢與大臣爭。」上曰：「韓偓出。」尋謫官入閩。故偓有詩云（文略）。（王定保《唐摭言》卷六）

《潘子真詩話》云：「山谷嘗謂余言：老杜雖在流落顛沛，未嘗一日不在本朝，故善陳時事，句律精深，超古作者，忠義之氣，感發而然。韓偓貶逐，末後依王審知，其集中所載云云（文略）……其詞悽楚，切而不迫，不忘其君也。」（胡仔《苕溪漁隱叢話後集》卷十五）

城中燈火照青春，遠引吾方避糾紛。遊衍水邊追野馬，嘯歌林下應山君。愁尋徑草無求仲，喜對簷花有廣文。邂逅一樽聊酩酊，聲名身後豈須聞（注：……韓偓詩：「牕裏日光飛野馬，案頭筠管長蒲盧。」不如介甫所對精切）。（李壁《王荆公詩注》卷三十二）

韓偓與吴融同時爲詞臣，偓忠於唐，爲朱三面斥，貶責不悔，如「捋虎鬚」之句未嘗傳誦，似爲《香奩》所掩。及朱三篡弑，偓羈旅於閩，時王氏割據，詩文祇稱唐朝官職，與淵明稱晉甲子異世同符。予讀其集而壯其志，録其警聯於編内三數篇，自述其玉堂遭遇。唐季非復承平舊觀，而待詞臣之禮猶

然存之，以補《金鑾記》之闕。（劉克莊《後村詩話·新集》卷四）

莊子言「野馬也，塵埃也」，乃是兩物，後人即謂野馬爲塵埃。如韓偓詩云「窗裏日光飛野馬」，是以塵爲野馬，恐不然也。野馬乃田間浮氣耳，遠望如群羊，又如水波，佛書所謂熱時焰也。（陳應行《吟窗雜録》卷三十九《訛誤》）

韓偓詩《安貧》云：「窗裏日光飛野馬，案頭筠管長蒲盧。」又劉師道詩《嘆世》云：「野馬飛膣日，醯雞舞甕天。」所用野馬字皆不當。按《莊子》：「鵬之徙於南溟也，水擊三千里，搏扶摇而上者九萬里。去以六月息者也，野馬也，塵埃也，生物之以息相吹也。」野馬乃澤中之氣耳，今二詩皆以野馬爲遊塵，誤矣。（李冶《敬齋古今黈》卷八）

韓偓字致光，工詩。高秀實云：「韓偓《香奩集》麗而無骨，李端叔酷喜之，誦其序云：『咀五色之靈芝，香生九竅；咽三危之瑞露，美動七情。』」唐昭宗時以翰林承旨謫嶺表，有詩云：「謀身拙爲安蛇足，報國危曾捋虎鬚。滿世可能無默識，未知誰擬試齊竽。」其詞悽楚，不忘君也。宰相韋貽範母喪還位，偓當草制。偓曰：「腕可斷，麻不可草！」（佚名《氏族大全》卷五《香奩集》）

方回：韓偓，字致堯。當崔胤、朱全忠表裏亂國，獨守臣節不變，寧不爲相，而在翰苑無倖，竟忤全忠，貶濮州司馬。事見本傳。所謂「報國危曾捋虎鬚」，非虚語也。王荆公選唐詩多取之，詩律精確。（《瀛奎律髓彙評》卷三十二忠憤類）

何義門：「飛野馬」，言天子蒙塵也。《詩·小宛》箋：「蒲盧取桑蟲之子，負持而去，以成其子。」喻有萬民不能治，則能治者將得之。言社稷當輸他族也。（《瀛奎律髓彙評》卷三十二忠憤類）

紀昀：此爲致堯最沉著之作。然終覺淺弱，風會爲之也。（《瀛奎律髓彙評》卷三十二忠憤類）

無名氏（甲）：詩有神遠，迥非宋人可及，并端己才有餘而含蓄未逮也。（《瀛奎律髓彙評》卷三十二忠憤類）

天復中車駕幸鳳翔，偓以扈從功。反正初，昭宗面許偓爲相。偓奏云「運契中興，宜復用重德鎮風俗」，因薦右僕射趙崇。梁祖在京，馳入請見，具言崇長短。昭宗曰：「趙崇是韓偓所薦。」時偓在側，梁祖三叱之，奏曰：「臣不敢與大臣爭。」偓尋出閩中依王審知，故有此作。山谷云：「其辭淒切而不迫，可謂不忘其君也。」（郝天挺注《唐詩鼓吹》卷二《安貧》詩下注）

《西河詩話》：韓偓《安貧》詩「窗裏日光飛野馬，案頭筠管長蒲盧」，言日影中見飛塵，筆管中棲蜾蠃也。唐人作詩尚讀書，猶識蒲盧，今人不識矣。（毛奇齡《四書改錯》二）

《西河詩話》：韓偓詩：「窗裏日光飛野馬，案頭筠管長蒲盧。」上句謂窗隙日影中多見飛塵，人猶易解。至次句則案頭竹管豈長蘆葦耶，便相顧錯愕。按《中庸》：「夫政也者，蒲盧也。」舊注：「蒲盧是蜾蠃名，《爾雅》云：即細腰蜂也。」蜾蠃取螟蛉納書案筆管間，以泥封之，閱數日而化爲蜾蠃。其以之證政舉者，正以言民化之易也。是以《家語》曰：「天道敏生，人道敏政，地道敏樹。」夫政也者，蒲盧也，待化而成。其著「待化而成」四字，明明解敏政之譬，此夫子自言之且自注之者。自宋人作章句，改「盧」爲「蘆」，以蒲葦當之，則不惟《中庸》、《家語》、《爾雅》、《毛詩》俱不能解，即韓冬郎一七字詩亦無解處矣。嗟夫，讀經讀詩皆不可無學如此。（《全閩詩話》卷一引）

史稱偓直内禁，屢參密謀，爲全忠所忌。又侍宴時，全忠臨陛宣事，衆皆去席，偓守禮，不爲動。全忠以爲薄己。其云「危捋虎鬚」，非獨薦趙崇一事也。（胡震亨《唐音戊籤》）

朱東巖曰：題曰「安貧」是托意也。一二自寫疏懶之狀，言交遊一概謝絶，勝負可以相忘。三四自寫淹留之苦，言遊氣不過借光，螟蛉總屬依人。五六感前事，「安蛇足」是自悔其拙，「捋虎鬚」是自蹈其危。當此爲國忘身之際，世無有知而試之者，是終不免於安貧矣。（朱三錫《東巖草堂評訂唐詩鼓吹》）

韓偓《暴雨》詩「雷尾燒黑雲，雨腳飛銀線」，奇句也。余所最愛者「四時最好是三月，一去不回惟少年」，尋常意人卻未道。至「岸頭柳色春將盡，船背雨聲天欲明」、「窗裏日光飛野馬，案頭筠管長蒲蘆」，皆有寄托，不得以常語目之。（彭端淑《雪夜詩談》卷中）

野馬、塵氣，從窗隙日影中見得；蒲盧是蜾蠃，生長案頭筆管間，拈至此亦刻酷矣。（王錫等輯《唐七律選》）

其《安貧》句云：「謀身拙爲安蛇足，報國危曾捋虎鬚。」至今讀之，猶有生氣。（《老生長談》）

朱東巖曰：「當此爲國忘身之際，世無有知而試之者，是終不免於安貧矣。」（高步瀛《唐宋詩舉要》本詩下注評引）

此詩與白樂天之「曾犯龍鱗容不死，欲騎鶴背覓長生」句，用意及對句之工均極相似。皆以汲黯之敢言，學留侯之遁世，合則留，不合則去，得用行捨藏之義也。明季有贈遺老詩云：「立朝抗疏批鱗手，易世衣冠削髮僧。」則以遺直而兼故國之悲矣。（俞陛雲《詩境淺説》「謀身拙爲」聯下評）

江陰李忠毅公死閹禍，時年甫三十，有四子尚幼，而太公方在堂，爲撫孤寡，頗費經營。乃大書一聯于廳事云：「謀生我爲添蛇足，報國兒曾捋虎鬚。」蓋紀實也。後忠毅受卹典，而太公亦誥封如其官，年至八十餘而終。「謀身拙爲安蛇足，報國危曾捋虎鬚」，本韓偓詩。（王應奎《柳南隨筆》卷一）

黄山谷云：「其辭悽切而不迫，可謂不忘其君也。」初昭宗欲相韓公，公薦右僕射趙崇，朱全忠馳入，具言崇短。上曰：「崇是韓偓所薦。」公時在側，全忠叱公，公曰：「臣不敢與大臣爭。」是詩所云「捋虎鬚」也。（吴汝綸《吴評韓翰林集》）

《太平廣記》云：「昭宗嘗面許偓爲相，奏云：『陛下運契中興，當復用重德鎮風俗。臣座主右僕射趙崇可充是選，乞回臣之命授崇，天下幸甚。』上喜歎。翌日，制用崇暨兵部侍郎王贊爲相。全忠聞之，馳入請見於上前，且言二公長短。上曰：『趙崇是偓薦。』時偓在側，全忠叱之。偓奏曰：『臣不敢與大臣爭。』上曰：『韓偓出。』尋謫官。詩『謀身』云云此也。」按，史稱偓直内禁，屢參密謀，爲全忠所忌。又侍宴時，全忠臨陛宣事，衆皆去席，偓守禮不爲動，全忠以爲薄已。其云「危捋虎鬚」，非獨薦趙崇一事也。《廣記》似覺未盡。（徐倬《全唐詩録》卷九十三）

《野馬》：《説略》云：「莊子言野馬、塵埃乃是兩物。」古人即謂野馬爲塵埃，如吴融云「動梁間之野馬」，韓偓云「窗裏日光飛野馬」，皆以塵爲野馬，恐不然也。野馬乃田間氣耳，遠望如群羊，又如水波。佛典謂如熱時野馬，陽燄即此物也。（杭世駿《訂訛類編》卷六）

《太平廣記》云：「昭宗嘗面許偓爲相，奏云：『陛下運契中興，當復用重德鎮風俗。臣座主右僕射趙崇可充是選，乞回臣之命授崇，天下幸甚。』上嘉歎。翌日，制用崇曁兵部侍郎王贊爲相。全忠聞之，馳入請見于上前，具言二公長短。上曰：『趙崇是偓薦。』時偓在側，全忠叱之。偓奏曰：『臣不敢與大臣爭。』上曰：『韓偓出。』尋謫官。詩『謀身』云云此也。」《全唐詩録》云：「按，史稱偓直内禁，屢參密謀，爲全忠所忌。又侍宴時，全忠臨陛宣事，衆皆去席，偓守禮不爲動。全忠以爲薄己。其云『危捋虎鬚』，非獨薦趙崇一事也。《廣記》似覺未盡。」（鄭傑《閩詩録》甲集卷五流寓）

《有感》詩下馮浩注云：「以商隱、温岐、羅隱三才子之怨望即知綯之遺賢也。」……余嘗謂韓致光《香奩》詩，當以賈生憂國、阮籍途窮之意讀之。其他詩云「謀身拙爲安蛇足，報國危曾捋虎鬚」，乃一腔血也。既以所丁不辰，轉喉觸忌，壯志文心皆難發露，於是托爲艷體以消無聊之況。其《思録舊詩淒然有感》云「緝綴小詩鈔卷裏，尋思閑事到心頭。自吟自泣無人會，腸斷蓬山第一流」，固已道破苦心。後人信口薄之，或且以爲和凝之作，可怪矣！義山所遭之時，大勝於致光，而人品則大不如致光。至於托事言哀，纏綿悽楚，一而已矣！義山詩法，冬郎幼必師承。《香奩》寄恨，彷彿《無題》，皆

楚騷之苗裔也。余編義山詩，而後之讀者果取史書文集事會其通語，抉其隱，當知確不可易耳！（清馮浩《玉溪生詩詳注》卷二）

此（《安貧》詩）致堯……薦趙崇爲相，謫官入閩所作，皇甫百泉以爲是杜牧之詩，誤矣。（吴景旭《歷代詩話》卷五十三《野馬》條）

高步瀛據《唐摭言》所載，謂「則是詩爲入閩後作，『捋虎鬚』指以薦趙崇、王贊攖朱全忠之怒也」。秋谷曰：激昂。（復旦大學圖書館藏《唐音統籤》本此詩眉批）

【按】此詩乃描述其寓居南安時之貧病狀況，回首在朝時因忠心報國，敢捋朱全忠等人之「虎鬚」，以致遭貶流落，困頓至今。詩中「報國危曾捋虎鬚」之句，今之注家以爲指忤朱全忠，兼指忤李茂貞而言也。此說誠是，然尚不止李茂貞，至少尚有崔胤、李彦弼等人。《新唐書·韓偓傳》即記：「初，李繼昭等以功皆進同中書門下平章事，時謂『三使相』，後稍稍更附韓全誨、周敬容，皆忌胤。胤聞，召鳳翔李茂貞入朝，使留族子繼筠宿衛。偓聞，以爲不可，胤不納。偓又語令狐渙，渙曰：『吾屬不惜宰相邪？無衛軍則爲閹豎所圖矣。』偓曰：『不然。無兵則家與國安，有兵則家與國不可保。』胤聞，憂，未知所出。李彦弼見帝倨甚，帝不平，偓請逐之，赦其黨許自新，則狂謀自破，帝不用。彦弼譖偓及渙漏禁省語，不可與圖政，帝怒曰：『卿有官屬，日夕議事，奈何不欲我見學士邪？』繼昭等飲殿中自如，帝怒，偓曰：『三使相有功，不如厚與金帛官爵，毋使豫政事。今宰相不得顓決事，繼昭輩所奏必聽。它日遽改，則人人生怨。初以衛兵檢中人，今敕使、衛兵爲一，臣竊寒心，願詔茂貞還其衛軍。不然，兩鎮兵鬬闕下，朝廷危矣。』及胤召朱全忠討全誨，汴兵將至，偓勸胤督茂貞還衛卒。又勸表暴内臣罪，因誅全誨等；若茂貞不如詔，即許全忠入朝。未及用，而全誨等已劫帝西幸。」

## 殘春旅舍〔一〕

旅舍殘春宿雨晴〔二〕，恍然心地憶咸京〔三〕。樹頭蜂抱花鬚落〔四〕，池面魚吹柳絮行。禪伏詩魔歸浄域①〔五〕，酒衝愁陣出奇兵〔六〕。兩梁免被塵埃污②〔七〕，拂拭朝簪待眼明〔八〕。

【校　記】

①「淨」，《唐百家詩選》本、汲古閣本、胡仔《苕溪漁隱叢話後集》卷二均作「静」。

②「被」，黄永年、陳楓校點《王荆公唐百家詩選》校：「『被』，分類本『彼』。」

【注　釋】

〔一〕《全唐詩》編此詩於《江岸閒步》詩後第四首，《江岸閒步》詩下小注云：「此後壬申年作，在南安縣。」又此詩後第六首爲《驛步》，其詩題下小注云：「癸酉年在南安縣。」則此詩當作於後梁乾化二年壬申（公元九一二年），時詩人在南安。詩有「旅舍殘春」句，知作於是年春末。

〔二〕宿雨：夜雨；經夜的雨水。隋江總《詒孔中丞奂》詩：「初晴原野開，宿雨潤條枚。」唐李嶠《江南初霽》：「大江開宿雨，征棹下春流。」

〔三〕心地：佛教語。指心。即思想、意念等。佛教認爲三界唯心，心如滋生萬物的大地，能隨緣生一切諸法，故稱。語本《心地觀經》卷八：「衆生之心，猶如大地，五穀五果從大地生……以是因緣，三界唯心，心名爲地。」咸京，原指秦代京城咸陽。此處借指長安。唐李乂《餞唐永昌》詩：「田郎才貌出咸京，潘子文華向洛城。」唐杜甫《惜別行送向卿進奉端午御衣之上都》：「肅宗昔在靈武城，指揮猛將收咸京。」

〔四〕花鬚：花蕊。唐杜甫《陪李金吾花下飲》：「見輕吹鳥毳，隨意數花鬚。」唐李商隱《二月二日》：「花鬚柳眼各無賴，紫蝶黄蜂俱有情。」

〔五〕「禪伏詩魔」句：詩魔，猶如入魔一般的强烈詩興。唐白居易《醉吟》之二：「酒狂又引詩魔發，日午悲吟到日西。」南唐李中《贈東林白大師》詩：「虎溪久駐靈蹤，禪外詩魔尚濃。卷宿吟銷永日，移牀坐對千峰。」浄域，清靜境界。浄，佛教語。清靜。南朝宋僧愍《戎華論折顧道士〈夷夏論〉》：「杳然之靈者，常樂永浄也。」梁簡文帝《神山寺碑》：「何以標兹浄域，置此伽藍。」此句謂禪心降伏了詩魔，使我又歸回清靜境界中。

〔六〕「酒衝愁陣」句：此句意爲醇酒有如奇兵一樣，喝下它，就衝散了層層的憂愁。

〔七〕兩梁：即兩梁冠之省稱。兩梁冠，古代博士和某些高級文官所戴的一種帽子。用緇布做，有兩道横脊。《後漢書·輿服志下》：「進賢冠，古緇布冠也，文儒者之服也。前高七寸，後高三寸，長八寸。公侯三梁，中二千石以下至博士兩梁。自博士以下至小史、私學弟子皆一梁。宗室劉氏亦兩梁冠，示加服也。」唐劉禹錫《送太常蕭博士棄官歸養赴東都》：「兄弟盡鴛鸞，歸心切問安。貪榮五綵服，遂掛兩梁冠。」宋王禹偁《暮春》詩：「壯志休磨三尺劍，白頭誰籍兩梁冠。」

〔八〕朝簪：綰住朝冠的簪子。簪子，綰住髮髻的條狀物。用金屬、骨頭、玉石等製成。唐沈佺期《山莊應制》：「三章懸聖藻，五等冠朝簪。」唐張説《襄州景空寺題融上人蘭若》：「何由侶飛錫，從此脱朝簪。」待眼明，意爲等待重光山河，復興唐王朝。

【集評】

詩人有俱指一物而下句不同者，以類觀之，方見優劣。王右丞云「遍插茱萸少一人」，朱放云「學他年少插茱萸」，子美云「好把茱萸子細看」，此三句皆言茱萸而杜當爲優。又如子美云「魚吹細浪摇歌扇」，李洞云「魚弄晴波影上簾」，韓偓云「池面魚吹柳絮行」，此三句皆言魚戲而韓當爲優。又如白公云「梨花一枝春帶雨」，李賀云「桃花亂落如紅雨」，王勃云「珠簾暮捲西山雨」，此三句皆言雨而王當爲優。學詩者以此求之，思過半矣。（陳善《捫蝨詩話》上集卷一《論詩人下句優劣》）

《南史》：江諮議有言，酒猶兵也。兵可千日而不用，不可一日而不備。酒可千日而不飲，不可一飲而不醉。唐韓偓詩「酒衝愁陣出奇兵」。（《施注蘇詩》卷十三）

《苕溪漁隱》曰：「古今詩人，以詩名世者，或只一句，或只一聯，或只一篇，雖其餘别有好詩，不專在此，然播傳於後世，膾炙於人口者，終不出此矣，豈在多哉？……『禪伏詩魔歸靜域，酒衝愁陣作奇兵』，乃韓偓也……」（胡仔《苕溪漁隱叢話後集》卷二）

丙戌之冬，余初病起，深居簡出，終日曝背晴簷，萬事不到，自以荆公所選《唐百家詩》反復熟味之，見其格力辭句，例皆相似，雖無豪放之氣，而有修整之功，高爲不及，卑復有餘，適中而已。荆公謂：「欲觀唐人詩，觀此足矣。」詎不然乎！集中佳句，世所稱道者不復録出；唯余别所喜者，命兒輩筆之以備遺忘。……七言六聯：韓偓《殘春》云：「樹頭蜂抱花鬚落，池面魚吹柳絮行。」又云：「細水浮花歸别澗，斷雲含雨入孤村。」又《訪王同年村居》云：「門庭野水褵褷鷺，鄰里斷牆喔喔雞。」（《苕溪漁隱叢話後集》卷十六）

鎮康王西巖《題宋參政瞻遠樓》：「江流懸樹杪，山色到窗中。」精拔有骨，上句尤奇。王右丞《登辨覺寺》：「窗中三楚盡，林上九江平。」曠闊有氣，但上字聲律未妥。又西巖《陪國主謁塋途中有感》：「仗劃浮煙破，旗衝過鳥翻。」句法森嚴，何異沈宋應制。崔湜《題唐都尉山池》：「雁翻蒲葉起，魚撥荇花遊。」聯雖全美，但晚唐纖巧之漸，若與陪駕之作並論，譬諸艷姬從命婦升階，氣象自别。

韓偓《晚春旅舍》：「樹頭蜂抱花鬚落，池面魚吹柳絮行。」祖於湜而敷演七言，斯又下矣。（謝榛《四溟詩話》卷四）

韓偓字致堯，别集一卷，實本集也。以其有《香奩集》，故反名别集。然其語多淺俗，入録者甚少。七言律如「無奈離腸」、「長日居閒」、「惜春連日」三篇，氣韻亦勝。「星斗疏明」一篇，聲亦宣朗。他如「缾添澗水盛將月，衲挂松枝惹得雲」、「樹頭蜂抱花鬚落，池面魚吹柳絮行。禪伏詩魔歸靜域，酒衝愁陣出奇兵」等句，乃晚唐巧句也。至若「爐爲窗明僧偶坐」、「雨連鶯曉落殘梅」，則奇僻不可爲法矣。（許學夷《詩源辯體》卷三十二）

方回：致堯詩無句不工，唐季之冠也。（《瀛奎律髓彙評》卷十春日類）

紀昀：無句不工，談何容易！李、杜不能，況致堯乎？（《瀛奎律髓彙評》卷十春日類）

紀昀：「恍然心地」四字不佳。五、六已逗宋格。唐季究以江東爲冠。（《瀛奎律髓彙評》卷十春日類）

無名氏（甲）：「兩梁」，朝冠也。（《瀛奎律髓彙評》卷十春日類）

晚唐人最善作新句，此「蜂抱」、「魚吹」句，極雕琢而又自然，非刻意尖新者所能及。（陸次雲輯《五朝詩善鳴集》）

朱東巖曰：殘春新霽，憶想京華，此旅社之情懷也。三四人止謂寫「殘春」耳，不知「蜂抱花鬚落」喻不忘君意，「魚吹柳絮行」喻傷世亂意……此二句正寫憶咸京也。五「禪伏詩魔」，六「酒衝愁陣」，皆比體，言今日必藉將士用命，改邪歸正，庶幾「兩梁」免污，可以「拂拭朝簪」而起耳。（朱三錫《東

巧不傷雅（「樹頭蜂抱」聯下）。抽思亦奇（「酒銜愁陣」句下）。（宋宗元《網師園唐詩箋》）

《詩同意不同》：詩中有同指一物，而句意雖不同，然皆佳妙。一則如王維云「遍插茱萸少一人」，朱放云「學他年少插茱萸」，老杜云「好把茱萸仔細看」。又杜云「魚吹細浪摇歌扇」，李洞云「魚摇清影上簾櫳」，韓偓云「池面魚吹柳絮行」。又白樂天云「梨花一枝春帶雨」，李賀云「桃花亂落如紅雨」，王勃云「朱簾暮捲西山雨」。此三句皆言雨，猶上之魚戲、茱萸，亦各有佳妙處。如宋人之必欲分其優劣，真蛇足矣。（許起《珊瑚舌雕談初筆》卷七）

【按】詩寫所見殘春景色，頓然憶念舊都情事，而有所感慨焉。詩中多句似有比喻寓托，故上引清人朱東巖所言聊可備一説。

## 鵲〔一〕

偏承雨露潤毛衣〔二〕，黑白分明衆所知〔三〕。高處營巢親鳳闕①〔四〕，静時閒語上龍墀〔五〕。
化爲金印新祥瑞〔六〕，飛向銀河舊路岐〔七〕。莫怪天涯棲不穩〔八〕，託身須是萬年枝〔九〕。

【校　記】

①「闕」,《全唐詩》、吴校本均校:「一作閣。」按,《唐詩鼓吹》卷二、《佩文韻府》卷四、《駢字類編》卷二三八《補遺》均作「閣」。

【注　釋】

〔一〕《全唐詩》編此詩於《江岸閒步》詩後第五首,《江岸閒步》詩下小注云:「此後壬申年作,在南安縣。」又此詩後第五首爲《驛步》,其詩題下小注云:「癸酉年在南安縣。」則此詩當作於後梁乾化二年壬申(公元九一二年),時詩人在南安。

〔二〕「偏承雨露」句:此處「雨露」喻唐昭宗之恩澤。此句意爲自己受到唐昭宗的格外器重恩典。

〔三〕黑白分明:謂喜鵲羽毛有明顯的黑白兩種顏色。此處乃有所喻託,謂詩人具有愛憎分明之品行。

〔四〕「高處營巢」句:鳳闕,漢代宫闕名。《史記·孝武本紀》:「其東則鳳闕,高二十餘丈。」司馬貞索隱引《三輔故事》:「北有圜闕,高二十丈,上有銅鳳皇,故曰鳳闕也。」《漢書·東方朔傳》:「陛下以城中爲小,圖起建章,左鳳闕,右神明,號稱千門萬户。」顔師古注:「鳳闕,闕名。」此處用指皇宫、朝廷。此句亦有寓託,意爲詩人曾在朝廷爲官,有親近皇宫皇帝之機遇。

〔五〕龍墀:猶丹墀。指宫殿的赤色臺階或赤色地面。漢張衡《西京賦》:「右平左城,青瑣丹墀。」

《漢書·外戚傳下·孝成班倢伃》:「俯視兮丹墀,思君兮履綦。」顔師古注引孟康曰:「丹墀,赤地也。」《宋書·百官志上》:「殿以胡粉塗壁,畫古賢烈士。以丹朱色地,謂之丹墀。」唐劉禹錫《楊柳枝》詞之三:「鳳闕輕遮翡翠幃,龍墀遥望麴塵絲。」

〔六〕「化爲金印」句:《搜神記》卷九:「常山張顥,爲梁州牧。天新雨後,有鳥如山鵲,飛翔入市,忽然墜地,人争取之,化爲圓石。顥椎破之,得一金印,文曰:『忠孝侯印。』顥以上聞,藏之秘府。後議郎汝南樊衡夷上言:『堯舜時舊有此官,今天降印,宜可復置。』顥後官至太尉。」此句以鵲化爲金印,張顥拜太尉典,比喻自己在朝中曾榮任兵部侍郎。

〔七〕飛向銀河:舊有喜鵲爲牛郎織女在銀河上架橋的傳説,故有此句。唐韓鄂《歲華記麗·七夕》:「鵲橋已成,織女將渡。」明顧起元《説略》卷四:「《淮南子》曰:烏鵲填河而渡織女。《風俗記》云:織女七夕渡河,使鵲爲橋。故古詩云:寂然香滅後,鵲散渡橋空。」銀河,此處借喻爲天庭,即唐王朝朝廷。舊路岐,此處亦有寓託,意爲如今想回到唐朝廷,可惜朝廷已容貌全非,回朝的舊路已經找不到了。

〔八〕「莫怪天涯」句:此句亦有寓託。意爲莫怪我在天涯海角也居無定所,遷徙不定。此處實際上是説詩人不肯爲閩王氏所用。

〔九〕「託身須是」句:萬年枝,一爲樹名,即冬青。南朝齊謝朓《直中書省》詩:「風動萬年枝,日華承露掌。」唐上官儀《詠雪應詔》：「幸因千里映，還繞萬年校。」宋吴曾《能改齋漫録·沿襲》：「萬年枝，江左謂之冬青。」一説即檍木。此處指年代悠久的大樹，用以比喻唐王朝。此句意爲我所能託身的地方，只有唐王朝。

【集評】

劉後邨曰：「唐史謂致光挈族入閩依王氏。按，王氏據福唐，致光乃居南安，曷嘗遂依之乎？」後邨之言是也，而尚未盡。致光以丙寅至福唐主黄滔家，丁卯唐亡。戊辰尚寓福唐，己巳寓汀州之沙縣。庚午寓尤溪之桃林，辛未而後始至南安。則其在福唐亦三年，又二年而居南安耳。然致光之居南安，固不依王氏。即居福唐，亦非依王氏。何以知之？王氏固附梁者也，致光避梁而出，豈肯依附梁之人。故其嘆郎官之使閩者曰：「不羞莽卓黄金印，翻笑羲皇白接䍦。」《鵲》詩曰：「莫怪天涯棲不穩，託身須是萬年枝。」《驛步》詩曰：「物近劉輿招垢膩，風經庾亮污塵埃。」《喜涼》詩曰：「東南亦是中華分，蒸鬱相凌太不平。」《悽悽》詩曰：「嗜鹹凌魯濟，惡潔助涇泥。」《閑興》詩云：「他山冰雪解，此水波瀾生。」豈但於王氏無一毫之益，且危疑百端矣。讀詩論世，可以得其情狀也。（全祖望《鮚埼亭集外編》卷三十三《題跋·跋韓致光閩中詩》）

「飛向銀河舊路岐」，庭珠按，句用七夕填河事。（杜詔《唐詩叩彈集》卷十二）

秋谷曰：句句有身分，字字有體裁。（復旦大學圖書館藏《唐音統籤》本此詩眉批）

【按】此詩雖爲詠鵲詩，但顯然有借詠鵲寓託抒懷之意。《唐韓學士偓年譜》謂「託鵲以抒去國懷鄉之痛，編者此時此際讀之，及其章末兩語，曷勝同悲。爲之擲筆而起」。

## 露〔一〕

鶴飛千歲飲猶難①〔二〕，鶯舌偷含豈自安。光濕最宜叢菊亞〔三〕，蕩摇無奈緑荷乾〔四〕。名因霈澤隨天睠〔五〕，分與濃霜保歲寒〔六〕。五色呈祥須得處〔七〕，戛雲仙掌有金盤〔八〕。

【校記】

①「飛」，原作「非」，《全唐詩》、汲古閣本、吴校本均校「一作飛」，今據改。

【注釋】

〔一〕《全唐詩》編此詩於《江岸閒步》詩後第六首，《江岸閒步》詩下小注云：「此後壬申年作，在南安縣。」又此詩後第四首爲《驛步》，其詩題下小注云：「癸酉年在南安縣。」則此詩當作於後梁乾化二年壬申，時詩人在南安。詩題爲「露」，又有「光濕最宜叢菊亞，蕩摇無奈緑荷乾」、「分與濃霜保歲寒」等句，乃秋日景象，故詩爲乾化二年（公元九一二年）秋作。

〔二〕鶴飛千歲：三國吴陸璣《陸氏詩疏廣要》卷下之上：「《爾雅翼》云：『鶴一起千里，古謂之仙禽，以其於物爲壽。』《淮南》曰：『鶴壽千歲，以極其遊。』」

〔三〕光濕：謂露水光澤濕潤。亞，垂；低垂。唐杜審言《都尉山亭》：「葉疏荷已晚，枝亞果新肥。」唐韋莊《對雪獻薛常侍》：「松裝粉穗臨窗亞，水結冰錐簇溜懸。」

〔四〕「蕩摇無奈」句：意爲無奈因狂風吹襲而使緑荷摇蕩，以致荷葉上的露珠滑落，荷葉也因失去甘露的滋潤而乾枯了。此句亦有寓託，實謂唐昭宗因亂臣賊子之篡亂，身喪國亡，群臣也因此失去皇恩之潤澤而蒙難。「緑荷」，喻詩人自己和李唐群臣。須，要；需要。《漢書·馮奉世傳》：「奉世上言『願得其衆，不須煩大將』。」《百喻經·病人食雉肉喻》：「須恒食一種雉肉，可得愈病。」

〔五〕名：名分。霈澤，雨水。唐蘇頲《遊禁苑幸臨渭亭遇雪應制》：「已屬雲天外，欣承霈澤餘。」唐杜甫《大雨》詩：「風雷颯萬里，霈澤施蓬蒿。」按，此處又暗喻恩澤意。唐李嘉祐《江湖秋思》詩：「共望漢朝多霈澤，蒼蠅早晚得先知。」宋范仲淹《鄧州謝上表》：「迺宣霈澤，以安黎元。」天睠，上天的眷顧。此處指唐昭宗的恩澤。南朝齊謝朓《三日侍華光殿曲水宴》詩：「天睠休明，且求至德。」《周書·儒林傳·樂遜》：「魏祚告終，天睠在德。」按此處亦兼暗謂皇帝之眷愛。南朝宋顏延之《三月三日詔宴西池》：「大哉人文，至矣天瞻。」

〔六〕「分與濃霜」句：謂寒露與濃霜實共屬一體。分，職分、本分。保歲寒，此處喻忠貞不屈的節操（或品行）。《論語·子罕》：「歲寒，然後知松柏之後凋也。」《資治通鑑·陳宣帝太建十二年》：「梁主奕葉委誠朝廷，當相與共保歲寒。」

〔七〕「五色呈祥」句：五色，即五色露。漢郭憲《漢武帝别國洞冥記》卷二：「東方朔曰：『臣有吉雲草十頃，種於九景山東。二千歲一花，明年應生，臣走請刈之。得以秣馬，馬終不饑也。』朔曰：『臣至東極，過吉雲之澤，多生此草，移於九景之山，全不如吉雲之地。』帝曰：『何謂吉雲？』朔曰：『其國俗以雲氣占吉凶，若樂事，則滿室雲起，五色照人，著於草樹，皆成五色露珠，甚甘。』帝曰：『吉雲露可得乎？』朔乃東走，至夕而返，得玄露、青露，盛青琉璃，各受五合，跪以獻帝。遍賜群臣，群臣得嘗者，老者皆少，疾者皆愈。凡五官嘗露：董謁、李充、孟岐、郭瓊、黄安也。」「五色呈祥」亦比喻太平祥瑞之世。唐賈餗《五色露賦》：「表四方之具慶，故五色而俱出。」得處，意爲得有適當的處所。

〔八〕戛雲：謂高摩雲霄。戛，敲擊；觸及。唐高適《宋中遇林慮楊十七山人因而有别》詩：「遥見林慮山，蒼蒼戛天倪。」唐白居易《草堂記》：「有古松老杉……修柯戛雲。」仙掌有金盤，《史記·孝武本紀》：「其後則又作柏梁、銅柱、承露仙人掌之屬矣。」《索隱》：「《三輔故事》曰：

『建章宫承露盤高二十丈，大七圍，以銅爲之。上有仙人掌承露，和玉屑飲之。』故張衡賦曰：『立脩莖之仙掌，承雲表之清露』是也。」金盤，即謂承露仙人掌。

【按】此詩名爲詠露，實際上恐有所比喻寓託。今試略爲釋之，未敢必也。「露」，甘露也，此喻唐昭宗之恩澤也。「鶴飛千歲」句，以仙鶴尚難飲得甘露，襯托比喻自己能獲得皇恩實在不易也。「鶯舌偷含」句，或謂自己如接受朱氏政權或王氏閩國之召，則有如「鶯舌偷含」露水，豈能自安矣！「光濕」句，似謂皇上隆恩曾普及自己與群臣也。「蕩摇」句，則似謂因國家動亂、昭宗被弑，而使群臣無法得到皇上之雨露恩澤而蒙難也。「叢菊」、「緑荷」，皆比喻李唐群臣。「名因」、「分與」兩句，蓋謂雨露恩澤皆是皇上所恩賜，故吾等處於局勢嚴酷之時，應保有忠貞不屈之節操，此乃人臣本分耳。「五色呈祥」二句，謂欲得五色甘露，必須在有如東方朔所説之「吉雲之地」，而非「九景之山」。此亦寓託之句，實謂我欲蒙受甘露之恩澤，也需在「吉雲之地」，而非「九景之山」。其言下之意，乃需在「戛雲仙掌有金盤」之吉祥之地，亦即李唐王朝，而非朱氏梁朝或王氏閩國也。詩人忠於唐昭宗，拒朱氏政權與王氏閩國之召，其決絶之意於此詩可見。

## 贈僧〔一〕

盡説歸山避戰塵①〔二〕，幾人終肯别囂氛〔三〕。缾添澗水盛將月，衲挂松枝惹得雲〔四〕。三接舊承前席遇②〔五〕，一靈今用戒香熏③〔六〕。相逢莫話金鑾事〔七〕，觸撥傷心不願聞〔八〕。

【校記】

①「戰」，統籤本校：「一作世。」按，《唐詩鼓吹》卷二、《全唐詩録》卷九十三均作「世」。

②「遇」，汲古閣本作「過」。按，應作「遇」。

③「熏」，玉山樵人本、統籤本均作「燻」。按，「燻」同「熏」。

【注釋】

〔一〕《全唐詩》編此詩於《江岸閒步》詩後第七首，《江岸閒步》詩下小注云：「此後壬申年作，在南安縣。」又此詩後第三首爲《驛步》，其詩題下小注云：「癸酉年在南安縣。」則此詩當作於後梁乾化二年壬申（公元九一二年），時詩人在南安。又《唐韓學士偓年譜》謂「此詩，吾鄉故老手鈔本，作《贈九日山僧》」。

〔二〕歸山：指入山隱居避世。

〔三〕囂氛：喧鬧的塵俗氣氛。《晉書·隱逸傳序》：「藏聲江海之上，卷跡囂氛之表。」唐賈島《過楊道士居》詩：「先生修道處，茆屋遠囂氛。」

〔四〕衲：僧衣。因其常用許多碎布拼綴而成，故稱。唐白居易《贈僧五首·自遠禪師》詩：「自出家來長自在，緣身一衲一繩牀。」

〔五〕「三接舊承」句：三接，見卷一《奉和峽州孫舍人肇……》詩注釋〔三〕。唐劉禹錫《和浙西李大夫伊川卜居》：「早入八元數，嘗承三接恩。」前席遇，《史記·商君列傳》：「衛鞅復見孝公，公與語，不自知厀之前於席也。」《史記·屈原賈生列傳》：「後歲餘，賈生徵見，孝文帝方受釐坐宣室。上因感鬼神事，而問鬼神之本。賈生因具道所以然之狀，至夜半，文帝前席。既罷，曰：『吾久不見賈生，自以爲過之，今不及也。』居頃之，拜賈生爲梁懷王大傅。」此句詩人借典故謂往昔曾屢獲昭宗恩寵，召見顧問。

〔六〕一靈：謂人的心靈，靈魂。戒香，佛教説戒時熏點之香。隋張公禮《龍藏寺碑》：「戒香恒馥，法輪常轉。」唐司空圖《爲東都敬愛寺講律僧惠確化募雕刻律疏》：「啟祕藏而演毗尼，熏戒香以消煩惱。」

〔七〕「相逢莫話」句：金鑾事，指詩人在唐宫廷中以及翰林院爲學士時所發生之事。金鑾，即唐金鑾殿之省稱。此殿與翰林院相接，故召學士常在此殿。韓偓即有《感事三十四韻》詩，中云：「紫殿承恩久，金鑾入直年。」韓偓曾任翰林學士，並蒙受昭宗恩寵。如今昭宗已被弒，李唐王朝已爲朱全忠所篡，詩人流落他鄉，不堪回首往事，故有此句。

〔八〕觸撥：觸動撩撥。宋范成大《秋前風雨頓涼》詩：「酒杯觸撥詩情動，書卷招邀病眼開。」金元好問《别緯文兄》詩：「行期幾日休相問，觸撥羈愁恐不禁。」

## 【集評】

《易·晉卦》彖曰：康侯用錫馬蕃庶，晝日三接也。漢文帝徵賈誼，至，上方授釐宣室，因問鬼神之事。誼具道其所以然之故，至夜半，文帝前席聽之。（郝天挺注《唐詩鼓吹》卷二此詩下注）

韓偓字致堯，别集一卷，實本集也。以其有《香奩集》，故反名别集。然其語多淺俗，入録者甚少。七言律如「無奈離腸」、「長日居閒」、「惜春連日」三篇，氣韻亦勝。「星斗疏明」一篇，聲亦宣朗。他如「餅添澗水盛將月，衲挂松枝惹得雲」、「樹頭蜂抱花鬚落，池面魚吹柳絮行。禪伏詩魔歸静域，酒衝愁陣出奇兵」等句，乃晚唐巧句也。至若「爐爲窗明僧偶坐」、「雨連鶯曉落殘梅」，則奇僻不可爲法矣。（許學夷《詩源辯體》卷三十二）

朱東巖曰：此贈僧詩也。細玩語意，俱含諷含刺；想此僧終非避世别囂氛之人也。（朱三錫《東巖草堂評訂唐詩鼓吹》）

詩固不厭其爲諷刺也。故濫褒則傷鄙，謾罵則傷直，貴勿失其温柔敦厚之道而已。如此詩未嘗非褒，而詩以贈僧，首引俗情以爲斷，蓋必其久錮塵囂，今肯歸山，便足嗚高者耳。（錢牧齋、何義門《評注唐詩鼓吹》卷二）

《唐詩鼓吹》解此詩未得本旨。此因僧爲唐帝舊人，自觸其故君故國之思耳。此乃亂後相遇之

作也。（吴汝綸《吴評韓翰林集》）

【按】詩爲贈僧人之作，故中間四句乃俱述僧人今昔之事。末二句清人朱三錫謂「細玩語意，俱含諷含刺；想此僧終非避世别囂氛之人也」。此説非是。首二句「盡説歸山避戰塵，幾人終肯别囂氛」，實褒僧人也。乃以衆人之未能踐言，而襯托此僧之事佛也。陳伯海《韓偓生平及其詩作簡論》謂「至於『瓶添澗水盛將月，衲掛松枝惹得雲』（《贈僧》）一聯，意新語奇，直接開啟宋詩的法門。後來蘇軾的名句『大瓢貯月歸春甕，小杓分江入夜瓶』（《汲江煎茶》），似即從此上聯化出」。可知此詩對宋詩之影響。

## 感　舊〔一〕

省趨弘閣侍貂璫〔二〕，指座深恩刻寸腸①〔三〕。秦苑已荒空逝水〔四〕，楚天無恨更斜陽〔五〕。時昏卻笑朱弦直〔六〕，事過方聞鎖骨香〔七〕。入室故寮流落盡〔八〕，路人惆悵見靈光〔九〕。

【校　記】

①「深恩」，韓集舊鈔本作「恩深」。

【注釋】

〔一〕《全唐詩》編此詩於《江岸閒步》詩後第八首，《江岸閒步》詩下小注云：「此後壬申年作，在南安縣。」又此詩後第二首爲《驛步》，其詩題下小注云：「癸酉年在南安縣。」則此詩當作於後梁乾化二年壬申（公元九一二年），時詩人在南安。

〔二〕省：記得，記憶。唐韓愈《祭十二郎文》：「吾少孤，及長，不省所怙，惟兄嫂是依。」趨，古代的一種禮節，以碎步疾行表示敬意。《論語・子罕》：「子見齊衰者、冕衣裳者與瞽者，見之，雖少，必作；過之，必趨。」《孔子家語・困誓》：「子貢趨而進曰：『敢問何謂也？』」《史記・蕭相國世家》：「賜帶劍履上殿，入朝不趨。」弘閣，此處用漢公孫弘故事。《漢書》卷五十八《公孫弘傳》：「時上方興功業，舉賢良。弘自見爲舉首，起徒步，數年至宰相封侯，於是起客館，開東閣以延賢人，與參謀議。弘身食一肉，脱粟飯，故人賓客仰衣食，俸禄皆以給之，家無所餘。」按，此句用「弘閣」借指王溥之官府。「趨弘閣」，意即趨王溥之官府。貂璫，貂尾和金、銀璫。古代侍中、常侍的冠飾。漢應劭《漢官儀》卷上：「中常侍，秦官也。漢興，或用士人，銀璫左貂。光武以後，專任宦者，右貂金璫。」《後漢書・朱穆傳》：「自延平以來，浸益貴盛，假貂璫之飾，處常伯之任。」李賢注：「璫以金爲之，當冠前，附以金蟬也。」按，此處「侍貂璫」，指侍奉王溥，王溥曾任宰相，太常卿、工部尚書等。韓偓早年曾爲「王溥薦爲翰林學士」，故有此句。

〔三〕指座深恩：昭宗龍紀元年，禮部侍郎趙崇知貢舉，擢韓偓登進士第，詩人故有此稱。

〔四〕秦苑已荒：秦苑，原爲古秦國宫苑，此處指唐宫苑，借指唐王朝。秦苑已荒，謂唐代宫苑已經荒廢，用以謂唐王朝已經亡滅。唐許渾《咸陽城東樓》詩：「鳥下緑蕪秦苑夕，蟬鳴黄葉漢宫秋。」唐温庭筠《自有扈至京師已後朱櫻之期》詩：「秦苑飛禽諳熟早，杜陵遊客恨來遲。」

〔五〕楚天：原指南方楚地的天空，亦泛指南方的天空。此處指閩地天空，因其時詩人在福建南安縣。唐杜甫《暮春》詩：「楚天不斷四時雨，巫峽常吹萬里風。」唐李端《宿淮浦憶司空文明》：「秦地故人成遠夢，楚天涼雨在孤舟。」

〔六〕時昏：指世道混濁黑暗。朱弦直，朱弦，用熟絲製作的琴弦。《禮記·樂記》：「《清廟》之瑟，朱弦而疏越。」鄭玄注：「朱弦，練朱絃。練則聲濁。」孔穎達疏：「案《虞書》傳云：古者帝王升歌《清廟》之樂，大瑟練弦。此云朱弦者，明練之可知也。云練則聲濁者，不練則體勁而聲清，練則絲熟而弦濁。」鮑照《白頭吟》：「直如朱絲繩，清如玉壺冰。」李善注：「朱絲，朱弦也。《禮記》：清廟之瑟，朱弦而疏越。桓子《新論》曰：神農始削桐爲琴，繩絲爲弦。」《後漢書·五行志一》：「順帝之末，京都童謡曰：『直如弦，死道邊；曲如鈎，反封侯。』」此處以朱弦直比喻士人之正直不阿，意即指王溥、趙崇等大臣。

〔七〕鎖骨香：李復言《續玄怪録·延州婦人》：「昔延州有婦人，白皙頗有姿貌，年可二十四五，孤行城市，年少之子，悉與之遊，狎昵薦枕，一無所卻。數年而歿，州人莫不悲惜，共醵喪具爲之葬焉。以其無家，瘞於道左。大曆中，忽有胡僧自西域來，見墓，遂趺坐具敬禮焚香，圍繞讚歎數日。人見謂曰：『此一淫縱女子，人盡夫也，以其無屬，故瘞於此，和尚何敬耶？』僧曰：『非檀越所知，斯乃大聖，慈悲喜捨，世俗之欲，無不狥焉。此即鎖骨菩薩，順緣已盡，聖者云耳。不信即啟以驗之。』衆人即開墓，視遍身之骨，鉤結皆如鎖狀，果如僧言。州人異之，爲設大齋，起塔焉。」

〔八〕入室：語出《論語·先進》：「由也升堂矣，未入於室也。」邢昺疏：「言子路之學識深淺，譬如自外入内，得其門者，入室爲深，顔淵是也；升堂次之，子路是也。」後以「入室」比喻學問或技藝得到師傳，造詣高深。漢揚雄《法言·吾子》：「詩人之賦麗以則，辭人之賦麗以淫。如孔氏之門用賦也，則賈誼升堂，相如入室矣。」故寮，即故僚。舊時稱同朝或同官署做官的人。《詩·大雅·板》：「我雖異事，及爾同寮。」毛傳：「寮，官也。」入室故寮，此處謂當時與趙崇、王溥等關係密切的同在昭宗朝爲官的舊日同僚。

〔九〕靈光：比喻帝王或聖賢的德澤。《逸周書·皇門》：「王用奄有四鄰遠士，丕承萬子孫，用末被先王之靈光。」《漢書·晁錯傳》：「五帝神聖……德澤滿天下，靈光施四海。」此處指趙崇、王溥等人之德澤。

**【集　評】**

繆譜：昭宗龍紀元年禮部侍郎趙崇知貢舉，擢偓登第。狀元李瀚，同年可考者温憲、吴融、唐備、崔遠、李冉（登科考失名）。寅恪案：徐松已據荆南重圍中寄諸朝士詩定爲李冉，繆氏若無别據，何可掠美耶？（陳寅恪《讀書札記二集·韓翰林集之部》）

【按】詩爲深情懷念昭宗朝與自己有親密關係的恩人同僚趙崇、王溥等人而作。首二句即扣「感舊」詩題，回首當年於朝中奉侍王溥、趙崇諸人，對於他們提拔自己之深恩，至今仍銘刻心中。「秦苑」、「楚天」兩句，自回憶中回到慘痛現實：唐王朝已如逝水般地消逝，眼前唯對着南方天空一派讓人哀傷的無盡斜暉。「楚天」句則寫詩人眼前所見，即即景抒情之句。此詩作於乾化二年，則韓偓其時隱居於閩南南安縣，所面對者乃閩地天空（亦可稱「楚天」）景象。如細味此詩所深懷念者以及下文「入室故僚流落盡，路人惆悵見靈光」兩句，則「楚天」句實瀰漫著詩人對遭貶殺之王溥、趙崇諸人之哀傷感念之情。王溥、趙崇諸人均曾是「秦苑」之大臣，如今被殺，朝廷爲之一空，則「秦苑已荒空逝水」句，實際上亦暗喻這一慘況。故「楚天」句不僅寫眼前景色，亦是以景抒發其哀悼悲涼之情，與「入室故僚流落盡」之情感實相類焉。其感舊之深情哀傷，可謂三致意焉。

# 八月六日作四首〔一〕

## 一

日離黄道十年昏〔二〕，敏手重開造化門〔三〕。火帝動爐銷劍戟〔四〕，風師吹雨洗乾坤〔五〕。左牽犬馬誠難測〔六〕，右袒簪纓最負恩〔七〕。丹筆不知誰定罪①〔八〕，莫留遺跡怨神孫〔九〕。

【校　記】

①「定」，吴校本校：「一作是。」按，《瀛奎律髓》卷三十二作「是」。

【注　釋】

〔一〕此詩四首之作年、語詞解釋、各句以及全詩之意旨，古今諸家所説或有同異，如陳寅恪《讀書札記二集·韓翰林集之部》（以下時而簡稱「陳云」）、鄧小軍《韓偓〈八月六日作四首〉詩箋證》（見其《詩史釋證》，中華書局二〇〇四年版）對此詩多有箋釋，今略採諸家之説以示所見之同異，然多採鄧小軍君之説（以下時而簡稱「鄧云」）以爲注解闡釋。文繁，不一一説明出處。明胡震亨於統籤本此詩題下小注云：「集云壬申年作。然此詩自紀朱温弒昭宗事，甲子年所作也。意温於壬申年被弒，此詩方敢出，故附之壬申耳。」清人杜詔《唐詩叩彈集》卷十二此詩下按云：「壬申，梁乾化二年也。是時晉岐吴尚稱唐天祐九年，致光慢慢故朝，不忘興復之望。是年六月，全忠爲子友珪所弒，致光聞之，感今追昔，推原禍始而以自叙終焉。《統籤》謂非壬申年作，并識俟考。」吴汝綸於《韓翰林集》卷二此詩題下評注云：「壬申六月，梁主被弒。八月六日閩中始知之耳。於是昭宗死十年矣。」陳寅恪謂：「據繆譜，『八月六日作』下有注云：『壬申年作。』此吴説所由來也。然依詩語，絶不可通，疑此注誤入耶？俟得佳本校之。但《全唐詩》本無此注。又繆譜：昭宣帝天祐二年，病中初聞復官（注：此編入甲子爲天祐之元年，詳詩意尚是遷洛未弒時語云。甲子非謬也，乃史稱召命在天祐二年乙丑，豈復官在甲子而徵召則在乙丑歟）。唐昭宗被弒於天祐元年八月壬寅，是年八月壬辰朔，壬寅爲八月十一日。『六』字殆由『十一』兩字聯一之譌，蓋形近致誤。又所謂『八月十一日作』者，非真此日所作，不過以此爲題耳。又作於天祐元年八月十一日昭宗被弒之後，哀帝猶未禪之前，其詳悉年月，不能詳考矣。」又云：「冬郎作『黄旗紫氣』，當是用庾賦。是時吴之楊行密、閩之王審知皆不可以『黄旗紫蓋』天子所在目之，故此句必指哀帝而言。然則此四首詩爲昭宗被弒，哀帝嗣立時所作，斯其確證矣。」鄧小軍考辨云：「此組詩在本集中編次於《感舊》（前有《江岸閒步》，自注：『此後壬申年作。在南安縣。』）之後，《驛步》（自注：『癸酉年在南安縣。』）之前，故應繫於本年壬申。本集此處編年次序井然，諸詩内容與編年相合，錯簡的可能性甚小。吴汝綸以爲作于壬申六月朱全忠被弑以後，是根據本集繫年。此點不能忽視。胡震亨認爲此詩作於甲子唐昭宗天祐元年（九〇四）。按此詩第三首『簪裾皆是漢公卿，盡作鋒芒劍血腥』，顯然是指乙丑唐昭宣帝天祐二年（九〇五）六月朱全忠殺朝士三十餘人於滑州（今河南滑縣）白馬驛一事，可知此詩並非作于天祐元年。陳寅恪據此詩第二首第七句『黄旗紫氣今仍舊』之句，認爲此詩作於天祐元年昭宗被弑以後，丁卯天祐四年（九〇七）哀帝未禪之前。按「黄旗紫氣今仍舊」之「今」字，當是隨文用當時語氣，似未可據此否定本集繫年。進言之，此詩第四首『袁安墜睫尋憂漢，賈誼濡毫但過秦』，漢秦皆朝代之名，漢喻指唐，秦喻指梁，可見此詩作於丁卯天祐四年（九〇七）梁篡唐而立之後。第三首『井上嬰兒豈自寧』，當是實指戊辰後梁開平二年（九〇八）唐哀帝被朱全忠殺害。曰『豈自寧』者，詩人不忍直言之也。要之，此詩仍應從本集繫年，以作於壬申年爲是。」按鄧小軍之説是，今從之。時在南安縣。

〔二〕「日離黄道」句：黄道，《漢書·天文志》：「日有中道，月有九行。中道者，黄道，一曰光道。」宋沈括《夢溪筆談·象數二》：「日之所由，謂之黄道。」陳寅恪謂：「『日離黄道』者，蓋指僖宗於廣明元年丁未又幸鳳翔，至昭宗龍紀元年己酉即位，適爲十年。」鄧小軍謂：「日離黄道」乃「借喻天子之位。唐僖宗廣明元年（八八〇），黄巢陷長安，僖宗奔蜀。光啟元年（八八五），僖宗還長安，沙陀逼長安，僖宗奔鳳翔。光啟四年即文德元年（八八八）二月，僖宗還長安，三月，僖宗卒，昭宗即位。詩言自廣明元年至光啟四年近十年間，天子蒙塵，王室昏亂。」

〔三〕「敏手」句：敏手，猶快手。謂動作快速敏捷。亦指能手。南朝宋顔延之《赭白馬賦》：「捷趫夫之敏手，促華鼓之繁節。」唐李善注：「孔安國《尚書傳》曰：敏，疾也。」此處指昭宗。造化，自然界的創造者。亦指自然。《莊子·大宗師》：「今一以天地爲大鑪，以造化爲大冶，惡乎往而不可哉？」晉張協《七命》：「功與造化爭流，德與二儀比大。」鄧云：「喻治理天下。《舊唐書》卷二十上《昭宗本紀》：『昭宗聖穆景文孝皇帝諱曄，懿宗第七子，母曰惠安太后王氏。……帝攻書好文，尤重儒術，神氣雄俊，有會昌之遺風。以先朝威武不振，國命浸危，而尊禮大臣，詳延道術，意在恢張舊業，號令天下。即位之始，中外稱之。』《資治通鑑》卷二百五十七唐僖宗文德元年三月：『昭宗即位，體貌明粹，有英氣，喜文學。以僖宗威令不振，朝廷日卑，有恢復前烈之志，尊禮大臣，夢想賢豪。踐祚之始，中外忻忻焉。』陳寅恪批語：『和孫舍人肇荆南重圍中寄諸朝士詩亦有「敏手何妨誤汰金」之句。』詩言昭宗繼位，重開天地。」然吴汝綸所説不同，録以備考：「是時梁主屢爲晉王李存勖所敗。梁主謂近臣曰：太原餘孽昌熾，如此其志不小，吾無葬地矣。未幾，梁主爲其子朱友珪所弑。此詩所謂『敏手』，謂晉王也。」

〔四〕火帝：古代所謂五方天帝之一的赤帝，掌南方，司火，司夏。《淮南子·時則訓》：「赤帝祝融之所司者，萬二千里。」東漢高誘注：「赤帝，炎帝少典之子，號爲神農，南方火德之帝也。」齊徐陵《勸進梁元帝表》：「雲師火帝，非無戰陣之風；堯誓湯征，咸用干戈之道。」銷劍戟，銷毁兵器，意即消弭戰亂。

〔五〕風師：亦稱風伯。傳説中的風神。《魏書·李諧傳》：「扇風師之猛氣，張天罼之層網。」《史記·司馬相如列傳》：「時若薆薆將混濁兮，召屏翳誅風伯而刑雨師。」張守節正義引張揖曰：「風伯字飛廉。」鄧云：「風師，能洗滌乾坤。亦神話傳説中人物。……詩言如火帝、風師，能以武止亂，洗滌乾坤，昭宗能撥亂反正。陳寅恪批語：『韓公意在推崇昭宗，謂自僖宗幸蜀後，王室昏亂，至昭宗繼立，重開造化，滌蕩乾坤。雖不免有過美之詞，然是冬郎故君之思也。此詩上四句頌美昭宗堪爲中興之君，無奈其臣皆亡國叛逆之臣也。』其説是。」

〔六〕「左牽犬馬」句：左牽犬馬，《史記·李斯列傳》：「二世二年七月，具斯五刑，論腰斬咸陽市。斯出獄，與其中子俱執，顧謂其中子曰：『吾欲與若復牽黄犬俱出上蔡東門逐狡兔，豈可得乎！』遂父子相哭，而夷三族。」鄧云：「以秦相李斯被趙高所殺，喻唐相崔胤被朱全忠所殺；以李斯臨刑回顧昔日牽犬逐兔之樂，豈知今日殺身之禍，喻崔胤昔日援引朱全忠，豈知後來身死朱全忠之手，是誠難測也。」吴汝綸所説不同：「『左牽犬馬』，謂唐六臣送玉册、傳國寶與梁梁則真負恩矣」。

者。」陳寅恪所説又不同，謂「韓公意謂朱友恭、氏叔琮等之被朱全忠所誅，誠難測，但其右祖朱

〔七〕「右袒簪纓」句：右袒，《史記·吕太后本紀》：「太尉（按，指周勃）將之入軍門，行令軍中曰：『爲吕氏右袒，爲劉氏左袒。』軍中皆左袒爲劉氏。」後以「右袒」表示倒向不義者一方。簪纓，簪爲古人用來綰定髮髻或冠的長針。纓，繫冠的帶子。以二組繫於冠，結在頷下。《禮記·玉藻》：「玄冠朱組纓，天子之冠也。」《孟子·離婁上》：「滄浪之水清兮，可以濯我纓。」簪纓，此處借指官員。吴汝綸謂：「『右袒簪纓』，則諸臣死心歸梁者也。」鄧云：「指唐朝諸大臣，在朱全忠弑君之後、篡唐之際，依附朱梁，最負舊恩。陳寅恪批語：『韓公意謂朱友恭、氏叔琮等之被朱全忠所誅，誠難測，但其右袒朱梁則真負恩矣。……蓋天祐元年十月甲午誅李彦威（友恭）、氏叔琮也。』朱友恭、氏叔琮等奉朱全忠命弑昭宗。……按寅恪先生以爲詩『謂朱友恭、氏叔琮等之被朱全忠所誅，誠難測，但其右袒朱梁則真負恩矣』，似不確。據《資治通鑑》卷二百五十九唐昭宗景福二年（八九三）二月：『（朱）友恭，壽春人李彦威也，幼爲全忠家僮，全忠養以爲子。』可見朱友恭本爲朱全忠心腹，不可以『右袒朱梁則真負恩矣』屬之。」

〔八〕「丹筆」句：丹筆，朱筆。《後漢書補逸》卷十一《盛吉》：「盛吉爲廷尉，每至冬節，罪囚當斷，妻夜執燭，吉持丹筆，夫妻相對，垂泣決罪。」《白氏六帖》卷四十五：「丹筆，正刑之筆。」鄧云：

「詩指天祐元年（九〇四）昭宗遇弑，言不知是誰矯昭宗遺詔定罪昭儀李漸榮、河東夫人裴貞一弑昭宗。此是以反問語氣，將鋒芒指向朱全忠。《舊唐書》卷二十上《昭宗本紀》天祐元年八月壬寅：『夜，朱全忠令左龍武統軍朱友恭、右龍武統軍氏叔琮、樞密使蔣玄暉弑昭宗於椒殿。自帝遷洛，李克用、李茂貞、西川王建、襄陽趙匡凝知全忠篡奪之謀，連盟舉義，以興復爲辭。而帝英傑不群，全忠方事西討，慮變起於中，故害帝以絶人望。帝自離長安，日憂不測，與皇后、内人唯沉飲自寬。是月壬寅，全忠令判官李振自河中至洛陽，與友恭等圖之。是夜二鼓，蔣玄暉選龍武衙官史太等百人叩内門，言軍前有急奏面見上。内門開，玄暉每門留卒十人，至椒殿院，貞一夫人啟關，謂玄暉曰：「急奏不應以卒來。」史太執貞一殺之，急趨殿下。玄暉曰：「至尊何在？」昭儀李漸榮臨軒謂玄暉曰：「院使莫傷官家，寧殺我輩。」帝方醉，聞之遽起。史太持劍入椒殿，帝單衣旋柱而走，太追而弑之。漸榮以身護帝，亦爲太所殺。復執何皇后，將害之。后求哀于玄暉，玄暉以全忠止令害帝，釋后而去。帝殂，年三十八。』又卷二十下《哀帝本紀》天祐元年：『八月二十二日，昭宗遇弑。翌日，蔣玄暉矯宣遺詔，曰：「……豈意宫闈之間，禍亂忽作，昭儀李漸榮、河東夫人裴貞一潛懷逆節，輒肆狂謀，傷痍既深，已及危革。」』又：『丙午，大行皇帝大殮，皇太子柩前即皇帝位。己酉，矯制曰：「昭儀李漸榮、河東夫人裴貞一，今月十一日夜持刃謀逆，懼罪投井而死，宜追削爲悖逆庶人。」蔣玄暉夜既弑逆，詰旦宣言於外曰：「夜來帝與昭儀博戲，帝醉，爲昭儀所害。」歸罪宫人，以掩弑逆之跡。然龍武軍官健備傳二夫人之言于市人。』李昭儀、裴貞一爲捍衛昭宗而死，朱全忠反而矯昭宗遺詔誣陷李昭儀、裴貞一弑君。『丹筆不知誰定罪』，與本詩第二首『飾非唯欲害仁人』，皆指此事而言。陳寅恪批語引《史記·李斯傳》解釋丹筆定罪，似未諦當。」

〔九〕「莫留遺跡」句：神孫，神孫指天子及其子孫。後嗣的美稱。多稱君主。《舊五代史·禮志下》：「伏以本朝尊受命之祖景皇帝爲始封之君，百代不遷，長居廟食，自貞觀至於天祐，無所改更，聖祖神孫，左昭右穆。」《舊唐書·武延秀傳》：「按讖書云『黑衣神孫披天裳』，駙馬即神皇之孫也。」吴汝綸評注《韓翰林集》云：「神孫謂昭宗。」鄧云：「其説是。按《舊唐書·哀帝本紀》，朱全忠先矯宣遺詔定罪李漸榮、裴貞一弑君，然後矯制追削李漸榮、裴貞一爲悖逆庶人，即首先是矯昭宗遺詔，然後才是矯哀帝詔，職此之故，『莫留遺跡怨神孫』，神孫是指昭宗。『丹筆』二句，謂不知是誰矯昭宗遺詔定罪『昭儀李漸榮、河東夫人裴貞一持刃謀逆』，此等矯詔歪曲事實真相，莫要留與天下後世，使昭宗英魂爲之怨恨。」杜詔《中晚唐詩叩彈集》亦以爲「『犬馬』指全忠，『簪纓』指附逆者，二語乃昭宗一朝定案。結言唐亡於諸臣之手，未可委罪昭宗。史臣謂：昭宗有志興復，而外亂已成，内無賢佐，正與此詩同指」。然胡震亨《唐音戊籤》此詩下小注「『神孫』，殆指哀宗」。陳寅恪亦以爲「『丹筆定罪』，莫怨哀帝，『神孫』目哀帝，蓋天祐元年十月甲午誅李彦威、氏叔琮也」。

【集　評】

前四語紀昭宗天復反正事，後四語紀甲子事。「神孫」，殆指哀宗。（胡震亨《唐音戊籤》此詩下小注）

詔按，壬申，梁乾化二年也。是時晉岐吴尚稱唐天祐九年，致光懮懮故朝，不忘興復之望。是年六月，全忠爲子友珪所弑，致光聞之，感今追昔，推原禍始而以自叙終焉。《統籤》謂非壬申年作，并識俟考。（杜詔《唐詩叩彈集》卷十二）

「日離黄道十年昏」，庭珠按，天文志：日有中道，月有九行。中道者，黄道日之所行，月五星隨之，君象也。「敏手重開造化門」。火帝動鑪銷劒戟，風師吹雨洗乾坤。左牽犬馬誠難測，右袒簪纓最負恩。」庭珠按，《曲禮》注：犬者左牽之，注防其齧噬。又按，《漢書》：爲吕氏者右袒。（杜詔《中晚唐詩叩彈集》卷十二）

「丹筆不知誰定罪，莫留遺迹怨神孫」。（杜）詔按，昭宗天復二年壬戌十月，全忠表迎車駕。癸亥正月，幸其營；至壬申，凡十年。此十年内，君弑國亡，天日昏慘。「敏手」以下三句，謂乘賊内變，興復可爲，乃懸望之詞，非實事也。「犬馬」指全忠，「簪纓」指附逆者，二語乃昭宗一朝定案。結言唐亡於諸臣之手，未可委罪昭宗。史臣謂：昭宗有志興復，而外亂已成，内無賢佐，正與此詩同旨。（杜詔《中晚唐詩叩彈集》卷十二）

何義門：連用「犬馬」字，古人多有。紀昀：次句不佳。「風師」句好，「火帝」句即鄙矣，此故可思。五六露骨。無名氏（甲）：此言昭宗出鳳翔之圍，大殺宦官。夫宦官犬馬，誠難測矣，而附和朝紳，豈得無罪乎？（《瀛奎律髓彙評》卷三十二忠憤類）

頷、頸兩聯，如一句一意，無異車前騶仗，有何生氣？唐賢之法可法者，如……韓偓「謀身拙爲安蛇足，報國危曾捋虎鬚」、「左牽犬馬誠難測，右袒簪纓最負恩」，譚用之「鸚鵡語中分百里，鳳凰聲裏住三年」，皆神韻天成，變化不測。（管世銘《讀雪山房唐詩序例》）

是時梁主屢爲晉王李存勖所敗。梁主謂近臣曰：「太原餘孽昌熾，如此其志不小，吾無葬地矣。」未幾，梁主爲其子朱友珪所弑。此詩所謂「敏手」，謂晉王也。「左牽犬馬」，謂唐六臣送玉册、傳國寶與梁者。「右袒簪纓」，則諸臣死心歸梁者也。「神孫」謂昭宗。（吴汝綸《吴評韓翰林集》）

二

金虎挻災不復論〔一〕，構成狂猘犯車塵〔二〕。御衣空惜侍中血〔三〕，國璽幾危皇后身〔四〕。圖霸未能知盜道〔五〕，飾非唯欲害仁人〔六〕。黄旗紫氣今仍舊〔七〕，免使老臣攀畫輪〔八〕。

【注　釋】

〔一〕「金虎挻災」句：金虎，《文選》張衡《東京賦》：「周姬之末，不能厥政，政用多僻。始于宫鄰，卒于金虎。」唐李善注：「應劭《漢官儀》曰：『不制之臣，相與比周。……宫鄰金虎，言小人在位，比周相鄰，與君爲鄰，貪求之德堅若金，讒謗之言惡若虎也。』」挻災，招引禍殃。唐李白《鄂州刺史韋公德政碑》：「孽胡挻災，大人有作。雷霆發揚，欃槍有落。」宋陸游《月夕幽居有感》詩：「浮名本是挻災物，謝事寧非得道因。」據此，「金虎挻災」，乃謂不制之小人在位，導致災難發生。按此指崔胤。據《資治通鑑》及兩《唐書》，朱全忠擬劫昭宗至洛陽，而韓全誨、李茂貞以此頗懼全忠，崔胤則私結朱全忠，矯詔令全忠以兵迎車駕。「韓全誨聞朱全忠將至，丁酉，令李繼筠、李彦弼等勒兵劫上，請幸鳳翔」（據《資治通鑑》天復元年十月）。故昭宗之被劫往鳳翔以及由此引起之諸災難均主要由崔胤導發。

〔二〕「搆成狂猘」句：狂猘，瘋狗。《宋書·張暢傳》：「弟枚嘗爲猘犬所傷，醫者云食蝦蟇可療。」《吕氏春秋·首時》：「鄭子陽之難，猘狗潰之。」陳奇猷校釋引楊樹達曰：「《説文》：『狾，狂犬也。』『猘』乃『狾』之一作。古制、折二字音同相通。」犯車塵，謂侵凌唐昭宗。《漢書·司馬相如傳下》：「犯屬車之清塵。」顔師古注：「塵，謂行而起塵也。言清者，尊貴之意也。」此句指朱全忠、李克用、李茂貞等諸强藩爲爭奪挾制昭宗而惡鬥，以及昭宗因此蒙塵受侵逼弑殺之事。

〔三〕「御衣空惜」句：「御衣」句乃用《晉書·嵇紹傳》所記嵇紹以身捍衛晉帝，血濺御服之典。《晉書·嵇紹傳》：「北征之役……王師敗績於蕩陰，百官及侍衛莫不散潰，唯紹儼然端冕，以身捍衛，兵交御輦，飛箭雨集，紹遂被害於帝側，血濺御服，天子深哀歎之。及事定，左右欲浣衣，帝曰：『此嵇侍中血，勿去。』」韓偓用此典亦有所指。參本詩集評陳寅恪説。

〔四〕「國璽幾危」句：「國璽」句用西漢亡國時元后及東漢亡國時獻帝曹皇后之典。參本詩集評陳寅恪説。按，此句實指朱全忠等人爲篡奪政權，在弑昭宗的過程中逼害何皇后之事。《資治通鑑》於天祐元年八月載昭宗遭弑後記：「又欲殺何后，后求哀於玄暉，乃釋之。……（蔣玄暉）又矯皇后令，太子于柩前即位。」又同上書天祐二年十二月載：「何太后泣遣宫人阿虔、阿秋達意玄暉，語以他日傳禪之後，求子母生全。王殷、趙殷衡譖玄暉，云：『與柳璨、張廷範於積善堂夜宴，對太后焚香爲誓，期興復唐祚。』全忠信之。……斬蔣玄暉。……玄暉既死，王殷、趙殷衡又誣玄暉私侍何太后，令阿秋、阿虔通導往來。己酉，全忠密令殷、殷衡害太后于積善宫，敕追廢太后爲庶人，阿秋、阿虔皆於殿前撲殺。」

〔五〕盗道：即謂「盗亦有道」。謂盗者亦有其爲盗之道義。《莊子·胠篋》：「蹠之徒問於蹠曰：『盗亦有道乎？』蹠曰：『何適而無有道邪？夫妄意室中之藏，聖也；入先，勇也；出後，義也；知可否，知也；分均，仁也。五者不備，而能成大盗者，天下未之有也。』」《新唐書·王世充竇建德傳贊》：「其間亦假仁義，禮賢才，因之擅王僭帝，所謂盗亦有道者。」

〔六〕「飾非」句：飾非，《吕氏春秋·審應》：「飾非遂過。」唐劉知幾《史通·曲筆》：「其有舞詞弄札，飾非文過。……斯乃作者之醜行，人倫所同疾也。」此句指朱全忠使蔣玄暉弒昭宗而嫁罪昭儀李漸榮、河東夫人裴貞一，以掩弒逆之跡。李漸榮、裴貞一以生命捍衛昭宗，朱全忠弒君反誣陷李漸榮、裴貞一弒君，此所謂「飾非唯欲害仁人」。此句連上句似亦可指崔胤之作爲，乃寫崔胤之霸權誤國，讒害朝臣諸事。崔胤掌宰相大權後勾結强藩朱全忠（即詩中之盜），導致昭宗播遷被弒等災難。《舊唐書·崔胤傳》對其惡行多有記載，謂其「長於陰計，巧於附麗，外示凝重而心險躁」；一度被罷相後，「胤密致書全忠求援。全忠上疏理胤之功。……復召拜平章事。胤既獲汴州之援，頗弄威權。……自是朝廷權政，皆歸於己」；「及全忠攻鳳翔，胤寓居華州，爲全忠畫圖王之策」。《新唐書·崔胤傳》亦載：「帝之在鳳翔，以盧光啟、蘇檢爲相，胤皆逐殺之，分斥從幸近臣陸扆等三十餘人，惟裴贄孤立可制，留與偕秉政。帝動静一決於胤，無敢言者。」崔胤陷害諸臣，是以誣陷諸人勾結藩鎮，與宦官結黨爲罪名，故《舊唐書·昭宗紀》記其「怒（陸）扆代己，誣奏扆黨庇（李）茂貞」，又誣王摶與樞密使宋道弼、景務修「三人中外相結」。實則崔胤勾結朱全忠陷害諸大臣之内中原由實如《新唐書·崔胤傳》所云：「崔胤……喜陰計，附離權强，其外自處若簡重，而中險譎可畏。……陸扆當國，時王室不競，南、北司各樹黨結藩鎮，内相淩脅。胤素厚朱全忠，委心結之。全忠爲言胤有功，不宜處外，故還相而逐扆。……帝醜其行，罷爲吏部尚書，復倚扆以相。會清海無帥，因拜胤清海節度使。始，（崔）昭緯死，皆王摶等白發其奸，胤坐是賜罷，内銜憾。既與摶同宰相，胤議悉去中官，摶不助，請徐圖之。及是不欲外除，即漏其語於全忠，令露劾摶交敕使共危國，罪當誅。胤次湖南，召還守司空、門下侍郎、平章事。……而賜摶死，並誅中尉宋道弼、景務修，由是權震天下，雖宦官亦累息。」故《資治通鑑》卷二六四云：「胤恃全忠之勢，專權自恣，天子動静皆稟之。朝臣從上幸鳳翔者，凡貶逐三十餘人。刑賞繫其愛憎，中外畏之。」崔胤既勾結朱全忠以自固霸權，又爲朱全忠這一强盗「畫圖王之策」，卻又如詩中所言「未能知盗道」，最終利用價值已盡，反遭朱全忠所疑怒被貶遭殺。要之此金虎小人即如昭宗於詔書中所斥「豈有權重位崇，恩深奬厚，曾無惕厲，轉恣睢盱，顯構外兵，將圖不軌」、「負我何多，構亂至此」。史臣於《舊唐書·崔胤傳》中亦不禁怒斥「自古與盗合從，覆亡宗社，無如胤之甚也」。

〔七〕「黄旗紫氣」句：黄旗紫氣語本黄旗紫蓋，指天子之車，此指哀帝。參本詩集評陳寅恪説。

〔八〕「免使老臣」句：攀畫輪，用南朝宋王琨不忍親見篡弑故事。參本詩集評陳寅恪説。鄧云：「其今典，爲天復三年（九〇三）韓偓與昭宗訣别時所説『不忍見篡弑之辱』之語。」此事即《資治通鑑》天復三年二月所載：「上返自鳳翔，欲用偓爲相，偓薦崇及兵部侍郎王贊自代，上欲從之，崔胤惡其分己權，使朱全忠入爭之，全忠見上曰：『趙崇輕薄之魁，王贊無才用，韓偓何得妄薦爲相！』上見全忠怒甚，不得已，癸未，貶偓濮州司馬。上密與偓泣别，偓曰：『是人非復前來之比，臣得遠貶及死，乃幸耳，不忍見篡弑之辱。』」「『免使老臣攀畫輪』，當是指丁卯天祐四年（九〇七）朱全忠篡唐之事，曰『免使』者，不忍直言之也。」

【集評】

統籤本此詩後小注云：「黄旗紫氣句，似猶有望於哀宗。」

吴汝綸於此詩後評注云：「侍中血，謂王溥、趙崇等死于白馬驛。皇后嘗使宫人達意于柳璨、蔣元暉等，求禪代之後子母生全也。何后爲朱全忠所弑，云幾危者，諱之也。又昭宗被弑時，行逆者欲并殺何后，后求哀于元暉乃止。此詠昭帝被弑時事也。」

何義門：紀朱温弑昭宗事。又云：晉帝播遷，漢家失國，未有如今日之酷也。不忍斥言，以古事相近者見憶，極得《春秋》書「子般卒」之旨。紀昀：三四自是實語，然少藴藉。五六疊韻對，老杜「卑枝低結子，接葉暗巢鶯」亦是此格，然佳不在此。無名氏（甲）：此言鳳翔李茂貞在西，災由「金虎」而構成。朱温狂犬，以致被圍。「圖霸」二句純説朱温，此時尚未遷洛，故云「仍舊」耳。（《瀛奎律髓彙評》卷三十二忠憤類）

「金虎挻災不復論，構成狂猘犯車塵」，庭珠按，張衡《東京賦》「始乎宫鄰，卒乎金虎」。注謂小人在位，與君爲鄰。堅若金，猛若虎也。又按，猘，《説文》作狾，見《春秋傳》。「御衣空惜侍中血，國璽幾危皇后身」，庭珠按，上句用晉嵇紹事，下句用王莽篡漢時事。「圖霸未能知盜道」，庭珠按，《莊子·在宥》篇：「盜亦有道。」「飾非惟欲害仁人。黄旗紫氣今仍舊，免使老臣攀畫輪。」庭珠按，司馬德操與劉恭嗣書曰：黄旗紫氣，恒見東南。又按，齊蕭道成受宋禪，百官陪列。光禄大夫王琨獨攀畫輪徽尾慟哭，恨不先驅螻蟻。詔按，此因全忠弒逆而并及劉季述之亂也。季述幽昭宗於少陽院，凡宫人左右爲上所寵信者皆榜殺之。又脇帝内禪，何后恐賊加害，即取璽授之。「御衣」、「國璽」二語皆切指當時事蹟。夫昭宗、何后前後爲全忠所弒，曰「空惜」，曰「幾危」，若爲未弒者，然此正深惡全忠而借季述以甚其罪也。全忠殺宦官數百人，名起晉陽之甲，以清君側，似乎圖霸，曾盜之不如，尋逐陸扆、王溥，又欲害偓，貶濮州。二語顯罪全忠也。末又申首章之意，言王氣如存，庶幾中興可待，後死之辱吾知免夫。（以上均見杜詔《中晚唐詩叩彈集》卷十二）

《舊唐書》二百下《黄巢傳》：賊巢僭位，國號大齊，年稱金統。且陳符命曰：「土德生金，予以金王，宜改年爲金統。」寅恪案：「虎」爲唐太祖諱，太祖之廟不祧，不可援已祧不諱之例。疑「虎」與「統」形近致誤。韓公意謂朱温出身黄巢之黨姑不論，而竟搆成弒逆則極可痛恨也。《舊唐書》二十上《昭宗紀》：天祐元年八月壬辰朔。壬寅夜，朱全忠令左龍武統軍朱友恭、右龍武統軍氏叔琮、樞密使蔣玄暉弒昭宗於椒殿……是夜二鼓，蔣玄暉選龍武衙官史太等百人叩内門，言軍前有急奏面見上。内門開，玄暉每門留卒十人，至椒殿院，貞一夫人啟關，謂玄暉曰：「急奏不應以卒來。」史太執貞一，殺之，急趨殿下。玄暉曰：「至尊何在？」昭儀李漸榮臨軒謂玄暉曰：「院使莫傷官家，寧殺我輩。」帝方醉，聞之遽起。史太持劍入椒殿，帝單衣旋柱而走，太追而弑之。漸榮以身護帝，亦爲太所殺。復執何皇后，將害之，后求哀於玄暉，玄暉以全忠止令害帝，釋后而去。《通鑑》亦同。據此，則「國璽幾危皇后身」當正是實録，何云諱之耶？「侍中」詩以嵇紹比李漸榮。又《舊唐書》二十下《哀帝紀》：天祐元年八月己酉，矯制曰：「昭儀李漸榮、河東夫人裴貞一，今月十一日夜持刃謀逆，懼罪投井而死，宜追削爲悖逆庶人。」蔣玄暉夜既弑逆，詰旦宣言於外曰：「夜來帝與昭儀博戲，帝醉，爲昭儀所害。」歸罪宫人，以掩弑逆之跡。然龍武軍官健備傳二夫人之言於市人。尋用史太爲棣州刺史，以酬弑逆之功。寅恪案：此所謂「飾非唯欲害仁人」。國璽幾危皇后身：《漢書》九八《元后傳》：及（王）莽即位，請璽，太后不肯授莽，莽使安陽侯舜諭旨。舜既見，太后知其爲莽求璽，怒罵之。太后因涕泣而言。舜亦悲不能自止。良久，乃仰謂太后：「臣等已無可言者，莽必欲得傳國璽，太后寧能終不與邪？」太后聞舜語切，恐莽欲脅之，乃出漢傳國璽，投之地，以授舜曰：「我老已死，知而兄弟今族滅也。」舜既得傳國璽，奏之，莽大悦。《后漢書》十下《獻穆曹皇后紀》：魏受禪，遣使求璽綬，后怒，不與，如此數輩。后乃呼使者入，親數讓之，以璽綬抵軒下，因涕泣横流，曰：「天不祚爾！」左右皆莫能仰視。「黄旗紫氣今仍舊」者，謂昭宗被弑，其子哀帝猶得嗣位，不同禪代，故有免使老臣如王琨之攀畫輪也。《宋書》二十七《符瑞志》上：漢世術士言：「黄旗紫蓋，見於斗、牛之間，江東有天子氣。」《文選》三十《謝玄暉始出尚書省》詩注及五六《陸佐公石闕銘》注引司馬德操《與劉恭嗣書》：「黄旗紫蓋恒見東南，終成天下者，揚州之君子。」庾子山《哀江南賦》：昔之虎踞龍盤，加以黄旗紫氣，莫不隨狐兔而窟穴，與風塵而殄瘁。寅恪案：冬郎作「黄旗紫氣」，當是用庾賦。是時吴之楊行密、閩之王審知皆不可以「黄旗紫蓋」天子所在目之，故此句必指哀帝而言。然則此四首詩爲昭宗被弑，哀帝嗣立時所作，斯其碻證矣。《吴志三》孫皓建衡三年注引《江表傳》曰：初，丹楊刁玄使蜀，得司馬徽與劉廙論運命曆數事，玄詐增其文以誑國人曰：「黄旗紫蓋見於東南，終有天下者，荆、揚之君乎！」《吴志二》孫權黄武四年注引《吴書》曰：陳化爲郎中令，使魏，魏文帝因酒酣嘲問曰：「吴魏峙立，誰將平一海内者乎？」對曰：「易稱『帝出乎震』，加聞先哲知命，舊説『紫蓋黄旗，運在東南』。」庾信《哀江南賦》倪注引司馬德操《與劉恭嗣書》，改「紫蓋」作「紫氣」以遷就庾賦，非原文作「氣」，不過子山以叶韻故改作「氣」，未必真有本作「氣」，倪注引其逕作「氣」，恐非。《南史》二三《王華附琨傳》：順帝遜位，百僚陪列，琨攀畫輪獺尾，慟泣曰：「人以壽爲歡，老臣以壽爲戚。既不能先驅螻蟻，頻見此事。」嗚噎不自勝，百官人人雨淚。（以上均見陳寅恪《讀書札記二集·韓翰林集之部》）

【按】此詩乃斥崔胤引狼入室，致使朱全忠弑帝害后，誅殺仁人而篡唐。

三

簪裾皆是漢公卿〔一〕，盡作鋒鋩劍血腥①。顯負舊恩歸亂主〔二〕，難教新國用輕刑〔三〕。穴中狡兔終須盡〔四〕，井上嬰兒豈自寧②〔五〕。底事亦疑懲未了，更應書罪在泉扃〔六〕。

【校記】

①「腥」，原作「醒」，玉山樵人本、統籤本、汲古閣本、麟後山房刻本、吴校本等均作「腥」。按，「醒」乃「腥」之音誤，今據玉山樵人本、統籤本等諸本校改。

②「自」，玉山樵人本作「是」。

【注釋】

〔一〕「簪裾皆是」二句：簪裾，本是高官服飾，此代謂高官。「簪裾」二句乃借漢喻唐，指天祐二年（九〇五）六月朱全忠殺朝士三十餘人於滑州（今河南滑縣）白馬驛，投入黄河一事。《資治通鑑》卷二百六十五天祐二年六月戊子朔：『敕裴樞、獨孤損、崔遠、陸扆、王溥、趙崇、王贊等並所在賜自盡。時全忠聚樞等及朝士貶官者三十餘人於白馬驛，一夕盡殺之，投屍於河。初，李振屢舉進士，竟不中第，故深疾搢紳之士，言于全忠曰：「此輩常自謂清流，宜投之黄河，使爲濁流！」全忠笑而從之。』王溥，薦偓入翰林者也。趙崇、王贊，偓所薦爲宰相。崇，又爲偓座主。陸扆，昭宗嘗欲罪之而爲偓所諫止者也。」

〔二〕顯負舊恩：指辜負李唐皇室之恩。亂主，指朱全忠。按「顯負舊恩歸亂主」者，柳璨蓋乃其中一人。《新唐書·柳璨傳》：柳璨「遷左拾遺。昭宗好文，待李磎最厚，磎死，内常求似磎者。或薦璨才高，試文，帝稱善，擢翰林學士。崔胤死，昭宗密許璨宰相，外無知者。……遂以諫議大夫同中書門下平章事。起布衣，至是不四歲，其暴貴近世所未有。……朱全忠圖篡殺，宿衛士皆汴人，璨一厚結之，與蔣玄暉、張廷範尤相得。既挾全忠，故朝權皆歸之。……天祐二年，長星出太微、文昌間，占者曰：『君臣皆不利，宜多殺以塞天變。』玄暉、廷範乃與璨謀殺大臣宿望者，璨手疏所仇媢若獨孤損等三十餘人，皆誅死，天下以爲冤。全忠聞之，不善也。其後急於九錫，宣徽北院使王殷者搆璨等，言其有貳，故禮不至。玄暉懼，自往辨解。全忠怒罵曰：『爾與柳璨輩沮我，不由九錫，作天子不得邪？』璨懼，即脇哀帝曰：『人望歸元帥矣，陛下宜揖讓以授終』璨自請行，進拜司空，爲册禮使，即日進道。」

〔三〕「難教新國」句：《周禮·秋官·大司寇》：「刑新國，用輕典；刑亂國，用重典。」鄭玄注：「新國者，新辟地立君之國。」唐杜甫《題鄭十八著作文（一作丈）故居》：「可念此翁懷直道，也沾新國用輕刑。」新國，此指朱全忠所控制之哀帝朝。按，此句所指，柳璨蓋其中一人。柳璨既背唐恩歸朱全忠，然因其作惡太甚，終亦被朱全忠所殺。《新唐書·柳璨傳》載：「及玄暉死，而全忠恚璨背己，貶登州刺史，俄除名爲民，流崖州，尋斬之。臨刑悔吒曰：『負國賊柳璨，死宜矣！』弟瑀、瑊皆榜死。」

〔四〕穴中狡兔：即狡兔三窟。《戰國策·齊策四》：「馮諼曰：狡兔有三窟，僅得免其死耳；今君有一窟，未得高枕而卧也，請爲君復鑿二窟。」《史記·越王句踐世家》：「范蠡遂去，自齊遺大夫種書曰：蜚鳥盡，良弓藏，狡兔死，走狗烹。」此處「穴中狡兔」，指附逆諸臣。

〔五〕「井上嬰兒」句：井上嬰兒，用《孟子·公孫丑上》：「今人乍見孺子將入於井，皆有怵惕惻隱之心。」此句當是指戊辰後梁太祖開平二年（九〇八）唐哀帝被朱全忠殺害。哀帝被殺，《資治通鑑》卷二百六十六後梁太祖開平二年二月記：「癸亥，鴆殺濟陰王於曹州，追謚曰唐哀皇帝。」元胡三省注：「年十七。」

〔六〕泉扃：墓門。亦指陰曹地府。南朝梁江淹《蕭太傅謝追贈父祖表》：「寵煇泉扃，恩凝松石。」《舊唐書·鄭畋傳》：「伏冀特加禮謚，以慰泉扃。」

【集評】

「用輕刑」，指蔣玄暉、朱友恭、氏叔琮輩。「穴中狡兔」，指附逆諸臣。「井上嬰兒」，爲哀宗危也。（胡震亨《唐音統籤》本此詩後小注）

庭珠按，《周禮》：「刑新國，用輕典；刑亂國，用重典。」鄭玄曰：「亂國，篡弑、叛逆之國。」上句「歸亂主」，蓋互文見義（「顯負舊恩」二句下）。詔按，天祐二年，全忠與柳璨、李振謀殺宰相以下三十餘人於白馬驛，投尸黄河，「簪裾」、「劍血」謂此也。負恩、從逆諸臣，宜從亂國之典。然全忠同穴相噬，危機已萌，自取隕滅。既又言：雖赤族之誅，未足蔽滔天之惡，更當正名定罪，戮及幽冥：皆極其憤懣之辭。庭珠按，昭宣遷洛未久，故曰「新國」；「嬰兒」指昭宣，即位時年十三。（杜詔《中晚唐詩叩彈集》卷十二）

《舊唐書》二十下《哀帝紀》：天祐元年十月壬辰，（朱）全忠自河中來朝，赴西内臨祭訖，對於崇勳殿。甲午勅：「檢校太保、左龍武統軍朱友恭可復本姓名李彦威，貶崖州司户同正。檢校司徒、右龍武統軍氏叔琮可貶貝州司户同正。」又勅：「彦威等主典禁兵，妄爲扇動，既有彰於物論，兼亦繫於軍情。謫掾遐方，安能塞責？宜配充本州長流百姓，仍令所在自盡。」河南尹張廷範收彦威等殺之。臨刑大呼曰：「賣我性命，欲塞天下之謗，其如神理何？操心如此，欲望子孫長世，可乎？」呼廷範謂曰：「公行當及此，勉自圖之。」寅恪案：朱友恭檢校太保，氏叔琮司徒，故云「簪裾皆是漢公卿」也。「穴中狡兔」疑指朱全忠，「井上嬰兒」則目哀帝也。（陳寅恪《讀書札記二集·韓翰林集之部》）

四

坐看苞藏負國恩①〔一〕，無才不得預經綸〔二〕。袁安墜睫尋憂漢②〔三〕，賈誼濡毫但過秦〔四〕。威鳳鬼應遮矢射〔五〕，靈犀天與隔埃塵〔六〕。隄防瓜李能終始〔七〕，免愧於心負此身。

## 【校記】

①「苞」，原作「包」，玉山樵人本、韓集舊鈔本、統籤本、汲古閣本、麟後山房刻本、吴校本均作「苞」，今據改。按，「苞」通「包」。

②「袁安」，玉山樵人本、統籤本均作「袁女」。按，「袁女」乃「袁安」之誤。

## 【注釋】

〔一〕苞藏：同「包藏」。裹藏；隱藏。苞，通「包」。《周書·蕭詧傳》：「闤市恣其哀刻，豪猾多所苞藏。」唐韓愈《和侯協律詠筍》：「外恨苞藏密，中仍節目繁。」

〔二〕經綸：原指整理絲縷、理出絲緒和編絲成繩，統稱經綸。此處引申爲籌畫治理國家大事。《易·屯》：「雲雷屯，君子以經綸。」孔穎達疏：「經謂經緯，綸謂綱綸，言君子法此屯象有爲之時，以經綸天下，約束於物。」唐劉知幾《史通·暗惑》：「魏武經綸霸業，南面受朝。」

〔三〕「袁安墜睫」句：墜睫，流淚。《後漢書·袁安傳》：「安以天子幼弱，外戚擅權，每朝會進見，及與公卿言國家事，未嘗不噫嗚流涕。自天子及大臣皆恃賴之。」此處袁安爲自比。憂漢，借喻唐亡前爲李唐王朝而擔憂。

〔四〕「賈誼濡毫」句：《文選》卷五十一漢賈誼《過秦論》，題下李善注：「應劭曰：賈誼書第一篇名也，言秦之過。」賈誼，詩人自比。濡毫，濡筆。謂蘸筆書寫或繪畫。唐韋應物《酬劉侍郎使君》

詩：「濡毫意僶俛，一用寫悁勤。」過秦，指作詩文以貶斥朱全忠。

〔五〕「威鳳」句：威鳳，典出《關尹子·九藥篇》：「威鳳以難見爲神，是以聖人以深爲根。」又《漢書·宣帝紀》神爵元年春正月：「九真獻奇獸，南郡獲白虎、威鳳爲寶。」唐顔師古注引晉灼曰：「鳳之有威儀者也，與《尚書》『鳳皇來儀』同意。」遮矢射，統籤本此詩後小注云：「此篇自謂也。遮矢射，言免禍。」

〔六〕「靈犀」句：靈犀，犀牛角。相傳犀角有種種靈異作用，如鎮妖、解毒、分水等，故稱。梁任昉《述異記》卷上：「卻塵犀，海獸也。然其角辟塵，致之於座，塵埃不入。」統籤本此詩後小注云：「此篇自謂也。隔埃塵，言免污。」

〔七〕「隄防瓜李」句：瓜李，《文選·古樂府·君子行》：「君子防未然，不處嫌疑間。瓜田不納履，李下不正冠。」唐白居易《雜感》：「嫌疑遠瓜李，言動慎毫芒。」

## 【集評】

《集》云：壬申年作。然此詩自紀朱温弑昭宗事，甲子年所作也。意温於壬申年被弑，此詩方敢出，故附之「壬申」耳。（胡震亨《唐音戊籤》）

「坐看包藏負國恩，無才不得預經綸。袁安墜睫尋憂漢」，庭珠按，庾信賦：袁安之每念王室，自然流涕。……詔按，首句言不能弭亂於先，自責也。次句言不能匡復於後，自傷也。……後半言身雖幸免鋒鏑，而此心終不受塵污，惟有引嫌遠去，此則自痛而自已之詞也。庭珠按，唐末進退不污者，司空表聖而外，唯致光一人。司空之死，全晚節也；韓之不死，望中興也。誰謂兩賢有異致哉！（清·杜詔《中晚唐詩叩彈集》卷十二）

詔按，壬申，梁乾化二年也。是時，晉、岐、吴尚稱唐天祐九年。致光惓惓故朝，不忘興復之望。是年六月，全忠爲子友珪所弑。致光聞之，感今追昔，推原禍始而以自叙終焉。《統籤》謂非壬申年作，并識俟考。（清·杜詔《中晚唐詩叩彈集》卷十二）

【按】此詩之意旨清人杜詔所釋頗能切合詩意。

## 驛　步　癸酉年在南安縣①〔一〕

暫息征車病眼開，況穿松竹入樓臺。江流燈影向東去，樹遞雨聲從北來。物近劉輿招垢膩②〔二〕，風經庾亮污塵埃〔三〕。高情自古多惆悵，賴有南華養不材〔四〕。

【校　記】

① 統籤本題下小注爲「癸酉年南安縣」。

②「劉輿」，玉山樵人本、韓集舊鈔本、統籤本、汲古閣本、麟後山房刻本均作「劉璵」。按，據《晉書》卷六十二《劉琨傳》附《劉輿傳》，劉輿之「輿」不作「璵」，作「劉璵」誤。

【注釋】

〔一〕此詩題下已有「癸酉年在南安縣」小注，統籤本題下小注亦謂「癸酉年南安縣」。故詩乃作於後梁乾化三年癸酉，亦即鳳曆元年（公元九一三年），時在南安縣。

驛步：水驛的停船處。唐劉禹錫《别夔州官吏》：「青帳聯延喧驛步，白頭俯傴到江濱。」唐司空圖《雜題九首》之六：「驛步堤縈閣，軍城鼓振橋。」

〔二〕「物近劉輿」句：《晉書·劉琨傳》：「輿字慶孫。儁朗有才局，與琨並尚書郭奕之甥，名著當時。京都爲之語曰：『洛中奕奕，慶孫、越石。』辟宰府尚書郎。……東海王越、范陽王虓之舉兵也，以輿爲潁川太守。及河間王顒檄劉喬討虓於許昌，矯詔曰：『潁川太守劉輿廹脅范陽王虓，距逆詔命，多樹私黨，擅劫郡縣，合聚兵衆。……』虓之敗，輿與之俱奔河北。虓既鎮鄴，以輿爲征虜將軍、魏郡太守。虓薨，東海王越將召之，或曰：『輿猶膩也，近則污人。』及至，越疑而御之。」

〔三〕「風經庾亮」句：《世説新語·輕詆》：「庾公權重，足傾王公。庾在石頭，王（導）在治城坐。大風揚塵，王以扇拂塵曰：『元規塵汙人。』」按，元規即庾亮字。

〔四〕南華：《南華真經》的省稱。即《莊子》的别名。《新唐書·藝文志三》：「天寶元年，詔號《莊子》爲《南華真經》。」唐賈島《病起》詩：「燈下《南華》卷，袪愁當酒盃。」不材，參卷一《湖南梅花一冬再發偶題於花援》詩注釋〔九〕。唐白居易《蟠木謡》：「爾既不材，吾亦不材，胡爲乎人間徘徊？」

【集評】

劉後邨曰：「唐史謂致光挈族入閩依王氏。按，王氏據福唐，致光乃居南安，曷嘗遂依之乎？後邨之言是也，而尚未盡。致光以丙寅至福唐主黄滔家，丁卯唐亡。戊辰尚寓福唐，己巳寓汀州之沙縣。庚午寓尤溪之桃林，辛未而後始至南安。則其在福唐亦三年，又二年而居南安耳。然致光之居南安，固不依王氏。即居福唐，亦非依王氏。何以知之？王氏固附梁者也，致光避梁而出，豈肯依附梁之人。故其嘆郎官之使閩者曰：「不羞莽卓黄金印，翻笑羲皇白接羅。」《鵲》詩曰：「莫怪天涯棲不穩，託身須是萬年枝。」《驛步》詩曰：「物近劉輿招垢膩，風經庾亮污塵埃。」《喜凉》詩曰：「東南亦是中華分，蒸鬱相凌太不平。」《悽悽》詩曰：「嗜鹹凌魯濟，惡潔助涇泥。」《閑興》詩云：「他山冰雪解，此水波瀾生。」豈但於王氏無一毫之益，且危疑百端矣。讀詩論世，可以得其情狀也。（全祖望《鮚埼亭集外編》卷三十三《題跋·跋韓致光閩中詩》）

吴汝綸評注云：「江流句言微光已去，樹遞句言北方亂信也。」

【按】此詩乃韓偓在閩南安再遷居途中經驛步而作，詩寫途中景致，並抒發其於唐亡後潔身自好之高情遠志。

## 訪隱者遇沈醉書其門而歸〔一〕

曉入江村覓釣翁，釣翁沈醉酒缸空。夜來風起閒花落，狼藉柴門鳥逕中。

【注　釋】

〔一〕此詩《全唐詩》編於前一首《驛步》詩下，後二首《南安寓止》詩前。《驛步》詩題下有「癸酉年在南安縣」小注，而《南安寓止》詩乃癸酉年即乾化三年（公元九一三年）春所作（詳該詩注釋〔一〕所考），則此詩亦作於乾化三年。

【按】此詩乃詩人拜訪隱者不遇之作。觀其詩中所提及之「曉入江村」、「夜來」云云可知，詩人拜訪隱者乃自曉至晚，時間之長可知。又拜訪亦有前後兩次，地點亦不同。首次乃在清晨，地點在江村，雖然見到釣翁（即隱者），然而其時釣翁卻酩酊大醉，實是不遇而歸。第二次拜訪蓋在當日晚間，地點則在釣翁山間隱居之處，然而亦是不遇，蓋隱者此時亦酣醉不醒，閉門沉睡，故詩人只得於其柴門題詩而歸矣。詩人此時期多有關涉隱者之作，可見其避世隱逸之情志。

## 疏　雨〔一〕

疏雨從東送疾雷，小庭涼氣浄莓苔。卷簾燕子穿人去，洗硯魚兒觸手來①。但欲進賢求上賞〔二〕，唯將拯溺作良媒〔三〕。戎衣一挂清天下〔四〕，傅野非無濟世才②〔五〕。

### 【校　記】

①「硯」，吴校本作「研」。

②「才」，吴校本作「材」。

### 【注　釋】

〔一〕此詩《全唐詩》編於作於後梁乾化三年春的《訪隱者遇沈醉書其門而歸》詩（其作年譜詳見該詩注釋〔一〕所考）下一首，《南安寓止》詩前一首，而《南安寓止》詩據考亦作於乾化三年春，則此詩亦作於是年春。時韓偓在南安縣。

〔二〕進賢：謂進薦賢能之士。《周禮・大司馬》：「進賢興功，以作邦國。」賈公彦疏：「進賢，諸臣舊在位有德行者並草萊有德行未遇爵命者，進之使稱才仕用。」上賞，最高之賞賜；重賞。《戰國策・齊策一》：「（齊威王）乃下令：『群臣吏民，能面刺寡人之過者，受上賞。』」《漢書・武帝紀》：「且進賢受上賞，蔽賢蒙顯戮，古之道也。」

〔三〕拯溺：救援溺水者。引申指解救危難。《鄧析子・無厚》：「不治其本，而務其末，譬如拯溺而硾之以石，救火而投之以薪。」良媒，好媒人。此處意爲最好的媒介。《詩・衛風・氓》：「匪我愆期，子無良媒。」唐宋之問《酬李丹徒見贈之作》：「以予慚拙宦，期子遇良媒。」

〔四〕「戎衣一挂」句：《書・武成》：「一戎衣，天下大定。」僞孔安國傳：「衣，服也。著戎服而滅紂。」挂，披掛。清天下，即天下大定之意。清，廓清。

〔五〕傅野：《尚書・説命上》：「高宗夢得説，使百工營求諸野，得諸傅巖，作《説命》三篇。」

【按】詩寫疏雨，而最扣緊之句爲首聯。三、四兩句則叙詩人之卷簾以及洗硯之情景，雖看似與疏雨無關，然細思則亦不無關係。蓋疏雨過後，池水益盈滿，故想起洗硯之事。欲於池邊洗硯，則詩人方卷簾外出，如此則有「燕子穿人」、「魚兒觸手」之生動靈活，妙趣盎然景象。然下半首則非直寫疏雨，乃由疏雨「東送疾雷」聯想生發而至。故有「進賢」、「拯溺」、「清天下」等抒發情志感慨之語。尤可注意者乃詩人入南安縣所作詩中，多有借機忽然抒發情志感慨之作，如《驛步》、《露》、《鵲》、

《殘春旅舍》、《江岸閒步》等諸詩均是如此。以此可見詩人微妙之思想心態，乃研究詩人之心理路程之詩什。

## 南安寓止〔一〕

此地三年偶寄家，枳籬茅廠共桑麻①〔二〕。蝶矜翅暖徐窺草〔三〕，蠭倚身輕凝看花〔四〕。天近函關屯瑞氣〔五〕，水侵吴甸浸晴霞〔六〕。豈知卜肆嚴夫子，潛指星機認海槎〔七〕。

【校　記】

①「廠」，玉山樵人本、統籤本均作「屋」，《全唐詩》、吴校本均校：「一作屋。」

【注　釋】

〔一〕此詩有「此地三年偶寄家」句，則作此詩時韓偓已在南安縣三年。統籤本《火蛾》詩題下有小注：「辛未南安縣作。此詩蓋有所指。」自辛未至癸酉，即後梁乾化元年至乾化三年爲三年。則此詩乃作於後梁乾化三年（公元九一三年），時在南安縣。又詩有「蝶矜翅暖徐窺草，蠭倚身輕凝看花」句，當作於是年春間。

南安：即今福建南安。《舊唐書》卷四十《地理志三》江南東道泉州：「南安，隋縣。武德五年，置豐州，領南安、莆田二縣。貞觀元年，廢豐州，縣屬泉州。聖曆二年，屬武榮州。州廢來屬。」明黄仲昭《八閩通志》卷二《疆域·泉州府》：「南安縣，在府城西十五里。」明何喬遠《閩書》卷八《方域志》南安縣：「東抵晉江，西抵安溪，南抵同安，北抵永春。梁爲南安郡，隋廢郡改縣，曰南安，屬建安郡。」

〔二〕枳籬：枳木籬笆。《晉書·成都王穎傳》：「穎乃造棺八千餘枚，以成都國秩爲衣服，斂祭，葬於黄橋北，樹枳籬爲之塋域。」枳，木名。也稱枸橘、臭橘。落葉灌木或小喬木。木似橘而小，莖上有刺，春生白花，至秋成實，果小，味酸苦不能食，可入藥。成條種植可作籬笆。《周禮·考工記序》：「橘踰淮而北爲枳。」《後漢書·馮衍傳下》：「揵六枳而爲籬兮，築蕙若而爲室。」李賢注：「枳，芬木也……枳之爲木，芳而多刺，可以爲籬。」茅廠，茅舍，草屋。廠，猶棚舍。北魏賈思勰《齊民要術·養羊》：「架北牆爲廠。」

〔三〕矜：自誇；自恃。《書·大禹謨》：「汝惟不矜，天下莫與汝爭能；汝惟不伐，天下莫與汝爭功。」孔傳：「自賢曰矜，自功曰伐。」孔穎達疏：「矜與伐俱是誇義。」《管子·宙合》：「功大而不伐，業明而不矜。」

〔四〕凝：原注：「去聲。」凝，凝神。謂精力專注或注意力集中。《莊子·逍遥遊》：「藐姑射之山，有神人居焉……乘雲氣，御飛龍，而遊乎四海之外；其神凝，使物不疵癘，而年穀熟。」漢張衡《思玄賦》：「默無爲以凝志兮，與仁義乎逍遥。」凝看花，即專注看花。

〔五〕函關：即函谷關。在今河南靈寶縣南，是秦的東關。東自崤山，西至潼津，深險如函，通名函谷。瑞氣，瑞應之氣。泛指吉祥之氣。《晉書·天文志中》：「瑞氣：一曰慶雲。若煙非煙，若雲非雲，鬱鬱紛紛，蕭索輪囷，是謂慶雲，亦曰景雲。此喜氣也，太平之應。」

〔六〕吴甸：指我國東南一帶地區。此處亦指閩地。甸，古代京城郊外的地方稱「甸」。《周禮·天官·大宰》：「三曰邦甸之賦。」賈公彦疏：「郊外曰甸，百里之外，二百里之内。」《左傳·襄公二十一年》：「罪重於郊甸，無所伏竄，敢布其死。」杜預注：「郭外曰郊，郊外曰甸。」

〔七〕「豈知卜肆」二句：此處用晉張華《博物志》卷十《雜説下》典故，詳見卷一《夢仙》詩注釋〔五〕。

## 【集評】

唐韓偓本京兆人，爲翰林學士承旨。昭宗時，朱全忠怒其薄己，斥偓罪，欲殺之，以鄭元規解乃止，累貶鄧州司馬。天祐初復召爲學士，偓不敢入朝，挈家南依王審知。居南安有詩云：「此地三年偶寓家，枳籬茅屋共桑麻。」（祝誠《蓮堂詩話》卷上《韓偓南遷》）

南安縣……韓偓宅（在縣。偓自京兆徙此，其詩有「此地三年偶寓家，枳籬茅屋共桑麻」）。（陳道《（弘治）八閩通志》卷七十三宫室）

韓偓墓在南安縣，偓唐翰林學士。韓偓故居在南安縣，偓自京兆徙此。其詩有「此地三年偶寓家，枳籬茅屋共桑麻」之句。（李賢《明一統志》卷七十五）

龍興院在三都。唐太和中建。……光啓間，學士韓偓寓歿於此。偓自京兆徙此，其詩有「此地三年偶寓家，枳籬茅屋共桑麻」之句。院今廢。」（民國四年《南安縣志》卷五《營建志二》）

【按】此詩題爲《南安寓止》，詩句有「此地三年偶寄家，枳籬茅廠共桑麻」。而作於同年稍前之《驛步》詩，中有「暫息征車病眼開」等句，可見《南安寓止》詩乃詩人來南安寓居後又一次徙居後所作。其此數年遷徙情形，可參鄧小軍《韓偓年譜》。

## 十月七日早起作時氣疾初愈〔一〕

疾愈身輕覺數通〔二〕，山無嵐瘴海無風〔三〕。陽精欲出陰精落①〔四〕，天地苞含紫氣中②〔五〕。

【校記】

①「出」，玉山樵人本、韓集舊鈔本、統籤本、汲古閣本、麟後山房刻本、吴校本均作「去」，《全唐詩》校「一作去」，吴校本校「一作出」。按，應作「出」，「去」於此處不通，恐爲「出」之形誤。

②「苞」，原作「包」，玉山樵人本、韓集舊鈔本、統籤本、汲古閣本、麟後山房刻本均作「苞」，今據改。按，「苞」通「包」，義爲裹。

【注釋】

〔一〕據《全唐詩》所編，此詩前一首爲《南安寓止》，是詩作於又徙居新居初之乾化三年春夏間，故此詩當作於乾化三年（公元九一三年）十月七日。

氣疾：指呼吸系統疾病。《南史·徐摛傳》：「摛不獲朝謁，因感氣疾而卒。」《南齊書·庾杲傳》：「臨終上表曰：『臣昨夜及旦，更增氣疾。自省綿痼，頃刻危殆，無容復卧。』」此處「作」，即創作。「早起作」，即此詩乃清早起床後作。

〔二〕數：此指氣數、節氣和運數。猶節候，季節，氣候。《宋史·樂志》：「初（吴）良輔在元豐中上《樂書》五卷，其書分爲四類，以謂『天地兆分，氣數爰定。律厥氣數，通之以聲』。」元方回《除夕前大雨雪立春已八日》詩：「氣數已迴終是好，明朝紅日上雲端。」

〔三〕嵐瘴：山林間的瘴氣。《太平廣記》卷二四一《王承休》引《王氏聞見録》：「塞邑荒涼，民雜蕃戎，地多嵐瘴，别無華風。」宋蘇軾《與劉宜翁書》：「嶠南山水奇絶，多異人神藥，先生不畏嵐瘴，可復談笑一遊，則小人當奉杖屨以從矣。」

〔四〕陽精、陰精：指太陽、月亮。《禮記・月令》「月令第六」，唐孔穎達疏：「月是陰精，日爲陽精。」北齊顔之推《顔氏家訓・歸心》：「天爲積氣，地爲積塊，日爲陽精，月爲陰精。」

〔五〕苞：通「包」，裹也。《莊子・天運》：「充滿天地，苞裹六極。」陸德明釋文：「本或作包。」漢桓寬《鹽鐵論・貧富》：「小不能苞大，少不能贍多。」南朝宋謝靈運《於南山往北山》詩：「初篁苞緑籜，新蒲含紫茸。」紫氣，紫色雲氣。古代以爲祥瑞之氣。附會爲帝王、聖賢等出現的預兆。參卷一《辛酉歲冬十一月隨駕幸岐下作》詩注釋〔四〕。

【按】詩寫詩人氣疾初愈，清晨早起之感受。首句「覺數通」，謂覺節候清爽氣暢也。「山無嵐瘴」以下三句，均是詩人所見所感之天地自然之氣象，亦即首句「數通」之表徵也。全詩可見其「疾愈身輕」時之愉悦輕鬆之心情。南安爲閩地南方，農曆十月素有小陽春之説，乃冬日如春之氣候。故此詩此句後即有「山無嵐瘴海無風。陽精欲出陰精落，天地苞含紫氣中」等句，皆用以表明「覺數通」也。

# 有感〔一〕

堅辭羽葆與吹鐃〔二〕，翻向天涯困繫匏〔三〕。故老未曾忘炙背〔四〕，何人終擬問苞茅①〔五〕。融風漸暖將迴雁〔六〕，潃水猶腥近斬蛟②〔七〕。萬里關山如咫尺，女牀唯待鳳歸巢〔八〕。

【校記】

①「苞」，玉山樵人本、統籤本均作「包」。

②「潃」，玉山樵人本、統籤本均作「滌」，《全唐詩》、吳校本均校：「一作滌。」按，應作「潃」，「滌」誤。

【注釋】

〔一〕此詩在《全唐詩》中排列於《南安寓止》後二首，其前一首爲《十月七日早起作時氣疾初愈》。據前考，《南安寓止》詩作於乾化三年春間，《十月七日早起作時氣疾初愈》詩則作於乾化三年十月七日。而《有感》詩在《十月七日早起作時氣疾初愈》詩後，且有「融風漸暖將迴雁」句，乃春日大雁北歸景象，故此詩繫於乾化三年十月七日後之春日爲宜，即乾化四年（公元九一四年）春。

〔二〕「堅辭」句：羽葆，帝王儀仗中以鳥羽聯綴爲飾的華蓋。亦泛指鹵簿或作爲天子的代稱。古代有大勛功者亦加羽葆。《漢書·韓延壽傳》：「建幢棨，植羽葆。」顔師古注：「羽葆，聚翟尾爲之，亦今纛之類也。」《南史·宋高祖紀》：「有大勛者皆加羽葆。」吹鐃，即鐃吹，鐃歌。軍中樂歌，爲鼓吹樂的一部。所用樂器有笛、觱篥、簫、笳、鐃、鼓等。傳説黄帝、岐伯所作。漢樂府中屬鼓吹曲，馬上奏之，用以激勵士氣。也用於大駕出行和宴享功臣以及奏凱班師。南朝宋何承天《朱路篇》：「三軍且莫喧，聽我奏鐃歌。」唐李白《鼓吹入朝曲》：「鐃歌列騎吹，颯沓引公卿。」此處羽葆、吹鐃借指大臣所受之禮儀，亦即謂大臣。此句意爲堅決回絶朝廷欲他復官回朝之誥命。《新唐書·韓偓傳》即記「天祐二年，復召爲學士，還故官。偓不敢入朝，挈其族南依王審知而卒」。韓偓亦有《乙丑歲九月在蕭灘鎮駐泊兩月忽得商馬楊迢員外書賀余復除戎曹依舊承旨還緘後因書四十字》詩、《病中初聞復官二首》詩言其復官事，然詩人卻有「宦途巇嶮終難測，穩泊漁舟隱姓名」之詠而「堅辭」之。

〔三〕「翻向天涯」句：天涯，此指閩中，即今福建。繫匏，語出《論語·陽貨》：「吾豈匏瓜也哉，焉能繫而不食？」按，匏瓜味苦，故繫置不用。後用「繫匏」比喻隱居未仕或棄置閒散。唐孫逖《和左衛武倉曹衛中對雨創韻贈右衛李騎曹》：「道合宜連茹，時清豈繫匏？」此句意爲詩人堅辭復官，反而避居閩中，自我困於棄置閒散之生活。

〔四〕「故老」句：故老，元老，舊臣。《詩・小雅・正月》：「召彼故老，訊之占夢。」鄭玄箋：「君臣在朝，侮慢元老，召之不問政事，但問占夢。」《漢書・藝文志》：「古制，書必同文，不知則闕，問諸故老。」此處故老乃詩人自指。炙背，曬背。《列子・楊朱》：「昔者宋國有田夫，常衣緼黂，僅以過冬。暨春東作，自曝於日，不知天下之有廣厦隩室，綿纊狐狢。顧謂其妻曰：『負日之暄，人莫知者。以獻吾君，將有重賞。』里之富室告之曰：『昔人有美戎菽，甘枲莖芹萍子者，對鄉豪稱之。鄉豪取而嘗之，蜇於口，慘於腹，衆哂而怨之，其人大慚。』子此類也。」又，三國魏嵇康《與山巨源絶交書》：「野人有快炙背而美芹子者，欲獻之至尊，雖有區區之意，亦已疏矣。」此句意爲我這位唐室之舊臣未曾忘卻對皇上獻上區區之意。

〔五〕「問苞茅」句：苞茅，古代祭祀時用以濾酒的菁茅。因以裹束菁茅置匣中，故稱。問苞茅，《左傳・僖公四年》：「爾貢苞茅不入，王祭不共，無以縮酒，寡人是征。」杜預注：「包，裹束也；茅，菁茅也；束茅而灌之酒，爲縮酒。」《舊五代史・武皇紀下》：「僕經事兩朝，受恩三代，位叨將相，籍係宗枝，賜鈇鉞以專征，徵苞茅而問罪。」

〔六〕融風：指東北風。《左傳・昭公十八年》：「丙子，風。梓慎曰『是謂融風，火之始也』。」杜預注：「東北曰融風。融風，木也。木，火母，故曰火之始。」孔穎達疏：「東北曰融風。《易緯》作調風，俱是東北風。一風有二名。東北，木之始，故融風爲木也。木是火之母，火得風而盛，故融爲火之始。」

〔七〕滫水：酸臭的陳淘米水。亦泛指汙臭之水。《荀子·勸學》：「蘭槐之根是爲芷，其漸之滫，君子不近，庶人不服。」《淮南子·人間訓》：「申菽杜茝，美人之所懷服也；及漸之於滫，則不能保其芳矣。」高誘注：「滫，臭汁也。」《史記·三王世家》：「蘭根與白芷，漸之滫中。」裴駰集解引徐廣曰：「滫者，淅米汁也。」腥，腥氣、臭氣。《禮記·月令》：「其味辛，其臭腥。」唐杜甫《垂老別》詩：「積屍草木腥，流血川原丹。」斬蛟，《晉書·周處傳》記周處殺虎斬蛟事。又酈道元《水經注·河水》：「澹臺子羽齎千金之璧渡河，陽侯波起，兩蛟夾舟。子羽曰：『吾可以義求，不可以威劫。』操劍斬蛟，蛟死波休。乃投璧于河，三投而輒躍出。乃毁璧而去，示無吝意。」按，此處「滫水猶腥」蓋指朱氏後梁政權；「近斬蛟」，指朱全忠被其子友珪所殺。《資治通鑑》卷二六九乾化二年六月載此事：「（韓）勍以牙兵五百人從友珪雜控鶴士入，伏於禁中。中夜斬關入，至寢殿，侍疾者皆散走。帝驚起，問：『反者爲誰？』友珪曰：『非他人也。』帝曰：『我固疑此賊，恨不早殺之。汝悖逆如此，天地豈容汝乎！』友珪曰：『老賊萬段！』友珪僕夫馮廷諤刺帝腹，刃出于背。友珪自以敗氈裹之，瘞于寢殿。」

〔八〕「女牀」句：女牀，《山海經·西山經》：「西南三百里，曰女牀之山。其陽多赤銅，其陰多涅石，其獸多虎豹犀兕。有鳥焉，其狀如翟而五彩文，名曰鸞鳥，見則天下安寧。」鳳，即女牀之山的鸞鳥。此處詩人用以自喻。巢，此處借以喻唐王朝宫廷及其翰林院。

【集　評】

初昭宗欲相韓公，公固辭。後在湖南召復舊官，又不赴。（吴汝綸《吴評韓翰林集》）

【按】詩乃避居閩南僻野時，感慨流寓處困身世，抒發忠悃，盼望天下太平，得以北歸朝廷之作。五、六句寫近日局勢：「風暖」句謂局勢趨於好轉，北歸似乎有望也；「滄水猶腥」句謂朱全忠被殺，然而朱氏政權尚是污穢腥臭也。末二句爲心繫皇朝，盼望北歸宫闕之辭。「萬里關山」而視如「咫尺」者，乃心繫朝廷之謂也。

## 觀鬬雞偶作①

何曾解報稻粱恩，金距花冠氣遏雲〔二〕。白日梟鳴無意問②〔三〕，唯將芥羽害同群〔四〕。

【校　記】

①「鬬雞」，玉山樵人本、韓集舊鈔本、統籤本、麟後山房刻本、吴校本均作「雞鬬」，《全唐詩》校「一作雞鬬」，吴校本校：「一作鬬雞。」

②「梟鳴」，嘉靖洪邁本作「梟鴟」，《全唐詩》、吴校本均校：「一作鴟梟。」

【注　釋】

〔一〕此詩《全唐詩》排列於《有感》詩下一首。據前考《有感》詩乃後梁乾化四年（公元九一四年）春作，則此詩應作於乾化四年，詩人仍在南安縣。

〔二〕金距：裝在鬬雞距上的金屬假距。《左傳·昭公二五年》：「季郈之雞。季氏介其雞，郈氏爲之金距。」楊伯峻注：「《説文》：『距，雞距也。』……即雞跗蹠骨後方所生之尖突起部，中有硬骨質之髓，外被角質鞘，故可爲戰鬬之用。郈氏蓋於雞腳爪又加以薄金屬所爲假距。」唐李白《答王十二寒夜獨酌有懷》詩：「君不能狸膏金距學鬬雞。」王琦注引高誘曰：「金距，施金芒於距也。」宋周去非《嶺外代答·鬬雞》：「其金距也，薄刃如爪，鑿柄於雞距，奮擊之，始一揮距，或至斷頭。」花冠，謂鬬雞花彩之雞冠。氣遏雲，形容鬬雞之氣勢昂揚貌。

〔三〕「白日梟鳴」句：梟，貓頭鷹一類的鳥。亦爲鳥綱鴟鴞科各種鳥的泛稱。舊傳梟食母，故常以喻惡人。唐白居易《凶宅》詩：「梟鳴松桂枝，狐藏蘭菊叢。」梟一般白日隱棲，夜晚活動，故白日梟鳴乃不正常現象。此處意喻類似梟之凶惡者氣勢極爲囂張，毫無顧忌。

〔四〕芥羽：《左傳·昭公二十五年》：「季郈之雞鬭，季氏介其雞，郈氏爲之金距。」孔穎達疏引鄭司農曰：「介，甲也，爲雞著甲。」《史記·魯周公世家》作「季氏芥雞羽」。裴駰集解引服虔曰：「擣芥子播其雞羽，可以坌郈氏雞目。」後因以「芥羽」指用以角鬥的雞。漢應瑒《鬥雞》詩：「芥羽張金距，連戰何繽紛。」

**【集評】**

此讖當時藩鎮。（吴汝綸《吴評韓翰林集》）

此讖同類相殘也。（劉永濟《唐人絶句精華》）

【按】此因觀鬥雞有感而詠也。雖詠鬥雞，然當有所託喻，故全詩每句雖就「鬥雞」而言，然皆有所託喻，未可僅就鬥雞而言也。所託喻者蓋乃忘恩負義，不思報答人主養育之恩，以驅除凶殘醜類之禍患爲己任，而反而一味殘害同類之徒。

## 蜻蜓〔一〕

碧玉眼睛雲母翅，輕於粉蝶瘦於蜂。坐來迎拂波光久①〔二〕，豈是殷勤爲蓼叢②〔三〕。

【校　記】

①「迎」，嘉靖洪邁本作「併」，統籤本、《全唐詩》、吴校本均校：「一作并。」「久」，《唐百家詩選》本、嘉靖洪邁本均作「舞」，統籤本校：「一作舞。」

②「豈」，《唐百家詩選》本、嘉靖洪邁本均作「可」，統籤本、《全唐詩》、吴校本均校：「一作可。」「爲」，嘉靖洪邁本作「戀」，統籤本、《全唐詩》、吴校本均校：「一作戀。」

【注　釋】

〔一〕《全唐詩》排列此詩在《有感》、《觀鬥雞偶作》詩後，據前兩詩均作於乾化四年所考，此詩蓋亦繫於乾化四年（公元九一四年）爲宜。

〔二〕坐來：少頃，移時。唐李白《單父東樓秋夜送族弟沈之秦》：「坐來黄葉落四五，北斗已掛西城樓。」唐韓愈《春雪間早梅》詩：「玲瓏開已徧，點綴坐來頻。」

〔三〕蓼：植物名。爲一年生或多年生草本。有水蓼、紅蓼、刺蓼等。味辛，又名辛菜，可作調味用。《詩·周頌·良耜》：「以薅荼蓼。」毛傳：「蓼，水草也。」《禮記·内則》：「濡豚，包苦實蓼；濡雞，醢醬實蓼。」

【按】詩爲詠蜻蜓之作。而詩末二句試爲究詰蜻蜓此時之心理，頗具理趣之情味。

# 即　目①〔一〕

書牆暗記移花日，洗甕先知醖酒期。須信閒人有忙事〔二〕，早來衝雨覓漁師②〔三〕。

【校　記】

① 統籤本詩題下有小注：「癸酉，南安。」

② 「早」，嘉靖洪邁本作「且」。

【注　釋】

〔一〕此詩統籤本詩題下有小注：「癸酉，南安。」癸酉即指後梁乾化三年。《韓偓年譜》、《韓偓詩注》亦均繫於乾化三年。然此詩於《全唐詩》之排列位置在《十月十七日早起作時氣疾初愈》、《有感》、《觀鬥雞偶作》、《蜻蜓》諸詩後，下一首爲《寄鄰莊道侶》。而統籤本之排列乃按詩體排列，且上列數詩除《有感》爲律詩不排列於此處外，其餘五首七絶前後排列順序不同於《全唐詩》。其詩下小注亦不見於包括《全唐詩》在内的其他版本，故其小注恐非原注，或爲後人所添。以此小注疑不可信。此詩之作年似應與《有感》、《觀鬥雞偶作》、《蜻蜓》等詩同年，亦即在後梁乾化四年（公元九一四年）。詩有「書牆暗記移花日」句，則詩乃是年春日作。

〔二〕閒人：此爲詩人自謂。

〔三〕衝雨：冒雨。唐白居易《風雨中尋李十一因題船上》：「可憐衝雨客，來訪阻風人。」唐李端《送別駕赴晉陵即舍人叔之兄》：「江帆衝雨上，海樹隔潮微。」

## 【集評】

唐人絶句，有意相襲者，有句相襲者。……劉長卿《送朱放》云：「莫道野人無外事，開田鑿井白雲中。」韓偓《即目》云：「須信閒中有忙事，曉來衝雨覓漁師。」此皆意相襲者。（范晞文《對床夜語》卷四）

閒人有忙事，俗人語也。然唐人已有韓偓詩云：「書牆暗記移花日，洗瓮先知醖酒期。須信閒人有忙事，且來衝雨覓漁師。」（吴曾《能改齋漫録》卷二《閒人有忙事》）

閒之爲義，或曰「月到門庭方是閒也」。古皆從日，與閒同，其音稍異耳。閒亦人之所難得者。杜牧之有云：「不是閒人閒不得，願爲閒客此閒行。」吴興因建得閒亭。余性極愛閒，而閒中不能静處，尋詩問酒灌卉調禽，實無閒時。因憶韓致堯有詩云：「書牆暗記移花日，洗瓮先知醖酒期。須信閒人有忙事，早來衝雨覓漁師。」玉山樵人可謂同調矣。（清嘉慶十五年王遐春麟後山房刻本韓偓《翰林集》附録引《留青日札》）

【按】詩實寫詩人閑中找忙之情趣。移花之期尚未到，而先在牆上記下移花木的時日於牆上；醞酒之期亦未到，而先忙著清洗酒甕以備釀酒；漁人尚未捕魚，而爲了預備煮魚下酒賞花，即忙着一大早冒雨尋覓漁人索魚，此皆是閑中自找忙之無關緊要事。而之所以如此，正是人太空閑無聊，故庸人自擾，「閒人有忙事」之證明也。詩雖寫人之瞎忙，然頗富生活情趣，詩趣亦在其中矣。

## 寄鄰莊道侶〔一〕

聞説經旬不啟關〔二〕，藥窗誰伴醉開顔。夜來雪壓村前竹①，賸見溪南幾尺山②〔三〕。

【校　記】

① 「雪」，玉山樵人本、統籤本均作「霜」。按，作「霜」誤，蓋雪方能「壓村前竹」，而霜則不能。「村前」，韋縠《才調集》卷八作「前村」。

② 「幾尺」，韋縠《才調集》卷八作「數尺」。

【注　釋】

〔一〕《全唐詩》排列此詩在《有感》、《觀鬥雞偶作》、《即目》詩後，據前三詩均作於乾化四年所考，此詩蓋亦以繫於乾化四年（公元九一四年）爲宜。詩有「夜來雪壓村前竹」句，應作於是年冬。

〔二〕啟關：謂開門。關，門；門扇。《楚辭·離騷》：「吾令帝閽開關兮，倚閶闔而望予。」唐丘爲《尋西山隱者不遇》詩：「扣關無僮僕，窺室唯案几。」

〔三〕賸見：剩見。唐劉禹錫《和僕射牛相公見示長句》：「唯應加築露臺上，賸見終南雲外峰。」賸，多餘；剩餘。唐杜甫《即事》：「秋思抛雲髻，腰支賸寶衣。」

【集　評】

農圃家風，漁樵樂事，唐人絶句模寫精矣。余摘十首題壁間，每菜羹豆飯後，啜苦茗一杯，偃卧松窗竹榻間，令兒童吟誦數過，自謂勝如吹竹彈絲，今記於此。韓偓云：「聞説經旬不啟關，藥窗誰伴醉開顔。夜來雪壓前村竹，剩看溪南幾尺山。」又云：「萬里清江萬里天，一村桑柘一村煙。漁翁醉著無人喚，過午醒來雪滿船。」（《鶴林玉露》甲編卷之二《農圃漁樵》）

峭削是冬郎别調。（周詠棠《唐賢小三昧集續集》）

【按】詩乃冬日大雪壓竹時寄道侶之作，於短短詩句間含蘊思念關愛之情。此詩之山村雪夜風貌，道侣生活情趣活脱脱展現而出，且詩情畫意含蘊深長，别具宋詩風韻，可謂「模寫精矣」。

# 初赴期集①〔一〕

輕寒著背雨凄凄，九陌無塵未有泥〔二〕。還是平時舊滋味，慢垂鞭袖過街西〔三〕。

【校記】

①按，吴校本、石印本《香奩集》均收入此詩。統籤本詩題下有小注云：「重入《香奩集》者誤。」石印本《香奩集》此詩下震鈞《香奩集發微》云：「此正集中詩，此集復入。」「期」，《唐百家詩選》本作「朝」。按，作「朝」誤。

【注釋】

〔一〕此詩乃詩人及第時所作。據《登科記考》卷二十四所考，韓偓於昭宗龍紀元年登進士第，此詩即作於是年春登第後赴期集時所作。

期集：唐代進士登第後，到主司宅謝恩後，又到期集院的活動。《唐摭言》卷三《期集》載：「謝恩後，方詣期集院。大凡敕下已前，每日期集，兩度詣主司之門；然三日後，主司堅請已，即止。同年初到集所，團司、所由輩，參狀元後，便參衆郎君。拜訖，俄有一吏當中庭唱曰：

『諸郎君就坐，隻東雙西。』其日醵罰不少。又出抽名紙錢，每人十千文。其斂名紙，見狀元。俄於衆中驀抽三五箇，便出此錢鋪底，一自狀元已下，每人三十千文。」

〔二〕九陌：漢長安城中的九條大道。《三輔黄圖·長安八街九陌》：「長安城中八街，九陌。」此指唐長安城大街。

〔三〕鞭袖：馬鞭與衣袖。唐趙嘏《憶山陽》：「芰荷香繞垂鞭袖，楊柳風横弄笛船。」街西，指唐長安皇城之西街，有五十四坊，屬長安縣。《舊唐書》卷三十八《地理志》：「京師西有大明、興慶三宫，謂之三内。有東西兩市。都内南北十四街，東西十一街，街分一百八坊，坊之廣長皆三百餘步。皇城之南大街曰朱雀之街，東五十四坊，萬年縣領之。街西五十四坊，長安縣領之，京兆尹總其事。」

【集評】

九陌無塵夜際天。《三輔舊事》：長安城中，八街九陌。韓退之詩「雖有九陌無塵埃」，韓偓詩：「輕寒著背雨淒淒，九陌無塵未有泥。」（史季温《山谷别集詩注》别集卷上《次韻公秉子由十六夜憶清虚》）

此正集中詩，此集復入。（震鈞《香奩集發微》此詩下評）

【按】此詩乃詩人及第之初赴期集之作，原非《香奩集》中詩，故統籤本詩題下小注云：「重入

《香奩集》者誤。」詩云「輕寒著背雨淒淒」，乃寫初春之節候天氣，並詩人之「淒淒」感觸耳。詩人之所以未因及第而興奮，乃在於久困舉場，歷二紀方及第，已辛酸備嘗，故此時亦未免有冷雨淒淒著背之感受。

## 惜花〔一〕

皺白離情高處切①〔二〕，膩紅愁態静中深②〔三〕。眼隨片片沿流去，恨滿枝枝被雨淋③。總得苔遮猶慰意④〔四〕，若教泥污更傷心⑤〔五〕。臨軒一醆悲春酒⑥，明日池塘是緑陰〔六〕。

【校記】

①「皺」，《全唐詩》、吴校本均校：「一作毵。」

②「紅」原作「香」，《唐百家詩選》本、韓集舊鈔本、麟後山房刻本、吴校本、《三體唐詩》卷四、《唐詩鼓吹》卷二均作「紅」，《全唐詩》校「一作紅」，吴校本校：「一作香。」今據《唐百家詩選》等諸本改。

③「淋」，統籤本、《全唐詩》、吴校本均校：「一作侵。」按，《唐詩鼓吹》卷二作「侵」。

④「總」，范晞文《對床夜語》卷三、吴校本作「縱」。

⑤「若」，《唐百家詩選》本、范晞文《對牀夜語》卷三、《唐詩鼓吹》卷二均作「便」。

⑥「軒」，《全唐詩》、吴校本均校：「一作階。」按，《三體唐詩》卷四、《唐詩鼓吹》卷二均作「階」。

【注　釋】

〔一〕此詩《全唐詩》排列於《有感》、《觀鬥雞偶作》、《蜻蜓》、《即目》（有「書牆暗記移花日」句）、《寄鄰莊道侶》（有「夜來雪壓村前竹」句，蓋已冬時）數詩之後。據前考此數詩皆爲乾化四年詩。而再後之《惜花》詩有「臨軒一醆悲春酒，明日池塘是緑陰」句，分明已是後一年即乾化五年晚春之作矣。故此詩再後之《半醉》（有「雨連鶯曉落殘梅」句）、《春盡》、《睡起》、《寄友人》（有「曠野風吹寒食月」句）諸詩亦應是乾化五年（公元九一五年）之作。此詩有「臨軒一醆悲春酒，明日池塘是緑陰」句，則詩乃是年春末之作。

〔二〕皺白：指殘花。明楊基《洞仙歌·衡陽道中》：「斜紅皺白，映水花千樹。」離情，指花將萎落之情。

〔三〕膩紅：此處謂花。宋張耒《傷春四首之二》：「紅杏牆頭最可憐，膩紅嬌粉兩娟娟。」宋蘇籀《潘令度送牡丹絶句》：「劇美温馨逞環媚，膩紅殷紫疊重臺。」

〔四〕「總得苔遮」句：意爲花落在地，若有苔蘚遮護，尚得一絲寬慰。

〔五〕「若教泥污」句：意爲落花如果被汙泥所沾汙，則更令人傷心。

〔六〕「明日池塘」句：意爲明日將是春盡夏來，池塘上則滿是濃濃之緑蔭矣。

【集評】

韓偓《落花》詩「總得苔遮猶慰意，便教泥污更傷心」，弱甚。老杜有「縱教醉裏風吹盡，可待醒時雨打稀」，去偓輩遠矣。王建亦有「且願風留著，唯愁日炙銷」，正堪與偓詩上下。（范晞文《對床夜語》卷三）

周弼列爲結句體。周珽曰：致堯詩清奥孤迥，此詩意調足玩。珽按，韓偓在唐末，志存王室，朱温惡之，貶濮州司馬。天祐中，復招，不敢入，因挈家依王審知，憫時傷亂，往往寄之吟詠；此借惜花以寓意也。（周珽《唐詩選脈會通評林》）

此篇句句是寫惜花，句句是寫自惜意，讀之可爲淚下。（元好問編，郝天挺注《唐詩鼓吹箋注》）

明人以集中無體不備，汗牛充棟者爲大家。愚則不然，觀于其志，不惟子美爲大家，韓偓《惜花》詩即大家也。……余讀韓致堯《惜花》詩結聯，知其爲朱温將篡而作，乃以時事考之，無一不合。起語云「皺白離情高處切，膩紅愁態静中深」，是題面。又曰「眼隨片片沿流去」，言君民之東遷也。「恨滿枝枝被雨淋」，言諸王之見殺也。「總得苔遮猶慰意」，言李克用、王師範之勤王也。「若教泥污更傷心」，言韓建之爲賊臣弱帝室也。「臨軒一盞悲春酒，明日池塘是緑陰」，意顯然矣。此詩使子美見之，亦當心服。詩可以初盛中晚爲定界乎？（吴喬《圍爐詩話》卷一）

此詩（指杜甫《秋興八首》）及義山之《無題》、飛卿之《過陳琳墓》、韓偓之《惜花》諸篇，皆是一生身心苦事在其中，作者不好明説，讀者不能即解。（吴喬《圍爐詩話》卷四）

（吴喬）又云：太白《襄陽歌》無意苟作，摩詰「明月松間照，清泉石上流」，學之成兒童語。……又以「黄河遠上白雲間」爲誤，改爲「黄沙直上白雲間」……以摩詰「太乙近天都」爲刺時宰云。看唐詩當須作此想，方有入處。極推韓偓《落花》詩，以爲指朱温將篡而作，句句箋釋，以爲子美見偓詩，亦當心服（偓詩「皺白離情高處切，膩紅愁態静中深。眼尋片片隨流水，恨滿枝枝被雨淋。總得苔遮猶慰意，若教泥污更傷心。臨階一戔悲春酒，明日池塘是緑陰。」）。（姚範《援鶉堂筆記》卷四十四集部）

此傷朱温將篡唐而作。次聯言君民之東遷，諸王之見害也。三聯望李克用之勤王，痛韓建之逆主也。結末沉痛，意更顯然。（陳沆《詩比興箋》卷四）

吴汝綸曰：「亡國之恨也。」（高步瀛《唐宋詩舉要》本詩下注評引）

闓生案：此傷唐亡之恉，韓公詩多有此意。（吴汝綸《吴評韓翰林集》）

秋谷曰：落句悽然，亡國之音。（復旦大學圖書館藏《唐音統籤》本此詩眉批）

《援鶉堂筆記》四二《談藝》引吴修齡詩話，極推韓偓落（惜）花詩，以爲指朱温將篡而作，句句箋釋，以爲子美見偓詩，當亦心服。（陳寅恪《讀書札記二集·韓翰林集之部》）

【按】此詩詩家多有評説，如周珽、郝天挺、吴闓生、秋谷等所説大抵切合詩情。至於清人吴喬謂此詩乃「朱温將篡而作」，並句句比附箋釋，則恐太拘泥。蓋此詩乃作於唐亡後多年，非唐將亡時詩，以唐將亡時情事比附解釋詩句，恐未必符合。今人陳伯海於《韓偓生平及其詩作簡論》中評析此詩云：「這是一曲送春别花的挽歌。……前人以爲暗寓身世家國之恨，不爲無因。這種合身境、意境、物境爲一的筆法，正體現了韓偓寫景詩的主要特色。」

## 半醉〔一〕

水向東流竟不迴①，紅顔白髮遞相催〔二〕。壯心暗逐高歌盡〔三〕，往事空因半醉來。雲護雁霜籠澹月②，雨連鶯曉落殘梅③。西樓悵望芳菲節〔四〕，處處斜陽草似苔。

【校記】

①「流竟」，《唐百家詩選》本作「南更」。

②「澹」，《唐百家詩選》本、玉山樵人本、韓集舊鈔本、統籤本、汲古閣本、麟後山房刻本均作「淡」。按，此處「澹」同「淡」。

③「曉」，玉山樵人本作「小」。按，「小」蓋與「曉」音同而誤。

【注　釋】

〔一〕此詩有「雨連鶯曉落殘梅。西樓悵望芳菲節」句，乃春日詩，則詩乃乾化五年（公元九一五年）春之作。説詳本卷《惜花》注釋〔一〕。

〔二〕遞：順次，依次。《周書·異域傳上·獠》：「自江左及中州遞有巴蜀，多恃險不賓。」唐李端《奉贈苗員外》詩：「八龍承慶重，三虎遞朝歸。」

〔三〕暗逐：暗隨。逐，隨，跟隨。《楚辭·九歌·河伯》：「靈何爲兮水中，乘白黿兮逐文魚。」王逸注：「逐，從也。」北齊顔之推《顔氏家訓·書證》：「張敞者，吴人，不甚稽古，逐鄉俗訛謬，造作書字耳。」王利器集解：「逐鄉俗，猶言徇俗。」

〔四〕芳菲節：芳菲，即花草盛美。南朝陳顧野王《陽春歌》：「春草正芳菲，重樓啟曙扉。」唐白居易《大林寺桃花》：「人間四月芳菲盡，山寺桃花始盛開。」芳菲節即謂春天花開之節候。

【集　評】

韓偓字致堯，别集一卷，實本集也。以其有《香奩集》，故反名别集。然其語多淺俗，入録者甚少。……至若「爐爲窗明僧偶坐」、「雨連鶯曉落殘梅」，則奇僻不可爲法矣。（許學夷《詩源辯體》卷三十二）

此雖以「半醉」爲題，非實賦半醉事也。首以東流不返引起老少相催意，此詩家興比體也。惟其相催，故少壯之心暗逐高歌而盡。以往之事空成半醉而來，覺紅顔所歷都不十分醒憶矣。且當雁霜鶯曉正淡月殘梅之候，睹此景物，已動歲月遷流之感，況更登樓悵怏，盼望芳菲之節而斜陽青草又舉目如斯耶！（錢牧齋、何義門《評注唐詩鼓吹》）

秋谷曰：其味甚旨。（復旦大學圖書館藏《唐音統籤》本此詩眉批）

【按】此詩乃借水流梅落而抒發年光流逝，壯志消磨，往事如夢之感慨。錢牧齋、何義門《評注唐詩鼓吹》箋釋此詩所云（詳上引），頗能體味詩人之詩意。此詩借景抒情，流情感慨，抑揚頓挫，其味甚旨。

## 春　盡〔一〕

惜春連日醉昏昏，醒後衣裳見酒痕。細水浮花歸別澗①，斷雲含雨入孤村〔二〕。人閒易有芳時恨②。地迥難招自古魂③〔三〕。慚愧流鶯相厚意〔四〕，清晨猶爲到西園。

【校　記】

①「浮」，玉山樵人本、統籤本均作「漾」，《全唐詩》、吳校本均校：「一作漾。」「澗」，玉山樵人本、統籤本均作「浦」，《全唐詩》、吳校本均校：「一作浦。」

②「有」，吴校本作「得」，下校「一作有」，《全唐詩》校：「一作得。」按，《瀛奎律髓》卷十、《唐詩鼓吹》卷二、《唐詩品彙》卷九十均作「得」。

③「地迥」，原作「地勝」，《唐百家詩選》亦然。玉山樵人本作「勝地」。「勝」，《全唐詩》校：「一作迥。」吴校本作「迥」，下校：「一作勝。」按，《瀛奎律髓》卷十、《唐詩鼓吹》卷二、《唐詩品彙》卷九十均作「迥」，今即據改。

## 【注釋】

〔一〕此詩題爲《春盡》，則爲乾化五年（公元九一五年）春末之作。説詳本卷《惜花》注釋〔一〕。

〔二〕斷雲：片雲。南朝梁簡文帝《薄晚逐涼北樓迥望》詩：「斷雲留去日，長山減半天。」唐杜甫《别房太尉墓》：「近淚無乾土，低空有斷雲。」

〔三〕地迥：指僻遠的地方。南朝宋鮑照《蒜山被始興王命作》詩：「升嶠眺日軏，臨迥望滄洲。」唐李商隱《行次西郊作一百韻》：「常恐值荒迥，此輩還射人。」

〔四〕流鶯：即鶯。流，謂其鳴聲婉轉。南朝梁沈約《八詠詩·會圃臨東風》：「舞春雪，襍流鶯。」唐張説《奉和春日幸望春宫》：「繞殿流鶯凡幾樹，當蹊亂蝶許多叢。」

【集評】

韓偓在唐末粗有可取者，如「沙頭有廟青林合，驛步無人白鳥飛」、「細水浮花歸别浦，斷雲含雨入孤村」、「白髭兄弟中年後，瘴海程途萬里長」。五言如「鳥啼深不見，人語静先聞」。雖神氣短緩，亦微有深致。（范晞文《對床夜語》卷四）

丙戌之冬，余初病起，深居簡出，終日曝背晴簷，萬事不到，自以荆公所選《唐百家詩》反復熟味之，見其格力辭句，例皆相似，雖無豪放之氣，而有修整之功，高爲不及，卑復有餘，適中而已。荆公謂：「欲觀唐人詩，觀此足矣。」詎不然乎！集中佳句，世所稱道者不復録出，唯余别所喜者，命兒輩筆之以備遺忘。……七言六聯：韓偓《殘春》云：「樹頭蜂抱花鬚落，池面魚吹柳絮行。」又云：「細水浮花歸别澗，斷雲含雨入孤村。」又《訪王同年村居》云：「門庭野水褷褷鷺，鄰里斷牆喔喔雞。」（《苕溪漁隱叢話後集》卷十六）

武元衡曰：「殘雲帶雨過春城。」韓致光曰：「斷雲含雨入孤村。」二句巧思，不及子美「淡雲疏雨過高城」句法自然。（謝榛《四溟詩話》卷二）

韓偓字致堯，别集一卷，實本集也。以其有《香奩集》，故反名别集。然其語多淺俗，入録者甚少。七言律如「無奈離腸」、「長日居閒」、「惜春連日」三篇，氣韻亦勝。「星斗疏明」一篇，聲亦宣朗。他如「餅添澗水盛將月，衲挂松枝惹得雲」、「樹頭蜂抱花鬚落，池面魚吹柳絮行。禪伏詩魔歸靜域，酒銜愁陣出奇兵」等句，乃晚唐巧句也。至若「爐爲窗明僧偶坐」、「雨連鶯曉落殘梅」，則奇僻不可爲法矣。（許學夷《詩源辯體》卷三十二）

淮右城池幾處存，宋州新事不堪論。輔車謾欲通吴會，突騎誰當擣薊門。細水浮花歸別澗，斷雲含雨入孤邨。空餘韓偓傷時語，留與纍臣一斷魂（小注：顧氏云：五、六全用韓致光語。即以結聯標出，自成一體。遺山詩用前人成語極多，陶、杜句尤甚，又未可以此例概之也）。（施國祁《元遺山詩集箋注》卷八《淮右》）

狼籍麻衣見酒痕，憶君醉別柳邊邨。離愁擾擾理還亂，來事悠悠誰與論。瘴海漸添春浪闊，冰崖惟覺暮煙屯。人間底似三峰好，箭筈通天有一門（小注：「酒痕」，韓偓詩：「惜春連日醉昏昏，醒後衣裳見酒痕。」）。（施國祁《元遺山詩集箋注》卷九《送周帥夢卿之關中二首》之一）

首言春之將去，連日醉酒以遣意，醒後猶見衣裳之酒痕。春盡時水浮花而歸澗，雲含雨而入村，此時在閑中者，蕭條寂寞，每易起芳時之恨……古人流落他鄉，失意憔悴，親故設詞以慰其流落，亦得曰招魂。意此避地閩中依王審知時所作，故有是語。（錢牧齋、何義門《評注唐詩鼓吹》卷二）

「惜春」是春未盡前，「醒後」是春已盡後；「見酒痕」，不復見花事矣，可爲浩歎也。水「歸別澗」下，再加「雨下孤村」，寫春盡真如掃除滅跡。庸手亦解用雨，卻用在花句前，妙手偏用在花句後，此其相去無算，不可不知也（首四句下）。春盡又何足惜？兩行淚實爲「人閑」、「地迥」墮耳。「流鶯」

上用「相厚」字，「慚愧」字，「獨爲」字，「清晨」字，妙！ 怨甚而又不怒，其斯爲詩人之言也。金雍補注：相厚在清晨，慚愧在獨爲。（金聖歎《貫華堂選批唐才子詩》）

此亦應是避地之作。（楊逢春《唐詩繹》）

以春盡比亡國，王室鼎遷，天涯逃死，畢生所望，於此日已矣。（何焯《唐律偶評》）

朱東巖曰：「連日醉昏昏」，極是人生樂境，及看上加「惜春」二字，下接「醒後」二字，乃知一片皆是苦境也。水「歸別澗」、「雨入孤村」，自是「春盡」神理，但庸手爲之，必定將雨寫花前；此獨於水「歸別澗」下，以「雨入孤村」作對，手法特妙。（朱三錫《東巖草堂評訂唐詩鼓吹》）

「惜春」二字，雖爲主腦，然其中實有不止於惜春者……怨而不怒，其斯爲風人之遺乎？（趙臣瑗輯《山滿樓箋注唐詩七言律》）

何義門：以春盡比國亡，王室鼎遷，天涯逃死，畢生所望，於此日已矣。○元遺山嘗借次聯而續以「惟餘韓偓傷心句，留與纍臣一斷魂」，蓋以第三比叛臣事敵，第四比弱主之遷國也。（《瀛奎律髓彙評》卷十春日類）

紀昀：後半極沉着，不類致堯他作之佻。○四句勝出句。六句言非惟今人無可語，併古人亦不可招，甚言其寥落耳。（《瀛奎律髓彙評》卷十春日類）

「含」字、「入」字是詩眼。（周詠棠《唐賢小三昧集續集》）

「細水浮花歸別浦」二句，乃韓偓《春盡》句，遺山易漾夕澗三字。顧氏云：右詩五、六全用韓致

光語，即以「空餘韓偓傷時語，留與纍臣一斷魂」標出，自成一體。（平步青《霞外攟屑》卷八上眠雲舸釀説上《元遺山句》）

致光少年，喜爲香奩詩，其後節操岳然，詩格亦歸雅正。此詩首二句言惜春情緒，借酒澆愁，迨醒後見襟上餘濕，始知沾醉之深。三句言落花無主，飄蕩隨波，花隨春去遠矣。四句言微陰不散，時有斷雲將雨，漸入孤村。此二句不過言春盡之景，而自有黯黯春愁之思。以三四句既寫景，故後半首言情。五句謂世途擾擾，誰惜芳時，惟閑人坐惜流光，易生悵惘。六句言勝地歡場，經多少名士佳人之吟賞，乃良辰美景，不異當年，而楚酹招魂，安能更起。結句言多謝流鶯念舊，猶到西園，伴余寂寞，則塵凝芳榭，足音不到可知矣。近人詩云「地經前路成惆悵，人對芳晨轉寂寥」，有同慨也。（俞陛雲《詩境淺説》丙編）

芳時已被冬郎誤，何地能招自古魂。（《陳寅恪集·詩集·壬辰春日作》）

【按】此詩前人多有評説，所説亦有異同，並可參閲。俞陛雲《詩境淺説》除第六句外，其他解説較爲允當，《評注唐詩鼓吹》謂：「首言春之將去，連日醉酒以遣意，醒後猶見衣裳之酒痕。……意此避地閩中依王審知時所作，故有是語。」所解亦得其實。

## 睡　起〔一〕

睡起牆陰下藥闌〔二〕，瓦松花白閉柴關〔三〕。斷年不出僧嫌癖〔四〕，逐日無機鶴伴閒〔五〕。塵土莫尋行止處〔六〕，煙波長在夢魂間〔七〕。終撑舴艋稱漁叟〔八〕，賒買湖心一崦山〔九〕。

【注釋】

〔一〕此詩應是乾化五年（公元九一五年）之作。説詳本卷《惜花》注釋〔一〕。

〔二〕藥闌：即葯欄。亦指花欄。

〔三〕瓦松：草名。生長屋瓦上或深山石罅裏。葉厚，細長而尖，多數重疊，望之如松，故名。可入藥。又稱昨葉荷草。唐崔融《瓦松賦》序：「瓦松者産於屋霤之上，千株萬莖，開花吐葉，高不及尺，下纔如寸。」

〔四〕斷年：猶整年。唐白居易《聽田順兒歌》：「安得黄金滿衫袖，一時抛於斷年聽。」癖，怪癖。

〔五〕無機，任其自然，没有心計。唐張説《龍池聖德頌》：「非常而靈液涓流，無機而神池浸廣。」唐陸希聲《清輝堂》詩：「野人心地本無機，爲愛茅簷倚翠微。」

〔六〕塵土：指塵世，塵事。唐沈亞之《送文穎上人遊天台》詩：「莫説人間事，崎嶇塵土中。」唐劉禹錫《題壽安甘棠館》：「塵土與煙霞，其間十餘步。」行止，行蹤。唐杜甫《奉送王信州崟北歸》詩：「別離同雨散，行止各雲浮。」

〔七〕「煙波」句：煙波，此指煙波迷茫之江湖間。此句意爲睡中常夢起江湖間之隱居生涯。

〔八〕舴艋：即舴艋舟。一種小船。《廣雅·釋水》：「舴艋，舟也。」王念孫疏證：「《玉篇》：『舴艋，小舟也。』小舟謂之舴艋，小蝗謂之蚱蜢，義相近也。」《南齊書·張敬兒傳》：「部伍泊沔口，敬兒乘舴艋過江，詣晉熙王燮。」唐皮日休《送從弟皮崇歸復州》詩：「車螯近岸無妨取，舴艋隨風不費牽。」

〔九〕崦山：一片山。崦，片，塊。

【按】此寫晚年隱居南安之閑散生活，抒發追求隱逸之情思。「莫尋」下得妙，無限傷痛正含蓄其間。「煙波」句，乃言其隱逸之思深入心髓也。

## 寄友人〔一〕

傷時惜別心交加，搘頤一向千咨嗟〔二〕。曠野風吹寒食月，廣庭煙著黄昏花。長擬醺酣遺世事①〔三〕，若爲局促問生涯〔四〕。夫君亦是多情者，幾處將愁殢酒家②〔五〕。

【校　記】

①「遺」，《唐百家詩選》本作「遣」，何焯校：「集本近刻作『遺』。」按，「遺」爲「遣」之形誤。

②「幾處」，《唐百家詩選》本作「幾度」。「殢」，《唐百家詩選》本作「泥」。

【注　釋】

〔一〕此詩有「曠野風吹寒食月」之句，則詩乃是年三月之作。説詳本卷《惜花》注釋〔一〕。

〔二〕搘頤：以手托腮。唐王維《贈東岳焦煉師》詩：「搘頤問樵客，世上復何如？」唐李商隱《詠懷寄密閣舊僚二十六韻》：「途窮方結舌，靜勝但搘頤。」一向：霎時，片刻。唐劉允濟《九日登玄武山旅眺》：「寒雁一向南去遠，遊人幾度菊花叢。」《敦煌變文集·大目乾連冥間救母變文》：「目連一向至天庭，耳裏唯聞鼓樂聲。」

〔三〕醺酣：酣醉貌。唐杜牧《郡齋獨酌》詩：「醺酣更唱太平曲，仁聖天子壽無疆。」唐陸龜蒙《京口與友生話别》：「風雲勞夢想，天地入醺酣。」遺世事，即遺落世事。《三國志·阮籍傳》裴松之注引《魏氏春秋》：「籍曠達不羈。……營人善釀酒，遂縱酒昏酣，遺落世事。」《隋書·王劭傳》：「爰自志學，暨乎暮齒，篤好經史，遺落世事。」

〔四〕若爲：怎能，豈能。局促，形容受束縛而不得舒展。《後漢書·仲長統傳》：「六合之内，恣心所欲。人事可遺，何爲局促？」唐杜甫《送樊侍御赴漢中判官》詩：「徘徊悲生離，局促老一世。」

〔五〕將：共，與。北周庾信《春賦》：「眉將柳而爭緑，面共桃而競紅。」殢，滯留。唐李白《峨眉山月歌送蜀僧晏》：「我似浮雲殢吴越，君逢聖主遊丹闕。」唐王凌《賈客愁》：「山水路悠悠，逢灘即殢留。」

【按】詩首二句謂因傷時惜别而嗟歎。「惜别」，即扣緊寄友人題面，「傷時惜别」，又總括下文之意。三、四兩句，以景寓傷時之意也。「寒食月」、「黄昏花」，均令人起傷離歎時之情耳。

## 見别離者因贈之〔一〕

征人草草盡戎裝，征馬蕭蕭立路傍。尊酒闌珊將遠别，秋山迤邐更斜陽①。白髭兄弟中年後〔二〕，瘴海程途萬里長〔三〕。曾向天涯懷此恨〔四〕，見君嗚咽更淒涼②。

【校　記】

①「迤邐」，《唐百家詩選》本、韓集舊鈔本、汲古閣本、麟後山房刻本均作「邐迤」。「邐」，《全唐詩》、吴校

本均校：「一作透。」

② 「更」，《全唐詩》、吴校本均校：「一作倍。」

【注釋】

〔一〕據前考，此詩之前《寄友人》、《睡起》諸詩乃作於乾化五年。《寄友人》詩有「曠野風吹寒食月」句，乃春三月詩，此詩排列次序《全唐詩》緊接其後，並有「秋山迤邐更斜陽」句，蓋爲後梁乾化五年（公元九一五年）秋之作。

〔二〕白髭兄弟：此謂自己與兄長韓儀。

〔三〕瘴海：指南方有瘴氣之地。《舊唐書·蕭遘徐彦若等傳論》：「逐徐薛於瘴海，置縈樸於巖廊。」唐盧綸《夜中得循州趙司馬侍郎書因寄回使》詩：「瘴海寄雙魚，中宵達我居。兩行燈淚下，一紙嶺南書。」

〔四〕「曾向天涯」句：此句指天復三年韓偓遠貶濮州司馬時，與其兄韓儀亦有此「向天涯」之離恨。

【集評】

韓偓在唐末粗有可取者，如「沙頭有廟青林合，驛步無人白鳥飛」、「細水浮花歸别浦，斷雲含雨入孤村」、「白髭兄弟中年後，瘴海程途萬里長」。五言如「鳥啼深不見，人語静先聞」。雖神氣短緩，

亦微有深致。（范晞文《對床夜語》卷四）

【按】此詩乃詩人在閩南見兄弟離別場面，心有所同感，遂賦詩以贈之。陳寅恪批此詩云：「《新唐書》卷一八三《韓偓傳》：『兄儀，字羽光，亦以翰林學士爲御史中丞。偓貶之明年，帝宴文思毬場，全忠入，百官坐廡下，全忠怒，貶儀棣州司馬。』寅恪案：此即『白髭兄弟』、『瘴海征途』『天涯懷恨』者也。」（陳寅恪《讀書札記二集·韓翰林集之部》）

## 傷　亂〔一〕

岸上花根總倒垂，水中花影幾千枝。一枝一影寒山裏，野水野花清露時。故國幾年猶戰鬭〔二〕，異鄉終日見旌旗。交親流落身羸病〔三〕，誰在誰亡兩不知。

【注　釋】

〔一〕據前考，此詩之前《見別離者因贈之》、《寄友人》、《睡起》諸詩乃作於乾化五年。《寄友人》詩有「曠野風吹寒食月」句，乃春三月詩；《見別離者因贈之》詩有「秋山迤邐更斜陽」句，乃作於秋日，此詩《全唐詩》緊接其後，並有「一枝一影寒山里，野水野花清露時」句，蓋亦在同年秋寒時。則此詩乃後梁乾化五年（公元九一五年）深秋之作。

〔二〕故國：此處謂故鄉。唐張祜《宫詞》：「故國三千里，深宫二十年。」

〔三〕交親：親戚朋友。漢趙曄《吴越春秋·闔閭内傳》：「吴不信前日之盟，棄貢賜之國而滅其交親。」羸病，衰弱生病。《韓非子·十過》：「財食將盡，士大夫羸病。」漢班固《白虎通·喪服》：「身體羸病，故杖以扶身。」

【集評】

此因唐之亂臣倡亂而作。首二句喻民生塗炭；三四句喻君子投閒，小人冒寵；後四句言因離亂而傷心也。（廖文炳補注《唐詩鼓吹注解大全》）

興、賦不亂。李獻吉有「江花朵朵照成雙」之句，楊用修歎爲絶唱，不知此已先得之。（王夫之《唐詩評選》）

寫亂後園林一空，陂塘盡壞，花倒岸上，影照水中。凡用三「花」字、兩「枝」字、兩「影」字、兩「野」字，兩「一」字，撰成蕭疏歷亂之作，誦之使人悄然。追想當年車如流水，馬若遊龍，悲管切雲，繁弦蕩日，真欲遍身灑灑作寒也（首四句下）。「幾年猶」，問之辭，言實在不知還要戰鬥幾年。何故作此言？則以終日見旌旗之故也。「交親流落」，是我不知其爲在爲亡。「身羸病」，是彼不知我爲在爲亡，謂之「兩不知」也。金雍補注：交親零落，在故國。身羸病，在異鄉。（金聖歎《貫華堂選批唐才子詩》）

花根、花影、花枝，連用無數重疊字眼，寫成蕭疏歷亂之作，看去自是一派亂離景象。（元好問編，郝天挺注《唐詩鼓吹箋注》）

上截興，下截賦，率然而起，戛然而終。似無關鍵，而神味融洽之至。（毛張健輯《唐體膚詮》）

秋谷曰：作意摹杜，氣格小靡，然自是高作。（復旦大學圖書館藏《唐音統籤》本此詩眉批）

【按】此詩八句均寫「傷亂」景象，前四句爲興，後四句爲賦。

## 南　亭〔一〕

每日在南亭，南亭似僧院。人語静先聞，鳥啼深不見。松瘦石稜稜〔二〕，山光溪澱澱〔三〕。壍蔓墜長茸①〔四〕，島花垂小蒨〔五〕。行簪隱士冠〔六〕，卧讀先賢傳〔七〕。更有興來時，取琴彈一徧。

【校　記】

①「茸」，黄永年、陳楓校點《王荆公唐百家詩選》校：「『茸』，分類本『草』。」

【注　釋】

〔一〕此詩在《全唐詩》中排列在乾化五年所作之《寄友人》、《見别離者因贈之》、《傷亂》等諸詩後（各詩繫年見前該詩注釋〔一〕），則此詩蓋爲乾化五年（公元九一五年）所作，時詩人在南安。

〔二〕棱棱：形容高聳突起。明徐弘祖《徐霞客遊記·滇遊日記三》：「坡南下處，石漸棱棱露奇。」清許承欽《吕梁洪》詩：「怪石棱棱河腹怒，别風颯颯山容昏。」

〔三〕溪澱澱：此謂溪水青碧色。澱，藍靛。藍色染料。後作「靛」。詩文中常用以形容青碧色。宋吴自牧《夢粱録·江海船艦》：「大洋之水，碧黑如澱。」元薛昂夫《山坡羊·西湖雜詠》曲：「山光如澱，湖光如練。」

〔四〕塹蔓：溝壕里之蔓草。茸，初生細軟之草。

〔五〕小蒨：疑爲小紅花。蒨，指絳色。唐李賀《經沙苑》：「野水泛長瀾，宫芽開小蒨。」元陳樵《迎華觀瑞蓮賦》：「歎舜英之歸華，翫朝花之小蒨。」

〔六〕隱士冠：隱士所戴的帽子。

〔七〕先賢傳：前代賢人的傳記。李商隱《崔處士》：「讀遍先賢傳，如君事者稀。」《四庫全書總目》卷四十七《後漢紀》三十卷提要：「漢名臣奏，旁及諸部耆舊先賢傳凡數百卷。」

【按】此詩描述南亭之幽僻靜謐，山光水色，花草鳥語之物色景象，並狀詩人之隱逸生活情景。末四句乃詩人隱居生活之寫照，可藉以瞭解其此時之生活與思想情感。

## 太平谷中玩水上花〔一〕

山頭水從雲外落，水面花自山中來。一溪紅點我獨惜〔二〕，幾樹密房誰見開①〔三〕。應有妖魂隨暮雨〔四〕，豈無香跡在蒼苔。凝眸不覺斜陽盡，忘逐樵人躡石回。

【校　記】

①「密房」，原作「蜜房」，據玉山樵人本、《唐百家詩選》本、統籤本改。

【注　釋】

〔一〕太平谷：陳寅恪《讀書札記二集·韓翰林集之部》謂：「《嘉慶一統志》四百三十福建延平府山川門：太平里溪（原注：在南平縣西七十里，源出沙縣界黄泥隔，流三十餘里，至筼簹峡入西溪）。」按詩中爲「太平谷」，而非「太平里溪」，兩者恐無關。據畢沅《關中勝跡圖志》卷二一：「太平谷在鄠縣東南。《一統志》：谷内有萬花山，長嘯洞，重雲閣諸勝。」同上書卷三：「太平谷水在鄠縣東南三十里，北流入長安縣界，合豐水。《太平寰宇記》：太平谷水，一名林谷水，源出終南，即清水渠之上流。《縣志》：太平谷中有鳳池，即水之源也。東爲高冠谷，水源出高冠谷。谷有石穴、石潭。潭最靈，旱禱輒應。」又《大清一統志》卷一七八：「太平谷水，在鄠縣東南。相近又有高冠谷水。《寰宇記》：太平谷水，一名林谷水，即清渠水之上流，源出終南山。《長安志》：太平谷水，高冠谷水，皆在縣東南三十里，其底並碎砂石。北流入長安縣界，合豐水。《縣志》：太平谷在雞頭山東，中有鳳池，即水源也。高冠谷水源出高冠谷，谷有石穴、石潭。潭最靈，旱禱輒應。」據上述地理志之記載，詩中之太平谷疑即在鄠縣。韓偓爲京兆萬年人，鄠縣亦屬京兆府，則韓偓當有遊此太平谷之可能。惟其何時遊太平谷並作此詩難於確考，疑在其天復中貶官之前，且以龍紀元年未仕前爲最可能。

〔二〕紅點：此指水中的落花。

〔三〕密房：密室。南朝梁簡文帝《和徐録事見内人作卧具》：「密房寒日晚，落照度窗邊。」

〔四〕妖魂：妖，即嬌。陸游《夢至洛中觀牡丹繁麗溢日覺而有賦》：「夢中猶看洛陽花，妖魂艷骨千年在。」妖魂，此謂花朵之魂。

【集評】

【按】此詩寫詩人於太平谷中遊覽，欣賞水中花之情景。「山頭水從雲外落」之水，即指太平谷水，其源頭蓋即雞頭山中之鳳池。「水面花自山中來」，謂花乃自雞頭山中凋落隨水遠道而來。「一溪」句，可見詩人惜花之情。末兩句之「不覺斜陽盡」、「忘逐樵人」，則謂詩人沉醉於「玩水上花」，樂而忘返之情。

## 雨〔一〕

坐來簌簌山風急〔二〕，山雨隨風暗原隰〔三〕。樹帶繁聲出竹聞〔四〕，溪將大點穿籬入〔五〕。餉婦寥翹布領寒〔六〕，牧童擁腫蓑衣濕①〔七〕。此時高味共誰論②，擁鼻吟詩空佇立③〔八〕。

【校記】

①「腫」，《唐百家詩選》本作「茸」。

②「味」，《全唐詩》、吴校本均校：「一作詠。」「共」，汲古閣本作「在」。汲古閣本校「味在」云：「一作詠共。」

③「擁」，《唐百家詩選》本作「掩」，《全唐詩》、吴校本均校：「一作掩。」

## 【注釋】

〔一〕考此詩在《全唐詩》中排列於《見別離者因贈之》、《傷亂》、《南亭》、《太平谷中玩水上花》等諸詩後，《全唐詩》此處詩歌排列次序除個別詩外，基本按創作時間先後排列。上言諸詩除《太平谷中玩水上花》外，其餘均作於乾化五年。此詩之前第二首《傷亂》詩有「寒山」、「清露」句，乃乾化五年秋之作。此詩所寫「山雨隨風暗原隰」、「餉婦寥翹布領寒，牧童擁腫蓑衣濕」等景象，似在乾化五年秋後之早春時節，故此詩可能作於後梁貞明二年（公元九一六年）。

〔二〕坐來：移時。唐韓愈《春雪間早梅》詩：「玲瓏開已徧，點綴坐來頻。」宋黃庭堅《次韻雨絲雲鶴》之二：「坐來改變如蒼狗，試欲揮毫意自迷。」

簌簌，象聲詞，此寫山風之聲。南朝宋鮑照《蕪城賦》：「稜稜霜氣，簌簌風威。」李善注：「簌簌，風聲勁疾之貌。」

〔三〕暗原隰：使原野陰暗下來。原隰，泛指原野。南朝宋顏延之《秋胡詩》：「原隰多悲涼，迴飆卷高樹。」南朝梁沈約《齊故安陸昭王碑文》：「於是驅馬原隰，卷甲遄征。」

〔四〕繁聲：此指風雨吹襲樹木的嘈雜聲音。唐姚合《酬任疇協律夏中苦雨見寄》：「遠色重林暮，繁聲四壁秋。」宋王禹偁《立春前一日雪》：「隨風無定態，入竹有繁聲。」

〔五〕大點：此指豆大的雨點。唐李端《荊門雨歇》：「重陰大點過欲盡，碎浪柔文相與翻。」宋李覯

《夏日雨中》：「一雨遂不止，……堯後水猶洪。大點有片重，密濛無寸空。」

〔六〕餉婦：給田間勞作者送飯的村婦。寥翹，料峭。形容寒冷。布領，謂粗布衣服。

〔七〕擁腫：此指所穿的蓑衣臃腫、寬大貌。

〔八〕擁鼻吟詩：即擁鼻吟。詳見本卷《清興》詩注釋〔四〕。

【集評】

此仄韻律詩。（吴汝綸《吴評韓翰林集》）

【按】詩乃詠寫山雨來時原野山村景象，抒發其時無人共詠之孤獨情懷。前六句均從不同角度與畫面以詠雨，將雨景寫足。後兩句則抒發因雨而起之情感，「共誰詠」、「空佇立」，皆抒發其孤獨無詠伴之慨歎。可見此時詩人心境之寂寞，其感歎山村隱居生活中難有意趣相同者之落寞情懷，尤見於此二句中。

## 幽　獨〔一〕

幽獨起侵晨，山鶯啼更早。門巷掩蕭條，落花滿芳草。煙和魂共遠①〔二〕，春與人同老。默默又依依〔三〕，淒然此懷抱。

【校　記】

①「和」，《唐百家詩選》本、韓集舊鈔本、汲古閣本、麟後山房刻本均作「愁」。按，從詩句上下句對仗論，此處作「愁」則失偶對，恐誤。「魂」，麟後山房刻本作「雲」。按，諸本均作「魂」，「魂」與下句「人」對仗，屬同類。「雲」恐涉「魂」音同而誤。

【注　釋】

〔一〕考此詩在《全唐詩》中排列於《見別離者因贈之》、《傷亂》、《南亭》、《太平谷中玩水上花》、《雨》等諸詩後，《全唐詩》此處詩歌排列次序除個別詩外，基本按創作時間先後排列。上言諸詩除《太平谷中玩水上花》、《雨》外，其餘均作於乾化五年。此詩之前第三首《傷亂》詩有「寒山」、「清露」句，乃乾化五年秋之作。《雨》詩所寫「山雨隨風暗原隰」、「餉婦寥翹布領寒，牧童擁腫蓑衣濕」等景象，似在乾化五年秋後翌年之早春時節，即可能作於後梁貞明二年（公元九一六年）早春。而《幽獨》詩在《雨》詩後一首，有「落花滿芳草」、「春與人同老」句，乃晚春時詩，故此詩蓋乃後梁貞明二年（公元九一六年）晚春之作。

幽獨：靜寂孤獨。亦指靜寂孤獨的人。《楚辭·九章·涉江》：「哀吾生之無樂兮，幽獨處乎山中。」唐杜甫《久雨期王將軍不至》詩：「天雨蕭蕭滯茅屋，空山無以慰幽獨。」

〔二〕「煙和魂」句：煙，謂春天之煙光景色。魂，指詩人之心魂。此句謂詩人之心魂隨著晚春之煙光景色而遠去他鄉。

〔三〕默默：無語貌。依依，依戀不捨貌。《玉臺新詠·古詩〈爲焦仲卿妻作〉》：「舉手長勞勞，二情同依依。」唐劉商《胡笳十八拍》詩：「淚痕滿面對殘陽，終日依依向南北。」

【按】此詩先以前四寫景句襯托詩人幽獨之情，後四句則直抒其傷春與幽獨之情。其中「門巷掩蕭條，落花滿芳草」，乃以景顯其「幽獨」之情；「煙和魂共遠，春與人同老」，乃其感「幽獨」之關鍵，亦即其「默默又依依，淒然此懷抱」之原因也。

## 江　行〔一〕

浪蹙青山江北岸〔二〕，雲含黑雨日西邊。舟人偶語憂風色〔三〕，行客無聊罷晝眠〔四〕。爭似槐花九衢裏〔五〕，馬蹄安穩慢垂鞭①。

【校記】

①「垂」，《唐百家詩選》本作「揚」。

【注釋】

〔一〕此詩《唐韓學士偓年譜》、《韓偓詩注》均繫於天復三年。《唐韓學士偓年譜》謂「吴汝綸注，此爲韻律詩。余以此爲韓公越鄧州徑入湖北，沿漢水舟行作」。又謂：「考諸時事，當韓公自河南入湖北境，沿漢水舟行時，適淮南楊行密來攻，鄂州節度使杜洪求救於朱全忠，出兵來援，故公即一直沿漢江而至漢口。漢口爲湖北省三重鎮之一，地當漢水入長江之口，又曰沔口，别稱漢皋。公以杜既聯朱以禦楊，自無活動餘地，故即過漢口，下趨湖南。而入洞庭湖，已是清秋時節矣。」據此繫《江行》、《漢江行次》、《過漢口》、《洞庭玩月》等諸詩於天復三年。然《韓翰林詩譜略》、《韓偓年譜》所繫不同，均繫於天復四年（是年閏四月改元天祐元年）。《韓偓年譜》天復四年謂：「正月或去年十二月，偓自濮州南下，泝江西上，赴榮懿尉貶職。途中徙鄧州司馬，遂取道沔州（今武漢市漢陽）、漢口（今武漢市漢口），沿漢水北上改赴鄧州。途中聞朱全忠殺胤、遷都，乃決策棄官南下，經洞庭湖入湖南。二月，偓已在湖南。」又謂：此行「有詩紀行：《江行》按：韓集中《江行》、《過漢口》、《漢江行次》諸詩編次，《韓翰林集》卷二編次爲《江行》、《漢江行次》（《過漢口》在卷三，應屬部分竄亂者），《玉山樵人集·七言律》編次爲《過漢口》、《漢江行次》(《江行》失收，可以不論)。前一組詩編次表明，其行蹤是由長江沿漢江北行；後一組詩編次表明，其行蹤是經漢口沿漢江北行；兩種韓集的詩題編次所表明之行蹤，同爲由長江經漢口而沿漢江北行。换言之，兩組詩所寫是同一次行程。職此之故，諸詩編次可以銜接起來，依次爲：《江行》、《過漢口》、《漢江行次》。而諸詩内容，亦與此行程及此時歷史背景相合」。又謂：「《江行》詩『浪蹙青山江北岸，雲含黑雨日西邊』，言江行途中注目北方和西方，揆諸乘船人通常注目前方之慣例，此行方向是自東向西，即溯江西上。此詩當作於此行溯江赴榮懿途中。」按，據此所考，《江行》等詩乃作於天復四年早春時。今從《韓偓年譜》之説，繫《江行》、《漢江行次》、《過漢口》等詩於昭宗天復四年(公元九〇四年)初春。

〔二〕蹙：接近；迫近。唐羅隱《廣陵開元寺閣上作》詩：「江蹙海門帆散去，地吞淮口樹相依。」

〔三〕偶語：相聚議論或竊竊私語。《史記·高祖本紀》：「父老苦秦苛法久矣，誹謗者族，偶語者棄市。」《新唐書·藩鎮傳·李正己》：「政令嚴酷，在所不敢偶語，威震鄰境。」風色，風勢，風向。唐李白《長干行》：「嫁與長干人，沙頭候風色。」宋蘇軾《與秦少遊書》：「約此二十五六間可登舟，並海岸行一日至石排，相風色過渡，一日至遞角場。」

〔四〕無聊：此處猶無可奈何。《史記·吴王濞列傳》：「王實不病，漢繫治使者數輩，以故遂稱病……今王始詐病，及覺，見責急，愈益閉，恐上誅之，計乃無聊。」宋蘇軾《漢高帝論》：「吕后雖悍，亦不忍奪之其子以與姪。惠帝既死，而呂后始有邪謀，此出於無聊耳。」

〔五〕槐花九衢裏：唐時長安街上多植槐樹，每到秋日即開黃花。唐白居易《秘省後廳》：「槐華雨潤新秋地，桐葉風翻欲夜天。」九衢，謂京城長安大道。《三輔黄圖》卷二：「長安城中八街九陌。」唐沈佺期《長安道》：「樓閣九衢春，車馬千門旦。」唐張蠙《長安寓懷》：「九衢秋雨掩閑扉，不似干名似息機。」

【按】此寫江行擔憂風雨將至之情景，聯想及不若在長安城中垂鞭走馬之安穩從容不迫也。行客「罷晝眠」之舉，亦是「憂風色」之所致。謂「行客無聊罷晝眠」，則行客因阻風而無可奈何之心情可見也。

## 漢江行次〔一〕

村寺雖深已暗知，幡竿殘日迥依依〔二〕。沙頭有廟青林合，驛步無人白鳥飛〔三〕。牧笛自由隨草遠，漁歌得意扣舷歸〔四〕。竹園相接春波暖，痛憶家鄉舊釣磯。

【注　釋】

〔一〕此詩作於天復四年（説詳《江行》詩注〔一〕）。

〔二〕幡竿：繫幡的杆。《宋書·武帝紀上》：「公所執麾竿折，折幡沈水，衆並怪懼。公歡笑曰：往年覆舟之戰，幡竿亦折，今者復然，賊必破矣。」唐蕭至忠《三會寺應制》詩：「網户飛花綴，幡竿度鳥迴。」此指佛寺所立之旗旛。迥，遥遠；僻遠。漢班彪《北征賦》：「野蕭條以莽蕩，迥千里而無家。」南朝宋謝靈運《登江中孤嶼》詩：「懷新道轉迥，尋異景不延。」

〔三〕驛步：水驛的停船處。唐劉禹錫《别夔州官舍》：「青帳聯延喧驛步，白頭俯傴到江濱。」白鳥，白羽之鳥。鶴、鷺之類。《詩·大雅·靈台》：「麀鹿濯濯，白鳥翯翯。」唐劉長卿《題魏萬成江亭》詩：「蒼山隱暮雪，白鳥没寒流。」

〔四〕扣舷：手擊船邊。多用爲歌吟的節拍。唐王維《送綦毋校書棄官還江東》詩：「清夜何悠悠，扣舷明月中。」唐劉禹錫《采菱行》：「蓼花緑岸扣舷歸，歸來共到市橋步。」

【集　評】

韓偓在唐末粗有可取者，如「沙頭有廟青林合，驛步無人白鳥飛」、「細水浮花歸别浦，斷雲含雨入孤村」、「白髭兄弟中年後，瘴海程途萬里長」。五言如「鳥啼深不見，人語静先聞」。雖神氣短緩，亦微有深致。（范晞文《對床夜語》卷四）

【按】此詩寫漢江舟行所見江邊村野人家春日美好景象，不禁興起對家園的深情懷想。詩中「牧笛」、「漁歌」兩句，真乃「自由」、「得意」之漁牧生活美好境界也。目睹此美好境界，又見「竹園相接」之村舍景色，反襯此時詩人之流寓身世，故難怪有「痛憶家鄉」之句。家鄉而謂「痛憶」，則其思家之切，流離生涯之痛楚，兩均表露無遺矣。

## 偶題[一]

俟時輕進固相妨[二]，實行丹心仗彼蒼[三]。蕭艾轉肥蘭蕙瘦[四]，可能天亦妬馨香[五]。

【注釋】

[一] 此詩在《全唐詩》中排列於《江行》、《漢江行次》之後，而此詩之後即爲《湖南絶少含桃偶有人以新摘者見惠感事傷懷因成四韻》詩。考察上述四詩之排列，乃依成詩之時間前後者（參《江行》詩注釋[一]）。據前考，《江行》詩作於天祐元年，而《湖南絶少含桃……》亦同年三月詩（詳此詩注釋[一]），則此《偶題》詩亦天祐元年（公元九〇四年）春所作。

[二] 輕進，謂輕率冒進。陳琳《爲袁紹檄豫州文》：「至乃愚佻短略，輕進易退。」

〔三〕彼蒼：指蒼天。《詩·秦風·黄鳥》：「彼蒼者天。」孔穎達疏：「彼蒼蒼者，是在上之天。」蔡琰《悲憤詩》：「彼蒼者何辜，乃遭此戹禍。」

〔四〕蕭艾：艾蒿，臭草。常用來比喻品質不好的人。《楚辭·離騷》：「何昔日之芳草兮，今直爲此蕭艾也。」唐杜甫《種萵苣》詩：「中園陷蕭艾，老圃永爲恥。」蘭蕙，蘭和蕙。皆香草。多連用以喻賢者。《漢書·揚雄傳上》：「排玉户而颺金鋪兮，發蘭蕙與穹窮。」漢趙壹《疾邪》詩之二：「被褐懷金玉，蘭蕙化爲芻。」

〔五〕馨香：散播很遠的香氣。《國語·周語上》：「其德足以昭其馨香，其惠足以同其民人。」韋昭注：「馨香，芳馨之升聞者也。」《古詩十九首·庭中有奇樹》：「馨香盈懷袖，路遠莫致之。」

## 【集評】

韓偓在唐末粗有可取者……若「挾彈少年多害物，勸君莫近五陵飛」。又「蕭艾轉肥蘭蕙瘦，可能天亦妬馨香」，是直訕耳，詩人比興掃地矣。（范晞文《對床夜語》卷四）

【按】此詩乃詩人於貶謫後有感而作也。題謂「偶題」，乃偶有所感，而不願明謂所感發者爲何，故以「偶題」爲題，實亦無題之意。然則，此詩前二句，乃表明詩人不願輕進求榮，而唯丹心報國是所求。第三句「蕭艾」、「蘭蕙」分喻小人與君子；「肥」、「瘦」，則謂小人長而君子道銷也，乃歎世道之濁污顛倒也，故有末句慨歎吁嗟之句。

## 湖南絶少含桃偶有人以新摘者見惠感事傷懷因成四韻〔一〕

時節雖同氣候殊，不知堪薦寢園無①〔二〕。合充鳳食留三島〔三〕，誰許鶯偷過五湖〔四〕。苦筍恐難同象匕秦中爲櫻筍之會，乃三月也②〔五〕，酪漿無復瑩蠙珠湖南無牛酪之味〔六〕。金鑾歲歲長宣賜〔七〕，忍淚看天憶帝都每歲初進之後，先宣賜學士〔八〕。

【校　記】

①「不知」，《唐百家詩選》本作「未知」。

②「秦中爲櫻筍之會，乃三月也」，《唐百家詩選》本作「秦中謂三月爲櫻笋時」。

【注　釋】

〔一〕此詩《全唐詩》排列於《江行》、《漢江行次》、《偶題》之後，據上述所考，數詩均按成詩時間先後排列，且前三詩皆作於天祐元年。又考韓偓有《甲子歲五月自長沙抵醴陵貴就深僻……》詩，則偓天祐元年（即甲子歲）五月已離長沙至醴陵。此詩題謂「湖南絶少含桃」，又詩云「時節雖同氣候殊」，詩中小注又云「秦中爲櫻筍之會，乃三月也」，則此詩乃詩人天祐元年（公元九〇四年）三月作於湖南時。

含桃：櫻桃的别稱。參卷一《恩賜櫻桃分寄朝士》注釋〔一〕。

〔二〕薦：進獻；送上。此處薦字又作祭祀時之進獻。《易·觀》：「觀，盥而不薦，有孚顒若。」孔穎達疏：「既盥之後，陳薦籩豆之事。」《左傳·隱公三年》：「可薦於鬼神，可羞於王公。」寢園，陵園。《漢書·百官公卿表上》：「諸廟寢園。」唐王維《敕賜百官櫻桃》詩：「總是寢園春薦後，非關御苑鳥銜殘。」

〔三〕三島：指傳説中的蓬萊、方丈、瀛洲三座海上仙山。亦泛指仙境。《史記·封禪書》：「自威、宣、燕昭使人入海求蓬萊、方丈、瀛洲。此三神山者，其傳在渤海中，去人不遠，患且至，則船風引而去。蓋嘗有至者，諸仙人及不死之藥皆在焉。其物禽獸盡白，而黄金銀爲宫闕。未至，望之如雲；及到，三神山反居水下。臨之，風輒引去，終莫能至云。」唐鄭畋《題緱山王子晉廟》：「六宫攀不住，三島互相招。」

〔四〕鶯偷：含桃前人有謂乃鶯所含食，故言含桃。以此詩人有「鶯偷」之妙説。五湖，五湖所説不一。其中有謂乃江南五大湖之總稱。《史記·三王世家》：「大江之南，五湖之間，其人輕心。」

司馬貞索隱：「五湖者，具區、洮滆、彭蠡、青草、洞庭是也。」明楊慎《丹鉛總録·地理》：「王勃文『襟三江而帶五湖』，則總言南方之湖。洞庭一也，青草二也，鄱陽三也，彭蠡四也，太湖五也。」亦有謂專指洞庭湖者。唐杜甫《歸雁》詩：「年年霜露隔，不過五湖秋。」朱鶴齡注：「雁至衡陽則回。此五湖當指洞庭湖言。」此處之五湖，至少含洞庭湖，蓋其時詩人在湖南賦此詩言及含桃也。

〔五〕苦筍：苦竹之筍。品種不一，其味微苦者可食，俗稱甜苦筍。宋吴曾《能改齋漫録·方物》：「(廬山簡寂觀)觀出苦筍，而味反甜。」象匕，象牙製成的如羹匙般之食具。匕，古代取食的用具，曲柄淺斗，有飯匕、牲匕、疏匕、挑匕之分。狀類後代之羹匙。《儀禮·公食大夫禮》：「雍人以俎入陳於鼎南，旅人南面加匕於鼎，退。」秦中，古地區名。指今陝西中部平原地區，因春秋、戰國時地屬秦國而得名。也稱關中。《史記·封禪書》：「杜主，故周之右將軍，其在秦中最小鬼之神者。」《漢書·婁敬傳》：「秦中新破，少民，地肥饒，可益實。」顔師古注：「秦中謂關中，故秦地也。」唐張説《早渡蒲關》詩：「嗚鑾下蒲阪，飛旆入秦中。」櫻筍，即櫻桃、春筍。據韓偓詩小注，秦中三月當多有此二物。鄭谷《自貽》：「恨拋水國釣蓑雨，貧過長安櫻筍時。」下小注云：「唐制四月十五日，自堂厨至百司厨，謂之櫻筍時。」

〔六〕酪漿：牛羊等動物的乳汁。漢李陵《答蘇武書》：「羶肉酪漿，以充飢渴。」唐白居易《齋畢開素當食吟》：「稻飯紅似花，調沃新酪漿。」瑩，裝飾；塗飾。南朝宋劉義慶《世説新語·汰侈》：「王君夫有牛名八百里駮，常瑩其蹄角。」唐杜甫《奉贈太常張卿垍二十韻》：「健筆凌鸚鵡，銛鋒瑩鷿鵜。」蠙珠，即蚌珠。珍珠。《書·禹貢》「淮夷蠙珠」僞孔安國傳：「蠙珠，珠名。」孔穎達疏：「蠙是蚌之别稱。此蚌出珠，遂以蠙爲珠名。」漢賈誼《新書·容經》：「鳴玉者，佩玉也，上有雙珩，下有雙璜，衝牙蠙珠，以納其閒，琚瑀以雜之。」

〔七〕「金鑾」句：金鑾，即金鑾殿，乃帝皇所處宫殿。此處代指唐昭宗。宣賜，宣詔賞賜。此句意爲含桃每年剛進奉入宫時，唐昭宗即先賞賜給翰林學士。

〔八〕帝都：即首都。此處指唐首都長安。

## 【集評】

韓致光湖南食含桃詩云：「苦笋恐難同象匕，酪漿無復瑩蠙蛛。」自注云：「秦中謂三月爲櫻笋時。」乃知李綽《秦中歲時記》所謂「四月十五日，自堂厨至百司厨通謂之櫻笋厨」非妄也。陳無己《春懷》詩云：「老形已具臂膝痛，春事無多櫻笋來。」（吴曾《能改齋漫録》卷十五《櫻笋厨》）

櫻桃，《爾雅》云：「楔，一名荆桃，一名含桃，俗呼鶯桃，有斗蠟二色。」韓偓詩云：「合充鳳實留三島，誰許鶯偷過五湖。」（史能之《（咸淳）重修毗陵志》卷十三《風土·果之屬》）

韓致光，昭宗時以翰林承旨謫嶺表，道湖南，《謝人惠含桃》詩末章云：「金鑾歲歲長宣賜，忍淚看天憶帝都。」自注云：「每歲初進之後，先宣賜學士。」韓子蒼《謝人惠茶》云：「白髮前朝舊史官，風爐煮茗暮江寒。蒼龍不復從天下，拭淚看君小鳳團。」自注云：「史官月賜龍團。」意雖本致光而語工。（吴幵《優古堂詩話》）

《復齋漫録》云：「致堯，昭宗時以翰林承旨謫嶺表，道湖南，《謝人惠含桃詩》云：『金鑾歲歲長宣賜，忍淚看天憶帝都。』自注云：『每歲初進之後，先宣賜學士。』韓子蒼《謝人惠茶》云：『白髮前朝舊史官，風爐煮茗暮江寒。蒼龍不復從天下，拭淚看君小鳳團。』自注云：『史官月賜龍團。』意雖本致堯，而語益工。」（胡仔《苕溪漁隱叢話後集》卷十五）

韓致光以文章際遇昭宗，君臣相得，欲大用之。值朱温將篡，非獨力能支，去位而已，不然徒死無益。觀致光過湖湘食櫻桃詩，令人愴然：「時節雖同氣候殊，未知曾薦寢園無？合充鳳食留三島，誰許鶯偷過五湖。苦筍恐難同象匕，酪漿無復瑩蠙珠。金鑾歲歲長宣賜，忍淚看天憶帝都。」意與少陵同，尤悽惋。黄竹外有《讀韓偓傳詩》：「堂陛中間飛戰塵，君臣相顧淚沾巾。百年富貴輸前輩，一旦艱危屬老臣。自古舟中爲敵國，從今君側已無人。酬恩報主他生事，偷向蠻夷老此身。」（盛如梓《庶齋老學叢談》卷中之下）

韓致光咏櫻桃詩云「苦笋恐難同象匕，酪漿無復瑩蠙珠」，感時事也。近人李濱泗咏櫻桃云「瞞人只説吞紅豆，一點相思暖到心」，亦感時事而言。或以「暖」字易「冷」字爲佳，余曰：「佳則佳耳，惜櫻桃性非冷也。」唐人應制有賜朱櫻詩曰「飽食不須愁内熱，大官還有蔗漿寒」，此其證也。（謝堃《春草堂詩話》卷二）

【按】此詩人貶謫在湖南，因人以新摘含桃贈之，故感事傷懷所作也。詩末「金鑾歲歲長宣賜，忍淚看天憶帝都」句尤爲感人，可見其忠愛感恩昭宗之深情。其「苦筍恐難同象匕，酪漿無復瑩蠙珠」之句，余以爲此二句之意乃謂，秦中有櫻筍之會，而我在湖南，今雖得含桃，但此地之筍乃苦筍，不堪食，難於似秦中櫻筍之會與含桃並食矣。後句謂秦中櫻筍之會，有酪漿塗含桃而食，而「湖南無牛酪之味」，故不得以酪漿塗飾含桃而食矣。則此兩句均表明，在湖南儘管得櫻桃苦筍，然不復有秦中櫻筍之會之情致韻味矣。詩人以此思念故都往事之情，油然深藴其中。

## 隰州新驛〔一〕

盛德已圖形〔二〕，胡爲忽搆兵。燎原雖自及〔三〕，誅亂不無名。擲鼠須防誤〔四〕，連雞莫憚驚〔五〕。本期將係虜〔六〕，末策但嬰城。肘腋人情變〔七〕，朝廷物論生〔八〕。果聞荒谷縊①〔九〕，旋睹藁街烹〔一〇〕。帝怒今方息〔一一〕，時危喜暫清。始終俱以此〔一二〕，天意甚分明。

## 【校　記】

①「聞」，原作「然」，據玉山樵人本、統籤本改。

## 【注　釋】

〔一〕此詩繫年較難確考，故多有歧見。《韓偓簡譜》繫於大順二年，認爲「《隰州新驛》五排詩『盛德已圖形，胡爲忽搆兵』句，殆指克用之叛也」。《增訂注釋全唐詩·韓偓集》從之，謂「此詩約作於大順二年」。霍松林、鄧小軍《韓偓年譜》（《陝西師範大學學報》哲社版一九八八年第三期）雖未爲此詩繫年，但於龍紀元年譜云：「本年春及第後不久即由長安至河中幕府。」先師周祖譔先生《韓偓年譜補證》（見其《百求一是齋叢稿》，廈門大學出版社二〇〇五年版）準確指出「大順二年，韓偓當在左拾遺任，絶無曾去隰州跡象」。鄧小軍獨自出版之《韓偓年譜》因採納韓偓「北上并州的推測」意見，遂在中和元年譜末謂：「偓北上隰州（今山西隰縣）、并州（今山西太原市西南），或在此時。《翰林集》中有《隰州新驛》、《隰州新驛贈刺史》、《并州》等詩，當爲此時所作。其詳未能確考。」而《韓偓詩注》則謂「作於唐昭宗天復二年。是年，詩人隨駕在鳳翔時，可能乘隙北渡黄河，短時間到過隰州」。而同人後出之《韓偓事跡考略》又改天復二年説，認爲「細玩該詩所詠時事，似應作於天復三年鳳翔解圍之後。……同一時期的《隰州新驛贈刺史》，似乎進一步透露了兩詩的具體寫作時間。『高義盡招秦逐客，曠懷偏接儒諸生』兩句，詩人以『秦逐客』自況，顯然此詩作於天復三年因遭朱全忠嫉恨、被貶出京之後」。曹麗芳《韓偓北上隰州、并州考》（《江海學刊》二〇〇六年第六期）則認爲天復三年作説不可靠，韓偓在貶謫途中不可能北上隰州，其北上隰州應在龍紀元年春末出佐河中幕時，「並於此期間，就近北遊了并州」。按，曹説儘管限於所論題旨，未結合具體詩句再進一步證實爲何天復三年説之不可靠，以及以詩史互證，證明詩中所説乃均龍紀元年四月前事（此可詳以下此詩之各條注釋），以見繫於天復三年確不可靠，然其判斷較可信，今即繫此詩於唐昭宗龍紀元年（公元八八九年）。

隰州：隋開皇五年改西汾州置，治所在隰川縣（今山西隰縣）。《元和郡縣圖志》卷十二隰州：「《爾雅》曰『下濕曰隰』，以州帶泉泊下濕，故以隰爲名。」大業初改龍泉郡。唐武德元年復置隰州，轄境相當今山西石樓、交口、永和、隰縣、蒲縣、大寧等縣地。隰州唐時屬河中節度觀察處置等使所轄四州之一。

〔二〕「盛德」二句：圖形，畫像，圖繪形象。《漢書·蘇武傳》：「甘露三年，單于始入朝。上思股肱之美，乃圖畫其人於麒麟閣，法其形貌，署其官爵姓名……凡十一人。」《宋書·禮志四》：「自漢興已來，小善小德，而圖形立廟者多矣。」劉肅《大唐新語》卷十一：「貞觀十七年，太宗圖畫太原倡義及秦府功臣趙公長孫無忌、河間王孝恭、蔡公杜如晦、鄭公魏徵、梁公房玄齡、申公高士廉、鄂公尉遲敬德、鄖公張亮、陳公侯君集、盧公程知節、永興公虞世南、渝公劉政會、莒公唐儉、英公李勣、胡公秦叔寶等二十四人於淩煙閣。太宗親爲之贊，褚遂良題閣，閻立本畫。」搆兵，交兵，交戰。《孟子·告子下》：「吾聞秦楚搆兵，我將見楚王說而罷之。」《孔子家語·賢君》：「怨讎並存其國，鄰敵構兵於郊。」按，此二句指王重榮、田令孜、李克用等於平定黄巢、收復長安中立下卓著功勛者，忽而又交戰互鬥之事。《舊唐書·田令孜傳》：「田令孜，本姓陳。……乾符中，盜起關東。諸軍誅盜，以令孜爲觀軍容，制置左右神策，護駕十軍等使。京師不守，從僖宗幸蜀。鑾輿返正，令孜頗有匡佐之功。時令孜威權振天下。」又宋黄修復《益州名畫録》卷上《常重胤》記僖宗幸蜀回鑾時，常重胤奉詔於中和院上壁寫僖宗「及寫隨駕文武臣寮真」，其中即有「御容後寫左神策軍觀軍容使、護軍中尉田令孜」等臣子畫像。又，河中節度使王重榮與雁門節度使李克用因擊敗黄巢，收復京城而立下大功。《舊唐書·王重榮傳》：中和二年「李克用領兵至，大敗巢賊，收復京城。其倡義啟導之功，實重榮居首。京師平，以功檢校太尉、同平章事、琅邪郡王」。《新唐書·王重榮傳》亦記「巢喪二州，怒甚，自將精兵數萬壁梁田。重榮軍華陰，復光軍渭北，掎角攻之，賊大敗，執其將趙璋，巢中流矢走。重榮兵亦死耗相當。懼巢復振，憂之，與復光計，復光曰：『我世與李克用共憂患，其人忠不顧難，死義如己。若乞師焉，事蔑不濟。』乃遣使者約連和。克用使陳景斯總兵自嵐、石赴河中，親率師從之，遂平巢，復京師。以功檢校太尉、同中書門下平章事，封琅邪郡王。累加檢校太傅」。《新五代史·莊宗紀上》亦記中和「二年十一月，景思、克用復以步騎萬七千赴京師。三年正月，出於河中，進屯乾坑。巢黨驚曰：『鵶兒軍至矣！』二月，敗巢將黄鄴於石隄谷；三月，又敗趙璋、尚讓於良田坡，横尸三十里。是時，諸鎮兵皆會長安，大戰渭橋，賊敗走入城，克用乘勝追之，自光泰門先入，戰望春宫昇陽殿，巢敗，南走出藍田關，京師平，克用功第一。天子拜克用檢校司空、同中書門下平章事、河東節度使。」又「胡爲」句指田令孜企圖以朝廷名義，徙王重榮爲兖海節度使而奪其河中鹽池之利，重榮不從，田令孜遂率禁兵討之，而重榮亦聯合李克用而發兵攻戰。《新唐書·田令孜傳》載「令孜白以兩鹽池歸鹽鐵使，即自兼兩池榷鹽使。重榮不奉詔，表暴令孜十罪。令孜自將討重榮，率邠寧朱玫、鳳翔李昌符，合鄜、延、靈、夏等兵凡三萬，壁沙苑。重榮説太原李克用連和，克用上書請誅令孜、玫，帝和之，不從。大戰沙苑，王師敗」。

〔三〕「燎原」二句：燎原，火延燒原野。比喻勢態不可阻擋。《書·盤庚上》：「若火之燎於原，不可嚮邇，其猶可撲滅。」晉潘尼《火賦》：「及至焚野燎原，埏光赫戲……遂乃衝風激揚，炎光奔逸。」誅亂，討伐叛亂。《史記·秦始皇本紀》：「皇帝之德，存定四極，誅亂除害，興利致福。」按，此二句指田令孜爲王重榮擊敗後，又挾劫唐僖宗出幸，王重榮、李克用遂出兵入援、征討田令孜。《舊唐書·王重榮傳》：光啟元年「十二月，令孜挾天子出幸寶雞，太原（慶按，指李克用）聞之，乃與重榮入援京師，遣使迎駕還宮。令孜尤懼，卻劫幸山南」。《新唐書・田令孜傳》載：「神策兵潰還，略所過皆盡。克用逼京師，令孜計窮，乃焚坊市，劫帝夜啟開遠門出奔。……克用還河中，（朱）玫畏克用且偪，與重榮連章請誅令孜，而駐鳳翔。令孜請帝幸興元，帝不從，令孜以兵入寢，逼帝夜出，群臣無知者，宰相蕭遘等皆不及從。……遘惡令孜劫質天子，生方鎮之難……令孜懼人圖己，蒙面以行。……玫、重榮表誅令孜，安慰群臣。詔以令孜爲劍南監軍使，留不去。重榮請幸河中，令孜沮而止。宰相遘率群臣在鳳翔者表令孜顓國煽禍，惑小人計，交亂群帥，請誅之。」

〔四〕「擲鼠」句：賈誼《新書》卷二《階級》：「里諺曰：『欲投鼠而忌器。』此善諭也。鼠近於器，尚憚不投，恐傷其器，況於貴臣之近主乎？」《北齊書・文苑傳・樊遜》：「至如投鼠忌器之説，蓋是常談；文德懷遠之言，豈識權道。」此句意爲觀軍容使田令孜挾持唐僖宗出幸，王重榮、李克用進軍入京，征討之。但因其時唐僖宗爲田令孜所劫持，故應「擲鼠須防誤」，以免誤傷僖宗。《新唐書・田令孜傳》即記唐僖宗爲田令孜劫持出幸中蒙難之情形：「（朱）玫勸興元節度使石君涉焚閣道，絶帝西意。（蕭）遘惡令孜劫質天子。……使玫進迎乘輿。玫引兵追行在，敗興鳳楊晟軍，帝次梁、洋，稍引而南，玫兵及中營，左右被剽戮者不勝計。……次大散關，道險澀，帝危及難數矣。……玫長驅躡帝，帝以閣道毀，走它道，困甚，枕王建膝且寐，覺而飯，僅能至興元。」

〔五〕「連雞」句：連雞，縛在一起的雞。喻群雄相互牽掣，不能一致行動。《戰國策·秦策一》秦惠王謂寒泉子曰：「蘇秦欺寡人，欲以一人之智，反覆山東之君，從以欺秦。趙固負其衆，故先使蘇秦以幣帛約乎諸侯。諸侯不可一，猶連雞之不能俱止於棲亦明矣。」鮑彪注：「連謂繩繫之。」此句意謂爲了對付王重榮、李克用，田「令孜結邠寧節度使朱玫、鳳翔節度使李昌符以抗之」。然而此諸藩鎮之聯結，在詩人看來有如「連雞」般，不必畏懼驚怕。據史傳，田令孜所聯接之朱玫、李昌符等後皆反攻田令孜。《新唐書·田令孜傳》記「令孜自將討重榮，率邠寧朱玫、鳳翔李昌符，合鄜、延、靈、夏等兵凡三萬，壁沙苑。……王師敗。玫走還邠州，與昌符皆恥爲令孜用，還與重榮合。……克用還河中，玫畏克用且偪，與重榮連章請誅令孜，而駐鳳翔。……至興元，玫、重榮表誅令孜，安慰群臣」。

〔六〕「本期」二句：係虜，擄獲；俘獲。《韓非子·奸劫弑臣》：「邊境不侵，君臣相親，父子相保，而無死亡係虜之患，此亦功之至厚者也。」嬰城，謂環城而守。《戰國策·秦策四》：「小黄、濟陽嬰城，而魏氏服矣。」鮑彪注：「嬰，猶縈也，蓋二邑環兵自守。」按，此二句蓋指王重榮於黄巢分兵略蒲州時，勸説節度使李都嬰城自守事。《舊唐書·王重榮傳》：「廣明初，重榮爲河中馬步軍都虞候。巢賊據長安，蒲帥李都不能拒，稱臣於賊，賊僞授重榮節度副使。河中密邇京師，賊徵求無已，軍府疲於供億，賊使百輩，填委傳舍。重榮謂都曰：『吾以外援未至，詭謀附賊以紓難。今軍府積實，苦被徵求，復來收兵，是賊危我也，倘不改圖，危亡必矣。請絶橋道，嬰城自固。』都曰：『吾兵微力寡，絶之立見其患。唯公圖之，願以節鉞假公。』翌日，都歸行在，重榮知留後事，乃斬賊使，求援鄰藩。既而賊將朱温舟師自同州至，黄鄴之兵自華陰至，數萬攻之。重榮戒勵士衆，大敗之，獲其兵仗，軍聲益振，朝廷遂授節鉞，檢校司空。時中和元年夏也。」《新唐書·王重榮傳》所載略同。

〔七〕「肘腋」句：肘腋，原指胳膊肘與胳肢窩。用以比喻切近之地，或親信、助手等。唐杜甫《草堂》詩：「西卒卻倒戈，賊臣互相誅。焉知肘腋禍，自及梟獍徒。」按，此句指朱玫、李昌符迫襄王李熅僭皇帝位事。《舊唐書·僖宗紀》載光啟二年：「四月庚戌朔，是夜熒惑犯月角。壬子，朱玫、李昌符逭宰相蕭遘等於鳳翔驛舍，請嗣襄王熅權監軍國事。玫自爲大丞相，兼左右神策十軍使。遂驅率文武百僚奉襄王還京師。五月己卯朔，庚辰，襄王僭即皇帝位，年號建貞。以蕭遘初沮襄王監國之命，罷知政事，爲太子少師。以朱玫爲侍中、諸道鹽鐵轉運使。以裴徹爲門下侍郎、右僕射、同平章事、判度支。中書侍郎、刑部尚書、平章事鄭昌圖判户部事。蕭遘移疾歸河中之永樂。僞制加諸侯官爵。」

〔八〕「朝廷」句：物論，衆人的議論，輿論。《晉書·謝安傳》：「是時桓沖既卒，荆、江二州並缺，物論以玄(桓)勳望,宜以授之。」沈詗《爲王僧辯奉貞陽侯啟》:「此册降,中使復遣諸處詢謀,物論參差,未甚決定。」此句指朱玫立嗣襄王熅爲帝,王重榮與李克用謀定王室,斬熅而長安復平,然此事引發朝廷臣子之物論。《新唐書·王重榮傳》:「俄嗣襄王熅僭位,重榮不受命,與克用謀定王室。楊復恭代令孜領神策,故與克用善,遣諫議大夫劉崇望齎詔諭天子意,兩人聽命,即獻縑十萬,願討玫自贖。崇望還,群臣皆賀。重榮遂斬熅,長安復平。」《舊唐書·僖宗紀》光啟二年十二月記「(王)行瑜斬朱玫及其黨與數百人,……裴徹、鄭昌圖及百官奉襄王奔河中,王重榮紿稱迎奉,執李熅斬之,械裴徹、鄭昌圖於獄,文武官僚遭戮者殆半。重榮函襄王首赴行在。刑部奏請御興元城南門,閱俘馘受賀,下禮院定儀注。博士殷盈孫奏曰:『伏以僞熅違背宗社,僭竊乘輿,欺天之禍既盈,盜國之罪斯重,果至覆敗,以就誅夷。……宜陳賀禮,以顯皇猷。然物議之間,有所未允。臣按禮經,公族有罪,獄既具,有司聞於公曰:「某之罪在大辟。」君曰:「赦之。」如是者三,有司走出致刑,君復使謂之曰:「雖然,固當赦之。」有司曰:「不及矣!」君爲之素服不樂三月。《左傳》:衛君在晉,衛臣元咺立衛君之弟叔武,衛君入國,叔武爲前驅所殺,衛君哭之,左氏書焉。今僞熅,皇族也,雖犯殊死之罪,宜就屠戮,其可以朝群臣而受賀乎?臣以爲熅胤係金枝,名標玉牒,廹脇之際,不能守節効死,而乃甘心逆謀,罪實滔天,刑不可赦。已爲軍前處置,宜即黜爲庶人,絶其屬籍,其首級仍委所在以庶人禮收葬。大捷之慶，當以朱玫首級到日稱賀，爲得其宜。上不軫於宸衷，下無傷於物體，協禮經之旨，袪中外之疑。』遂罷賀禮。及朱玫傳首至，乃御樓受俘馘。」

〔九〕「果聞」句：此指黃巢於中和四年自縊於狼虎谷事。《新唐書·黃巢傳》：中和四年「六月，時溥遣將陳景瑜與尚讓追戰狼虎谷，巢計蹙，謂林言曰：『我欲討國姦臣，洗滌朝廷，事成不退，亦誤矣。若取吾首獻天子，可得富貴，毋爲他人利。』言，巢出也，不忍。巢乃自刎，不殊，言因斬之，及兄存、弟鄴、揆、欽、秉、萬通、思厚，并殺其妻子，悉函首，將詣溥。而太原博野軍殺言，與巢首俱上溥，獻于行在，詔以首獻于廟。」

〔一〇〕「旋睹」句：藁街，《漢書·陳湯傳》：「延壽、湯上疏曰：『……郅支單于慘毒行於民，大惡通於天。臣延壽、臣湯將義兵，行天誅……斬郅支首及名王以下。宜縣頭藁街蠻夷邸間，以示萬里，明犯强漢者，雖遠必誅。』」顔師古注：「藁街，街名，蠻夷邸在此街也。邸，若今鴻臚客館也。」按，藁街亰意即將叛逆者斬首示衆。又按，此句蓋指斬嗣襄王李煴稱帝後所任命之僞宰相裴徹、鄭昌圖。《舊唐書·僖宗紀》：光啓三年三月「河中械送僞宰相裴徹、鄭昌圖，命斬之於岐山縣。太子少師致仕蕭遘賜死於永樂縣」。

〔一一〕「帝怒」二句：帝，指唐昭宗。此二句指唐昭宗即位後龍紀元年初之情勢。其時僖宗以來多年反亂惡鬥稍平息，李煴、秦宗權僭帝位亦以失敗告終，故有此二句之謂。據《舊唐書·昭宗紀》，唐昭宗於文德元年三月即帝位，翌年龍紀元年正月「上御武德殿受朝賀，宣制大赦，改元。中外文武臣僚進秩頒爵有差」。又「二月……己丑，汴州行軍司馬李璠監送逆賊秦宗權並妻趙氏以獻，上御延喜門受俘，百僚稱賀，以之徇市，告廟社，斬於獨柳，趙氏笞死。……中書奏請以二月二十二日爲嘉會節，從之」。

〔三〕「始終」二句：此二句意爲凡是如黄巢、李煴、朱玫、李昌圖等亂臣賊子之叛亂負國者，均會以失敗滅亡告終。此乃天意注定，老天爺之意甚爲明顯。

【按】理解此詩之意旨，關鍵在於確定其創作時間。據詩題以及詩中所詠，此詩乃作於龍紀元年韓偓進士及第後出佐河中時。隰州新驛必在隰州，而隰州乃河中府所轄地。此時，河中節度使乃王重盈，而稍前節度使則爲重盈弟王重榮。王重榮在擊敗黄巢、收復長安中功勛卓著；此後因田令孜之逼，又與田令孜等人攻戰，殃及僖宗；最後又擄獲誅殺襄王以獻朝廷，可謂此一時期之風雲英傑。故詩人行經河中隰州，自然撫昔思今，感而賦此詩。

## 亂後春日途經野塘〔一〕

世亂他鄉見落梅，野塘晴暖獨徘回。船衝水鳥飛還住①，袖拂楊花去卻來②。季重舊遊多喪逝〔二〕，子山新賦極悲哀〔三〕。眼看朝市成陵谷〔四〕，始信昆明是劫灰③〔五〕。

【校　記】

①「住」，《全唐詩》、吳校本均校：「一作止。」按，《唐詩鼓吹》卷二作「止」。

②「卻」，《唐百家詩選》本、《唐詩鼓吹》卷二均作「又」，《全唐詩》、吳校本均校：「一作又。」

③「是」，《全唐詩》、吳校本均校：「一作有。」按，《唐詩鼓吹》卷二作「有」。

【注　釋】

〔一〕此詩作於何年難確考，然詩題謂「亂後」，詩中又有「世亂他鄉見落梅」，以及「季重舊遊多喪逝，子山新賦極悲哀。眼看朝市成陵谷，始信昆明是劫灰」等句，尋繹其詩意，頗疑乃天復四年春朱全忠逼唐昭宗由長安遷都洛陽後所作。今即姑繫於是年。詩有「袖拂楊花去卻來」句，乃春來景色，故詩約作於天復四年（公元九〇四年亦即天祐元年，是年閏四月改元天祐）春。

〔二〕「季重」句：《三國志·魏書·王粲傳》裴注引《魏略》曰：「（吳）質字季重，以才學通博，爲五官將及諸侯所禮愛。……二十三年，太子又與質書曰：『歲月易得，別來行復四年。三年不見，《東山》猶歎其遠，況乃過之，思何可支？雖書疏往反，未足解其勞結。昔年疾疫，親故多離其災，徐、陳、應、劉，一時俱逝，痛何可言邪！昔日遊處，行則同輿，止則接席，何嘗須臾相失！

每至觴酌流行，絲竹並奏，酒酣耳熱，仰而賦詩。當此之時，忽然不自知樂也。謂百年已分，長共相保，何圖數年之間，零落略盡，言之傷心。頃撰其遺文，都爲一集。觀其姓名，已爲鬼録，追思昔遊，猶在心目，而此諸子化爲糞壤，可復道哉！』」

〔三〕「子山新賦」句：庾子山，即北周庾信，字子山。先仕梁，出使西魏被扣留長安。西魏亡後又仕周，官至驃騎大將軍，開府儀同三司、司憲中大夫，進爵義城縣侯等。傳見《周書》卷四十一、《北史》卷八十三。其雖位望通顯，然常有鄉關之思，有《哀江南賦》，其《序》云：「信年始二毛，即逢喪亂，藐是流離，至於暮齒。《燕歌》遠别，悲不自勝；楚老相逢，泣將何及。……追爲此賦，聊以記言，不無危苦之辭，唯以悲哀爲主。」按，以上兩句均以舊典狀自己亂後之處境心情。

〔四〕「眼看」句：成陵谷，《詩·小雅·十月之交》：「高岸爲谷，深谷爲陵。」庾信《竹杖賦》：「世變市朝，年移陵谷。」此句或指天祐元年，朱全忠逼唐昭宗遷都洛陽而毁長安事。《舊唐書·昭宗紀》載：「天祐元年春正月丁酉朔……己酉，全忠率師屯河中，遣牙將寇彦卿奉表請車駕遷都洛陽。全忠令長安居人按籍遷居，徹屋木，自渭浮河而下，連甍號哭，月餘不息。秦人大駡於路曰：『國賊崔胤召朱温傾覆社稷，俾我及此，天乎！天乎！』丁巳，車駕發京師。」

〔五〕「始信昆明」句：《搜神記》卷十三《劫灰》：「漢武帝鑿昆明池，極深，悉是灰墨，無復土。舉朝不解，以問東方朔。朔曰：『臣愚，不足以知之。可試問西域人。』帝以朔不知，難以移問。至後漢明帝時，西域道人入來洛陽。時有憶方朔言者，乃試以武帝時灰墨問之。道人云：『經云：「天地大劫將盡，則劫燒。」此劫燒之餘也。』乃知朔言有旨。」

【集評】

方回：吳質季重，爲曹操所殺。致堯之交，有爲朱全忠所殺者。引庾信子山賦事，可謂極悲哀矣。（《瀛奎律髓彙評》卷三十二忠憤類）

馮舒：查。（《瀛奎律髓彙評》卷三十二忠憤類）

紀昀：此事何出？可謂空疏杜撰。（《瀛奎律髓彙評》卷三十二忠憤類）

無名氏（甲）：曹丕《與吳質書》謂建安七子多喪逝耳，非謂季重喪逝也，讀《文選》不精，遂有此誤。（《瀛奎律髓彙評》卷三十二忠憤類）

何義門：三、四反接「徘徊」，透出「經」字，斯須不可止泊矣。後四句極言其亂。（《瀛奎律髓彙評》卷三十二忠憤類）

紀昀：致堯難得此沉實之作。（《瀛奎律髓彙評》卷三十二忠憤類）

「見落梅」，言又開春也。「獨徘徊」，言一無所依，一無所事也。「飛還止」、「去又來」，雖寫「水鳥」、「楊花」，然皆自比徘徊野塘無聊無賴也。看他一二「亂世」下又接「他鄉」字，「他鄉」上又加「亂世」字，「亂世他鄉」下又對「野塘晴日」字，使讀者心頭眼頭，一片荒荒涼涼，直是試想不得（首四句下）。魏文帝《與吴季重書》：「昔年疾疫，親故罹災。徐、陳、應、劉，一時俱逝。」庾子山序《哀江南賦》，不無危苦之辭，惟以悲哀爲主。言此二篇之論，今日恰與我意悵然有當也。「眼看」妙，不是眼看，亦不始信，此極傷痛之聲也（末四句下）。（金聖歎《貫華堂選批唐才子詩》）

方回選《瀛奎律髓》，雖推尊少陵，其實未曾夢見，佳者多遺，閒泛者悉録。至注解唐人詩，尤多舛謬（黄白山評：「此語通蔽，宋人學杜之病，不止方回一人。」）。如韓偓《亂後春日途經野塘》曰：「季重舊遊多喪逝，子山新賦極悲哀。」正指魏文帝與質書「元瑜長逝，化爲異物」，及「徐、陳、應、劉，一時俱逝，痛何可言耶」諸語耳。且丕受禪，質會洛陽，拜北中郎將，封列侯，使持節督幽、并諸軍事。太和四年，入爲侍中，其夏始没。《魏志》所載甚明。（《瀛奎律髓》）乃注云：「吴質季重爲曹操所殺，致堯之交有爲朱全忠所殺，引庾信子山賦事，可謂『極悲哀』矣。」余意此不徒胸無古今，並不明作者之意，試以偓語徐思之，亦何嘗謂季重死耶！（賀裳《載酒園詩話》卷一《瀛奎律髓》）

秋谷曰：沉以風雅之變。（復旦大學圖書館藏《唐音統籤》本此詩眉批）

吴汝綸曰：「沉痛。」（高步瀛《唐宋詩舉要》本詩下注評引）

【按】此詩乃詩人於亂後抒發悲時傷亂之沉痛心情。前四句以景寓情，後四句則直抒傷亂情懷。繆鉞、葉嘉瑩《靈谿詞説·論韓偓詞》亦云：「這些詩雖然是尋常寫景言情之作，但都隱含着故國滄桑之悲，身世流離之感，所以特別顯得淒怨沉摯。」

## 贈易卜崔江處士　袁州〔一〕

白首窮經通祕義〔二〕，青山養老度危時。門傳組綬身能退〔三〕，家學漁樵跡更奇①。四海盡聞龜策妙〔四〕，九霄堪歎鶴書遲〔五〕。壺中日月將何用②〔六〕，借與閒人試一窺。

【校　記】

①「漁樵」，韋縠《才調集》卷八、玉山樵人本、統籤本、汲古閣本、麟後山房刻本均作「樵漁」。

②「何」，《全唐詩》、吴校本均校：「一作安。」按，清函海本李調元《全五代詩》卷七十七作「安」。

【注　釋】

〔一〕此詩詩題下小注云「袁州」，知詩乃詩人在袁州所作。據卷一《翠碧鳥》詩注釋〔一〕所考，韓偓天祐二年（即乙丑歲）九月已經在江西萍灘鎮駐泊兩月，其初自醴陵移至萍灘鎮蓋在天祐二年七月左右。袁州乃在湖南醴陵往江西萍灘鎮之間。又《翠碧鳥》詩題下有「以上並在醴陵作」

小注。據前《翠碧鳥》詩注釋〔一〕所考，《翠碧鳥》詩約天祐二年夏所作，换言之偓此時尚在醴陵。如此，偓離醴陵經袁州蓋在天祐二年夏秋間，其本詩之作亦在是時。

易卜：指以《周易》占卜，以知吉兇禍福。處士，本指有才德而隱居不仕的人，後亦泛指未做過官的士人。《孟子·滕文公下》：「聖王不作，諸侯放恣，處士横議，楊朱、墨翟之言盈天下。」《後漢書·方術傳論》：「李固、朱穆等以爲處士純盜虚名，無益於用，故其所以然也。」

〔二〕祕義：深奥的意義。南朝梁沈約《齊太尉文憲王公墓誌銘》：「祕義煙涵，瓌詞雨散。」唐柳宗元《送濬上人歸淮南覲省序》：「上人窮討祕義，發明上乘。」

〔三〕「門傳組綬」句：組綬，古人佩玉，用以繫玉的絲帶。《禮記·玉藻》：「天子佩白玉而玄組綬，公侯佩山玄玉而朱組綬，大夫佩水蒼玉而純組綬，世子佩瑜玉而綦組綬，士佩瓀玟而緼組綬。」鄭玄注：「綬者，所以貫佩玉相承受者也。」《魏書·高祖紀下》：「八月乙亥，給尚書五等品爵已上朱衣、玉珮、大小組綬。」此處借指官爵。此句謂崔江處士儘管因其家門蔭而任官，但卻能辭官歸隱。

〔四〕龜策：龜甲和蓍草。古代占卜之具。《禮記·月令》：「(孟冬之月)命太史釁龜筴，占兆，審卦吉凶。」《楚辭·卜居》：「用君之心，行君之意，龜策誠不能知事。」唐劉禹錫《遊桃源一百韻》：「自從嬰羅網，每事問龜策。」龜策妙，即謂精通占卜之術。

〔五〕鶴書：書體名。也叫鶴頭書。古時用於招賢納士的詔書。亦借指徵聘的詔書。《文選·孔稚珪〈北山移文〉》：「及其鳴騶入谷，鶴書赴隴；形馳魄散，志變神動。」李善注引蕭子良《古今篆隸文體》：「鶴頭書與偃波書，俱詔板所用，在漢則謂之尺一簡，髣髴鵠頭，故有其稱。」唐楊炯《唐昭武校尉曹君神道碑》：「南宫養老，坐聞鳩仗之榮；東嶽遊魂，俄見鶴書之召。」上二句意爲令人嘆息的是，儘管精通占卜之術，名傳四海，但朝廷卻久久未下徵召入朝之書。

〔六〕壺中日月：《後漢書·費長房傳》：「費長房者，汝南人也。曾爲市掾。市中有老翁賣藥，懸一壺於肆頭，及市罷，輒跳入壺中。市人莫之見，唯長房於樓上覩之，異焉，因往再拜奉酒脯。翁知長房之意其神也，謂之曰：『子明日可更來。』長房旦日復詣翁，翁乃與俱入壺中。唯見玉堂嚴麗，旨酒甘肴盈衍其中，共飲畢而出。翁約不聽與人言之。後乃就樓上候長房曰：『我神仙之人，以過見責，今事畢當去，子寧能相隨乎？樓下有少酒，與卿爲别。』長房使人取之，不能勝，又令十人扛之，猶不舉。翁聞，笑而下樓，以一指提之而上。視器如一升許，而二人飲之終日不盡。」

【按】此詩乃歎崔江處士之精通龜策，名聞天下，而不爲朝廷所用也。雖是爲他人嘆息，然尋味詩意，蓋亦借他人之酒杯而澆心中之塊壘也。品味「壺中日月將何用，借與閒人試一窺」句，其自稱

「閒人」，則自慨之意隱然可見。

## 過臨淮故里〔一〕

交遊昔歲已凋零，第宅今來亦變更。舊廟荒涼時饗絶〔二〕，諸孫饑凍一官成〔三〕。五湖竟負他年志〔四〕，百戰空垂異代名〔五〕。榮盛幾何流落久〔六〕，遣人襟抱薄浮生①〔七〕。

【校記】

①「襟」，《全唐詩》、吴校本均校：「一作懷。」按，《唐詩鼓吹》卷二、杜詔《唐詩叩彈集》卷十二均作「懷」。

【注釋】

〔一〕徐復觀於《中國文學論集·韓偓詩與香奩集論考》認爲此詩非韓偓詩，云：「《江南送别》、《過臨淮故里》、《吴郡懷古》、《遊江南水陸院》這一類的詩，可斷言其非出於韓偓。」他認爲：「韓偓的『故里』，不可能在『臨淮』；『諸孫饑凍一官成』的情景，尤與韓偓不合，則此詩之不出於韓偓，實甚爲明顯。臨淮爲由金陵赴中原（洛陽）必經之路，這首詩及江南諸詩，或出於韓熙載。然韓之故里亦非臨淮，所以只好存疑了。」按，此説誤。此處「臨淮」，乃謂臨淮郡王李光弼。以其封臨淮郡王，故稱。李光弼，傳見《舊唐書》卷一一〇、《新唐書》卷一三六。《舊傳》云：「李光弼，營州柳城人。……寶應元年，進封臨淮王，賜鐵券，圖形淩煙閣。」《新傳》云：「寶應元年，進封臨淮郡王。……廣德元年，遂禽晁，浙東平。詔贈實封户二千，與一子三品階，賜鐵券，名藏太廟，圖形淩煙閣。」按，據本集《夏課成感懷》、《遊江南水陸院》等詩注所考，韓偓約咸通十二年（公元八七一年）秋離家往遊江南，此詩疑即此行於秋冬間過臨淮之作。

臨淮郡：唐天寶元年改泗州置，治所在臨淮縣（今江蘇盱眙縣西北）。

〔二〕舊廟：指供奉李光弼之廟宇。時饗，亦作時享。太廟四時的祭祀。古代帝王臣民都行時享之禮。《國語·周語上》：「日祭、月祀、時享、歲貢、終王，先王之訓也。」唐柳宗元《寄許京兆孟容書》：「每當春秋時饗，孑立捧奠，顧眄無後繼者。」

〔三〕諸孫：指李光弼之諸孫。一官成，據《新唐書·李光弼傳》，「廣德元年，……詔增實封户二千，與一子三品階」。又記：「子彙，有志操，廉介自將。從賈耽爲裨將，奏兼御史大夫。元和初，分徐州苻離爲宿州，光弼有遺愛，擢彙爲刺史。後遷涇原節度使，罷軍中雜徭，出奉錢贖將士質賣子，還其家。卒，贈工部尚書。」

〔四〕「五湖」句：此句意爲李光弼戰功顯赫，然而未能效法范蠡功成身退，隱於五湖，反而遭受宦官猜忌，憂鬱成疾以卒。《舊唐書・李光弼傳》：「光弼御軍嚴肅，天下服其威名，每申號令，諸將不敢仰視。及懼朝恩之害，不敢入朝，田神功等皆不禀命，因愧耻成疾，遣衙將孫珍奉遺表自陳。廣德二年七月，薨於徐州，時年五十七。」

〔五〕「百戰」句：《新唐書・李光弼傳》記李光弼因戰功赫赫，於廣德元年即「詔增實封户二千，與一子三品階，賜鐵卷，名藏太廟，圖形淩煙閣」。又謂「光弼用兵，謀定而後戰，能以少覆衆。治師訓整，天下服其威名，軍中指顧，諸將不敢仰視。初，與郭子儀齊名，世稱『李郭』，而戰功推爲中興第一。其代子儀朔方也，營壘、士卒、麾幟無所更，而光弼一號令之，氣色乃益精明云」。

〔六〕榮盛：顯達興盛。南朝梁江淹《蕭被侍中敦勸表》：「都野宗其榮盛，視聽敬其炎貴。」《周書・侯莫陳崇傳》：「當時榮盛莫與爲比，故今之稱門閥者，咸推八柱國家云。」

〔七〕遣人：使人、讓人。襟抱，襟懷抱負。《舊唐書・忠義傳下・庾敬休》：「敬休姿容温雅，襟抱夷曠，不飲酒茹葷，不邇聲色。」薄浮生，看輕人生。浮生，語本《莊子・刻意》：「其生若浮，其死若休。」以人生在世，虚浮不定，因稱人生爲「浮生」。南朝宋鮑照《答客》詩：「浮生急馳電，物道險絃絲。」唐元稹《酬哥舒大少府寄同年科第》詩：「自言行樂朝朝是，豈料浮生漸漸忙。」

【集　評】

一二句寫昔歲還是凋零，今來乃並無凋零。此即暗用香巖立錐誦成妙詩也。三句，苦在廟在；四句，苦在官成。時享都絶，用廟何爲？凍餒不救，用官何爲？寫來便如落日風吹，暗壁鬼嘯。後解感憤沉厚，辭旨激昂，純是切諷朝廷，非止慟哭臨淮也。言其寧負五湖，是何等愚忠！名動異代，是何等血戰！今墓草未荒，略無存恤；前賢不報，後賢誰奮？末句比優孟辭更加一倍悲憤，讀之使人變色。（金聖歎《貫華堂選批唐才子詩》）

《過臨淮故里》，庭珠按，李光弼封臨淮郡王。（杜詔《唐詩叩彈集》卷十二）

【按】此詩徐復觀以爲非韓偓詩，其誤在於將「臨淮」當作詩人故里，而不悟此臨淮乃指臨淮郡王李光弼也。且此處「故里」亦指李光弼所封舊居地而言，非謂臨淮乃其故鄉也。據兩《唐書》本傳，李光弼乃「營州柳城人，其先，契丹之酋」，而非臨淮人。詩乃詩人過李光弼臨淮舊居，見其宅第變更，舊廟荒涼，諸孫流落，感慨而作之。其意藴，清人金聖歎《貫華堂選批唐才子詩》所析，頗爲的當精彩，深得此詩之意。

## 贈湖南李思齊處士〔一〕

兩板船頭濁酒壺〔二〕，七絲琴畔白髭鬚〔三〕。三春日日黄梅雨〔四〕，孤客年年青草湖〔五〕。燕俠冰霜難狎近〔六〕，楚狂鋒刃觸凡愚〔七〕。知余絶粒窺仙事〔八〕，許到名山看藥鑪〔九〕。

【注釋】

〔一〕韓偓《訪同年虞部李郎中》詩題下有「天復四年二月，在湖南」小注。又有《甲子歲夏五月自長沙抵醴陵貴就深僻以便疏慵》詩，甲子歲即天復四年，是年閏四月改元天祐元年。故韓偓天復四年春在湖南，是年五月在醴陵。本詩在湖南作，時爲「三春日日黄梅雨」之三月，故作於天復四年（公元九〇四年）三月。

〔二〕濁酒：用糯米、黄米等所釀的酒，較混濁。三國魏嵇康《與山巨源絶交書》：「時與親舊叙闊，陳説平生，濁酒一杯，彈琴一曲，志願畢矣。」晉陶潛《時運》：「請琴横床，濁酒半壺。」

〔三〕七絲琴：即七弦琴。宋祖無擇《袁州慶豐堂十閒詠》其二：「鄭聲良可厭，閒抱七絲琴。欲識調絃意，理人先理心。」

〔四〕三春：此指春季的第三個月，暮春。唐張説《奉和聖制喜雨賦》：「假如五月有梅雨之名，三春有穀雨之氣。」唐岑參《臨洮龍興寺玄上人院同詠青木香叢》詩：「六月花新吐，三春葉已長。」黄梅雨，即梅雨。指初夏産生在江淮流域持續較長的陰雨天氣。因時值梅子黄熟，故亦稱黄梅天。此季節空氣長期潮濕，器物易黴，故又稱黴雨。《太平御覽》卷九七〇引漢應劭《風俗通》：「五月有落梅風，江淮以爲信風。又有霜霪，號爲梅雨，沾衣服皆敗黦。」宋晏幾道《鷓鴣天》詞：「梅雨細，曉風微。倚樓人聽欲沾衣。」

〔五〕孤客：單身旅居外地的人。漢焦贛《易林・損》：「路多枳棘，步刺我足，不利孤客，爲心作毒。」南朝宋謝靈運《七里瀨》詩：「孤客傷逝湍，徒旅苦奔峭。」青草湖，湖名。古五湖之一。亦名巴丘湖，在今湖南省岳陽市西南，和洞庭湖相連。因青草山而得名。一説湖中多青草，冬春水涸，青草彌望，故名。唐宋時湖週二百六十五里，北有沙洲與洞庭湖相隔，水漲時則與洞庭相連，詩文中多與洞庭並稱。《梁書・河東王譽傳》：「未幾，侯景寇京邑，譽率軍入援，至青草湖，臺城没，有詔班師。」

〔六〕燕俠：燕地之俠客。古代燕國民風豪俠，故韓愈謂「燕趙多慷慨之士。」亦指戰國之荆軻。荆軻爲報燕太子丹之恩，入秦刺殺秦王，未果而身死，有「風蕭蕭兮易水寒，壯士一去兮不復還」之悲歌傳世。冰霜，謂神情冷峻，凜然如冰霜。狎近，親近。《梁書・傅映傳》：「今嗣主昏虐，狎近群小。」《陳書・始興王叔陵傳》：「蜂目豺聲，狎近輕薄，不孝不仁。」

〔七〕楚狂：《論語・微子》：「楚狂接輿歌而過孔子，曰：『鳳兮鳳兮，何德之衰！往者不可諫，來者猶可追。已而已而，今之從政者殆而！』孔子下，欲與之言，趨而辟之，不得與之言。」邢昺疏：「接輿，楚人，姓陸名通，字接輿也。昭王時，政令無常，乃披髮佯狂不仕，時人謂之楚狂也。」後常用爲典，亦用爲狂士的通稱。唐韓愈《芍藥歌》：「花前醉倒歌者誰？楚狂小子韓退之。」凡愚，平庸愚昧。《南史·張纘傳》：「時纘從兄諡聿並不學問，性又凡愚。」

〔八〕絶粒：猶辟穀。道家以摒除火食、不進五穀求得延年益壽之修養術。辟穀時，仍食藥物，並須兼做導引等工夫。《史記·留侯世家》：「乃學辟穀，道引輕身。」《南史·隱逸傳下·陶弘景》：「弘景善辟穀導引之法，自隱處四十許年，年逾八十而有壯容。」窺仙事，謂探尋養身修道以成仙之事。

〔九〕藥鑪：指道家燒煉丹藥之鑪。

【按】此詩乃詩人貶官翌年，在湖南贈人之作。前六句乃詠李思齊處士，故「燕俠冰霜難狎近，楚狂鋒刃觸凡愚」二句，乃借燕俠、楚狂以稱譽處士。「知余絶粒窺仙事，許到名山看藥鑪」二句，既寫己，亦道出詩人與處士之兩心相許關係，並可見詩人此時已萌生修道避世之念頭矣。